Über dieses Buch Kein anderer lebender Autor aus Frankreich wurde in den zurückliegenden Jahren von den bundesdeutschen Kritikern derart ans Herz gedrückt wie Michel Tournier. Besonders sein Roman »Zwillingssterne« löste bei den Rezensenten hellstes Entzücken aus. Vor allem deswegen: Es ist ein sinnliches Buch, ein erotisches Buch. Es handelt von Mythen, Urmythen, das alles aber in einer ganz modernen Welt. Darin ist die Rede von Vorkrieg, Krieg, Besatzung, Résistance, Nachkriegszeit bis hin zur Teilung Deutschlands und dem Bau der Berliner Mauer; die Rede ist von (Homo)Sexualität, Geschwisterliebe, einer Über-Mutter, den Müllplätzen und Kloaken von Paris und anderen großen französischen Städten und einer wahnwitzigen Jagd rund um unseren Erdball. Ein durch und durch hinreißend verrücktes Buch (das, nebenbei, vorzüglich übersetzt ist). Ein typisches Kritiker-Zitat beim Erscheinen der deutschen Hardcover-Ausgabe lautet: »Ich gestehe rundheraus, daß mich unter den Neuerscheinungen der letzten Jahre kaum ein anderes Buch so fasziniert hat wie dieses.«   (»Deutsche Zeitung«)

Der Autor Michel Tournier, 1924 in Paris geboren, studierte Jura und Philosophie in Paris und (vier Jahre) in Tübingen; akademische Diplome in beiden Disziplinen; war mehrere Jahre beim französischen Rundfunk ORTF, dann als Presseattaché, schließlich als Lektor bei Plon tätig; Gewinner des Großen Preises der Académie Française und des Prix Goncourt; übersetzte Erich Maria Remarque ins Französische. Michel Tournier lebt in der Nähe von Paris.
Vom selben Autor sind im Fischer Taschenbuch-Programm lieferbar: der Roman »Freitag oder Im Schloß des Pazifik« (Bd. 5746) und »Der Wind Paraklet. Ein autobiographischer Versuch« (Bd. 5313); für Juni 1984 ist in Vorbereitung der Roman »Der Erlkönig« (Bd. 5793).

Michel Tournier

Zwillingssterne

Roman

Deutsch von
Hellmut Waller

Fischer Taschenbuch Verlag

Ungekürzte Ausgabe
Veröffentlicht im Fischer Taschenbuch Verlag GmbH,
Frankfurt am Main, Mai 1984
Lizenzausgabe mit freundlicher Genehmigung des
Hoffmann und Campe Verlags, Hamburg
Titel der Originalausgabe: LES MÉTÉORS
© Editions Gallimard, Paris 1975
© Hoffmann und Campe Verlag, Hamburg 1977
Umschlaggestaltung: Jan Buchholz/Reni Hinsch
Umschlagfoto: B. Konstantin
Gesamtherstellung: Clausen & Bosse, Leck
Printed in Germany
1480-ISBN-3-596-25792-1

Inhalt

1
Die klingenden Steine 7

2
Alexandres Thronbesteigung 24

3
Der Hügel der Einfältigen 42

4
Das Wild des Wildes 66

5
Himmel und Hölle 94

6
Die Zwillingsbrüder 126

7
Die philippinischen Perlen 155

8
Die Walderdbeeren 205

9
Fell und Gefieder 223

10
Die Amandiner Törtchen 238

11
Der Zug von Saint-Escobille 253

12
Der Blitzschlag 270

13
Der Tod eines Jägers 285

14

Das Unheil 300

15

Die venezianischen Spiegel 326

16

Die Insel der Lotosesser 356

17

Das isländische Pfingstfest 381

18

Die japanischen Gärten 394

19

Der Seehund von Vancouver 417

20

Die Landmesser von der Großen Prärie 427

21

Die Eingemauerten von Berlin 442

22

Die entfaltete Seele 462

1

Die klingenden Steine

Am 25. September 1937 führte ein von Neufundland zur Ostsee vordringender Störungskeil im Ärmelkanal Massen milder, feuchter Meeresluft heran. Um 17.19 Uhr pustete ein West-Süd-West den Rock der alten Henriette Puysoux hoch, die auf dem Feld Kartoffeln auflas, riß knatternd an der Markise des »Café des Amis« in Plancoët, knallte an Doktor Botteraus Haus am Waldrand von La Hunaudaie brutal einen Laden zu, schlug in den *Meteora* des Aristoteles, die Michel Tournier am Strand von Saint-Jacut las, acht Seiten um, wirbelte von der Straße nach Plélan eine Wolke aus Staub und gehäckseltem Stroh in die Höhe, spritzte Jean Chauvés, der sein Boot in die Bucht von Arguenon steuerte, Gischt ins Gesicht, ließ die zum Trocknen an der Leine hängende Unterwäsche der Familie Pallet sich plustern und tanzen, brachte das Windrad der Pumpe auf dem Motteschen Hof in Schwung und riß eine Handvoll goldener Blätter von den weißen Birken im Garten von La Cassine.

Schon neigte sich die Sonne hinter dem Hügel, auf dem die harmlos-einfältigen Pfleglinge von Sainte-Brigitte Astern und Wegwarte für die unbeholfenen Blumengebinde pflückten, die sich dann am 8. Oktober vor der Statue ihrer Schutzpatronin zu ganzen Bergen türmen. Dieses Ufer der Arguenon-Bucht, das nach Osten orientiert ist, erhält Seewind nur vom Land her, und Maria-Barbara erschmeckte durch die salzigen Nebel der Septembertiden hindurch den herben Ruch der Kartoffelfeuer, die im ganzen Binnenland brannten. Sie warf einen Schal über die beiden Zwillinge, die ineinander verschlungen in einer Hängematte lagen.

Wie alt sind sie? Fünf? Nein, mindestens sechs. Nein, sie sind schon sieben Jahre alt. Wie schwer kann man sich bei Kindern das Alter merken! Wie soll man auch etwas behalten können, das sich fortwährend ändert? Besonders bei den beiden hier, die noch so schwächlich, in der Entwicklung so weit zurück sind. Übrigens ist es für Maria-Barbara beruhigend und tröstlich,

7

daß ihre beiden Jüngsten noch so unreif, so spät dran sind. Sie hatte sie lange gestillt, länger als eines ihrer anderen Kinder. Ganz gerührt hatte sie eines Tages gelesen, Eskimomütter gäben ihren Kindern so lange die Brust, bis diese imstande seien, gefrorenen Fisch und geräuchertes Fleisch zu kauen – also bis zum Alter von drei bis vier Jahren. Die lernen wenigstens das Laufen nicht nur, um sich dann unaufhaltsam von ihrer Mutter zu entfernen, dachte sie. Sie hatte immer von einem Kind geträumt, das auf seinen kleinen Beinchen aufrecht zu ihr gegangen käme, das ihr von selbst und eigenhändig das Mieder aufhakte, die warme, lebendige Kürbisfrucht herausholte und daraus tränke wie ein Mann aus der Flasche. Eigentlich fiel es ihr zeitlebens schwer, den Mann, den Gatten, den Liebhaber klar zu trennen.

Ihre Kinder ... Diese Mutter ohne Zahl weiß gar nicht recht, wie viele es sind. Sie sperrt sich dagegen. Sie will einfach nicht nachzählen, wie sie sich auch jahrelang dagegen gesperrt hat, in den Gesichtern ringsum zunehmend einen Vorwurf, eine dumpfe Drohung zu lesen: Sterilisierung. Bei der Geburt der Zwillinge war eine kurze Narkose erforderlich gewesen. Hatte man die etwa ausgenutzt und auf diese Weise das scheußliche Attentat verübt? Sollte sich Edouard gar zu diesem Komplott hergegeben haben? Tatsache ist, daß sie seitdem kein Kind mehr bekam. Ihre Berufung als Mutter scheint sich mit dieser doppelten Geburt erschöpft zu haben. Normalerweise beginnt sie unruhig zu werden, sobald ihr Jüngstes entwöhnt ist. Sie gehört zu der Sorte von Frauen, die nur glücklich und ausgeglichen sind, solange sie schwanger sind oder ein Kind stillen. Aber die Zwillinge – so will es scheinen – haben sie ein für allemal mit Glück gesättigt. Vielleicht gibt es »Zwillingsmütter«, für die jedes Kind so lange halb mißraten ist, als es nicht an der Seite eines brüderlichen Ebenbilds das Licht der Welt erblickt ...

Hundebellen zugleich mit lautem Lachen. Edouard ist angekommen. Seine Fahrt nach Paris hat also nicht so lange gedauert wie sonst. Verliert er mit den Jahren den Geschmack an den kleinen Fahrten in die Hauptstadt? Er ist ins Haus hinaufgegangen, sich umzuziehen. Gleich wird er da sein und Maria-Barbara guten Tag sagen. Auf leisen Sohlen wird er von hinten auf ihren Liegestuhl zugehen. Er wird sich über sie beugen, und sie werden einander kopfüber, kopfunter ansehen. Er wird sie auf die

Stirn küssen und sich dann vor sie hinstellen, groß, schmal, elegant, gut aussehend, mit einem zärtlich-ironischen Lächeln, auf das er, wie um es ihr besser zu zeigen, den Zeigefinger zu legen scheint, wenn er mit der Fingerspitze über sein kurzes Schnurrbärtchen streicht.

Edouard ist Maria-Barbaras zweiter Mann. Den ersten, den kannte sie kaum. Woran ist er eigentlich gestorben? Auf See, ja, das schon, er war ja auch Zweiter Offizier bei der Handelsmarine. Aber starb er an einer Krankheit oder an einem Unfall? Daran erinnert sie sich nur dunkel. Vielleicht ist er einfach entschwunden, weil seine Frau so völlig in ihrer ersten Schwangerschaft aufging, daß sie deren flüchtigen Urheber vergessen hatte.

Ihre erste Schwangerschaft ... Mit dem Tag, als die junge Frau wußte, daß sie ein Kind bekommen sollte, begann erst ihr wahres Leben. Vorher, da war die Zeit des Heranwachsens, die Eltern, das Warten mit dem flachen, hungernden Leib. Die Schwangerschaften, die dann kommen, folgen nicht aufeinander, sie verschmelzen zu einer einzigen, sie werden ein Normalzustand, ein Zustand des Glücks, kaum unterbrochen durch kurze, angstvolle Vakanzen. An dem Gatten, dem Sämann, der mit einem armseligen kleinen Schnicks den Schöpfungsvorgang auslöst, an dem lag ihr wenig.

Die Zwillinge regen sich, seufzen, und Maria-Barbara beugt sich über sie, beklommen wie schon oft ob der seltsamen Verwandlung, die das Erwachen auf dem Gesicht der beiden bewirkt. Sie schlafen, und so, ihrem innersten Selbst zurückgegeben, auf ihr Tiefstes, Beständigstes – ihren *gemeinsamen Urgrund* – reduziert, sind sie ununterscheidbar. Es ist derselbe Körper, der sich um sein Ebenbild schlingt, dasselbe Gesicht mit den auf nämliche Art gesenkten Lidern, das sich vorn und gleichzeitig von rechts im Profil darbietet, das eine rund und heiter, das andere karg und rein, beide scheinen einhellig alles zu verneinen, was nicht der andere ist. Und so, in diesem Zustand, das fühlt Maria-Barbara, sind die beiden ihr am nächsten. Ihre makellose Ähnlichkeit ist das Abbild der Form, aus der sie in der Vorwelt des Mutterleibs hervorgegangen sind. Der Schlaf gibt ihnen jene Unschuld des Ursprungs zurück, in der sie miteinander verschmelzen. Alles, was sie voneinander wegführt, führt sie im Grunde weg von ihrer Mutter.

Der Wind hat sie gestreift, und dasselbe Erschauern überläuft sie. Sie lösen sich voneinander. Die Umwelt ergreift wieder Besitz von ihren Sinnen. Sie schütteln sich, und die beiden Gesichter, unterschiedlich antwortend auf den Ruf des äußeren Lebens, werden Gesichter zweier Brüder: das Gesicht Pauls, selbstsicher, eigenwillig, herrisch; das Gesicht Jeans, unruhig, offen, neugierig.

Jean-Paul richtet sich auf und sagt: »Ich hab' Hunger.« Ausgesprochen hat es Paul, doch Jean, hinter ihm kauernd und ebenfalls Maria-Barbara entgegengereckt, hat diesen Ruf begleitet, der damit von beiden gemeinsam ausging.

Maria-Barbara nimmt aus einem Weidenkorb einen Apfel und reicht ihn Paul. Mit erstaunter Miene stößt ihn das Kind von sich. Sie nimmt ein silbernes Messer und schneidet die Frucht, die sie in der Linken hält, entzwei. Knirschend dringt die Klinge ein in die kleine Halskrause aus fünf winzigen, verdorrten Blättchen, die in dem Grübchen am unteren Ende des Apfels ausgebreitet liegt. Am Rande der Haut, dort, wo sie von der scharfen Schneide zertrennt ist, quillt ein wenig weißer Schaum hervor. Die beiden Hälften fallen auseinander, nur der kurze, holzige Stiel hält sie noch zusammen. Das feuchte, samtene Fruchtfleisch schmiegt sich um ein hornighartes, herzförmiges Gehäuse, in das zwei braune, wachsglänzende Kerne eingebettet sind. Maria-Barbara gibt jedem der Zwillinge eine Hälfte. Sie untersuchen aufmerksam ihr Stück und tauschen dann wortlos miteinander. Sie versucht nicht, den Sinn dieses kleinen Rituals zu verstehen; sie weiß nur, daß es nicht aus einer kindlichen Laune erwächst. Mit vollem Munde kauend eröffnen dann die Zwillinge eines der langen, mysteriösen Hexenkonzilien in jener Geheimsprache, die innerhalb der Familie *das Äolische* heißt. Das Erwachen hat sie einen Augenblick lang voneinander getrennt, als es sie der wirren Versunkenheit des Schlafs entriß. Nun schaffen sie von neuem zwischen sich die innige Vertrautheit von Zwillingen: sie steuern den Gang ihrer Gedanken und Gefühle, indem sie die einschmeichelnden Töne wechseln, aus denen man nach Belieben Worte, Laute der Klage oder des Lachens oder einfach Signale heraushören kann.

Ein feuerroter Spaniel jagt plötzlich über die Wiese daher und umrundet mit fröhlichen Sprüngen Maria-Barbaras »Biwak«.

Ein Kopf beugt sich von hinten über sie, ein Kuß senkt sich auf ihre Stirn.

»Guten Abend, mein Liebes.«

Edouard steht jetzt vor ihr, groß, schmal, elegant, gut aussehend, das Gesicht erhellt von einem zärtlich-ironischen Lächeln, das er mit dem Zeigefinger zu betonen scheint, indem er sein kurzes Schnurrbärtchen streicht.

»Wir hatten Sie nicht so früh erwartet«, sagt sie. »Das ist eine freudige Überraschung. Man meint beinah, Paris macht Ihnen nicht mehr soviel Spaß.«

»Sie wissen ja, ich fahre nicht nur zum Spaß nach Paris.«

Er lügt. Sie weiß es. Er weiß, daß sie es weiß. Dieses Spiegel-Vexierspiel ist ihr Ritual, ist auf der Ebene von Ehepartnern die Wiederholung des großen Zwillingsspiels, dessen Regeln Jean-Paul jetzt gerade mit viel Geduld festlegt, ein platter, oberflächlicher Abklatsch, ähnlich wie die Liebesgeschichten von Knechten und Mägden, die in manchen Theaterstücken das komische Gegenstück zu der hehren Liebe zwischen dem edlen Herrn und der Prinzessin bilden.

Es ist zwanzig Jahre her, daß Edouard einst Maria-Barbara veranlaßte, mit ihm eine schöne Wohnung in Paris, auf der Île Saint-Louis, auszusuchen und einzurichten. Für – wie er sagte – ihre Eskapaden als Liebespaar: in feine Restaurants, ins Theater, zum Souper. Hatte er vergessen – oder tat er nur so? –, wie wenig Maria-Barbara für eine andere Umgebung, für Paris, für Geselligkeit übrig hatte? Sie wollte aus Gutherzigkeit, aus Trägheit kein Spielverderber sein, tat das Ihre beim Besichtigen, Auswählen, Unterschreiben, Einrichten, aber kaum daß der letzte Handwerker fort war, kam sie nicht wieder nach der Île Saint-Louis und überließ Edouard das Feld für seine geschäftlichen Besprechungen. Diese geschäftlichen Besprechungen waren dann binnen kurzem zahlreich und langwierig geworden. Edouard verschwand für ganze Wochen, überließ Maria-Barbara ihren Kindern und die Fabrikhallen von Pierres Sonnantes* dem Werkmeister Guy Le Plorec. Zumindest dem

---

* Les Pierres Sonnantes – »Die klingenden Steine«: Name einer Natursehenswürdigkeit in der Nähe von Le Guildo (Côtes-du-Nord), nämlich einer Ansammlung von Felsen, die metallisch klingen, wenn man mit Steinen gleicher Art dagegenschlägt.

Anschein nach hatte Maria-Barbara nichts gegen seine häufige Abwesenheit, denn sie war völlig damit ausgefüllt, den Garten zu versorgen, das Wetter zu beobachten, mit der großen Volière, mit der Schar ihrer Kinder, unter die sich stets einige der harmlos-einfältigen Pfleglinge von Sainte-Brigitte mischten, und vor allem mit den Zwillingen, deren Gegenwart, deren Ausstrahlung genügte, um sie wieder ganz ruhig werden zu lassen.

Sie steht auf und liest mit Edouards Hilfe die paar vertrauten Sachen auf, die seit eh und je ihre Nachmittage im Liegestuhl umgeben. Ihre Brille, die zusammengefaltet auf einem Roman liegt – seit Monaten ist es derselbe –, das Körbchen mit dem Strickzeug, das wegen der Unwahrscheinlichkeit einer erneuten Niederkunft unnütz geworden ist, ihr Schal, der ins Gras gefallen war und den sie sich nun überwirft. Dann überläßt sie es Méline, sich um das Hereinbringen von Tischen, Stühlen und Hängematten zu kümmern und wandert, auf Edouards Arm gestützt, schweren Schritts den schlüpfrigen Zickzackpfad entlang nach La Cassine; die Zwillinge rennen mit hellem Jauchzen voraus.

La Cassine, »die Kate«, ist ein geräumiger, nicht sehr origineller Bau, ursprünglich wie die meisten Häuser der Hoch-Bretagne ein alter, ärmlicher Bauernhof, der Ende des vorigen Jahrhunderts durch die Besitzer von Pierres Sonnantes zu einem bürgerlichen Wohnhaus aufgerückt war. Von seiner bescheidenen Vergangenheit erhalten geblieben sind die alten Mauern – Granit tritt nur an den Ecken, an Tür- und Fensterleibungen und am Sockel zutage –, ferner das beiderseits steil abfallende Dach, dessen Strohbedeckung durch graue Schieferplatten ersetzt wurde, und eine Außentreppe, die zum Dachboden hinaufführt. Die Räume unterm Dach wurden von Edouard ausgebaut, um die Kinder dort unterzubringen; durch vier weit vorspringende Dachgauben, die durch ihre eigene Walmfläche ein Vordach bilden, fällt Licht hinein. Edouard hat seine ganze Nachkommenschaft in diesen Speicher hinauf abgeschoben, bis zu dem er sich in zwanzig Jahren kaum dreimal vorgewagt hat. Er hatte davon geträumt, das Erdgeschoß werde die private Welt des Ehepaars Surin bleiben, der Bereich, wo Maria-Barbara sich bereit fände, einen Augenblick ihre Mutterschaft zu vergessen und wieder Gattin zu sein. Aber diese

Dachkammern, in denen ein warmherziges, der Eigenart eines jeden und dem Netz seiner Beziehungen zu den andern insgeheim entsprechendes Durcheinander herrschte, übten auf Maria-Barbara eine unwiderstehliche Anziehungskraft aus. Die Kinder, die ihr entwachsen waren – alle fand sie in diesem liebevollen Wirrwarr wieder, und sie konnte sich völlig vergessen in diesem bunten Vielerlei von Spielsachen und kindlichem Schlummer. Edouard mußte am Ende Méline nach ihr ausschicken, damit sie sich herbeiließ, wieder zu ihm herunterzukommen.

Auf der anderen Straßenseite teilte sich Sainte-Brigitte, ein Heim für geistig behinderte Jugendliche, zusammen mit der Weberei in die Gebäude der einstigen Kartause von Le Guildo, die seit 1790 nicht mehr ihrem ursprünglichen Zweck dienen. Den Pfleglingen standen die Servitutgebäude zur Verfügung – die ehemaligen Dormitorien, Refektorien, Werkstätten, natürlich kam dann noch die Nutzung der Klostergärten hinzu, die in sanftem Gefälle gegen La Cassine zu abfielen. Die Werkhallen der Fabrik hingegen nahmen das Palais des Abts, die um den Kreuzgang angeordneten Wohnungen der diensttuenden Mönche, das Hofgebäude, die Pferdeställe und die Kirche ein, deren mit goldenen Flechten bewachsener Giebelturm von Matignon bis Ploubalay zu sehen war.

Die Kartause von Le Guildo hat bei der furchtbaren Niederlage der königstreuen Kräfte, der »Weißen«, im Jahre 1795 ruhmvolle und verzweiflungsvolle Stunden erlebt. Der Landung einer königstreuen Armee bei Carnac am 27. Juni ging ein Ablenkungsmanöver in der Arguenon-Bucht voraus. Dort brachte eine bewaffnete Gruppe, die etwas früher gelandet war, den Truppen der Republik schwere Verluste bei, bis sie sich dann in dem Kloster, dessen Kapitel ihnen treu ergeben war, verschanzte. Aber der Sieg Hoches über Cadoudal und seine Verbündeten besiegelte das Los der Royalisten in Le Guildo, die sich der Ebbe wegen nicht mehr rechtzeitig auf die Schiffe zurückziehen konnten. Die Abtei wurde am Vorabend des 14. Juli im Sturm genommen, die siebenundfünfzig Weißen erschossen und in dem Kreuzgang, der zum Massengrab umgewandelt wurde, begraben. Die im folgenden Jahr angeordnete Verwendung der Gebäude zu anderen Zwecken bestätigte nur noch das Erlöschen der Kartause von Le Guildo, das in Wahrheit schon mit dem Verschwinden der Mönche besiegelt war.

Die Büros der Fabrik waren in den Wohnräumen des Klosterkapitels untergebracht. Der Hof des Kreuzgangs war mit einer leichten Überdachung versehen worden, damit dort Stoffballen und Garnspulen gelagert werden konnten, während die neueingerichtete Matratzenfertigung in die oberflächlich restaurierten ehemaligen Pferdeställe verbannt worden war. Das Herz der Fabrik schlug im Kirchenschiff, wo, bedient von einem Schwarm von Arbeiterinnen in grauen Blusen und mit bunten Kopftüchern überm Haar, siebenundzwanzig Webstühle ratterten.

So bildeten die Fabrik, Sainte-Brigitte und, jenseits und unterhalb der kleinen, zum Strand von Quatre Vaux hinunterführenden Straße, La Cassine, wo die große Surin-Sippe lebte, miteinander den Komplex von Pierres Sonnantes, ein im Grunde ziemlich uneinheitliches Gebilde, das aus keinem anderen Grund als durch die Macht der Gewohnheit und des Zusammenlebens zu einem organischen Ganzen wurde. Die Surin-Kinder waren in den Werkhallen und in Sainte-Brigitte zu Hause, und man war längst daran gewöhnt, die Pfleglinge aus dem Heim in der Fabrik umherstreifen und sich unter die Bewohner und Gäste von La Cassine mischen zu sehen.

Einer von ihnen, Franz, war eine Zeitlang der unzertrennliche Gefährte der Zwillinge. Die innigsten Beziehungen zu den Pfleglingen jedoch unterhielt Maria-Barbara. Sie wehrte sich nach Kräften gegen die schreckliche Gewalt des Rufs, der von dieser kranken, wehrlosen, animalisch-einfältigen Schar zu ihr drang. Wie oft geschah es, daß sie im Garten oder im Haus plötzlich spürte, wie sich Lippen auf ihre achtlos daliegende Hand preßten! Dann liebkoste sie mit sanftem Streicheln einen Kopf, einen Nacken, ohne die froschähnliche Fratze anzusehen, die mit abgöttischer Verehrung zu ihr aufblickte. Sie mußte sich dagegen wehren, mußte an sich halten, denn sie wußte, welch giftig-süße, unwiderstehliche, unerbittliche Macht von dem Hügel der harmlosen, einfältigen Kinder ausgehen konnte. Sie hatte es erlebt am Beispiel einer Handvoll Frauen, die mitunter zufällig hergekommen waren, auf begrenzte Zeit, für einen kurzen Ausbildungsabschnitt, aus Neugier oder weil sie aus beruflicher Gewissenhaftigkeit als Erzieherinnen einen

Eindruck von den Methoden gewinnen wollten, die bei geistig behinderten Jugendlichen angewendet werden. Es hatte dann mit einer Zeit der Eingewöhnung begonnen, während der die »Neue« alle Mühe hatte, den Abscheu zu überwinden, den ihr das Häßliche, das Linkische und zuweilen der Schmutz bei diesen Kindern einflößten, Eigenschaften, die um so entmutigender wirkten, als die Kinder, obschon alles andere als normal, keineswegs krank waren; die meisten waren vielmehr sogar gesünder als der Durchschnitt der normalen Kinder, gerade als hätte die Natur ihnen schon hart genug zugesetzt und halte ihnen deshalb gewöhnliche Krankheiten vom Leibe. Unterdessen jedoch wirkte unmerklich das Gift, und das Mitleid, gefährlich, polypenhaft, tyrannisch, umgarnte Herz und Verstand seiner Beute. Manche reisten in einem verzweifelten Ausbruch ab; vielleicht war es noch Zeit, der tödlichen Umschlingung zu entrinnen, um dann in Zukunft wohltemperierte Beziehungen zu gewöhnlichen, gesunden, eigenverantwortlichen Menschen zu unterhalten. Aber die furchtbare Schwachheit der Einfältigen siegte über dieses letzte Aufbäumen: sie kamen zurück, überwunden, dem stummen, aber gebieterischen Ruf von Sainte-Brigitte gehorchend, und wußten, sie würden ihr Leben lang Gefangene sein, mochten sie auch einen neuen Studienaufenthalt, ergänzende Untersuchungen, neue Forschungsprojekte vorschützen – Begründungen, die ihnen niemand abnahm.

Durch seine Verheiratung mit Maria-Barbara war Edouard Direktor und Hauptaktionär der Textilfabrik »Pierres Sonnantes« geworden; sein Schwiegervater beeilte sich, diese Bürde loszuwerden. Trotzdem hätte es ihn höchlich überrascht, wenn ihm jemand gesagt hätte, er heirate des Geldes wegen – so selbstverständlich war es für ihn, daß Nutzen und Neigung übereinstimmten. Der Betrieb erwies sich übrigens sehr rasch als eine Quelle recht bitterer Enttäuschungen. Die siebenundzwanzig Webstühle der Fabrik waren nämlich ein völlig veraltetes Modell, und es bestand nur Hoffnung, den Betrieb zu retten, wenn man ein Vermögen hineinsteckte und den ganzen Maschinenpark erneuerte. Leider kam zu der Wirtschaftskrise, die der Westen durchmachte, das Unbehagen über einen tiefgehenden, unbestimmten technischen Umbruch hinzu, das damals die Textilindustrie befiel. Namentlich von Rundwebstühlen war die Rede, doch die bedeuteten etwas revolutionär Neues, und die ersten, die sie aufstellten, würden nicht abschätzbare Risiken auf sich nehmen müssen. Vom ersten Tag an hatte es Edouard die Grenadine angetan, eine Spezialität von Pierres Sonnantes, ein Woll- und Seidengewebe mit gemusterter Bindung, ein leichter, heller, durchscheinender Stoff ausschließlich für die großen Modeateliers. Er war geradezu verliebt in seine altgediente Schäfter-Mannschaft und in den uralten Jacquardwebstuhl, die diesen Luxusstoff herstellten, und sein ganzes Bemühen galt diesem Produkt, das schwer abzusetzen, in seinen Marktchancen unberechenbar und nicht sehr gewinnträchtig war.

Wohl und Wehe der Firma lagen in Wirklichkeit auf den Schultern des ehemaligen Betriebsmechanikers Guy Le Plorec, der zum Werkmeister aufgestiegen und als Betriebsleiter eingesetzt war. Le Plorec hatte auch die Lösung für die Schwierigkeiten gefunden, in denen Pierres Sonnantes steckte: am Gegenpol der Grenadine-Herstellung, indem er der Zettlerei und der Weberei eine Matratzenfabrik mit dreißig Kremplerinnen angliederte, was den Vorteil hatte, daß ein wesentlicher Teil des in der Fabrik hergestellten Drells an Ort und Stelle verarbeitet wurde. Doch hatte diese Neuerung dazu beigetragen, Edouard einem Betrieb zu entfremden, der voller Risiken und Fußangeln war und sich überdies anscheinend nur dadurch am Leben erhalten konnte, daß er ins Triviale absank. Zudem hatte die Aufnahme der Matratzenherstellung einen Zuwachs an kaum angelernten Arbeiterinnen ohne handwerkliche Tradition mit sich gebracht, die sich im Krankfeiern und im Fordern aller möglichen Dinge übten – ganz im Gegensatz zu dem aristokratischen, disziplinierten Stamm der Zettler und der Schäfterinnen.

Gerade diese Seite der von Le Plorec veranlaßten kleinen Revolution hatte Edouard am stärksten empfunden. Inhaber einer Firma zu werden, die dreihundertsiebenundzwanzig Arbeiterinnen beschäftigte, das war für diesen Frauenliebhaber verwirrend und bitter zugleich. Anfangs war er, wenn er sich in das dröhnende, staubige Innere der Werkhallen vorwagte, peinlich berührt von der unterschwelligen Neugier, die er erweckte, einer Neugier, in der sich Herausforderung, Verachtung, Ehrerbietung und Schüchternheit in allen Schattierungen mischten. Unfähig, wie er zunächst war, die Gestalten in den grauen Blusen und mit den farbigen Kopftüchern, die sich geschäftig um die Ausrüstungsmaschinen oder an den Brustbäumen drängten, als weibliche Wesen anzusprechen, hatte er das Gefühl gehabt, ein ironisches Geschick habe ihn zum König über ein Volk von Larven gemacht. Doch wurde sein Blick mit der Zeit aufgeschlossener, wenn er sah, wie die Frauen am Morgen zur Arbeit kamen oder abends nach Hause gingen, nun ganz normal gekleidet, manche sehr reizvoll, beinahe elegant, mit Mienen, die von Schwatzen und Lachen belebt, mit Bewegungen, die leicht, behend, graziös waren. Von da an bemühte er sich, in den schmalen Laufgängen zwischen den Maschinen dieses oder jenes Mädchen herauszufinden, dessen Gestalt ihm draußen aufgefallen war. Diese Lehrzeit dauerte Monate, doch sie trug Früchte: unter der Vermummung und Bedrückung der Arbeit wußte Edouard seitdem Jugend, Liebreiz, Schönheit zu entdecken.

Dennoch hätte es ihm widerstrebt, eine seiner Arbeiterinnen zu verführen, erst recht eine von ihnen zu seiner regelrechten, verhätschelten Geliebten zu machen. Eigentliche sittliche Grundsätze hatte Edouard nicht, und das Beispiel seines Bruders Gustave bestärkte ihn in seinem Mißtrauen gegenüber der Moral, in seiner Furcht vor einem dürren Puritanismus, der zu den schlimmsten Verirrungen führen konnte. Statt dessen besaß er jedoch Geschmack, einen ganz starken Instinkt für das, was man – selbst unter Verletzung aller geschriebenen Normen – tun durfte, ohne eine gewisse Harmonie zu stören, und für das, wovor man sich, weil es ein Mißton war, zu hüten hatte. Diese Harmonie aber wollte es, daß Pierres Sonnantes das feste Reich seiner Familie war und daß seine freien Liebesbeziehungen nirgendwo anders hingehörten als nach Paris. Und außerdem blieb eine Arbeiterin für ihn ein Wesen, das ihn störte, das für ihn nicht in Frage kam, denn sie brachte seine Vorstellungen über die Frau durcheinander. Eine Frau durfte zwar arbeiten, aber nur im häuslichen Bereich, zur Not auch noch auf einem Bauernhof oder in einem Laden. Fabrikarbeit mußte sie ihrem Wesen entfremden. Gewiß konnte auch eine Frau sich Geld geben lassen – für den Haushalt, fürs Vergnügen, für gar nichts. Der wöchentliche Zahltag erniedrigte sie. So dachte dieser liebenswerte, unkomplizierte Mann, der spontan um sich her eine Atmosphäre unbekümmerter Fröhlichkeit verbreitete und ohne sie nicht leben konnte. Doch zwischen seiner immer schwangeren und ausschließlich mit ihren lieben Kleinen beschäftigten Frau und der grauen, emsigen Schar von Pierres Sonnantes empfand er manchmal eine erdrückende Einsamkeit. »Ich bin die unnütze Drohne zwischen der Königin und den Arbeitsbienen«, sagte er mit fröhlicher Melancholie. Und er fuhr mit dem Wagen nach Dinan und stieg dort in den D-Zug nach Paris.

Für diesen Provinzler konnte Paris nichts anderes sein als ein Ort des Genusses und des glanzvollen Lebens, und wäre es nach ihm gegangen, so hätte er sich unweit der Oper und der großen Boulevards eine Wohnung gesucht. Maria-Barbara, die er, wie es sich gehörte, um ihre Meinung gefragt und wegen dieses heiklen Vorhabens mehrmals nach Paris mitgenommen hatte, entschied sich am Ende für den Quai d'Anjou auf der Île-Saint-Louis, dessen Ausblick auf Laubwerk, Wasser und alte Steine im Einklang stand mit ihrem eigenen, ruhig dahinfließenden Dasein. Überdies war Edouard hier nur einige Minuten von der Rue des Barres entfernt, wo seine Mutter mit seinem jüngeren Bruder Alexandre wohnte. So gab er sein Plazet zu diesem Domizil, dessen Vornehmheit und Würde einem konservativen Grundzug in ihm schmeichelten, obschon es den Genießer langweilte, der sich mehr Lärm, mehr Leben, mehr Brillanz gewünscht hätte.

Dieses Hin und Her Edouards zwischen Paris und der Bretagne entsprach der Mittelstellung, die er zwischen seinen beiden Brüdern einnahm: dem älteren, Gustave, der im Haus der Familie in Rennes wohnen geblieben war, und dem jüngsten, Alexandre, der nicht lockergelassen hatte, bis sich seine Mutter bei ihm in Paris niederließ. Es war schwer, sich einen unversöhnlicheren Gegensatz vorzustellen als den zwischen der etwas puritanischen, durch viel Knausern zu Geld und nach oben gekommenen Sittenstrenge Gustaves und dem marktschreierischen Dandytum, das Alexandre zur Schau trug. Die Bretagne, von Haus aus eine konservative, fromme Provinz, bietet häufig in ein und derselben Familie das Beispiel eines älteren Sohnes, der in Achtung vor den Werten der Vorväter erstirbt und ständig mit einem jüngeren Bruder zu kämpfen hat, der den Umsturz predigt, Unfrieden stiftet und Skandale heraufbeschwört.

Die Feindschaft der beiden Brüder wurde überdies durch einen materiellen Gesichtspunkt noch giftiger: den Lieblingssohn mit seiner ganzen Anhänglichkeit an ihrer Seite zu haben war für die alte Madame Surin zwar sicherlich ein Trost und eine Hilfe, und man durfte nicht daran denken, sie dessen zu berauben. Doch bestritt sie ihren Unterhalt von einer monatlichen Rente, die ihr die beiden älteren Söhne zukommen ließen, und von der nach Lage der Dinge Alexandre zwangsläufig ebenfalls Vorteile hatte. Diese Situation ärgerte Gustave, und er ließ sich keine Gelegenheit entgehen, gereizt darauf anzuspielen und Alexandre zu beschuldigen, er hindere – offensichtlich seines Vorteils wegen – seine Mutter daran, in Rennes im Kreise ihrer Enkelinnen zu leben, wie es eigentlich in Ordnung gewesen wäre.

Edouard hütete sich, diese Vorwürfe bei einem der kleinen, zum Ritual gewordenen Besuche bei seiner Mutter aufzurühren, so daß er ganz natürlich die Rolle eines Mittelsmannes einnahm, der mit allen auf gutem Fuße stand. Von Alexandre hatte er – obwohl ihre Neigungen verschieden waren – den Geschmack am Leben, ja sogar am Abenteuer, die Liebe zu Menschen und Dingen und eine gewisse Neugier, die ihren Schritten etwas Dynamisches gab. Doch während Alexandre ständig der bestehenden Ordnung ins Gesicht spuckte und sich als geschworener Feind der Gesellschaft betätigte, hatte Edouard mit Gustave eines gemeinsam: einen angeborenen Respekt vor dem Lauf der Welt, den er als normal, folglich gesund, wünschenswert, geheiligt betrachtete. Es wäre nur allzu leicht, den Konformisten Gustave und den Treuling Edouard in einen Topf zu werfen. Was jedoch die beiden Brüder von Grund auf unterschied, war die von Herzen kommende Anteilnahme, mit der Edouard an alles heranging, war das Frohe, Verbindliche an ihm, seine angeborene, strahlende Lebensart und Daseinsfreude, so daß ihm die Menschen zuliefen und gern naheblieben, wie um sich daran zu wärmen, sich darin geborgen zu fühlen.

Das Doppelleben, das Edouard führte, erschien ihm lange Zeit hindurch als Meisterwerk eines aufs glücklichste eingerichteten Daseins. Auf Pierres Sonnantes widmete er sich voll und ganz den Erfordernissen der Fabrik und der Sorge für Maria-Barbara und für die Kinder. In Paris wurde er wieder der müßige, betuchte Junggeselle, der seine zweite Jugend genoß. Aber mit den Jahren mußte sich dieser nicht sehr zur Zergliederung seines Innenlebens neigende Mann doch eingestehen, daß von diesen beiden Leben jedes nur die Maske des anderen war und ihm den Blick benahm für die Leere und für die heillose Schwermut, die daran das wahrhaft Gemeinsame waren. Wenn er nach einem Abend in netter Gesellschaft in Paris vor dem schweren Rückweg in die Einsamkeit des großen Appartements stand, wo sich in hohen, schmalen Fenstern alle Lichter der Seine widerspiegelten, würgte ihn Angst, und er wandte sich, von Sehnsucht und Heimweh übermannt, wieder dem zärtlich-warmen Durcheinandergewusel von La Cassine zu. Aber wenn er in Pierres Sonnantes vor dem Weg zum Fabrikbüro völlig zwecklos Toilette machte und den endlosen Tag vor Augen sah, der ihn angähnte, dann packte ihn fiebrige Ungeduld, und er mußte sich Gewalt antun, um nicht nach Dinan zu laufen, wo er gerade noch den Schnellzug nach Paris erreichen würde. Er hatte sich anfangs irgendwie geschmeichelt gefühlt, daß man ihn in der Fabrik »den Pariser« nannte, aber von Jahr zu Jahr hatte er den mißbilligenden, Zweifel an seiner Seriosität und an seinem Sachverstand andeutenden Unterton, der in diesem Beinamen lag, stärker gespürt. Und ebenso ging es ihm in anderer Hinsicht: hatte er es lange Zeit mit amüsiertem Lächeln hingenommen, daß seine Freunde ihn – einen Mann, der so bezaubern konnte, der in der Kunst feiner Parties so alterfahren war – als reichen, etwas einfältigen Provinzler ansahen, der von der großen, in ihren Augen mit einem märchenhaften Nimbus umgebenen Stadt keine Ahnung hatte, so ärgerte er sich jetzt über die Vorstellung, die sie sich von ihm machten: ein Bretone, vom Pariser Luderleben erfaßt, das männliche Gegenstück zu einer Landpomeranze mit rundem, bebändertem Hut, in Holzschuhen, mit dem Dudelsack unterm Arm. Wenn diese Zugehörigkeit zu zwei Sphären, die ihm lange als höchster Reichtum erschienen und sein ganzes Glück gewesen war, nun den Aspekt einer doppelten Verbannung, einer zweifachen Entwurzelung annahm, dann verriet diese Entzauberung in Wahrheit seine Verwirrung vor einem unerwarteten Problem, vor einer sinistren, unmöglichen Perspektive: alt zu werden. Ein getreues Bild davon, wie es mit ihm abwärts ging, waren seine Beziehungen zu Florence. Er hatte sie in einem Kabarett, wo sie am Ende des Abends auftrat, kennengelernt. Sie trug ein paar etwas unzugängliche Gedichte vor, sang mit dunkler Stimme und begleitete sich auf der Gitarre, die sie wirklich gut spielte. Aus Griechenland stammend – und sicherlich Jüdin –, ließ sie in ihre Worte, in ihre Musik etwas einfließen von der den Mittelmeerländern eigenen Tristesse, die nicht wie die Traurigkeit des Nordens einsam, eigenbrötlerisch, individuell, sondern die im Gegenteil etwas Brüderliches, der Familie, der Sippe Gemeinsames ist. Sie war dann hergekommen und hatte sich an den Tisch gesetzt, wo er mit einigen Freunden Champagner hinunterkippte. Florence hatte ihn verblüfft durch ihre komisch-bittere Klarsicht, einen Charakterzug, den er mehr bei einem Mann als bei einer Frau erwartet hätte, und vor allem durch den ironischen und zugleich teilnahmsvollen Blick, mit dem sie ihn betrachtet hatte. Sicherlich war etwas von einer männlichen Landpomeranze an dem Bild von ihm, das er in ihren dunklen Augen sah, doch las er darin auch, daß er ein Mann war, der die Liebe liebte, dessen Fleisch und Blut so stark von Herzenswärme durchflutet waren, daß eine Frau schon bei seiner bloßen Gegenwart Zutrauen und Geborgenheit empfand.

Florence und er waren rasch einig gewesen, »ein Stück Weges gemeinsam zu gehen«, eine Ausdrucksweise, deren liebenswürdige Skepsis ihn bezauberte, auch wenn sie ihn ein bißchen schockierte. Unermüdlich ließ sie sich von ihm erzählen: von Pierres Sonnantes, von Maria-Barbara, von den Kindern, von den Arguenon-Ufern, von seiner Heimat Rennes. Es schien, daß diese Nomadin, diese Vagabundin fasziniert war vom Klang der Namen, die er im Zuge des Erzählens aussprach und die nach Strand und nach lichtem Wald rochen: Plébouille, la Rougerais, der Quinteux, le Kerpont, la Grohandais, le Guildo, die Hébihens … Daß sie je einmal dorthin in die tiefste Provinz kommen würde, war wenig wahrscheinlich, und von ihnen beiden spielte nie jemand auf eine solche Möglichkeit an. Das Appartement am Quai d'Anjou, wo sie sich am Anfang ihres Verhältnisses hingewagt hatte, erfüllte sie mit Befremden; sie begründete das mit dem Hinweis auf die kalte Vornehmheit, die abgezirkelte Ordnung, die tote Schönheit dieser großen, leeren Räume, deren eingelegte eichene Parkettböden den bemalten Kassettendecken entsprachen. Diese Behausung, so erklärte sie

Edouard, habe weder etwas von der Familie in der Bretagne noch von irgendeiner Seite von Paris, sondern sei ein mißglücktes Ergebnis und quasi ein totgeborenes Kind aus zwei verschiedenen, erfolglos miteinander verquickten Ursprüngen. Edouard beantwortete diese Ablehnung mit widersprüchlichen Argumenten, die seine eigene innere Zerrissenheit spiegelten. In früheren Zeiten, sagte er, waren die schönen Wohnungen normalerweise leer. Wenn man einen Tisch, Stühle, Sessel, ja sogar einen Nachtstuhl brauchte, eilten die Bedienten mit dem Gewünschten herbei. Nur der Mangel an Dienstboten zwingt uns dazu, in überfüllten Räumen zu hausen, in denen Molières Zeitgenossen ganz sicher Vorbereitungen zu einem bevorstehenden oder Auswirkungen eines eben beendeten Umzugs gesehen hätten. Und er pries die weitläufige, noble Schönheit spärlich möblierter Zimmer mit hoher Decke, deren hauptsächlicher, unaufdringlicher Reichtum der Raum selbst sei, Raum, um frei zu atmen und sich zu bewegen. Aber er fügte sogleich hinzu, wenn seine Wohnung noch immer so kalt und unwirtlich sei, dann nur, weil ihr die Gegenwart eines weiblichen Wesens fehle. Maria-Barbara, in La Cassine festgenagelt, komme nie nach Paris, und wenn Florence selbst es ablehne, bei ihm zu wohnen, bestehe keinerlei Aussicht für diese Räume, jemals Leben zu gewinnen.

»Ein Haus ohne Frau ist ein totes Haus«, setzte er ihr auseinander. »Stell deine Koffer hier ab, verbreite in diesem Zimmer deine ganz persönliche Unordnung. Meinst du denn, dieses ausgediente Museum mache mir Spaß? Nimm bloß mal das Badezimmer: Ich fühl' mich darin erst wohl, wenn ich meinen Rasierapparat zwischen Tiegeln mit Abschminke, Tages- und Nachtcremes und Parfümzerstäubern suchen muß. Das ganze Vergnügen bei der Morgentoilette liegt doch im indiskreten Ausspionieren des weiblichen Waffenarsenals. Das Badezimmer hier ist so trist wie ein Operationssaal!«

Sie lächelte, schwieg, sagte schließlich, das sehe ihm wahrhaftig ähnlich, erst eine zu schicke Wohnung verteidigen zu wollen und sich dann rasch inmitten von Cremetöpfchen und Lockenwicklern wiederzufinden. Aber letzten Endes trafen sie sich dann in ihrer Wohnung in der Rue Gabrielle auf dem Montmartre, einer roten Höhle, überladen mit Wandbehängen, vollgestopft mit Nippes, wie geschaffen dazu, im Schein dämmrigroter Lampen, am Boden, auf Diwans, auf Sitzkissen und Fellen die Nacht zu verleben, in einem levantinischen Krimskrams, an dem Edouard vom ersten Tag an die »erlesene Geschmacklosigkeit« gerühmt hatte. In Wahrheit verknüpfte ihn mit Florence und der bunten Konfektschachtel, in der sie hauste, ein sehr starkes, aber vielschichtiges Band, das er sowohl im Fleisch und Blut als auch im Herzen spürte: Fleisch und Blut waren darin gefangen, doch das Herz hielt sich zurück. Daß er Florence in gewisser Weise liebte, war nicht zu leugnen. Aber – paradox und kaum zu glauben – er liebte sie *seinem Herzen zuwider*, ein gut Teil seiner selbst – der Gustave-Teil, hätte Alexandre höhnisch lachend gesagt – blieb zurückhaltend. Und er wußte, dieser Teil war in La Cassine, an Maria-Barbaras Bett, bei den Kindern, vor allem bei den Zwillingen.

Die Krankheit, an der er nach zwanzig glücklichen, fruchtbaren Ehejahren litt, war eine Art Spaltung seines Wesens, durch die in ihm Durst nach Zärtlichkeit und sexueller Hunger auseinanderfielen. Er war stark, ausgeglichen, seiner selbst und der Seinen sicher gewesen, solange dieser Hunger und dieser Durst verschmolzen waren mit seinem Geschmack am Leben, seiner leidenschaftlichen Bejahung des Daseins. Nun aber flößte Maria-Barbara ihm nur noch eine große, unbestimmt-sanfte Zärtlichkeit ein, in die er seine Kinder, sein Haus, seine bretonische Küste mit einschloß, ein tiefes Gefühl ohne Glut und Feuer, so wie jene Herbstnachmittage, an denen die Sonne aus den Nebeln des Arguenon emportaucht, um sogleich in lieblichen, goldenen Wolken wieder hinabzusinken. Seine Männlichkeit gewann er bei Florence wieder, in ihrer roten Höhle voll naiv-dubiosen Hexenwerks, das ihm ein bißchen zuwider war, obschon sie sich den Anschein gaben, als lachten sie miteinander darüber. Auch noch etwas anderes erstaunte ihn und zog ihn an: die ihr eigene Fähigkeit, ihre mediterrane Herkunft, ihre Familie, auf die sie leichthin anspielte, und letzten Endes sich selbst aus der Distanz zu betrachten. Beobachten, urteilen, sich lustigmachen können, ohne darum etwas Eigenes zu verleugnen, dabei den Sinn für andere unversehrt, seine Liebe tief und unantastbar zu bewahren – dazu war er nicht imstande, und gerade dafür gab ihm Florence ein mustergültiges Beispiel.

Er fühlte sich zerrissen, nach zwei Seiten als Verräter und Versager. Er träumte von einem Bruch mit allem, einer Flucht, die ihm sein einstiges aufrichtiges Herz wiedergeben würde. Er würde Maria-Barbara, den Kindern, den Pierres Sonnantes endgültig Lebewohl sagen und mit Florence ein neues Leben beginnen. Das Unglück eines Mannes wie Edouard ist – wie das vieler Männer –, daß sie in ihrem Leben genug Kraft finden, um zumindest zweimal als Ehemann und Familienvater ihren Weg zu machen, während eine Frau erschöpft und verschlissen ist, ehe sie ihr letztes Kind versorgt weiß. Die zweite Ehe eines Mannes mit einer neuen Frau aus einer jüngeren Generation als die erste liegt in der Natur der Sache. Aber zuweilen fühlte Edouard sich selbst müde, verbraucht, seine Männlichkeit sprach auch in Florences Nähe nicht mehr so stark an, wenn sie nicht gar völlig stumm blieb. Da dachte er, sein Platz sei doch an der Seite seiner Gefährtin von eh und je, auf seinem bretonischen Boden, und sein Liebes- und Gefühlsleben gehöre schon halb auf das Altenteil, in die feste, ruhige Zärtlichkeit eines alten Ehepaares.

Kriege scheinen eigens dazu geschaffen, daß sie solche unlösbaren Alternativen glatt zerschneiden.

2

Alexandres Thronbesteigung

Alexandre
Es kommt wohl, denke ich, von dem Alter, in dem ich inzwischen bin, und es geht allen so: die Familie, aus der ich stamme und meine Wurzeln in ihr, um die ich mich bisher keinen Deut gekümmert habe, interessieren mich mehr und mehr. Sicher lag eine feindselige Grundstimmung in der hochmütigen Überzeugung, unter den meinigen sei ich ein einzigartiges, unerklärliches, nicht vorherzusehendes Phänomen. Wenn das Familienmilieu, in dem ich so völlig unverstanden geblieben bin, weiter von mir entfernt ist, wenn die Menschen, die dazugehören, nacheinander wegfallen, dann legt sich meine Abneigung, und ich bin mehr und mehr geneigt, mich als Produkt dieses Milieus zu erkennen. Ob ich es wohl wage, zuzugeben, daß ich das große Haus in der Altstadt von Rennes, in der Rue du Chapitre, wo mehrere Surin-Generationen geboren und ge-

storben sind, nicht mehr ohne eine gewisse Rührung sehen kann? Ein neues Gefühl, das kindlicher Pietät im Grunde recht nahe kommt und bei dessen Erwähnung ich vor nicht zu langer Zeit in wildes Hohngelächter ausgebrochen wäre.

In diesem Haus also lebte Antoine Surin (1860–1925), anfänglich Bau- und Abbruchunternehmer, am Ende seines Lebens dann Inhaber eines Tuch- und Konfektionsgeschäfts. Wir waren drei. Der Älteste, Gustave, bei dem der Vater Zeit hatte, ihn in seinen ursprünglichen Gewerbebetrieb einzuführen, ist dem alten Haus treu geblieben, in dem seine Frau und seine vier Töchter auch jetzt noch leben. Der Betrieb, den ihm unser Vater hinterließ, hat sich dann in Richtung auf die städtische Altstoffverwertung und »Repurgation« hin weiterentwickelt. Der zweite, Edouard, hat die Tochter eines der Tuchlieferanten des väterlichen Geschäfts geheiratet, der eine kleine mechanische Weberei im Departement Côtes-du-Nord besaß. Meine Schwägerin, diese Maria-Barbara, ist – wie es bei einzigen Töchtern nicht selten vorkommt – so gebärfreudig, daß ich sie im Verdacht habe, sie wisse selbst nicht genau, wieviel Kinder sie hat. Allerdings scheint sie nach der Geburt der Zwillinge, Jean und Paul, mit ihren Schwangerschaften vorläufig Schluß gemacht zu haben.

Bleibt noch der jüngste der Gebrüder Surin, ich, Alexandre. Nicht ohne innerlich zu jubilieren, stelle ich mir die Zeilen vor, die mir in einer traditionell-spießigen Familienchronik gewidmet würden. »Von seinen Eltern zweifellos übermäßig verwöhnt, erwies er sich als unfähig, irgend etwas zu beginnen, blieb bei seiner Mutter, solange sie am Leben war und ergab sich, nach ihrem Tode seinen üblen Neigungen freien Lauf lassend, späterhin den schlimmsten Schändlichkeiten.«

Schauen wir uns die Fakten nochmals an. Da mein Vater im Grunde eigentlich zwei verschiedene Gewerbe betrieben hatte – eine Firma für öffentliche Arbeiten und ein Konfektionsgeschäft –, haben meine älteren Brüder das eine beziehungsweise das andere geerbt. Für mich blieb nichts übrig. Nichts als meine kleine Liebste, der ich ähnlich sehe und die niemals glücklich gewesen ist mit ihrem Mann, ihrem Antoine. Wenn sie nach Paris gekommen und zu mir gezogen ist, dann geschah es aus freiem Willen, und weil sie sich nicht mehr daheim fühlte in dem Haus in der Rue du Chapitre, wo Gustaves Töchter sich breitmachten und der Drachen, den er geehelicht hat, das Regiment führte. Mein Stolz und mein Trost ist, ihr die einzigen vollkommen glücklichen Jahre geschenkt zu haben, die sie erlebt hat.

Am 20. September 1934 verwüstete ein ungewöhnlich heftiger Äquinoktialsturm die Bretagne, er hatte für mich unabsehbare Folgen. Gustave wurde nämlich an diesem Tag auf einem Gelände seines Betriebs durch einen umstürzenden Kran getötet, der ihn unter drei Tonnen Hausmüll begrub. Dieser abstoßend-groteske Tod hätte mir ein Lächeln entlocken können; er schmerzte mich mittelbar durch den Gram, den meine kleine Liebste empfand. Ich mußte mit ihr zur Beisetzung nach Rennes fahren, allen Notabeln des Kaffs die Hand drücken, meiner Schwägerin die Stirn bieten, die durch ihre Witwenschaft, ihre Würde als Familienoberhaupt und den schwarzen Trauerflor, der sie umgab, noch grauenhafter war als je zuvor. Doch das war noch gar nichts im Vergleich zu dem Familienrat, den ich tags darauf auszustehen hatte. Ich hatte gedacht, ich hätte mit dem Erbe meines Bruders nichts zu tun, und hatte vorgehabt, Pflänzchen suchen zu gehen an den Ufern der Vilaine – die zu Unrecht »vilaine«, die Häßliche, heißt –, denn dort läßt sich manches schöne, nicht allzu ungebärdige »Knaben-Kräutlein« pflücken. Ja, von wegen! Die Witwe muß meine vagabundischen Anwandlungen gewittert haben, denn sie nagelte mich des Abends vor der ganzen Familie fest und sagte zu mir mit ihrer wie ein altes, verschrammtes Cello klingenden Stimme: »Unser langjähriger alter Freund, Maître Dieulefit, der Notar, wird morgen im Familienrat den Vorsitz führen. Wir gehen alle davon aus, daß du kommst. Deine Anwesenheit ist ab-solut unerläßlich.«

Sie mußte mich gut kennen, diese Xanthippe, wenn sie auf mich so massiv einredete!

Ich habe nie erfahren, wieviel im voraus schon innerhalb der ganzen Familie abgekartet war, jedenfalls sah ich mich nach anderthalb Stunden einschläferndem Gequassels urplötzlich einer riesigen, gähnenden, völlig unvorhergesehenen Falle gegenüber. Das vorerwähnte Gequassel nämlich, auf das ich nur ganz von ferne hingehört hatte, lief plötzlich mit einer apodiktischen Zwangsläufigkeit auf eines hinaus: Gustaves Unternehmungen seien umfangreich, sie könnten nicht ohne Leitung bleiben, diese müsse aus der Familie kommen, ich allein könne diese Aufgabe übernehmen.

Ich? Noch immer sehe ich mich dastehen, in meiner Verblüffung wie vom Donner gerührt, mit dem Finger auf die Brust zeigend, sehe mich mit entgeistertem Gesicht den Halbkreis von Marmorgestalten durchschweifen, die mich umgaben und zu dem »Ja, ja« eines unbarmherzigen Schicksals eifrig mit dem Kopf nickten. Ich? In die noch warmen Pantoffeln dieses Essigpissers zu schlüpfen, der allsonntäglich seinen Drachen von Weib und seine vier häßlichen Töchter zum Hochamt in der Kathedrale Saint-Pierre fuhr? Ich? Die Leitung dieses lächerlichen, übelriechenden Betriebs übernehmen? Diese unbeschreibliche Narretei benahm mir den Atem.

Ich stand auf, ging hinaus und zog los zu einem Eilmarsch durch die Stadt. Aber als ich abends in die Rue du Chapitre zurückkam, in das Kämmerchen meiner Jugendjahre, da fand ich auf meinem Nachttischchen eine ziemlich aufwendige Broschüre, schmucklos auf Glanzpapier gedruckt, die den rätselvollen Titel trug:

Die Sedomu und ihr Repurgationswerk

Eine unsichtbare Hand sorgte dafür, daß ein bestimmter Gedanke weiter seinen Weg nahm.

Repurgation! Das klang, als käme es aus einem Aufsatz über die Medizin der Verdauungswege oder aus einer Studie über religiöse Kasuistik. Der ganze Gustave lag in dieser neuen Wortschöpfung – die man im Lexikon vergeblich suchte –; sie drückte so gut sein Bemühen aus, das Gräßliche seines Gewerbes durch einen Anstrich von intestinal-spiritueller Wissenschaftlichkeit überzukompensieren. Aber was hab' ich nicht alles gelernt in jener Nacht vom 26. auf den 27. September 1934, einer Nacht, die sich mit nichts anderem vergleichen läßt als den nächtlichen Ekstasestunden des großen Pascal!

Ich erfuhr, bis zur Zeit Philipp Augusts – der den ersten Reinigungsdienst für die Hauptstadt ins Leben rief – hätten ausschließlich durch die Gassen galoppierende Schweinerudel für die Beseitigung der Abfälle gesorgt, die jedermann ohne weiteres vor die Tür warf. Jahrhundertelang fuhren zweirädrige Ochsenkarren zwischen der Stadt und der dem Oberstraßenmeister von Paris unterstehenden Müllablage hin und her. Ein ehemaliger Offizier der französischen Garde, der Hauptmann La Fleur (hört, hört!), stellte unter Ludwig XV. das erste *Cahier des Charges*, den ersten Müllabfuhrplan auf, regelte Abholzeiten und Fahrstrecken, Form und Abmessungen der Fahrzeuge sowie die Zusammensetzung der dazugehörenden Mannschaft, die Dreckschaufelmänner und die Kehrbesenweiber, das Völkchen der *Müllkipper*, wie man sie hier nannte. Was sich da vor meinen Augen auftat, war ein ganzes, malerisch-duftgeschwängertes Geschichtsbild, markiert von sensationellen Ereignissen wie etwa der revolutionären Neuerung des Präfekten Poubelle, der den heute noch nach ihm benannten Mülleimer einführte. Doch vor allem erfuhr ich in jener Nacht, daß die SEDOMU (Société d'enlèvement des ordures ménagères urbaines – Gesellschaft für innerstädtische Hausmüllbeseitigung) ein Betrieb war, der seine Polypenarme über sechs Städte ausstreckte – Rennes, Deauville, Paris, Marseille, Roanne und Casablanca –, alles Städte, mit denen er »Repurgations«-Verträge hatte.

Nach und nach lockte mich das Negative, fast möchte ich sagen das *Invertierte* dieses Erwerbszweigs. Hier war ein Reich, das sich in den Straßen der Städte breitmachte und das auch seine Ländereien – die Müllplätze – besaß, aber es reichte auch tief hinein in das intimste, geheimste Leben der Menschen, denn jede Handlung, jede Bewegung hinterließ in ihm ihre Spur, den unleugbaren Beweis dafür, daß sie geschehen war: Zigarettenkippen, Brieffetzen, Küchenabfälle, Damenbinden usw. Es ging letztlich darum, Besitz zu ergreifen von einer ganzen Bevölkerung, und zwar von hinten her, auf eine umgekehrte, auf den Kopf gestellte, nachtseitige Art.

Ich sah im Geiste auch schon ein wenig die Veränderung, die dieses diabolische Herrschertum bei mir selber bewirken mochte. Der arme Gustave hatte sicherlich eine Ahnung gehabt von der Pflicht, zu der die höchste Würde im Reich des Unflats zwingt: der *Pflicht zur Läuterung*. Aber er war ihr blödsinnigerweise mit einem Übermaß an Reputierlichkeit nachgekommen, hatte sich hartnäckig aufs Fromme, aufs Karitative geworfen, auf seine Selbstdarstellung als mustergültiger Ehemann, als aufopfernder Vater. Der Vollidiot, der er war! Die drei Tonnen Unrat, die er aufs Haupt bekommen hat, haben ihn nicht von ungefähr getroffen.

Am nächsten Morgen hatte ich mich damit abgefunden. Ich werde König der SEDOMU. Ich teilte der ganz überwältigten Familie meinen Entschluß mit; dann schloß ich mich in Gustaves ehemaliges Büro ein – das nach Muckertum und nach Sakristei stank – und begann die Akten aller sechs Vertragsstädte genau zu studieren. Das war jedoch nicht das Wesentliche. Aus Paris zurückgekehrt, legte ich mir eine einigermaßen spektakuläre Garderobe zu, nämlich einen elfenbeinfarbigen Nankinganzug und eine Kollektion bestickter Seidenwesten. In diese Westen ließ ich sechs Uhrtäschchen einarbeiten, auf jeder Seite drei. Dann ließ ich mir bei einem Juwelier sechs goldgetriebene Medaillons anfertigen und auf jedem den Namen von einer der sechs Städte eingravieren. Ich hatte beschlossen, jedes Medaillon müsse ein Komprimat von dem Müll der jeweiligen Stadt enthalten und seinen Platz in einem meiner Westentäschchen finden. Und so, eingebunden in Reliquien, verwandelt in einen Abfallschrein, mit dem sechsfachen Siegel seines verborgenen Reiches versehen schreitet dann der Imperator, der Herrscher über den Unrat gravitätisch durch die Welt dahin!

Obgleich geheimnisumwoben, ist der Mechanismus, dem das Schicksal gehorcht, von einer ziemlich leicht eingängigen Logik bestimmt. Was ist mit mir geschehen? Ein unheimlicher Sprung vorwärts hat mich Hals über Kopf auf den Weg geschleudert, der mir gemäß ist und den ich sicherlich schon vorher mit winzigen Schrittchen gegangen war. Mit einem Mal fühlte ich, wie schlummernde Zusammenhänge aller Art ans Licht kamen, sich bemerkbar machten, sich durchsetzten. Das ging in zwei Etappen vor sich. Zunächst hieß es rückwärts schreiten, wieder in die Fußstapfen meiner Kindheit, meiner Jugend usw. treten. Das nennt man ja wohl einen Schritt zurückgehen, einen Anlauf nehmen. Dann kam es dazu, daß ich mich mit demjenigen meiner Brüder, der mir am fernsten stand, mit dem Menschen, dem ich auf der Welt am fremdesten zu sein vermeinte, urplötzlich identifizieren mußte. All das läßt sich unschwer entschlüsseln. Zum Beispiel ist es klar, daß ein ähnliches Hineinschlüpfen in die Rolle meines anderen Bruders Edouard, weil weniger paradox, weder einen Sinn noch eine Chance gehabt hätte.

Mein Bruder Edouard. Was hat man mir nicht die Ohren vollgeredet von der exemplarischen Überlegenheit meines älteren Bruders! Man tat wirklich alles, um ihn mir verhaßt zu machen, und doch, so sehr ich auch – vor allem in meiner frühen Jugend – ihm gegenüber gereizt gewesen sein mag: nie hegte ich ein feindseliges Gefühl gegen ihn. Je mehr Jahre darüber vergehen, desto mehr empfinde ich für ihn sogar eine Art Sympathie, die stark von Mitleid durchdrungen ist. Der Grund liegt darin, daß all die Zwänge, die ich in jedem seiner »Vorzüge« erahnte, unausbleiblich an den Tag kamen und von Jahr zu Jahr schwerer auf ihm lasten. Er wird ihnen erliegen, das ist sicher, schon jetzt wird er, überlastet mit Ehrenämtern, mit Frauen, Kindern, Verpflichtungen und Geld, auf ungute Art alt.

Er hat so ungefähr meinen Korpus – oder ich den seinen –, ist aber zehn Zentimeter größer, was nur scheinbar ein Vorteil ist. Ich war schon immer der Meinung, übermäßige Körpergröße sei ein Handicap, das von einer gewissen Grenze an tödlich sein könne. Manche Tiere der Kreidezeit haben das grausam erfahren müssen. Edouard ist ohne Frage größer als ich; in Wahrheit ist er zu groß. Das kommt ihm bei Frauen zugute. So manches Mal habe ich beobachtet, daß eine das Normale übersteigende Größe bei diesen Gänsen ein Trumpf ist, der immer sticht, einerlei, welche körperlichen Mängel sonst mit ihm einhergehen mögen. Du kannst kurzsichtig, glatzköpfig, fettleibig, bucklig sein und aus dem Mund stinken – wenn du mehr als ein Meter fünfundachtzig mißt, liegt dir das ganze Federvieh zu Füßen. Übrigens ist Edouard auf diese plumpe Art, zu verführen, keineswegs angewiesen. In jungen Jahren war er schön, war er mehr als schön. Es ging von ihm eine Kraft aus, eine Lust am Leben, eine ruhige Tatkraft – es war, als ob warme Wogen einen berührten. Freundliches Wesen – ich finde kein besseres Wort, um diese Atmosphäre zarter Höflichkeit zu bezeichnen, die er an sich hatte. Und welch verführerische Macht besaß er über Frauen! Er hatte eine bestimmte Art, sie anzusehen, ironisch und zärtlich, ein bißchen schräg, und mit seinem Zeigefinger über die Enden seines Schnurrbärtchens bis zu den Mundwinkeln zu streichen... Verflixter Edouard! Der hat ihn mit vollen Zügen geschlürft, den vergifteten Nektar der Heterosexualität! Welche Freude am Genießen! Welch ein Glückskind!

Das Ergebnis ließ nicht lange auf sich warten. Edouards Charme ist der – oftmals unwiderstehliche – Charme schwacher Männer ohne ausgeprägten Charakter. Er war noch kaum erwachsen, da fand er sich schon verheiratet. Nicht lange nach ihrer Hochzeitsreise kam Maria-Barbara nieder. Seitdem gab es bei ihr kein Halten mehr. Kaum war sie heraus aus dem Wochenbett, da legte sie sich jedesmal so eilig wieder hinein, daß man hätte meinen mögen, jeder Luftzug könne ihr ein Kind machen. Ich habe sie nicht oft gesehen, aber nie anders als im Liegestuhl. Schön war sie, o ja! Sie war majestätisch: die Alma Genitrix in ganzer, ruhig-heiterer Größe. Ein sanft hingestreckter Leib, voll fruchtbaren Reifens, stets von einem Rudel Kinder umringt wie die römische Wölfin. Und als ob die Tragzeiten ihr noch zu lange dauerten, bekam sie nun Zwillinge. Wie weit mag sie's wohl noch treiben?

Auch später habe ich Edouard von Zeit zu Zeit in Paris gesehen. Der Anlaß für diese Begegnungen war unsere Mutter; doch hätte keiner von uns beiden sie herbeigeführt. Ich habe gesehen, wie Müdigkeit und später Krankheit diese glückliche Natur von innen her zerstörten. Zwischen der erdrückenden Eintönigkeit des Familien- und Berufslebens, das er auf Pierres Sonnantes führte, und den kleinen, dann später immer mehr verlängerten Fiesta-Aufenthalten in Paris wurde seine gerade Haltung allmählich krumm, seine Angeberei sackte in sich zusammen, indes die etwas kindliche Rundung seiner Wangen zu ungesunden Hängebacken schwand. Sein Leben war geteilt zwischen der Langeweile in der Bretagne und der Müdigkeit in Paris, die eine gefördert von Maria-Barbara, die zu mütterlich, die andere von Florence, seiner Geliebten, die zu mondän war. Ich habe gehört, er sei Diabetiker. Seine Korpulenz nahm zu, dann fiel sie in sich zusammen und lag wie eine Tunika aus Haut und Falten um ein Skelett, das erkennen ließ, wie schmal es war.

Edouards Schicksal kann einen wirklich zum Pessimisten machen. Da ist ein Mensch, schön, großzügig, verführerisch, arbeitsam, ein Mann, vollkommen im Einklang mit seiner Zeit und seiner Umgebung, ein Mann, der immer zu allem aufrichtig und von ganzem Herzen ja gesagt hat, ja zur Familie, ja zu dem, was anderen Vergnügen machte, ja zu den Mühen und Schmerzen, die mit unser aller Lebensumständen untrennbar verbunden sind. Zu lieben war immer seine große Stärke. Er liebte Frauen, gute Küche, Wein, glänzende Gesellschaften, aber ganz sicher auch seine Frau, seine Kinder, Pierres Sonnantes und erst recht die Bretagne und Frankreich.

Von Rechts wegen hätte sein Leben immer höher steigen, mit Glück und Ehren überhäuft, zu einem Weg des Triumphes werden müssen, bis empor zu einem glorreichen Ende. Statt dessen geht es abwärts mit ihm, er versauert, vergilbt ... Er wird sicher jammervoll enden ...

Ich dagegen, der ich schon vom Start an gezwungen worden war, Menschen und Dinge gegen den Strich zu bürsten, mich immer andersherum zu drehen, als die Erde sich dreht, ich habe mir ein Universum gebaut, das vielleicht verrückt, aber in sich folgerichtig und vor allem mir ähnlich ist, ebenso wie manche Weichtiere um sich herum eine unförmige, aber maßgerecht passende Schale absondern. Über die Festigkeit und Ausgewogenheit meines Gebäudes mache ich mir keine Illusionen. Ich bin ein zum Tode Verurteilter, dessen Hinrichtung aufgeschoben ist. Trotzdem stelle ich fest, daß mein Bruder, der aus dem vollen geschöpft hat, als ich klein, häßlich und unglücklich war, mich heute um meine gute Gesundheit und meinen fröhlichen Appetit am Leben beneiden muß.

Das beweist, daß das Glück zwischen dem, was einem mitgegeben wurde, und dem, was man sich aufgebaut hat, das rechte Verhältnis wahren muß. Edouards Glück war ihm fast völlig schon in der Wiege *mitgegeben*. Es war ein untadeliger und sehr bequemer Konfektionsanzug, in den er, mit seiner Standardfigur, wie in einen Handschuh hineinschlüpfen konnte. Im Lauf der Jahre ist der Anzug dann schäbig und fadenscheinig geworden, er zerfiel in Fetzen, und Edouard sah ohnmächtig und todunglücklich dieser Zerstörung zu.

In meinem Fall steckt ein Übermaß in umgekehrter Richtung. Bei mir ist alles sorgsam errungen; der Anteil des Zufalls und des Glücks hat sich aufs Allernötigste beschränkt. Das Gebäude ist labil. Es genügt ein etwas stürmischer Wechsel in der Umgebung, und diese allzu fein angelegte Muschelschale zerspringt in tausend Stücke. Immerhin kann ich mir dann wenigstens eine neue fabrizieren. Wenn ich Zeit und Kraft dazu habe. Und vor allem, wenn ich noch Lust habe ...

Ich gehe nie heim nach Rennes, ohne daß meine Schritte mich ins Tabor-Gymnasium führen, das am Rande des gleichnami-

gen Gartens in den alten Mauern der ehemaligen Benediktiner-
abtei Saint-Mélaine untergebracht ist. Tabor! geheimnisvoller
Name, von magischem Nimbus umgeben, heiliger Name,
in dem Goldglanz schimmert und der Tabernakel dämmert.
Wenn ich seinen Klang höre, fängt die ganze Jugend in mir zu
schwingen an ... Aber wenn er die Verheißung von Ekstasen
eines verklärten Daseins in sich schließt, war ich von den drei
Surinkindern der einzige, den in diesen alten Mauern das Licht
des Heiligen Geistes heimsuchte.

Nur mit Mühe und nicht ohne bedrückt zu sein, kann ich mir
vorstellen, wie qualvoll-öde die Gymnasialjahre für einen Heterosexuellen sein müssen. Mit Leib und Seele in eine menschliche Umgebung hineingestellt zu sein, die für ihn sexuell ohne
Reiz, ohne Farbe und Duft ist – welch graues Einerlei müssen
da nicht Tage und Nächte für ihn bedeuten! Freilich – ist das
nicht im Grunde die richtige Vorbereitung auf das, was das Leben für ihn bereithält?

Ich hingegen, bei den Göttern! Das Tabor war meine Kindheit
und Jugend hindurch der Feuerofen der Begierde und der Erfüllung. Ich brannte von allen Feuern der Hölle in dem engen
Zusammenleben der Schüler; lockerte es sich doch nicht eine
Sekunde lang im Zuge der zwölf Etappen, mit denen unser Ta-
geslauf uns umgab: Schlafraum, Kapelle, Studiersaal, Hof, Pis-
soir, Turnhalle, Sportplatz, Fechtboden, Treppenhaus, Pausen-
hallen, Waschräume. Jede dieser Örtlichkeiten war auf ihre Art
ein Glanzpunkt, war ein Jagd- und Fangrevier mit zwölffach
verschiedenen Methoden. Vom ersten Tag an wurde ich von
einer liebesschweren Trunkenheit erfaßt, wenn ich in die von
aufkommender Männlichkeit gesättigte Atmosphäre der
Schule eintauchte. Was gäb' ich nicht darum, da ich in die heterosexuelle Finsternis verstoßen bin, nochmals etwas wiederzufinden von diesen Gluten und Leidenschaften!

Eingeweiht wurde ich ganz überraschend; ich wurde die willige
und beglückte Beute dessen, was die »Fleurets« das »Muschel-
fischen« nannten. Die abendliche Studierzeit war zu Ende, und
wir gingen in einer Reihe hintereinander durch die Pausenhalle
hinüber zum Speisesaal. Ich ging als einer der letzten, aber
nicht als letzter, und ich war erst einige Meter von der Tür des
Klassenzimmers entfernt, als der dafür eingeteilte Schüler
drinnen das Licht ausmachte. Ich ging langsam weiter, in ei-

nem von den Lampen der Pausenhalle unterbrochenen Halbdunkel. Die Hände hatte ich hinten, die Handflächen offen, in
Höhe des Gesäßes übereinandergelegt. Ich hatte das unbestimmte Gefühl, daß sich hinter mir eine leichte Rempelei ab-
spielte, und ich spürte, wie sich mit einem Nachdruck, der kein
Zufall sein konnte, etwas Vorspringendes in meine Hände
drängte. Ich wurde vorwärtsgeschoben, kam aber an den vor-
ausgehenden Schülern gleich zum Stehen. Doch war ich, das
muß ich zugeben, drauf und dran, mit beiden Händen das Glied
des hinter mir gehenden Schülers zu drücken, das sich unter
dem dünnen Stoff der Hose straffte. Hätte ich meine Hand
nach vorn genommen, hätte ich sie weggezogen vor dem, was
sich hier darbot, so hätte ich dadurch mit einer fast unmerklichen Bewegung den Annäherungsversuch, der mir galt, zurückgewiesen. Ich gab jedoch die gegenteilige Antwort: ich
blieb zurück und öffnete meine Hände ganz weit, wie eine Muschel, wie ein Körbchen, bereit, die ersten Früchte einer ver-
stohlenen Liebe zu ernten.

Das war meine erste Begegnung mit der Wollust, die ich nun
nicht mehr einsam und wie ein schändliches Geheimnis erlebte, sondern im Bunde mit Gleichgesinnten, fast hätte ich
gesagt – aber auch das sollte bald wahr werden – in Gemeinschaft. Ich war elf Jahre alt. Jetzt bin ich fünfundvierzig und bin
noch immer nicht wieder ganz zu mir gekommen nach dem
staunenden Entzücken, in dem ich, gleichsam umgeben von
einer unsichtbaren Glorie, in der feuchtdunklen Pausenhalle der
Schule dahinschritt. Noch nicht wieder zu mir gekommen ...
Wie gern hab' ich diesen treffenden, bewegenden Ausdruck,
der an ein unbekanntes Land denken läßt, an einen geheimnisvollen Wald voll so mächtigen Zaubers, daß der Wanderer,
der sich hineinwagt, nie wiederkommt. Staunen, Entzücken
erfaßt ihn, läßt ihn nicht mehr los und verbietet ihm, wieder-
zukehren in das graue, unfruchtbare Land, in dem er geboren
ist.

Ich war so tief aufgewühlt von dieser Entdeckung, daß ich wohl
unfähig gewesen wäre, zu sagen, welcher von den hinter mir
gehenden Kameraden mir die Schlüssel zu einem Königreich in
die Hände gelegt hatte, dessen Reichtümer ich jetzt, da ich dies
schreibe, noch immer nicht zu Ende erforscht habe. Wer hinter
mir ging, habe ich tatsächlich nie erfahren; später habe ich

nämlich begriffen, daß die Drängelei aus einer kleinen Verschwörung hervorgegangen war, in die drei, die im Hintergrund des Klassenzimmers nebeneinander saßen, eingeweiht waren; sie waren alle drei Mitglieder des Geheimbundes der »Fleurets«, der die Neueingetretenen systematisch »ausprobierte«. Ich will hier nur von zwei Fleurets sprechen, weil deren Gestalt in meiner Erinnerung mit unvergleichlichem Glanz leuchtet.

Thomas Koussek verdankte seinen Pseudo-Nachnamen dem *Coup sec*, etwas Erstaunlichem, das er erfunden und das ihn im Tabor berühmt gemacht hatte; ich komme darauf noch zurück. Jeder Schüler hatte die Innenseite seines Pultdeckels in eine kleine ikonographische Ausstellung verwandelt, die auf engem Raum seine Träume, seine Erinnerungen, seine Helden und Mythen zusammenfaßte. Auf diese Weise sah man Familienphotos in vertrauter Nachbarschaft mit seitengroßen Ausschnitten aus Sportillustrierten, Köpfe von Kabarettsängerinnen neben Teilen von Karikaturen. Thomas' Bilderwelt war ausschließlich religiös und ganz und gar der Gestalt Jesu gewidmet. Doch ging es dabei nicht um das Christkind und auch nicht um den abgezehrten, leidenden Jesus am Kreuz. Der Christkönig war es, der Athlet Gottes, kraft- und saftstrotzend, »jung und ewig allzumal«, dessen Darstellung sich in Pyramidenform auf dem engen Holzrechteck wiederholte. Diese triumphale Ikonographie war sozusagen signiert mit einem ganz in die linke Ecke gedrängten Bildchen, das den Blicken eines Uneingeweihten leicht entging. Es stellte mit kindlichen Strichen Thomas dar, wie er zwei Finger seiner Hand in die wunde Seite des auferstandenen Jesus legt. Zuerst sah ich darin lediglich eine Anspielung auf Thomas' Vornamen. Das war aber nur der erste Ansatz. Seine volle Bedeutung wurde mir erst später zuteil.

Die kleine Gruppe der »Fleurets« versammelte sich zweimal in der Woche auf dem Fechtboden in der Stadt zum Fechtunterricht, was ihr einen unverfänglichen Anstrich gab und ihr zugleich eine wunderbar symbolträchtige Ausrede lieferte. Der Fechtmeister beobachtete uns mit ganz unterschiedlichen Augen: mit strengen, unbestechlichen, wenn es galt, eine Finte unten oder eine Parade über der Linie zu beurteilen. Aber er war völlig blind für die Handgreiflichkeiten besonderer Art, mit denen wir in der Umkleide oder unter der Dusche aneinander gerieten. Wir waren überzeugt, dieser ehemalige Kavallerieoffizier, der Junggeselle war und unter seiner ergrauenden Behaarung ganz aus Nerven und Sehnen bestand, sei seinem Wesen nach eigentlich einer von den Unseren, doch er ließ von dem, was seine Gittermaske und sein Brustpanzer verbargen, niemals etwas nach außen dringen. Als einer von uns eines Tages verlauten ließ, er habe seine Gunst genossen, stieß er auf so ungläubige Verachtung, daß er nicht darauf beharrte, und er behielt von diesem Täuschungsmanöver in unseren Augen einen Makel, der nie ganz verschwand. Es gab bei den Fleurets eben Dinge, die man nicht begehen durfte. In keinem Gesetzbuch waren sie ausdrücklich aufgezählt, aber wir erkannten sie mit untrüglichem Instinkt und ahndeten sie mit unbeugsamer Strenge.

Weil ich der Jüngste und zuletzt gekommen war, nannte man mich Fleurette, also »Blümchen«, ein Spitzname, den ich gern akzeptierte, sogar von seiten der anderen Schüler, die ihn gebrauchten, ohne ihn zu verstehen. Man hatte mich zuerst meiner Magerkeit wegen als nicht sehr »genießbar« eingeschätzt, doch Raphael – die Autorität auf erotischem Gebiet – hatte mich rehabilitiert: er pries mein zur damaligen Zeit verhältnismäßig langes und dralles Geschlecht, dessen seidige Zartheit – wie er sagte – so ganz absteche von der Dürre meiner Schenkel und der Kargheit meines Bauchs, der wie ein Linnen zwischen die knochig vorspringenden Hüften gespannt sei. »Eine saftige Muskatellertraube, die an einem dürren Rebpfahl hängt«, versicherte er in einem lyrischen Ton, der mir schmeichelte und über den ich lachen mußte. Zu diesen verborgenen Reizen gesellte sich, das muß ich sagen, die Fähigkeit, gut und stark zu saugen; sie kam davon, daß ich für die Samenflüssigkeit schon immer eine besondere Vorliebe hatte.

Thomas war mehr von dieser Vorliebe besessen als sonst einer von uns; er befriedigte sie jedoch selten auf unsere direkte Weise, im unmittelbaren Kontakt von Mund und Glied. Er machte eigentlich nichts so wie die anderen, er brachte überall eine neue Dimension hinein, etwas Höheres, das religiöser Natur war. Das Heilige war für ihn das natürliche Fluidum, in dem er lebte, atmete, das überall, wohin er ging, um ihn war. Als Beispiel will ich die Art Ekstase anführen, in die er allmorgendlich im Schlafraum verfiel, wenn wir uns, bevor wir zur Kapelle hinuntergingen, um unsere Betten herum zu schaffen machten. Die Hausordnung gebot uns, die Laken auszuschütteln, bevor wir unsere Betten machten. Von vierzig Jungen gleichzeitig ausgeführt, ließ dieses einfache Schütteln die Krusten getrockneten Spermas auf den Leintüchern zerstieben und sättigte so die Luft mit Samenstaub. Dieses frühlingshafte Aerosol erfüllte unsere Augen, unsere Nüstern, unsere Lungen, in ihm befruchteten wir einander wie mit einer pollenträchtigen Brise. Die große Masse der Internatsschüler merkte nicht einmal etwas von diesem subtilen Samenspenden. Bei den Fleurets bewirkte sie nicht mehr als eine leichte, etwas priapische Fröhlichkeit, die die morgendliche Erektion der Heranwachsenden länger andauern ließ. Thomas jedoch war davon tief aufgewühlt. Denn in seiner Unfähigkeit, das Profane und das Heilige zu unterscheiden, erlebte er ganz intensiv die etymologisch gleiche Bedeutung der beiden Worte *Geist* und *Wind*.

Diese frühlingshafte, luftig-sonnige Ekstase, sie war die lichte Seite an Thomas' geistigem Leben. Aber seine brennenden, stets tiefdunkel geränderten Augen, sein ausgemergeltes Gesicht, seine zerbrechliche, scheue Gestalt sagten allen, die zu sehen verstanden, deutlich genug, daß er sich auch mit einer dunklen Hälfte herumzuschlagen hatte, über die er selten Sieger blieb. Von dieser dem Finsteren verhafteten Leidenschaft war ich ein einziges Mal Zeuge, aber unter unvergeßlichen Umständen. Es war eines Winterabends. Ich hatte um die Erlaubnis gebeten, in die Kapelle zu dürfen, weil ich dort in meinem Gestühlfach ein Buch vergessen hatte. Beeindruckt von der Tiefe des spärlich erleuchteten Gewölbes und von dem unheimlichen Echo, das beim leisesten Geräusch davon widerhallte, wollte ich eben im Galopp wieder davonrennen, da hörte ich ein Schluchzen, das aus der Erde zu kommen schien. Ja wirklich, unter der Erde weinte jemand, denn das Schluchzen kam aus einer engen Öffnung hinter dem Chor, von der eine Wendeltreppe in die Krypta der Kapelle führte. Ich war mehr tot als lebendig, und um so mehr von Grauen gepackt, als ich die ganze Zeit über wußte, nichts werde mich hindern können, hinunterzugehen und zu schauen, was da unter der Erde vorgehe.

Da war ich schon. Die Krypta – soweit ich das beim Schein des

einzigen, zuckenden, blutroten Lichts eines Öllämpchens beurteilen konnte, war ein Sammelsurium von Kirchenbänken,
Stühlen, Leuchtern, Betschemeln, Gesangspulten und Kir-
chenfahnen, so richtig ein frommer Trödlerladen, des lieben
Gottes Rumpelkammer, die einen Geruch nach Salpeter und
nach kaltem Weihrauch ausströmte. Aber auf den Fliesen lag
auch ein lebensgroßer Christus, der gewöhnlich im Garten des
Tabor aufgestellt war; das dazugehörige Kreuz war jedoch
morsch geworden und sollte nun durch ein neues ersetzt werden. Er war herrlich, ein Athlet in bester Form, aus einer
glatten, seifenartigen Substanz, prächtig entwickelt und höchst
anziehend mit seinen ausgebreiteten Armen, seinen hervortretenden Brustmuskeln, mit seinem hohlen, aber kraftvoll
gezeichneten Unterleib. Er lag da, seines Kreuzes ledig, gleichwohl aber gekreuzigt, denn ich erkannte bald Thomas, der in
entsprechender Haltung unter ihm lag, stöhnend unter dem
Gewicht der Statue, die ihn schier erdrückte.
Ich flüchtete voll Entsetzen über das, was ich gesehen, was die
Vereinigung von Liebenden und die Kreuzigung so nahe anein-
anderrückte, als wäre die überlieferte Keuschheit Christi nichts
anderes gewesen als eine lange, heimliche Vorbereitung auf
seine Vermählung mit dem Kreuz, als wäre der Mann im Liebesakt gewissermaßen an seine Geliebte genagelt. Jedenfalls
kannte ich nun Thomas' schwarzes Geheimnis, seine physi-
sche, fleischliche, sinnliche Liebe zu Jesus, und ich hatte keinen
Zweifel: diese düstere Leidenschaft hatte irgendeine Beziehung – aber welche? – zu dem berühmten *Coup sec*, dessen
Erfinder er war und der ihm unter den Fleurets ungewöhnliches Ansehen verschafft hatte.
Der Coup sec, der trockene Stoß, bestand, wie schon sein Name
in etwa sagt, in einem Orgasmus, der bis zum Ende ohne jeden
Samenerguß abläuft. Um das zu erreichen, muß man – oder
muß der Partner – mit dem Finger einen ziemlich starken
Druck auf den hintersten zugänglichen Teil des Samenleiters,
praktisch auf den vorderen Rand des Afters ausüben. Das Gefühl dabei ist gewaltsamer, schlagartiger und gewinnt dadurch
einen Einschlag von Bitternis und Angst – für die einen höchste
Wonne, für die anderen (großenteils aus Aberglauben) der ärgste Graus. Die Nervenbelastung ist dabei größer, aber weil der
Samenvorrat ungeschmälert bleibt, ist eine Wiederholung

leichter und erregender. Für mich ist der Coup sec eigentlich zwar immer eine interessante Kuriosität, doch ohne große praktische Tragweite geblieben. Dieser Orgasmus ohne Ejakulation verschließt sich in eine Art geschlossenen Kreis, der, so scheint mir, ein Nein zum anderen Menschen bedeutet. Es ist, als werde der Mann, der den Coup sec vollzieht, nach einem ersten Anlauf zum Partner hin plötzlich gewahr, daß der weder die Schwesterseele noch gar der Bruderleib ist, und breche dann, von Reue erfaßt, den Kontakt ab, um zu sich selber zurückzukehren, so wie das Meer, vom Deich abgewiesen, die anbrandende Woge wieder in sich zurücknimmt. Das ist die Reaktion eines Wesens, das sich im Grunde für die in sich geschlossene Zelle, für das in sich befangene Dasein von Zwillingen entschieden hat. Ich stehe – soll ich sagen: leider? – dem absoluten Dasein zu zweien allzufern, ich liebe andere zu sehr, mit einem Wort, ich bin von meinem Instinkt her zu sehr Jäger, um mich so in mich selber zu verschließen.

Diese wilde, scheue Frömmigkeit und diese verwirrenden Entdeckungen umgaben Thomas mit einem düster-glühenden Nimbus. Die Patres selbst hätten auf diesen allzu begabten Schüler nicht ungern verzichtet, aber er machte ihnen immerhin Ehre, und seine Überspanntheiten, die in einer nichtkirchlichen Institution in sich zusammengefallen wären, fanden – das ist zuzugeben – in einer kirchlichen Schule ein Klima vor, das ihrer Entfaltung förderlich war. Koussek hatte die meisten der Gebete und Zeremonien, mit denen wir gefüttert wurden, sinnentfremdet – aber hatten sie denn überhaupt einen Sinn an sich? harrten sie nicht, frei und bereitwillig, der sanften Gewalt eines großen Geistes, der sie seinem Weltbild gemäß gestalten würde? Als Beispiel will ich lediglich die Psalmen 109 und 113 anführen, die wir allsonntäglich bei der Vesper sangen und die für ihn, für uns geschrieben worden zu sein schienen. Thomas erdrückte uns schier mit seinem hochfahrenden Anspruch, wenn wir mit der Stimme seine Behauptung bekräftigten:

> *Dixit dominus domino meo*
> *Sede a dextris meis ...*
>
> *Es sprach der Herr zu meinem Herrn*
> *Setze dich zu meiner Rechten*

39

> *Bis ich deine Feinde*
> *Als Schemel dir unter die Füße lege,*

und wir stellten uns Thomas vor, wie er, das Haupt an Jesu Brust, ein Gewimmel von Schülern und gedemütigten Patres mit Füßen trat. Voll und ganz aber nahmen wir zu unseren Gunsten die verächtlichen Anklagen in Anspruch, die Psalm 113 gegen die Heterosexuellen erhebt:

> *Pedes habent, et non ambulabunt*
> *Oculos habent, et non videbunt*
> *Manus habent, et non palpabunt*
> *Nares habent, et non odorabunt!*

> *Füße haben sie und gehen nicht,*
> *Augen haben sie und sehen nicht,*
> *Hände haben sie und fühlen nichts,*
> *Nüstern haben sie und riechen nichts!*

Wir anderen, wir Gehende, Sehende, mit Händen, die fühlen, und Nasen, die wittern, wir schrien diese freche Anklagerede und liebkosten dabei mit den Augen Rücken und Kruppe der Kameraden auf den Plätzen vor uns, all dieser jungen Kälber, die nur als Haustiere gedacht und darum lahm, blind, ohne Gefühl und Witterung waren.

Raphael Ganesha freilich stand Thomas Kousseks mythischen Raffinessen ziemlich fremd gegenüber. Der traditionsbestimmten christologischen Ikonographie zog er die üppigbunte orientalische Bilderwelt vor. Er verdankte seinen Spitznamen der Hindu-Gottheit, deren puterrote Gestalt die ganze Fläche seines Pultdeckels einnahm, eben die Gestalt Ganeshas, des Gottes mit Elefantenkopf, mit vier Armen und mit dem schmachtenden, geschminkten Auge, dem Sohn Shivas und Parvatis, stets begleitet vom gleichen heiligen Tier, der Ratte. Die grell-naive Bemalung, der Sanskrittext, die unermeßlichen Schätze, mit denen das Bild des Gottes überladen war, all das war nur Beiwerk zum Lobpreis und zur Verehrung seines geschmeidigen, duftenden Rüssels, der mit lasziver Grazie hin und her schwang. Das behauptete zumindest Raphael, der in Ganesha die Vergöttlichung des kriecherisch umschmeichelten

Geschlechtsteils sah. Ein Junge hatte, wie er sagte, eine Daseinsberechtigung nur als Tempel des einen, in einem Heiligtum von Kleidern verborgenen Gottes, dem zu huldigen er glühend begehrte. Die Bedeutung seines heiligen Tieres, der Ratte, blieb auch dem scharfsinnigsten Orientalisten ein Rätsel, und Raphael ahnte nicht im entferntesten, daß es dereinst Sache des kleinen Alexandre Surin, genannte Fleurette, sei, das Geheimnis zu lüften. Dieser naive, derbe Götzendienst orientalischen Stils machte Raphael zum Gegenpol des feinsinnigen, mystischen Thomas. Doch habe ich immer gedacht, die Fleurets könnten froh sein, zwei ihrer geistigen Herkunft und ihren Praktiken nach so diametral verschiedene Köpfe zu haben.

Von der grausam-lustvollen Gesellschaft der Fleurets und von unseren Handgreiflichkeiten auf dem Fechtboden habe ich eine Vorliebe für Hieb- und Stichwaffen behalten. Da die Gepflogenheiten es nicht mehr zulassen, mit dem Degen an der Seite auf die Straße zu gehen, habe ich mir ein Arsenal von getarnten Degen, eine ganze Stockdegensammlung zugelegt. Bis heute besitze ich siebenundachtzig, und ich bin bestrebt, es nicht dabei bewenden zu lassen. Wie wertvoll das einzelne Stück ist, richtet sich danach, wie fein die Hülle und wie ausgeklügelt die Verriegelungsmechanik ist. Die primitivsten Hiebwaffen stecken in einem unmäßig großen Futteral – einem richtigen Prügel wie von einem verkappten Gendarmen –, in dem sie lediglich durch kräftiges Hineinstoßen festgehalten werden. Doch die besten Stöcke sind biegsam wie Meerrohr. Absolut nichts läßt vermuten, in ihnen verberge sich eine dreikantige, federleichte Klinge. Entriegeln lassen sie sich teils durch einen Druck mit dem Daumen auf einen Knopf, teils durch eine am Griff gekennzeichnete Halbdrehung. Der Griff kann aus geschnitztem Ebenholz, aus ziseliertem Silber, aus Hirschhorn, aus Elfenbein bestehen oder aus Bronze, eine nackte Frau oder einen Vogel-, Hunde- oder Pferdekopf darstellen. Die am weitesten entwickelten geben, wenn man blankzieht, zwei Stahlstäbchen frei, die dann senkrecht zur Klinge hochstehen und so ein rudimentäres Stichblatt bilden.

Meine Stockdegen sind meine Töchter, meine höchstpersönliche, jungfräuliche Heerschar – denn noch hat keiner jemanden umgebracht, wenigstens nicht in meinen Diensten. Ich behielte sie nicht in meiner Nähe, wäre ich nicht der Überzeugung, daß der Anlaß sich bieten, die Notwendigkeit mich zwingen wird, den Liebes- und Todesakt zu vollziehen, in dem es um einen Degen und zwei Männer geht. Darum verzichte ich auch nie auf das Ritual, mir lange und sorgsam eine Gefährtin auszusuchen, bevor ich aufbreche zur nächtlichen Jagd. Meine Favoritin heißt Fleurette – wie ich selbst damals im Tabor –, und ihre dreifach gekehlte Klinge aus Toledaner Blaustahl ist fein wie ein spitzer Stachel. Ich nehme sie mit, an meinem Arm wie eine Braut, doch nur an den Abenden, da mich ein düsteres Vorgefühl überkommt. Wenn die Nacht der Entscheidung kommt, wird sie meine einzige Verbündete, meine einzige Freundin sein, und ich werde nicht untergehen, ohne daß sie zuvor das Pflaster mit den Leibern meiner Mörder deckt.

3

Der Hügel der Einfältigen

Seit zwanzig Jahren, seitdem sie für Sainte-Brigitte verantwortlich war, gab es für Schwester Béatrice keinen Unterschied mehr zwischen ihrer religiösen Berufung und ihrer Verbundenheit mit den einfältigen Kindern. Stets war sie insgeheim erstaunt, ja empört darüber, daß man an die Kinder anders als im Geist des Evangeliums herangehen konnte. Wie sollte man sie denn so achten, sie so lieben, wie es nottat, wenn man nicht wußte, daß Gott einfachen Gemütern Wahrheiten offenbart, die er vor den Gescheiten, ja selbst den Weisen verbirgt? Und welcher nennenswerte Unterschied besteht denn, am Geiste Gottes gemessen, zwischen unserem armseligen Verstand und dem trüben Bewußtsein eines Mongoloiden? Auch dachte sie, daß bei Geistesschwachen jeglicher Fortschritt über einen Gewinn im – direkt oder indirekt – religiösen Bereich führen müsse. Das eigentliche, schwere Gebrechen an ihnen war ja ihre Einsamkeit, ihre Unfähigkeit, mit anderen – und seien sie auch krank wie sie – Beziehungen zu knüpfen, die ihnen gegenseitig Bereicherung bringen konnten. Sie hatte sich Spiele, Reigentänze, kleine Komödien ausgedacht, durch die jedes Kind dazu angehalten werden sollte, sich in eine Gruppe einzufügen, sein Verhalten nach dem Verhalten seiner Nachbarn zu richten – ein mühseliges Unterfangen, das ein unendliches Maß von Geduld erforderte – denn die einzige von den Kindern aufgenommene menschliche Beziehung, das war gerade die Bindung an sie, Schwester Béatrice; und so trug ihre Anwesenheit ständig dazu bei, das Netz von Beziehungen zu zerstören, das sie mit soviel Mühe zwischen den Kindern herzustellen versuchte.

Mit Gottes Hilfe freilich war ein Erfolg dennoch möglich, ja sogar sicher. Gott, der all diese Kinder kannte und wegen der Einfalt ihres Geistes eine besondere Zuneigung zu ihnen hatte, umfing sie alle mit derselben Liebe und ließ in sie das Licht seines Geistes fallen. Schwester Béatrice träumte darum von einem Pfingstfest der Einfältigen, das mit feurigen Zungen auf ihre Häupter herabkommen, die Finsternis aus ihren Hirnen verjagen und die Lähmung ihrer Zungen lösen würde. Sie sprach nicht darüber; sie wußte, ihre Ideen hatten höheren Orts bereits Besorgnis erregt; es hätte nicht viel gefehlt, und sie wäre gemaßregelt worden, namentlich wegen der vereinfachten Vaterunser-Fassung, die sie sich für ihre Schützlinge ausgedacht hatte:

> Vater unser, du bist der Allergrößte,
> die ganze Welt soll dich kennen,
> die ganze Welt soll deinen Namen singen,
> die ganze Welt soll tun, was du gern hast,
> immer und überall. Amen

Die Sache war bis hinauf zum Erzbischof gegangen. Er hatte letztlich dann den Text genehmigt, da er – wie er befand – das Wesentliche enthielt.

Aber das war noch nicht alles. Schwester Béatrice war zu der Überzeugung gelangt, ihre einfältigen Kinder seien Gott und den Engeln näher als andere Menschen – bei ihr selber angefangen –, nicht nur weil ihnen die Doppelzüngigkeit und die falschen Werte des gesellschaftlichen Lebens unbekannt waren, sondern auch weil die Sünde sozusagen auf ihre Seele keinen Zugriff hatte. Eine Art Faszination überkam Schwester Béatrice vor Wesen, denen – zugleich mit einem grausamen Fluch, der sie getroffen hatte – eine gewissermaßen natürliche

Heiligkeit geschenkt worden war, eine Heiligkeit, die von vorn-
herein reiner und höher war als die Tugend, zu der Jahre des
Gebets und der Selbstverleugnung sie hatten gelangen lassen.
Das Dasein der Kinder strahlte auf sie aus und stärkte ihren
Glauben; er hätte diesen Beistand nicht ohne gefahrvollen
Rückschlag entbehren können. Auch sie war also die Gefan-
gene der Kinder, aber noch unentrinnbarer als ihre Schicksals-
genossinnen, denn die Kinder waren zum Fundament und zum
Lebensquell ihrer ganzen geistlichen Welt geworden.

Das Heim Sainte-Brigitte, das rund sechzig Kinder und etwa
zwanzig Angehörige des Hauptpersonals in sich vereinte, war
theoretisch in vier Abteilungen gegliedert, eine immer kleiner
als die andere, ähnlich wie vier konzentrische Kreise. Die drei
ersten entsprachen einigermaßen der klassischen Einteilung in
leicht, mittelmäßig und hochgradig Schwachsinnige, wie sie
durch den Binet-Simonschen Intelligenzquotienten definiert
sind. Schwester Béatrice hatte jedoch genug Erfahrung mit zurückgebliebenen Kindern, um solchen wissenschaftlichen Ein-
teilungen lediglich einen relativen Wert beizumessen. Die
Tests bewerten nur eine standardisierte Art von Intelligenz unter Ausschluß jeder anderen Geistesäußerung, und sie lassen
die Stimmungslage und die Mitwirkungsbereitschaft der Test-
person völlig außer Betracht, setzen vielmehr ein empfin-
dungsloses und uneingeschränkt gutwilliges Kind voraus. Deshalb entsprachen die Gruppen in Sainte-Brigitte eher empiri-
schen, ziemlich fließenden Unterscheidungsmerkmalen, bei
denen der entscheidende Gesichtspunkt war, ob sich die Kinder
untereinander vertrugen.

Die erste Gruppe vereinigte in sich Kinder, die – wenn sich ihre
charakterliche Störung oder das angeborene Gebrechen gerade
nicht zeigte – äußerlich normal und erziehungsfähig waren
und lediglich einer besonderen Aufsicht bedurften. Da waren
Epileptiker, Taubstumme, Antriebsgestörte, Psychotiker, die
gut miteinander auskamen. Der zweite Kreis hatte schon keinen Zugang zur Außenwelt mehr. Sie konnten gerade noch
sprechen, doch lesen und schreiben würden sie niemals lernen.
Wenige Jahre zuvor hätten sie in einem ländlichen Gemeinwe-
sen, in dem der »Dorftrottel« eine altvertraute, anerkannte, ja
geachtete Erscheinung war, noch ihren Platz gefunden und hätten auf dem Feld oder im Garten kleine Dienste verrichtet. Das

Ansteigen des wirtschaftlichen und kulturellen Lebensniveaus
ließ aus ihnen in der Folgezeit Ausschußware werden, die von
der allgemeinen Schulpflicht sogleich zutage gefördert und von
der Gemeinschaft alsbald ausgestoßen wurde. Ihnen blieb
nichts anderes übrig, als ihr Grollen, ihr Auf-den-Boden-
Stampfen, ihren Watschelgang, ihr gellendes Lachen, ihre
scheelen Blicke und ihre Unfähigkeit, Speichel, Urin und Fäka-
lien zurückzuhalten, gegen eine verwaltete, rationalisierte,
motorisierte, aggressive Gesellschaft einzusetzen, die sie um so
mehr ablehnten, als sie von ihr verstoßen worden waren. Betreuerin dieser Gruppe war hauptsächlich eine junge Schülerin
des Konservatoriums, die nach Sainte-Brigitte gekommen war,
um Material für eine Diplomarbeit über den therapeutischen
Wert der Musik bei zurückgebliebenen Kindern zu sammeln.
Sie hatte einen Chor aufgestellt, dann ein Orchester, schließlich hatte sie mit viel Geduld und Zeit ihre kleine Schar in ein
Orchester und eine Balletttruppe aufgeteilt. Ein seltsames,
groteskes, herzzerreißendes Schauspiel, diese kleinen Künstler, die alle etwas Unheilbar-Gestörtes an sich hatten, und die
es trotz ihrer körperlichen und geistigen Gebrechen verstanden, sich auszudrücken und sich darzustellen. Auf den ersten
Blick war etwas Grausames und sogar Ungehöriges in diesen
possenhaft-irren Darbietungen, doch den Kindern bekamen sie
gut, sehr gut, und nur darauf kam es letztlich an. Antoinette
Dupérioux sah sich in der Schlinge ihres eigenen Erfolges gefangen. Konnte man diese Arbeit denn aufgeben und etwas so
Verheißungsvolles im Keim ersticken? Monatelang verschob
sie ihre Abreise immer wieder, dann sprach sie nicht mehr davon, ohne freilich eine endgültige Entscheidung zu treffen.
Diesen Kindern war immerhin noch das Sprechen zugänglich.
Die hochgradig Schwachsinnigen – die des dritten Kreises –
stießen nur noch unartikulierte Laute aus, deren Sinn sich auf
zwei polare Gegensätze beschränkte: ich mag gern – ich mag
nicht, ich will – ich will nicht, ich bin glücklich – ich bin unglücklich. Man bemühte sich, ihren geistigen Zustand durch
Übungen zu fördern, die ihre praktische und künstlerische
Seite anregten, ohne jedoch die Sprache mit ihrer abstrakt-
symbolhaften Wirkungsweise zu Hilfe zu nehmen. Sie wurden
damit beschäftigt, zu zeichnen, zu modellieren, Schachbretter
zu basteln, indem sie farbige Papierbänder durch die parallelen

Schlitze eines andersfarbigen Vierecks zogen, oder sie klebten auf einen Karton Figuren, Blumen, Tiere, die sie mit einer abgerundeten Schere ausgeschnitten hatten. Um ihre Unbeholfenheit, die mangelnde Fähigkeit zur Steuerung ihrer Bewegungen, die chronische Gleichgewichtsstörung zu beheben, durch die sie bei jedem Schritt nach rechts oder nach links taumelten, ließ man sie auf kleinen Fahrrädern umherfahren, die ihnen Schrecknis und Leidenschaft zugleich bedeuteten. Die Nervösen, Psychotiker und Epileptiker waren von diesen Spielen ausgeschlossen, doch die Mongoloiden schnitten dabei glänzend ab, ganz besonders die stämmige Bertha und ihre sieben Schlafsaalgenossinnen.

Der gesunde Menschenverstand, so könnte es scheinen, hätte verlangt, daß man alles, was mit Symbolischem und Verbalem zusammenhing, aus der Umwelt der Kinder herausgehalten hätte. Keineswegs dieser Ansicht war jedoch Doktor Larouet, ein junger Arzt für Psychopädiatrie, dessen hauptsächliches Forschungsgebiet Linguistik und Phonologie waren. Kaum hatte er erreicht, daß man ihm den dritten Kreis der Kinder von Sainte-Brigitte anvertraute, als er schon Versuche machte mit dem Ziel, bei ihnen symbolische Zeichen einzuführen. Er hatte damit verhältnismäßig guten Erfolg, weil er bei dem Gebiet ansetzte, das die hochgradig Schwachsinnigen leidenschaftlich bewegte, dem Radfahren. Eines Tages sahen die Kinder zu ihrer Überraschung auf dem betonierten Hof, der ihnen gewöhnlich als Radfahrplatz diente, mit weißer Farbe Pisten aufgemalt und als Baken eine Anzahl von Verkehrszeichen aufgestellt: Einbahnstraße – Vorfahrt achten! – Parkplatz – Linksabbiegen verboten! und so weiter. Es brauchte Monate, bis die Anzahl der – mit zeitweiligem Fahrradentzug ziemlich streng geahndeten – Fehler zurückzugehen begann. Dann aber fiel sie mit spektakulärer einhelliger Plötzlichkeit ab, als hätten die Kinder alle zu gleicher Zeit die Bedeutung der rund zwölf für sie aufgestellten Schilder verstanden und in sich aufgenommen.

Larouet machte viel Aufhebens um dieses gleichzeitige Erkennen, das ihm um so bemerkenswerter schien, als die unterschiedliche Zusammensetzung der Kindergruppe keinen Raum ließ für die Hypothese, dieser Reifungsprozeß habe sich bei jedem einzelnen parallel, aber ohne Wechselwirkung unter ihnen vollzogen. Es konnte nicht anders sein: zwischen den Kindern mußte ein Austausch, ein Netz wechselseitiger Beeinflussung zustande gekommen sein.

Er ging nun dazu über, die Schreie und die mehr oder weniger unartikulierten Laute, die jedes der Kinder von sich gab, mit Hilfe eines Tonaufnahmegeräts zu analysieren. Er kam einen entscheidenden Schritt voran an dem Tag, an dem er festgestellt zu haben glaubte, daß jedes über dieselbe Anzahl von Grundlauten verfüge und daß dieses einheitliche phonetische Rüstzeug nicht nur das klangliche Grundmaterial des Französischen, sondern auch zahlreicher anderer Sprachen umfasse: das englische th, das rollende spanische r, das gutturale arabische r, das deutsche ch usw. Daß jedes Kind die gleichen Laute besaß, ließ sich nicht durch Nachahmungstrieb erklären. Aus den Forschungen Larouets schälte sich allmählich eine viel weitergehende Hypothese heraus, die neue Ausblicke auf den menschlichen Geist eröffnete: daß nämlich jeder Mensch ursprünglich sämtliches Klangmaterial aller Sprachen besitze – und zwar nicht nur aller bestehenden oder früher einmal vorhanden gewesenen Sprachen, sondern aller *möglichen* Sprachen – daß er jedoch mit der Aneignung seiner Muttersprache für alle Zeit die Verfügungsgewalt über die unbenutzten Laute verliere – Laute, die er unter Umständen später benötigt, wenn er darangeht, diese oder jene Fremdsprache zu erlernen, doch findet er sie dann niemals in der Form, wie er sie ursprünglich besaß; er ist genötigt, sie künstlich und unvollkommen aus den inadäquaten Elementen zusammenzusetzen, die seine Muttersprache ihm zur Verfügung stellt. So wäre dann der fremde Akzent beim Sprechen zu erklären.

Daß die hochgradig Debilen ihr phonetisches Kapital bewahrt hatten, war im Grunde nicht überraschend, denn sie hatten ja niemals die Muttersprache erlernt, die den unbenutzten Teil dieses Kapitals abschließt und dessen Liquidation auslöst. Welches Wesen aber und welche Funktion konnte man diesen Sprachwurzeln zusprechen, die bewahrt zu haben erst recht etwas Monströses bedeutete? Es handle sich, so meinte Larouet, nicht um eine Sprache, sondern um die Urform aller Sprachen, einen universellen, archaischen Sprachfundus, um eine fossile Sprache, lebendig geblieben durch eine Anomalie ähnlich der, die den Coelacanthus in Madagaskar und das tasmanische Schnabeltier am Leben erhalten hat.

Schwester Béatrice hatte die Forschungen Larouets mit wacher Aufmerksamkeit verfolgt. Sie hatte sich von ihnen eine Deutung zurechtgelegt, die zu äußern sie sich freilich hütete, denn sie wußte, man würde darin nur eine neue mystische Träumerei von ihr sehen: Man hatte es hier, dachte sie, vielleicht mit viel mehr als einer Sprache zu tun, mit der *Ursprache*, in der Adam und Eva, die Schlange und Jehova im irdischen Paradies miteinander sprachen. Denn daß der Geisteszustand der Kinder absolut idiotisch sei, das mochte sie keinesfalls gelten lassen. Sie wollte darin lediglich die Verstörtheit von Wesen sehen, die für eine andere Welt – etwa für den Vorhimmel, den Ort der Unschuld – geschaffen und die entwurzelt, verbannt, auf eine gnadenlose, erbarmungslose Erde geworfen worden waren. Nach der Vertreibung aus dem Paradies standen Adam und Eva sicherlich als Sonderlinge vor den wirklichkeitskalten Augen ihrer Kinder, die vollkommen an diese Welt angepaßt waren, wo sie geboren waren, und wo man mit Schmerzen gebiert, um dann in den Sielen zu sterben. Ja, wer weiß denn, ob die Sprache des Paradieses, die ihre Eltern unter sich auch weiterhin sprachen, nicht wie ein verworrenes Raunen in ihren Erdenohren nachhallte, wie bei Auswanderern, die niemals so recht in die Sprache ihrer Wahlheimat hineinwachsen und deren sich dann wegen ihres starken Akzents und ihrer syntaktischen Fehler ihre Kinder schämen. Und wenn wir die Wechselbeziehung zwischen hochgradig Schwachsinnigen nicht verstehen, dann nur, weil unsere Ohren sich diesem geheiligten Idiom im Verlauf eines fortschreitenden Niedergangs verschlossen haben, der mit dem Verlust des Paradieses begann und in der großen Sprachverwirrung beim Turmbau zu Babel gipfelte. Dieser babylonische Zustand, das war die derzeitige Verfassung der Menschheit, in Tausende von Sprachen zerfallen, die allesamt zu beherrschen kein Mensch sich getrauen kann. Von solchen Gedanken her kam Schwester Béatrice darum wieder auf dieses Pfingstfest, das für sie das Wunder schlechthin darstellte, das höchste Gnadengeschenk, wie es die in Christus fleischgewordene frohe Botschaft kündet.

Mochte Schwester Béatrice in sich noch genug Kraft finden, um ihre hochgradig Schwachsinnigen zu lobpreisen – im Herzen mußte sie sich doch insgeheim eingestehen, mehr als einmal habe die Versuchung der Hoffnungslosigkeit sie gestreift, wenn sie hinaufging zu denen, die dem vierten Kreis angehörten, den Allerletzten, Namenlosen, den ärgsten Verunstaltungen des Menschlichen, von der Natur im Fieberwahn gezeugt. Da sie nie ins Freie durften und sich durch keinen Laut bemerkbar machten, hatte man ihnen im Dachgeschoß des Hauptgebäudes eine richtige Wohnung eingerichtet, mit Küche, Sanitärzelle, Erholungsraum für die Krankenschwester und mit einem sehr geräumigen Schlafsaal für fünfundzwanzig Betten, von denen zum Glück über die Hälfte gewöhnlich nicht belegt war.

Die völlig Geistesschwachen waren nicht imstande zu gehen und sogar aufrecht zu stehen; hinfällig auf Nachtstühlen kauernd, die Knie wie knochige Knollen bis zum Kinn angezogen, ähnelten sie skelettdürren Mumien, bei denen der Kopf wie eine reife Frucht am Hals hing, sich unter schwachem Schlingern hob und dem Neuankömmling einen überraschenden, von Haß und Stumpfheit flackernden Blick zuwarf. Dann nahm der Oberkörper die für einen Augenblick unterbrochene, wiegende Bewegung wieder auf, zuweilen von einem unbestimmten, heiseren Singsang begleitet.

Die selbstlose Pflege, die diese Elendsgestalten erforderten, war um so aufreibender, als von ihnen nicht das geringste Zeichen von Sympathie, ja nicht einmal von Empfindungsfähigkeit zu erwarten stand. Zumindest behaupteten das die Erzieherinnen, die einander umschichtig in dieser dämmerschlafschweren Atmosphäre ablösten, einer Atmosphäre, über der ein säuerlicher Kleinkindergeruch nach Pipi und geronnener Milch lag. Keineswegs dieser Überzeugung war jedoch Schwester Gotama, eine Krankenpflegerin nepalesischer Herkunft, die es schon vor unvordenklichen Zeiten in diesen vierten Kreis verschlagen hatte und die ihn im Gegensatz zu ihren Mitschwestern ebensowenig verließ wie die Kranken selber. Sie besaß eine geradezu übermenschliche Fähigkeit, zu schweigen, aber während Besucher die Kranken mit eilfertigen Fachausdrücken abtaten, brannten ihre großen, dunklen Augen, hinter denen ihr abgezehrtes Gesicht fast verschwand, von leidenschaftlichem Protest. Dennoch nahm sie keinen Anteil an der gern etwas exaltierten visionären Begabung Schwester Béatrices, die in ihrer Gegenwart immer eine mit Unbehagen gemischte Bewunderung empfand. Zwar hatte das völlig zurückgezogene Leben

49

Schwester Gotamas, die ohne Ekel und ohne Ermatten absto-
ßende Mißgeburten fütterte, wusch und in den Schlaf wiegte,
etwas unvergleichlich Heiligmäßiges. Was Schwester Béatrice
jedoch vor den Kopf stieß, das war der Mangel an Höherem, an
Jenseitigem, an Transzendentalem, den sie in diesem Leben
spürte. Eines Tages sagte sie zu der Nepalesin:
»Natürlich sind diese Kranken nicht bloß eine rohe Masse mit
Gliedern und Organen. Wären sie es, weshalb sollte man sie
dann nicht beseitigen? Nein, jedes von ihnen hat mit der Le-
bensflamme auch einen Schimmer von Bewußtsein bekommen. Und wenn es Gott gefiele, den Turm der Finsternis, den er
um sie erbaut hat, zu sprengen, dann verkündeten sie alsbald so
unerhörte Wahrheiten, daß uns der Kopf davon schwindelte.«
Schwester Gotama hörte das mit einem blassen, nachsichtigen
Lächeln, und ihr Kopf machte eine leichte, ablehnende Bewegung, die Schwester Béatrice nicht entging. Die östliche Welt
ist vielleicht so, dachte sie ein wenig beschämt. Die östliche
Welt ja, der Immanentismus des Ostens. Alles ist vorgegeben,
alles ist da, man kommt nicht davon los. Nie kann man sich
darüber erheben.
Schwester Gotama hatte damals nur die Verantwortung für
etwa zehn Pfleglinge, und bei den meisten handelte es sich lediglich um mikrozephale und atypische Schwachsinnige.
Bemerkenswert war allein ein hydrozephaler Junge von vier
Jahren, dessen atrophischer Körper das bloße Anhängsel eines
riesigen, dreieckigen Kopfes zu sein schien und dessen übermächtige Stirn über ein winziges Gesicht vorkragte. In vollkommen waagrechter Stellung auf dem Rücken liegend, regte
er sich kaum und beobachtete nur seine Umgebung mit jenem –
wie die Fachleute sagten – »Sonnenuntergangsblick«, dessen
Intensität und Ernst einen schmerzten.
Aber die Akten, die den großen Registraturschrank in der
Heimverwaltung füllten, zeugten davon, was für nur noch entfernt menschenähnliche Mißgeburten Schwester Gotama im
Laufe der vergangenen Jahre schon zu betreuen gehabt hatte.
So hatte sie einen Zölosomiker aufgezogen – bei dem die Sehnen freilagen –, zwei Exenzephaliker – bei denen das Gehirn
sich außerhalb der Schädelhöhle entwickelte –, einen Otoze-
phaliker – bei dem beide Ohren miteinander verwachsen waren

und unter dem Kinn zusammenhingen. Doch am bedrängendsten waren die Ungeheuer, die der Mythologie entstiegen schienen und eine erschreckend realistische Illustration dazu beitrugen, wie etwa ein Zyklop – mit einem einzigen Auge über der Nase – oder das Tritonenkind, bei dem die Beine zu einem einzigen, in zwölf fächerförmige Zehen auslaufenden Hinterglied verschmolzen waren.

Schwester Béatrice ließ nicht locker, ehe sie nicht aus der verschwiegenen Gotama ein wenig – sei es auch noch so scheue – Aufklärung über die innere Berufung gewonnen hatte, die Gotama am Bett ihrer Monstren festhielt, und auch über die Lehren, die sie aus einem so langen, so seltsamen Umgang gezogen haben mochte. Abend für Abend gingen die beiden Frauen in geduldigem Nebeneinander in den Gärten von Pierres Sonnantes auf und ab. Zumeist war es Schwester Béatrice, die sprach, und die Nepalesin antwortete ihr mit einem Lächeln, darin lag Abwehr, lag Unwille, ihren Schützlingen ferngehalten zu werden, lag die sanfte Geduld, die sie stets allem entgegensetzte, was ihr von außen her zu nahe trat. Schwester Béatrice, die sich die indische Götterwelt als eine Menagerie von rüsseltragenden oder flußpferdköpfigen Götzen vorstellte, hatte gefürchtet, im Herzen der ihr unterstellten Gotama vielleicht eine Spur dieser heidnischen Verirrungen zu finden. Was sie bei diesen Gesprächen herausbekam, überraschte sie jedoch, weil es neu, tiefsinnig und von Doktor Larouets Schlußfolgerungen nicht einmal weit entfert war.

Gotama erinnerte sie daran, wie Jehova gezögert hatte, als er die Welt schuf. Als er den Menschen nach seinem Bilde, das heißt, als Mann und Frau in einem, als Hermaphrodit, gemacht hatte und ihn dann in seiner Einsamkeit dahinkümmern sah – hatte Er da nicht alle Lebewesen an sich vorbeiziehen lassen, um eine Gefährtin für ihn zu finden? Ein seltsamer, fast unbegreiflicher Schritt, der uns ermessen läßt, welch ungeheure Freiheit in jener Morgenfrühe der Welt herrschte! Erst nachdem dieser umfassende Überblick über die ganze Tierwelt erfolglos geblieben ist, beschließt Er, die Gefährtin, die Adam fehlt, aus ihm selbst zu gewinnen. Also nimmt Er den ganzen weiblichen Teil des Hermaphroditen und erhebt ihn zu einem selbständigen Wesen. So entsteht Eva.

Gotama verlor, wenn sie mit ihren Mißgeburten allein war, die-

sen zögernden Versuch der Schöpfungsgeschichte nie aus den
Augen. Hätten ihr Zyklop, ihr Hydrozephaliker, ihr Otozepha-
liker in einer anders gestalteten Welt nicht Platz gehabt? Allgemeiner ausgedrückt: sie kam dazu, Organe und Gliedmaßen
des menschlichen Körpers als Teile zu begreifen, die viele Kom-
binationsmöglichkeiten bieten – mag auch eine bestimmte
Form in der weitaus größten Zahl von Fällen den Sieg über alle
anderen davontragen.
Dieser Gedanke, wonach die Körperteile als eine Art anatomi-
sches Alphabet anzusehen sind, das sich – wie die unendliche
Vielfalt der Tierarten zeigt – verschiedenartig zusammensetzen läßt, hatte einen ganz deutlichen Bezug zu Doktor Larouets
Hypothese, die aus den verschiedenen Grundlauten der hochgradig Schwachsinnigen die Klangatome aller möglichen Sprachen gemacht hatte.
Schwester Béatrice hatte für Spekulationen nicht viel übrig.
Zwei Überlegungen, die übereinstimmend darauf hinausliefen,
ihr Heim zum Naturschutzpark für die Wurzeln des Menschlichen zu machen, waren für sie eine Schwelle, an der sie ste-
henblieb. Für sie löste sich all das auf in einer großen Liebe zum
Nächsten, die, ohne schwach zu werden, durch eine Nacht voll
unergründlicher Geheimnisse schritt.

Wie gesagt, bildete Pierres Sonnantes ein seltsames, offensichtlich uneinheitliches Ganzes, das aber durch seine Lebensfülle zu einem wirklichen Organismus verschmolz. Das Herz
dieses Organismus war die Weberei; ihr gleichmäßiges Vibrie-
ren und der wirre Laut von Menschen mit dem Kommen und
Gehen der Arbeiterinnen, dem morgendlichen Losrattern der
Maschinen, der Pause am Mittag und dem plötzlichen Stillstehen bei Feierabendbeginn hielten das Ganze in emsigem, ernst-
haftem Erwachsenenrhythmus, indes La Cassine und Sainte-
Brigitte, die auf den beiden Seiten der Werkhallen lagen, in der
vagen, regellos-lebendigen, lärmenden Atmosphäre zweier
Kindergemeinschaften lebten. Übrigens ging in dem Völkchen
von Pierres Sonnantes alles mit einer gewissen Unbekümmert-
heit durcheinander, und manche Heimkinder von Sainte-Brigitte waren ständige Gäste in der Fabrik und bei der Surin-
Sippe.
Das war auch bei Franz der Fall, einem Jungen gleichen Alters

wie die Zwillinge, der es in der Presse der damaligen Zeit unter dem Beinamen das *Kalenderkind* zu kurzer Berühmtheit brachte.

Franz beeindruckte einen gleich zu Anfang durch seine hervortretenden, glänzenden, weitoffenen Augen, die starr, scheu und wild dreinblickten. Wie verbrannt von innerem Feuer, war er mager wie ein Skelett, und wenn man ihm die Hand auf die Schulter legte, spürte man ein leichtes, rasches Zittern, das ihn unaufhörlich durchlief. Das Anziehende, Verwirrende, Erregende an ihm jedoch war die Mischung aus Genie und Geistesschwäche, die er darstellte. Während nämlich einerseits sein geistiger Entwicklungsstand dem Kretinismus nahe war – freilich war es schwer abzuschätzen, inwieweit an den verheerenden Ergebnissen der Tests, denen er unterworfen wurde, sein Widerwille dagegen beteiligt war –, bewies er andererseits eine verblüffende Virtuosität darin, mit den Daten, Tagen und Monaten des Kalenders zu jonglieren, vom Jahr 1000 vor Christus bis zum Jahr 40 000 unserer Zeitrechnung, das heißt weit über die Zeit hinaus, auf die sich die bekannten Kalender erstrecken. In schöner Regelmäßigkeit konnte man sehen, wie Professoren oder Journalisten aus allen möglichen Ländern angefahren kamen, und Franz stellte sich dann bereitwillig einem Kreuzverhör, das in der kleinen Gemeinschaft von Pierres Sonnantes längst kein Interesse mehr erweckte.

»Was für ein Tag ist der 15. Februar 2002?«

»Ein Freitag.«

»Was für ein Tag war der 28. August 1591?«

»Ein Mittwoch.«

»Welches Datum haben wir am vierten Montag im Februar 1993?«

»Den 22.«

»Und am dritten Montag im Mai 1936?«

»Den 18.«

»Auf welchen Wochentag fiel der 11. November 1918?«

»Auf einen Montag.«

»Weißt du, was an diesem Tag geschehen ist?«

»Nein.«

»Möchtest du es wissen?«

»Nein.«

»Und welcher Wochentag ist am 4. Juli 42 930?«

»Ein Montag.«
»In welchen Jahren fällt der 21. April auf einen Sonntag?«
»1946, 1957, 1963, 1968 ...«
Die Antworten kamen sofort, augenblicklich, und es war ganz
deutlich, daß sie nicht das Ergebnis einer Kopfrechnung, nicht
einmal einer Gedächtnisanstrengung waren. Der Fragesteller,
in die mitgebrachten Notizen vertieft, mit denen er Franzens
Antworten nachprüfte, versuchte es vergeblich mit härteren
Nüssen:
»Wie alt wäre George Washington, der am 22. Februar 1732
geboren ist, im Jahre 2020?«
Die Antwort – 288 Jahre –, die ohne Zögern kam, blieb rätsel-
haft, weil Franz sich als unfähig erwies, auch nur die einfachste
Subtraktion auszuführen.
Sein erstes Spielzeug – mit sechs Jahren –, ein Kalender mit
losen Blättern – hatte anscheinend sein Schicksal ein für allemal bestimmt. Alle, die ihn nur vorübergehend beobachteten,
hielten besonders diese Einzelheit fest, die ihnen aufschlußreich genug erschien. Andere, weniger eilige, bemerkten, daß
das geistige Gefängnis, in das Franz sich eingeschlossen hatte
und das offenbar von der Außenwelt nichts bis zu ihm dringen
ließ – er wies jeden Unterrichtsstoff und jede Kenntnis, die man
ihm beizubringen suchte, mit gleicher Verachtung von sich –,
immerhin eine klaffende Lücke aufwies: seine hochgradige
Empfindlichkeit gegenüber meteorologischen Erscheinungen.
War Franzens Intelligenz im Kalender befangen, so war sein
Gefühlsleben dem Barometer untertan. Zeiten hohen Luft-
drucks – über 770 Millimeter – durchlebte er in einer fiebrig-
wilden Fröhlichkeit, die für Neuankömmlinge erschreckend
und für die Hausgenossen recht strapaziös war. Fallender Luftdruck hingegen stürzte ihn in düstere Niedergeschlagenheit,
die sich unterhalb von 740 Millimetern Luftdruck in heulenden, an einen kranken Wolf gemahnenden Lauten äußerte.
Die Zwillinge schienen die seiner Natur eigene Menschenscheu
überwunden zu haben, und mitunter konnte man sie alle drei
zu geheimnisvollem Konzil versammelt sehen. War Franz etwa
durch seine monströsen Fähigkeiten in die geheime Sprache
des Windes, in jenes Äolische eingedrungen, das die Zwillinge
unter sich sprachen? Einige, die zum Personal von Sainte-Brigitte zählten und auf die unverständlichen, aber sehr sanft klin-

genden Laute näher geachtet hatten, behaupteten es ohne Bedenken. Die Untersuchung, die später wegen seines Entweichens und wegen seiner Verschollenheit auf See geführt wurde, brachte weiter kein Licht in seinen Fall, und so wurde dieser endgültig ad acta gelegt. Allein Jean-Paul besaß den Schlüssel zu dem Labyrinth, das Franz hieß.

Paul
Zwar war dieses Labyrinth versperrt durch mehrere einander überlagernde Verschlüsselungen, doch scheint mir, man hätte mit etwas mehr Geduld und Verständnis die simplen Widersprüchlichkeiten vermeiden können, durch die man sich den Zugang ein für allemal verbaut hat. Beispielsweise hätte man sich eine gefahrvolle, aber aufschlußreiche Erfahrung zunutze machen können: Es war ganz klar, daß Franz mit allen Fasern an seiner vertrauten Umgebung, an Pierres Sonnantes hing, wo er seit mehreren Jahren aufwuchs. Doch – so fragte man sich – trat darin nicht gerade eine Überanpassung zutage? War es nicht ratsam, ihn anderswohin zu verpflanzen, um ihn zu zwingen, seine innere Blockierung aufzubrechen und die Fähigkeit zur elastischen Anpassung an das Leben wiederzugewinnen? Was man dann auch versuchte, indem man ihn in ein Sonderschulzentrum nach Matignon schickte. Der als Folge dieser Entwurzelung schlagartig einsetzende Verfall seiner Persönlichkeit zwang dazu, ihn Hals über Kopf nach Pierres Sonnantes zurückzubringen, wo dann alles wieder in normale Geleise kam. Mediziner und Erzieher hätten viel lernen können, hätte dieser unglückliche Versuch sie bewogen, das Wesen der vitalen Bindungen zu erforschen, die Franz mit Pierres Sonnantes verknüpften. Das Räderwerk dieser Seele war doch eigentlich ziemlich einfach. Freilich verfüge ich, um es zu zerlegen – neben der Erinnerung an unsere enge Vertrautheit –, über ein einzigartiges Instrument zum Erfassen und zum Begreifen: die *Intuition der Zwillinge*, die Einlingen versagt ist. Man hüte sich darum vor ungerechter Strenge ihnen gegenüber!
Überanpassung an Pierres Sonnantes, Unfähigkeit, sich anderswo einzugewöhnen, Fixierung, Unbeweglichkeit … Ja, was Franz auf der Welt am allermeisten haßte, war Veränderung, war die Notwendigkeit, sich an neue Umstände, an neue

Personen anzupassen. Er hatte sehr rasch begriffen: andere
Menschen waren unverbesserliche Verrückte, die immer alles
durcheinanderrührten, alles umstürzten, dauernd umherhetz-
ten, jeden Augenblick neue Antworten voneinander haben
wollten. Da hatte er sich in sich selbst zurückgezogen. Vor der
Gesellschaft seiner Mitmenschen war er in sich selbst geflüchtet, hatte sich in einer Festung von Wortlosigkeit und Ablehnung verschanzt, saß ganz tief in seinem Schlupfloch zusammengekauert wie ein Hase in seinem Lager.

Aber da waren noch Zeit und Wetter. Die Menschen waren ja
nicht die einzigen Unruhestifter in der Welt. Zeit und Wetter
waren seine großen Schrecknisse: das unerbittliche Verrinnen
der Minuten, Stunden, Tage, Jahre, aber auch der beständige
Wechsel von Regen und Schönwetter. Des Abends war Franz
oft von dumpfer Angst gepeinigt; stur starrte er auf den Boden,
fühlte, wie um ihn her das Licht sank, war von vornherein
schon voller Grauen vor dem, was er sehen würde, wenn er
zum Himmel aufblickte: diese sahnig-schwellenden Wolken-
gebäude, die in schwindelnden Höhen herantrieben und langsam übereinanderstürzten wie unterhöhlte Berge bei einem
Erdbeben.

Gegen diesen Einbruch des Veränderlichen, Unerwarteten in
seine einsame Insel hatte er Abwehrstellungen aufgebaut. Die
erste, kindlichste, hatte er bei der alten Méline gefunden, deren
unzertrennlicher Gefährte – und quasi Adoptivenkel – er in der
ersten Zeit nach seinem Eintreffen gewesen war. Wie ehedem
alle Bauern, verfolgte Méline mit höchster Aufmerksamkeit
das Kommen und Gehen der Jahreszeiten und den Rhythmus
des meteorologischen Geschehens; sie nahm dabei Almanache,
Kalender und einen ganzen Schatz von Sprichwörtern und Redensarten zu Hilfe. Franz, der stets allen Bemühungen der Erzieher, ihm irgend etwas, sei es auch nur Lesen oder Schreiben,
beizubringen, mit Widderstirn trotzte, eignete sich mit ver-
blüffender Leichtigkeit den Inhalt all dessen an, was ihm begegnete und sich dazu eignete, die Zeit in einer mechanisch
geordneten Tabelle einzufangen, in der Zukunft und Zufall selber ein für allemal festgelegt erschienen. Er fing an zu reden,
und man konnte ihn mitunter hören, wie er die Tage dieses
oder jenes künftigen oder vergangenen Monats hersagte, mit
Heiligen und Festtagen, aufgelockert durch Sprüche, die im-

mer einen Bezug auf die vielfältigen Unterschiede am Himmel hatten und ihre Wiederkehr oder ihre Häufigkeit einer bestimmten Regel unterstellten: »Dürrer April – nicht des Bauern Will'; April voller Regen, der ist ihm gelegen.« »Wenn's im Mai viel regnet, ist das Jahr gesegnet.« »Wenn's regnet an Peter und Paul, ist es dreißig Tage faul.« »Sankt Vit bringt den Regen mit.« »Wie Bartholomä sich hält, so ist der ganze Herbst bestellt.« »Um Augustin ziehen die Wetter hin.« »Gießt Sankt Gallus wie ein Faß, ist der nächste Sommer naß.« »Friert im November früh das Wasser, dann wird der Januar um so nasser.« »Hat Martini weißen Bart, wird der Winter streng und hart.« … Das war eine Litanei, mit der Méline ihn eingelullt hatte und die seine Ängste linderte. Doch hatte er nach wie vor unter extremen Wetterlagen zu leiden, und wenn ein Gewitter drohte, wußte man in Sainte-Brigitte, daß man ihn besser als sonst beaufsichtigen mußte, weil er dann zu allen Tollheiten imstande war.

Méline selbst zerstörte schließlich mit einem alltäglichen, achtlos hingesagten Wort das Gebäude aus Chronologie und Spruchweisheit, in dessen Schutz ihr Adoptivkind seine Geistesschwäche geborgen hatte. Eines Tages im Januar – die Sonne stand erstaunlich hoch am blauen Himmel und war schön warm – sprach sie den sicher von einer Frau erfundenen und seitdem in allen Breiten von allen Frauen nachgeschwatzten Satz aus: »Es gibt gar keine Jahreszeiten mehr.« Die Bemerkung ist banal. Weil die jahreszeitlichen Veränderungen unserem Gedächtnis als Rahmen dienen, scheint uns das Vergangene weit eher als die Gegenwart den üblichen Farben des jeweiligen Monats zu entsprechen, und zwar um so mehr, je weiter es in der Ferne liegt. Franzens System muß schon durch seine unleugbaren Unstimmigkeiten schwer belastet worden sein. Mélines kurzer Satz traf den Jungen wie ein Blitzschlag. Er stürzte zu Boden und wand sich in Krämpfen. Man mußte ihn wegtragen, ihm eine Beruhigungsspritze geben.

Von da an ging eine Veränderung mit ihm vor, die man als seine Pubertät deuten mochte, eine Pubertät, die seiner aus dem Lot geratenen, gequälten Natur entsprach. Er löste sich von Méline so sehr, daß es schien, als ginge er ihr aus dem Wege. Von Redensarten, Sprichwörtern und Bauernregeln zur Wetterkunde wollte er nichts mehr wissen; er schien es aufgegeben zu

haben, den Himmel zähmen zu wollen, dessen Launen er mit
furchtbarer Heftigkeit unterworfen blieb. Es war, als hätte
sich für ihn ein Bruch vollzogen, in dem Doppelsinn des französischen Wortes *Temps*, das einander so offensichtlich fern-
liegende Dinge bezeichnet wie das System der Tage, Stunden
und Jahre – also die Zeit – und den launischen Wechsel zwischen Wolken und blauem Himmel – das Wetter –, die Chronologie und die Meteorologie, das heißt das am allerleichte-
sten Vorhersehbare und das, was unabänderlich unvorherseh-
bar bleibt. Dieser Doppelsinn mag seinen Reiz haben, denn er
füllt den leeren zeitlich-abstrakten Rahmen, in den wir hineingestellt sind, mit konkretem, sprühendem Leben. Für
Franz war er die Hölle. Nachdem Méline das Zauberwort ausgesprochen hatte, das die Herrschaft des Kalenders über die
Wirrnisse der Atmosphäre aufhob, trieb ihn seine bohrende
Angst, den Riesenkalender zu schaffen, in dem Tage und
Nächte von Jahrtausenden für immer erstarrt waren wie die
Waben im Bienenstock. Aber durch die Maschen seines Kalenders hindurch ließ die Meteorologie Regen und Sonne auf
ihn fallen und brachte so in seine unveränderlichen Tabellen
das Irrationale, Unerwartete hinein. Durch seine geniale Begabung für das Chronologische, die auf Kosten all seiner sonstigen Fähigkeiten ins Kraut geschossen war, stand er nun der
Unordnung in der Atmosphäre nackt und wehrlos gegenüber.
Dieser übernervöse, erschreckend Anfällige brauchte nämlich,
um leben zu können, eine regelmäßige Struktur, die seine
zeitliche Dimension ganz ausfüllte und keinen Hohlraum, das
heißt keinerlei tote Zeit, keinerlei lose Zeit übrigließ. Leere
Zeit war ein Abgrund, in den er schwindelnd, voller Grauen
hinunterstürzte. Das ungebärdige Treiben des Wetters störte
die periodische Aufeinanderfolge des Kalenders und brachte
eine Reihenfolge ohne Sinn und Zweck, etwas Irrwitziges in
ihn.
(Niemand kennt besser als ich diese Furcht vor den jähen
chaotischen Sprüngen, aus denen das tägliche Leben besteht,
und dieses Zufluchtsuchen in einer sternenweiten, steril-rei-
nen Ausgeglichenheit. Mit meinem Bruder und Ebenbild verschlungen, mit ihm zum Ei geworden, den Kopf zwischen seinen Schenkeln, wie ein Vogel zum Schlaf das Haupt unterm
Flügel birgt, von Geruch und Wärme umgeben, die mein wa-

ren – so konnte auch ich taub und blind sein für all das unabsehbare Hin und Her, das um uns herumwirbelte.

Und dann kam der Riß, der Axthieb, der uns getrennt hat, die grauenhafte Amputation, von der ich allenthalben in der Welt Genesung suchte, und schließlich diese andere Wunde, die mich ein zweites Mal von mir selbst weggerissen und mich festgenagelt hat auf dieser Liegestatt mit Blick auf die Arguenon-Bucht, deren Wasser ich in spiegelnden Flächen verebben sehe. Ich habe die Zerstörung des Zwillingsfriedens überlebt; Franz ist den Angriffen erlegen, mit denen Winde und Wolken gegen seine Chronologiefestung anrannten. Niemand ist besser in der Lage, das zu begreifen, als ich.)

Ich begreif' es, und ich glaube, ebenso hinter das Geheimnis seines tausendjährigen Kalenders wie seines tödlichen Fluchtversuchs gekommen zu sein. Franzens Geist war wirklich die Wüste, die alle Intelligenztests, die man mit ihm anstellte, aufzeigten. Doch war ihm diese Leere von Gemüts wegen unerträglich, und so war es ihm gelungen, in der Außenwelt zwei *mechanische Gehirne* zu finden – das eine für die Nacht, das andere für den Tag –, die ihn befriedigten. Tagsüber war er sozusagen an den alten Jacquard-Webstuhl in der Fabrik angeschlossen. Bei Nacht ließ er sich von den Leuchtfeuern der Arguenon-Bucht in den Schlaf wiegen . . .

Ich verstehe die Faszination, die der große Jacquard auf Franz ausübte, um so besser, als ich dafür selber stets empfänglich gewesen bin. Die altertümliche, riesengroße Maschine nahm die Vierung des ehemaligen Kirchenschiffs ein und war damit von einer Art Kuppel gekrönt. Daß sie an diesem Platz stand, war in ihrer ungewöhnlichen Höhe begründet. Während die heutigen Webstühle nach Möglichkeit, wie ihre Urahnen, waagrecht gebaut sind, überragt den alten Jacquard ein umfänglicher Aufbau, der einen Baldachin oder Glockenturm bildet; dieser umfaßt das vierkantige Prisma, das die Lochkarten heranschwenkt, die senkrechten Platinen, jede mit einer von ihr gesteuerten Harnischschnur, an der alle Schäfte befestigt sind, deren Kettfäden die gleiche Bewegung auszuführen haben, die waagrechten Jacquardnadeln, die die Lochkarten abtasten, und natürlich die Transmissionswellen und -räder, die das Ganze antreiben. Dennoch ist die Höhe des alten Jacquard nicht derart, daß er nicht irgendwo in dem ehemaligen Kirchenschiff

Platz gefunden hätte. Nein, der bevorzugte Platz unter der Chorkuppel entsprach genau dem Gefühl der Achtung und Bewunderung, wie sie jedermann auf Pierres Sonnantes für dieses kunstvoll-ehrwürdige Ding hegte, in dem die ganze Vornehmheit der Webkunst zum Symbol geworden war.

Doch wenn Franz ganze Tage lang um den Jacquard herumstrich, so wegen seiner Musik. Das Lied des Jacquard war recht verschieden von dem verworren-metallenen Rattern moderner Webstühle. Die reichlich vorhandenen Holzteile, seine relative Langsamkeit, die beweglichen Teile, die kompliziert, aber nicht zahlreich und zumindest für ein geübtes Ohr leicht herauszuhören waren – all das trug dazu bei, dem Rasseln des alten Webstuhls etwas Besonderes, Würdiges zu verleihen, das einer Sprache verwandt war. Ja, der Jacquard sprach, und Franz verstand seine Sprache. Die Unzahl von Lochkarten, die als endlose Kette über das Prisma liefen und mit ihrer Lochung den Tanz der Schäfte und das Muster des Stoffes steuerten, diktierte der Maschine etwas, das einer Rede gleichkam. Das Wesentliche jedoch war: diese Rede, mochte sie so lang oder so umständlich sein wie sie wollte, wiederholte sich von selbst unendlich oft, denn die Zahl der dicht an dicht aneinanderhängenden Lochkarten war begrenzt. Franz hatte im Lied des großen Jacquard etwas gefunden, dessen er dringend, unabweisbar, lebensnotwendig bedurfte: etwas, das sich immer weiter bewegte, dem jedoch ein Sinn zugrunde lag und das demgemäß einen festen Turnus bildete. Bei diesem vielstimmigen, aber ganz genau zusammenspielenden Ritsch-Ratsch kräftigte und trainierte sich sein krankes Hirn wie ein Soldat inmitten eines tadellos gedrillten Bataillons. Ich habe mir eine Hypothese zurechtgelegt, die ich zwar nicht beweisen kann, die mir aber äußerst wahrscheinlich vorkommt: Ich meine, die Rede des großen Jacquard sei in gewisser Weise das Modell gewesen, nach dem Franz seinen Riesenkalender konstruierte. Die sieben Tage der Woche, die achtundzwanzig, neunundzwanzig, dreißig und einunddreißig Tage des Monats, die zwölf Monate des Jahres, die hundert Jahre eines Säkulums – offensichtlich ist dieses System nicht ohne eine Beziehung zur Webformel des *Croisé* – eines gleichseitigen, vier- oder sechsfädigen Köpers – zur Webformel des *Gros de Tours* –, die man erhält, wenn man die Zahl der Kettfäden in den Bindungspunkten um einen erhöht – oder des *Gros de Naples* – bei dem dieser Aufschlag die Zahl der Schußfäden betrifft – usw. Zumindest stellt es ein komplexes Gefüge von ähnlicher Art und von vergleichbarer, periodisch wiederkehrender Regelmäßigkeit dar. Franzens chaotisches Denken, das die Unbilden des Wetters schon durcheinanderbrachten, hatte den großen Jacquard zur Stütze und sozusagen zu seiner – mit wohltuender Regelmäßigkeit arbeitenden – Erweiterung gemacht. Der Jacquard ersetzte für Franz die Strukturierung des Gehirns. Durch ihn und für ihn dachte er, natürlich ein Denken, das in seiner Monotonie und in seiner Kompliziertheit ungeheuerlich und dessen einziges Ergebnis der tausendjährige Kalender war.

Diese Hypothese findet eine Bestätigung darin, daß Franz jedesmal, wenn das Dröhnen aus den Werkhallen verstummte, in einen Zustand völliger Erschöpfung verfiel. Seines mechanischen Gehirns beraubt, durch das Stillstehen des Fabrikbetriebs einer Art Lobotomie unterworfen, war das Kind nur mehr ein kleines, in die Enge getriebenes Tierchen, das voller Grauen dem Wehen des Windes oder dem Prasseln des Regens lauschte.

Was blieb, waren die Nächte.

Schon vor zwei Stunden ist der Streifen grünen Lichts, den die Sonne über das Meer gelegt hatte, mit ihr versunken. Die Fenster von Sainte-Brigitte verlöschen nach und nach. Franz, der schon seit zwei Stunden das Lied des großen Jacquard entbehrt, dämmert in einer Einsamkeit voller Schrecknisse dahin. Das an den Schlafraum der mongoloiden Mädchen anstoßende, winzige Kämmerchen ist der ruhigste Winkel, den man im Heim als Schlafstatt für den immer von Nervenanfällen bedrohten Jungen finden konnte. Das phosphoreszierende Viereck des Fensters, obschon es einen wunderbar weiten Blick auf das Meer eröffnet, ist ihm noch kein Trost, kein Rückhalt. Warten heißt es, in Angst und letzter Verlassenheit auf die Hilfe warten, die erst kommt, wenn endlich die barmherzige Nacht sich niedergesenkt hat.

Franz liegt starr auf seinem eisernen Bett, die Augen unbeweglich auf die weißlackierte Decke seiner Zelle gerichtet. Das rettende Geschehen, dessen er harrt, kündigt sich durch ganz schwaches Aufschimmern an. Es ist zunächst ein ziemlich wirres Flackern, doch läßt sich sein kompliziertes Ineinandergreifen von Minute zu Minute mehr ahnen. Ein rotes Schimmern, ein weißes Aufblitzen, ein grünes Leuchten. Dann nichts mehr. Nach und nach kommt Ordnung in das Spiel, und Franz fühlt, wie die Angst nachgibt, das Würgeisen, das ihn seit Tagesende umklammert hält.

Mit weißem Blinken beginnt nun die Reihe. Eine Salve von drei Blitzen, danach eine Spanne Dunkelheit, dann eine lange grüne Spur, die nur schweren Herzens zu sterben scheint. Eine neue weiße Salve. Schließlich ein roter Rand, der nunmehr auf den letzten weißen Blitz trifft ...

Die weitaufgerissenen Augen, die niemals mit den Wimpern zucken, niemals den Ausdruck des Scheuen, Wilden ablegen, sind auf die zuckende Fläche gerichtet, über die nun farbige Schemen wandern. Zuweilen kommt eine zitternde, knochige Hand unter der Bettdecke hervor und streicht mit linkischer Bewegung die struppige Clownsmähne zurück, die ihm in die Stirn fällt.

Das Rondo der Schemen hat sich in einer neuen Ordnung verwoben. Die weißen Blitze legen sich über das grüne Leuchten und unterbrechen es dreimal, ehe sie es breit und friedlich liegen lassen. Dann greift der rote Lichtrand auf die Zimmerdecke über und leuchtet sie von einem Ende bis zum anderen aus. Franz fühlt, wie das stille Glück, in dem er geborgen gewesen war, wieder in ihn zurückströmt. Aber die Lichtkegel der drei Leuchttürme an der Bucht, die sich mit unterschiedlichen Geschwindigkeiten drehen, werden gleich für eine Weile zusammenfallen; dann wird das Zimmer aus dem Dunkel nur noch hervortreten, um einen Augenblick lang das Bild eines wirren Getümmels zu bieten. Für Franz bedeutet es Kummer und Leid, wenn diese *tote Zeit* auftritt und immer größer wird. Glücklich sein heißt für ihn – hieße für ihn –, daß das komplizierte Lichterspiel ohne dunkle Pause nach einer unabänderlichen Formel aufeinanderfolgt. Diesem Ideal kann man näherkommen, ohne es je zu erreichen, denn die drei Umdrehungszeiten lassen stets eine mehr oder weniger lange dunkle Zwischenphase klaffen.

Das ganze Unheil kommt von der Landzunge von Saint-Cast, die die Arguenon-Bucht und die Bucht von La Frênaye trennt und die den großen Leuchtturm von L'Etendrée verdeckt.

Franz war in La Latte aufgewachsen, im Schatten der Burg derer von Goyon-Matignon, mit deren Schloßaufsehern er gut Freund war. Des Abends schlüpfte der Bub in die Burg und hockte müßig in einem Wachtturm, von wo man einen märchenhaft weiten Rundblick hatte. Zur Rechten gewahrte man die Inselgruppe der Hébihens, den Strand von Lancieux, von Saint-Briac, von Saint-Lunaire, die Pointe du Décollé, Saint-Malo, Paramé und Rothéneuf, die Cézembre-Insel und die Pointe du Meinga. Doch die Hauptsache lag im Westen, in Richtung auf die Anse des Sévignés und das Kap Fréhel, auf dem eben der weiße, schwarzbehelmte Leuchtturm von L'Etendrée aufragt. Er besitzt ein Drehfeuer mit zwei Austrittsöffnungen. Seine Umlaufzeit beträgt neun Sekunden; sie umfaßt eine Leuchtzeit von 1,5 Sekunden, eine Dunkelzeit von 1,5 Sekunden, eine Leuchtzeit von 1,5 Sekunden und eine Dunkelzeit von 4,5 Sekunden. Seine Leuchtwinkel sind in folgender Form aufgeteilt:
– Roter Sektor: von 72° bis 105° (33°), Reichweite 8 Meilen. Weißer Sektor: von 105° bis 180° (75°), von 193° bis 237° (44°), von 282° bis 301° (19°) und von 330° bis 72° (102°), Reichweite 11 Meilen. Grüner Sektor: von 180° bis 193° (13°), von 237° bis 282° (45°) und von 301° bis 330° (29°), Reichweite 7 Meilen.
In der lichten Symphonie der Küstenleuchtfeuer, die von Burg La Latte aus zu sehen sind, war der Turm von L'Etendrée, 84 m hoch, die Große Orgel mit ihren Registern, Manualen und Bässen. Aber dieses königliche Instrument, von der Landspitze von Saint-Cast verdeckt, fehlt in dem Lichtkonzert, das man von Sainte-Brigitte aus sieht. Daran denkt Franz unaufhörlich. Bei der Turmruine auf der Hébihens-Insel, die er von seinem Fenster aus wahrnehmen kann, fände er alle Leuchtfeuer, die von Burg La Latte aus zu sehen sind, vollzählig wieder, und dazu kämen noch die rote Leuchtboje und das ortsfeste Blinkfeuer, die die Hafeneinfahrt von Le Guildo markieren und die zwar bescheidene, aber nicht zu unterschätzende Hilfen bedeuten.
Vater Kergrists Fischerboot ist aufs Trockene gezogen, doch das Meer steigt, und in einer Stunde wird es nur noch einige Meter von der aufgelaufenen Flut entfernt sein.
Franz steht auf und schlüpft in seine alten, zerschlissenen Leinenschuhe. Er ist, wie jede Nacht, in sein Zimmer eingeschlos-

sen, aber der Schlüssel steckt im Schloß, und zwischen Fußboden und Tür fällt Licht durch eine gut zentimeterbreite Ritze. Franz schiebt ein Blatt Fließpapier unter der Tür durch. Dann nimmt er ein Zündholz und stößt damit den Schlüssel aus dem Schlüsselloch; er fällt draußen zu Boden. Das Fließpapier fängt ihn auf. Franz zieht es herein und bemächtigt sich des Schlüssels.

Von Erregung übermannt, hält er inne. Ein krampfhaftes Zittern schüttelt ihn, und er unterdrückt mit all seinen Kräften ein Jaulen, das sich seiner Kehle entringen will. Er sitzt auf dem Bett, das Gesicht in die Hände vergraben, er weint nicht, er lacht nicht, er läßt den Nervensturm vorübergehen, den die Nähe des bevorstehenden unerhörten Abenteuers hervorruft ... Er sackt nach vorn, den Kopf in seine Hände, auf seine Knie gestützt. Er schläft. Eine Stunde. Zwei Stunden. Er wacht auf. Was tut der Schlüssel auf seinem Bett? Franz blickt auf. Der bunte Lichtertanz läßt seine Figuren über die Zimmerdecke huschen. Das rote Randlicht schießt wie ein Pfeil durch die große grüne Scheibe. In dem Augenblick, da es verschwindet und die grüne Fläche gleichfalls erlischt, folgen die drei weißen Blitze nacheinander in raschem, man möchte fast sagen überstürztem Rhythmus. Dann nichts als Dunkelheit. Etendrée! Etendrée! Auf dieses unberührt-schwarze Feld müßtest du es schreiben, dein vielfarbiges Gedicht!

Die Tür ist offen. Franz gleitet wie ein Schatten entlang an der verglasten Tür zum Schlafraum der mongoloiden Mädchen, die ebenfalls eingeschlossen sind. Ihre Betreuerin bewohnt ein Kämmerchen am anderen Ende des Flurs. Sie ist nicht mehr jung und etwas schwerhörig. Deshalb hat man ihr das Stockwerk mit den Kindern gegeben, die nicht schwierig sind.

Draußen funkelt der Himmel, doch von Westen treibt langsam ein düsteres Gebirge heran. Die See geht hoch, und man kann klar die phosphoreszierende Mähne der Wogen unterscheiden, die zischend brechen. Unermüdlich buchstabieren die drei Leuchttürme ihre Botschaft: das weiß funkelnde Licht auf der Pointe de la Garde, das Drehfeuer auf der Pointe du Chevet und, weit in der Ferne, das kleine rote Blinkfeuer, das die Axt-Klippen bezeichnet. In diese Richtung müßte man steuern, um auf die Hébihens-Insel zu stoßen, die ansehnlichste der ganzen Inselgruppe.

Franz stemmt sich mit seiner ganzen, insektenhaften Magerkeit seitlich gegen Kergrists kleine Schaluppe. Ja, er bringt sie ins Wanken, doch er begreift, daß er niemals die Kraft haben wird, sie zu Wasser zu lassen. Ohne jede Hoffnung müht er sich ab, schiebt, zieht, versucht wie ein Irrer den Sand unter dem Bug des Kutters wegzubuddeln. Eine Stunde noch, und es ist zu spät. Schon setzt die Ebbe ein, das Wasser beginnt zu fallen. Franz läßt sich auf den harten, eisigen Boden nieder, und von neuem schüttelt ihn die sich entladende nervöse Spannung. Die Zähne klappern ihm, an seinem Mundwinkel bildet sich Schaum, ein kehliges Schluchzen entringt sich seinen Lippen. Einen Augenblick lang verharrt er so, regungslos, und betrachtet mit großen, vorspringenden Augen den vertrauten Abzählvers, den die Leuchtfeuer tief in der Nacht herunterleiern. Noch kann er in seine Kammer zurückkehren. Der Tanz der Schemen muß sich auf seiner weißen Zimmerdecke noch immer fortsetzen. Er hat es eilig, sich von neuem in seiner festen Zelle einzuschließen, wo die Außenwelt beschränkt ist auf schwerelos-freundliche Zeichen, die nach subtiler Regel aufeinanderfolgen. Als er wieder an dem verglasten Gitterwerk des Mädchenschlafraums vorbeikommt, blickt ihm aufmerksam ein heiteres Mondgesicht entgegen und begrüßt ihn mit heftigem Mienenspiel. Es ist Bertha, das älteste der mongoloiden Mädchen. Sie hat zu Franz eine leidenschaftliche, tierhafte Zuneigung, die sich bei jeder Gelegenheit rückhaltlos äußert. Franz ist, von Unruhe erfaßt, stehengeblieben. Er weiß aus Erfahrung, daß Bertha es bei diesem ersten, diskreten Zeichen nicht bewenden läßt. Schon zappeln die krummen Ärmchen, die Schlitzaugen betteln und zerfließen in Tränen, aus dem dreieckigen Mund, den eine fleischige Zunge völlig versperrt, triefen Fäden von Speichel. Sie wird die andern aufwecken und einen Hexensabbat anrichten, wenn Franz sie nicht zur Ruhe bringt. Er dreht den Schlüssel im Schloß, schon tanzt Bertha in ihrem groben Drillichhemd um ihn herum. Sie versucht ihn zu küssen, rempelt ihn mit schrecklicher Gewalt an und wirft ihn fast um.

Vater Kergrists Kutter ... Wer weiß, ob es Bertha nicht gelänge, ihn flottzumachen? Franz nimmt sie bei der Hand und zieht sie mit sich. Sie japst vor Glück und tollt hinter ihm herum wie ein dicker, großer Hund. Doch am Fuß der Treppe angekommen, die zum Strand führt, hören sie kleine Schritte und brummende Laute hinter sich. Die Tür zum Schlafraum steht ja noch offen, und die sieben anderen mongoloiden Mädchen stürzen hinter ihnen drein.

Einen Augenblick gerät Franz in Panik. Er fühlt sich hart am Rande der Nervenkrise entlangtaumeln. Doch der Gedanke an das Boot, das seiner wartet, beherrscht ihn und fordert das Letzte von ihm. Etendrée! Etendrée! Er sammelt seine sonderbare Truppe und führt sie an das Boot. Er winkt, es ins Meer zu schieben. Sogleich klettern die Mädchen an Bord und streiten sich um die Plätze auf den Bänken. Er muß sie hinunterjagen, ihnen begreiflich machen, daß der Kutter erst flottgemacht werden muß. Bertha macht es ihnen vor. Unter dem Ansturm der kleinen, stämmigen Körper, deren kurze und kräftige Beine tief im Sand einsinken, knirscht der Bootsrumpf und beginnt auf den Streifen von Muschelscherben und getrocknetem Schlick zuzugleiten, der die Hochwasserlinie bezeichnet.

Eine Woge zerschellt am Vordersteven des Bootes, schiebt sich unter seinen Kiel, umschmiegt seine Flanken. Es ist soweit. Das Boot ist flott, die Mädchen klettern von neuem an Bord. Franz sitzt vorn. Er hat nur Augen für die drei Leuchttürme, die ihren dreifarbenen Tanz weitertanzen. Gleich wird Etendrée, das große Leuchtfeuer von Kap Fréhel, über diese geringeren Stimmen sein königliches Lied erheben.

Das Boot hat nicht Riemen noch Segel noch Ruder, doch der Ebbstrom reißt es rasch hinaus in die Weite, geradeswegs auf die Axt-Klippen zu.

4

Das Wild des Wildes

Alexandre

Ich fühlte den Augenblick gekommen, mir wieder Einsamkeit zu schaffen. Einsamkeit ist ein zerbrechlich Ding und altert schnell. Zunächst rein und hart wie Diamant, kriegt sie Kratzer um Kratzer. Anfangs leichte: das Lächeln des Kellners im Café, der dich wiedererkennt, die drei Worte der Obstverkäuferin über das Wetter, dann, schon mit mehr Nachdruck, wenn diese oder jene von deinen Gewohnheiten ausgekundschaftet ist: »Das Steak à point, wie Sie's gern mögen« – »Ihre Zeitung ist noch nicht da, die Auslieferung hat sich heute verspätet« – schließlich das, was dir irreparabel zu nahetritt: wenn dein Name enttarnt ist, wenn beflissene Geschäftsleute ihn dir bei jedem Anlaß um die Ohren schlagen: »Monsieur Surin hier, Monsieur Surin dort –«.

Aber wenn es gilt, Einsamkeit zu brechen, geht nichts über den Sexus. Wäre ich geschlechtslos – ich sähe wahrhaftig niemanden, dessen ich bedürfte. Ein Anachoret in der Wüste, ein Stylit, der Tag und Nacht auf seiner Säule steht. Das Geschlecht ist die Zentrifugalkraft, die einen hinaustreibt. Fort mit dir! Geh draußen vögeln! Das ist der Sinn des Inzestverbots. Nichts da! hier nicht! Das ist Papas Monopol! Und geht man dann hinaus, dann natürlich nicht zu einsamen Spaziergängen. Der Sexus verjagt dich von zu Hause nur, um dich dem Nächstbesten in die Arme zu treiben.

Mir wieder Einsamkeit schaffen. Das heißt beispielsweise, mich in einer etwas grauen Kreisstadt niederzulassen, wie zum Beispiel Roanne – die unberührt ist, gänzlich unberührt, ohne jede Erinnerung, ohne jede Spur von mir –, ein Zimmer zu nehmen im Hotel Terminus, und da zu warten. Warten – auf wen? auf was? Zunächst auf das Glück. Kaum ist hinter dem Zimmermädchen, das mich heraufgeführt hat, die Tür zu, kaum liegt mein Köfferchen auf den Riemen des Gepäckständers, lasse ich mich auf den weißen, gehäkelten Bettüberwurf fallen.

Ich höre das ferne Dröhnen der Stadt, das Schütteln und Bimmeln einer Straßenbahn, den verebbenden Strom von Autos, Rufe, Gelächter, Gebell, all das verschmolzen zu einem vertrauten Tosen. Sie sind zahlreich, sind alle da, ich höre sie, ich fühle ihre Gegenwart, doch sie wissen nicht, daß es mich gibt. Eine einbahnige Gegenwärtigkeit, eine halbseitige Abwesenheit. Das Glück leuchtet in meiner Brust wie die Flamme in einer Blendlaterne. Ein Stück göttlicher Allmacht – ist es nicht das Privileg Gottes, alle Wesen zu kennen, ohne sich selbst zu offenbaren? Wohl gibt es die Gläubigen, die Mystiker, dieses indiskrete Volk, das angeblich gegen den Strom schwimmt und einen Blick in Gottes Geheimnis tut. Bei mir ist da keine Gefahr. Mich kennt kein Mensch, nur ich stehe auf dem Anstand. Die Jagd ist eröffnet.

PORTRÄT EINES JÄGERS

Von Kopf bis Fuß überwiegt das Dürre. An Nerven und Knochen, an Sehnen und Gelenken. Muskeln ohne Fleisch, eher Drähte und Seile denn Kraftpakete. Ein Adlerprofil, nichts als Schädel und Gebiß, eine Raubtiermiene, die aber eher ans Schlagen als ans Verdauen der Beute gemahnt. Habe ich denn eine Verdauung? Ich merke kaum etwas davon. Eigentlich möchte ich gern wissen, wo das Essen hinkommt, das ich immerhin in ansehnlicher Menge zu mir nehme. Denn ich neige überdies ein wenig zu Verstopfung. Jedenfalls ist defäkatorische Euphorie nicht meine Sache. Ich schreibe das mit einem Hauch von Wehmut. Denn fortwerfen, wegkippen, zertrümmern, wegpusten – das tu' ich gern. Vor allem finde ich, daß die meisten Häuser unter einem unzureichenden Entsorgungssystem leiden. Hätte ich eine große Wohnung, so würde ich darauf achten, daß allmonatlich eine ansehnliche Menge Möbel, Teppiche, Bilder, Geschirr, Wäsche usw. der Müllabfuhr mitgeben würde. Mangels einer solchen regelmäßigen Abführkur verstopft, verdreckt unsere häusliche Umgebung, und wir müssen auf einen Umzug warten, damit schließlich das große Gemetzel zustande kommt, das mit der Zeit unvermeidlich geworden ist.

Meiner Dürre ist auch mit einer üppigen Ernährung nicht beizukommen, und ich weiß schon, wodurch sie sich hält: durch eine Art inneren Feuers, eine Art Esse tief in meinem Wesen, eine nervöse Leidenschaft, eine bebende Spannung meiner Muskeln und meiner Aufmerksamkeit, die unablässig in mir brennt und mir nächtens nur einen leichten, beiläufigen Schlaf gönnt. Wer boshaft wäre, würde feststellen, welchen Anteil mein Körper und welchen Anteil mein Gehirn an jenem Gärungsprozeß haben, der mein ganzes Leben ist. Sicher holt sich dabei das Geschlecht den Löwenanteil, doch das Geschlecht, das ist der Mensch schlechthin, und ich glaube, bei mir ist es weithin eine Sache des Gehirns.

Geschlecht, Hand, Gehirn. Ein magisches Trio. Zwischen Geschlecht und Gehirn treten die Hände als Mischorgane, als Mittler, als kleine Dienerinnen beider: sie liebkosen aufs Konto des Geschlechts, sie schreiben nach dem Diktat des Gehirns.

ÜBER DIE MASTURBATION

Das Gehirn liefert dem Geschlecht ein imaginäres Objekt. Es zu verkörpern, ist Sache der Hand. Die Hand ist komödiantisch, mimt bald dies, bald jenes. Sie wird nach Belieben Zange, Hammer, Visier, Signalpfeife, Kamm, primitive Rechenmaschine, Taubstummenalphabet usw. Doch ihr Meisterstück ist das Masturbieren. Dabei wird sie je nach Wunsch Penis oder Scheide. Übrigens ist nichts natürlicher als die Begegnung von Hand und Geschlecht. Wenn die Hand sich selbst überlassen ist und zwanglos am Arm schwingt, begegnet sie früher oder später – tatsächlich meist sofort – dem Geschlecht. Sich am Knie, an den Hüften, am Ohr zu berühren, verlangt zum Beugen des Körpers einen besonderen Kraftaufwand. Beim Berühren des Geschlechts nicht. Man braucht die Hand nur locker zu lassen. Überdies bietet sich das Geschlecht durch seine Größe und Form wunderbar dazu an, in die Hand genommen, handgreiflich bewegt zu werden. Man denke einmal daran, um wieviel weniger ein Kopf, ein Fuß, ja sogar eine andere Hand sich umfassen, geschweige denn mit Vergnügen umfassen läßt! Von allen Körperteilen ist das Geschlecht ganz sicher der handlichste, der am leichtesten zu handhabende, zu behandelnde.

Um das Thema abzuschließen: das vom Gehirn gelieferte und von der Hand verkörperte Sexualobjekt kann mit demselben – nunmehr realen – Objekt in Konkurrenz treten und es übertrumpfen. Der Mensch bei der Masturbation, der von einem Partner träumt, ist peinlich berührt, wenn dieser Partner unversehens dazukommt, er will lieber zurück in seine Träume; er betrügt ihn gewissermaßen mit seinem Abbild.

Und das rückt auch die Vorstellung zurecht, die die meisten Heterosexuellen hegen, wenn sie sich homosexuelle Beziehungen als eine beiderseitige, gegenseitige Masturbation vorstellen. Das ist sie nämlich nicht. Die echte Masturbation ist ungesellig, ihr Wahrzeichen ist die Schlange, die sich in den Schwanz beißt. Jede sexuelle – homo- wie heterosexuelle – Beziehung enthält eine Hingabe an einen Partner, eine Widmung des Orgasmus an eine bestimmte Person. Diese Person mag weit fort sein, die Widmung deshalb aus der Ferne geschehen, und dann tritt die echte Masturbation ein, nur daß in diesem Falle das Bild die Gestalt einer Person annimmt.

Das hat ein kleiner Spezi von mir so hübsch ausgedrückt, als er mir eines Tages eine Postkarte schickte mit den schlichten Worten: »Grüß Dich, mein Lieber! Ich hab' gerade ein Gießkännchen auf Deine Gesundheit geleert!«

In Roanne fallen pro Tag durchschnittlich 30773 Kilogramm Hausmüll an. Daraus schließe ich, daß die Stadt genau 38467 Einwohner haben muß. Fünf Kipplaster, die pro Tag zwei Fuhren bewältigen, schaffen dieses Material zu einer zwei Kilometer weit in Richtung Digoin am Ufer der Loire liegenden Deponie. Diese Laster haben keine Verdichtungsanlage; daraus schließe ich, daß es sich um eine Bevölkerung auf bescheidener wirtschaftlicher Stufe handelt. Meine Beobachtungen haben mir nämlich gezeigt, daß das Gewicht des Hausmülls im Durchschnitt mit der Erhöhung des Lebensstandards steigt, daß aber sein Volumen sich rasch verdoppelt oder verdreifacht, sobald der durchschnittliche Wohlstand steigt. So kommt es, daß der Kubikmeter H.M.* in Deauville nicht mehr als 120 Kilo wiegt, während er in Casablanca 400 und sogar 500 Kilo erreicht. Deswegen können meine Arabs sich noch lang mit einem Kipper mit Deckel begnügen, der zwischen zwölf und vierzehn Kubikmeter faßt.

Roanne ist nach Casablanca die ärmste meiner sechs Städte. So ist es eben: Die Armen haben kompakten Müll. Sie werfen Gemüseabfälle, Konservendosen, billig gekaufte und bald unbrauchbare Gebrauchsgegenstände und vor allem den unvermeidlichen Eimer Schlacken und Kohlenasche in den Kehricht, der dadurch sehr schwer wird. Deauville, die großkotzigste von meinen Städten, hat als erste den Einsatz von Lastwagen mit Müllverdichtungseinrichtung gefordert, um ihr übertriebenes Verpackungsmaterial, ihre Champagnerkorken, ihre Zigarettenkippen mit Goldmundstück, ihre leeren Langustenschalen, ihre Asparagussträuße, ihre Ballettschuhe, ihre halbverbrannten Lampions loszuwerden. Ein aufgeplusterter, luftiger, glänzender, leichter, voluminöser Abfall, den kostspielige Maschinen zerkleinern, zerdrücken, zusammenpressen müssen, um ihn wegschaffen zu können, weil der Raum, den dieses wertlose Zeug beansprucht, nicht mehr gefragt ist. Nach seinem Tode

---

* H.M. = Ha-em = Hausmüll

soll es sich auf den Raum beschränken, den der Armenmüll braucht.

Das genaue Gegenteil ist das Abfallbild von Roanne. Zwei Stadträte haben mich heute früh im Terminus abgeholt und mit dem Wagen zu der wilden Müllablage gebracht, die bis jetzt benutzt wird und die die Stadtverwaltung – wegen einer Gartensiedlung, die in der Nähe gebaut werden soll – schließen und durch eine geordnete Deponie ersetzen will. Um die Maßnahme erfolgreich durchführen zu können, wird meine sachkundige Mitwirkung gewünscht.

Ich hüte mich, das, was ich empfinde, vor diesen braven Leuten zu äußern, deren Vorstellungen vom Schönen, vom Schöpferischen, von Tiefe und Freiheit ganz und gar von der Stange sind, ja schlechthin dem absoluten Nichts entstammen. Doch als man mich an den Rand des *Teufelslochs* – wie es hier heißt – führt, wo Roanne mit Hilfe von fünf Lastautos das Intimste, Enthüllendste ausdrückt, was in ihm ist, nämlich im Grunde sein eigentliches Wesen – da erfaßt mich heftige Erregung und Neugierde, und ich wage mich ganz allein in das »Loch« hinunter. Ich sinke ein in einen dicken, weißlichen Brei, der mir als Fachmann wohlbekannt ist und dessen Grundstoffe Papiermasse und Asche sind, der aber hier eine ungewohnte Dichte aufweist. An manchen Stellen wird die Masse faserig, fusselig, filzig, und einer meiner Führer erklärt mir – aus der Entfernung –, von zwei Textilwerken würden ganze Ballen Flockwolle zum Abfall gekippt, die von der Müllmasse nur langsam aufgenommen würden.

»Es müßte doch eigentlich eine Methode geben, all diese Flockwolle wieder zu verwerten«, bemerkt er, nicht ohne einen Unterton von Tadel für ein Vorgehen, das er sicher als Verschwendung betrachtet.

Du kleinbürgerliche Kellerassel! Immerfort diese Furcht vor dem Wegwerfen. Dieses geizige Bedauern beim Blick auf den Abfalleimer. Eine Zwangsvorstellung, ein Ideal: eine Gesellschaft, die *gar nichts* wegkippte, deren Sachen ewig hielten und in der sich die beiden Grundfunktionen – produzieren und konsumieren – ohne Abfall vollzögen! Das ist der Traum von der vollständigen stadtinternen Verstopfung. Statt dessen träume ich von einer totalen Wegwerf-Welt, die eine ganze Stadt auf den Kehrichthaufen schmeißt. Doch gerade das verheißt uns wohl ja der nächste Krieg mit den Luftbombardements, die man uns an die Wand malt? Aber lassen wir das! Jedenfalls schätze ich die Roanner Flockwolle, die der Müllmasse das Aussehen von Tweed gibt und mich zwingt, mein Urteil über den Lebensstandard dieser Stadt zu überprüfen. Graue, glanzlose Müllmasse, aber ganz zweifellos von guter Qualität ...

Ein Stück weiter wird der Unwille meiner Stadträte vollends gar tugendlich: vor einem Bücherhaufen, einer ganzen, kunterbunt hingekippten Bibliothek. Binnen kurzem ist jeder von uns in die Lektüre eines dieser armen, verdreckten, zerrissenen Schmöker vertieft. Nicht für lange allerdings, denn es sind lateinisch geschriebene Werke über Chemie, die – auf welchen Ab- und Umwegen wohl? – ihren gelehrsamen Lebenslauf an diesem Ort beschließen wollen. Bücher, bei Lumpensammlern sehr begehrt, sind normalerweise nicht beim Müll zu finden; das hier, muß ich sagen, ist für mich der erste derartige Glücksfall. Bemerkenswert ist dabei: Meine Begleiter entrüsten sich über die grobe Unbildung einer Bevölkerung, die nicht davor zurückschreckt, Bücher – die edelsten Dinge schlechthin – wegzuwerfen. Ich hingegen stehe bewundernd vor einer Müllablage, die so reich und so gescheit ist, daß man auf ihr sogar Bücher finden kann. Hier liegt der Punkt, der uns trennt, in dem wir uns nicht verstehen. Für meine Stadträte, die ganz und gar in der Gesellschaft verwurzelt sind, ist der Müllplatz eine Hölle, die dem Nichts gleichkommt, und kein Ding ist so verächtlich, daß es dort hingekippt gehörte. Für mich ist der Müllplatz eine Parallelwelt zur anderen, ein Spiegel dessen, was das eigentliche Wesen der Gesellschaft ausmacht; für mich hängt ein zwar unterschiedlicher, aber durchaus positiver Wert an jeglichem Unrat.

Eine andere Besonderheit will ich noch festhalten. Selbstverständlich ist es in Roanne ebensowenig wie anderswo üblich, Bücher zum Abfall zu werfen. Trotzdem erschien es mir interessant, enthüllend, lehrreich, daß diese Bücher da waren, und ich habe sie gleich in das Unratwappen von Roanne aufgenommen. Ich erinnere mich jetzt daran, daß es mir schon mit mehr als einer Stadt so ergangen ist. Als ich zum erstenmal die ungeheure Mülldeponie von Marseille in Miramas – die ausgedehnteste Frankreichs – betrat, da beeindruckte es mich, daß da ein ganzer Lastwagen voll verdorbener Seefische stand, um die

sich ein Schwarm von Seemöwen laut kreischend stritt, und
seitdem sind rohe Mittelmeerfische für mich nicht mehr zu
trennen von den Mondhügeln von Miramas. Denn Zufälliges,
Ungefähres gibt es in diesen Dingen nicht, da ist alles wesentlich; die unterschiedlichsten Dinge geben sich hier ein schon im
Augenblick ihrer Herstellung schicksalhaft vorherbestimmtes
Stelldichein. Das Wundersame am Müll ist, wie sich die Dinge
ins Allgemeingültige erheben, das jeden Scherben zum poten-
tiellen Wahrzeichen der Stadt macht, die ihn hervorgebracht
hat.
Roanne – eine graue, wegen ihrer gediegenen Flockwolle und
ihrer alten Bücher interessante Stadt – erwartet demnach von
Alexandre Surin, dem König und Dandy des Unrats, daß das
Teufelsloch im Sinne einer geordneten Deponie aufgefüllt und
zu einem Stadion, einer Staatsschule oder einer öffentlichen
Grünanlage wird. Das werden wir bald haben, meine Herren
Stadträte, vorausgesetzt, ihr übertragt mir als Regiebetrieb ge-
winnbringend das Abholen, Abfahren und Weiterbehandeln
eurer Abfälle samt dem Alleinverwertungsrecht für alles, was
sich daraus gewinnen läßt.

PORTRÄT EINES JÄGERS (Fortsetzung)
Gehen wir mal etwas auf Abstand. Ich sehe mich vor mir, mitten unter den Stadträten, wie ich von einem Müllhaufen zum
anderen springe und mich da und dort auf meine treue Fleurette stütze. In meiner Persönlichkeit ist etwas von einem
Musketier: Ich pendle zwischen zwei Extremen hin und her.
Zwischen dem Kondottiere auf der guten und der Ziege auf der
schlechten Seite. Ich mag Bewegung gern. Zweckfreie Bewegung – körperliche Arbeit ist mir ein Greuel – und obendrein
Bewegung, die aufwärts führt. Eine kurze Probe in den Alpen
hat mich überzeugt, daß ich – vom Sexus abgesehen – nur als
Bergsteiger brennende, echte, erregende Erlebnisse finde.
Wenn ich von mir als einer Ziege sprach, habe ich da im Übermaß meines Selbsthasses fehlgegriffen. Ich hätte von einer
Gemse sprechen sollen. Fechten und Bergsteigen. Zwei Arten,
die Muskeln auf Hochspannung zu bringen. Die eine zielt auf
die Überwindung eines Gegners, die andere auf die Eroberung
einer Landschaft. Aber die Gebirgslandschaft wehrt sich mit
Waffen, die nicht künstlich stumpf gemacht sind, und droht dir

jeden Augenblick die Knochen zu zerbrechen. Die Synthese beider ist verwirklicht in der herrlichsten Art, seinen Leib zu stählen: in der Jagd, denn der Gegner, das Wild, verbirgt sich in der Landschaft, ist von ihr nicht zu trennen, so daß die Liebe zur Landschaft im Herzen des Jägers mit dem Gieren nach Beute streitet.

Ohne Frage kann ich beim Essen ganz schön zulangen, freilich mit Unterschied, nur bei manchen Dingen. Ich habe nie begreifen können, daß die Psychologen, Psychiater, Psychoanalytiker und andere Seelenbohrer der Frage, was dem einen oder anderen beim Essen zuwider ist, so wenig Beachtung schenken. Denn was wäre das für ein Beobachtungsfeld, und was für Entdeckungen gäbe es da zu machen! Wie läßt sich beispielsweise erklären, daß ich von zartester Kindheit an Milch und alles daraus Hergestellte, also Sahne, Butter, Käse usw., nicht ausstehen konnte? Wenn man mir mit zwei Jahren ein Brotklümpchen zu schlucken gab, in dem ein winziges Stückchen Käse verborgen war, befiel mich sofort hemmungsloses Erbrechen. Das ist also ein Wesenszug, der nicht bloß den Rand der Lippen berührt, sondern im Gegenteil bis in die tiefsten Eingeweide hinunterreicht.

Ich habe Speisen gern, die hübsch angerichtet, kunstvoll zurechtgemacht, etwas anderem zum Verwechseln ähnlich sind. Ich mag kein Gericht, das sich ganz roh als Kutteln, Ochsenzunge oder Kalbskopf zu erkennen gibt. Nicht ausstehen kann ich die unverschämt-schamlosen Speisen, die aussehen, als kämen sie mit einem Satz aus der rohen Natur auf deinen Teller, und so tun, als sprängen sie dir von da gleich mitten ins Gesicht. Rohkost, Muscheln, frisches Obst und andere Naturalia – das ist schwerlich etwas für mich. Reden wir lieber von der orientalischen Küche! Ich habe eine Vorliebe für Speisen in anderem Gewand: für Pilze, die pflanzlichen Ursprungs sind, aber als Fleisch auftreten, für Schafshirn, das von einem Tier stammt, aber wie Fruchtfleisch erscheint, für Avocados, deren Fleisch fett ist wie Butter, und über alles gar schätze ich Fisch, dieses unechte Fleisch, das, wie es heißt, nichts ist ohne die Soße.

Meine große, schnüfflerische Adlernase ist nicht nur die Hauptzierde meines Gesichts und der Ausdruck meines Geistes, meines Mutes und meiner Großzügigkeit. Der Geruchssinn nimmt in meinem Leben wirklich einen hervorragenden Platz ein – was nicht verwunderlich ist, wenn man an meine Berufung zum Jäger denkt –, und ich würde, hätte ich Zeit und Talent dazu, gern eine Abhandlung über Gerüche schreiben. Am meisten interessiert mich natürlich meine Sonderstellung in einer Gesellschaft, in der die meisten *keinen Geruchssinn* haben. Bekanntlich gehört der Mensch – mit dem Vogel und dem Affen – zu den Lebewesen, bei denen die Nase um so mehr verkümmert ist, je mehr die Sehschärfe sich steigerte. Offenbar muß man sich entscheiden: Sehen oder Riechen. Der Mensch, der das Sehen vorgezogen hat, besitzt keine gute Nase.

Zu diesen allgemeinen Sätzen könnte ich allerlei Einschränkungen beitragen, angefangen mit der folgenden: Obgleich ich bemerkenswert gut sehe, habe ich auch eine außergewöhnlich gute Nase. Heißt das, daß ich ein Übermensch bin? Von einem gewissen Standpunkt aus sicher ja, das gebe ich zu! Aber gerade nicht unter dem Blickwinkel der Sinnesschärfe. Denn soweit ich gut sehe, ist das bei mir viel eher eine Sache des *ersten Blicks* als einer breiten, betrachtenden Gesamtschau. Setzen Sie mal eine Katze in einen Garten. Glauben Sie wohl, sie wisse die Linie der Alleen, den Durchblick ins Grüne, das Ebenmaß von Rasenflächen und Wasserbecken zu schätzen? Darum kümmert sie sich gar nicht, sie sieht von alledem nichts. Was sie aber unfehlbar auf den ersten Blick sieht, ist das ungewohnte Zittern eines Grashalms, das die vorbeihuschende Waldmaus verrät.

Diese Katze bin ich. Mein Gesichtssinn ist nichts als die kleine Dienerin meiner Begierde. *Ancilla libidinis.* Alles um mich her ist unscharf, außer dem Ziel meines Verlangens, das in übermenschlichem Glanz erstrahlt. Und das übrige? Pah! In einem Museum gähne ich bloß, es sei denn, das Stilleben, der Früchtekorb ist umschlungen von den nackten, fruchtfleischigen Armen des Caravaggioschen Jünglings, dessen pausbackiger, blasser Krauskopf sich über Trauben und Birnen neigt. Frauen existieren für mich so wenig, daß es mir, wie bei Negern, wie bei Schafen in einer Herde, nur mit Mühe gelingt, sie auseinanderzuhalten. Diese kleine Unzulänglichkeit hat mir übrigens schon so manchen Streich gespielt. Doch kaum steht hinter mir ein junger Mann auf, so sagt mir das sofort ein verborgener

Instinkt, ich drehe mich um, und indem ich ihn mit einem scheinbar zerstreuten Blick streife, beschnuppere, entkleide, erkunde ich ihn im Nu, Zentimeter um Zentimeter, ich wiege ihn, ich wäge ihn ab und vögle ihn. Ist es ein Kalb, so merkt er nichts, und diese Unschuld treibt meinen Jubel auf die Spitze. Ist es ein Fleuret, so spürt er in seinen Nerven etwas zucken wie einen elektrischen Schlag. Er sieht sich sozusagen von einem Blitzlicht getroffen, er ist hellwach und auf der Hut, und gleichzeitig gibt er Antwort, mit einer – positiven oder negativen – Welle.

Diese Schärfe meines Blicks geht demnach mit einer sonst ziemlich allgemeinen Kurzsichtigkeit einher, und mein persönliches Weltbild gleicht einer in Dämmerdunkel versunkenen Landschaft, in der nur einige wenige Gegenstände, einige wenige Personen die Eigenschaft haben, stark phosphoreszierend zu leuchten.

Ganz anders steht es mit meinem Geruchssinn. Ich habe eine *intelligente* Nase. Kein anderes Wort beschreibt besser das Unterscheidungsvermögen, die Aussagefähigkeit, die Erkenntnisschärfe meines Riechorgans. Bei anderen liefert die Nase bloß vage Eindrücke, ein grobes Gesamtbild der Gerüche ihrer Umgebung, aus dem sich letztlich allenfalls ein Plus- oder ein Minuszeichen ergibt: das hier riecht gut, das riecht schlecht, das riecht nach gar nichts. Das ist alles, was ihr erbärmlicher Geruchssinn ihnen zu sagen weiß. Denn das ist das Paradoxe: je feiner die Nase, desto weniger empfindet man Gerüche als gut oder als schlecht. Die Parfümindustrie verdankt ihre Existenz einer Kundschaft, die keinen Geruchssinn hat. Denn der Geruchssinn löst die Eigenschaft »gut« oder »schlecht« um so mehr auf, je feiner er Aufschluß gibt über die Zusammensetzung des ihn umgebenden Geruchsmilieus. Je klarere und genauere Kenntnis er vermittelt, desto weniger schmeichelnd, empörend, erregend wirkt er. Das ist eine allgemeine, für alle unsere Sinne gültige Regel. Weil Kurzsichtige um sich her nur vage Lichtflecke wahrnehmen, ohne deutliche Umrisse, ohne klare Linien, die dem Verständnis festen Halt bieten, können sie sie nur als angenehm oder unangenehm beurteilen. Einer, der klar und deutlich sieht, vergißt dagegen die affektive Färbung dessen, was er in seinen Einzelheiten erkennt und ermißt.

Müll ist nicht – wie man meint – ein einheitlicher, undifferenzierter, durch und durch unerfreulicher Gestank. Es ist ein unendlich kompliziertes Hexengebräu, und unablässig suchen meine Nüstern es zu entschlüsseln. Sie zählen mir alles auf, den verbrannten Gummi des alten Reifens, den rußartigen Brodem einer Heringstonne, die schweren Duftschwaden eines verwelkten Fliederbuketts, den süßlich-faden Gestank der krepierten Ratte und das Säuerlich-Scharfe ihres Urins, den einem alten normannischen Keller ähnlichen Geruch eines Lastwagens voll übergegangener Birnen, die fette Ausdünstung einer Kuhhaut, die Scharen von Maden in peristaltische Wallungen versetzen, und all das umgewühlt vom Wind, mit Stechend-Ammoniakalischem und mit Wolken von orientalischem Moschus durchsetzt. Wie soll's einem langweilig werden unter so viel ausgebreiteten Reichtümern, wie kann einer so grobschlächtig sein, sie alle samt und sonders als übelriechend von sich zu weisen?

Die graue Substanz. Der Ausdruck ist mir ganz natürlich aus der Feder geflossen, um den Müll von Roanne zu schildern, und ich bin entzückt von der Gedankenverbindung, die er hervorruft. Denn diese grau-rosige, dichte und gehaltvolle, durch die Flockwolle filzig eingedickte Müllmasse, von der ein Komprimat das Innere des Medaillons mit dem Wappen von Roanne (ein Halbmond mit der Kriegsmedaille darüber) im fünften Täschchen meiner gestickten Weste zieren wird – diese faserige Substanz mit den perlmutten Glanzlichtern hat eine gewisse Ähnlichkeit mit der synapsenreichen menschlichen Gehirnsubstanz. Roanne, die Stadt mit dem Gehirnmüll! Das fehlte mir noch in meiner Sammlung, und Roanne hat nunmehr, nach Rennes, Saint-Escobille, Deauville, Miramas und Casablanca, mein Sextett, wie es sich gehört, voll gemacht. Ganz zu schweigen von den alten Büchern, die gewiß nicht durch eine sträfliche Verrücktheit, sondern im Zuge einer logischen Entwicklung hierher gekommen und hier am rechten Platze sind. Sie sind die obligate Flora dieses intelligenten Misthaufens, diese Schmöker mit ihrem Abrakadabra sind aus ihm entsprossen wie Pilze, sind seine sublimierte Ausdünstung.
Ich habe beim Arbeitsamt zehn Mann beantragt. Gemeldet haben sich dreißig. Ende der Woche sind es dann sicher nur noch

sechs oder sieben. Es ist der übliche Bodensatz aus Tippelbrüdern, Arabern, Piemontesen, Katalanen und Franzosen, die vielleicht schon im nächsten Augenblick von den Gendarmen geholt werden. Als ob man diesen Abschaum der Menschheit brauchte, um den Abfall der Gesellschaft zu zermahlen! Ich stelle sie alle samt und sonders ein. Ich bin ihr Bruder, meinen schönen Kleidern und meinem Lavendelduft zum Trotz, bin wie sie kriminell, asozial, von Fleisch und Geblüt durch und durch der Ordnung feind.

Eine Sondenmessung im Teufelsloch ergibt eine Dicke der Müllschicht von 6 bis 7 Metern und eine Temperatur von 80 Grad. Das bedeutet mehr als ein Gehirnfieber, das bedeutet ständig drohende Brandgefahr. Um die Gärung zu stoppen, muß lediglich die Luftzufuhr unterbrochen und zu diesem Zweck über einer Müllschicht von höchstens 2,50 Meter Dicke jeweils ein Sandbett von mindestens 50 Zentimetern eingebracht werden. Ich lasse aus starken Bohlen einen Knüppeldamm bis zum Rand des Loches anlegen, um zu verhindern, daß die Lastwagen mit Sand, die viel schwerer sind als die Müllfahrzeuge, mit den Rädern einsinken. Die Männer verteilen den Sand, der vor ihren Füßen herabrinnt. Welch ein Kontrast zwischen diesem reinen, goldenen Material, dem faulenden Boden und den schwarzen Männern, die in dem Loch durcheinanderlaufen. Wie weit wir heruntergekommen sind, ermesse ich an der beinahe schmerzhaften Bewunderung, die dieser simple Sand in mir erweckt, nur weil er ganz anders ist als der Unrat, in dem wir leben. Sand, Strand, einsame Insel, kristallene Wogen, Brandung und Meeresrauschen ... Schluß mit den Träumen! Nächste Woche ist mein Trommel-LKW da, und durch sein dickes Zylindersieb ergießt sich dann der gefilterte Müll von Roanne auf die Ränder des Loches, wo er zur Düngerherstellung verwendet wird, während die gröberen Bestandteile des Mülls in den Krater hinuntergekippt werden.

DIE ÄSTHETIK DES MÜLLDANDYS

Die Idee ist mehr als die Sache, und die Idee der Idee ist mehr als die Idee. Folglich ist die Imitation mehr als das Ding, das imitiert wird, denn sie ist das Ding plus die zur Nachbildung aufgewendete Arbeit, die in sich die Möglichkeit enthält, sich zu reproduzieren und so der Qualität auch die Quantität zur Seite zu stellen.

Deshalb ziehe ich bei Möbeln und Kunstgegenständen stets Imitationen den Originalen vor, denn die Imitation ist das in den Pferch getriebene, in Besitz genommene, eingegliederte, möglicherweise vervielfältigte, kurz, das erdachte, das vergeistigte Original. Mag die Imitation für das Gesocks von Liebhabern und Sammlern uninteressant sein, mag überdies ihr Handelswert weit unter dem des Originals liegen – in meinen Augen ist das ein weiterer Vorzug. Gerade darum ist sie für die Gesellschaft nicht von neuem verwertbar, ist dazu verurteilt, weggeworfen zu werden und von vornherein dazu bestimmt, in meine Hände zu fallen.

Meine Pariser Wohnungseinrichtung ist, weil sie – vielleicht mit Ausnahme meiner Stockdegen-Sammlung – nicht ein einziges echtes Stück umfaßt, ganz und gar zweitrangig. Ich habe immer davon geträumt, sie darüber hinaus zur Drittrangigkeit zu erheben, aber wenn es überhaupt Beispiele für Imitationen von Imitationen gibt, so ist das etwas so Seltenes, ist durch die potenzierte Geringschätzung seitens der blöden Menge zu so raschem Verschwinden verurteilt, daß ich nur um den Preis ungeheurer Anstrengungen mein Heim vollständig damit schmücken könnte. Immerhin habe ich in der Rue Turenne in dem Möbelgeschäft *Le Bois Joli* eine weidengeflochtene Chaiselongue gefunden, die war einem Modell von den Antillen nachgebildet, das seinerseits sichtlich vom Empire-Kanapee im Récamier-Stil inspiriert war. Auch habe ich auf meinem Tisch einen gläsernen Buddha, dessen Zwillingsbruder aus altem Kristallglas ich bei einem Antiquar gesehen habe; dieser hat mir versichert, es handle sich um das Modell der lebensgroßen Buddha-Statue von Sholapur. Aber das sind Ausnahmen. Wollte ich dergleichen mehr haben und mir eine noch höher potenzierte Wohnungsausstattung verschaffen – denn es gibt keinen Grund, nicht von der dritten Potenz zur vierten, zur fünften usw. überzugehen –, so brauchte ich soviel Geduld und Zeit, wie ich dafür nicht übrig habe. In Wirklichkeit finde ich Geschmack weder an den Gegenständen noch am Einrichten von Räumen, noch am Sammeln: all das ist für meine unruhiggierige Art zu beständig, zu beschaulich, zu unbeteiligt.

Was ist denn übrigens der Müll anderes als der große Bewahrer der Dinge, die durch die Massenproduktion in eine unendliche Potenz erhoben werden? Die Vorliebe für das Sammeln von Originalen ist durch und durch reaktionär und unzeitgemäß. Sie widerspricht der Bewegung des Produzierens und Konsumierens, die sich in unseren Gesellschaftssystemen mehr und mehr beschleunigt – und die in den Müll mündet.

Früher wurde jeder Gegenstand vom Handwerker wie ein Original hergestellt und hatte von Rechts wegen ewig zu halten. Wenn er kaputtging, dann nur durch einen unglücklichen Zufall. War er einmal abgenützt, wurde daraus immer noch ein Gelegenheitskauf (das galt sogar für die von Trödlern wiederverkauften Kleider). Der Gegenstand wurde zum Erbstück und hatte Anspruch darauf, daß man ihn immer wieder zu reparieren versuchte.

Heute wird ein Ding immer schneller für verschlissen, für unbrauchbar erklärt und zum Abfall geworfen. Und vom Abfallhaufen holt es dann nicht selten der Sammler. Er birgt es, nimmt es mit, restauriert es, dann gibt er ihm bei sich zu Hause einen Ehrenplatz, an dem seine Qualitäten recht zur Geltung kommen. Und das gerettete, wieder in Ehre und Herrlichkeit aufgenommene Ding vergilt seinem Wohltäter hundertfach, was er ihm Gutes tut. Es bewirkt, daß im Hause eine Atmosphäre von anspruchsvollem Frieden, intelligentem Luxus, gelassener Weisheit herrscht.

Diese Denkweise und das Reizvolle daran verstehe ich ganz gut, und doch bin ich gegenteiliger Meinung. Weit entfernt davon, den Prozeß des Produzierens – Konsumierens – Wegwerfens blockieren zu wollen, erwarte ich vielmehr gerade von ihm alles, denn er mündet ja zu meinen Füßen. Der Müll ist keineswegs das Nichts, in dem ein Gegenstand versinkt, sondern der bewahrende Ort, wo er seinen Platz findet, nachdem er tausend Prüfungen durchgemacht und bestanden hat. Das Konsumieren ist ein Ausleseprozeß, der dazu dient, den unzerstörbaren, wirklich neuen Teil der Produktion auszusondern. Die Flüssigkeit in der Flasche, die Creme in der Zahnpastatube, das saftige Innere der Orange, das Fleisch des Brathähnchens werden durch den Filter des Konsumierens ausgeschieden. Übrig bleiben die leere Flasche, die platte Tube, die Orangenschale, die Knochen des Hähnchens: die harten, dauerhaften Teile der Produktion, die Erbstücke, die unsere Zivilisation den künftigen Archäologen hinterlassen wird. Mir obliegt es, ihnen in Form der geordneten Mülldeponie eine unbegrenzte Haltbarkeit in einer trockenen, keimfreien Umgebung zu sichern. Nicht ohne mich vor ihrer Beerdigung noch zu begeistern an der unendlichen Potenzierung dieser in Massen hergestellten Dinge – denn sie sind ja Kopien von Kopien von Kopien von Kopien von Kopien von Kopien usw.

Er heißt Eustache. Eustache Lafille. Als er mir das beim Arbeitsamt angab, traute ich meinen Ohren nicht. Man muß ihm seinen Namen verzeihen wegen dieses wundersamen, so seltenen Vornamens, der ihn zu einem nahen Verwandten von mir macht, denn auf rotwelsch bedeuten Eustache und Surin gleichermaßen das bösartige Messer.

Ich hatte an der fernen, schattenhaften Gestalt des »Ausschlachters«, der sich tief unten im Loch zu schaffen machte, etwas Jugendlich-Starkes entdeckt. Mit einem Hammer und einer Art Machete bewaffnet, wartet der Ausschlachter gespannt auf Gegenstände größeren Umfangs, die der Trommellader ausspeit und die in großen Sätzen zu ihm hinunterrollen. Für ihn kommt es darauf an, ihnen zunächst auszuweichen wie einem Tier, das ihn anspringen will, und dann auf sie loszugehen, um sie kleinzukriegen. Packen von Papier und Lumpen müssen aufgeschlitzt, Teppiche, die zusammengerollt ankommen, sorgsam auf dem Boden ausgebreitet, Kisten zerschlagen, Flaschen zertrümmert werden. All das hat den Zweck, die Bildung von Hohlräumen zu verhindern, die unten in der Schicht dann Lufteinschlüsse ergeben könnten. Eustache erledigte seine Aufgabe als Ausschlachter mit einer Art sportlichem Schwung, der mich im Herzen und sogar weiter unten packte. In jeder seiner Bewegungen ahnte ich seinen kraftvollen, geschmeidigen Körper, und was mich wie ein köstlicher Schock traf, das war der Stoß aus der Hüfte, mit dem er, wenn er vorwärtsgeneigt ein Beutestück am Haken hatte, sich zurückwarf, sich straffte, sich nach hinten schwang wie ein schöner, rückwärts gekrümmter Bogen.

Ich habe ihn am Feierabend in meinen Wohnwagen bestellt, der mir als Büro und als behelfsmäßige Schlafstatt dient. Er ist nicht erschienen, und am nächsten Morgen war er verschwunden. Das ist meine Strafe dafür, daß ich die Methoden der nor-

malen, auf Zwang beruhenden Gesellschaft angewandt habe,
vor denen er ja Abscheu hegen muß. Ich werde nicht auch noch
den Fehler begehen, seine Arbeitskameraden nach ihm auszu-
fragen. Meine einzige Chance ist, daß ich bei allen fragwürdigen Hotels und allen Bougnats (»Wein, Liköre, Holz und Koh-
len«) von Roanne herumlaufe und versuche ihn wiederzufinden. In einer größeren Stadt hätte ich keinerlei Hoffnung. Hier
vielleicht, vielleicht . . .
Eustache, Eustache! Nein, es kann nicht sein, mit einem so
herrlichen Namen kannst du mir nicht mehr lange entwischen!
Immerhin mußte ich einen anderen Ausschlachter für das Teufelsloch finden, aber ich muß mir wahrhaftig Gewalt antun, um
für den Betrieb noch einen Schimmer von Interesse aufzubrin-
gen. Dabei ist dieser Betrieb gesund, kraftvoll, seiner ganzen
Art nach etwas, das mich befriedigen könnte, und die »graue
Substanz« von Roanne hält, was sie zu versprechen schien, je
mehr das gesiebte Material von mir vor Ort ankommt. Wir
haben unten im Loch schon zwei Schichten Abfälle mit einer
Sandschicht dazwischen zu Ende gebracht, und wir wissen, wie
es weitergeht.
Aber ich habe keinen Frieden, weder Frieden des Geistes noch
des Herzens, noch des Geschlechts – *nus, thymos, epithymeti-
kon*, wie unser Griechischlehrer sagte – solange ich Eustache
nicht gefunden habe. Ja, manchmal bin ich nicht mehr weit von
Not und Elend. Ein Alexandre in Not, weil ihm ein Eustache
fehlt! Würde dieser Schrei laut – wen kümmert es schon? Und
doch – vielleicht wiegt meine Not nicht leichter als manch eine
andere?
Ich stelle mir gern vor, jeder Mensch sei ein bestimmtes – ein-
maliges – Rezept, das die Natur ausprobiert, wie man ein Lotte-
rielos kauft. Steht die Nummer erst fest, entläßt die Natur den
einzelnen in eine bestimmte Umgebung: Was mag dabei wohl
herauskommen? In der ungeheuren Mehrzahl der Fälle kommt
nichts Nennenswertes dabei heraus. Zuweilen aber wird's das
große Los, und das heißt dann J. S. Bach, Michelangelo oder
Einstein. Hat die Nummer ihre Möglichkeiten erschöpft, wird
sie gestrichen, und ihre Gewinnchancen werden auf ein anderes Rezept übertragen, denn der vorhandene Platz ist beschränkt. So kommt – hoffentlich bald – der Augenblick, da die
Dame Natur beschließt: Das Experiment Alexandre Surin hat

lang genug gedauert. Von ihm ist nichts mehr zu erwarten. Hinweg damit! Und sofort sterbe ich. Und das ist dann sehr gut so. Denn das Todesurteil fällt dann in dem Moment, da meine Lebensminuten nicht mehr etwas sind, was mir immerfort neu zuwächst und mein Wesen reicher macht, sondern bloß noch die aufeinanderfolgenden Punkte eines Bewegungsvorgangs, der mich nicht verändert.

Ich hab' ihn! Der schöne schwarze Fisch mit den weißen Flossen schwimmt noch umher, aber nur noch in dem bißchen Raum, das ihm meine Reuse läßt. Dank sei dir, Herr, du Gott der Jäger, du Zuversicht der Fischer!

Ich war in größter Not. Zumindest glaubte ich es zu sein. Das Leben besteht aus größten Nöten. Aber wirklich, an jenem Abend war mir nicht wohl zumute. Elend. Ein Kloß im Hals. Das Gefühl, schon Jahre in lebloser Wüste zu wandeln. Die öde Heterosexualität, die überall ihren Blechladen zur Schau stellt. Eine unwirtliche, unbewohnbare Welt. Denn ich bin aus einem Guß, ein ganzer Mann! Liebe = Sex + Herz. Die anderen – die meisten anderen – lassen, wenn sie auf Jagd gehen, ihr Herz zu Hause. In Minnas oder Mamas Schürze. Das ist vorsichtiger. Liebe, die krank oder alt wird, zerfällt in ihre beiden Bestandteile. Manchmal – das ist gemeinhin das Schicksal der Heterosexuellen – erlischt der Trieb. Es bleibt nur noch Zärtlichkeit. Eine Zärtlichkeit, die in der Gewohnheit und in der Kenntnis des Partners gründet. Manchmal ist es auch umgekehrt: Die Gabe der Zärtlichkeit schwindet. Es bleibt nur der Trieb, und je dürrer er ist, um so brennender und herrischer ist er. Das ist gewöhnlich das Schicksal der Homosexuellen.

Ich bin von keiner der beiden Formen des Verfalls bedroht. In mir sind körperliche Begierde und Bedürfnis nach Zärtlichkeit in eins verschmolzen. Darin liegt gerade der Inbegriff des Starken, Gesunden. Eros Athletes. Ja, freilich eine furchtbare Stärke, eine gefährliche Gesundheit, eine Energie, die explodieren und in Flammen zurückschlagen kann. Denn was für die anderen lediglich ungestillte Begierde ist – eine Jagd ohne Beute –, das treibt mich zur Verzweiflung, und was den anderen nur die Erfüllung ihres Verlangens bringt – das Erlegen der Beute –, das bewirkt in meinem Falle, daß sich der ganze festliche Prunk der Leidenschaft entfaltet. Bei mir gerät immer alles pathetisch.

Als ich, den Magen brennend von all den kleinen Klaren, die ich, um meine Fahndung zu betreiben, hinunterkippen mußte, mit meinem Streifzug durch die Tavernen, Braukeller, Bars, Bistros, Cafés, Kneipen, Destillen und sonstigen Rachenputzer-Schenken zu Ende war, fand ich mich gegen elf Uhr in der Nähe der Place des Prom-Populle wieder, wo ein Jahrmarktsrummel seine naive Pracht, seine bunten Feuerräder entfaltete.

Ich habe die flitterglänzende Atmosphäre und das Herzhaft-Künstliche dieser Volksfeste immer gern gemocht. Mich zieht alles Unrechte an, und ich habe Augen für den Straß, wie sie der Großmogul für den Kohinoor hat. Und zudem sind natürlich solche Orte günstig für die Jagd. Schon das allein ist, wie gesagt, imstande, mich zum Ausgehen zu veranlassen. Die Buden und Manegen ziehen eine Menge junger Burschen an, oft in ganzen Banden – also schwer zu kriegen –, aber zuweilen auch vereinzelt, verschüchtert, abgebrannt und doch von dieser Atmosphäre in außergewöhnlicher Weise geblendet und über sich hinausgetragen in ein höheres Reich des Schönen, Abenteuerlichen, wo alles leichter ist, als wenn sie in ihrem täglichen Trott befangen sind. Naturen, die aus grobem Holz geschnitzt sind, träumen nicht von selber. Sie brauchen ein Schauspiel oder ein Fest, das sie übermannt. Dann sind sie leichter bereit, sich dem Wunder aufzutun, das Surin heißt.

Ich hatte schon einen entdeckt, und seine fröstelnde, leidende Miene, die Blässe seines mageren, von einer schweren schwarzen Haarsträhne durchkreuzten Gesichts hatten mich erbarmt, ein Gefühl, das mir neu ist und von dem ich nicht sicher bin, ob es nicht die am raffiniertesten ersonnene und insgeheim virulenteste Form der Begierde ist. Ich hatte ihn gesehen und hatte auch gesehen, daß er mich gesehen hatte, als ich ihn sah – ein köstlich-schwindelndes Spiegel-Vexierspiel, das den Jäger zur Beute und das Wild zum Jäger macht.

In diesem Augenblick kam der Theatercoup, der mir den Atem benahm und an den ich noch heute nicht ohne Schauer der Überraschung und Freude zurückdenken kann – und ich bezweifle, daß die lebendige Frische dieses Eindrucks je nachlassen wird, so stark und sprühend ist er. Irgendwoher, ich weiß nicht woher, tauchte ein anderer junger Bursche, der älter und stärker war, auf, näherte sich dem kleinen Blassen, gab ihm einen Klaps auf die Schulter und preßte ihn mit einem Arm in kurzer, kräftiger Umklammerung in seine Achselhöhle, so daß er strauchelte. Ich hatte sofort Eustache erkannt, und sein Bild traf mich doppelt, weil es noch erhöht und gesteigert war durch die Glorie von Lampions und Knallfröschen, die ihn umgab, und durch die Gegenwart des kleinen Blassen, die ihm ein unerwartet volles Aussehen verlieh. Ich sprach schon von der Vorliebe, die ich in puncto Möblierung und Einrichtung nicht nur für Kopien, sondern für Kopien von Kopien usw. habe. Ich hätte nie gedacht, daß meine Jagdgründe in ihrer herrlich-reichen Fülle mir das erotische Gegenstück zur Idee der Idee, zur Kopie der Kopie liefern würden: das Wild des Wildes. Und ich fand darin einen feinen Bezug auf das Müllbild von Roanne, jener grauen Substanz, die an Abstraktionen so reich ist, daß Bücher darauf wachsen wie Pilze.

Das Wild des Wildes ... Das ist etwas, das die Regeln des Weidwerks, wie ich es gewohnt bin, eindeutig ändert. Alles wird komplizierter, subtiler, schwieriger. Zunächst freilich, das ist anzuerkennen, war alles leichter. Das Anlegemanöver ging dank dem kleinen Blassen wirklich ganz sachte vor sich. Eustache allein wäre sicher mißtrauisch, wäre verstockt gewesen gegenüber diesem Unbekannten, der etwas – was eigentlich? – von ihm wollte. Aber weil er den Kleinen an seiner Seite hatte, fühlte er sich sicherer, stärker – weiß der Himmel weshalb! So ist es eben mit der Psychologie! Und überdies gab es etwas, mit dem ich sie verblüffen konnte. Denn natürlich hatte Eustache keine Erinnerung an mich, während ich seinen Namen, seinen Vornamen kannte und wußte, daß er einige Tage als »Ausschlachter« im Teufelsloch gearbeitet hatte. Noch mehr über sie erfuhr ich, als ich sie dann in eine Laube zu Brathähnchen vom Spieß und Pommes frites einlud. Der kleine Blasse heißt Daniel und ist achtzehn, dabei sieht er wie vierzehn aus. Er ist der Sohn der Inhaberin des Garni, wo Eustache vorläufig wohnt. Vorläufig wie alles, was er tut, alles, was er ist. Für ihn ist – schon immer – alles vorläufig, alles steht in Beziehung auf ein Unbestimmtes, Undefinierbares, Kommendes, in dem dann die Welt an ihren und er an seinen Platz kommt und endlich alles endgültig ist. Ich habe nicht die Grausamkeit besessen, ihn zu fragen, ob dieses Endgültige nicht letztlich die Gestalt eines Eckchens Erde auf dem Friedhof annehme, aber gedacht hab' ich es – und das, wie ich ausdrücklich sagen muß – mit einer Welle von Mitgefühl. Zum Schluß habe ich ihm gesagt, ich arbeitete auf dem Gelände des neuen städtischen Müllplatzes, und dort hätte ich ihn schon flüchtig gesehen. Sogleich erging er sich in ausgiebigem Schimpfen und Fluchen gegen dieses Unglücksloch, diese verkommene Schindarbeit, und er schwor, dort sehe man ihn so bald nicht wieder. Demnach bestand wenig Aussicht, daß er zu mir zurückkäme; es stand also bei mir, zu ihm zu gehen, und das hab' ich dann auch eingefädelt: ich erkundigte mich bei Daniel nach dem Namen und der Adresse seines Garni, und ob dort eventuell ein Zimmer für mich frei wäre. Das läßt ja auf recht saftige Erlebnisse hoffen.

Wir haben uns vor Mitternacht als dicke Freunde getrennt, aber ich hab' doch im Herzen etwas wie ein Klemmen gespürt, als ich allein fortgehen und sie beisammen lassen mußte, das Wild und das Wild des Wildes.

Ich hab' einen Bandwurm. Es ist nicht das erste und bestimmt auch nicht das letzte Mal. Bandwurmbefall ist die Krankheit der Müllmänner. Ist es denn übrigens eine Krankheit? Ich leide nicht darunter, ich bin nur noch ein bißchen magerer und esse mit noch lebhafterem Appetit als gewöhnlich. Mit anderen Worten, mein Logiergast treibt mich in die Richtung, die meiner Natur entspricht. Zuvorkommender kann man wohl kaum sein. So hab' ich es auch nicht eilig damit, den aus männlichen Farnkrautpflanzen gewonnenen ätherischen Extrakt einzunehmen, durch den ich diesen Gast ohne Schwierigkeit loswerde. Tatsächlich könnte ich mich an diese inwendig-innige Tierzucht gewöhnen, hätte Herr von Bandwurm nicht zuweilen den launigen Einfall, ein Stück Band, ganz hübsch lang, von sich zu geben, das sich dann nach außen davonmacht, ohne vorher Obacht zu schreien. Diese eigenmächtigen Ausreißer sind in Gesellschaft über die Maßen peinlich, sogar innerhalb unserer Zunft.

Ohne mein Zimmer im Hotel Terminus aufzugeben, habe ich ein zweites im Kranführerheim am Ufer des Kanals gemietet. Mein Fenster geht hinaus zum Wasser und vor allem zum Schlachthaus, das mit seiner roten Backsteinmasse einige Meter vom anderen Ufer entfernt aufragt. Eine öde, rohe Landschaft, doch paßt sie ganz gut zu der zweifachen Verführung, dem Vorhaben, das mich hierher führt. Ich lache mitleidig, wenn ich an die häuslichen Heldentaten der Don Juans denke, bei denen sie dem edlen Vater oder dem gehörnten Gatten Trotz bieten. Die ganze Heterosexualität ist ein Schwindel solcher Art, ähnlich jenen Corridas, bei denen der Stier durch junge Kühe ersetzt ist. Ich, mein Herr, trete gegen Stiere an, gegen echte, mit der bitter-frohen Gewißheit, daß ich dabei eines Tages meine Haut lassen muß!

Daniel hat mir mein Zimmer gezeigt. Zimmer Nummer elf. Eustache – er sagte es mir, ohne daß ich ihn fragte – Eustache hat Numero zweiundzwanzig, einen Stock höher. Und du, kleiner Daniel? Ein bleiches Lächeln, wobei er mit der Hand die dunkle Strähne fortstreicht, die sein Gesicht quert. Er schläft im Erdgeschoß, nicht weit vom Zimmer seiner Mutter. So bin ich also nach Sandwichart mittendrin zwischen dem Wild und dem Wild des Wildes, und das ist sehr gut so.

Das Hotel gleicht in Alter und Stil dem anderen, dem Terminus. Der deutlichste Unterschied sind die Dimensionen. Hier ist alles kleiner als in einem höherklassigen Hotel: die Zimmer natürlich, aber auch Treppen, Toiletten, Waschbecken, selbst die Fenster, so daß die Leute, die an ihnen auftauchen, von außen gesehen die Fenster ganz ausfüllen und ungeheuerlich groß erscheinen. Arme dürfen nicht soviel Platz beanspruchen wie Reiche. Sie haben sich eng zusammenzudrängen, die Armen. Aber das ist noch nicht alles; die absonderliche und auf den ersten Blick kaum glaubliche Wahrheit ist, daß die Armen tatsächlich kleiner sind als die Reichen. Vergleichsstatistiken, die bei den Musterungen erstellt wurden, beweisen das. Um sich davon zu überzeugen, braucht man übrigens nur die Masse der Leute in der Pariser Metro an den »feinen« und an den plebejischen Stationen anzuschauen. Der Durchschnittsfahrgast an den Champs-Elysées mißt zehn Zentimeter mehr als der in Ménilmontant. Wenn eine Generation gegenüber der vorhergehenden die soziale Leiter emporklettert, sind die Kinder gleich einen Kopf größer als die Eltern. Dagegen behält der Sohn, der wieder den Beruf des Vaters ergreift, im allgemeinen auch seine Statur. Das ist lachhaft, ist sogar ein bißchen beschämend, aber es ist Tatsache.

Ich hab' mich also hinter zwei Hotelschildern einquartiert: im Terminus und im Kranführer. Im Terminus bin ich Monsieur

Surin. Im Kranführer bin ich Monsieur Alexandre. Eine Nuance. Die Höflichkeit der Armen – nicht weniger um Wahrung besorgt als die der Reichen – paßt sich ihrer Vorliebe für den Vornamen, ja für Diminutive an; ich weiß gut, nach kurzer Zeit bin ich Monsieur Alex. Diese Vorliebe geht oft noch weiter bis zu einer kuriosen Verdrehung, die den Namen zum Vornamen und den Vor- zum Familiennamen macht. So hat mich übrigens Daniels Mutter in das große schwarze Gästeregister eingetragen: Monsieur Surin Alexandre.

Ich habe Daniel ausgefragt, woher der Hotelname kommt. Ehedem standen hier auf den Kais am Kanal Lagerschuppen für Kohle und ein ganzer Wald von Greiferkränen zum Be- und Entladen der Lastkähne. Er hat jedoch die Kranführer nicht mehr selbst erlebt.

Als er zur Welt kam, war Roanne schon nicht mehr der Kohlehafen am Loire-Seitenkanal. Schade. Das hätte dem Ganzen noch einen recht hübschen Tupfen Farbe gegeben. Und zudem gemahnt Kohle an den Köhler, und das Wort Köhler tönt mir herzhaft ins Ohr. Als ich noch ein Kind war, wurde mir eine meiner uneingestehbar-erregenden Empfindungen von den Armen und Schultern der Kohlenmänner zuteil, deren Weiß durch die Anthrazitstaubschminke einen ungewöhnlich lichten, pastosen Glanz annahm. Aus dieser Zeit ist nichts mehr übrig als sinistre, rußfarbene, verlassene Schuppen, die sich an die Gebäude des Schlachthofs anschließen.

Daß ich im »Kranführer«-Milieu ein- und ausgehe, verschafft mir auch weiterhin allerlei genaue Kenntnisse über jene besondere Fauna, die ich – mangels eines besseren Ausdrucks – auch künftig die Armen nennen will. Als ich das Hotel wechselte, habe ich schon die generelle Verkleinerung des Maßstabs der Wohnungsreinrichtung erwähnt, die den Armen zu einer Art Miniatur des Reichen macht. Unterdessen habe ich weitere Züge herausgearbeitet, die den ersten Entwurf zu einer PSYCHOSOZIOLOGIE DES ARMEN abgeben könnten.

1. Der Arme ißt zwei- bis dreimal mehr als der Reiche. Ich habe zunächst gemeint, es gehe dabei um den Ausgleich des Energieverbrauchs, der bei manueller Tätigkeit und bei Schwerarbeit größer ist. Doch trifft beides nicht zu, denn diese Ernährungsweise setzt sich durchweg in Fettleibigkeit um, und ich lebe hier umgeben von aufgeschwemmten Weibern und

dickwanstigen, hängebackigen Männern. Die Wahrheit ist, daß der Arme – selbst dann, wenn er keinerlei Mangel zu leiden hat – sich noch nicht freigemacht hat von der tief in den Eingeweiden sitzenden Furcht, nicht genug zu bekommen, eine Furcht, die jahrhundertelanges Hungern der Menschheit eingeimpft hat. Übereinstimmend damit ist er auch einer Elendsästhetik treu geblieben, die dicke Frauen schön und begehrenswert, Männer mit Bäuchen männlich und achtunggebietend erscheinen läßt.

2. Der Arme zieht sich dicker und wärmer an als der Reiche. Kälte ist nach dem Hunger die gefürchtetste Geißel der Menschen. Der Arme bleibt der atavistischen Furcht vor der Kälte ausgesetzt und sieht in ihr den Ursprung zahlreicher Krankheiten (sich er-kälten = krank werden). Wenig essen und sich entblößen sind Privilegien der Reichen.

3. Der Arme ist seßhaft von Geburt an. Aus seiner bäuerlichen Herkunft heraus sieht er im Reisen die Entwurzelung, das Umherirren, die Vertreibung aus der Heimat. Er versteht es nicht, unbeschwert zu reisen. Er muß um sich herum Vorbereitungen und Vorkehrungen treffen, sich mit unnützem Gepäck belasten. Bei ihm gerät die geringste Ortsveränderung zu einem Umzug.

4. Der Arme rennt fortwährend zum Arzt. Sein dritter, nicht überwundener Schrecken ist: krank zu sein. Die Ärzte der unbemittelten Stadtviertel sind andauernd überlaufen wegen Erkältungen und Magenbeschwerden. Der Arme fragt sich manchmal: Wie macht es der Reiche bloß, nie krank zu sein? Die Antwort ist einfach: Er denkt nicht daran.

5. Weil den Armen seine Arbeit aufreibt und anwidert, hätschelt er zwei Träume, die eigentlich ein und derselbe sind: Ferien und Ruhestand. Man muß zur Herrenkaste gehören, um von diesen zwei Wunderdingen keine Notiz zu nehmen.

6. Der Arme dürstet nach Achtbarkeit. Er ist nicht unbedingt sicher, der menschlichen Gesellschaft anzugehören. Wenn er vielleicht doch bloß ein Tier wäre? Daher sein Bedürfnis, sich sonntäglich herauszuputzen, einen Hut zu besitzen, im sozialen Gefüge seinen – sei es auch noch so bescheidenen – Platz zu halten. Daher auch sein prüdes Getue. Achtbarkeit läßt sich leicht definieren: sie ist die Degenerationsform des Ehrenkodex, der bei der Aristokratie die Stelle der Moral einnahm.

Als der Dritte Stand 1789 den Adel an der Spitze der Nation ablöste, trat die Ehre ihren Platz an die Achtbarkeit und an ihre beiden Säulen, die Prüderie und den Kult des Eigentums ab, beides Dinge, über die die Aristokratie ziemlich großzügig hinweggesehen hatte.

7. Der Arme nimmt die Gesellschaft hin, wie sie ist, und da er es versteht, sich darin einen immer größeren Platz zu verschaffen, ist er ein eingefleischter Konservativer. Er blickt nicht weiter als das Kleinbürgertum, an das er möglichst bald den Anschluß zu finden hofft. Daraus ergibt sich, daß nie eine Revolution durch das Volk zustande kam. Die einzigen revolutionären Triebkräfte einer Gesellschaft sind bei der studentischen Jugend zu finden, das heißt unter den Kindern der Aristokratie und des Großbürgertums. Die Geschichte bietet regelmäßig Beispiele heftiger sozialer Erschütterungen, die von der Jugend der am besten gestellten Klasse hervorgerufen worden sind. Aber die solcherart in Gang gesetzte Revolution wird dann von den Volksmassen aufgenommen, die sie dazu ausnutzen, Lohnerhöhungen, eine Arbeitszeitverkürzung, eine Herabsetzung des Rentenalters zu erreichen, das heißt einen weiteren Schritt zum Kleinbürgertum hin zu tun. Sie stärken und stabilisieren damit das für einen Augenblick ins Wanken geratene Gesellschafts- und Wirtschaftssystem; sie fügen sich darin noch enger ein und schenken ihm dadurch ihre Unterstützung. Ihretwegen werden die revolutionären Regierungen von tyrannischen Hütern der etablierten Ordnung abgelöst. Auf Mirabeau folgt Bonaparte, auf Lenin folgt Stalin.

Wäre ich im Hotel Terminus geblieben, so hätte sich mein Alleinsein länger halten können. Da ich mich im »Kranführer« niederließ, hab' ich mich auf Eustaches und Daniels Spuren unters Gesindel begeben, das meine wahre Familie ist. Ich merke, der schauderhafte Beruf, den ich ausübe, hatte mich bislang nur halb dem Lumpenpack zugesellt. Denn mein Privat- und insbesondere mein Sexualleben war vom Müll unberührt geblieben. Ich zog meine Sielfegerstiefel aus und wurde wieder der im Umgang höchst respektable Monsieur Surin, der Abkömmling einer in Rennes als hochachtbar bekannten Familie. Nur ein sehr Böswilliger hätte vermutet, mein ausgefallenprächtiger Aufzug und meine obligaten Wahrzeichen – meine

sechs Medaillons und Fleurette – entstammten nicht einem –
wie man so sagt – zwielichtigen Lebenswandel, sondern einer
von der Abscheulichkeit meines täglichen Tuns veranlaßten
Überkompensation.

In Roanne ist alles anders geworden. Ich habe auf meinem Ar-
beitsgelände Eustache entdeckt, und mein Dasein im »Kranführer« hat mich vollends geliefert. Nun ist mein Leben ganz
und gar von Müll umschlossen. Bestimmt mußte das so kommen, und ich bin dem Schicksal dankbar, daß es mich zugleich
durch Dinge schadlos hält, die nicht zu verachten sind. Angefangen hat das mit der grauen Substanz von Roanne und mit
den Büchern, die daraus erblühten. Etwas Wesentliches in
mir – meine Vorliebe für die Idee von der Idee, für die Kopie
von der Kopie – hat in dem vielgeschmähten Material, mit dem
ich mich befasse, ein Echo gefunden. Eustache und Daniel –
Blumen aus dem Müll – hatten mich dann hinzuführen zu einer Liebe, die über ihr seltsames Objekt, das Wild des Wildes,
indirekt ins Abstrakte ging. Übrigens ist es kein Zufall, wenn
Eustache in diesem mittelmäßigen, dem Kohlehafen und dem
Schlachthof benachbarten Hotel gestrandet ist. Das Kranführerheim ist in Wahrheit das Heim für alle Außenseiter der
Stadt, für Landfahrer, Vaganten, Gelegenheits- und Saisonar-
beiter, Tippelbrüder und insbesondere für alles, was mit Abfallbeseitigung und -verwertung zu tun hat. Kurzum mit meinem
Fachgebiet, auch wenn's mir bis hier oben steht.

Ich habe eine gewisse Erfahrung mit solchen verrufenen Loka-
len. Ich bin dort oft einer bizarr-krummbeinigen menschlichen
Fauna begegnet, doch ging es um einzelne alleinstehende Personen, allenfalls noch um Paare. Zum erstenmal sehe ich mich
einer kleinen Gesellschaft gegenüber, die in sich recht kompliziert ist, weil die zu ihr Gehörenden, obschon untereinander
durch enge Beziehungen verbunden, als Individuen so stark
ausgeprägt, so vielfältig, so unterschiedlich sind, daß es bis zur
Karikatur geht. Dieser Ballungseffekt rührt sicher davon her,
daß ein besonderer Anziehungspunkt vorhanden ist, und der
scheint Haon-le-Châtel zu sein, genauer gesagt die ziemlich
mysteriöse Eigentümerin des besagten »Châtel«, eine gewisse
Fabienne de Ribeauvillé. All das muß noch geklärt werden.
Was mich sehr wundert, ist, daß dieses ganze Gelichter, wie es
im Kranführerheim und auf dessen Gelände umherschwirrt,

mich spontan als dazugehörig aufgenommen hat, trotz allem, was mich von ihm trennen mochte – aber ist es nicht eine anmaßende Illusion meinerseits, zu glauben, ich sei immer grundlegend anders als alle anderen? Die Wahrheit ist, daß mein kriminelles Triebleben – das mich keineswegs hindert, in stinkfeinen Kreisen eine gute Figur zu machen – mir Zugang zu den Außenseitern verschafft und mir einen Platz unter ihnen sichert. Der Homosexuelle ist nirgends am falschen Platz, das ist sein Privileg.

(Kriminell ist man des Geistes wegen, des Fleisches wegen oder des Milieus wegen. Die von Geistes wegen Kriminellen, das sind die Ketzer, die politischen Gegner, die Schriftsteller, welche die etablierte Ordnung eben insoweit stören, als sie schöpferisch sind. Die Kriminellen von Fleisches wegen werden aus biologischen »Gründen« unterdrückt oder umgebracht: Neger, Juden, Homosexuelle, Irre und so weiter. Die meisten wegen gewöhnlicher Straftaten Inhaftierten sind durch die Aggressionen ins Gefängnis gekommen, unter denen sie während der Kindheit oder Jugend in dem Milieu zu leiden hatten, in dem sie das Schicksal hat zur Welt kommen lassen.)

Gestern abend wollte ich gerade im Hotel die Treppe hinaufgehen, als ich plötzlich von einer struppigen Gestalt – ganz Haar und Bart mit einer rotblühenden Nase darin – beiseite genommen wurde, die sich meiner Rockaufschläge bemächtigte, mir einen weindunstigen Atem ins Gesicht schnob und zugleich einen Schwall heftiger Worte herausschwemmte. »Verbrennen! Verbrennen!« wiederholte er. »Ja! Das ist recht bei Leichen! Ich bin immer für das Verbrennen von Leichen gewesen! Bei 'nem Leichnam, bei dem ist nichts zu holen. Also hopp ins Feuer damit! Das ist sauber, das ist radikal, und dem Kerl, dem gibt das einen Vorgeschmack von der Hölle, die auf ihn wartet! Nicht wahr, Philomene?« platzte er heraus und wandte sich dabei an Daniels Mutter. Dann plötzlich wieder ernst, wieder wütend geworden, nahm er mich erneut in Beschlag: »Aber Abfälle verbrennen! Das ist ein Verbrechen! Was hältst du davon, du Aristo ...? Glaubst du, man will sie verbrennen, unsere Abfälle?« Dann mit einemmal mißtrauisch: »Aber vielleicht bist du deshalb gerade hier, was?«
Ich habe alle heiligen Eide geschworen, ich sei im Gegenteil da,

um eine ganz andere Lösung für die Abfallbeseitigung zu finden, und die Methode der geordneten Müllablage vermeide gerade die Errichtung einer Müllverbrennungsanlage. Murrend zog er ab.

Tatsächlich ist dies das große Thema, das die Kranführerleute aufs heftigste bewegt. Auf einer Gemeinderatssitzung, die neulich stattfand, wurde das Problem der Beseitigung des Haem wieder hochgespielt und dabei unter anderem die Verbrennungslösung ins Auge gefaßt. Da diese Überlegungen in der örtlichen Zeitung Widerhall fanden, geriet die kleine Welt der Altstoffsammler in Aufruhr. Tatsächlich bedeutet das Verbrennen des Mülls das Ende für hundert kleine Erwerbszweige, die mehr oder weniger mit dem Altstoffsammeln zu tun haben. Doch wer von der Zunft ist, begreift, daß es noch viel schlimmer ist: es ist ein brutaler, vernichtender Angriff gegen die eigentliche Substanz der Lumpensammelzunft, ein Angriff nicht nur auf ihren materiellen, sondern auch auf ihren moralischen Rückhalt, denn das Feuer der Verbrennungsanlagen ist mit dem Feuer der Inquisition verwandt. Aus unserer Sicht besteht kein Zweifel: es wird ein Komplott geschmiedet, um uns regelwidrige Typen mit Leib und Seele in die Flammen zu werfen. Aber natürlich muß man erst mal sehen. In Issy-les-Moulineaux am Seineufer ist ein modernes Müllverbrennungswerk in Betrieb. Da muß ich hin. An Gelegenheiten dazu hat es mir, offengestanden, nicht gefehlt. Eher an Mut. Ich wittere da Schwefeldampf, und davor gehe ich hoch. Damit kann ich freilich die Anwürfe meines Bruders Gustave (Gustaves des Spießers) widerlegen, der den Teufel zu sehen meinte, wenn ich erschien. Die Hölle ist nicht der Ort, von dem die Strolche träumen, sondern von dem die Spießbürger träumen als der Gelegenheit, die Strolche hineinzuwerfen. Ein winziger Unterschied! Sei's drum! Dante muß, bevor er Vergil ins Jenseits folgte, mit ganz ähnlichen Empfindungen davor zurückgeschreckt sein wie ich. Aber ich geh' ja, ich geh' hin, denn es muß sein!

P. S. Seltsamer, schicksalträchtiger Zusammenhang! Im gleichen Augenblick, da vom Verbrennen des Ha-ems die Rede ist, kommen sinistre Gerüchte aus Deutschland, das Adolf Hitler derzeit nach seiner Idee ausrichtet. Homosexuelle werden massenweise in Haft genommen und – ohne jedes justizförmige

Verfahren – in Konzentrationslager gesperrt, wo sie durch schlechte Behandlung umgebracht werden. Selbstverständlich verliert das heterosexuelle Gesocks kein Sterbenswörtchen über dieses Massenverbrechen. Ihr blöden Schweine! Wie könnt ihr so blind sein und nicht sehen, daß damit der erste Schritt getan ist, daß der Tyrann sich danach an einer anderen elitären Minderheit vergreift und nacheinander die Geistlichen, die Hochschullehrer, die Schriftsteller, die Juden, die Gewerkschafter, was weiß ich wen sonst noch zum Schinder schickt? Dann freilich wird euer heutiges Stillschweigen euer Wehgeschrei ersticken. Die Erinnerung an euer heutiges Stillschweigen wird eure Entrüstung als heuchlerisches Getue entlarven.

5
Himmel und Hölle

Alexandre
Ich wollte nicht in das Viertel bei der Kirche Saint-Gervais gehen, wo ich mit Mama fünfzehn Jahre lang gewohnt habe. Seitdem meine arme Liebste tot ist, hat mein kleiner Kummer nicht aufgehört. Mein kleiner Kummer? Ja, er macht sich nämlich ebensosehr durch seine maßvolle Stärke wie durch sein stetes Vorhandensein bemerkbar. Wie schwer ist es, sich selber zu kennen! Auf Grund von eigenen Erfahrungen und Beobachtungen bei anderen hatte ich geglaubt, Mamas Tod rufe in mir einen heftigen Schmerz hervor, und ich würde dann daraus emportauchen wie aus einer schweren Krankheit, zunächst als Genesender, schließlich aber ohne merkliche Nachwirkungen wieder ganz gesund.
Geschehen ist genau das Umgekehrte. Anfangs habe ich gar nichts empfunden. Es hat Wochen, ja Monate gebraucht, bis die grauenhafte Nachricht in mich eindrang – als hätte sie mein Herz, das ihr nicht glauben wollte, langsam, mühsam überwinden müssen. Mittlerweile ließ sich der Kummer häuslich nieder. Ein unauffälliges Weh ohne Ausbrüche, ohne jähe Schmerzen, das aber auch keinen Augenblick verschleierte, daß es für immer bleiben, daß es unheilbar sein würde. So ist es

eben: Andere leiden unter akutem Kummer, ich unter chronischem. Mamas Tod gleicht einer begrenzten, eitrigen Wunde, an die man sich schließlich Tag und Nacht gewöhnt, die jedoch endlos weiterschwärt ohne Aussicht, je zu vernarben. Dennoch gibt es Bewegungen und Erschütterungen, die ich besser vermeide, und so wollte ich nicht ohne Not durch die Rue des Barres gehen und zu ihren Fenstern hinaufschauen.

Ich bin vom Lyoner Bahnhof aus ein bißchen umhergeschlendert, Fleurette in der Faust, in der anderen Hand ein leichtes Köfferchen; in meiner Trödelstimmung habe ich mich etwas verlaufen, bin die Avenue Daumesnil hinuntergegangen bis zur Place Félix-Eboué und bin dort auf eine kleine Straße gestoßen, bei deren Namen mich ein Freudenschauer überlief: Rue de la Brèche-au-Loup, Wolfsschanzen-Straße. Kein Zweifel, ich war am Ziel. Übrigens hab' ich dort ein gleichnamiges kleines Hotel aufgetan. Ich habe dort ein Zimmerchen gemietet, und auf einmal fand ich, daß der Besitzer, der mich hinaufführte, eine Wolfsmiene hatte. Ich ging gleich wieder und ließ nur zum Zeichen, daß das Zimmer mir gehörte, mein Köfferchen auf dem Bettüberwurf liegen. Meine Jagdlust trieb mich wegen des wohlbekannten reichen Wildbestands zum Bois de Vincennes. Doch über mir wachte ein Schicksal, das nicht so frivol war, und so tat ich nur ein paar Schritte, und schon hatte mich der Eingang einer recht eindrucksvollen, ganz neuen Kirche verschluckt. Gegenüber dem katholischen Glauben sind meine Gefühle vielschichtig. Zwar kann ich nicht vergessen, daß das wunderbar Glühende meiner Jugend umgeben war von der Atmosphäre eines kirchlichen Gymnasiums und daß es nicht zu trennen ist von den Riten und den Gebeten, denen es seine Wärme, seine Farbe gab. Inzwischen freilich war ich schon mehr als einmal empört über die Infamie mancher Priester, wenn sie sich für die Vorstellung von einem heterosexuellen Gott verbürgen, der mit Blitz und Donner alle die verfolgt, die nicht so ficken wie Er. Da bin ich wie die Afrikaner, die als Heilige Jungfrau eine Negerin wollen, oder wie die Tibetaner, die nach einem Jesuskind mit Schlitzaugen verlangen, und ich stelle mir Gott nicht anders vor als einen Penis, der sich hoch und hart auf seinen beiden Hoden emporreckt, ein ragendes Denkmal der Männlichkeit, ein Schöpfungsprinzip, eine heilige Trinität, ein Rüsselidol in der Mitte des menschlichen Körpers, halbwegs zwischen Kopf und Füßen, so wie das Allerheiligste des Tempels seines Platz halbwegs zwischen Vierung und Apsis hat, eine seltsame Vereinigung von seidiger Zartheit und muskulöser Härte, von blinder, vegetativer, traumbefangener Kraft und von hellem, berechnendem, jagdbesessenem Willen, ein Born des Widersprüchlichen, der je nachdem den ammoniakalischen Urin, die Quintessenz aller leiblichen Unreinheit, und dann wieder den Saft mit dem Samen verströmt. Du Kriegsgerät, du Wurfgeschütz, du Kraftschleuder, aber auch du dreilappige Blüte, du Wahrzeichen glühenden Lebens ... Nie werde ich aufhören, dich zu preisen!

Die eindrucksvolle Kirche zum Heiligen Geist, eine absonderliche Mischung aus Modernem und Byzantinischem, hat mich von Anfang an ergriffen und für sich eingenommen. Das Eiskalt-Phantastische der Fresken von Maurice Denis, der gewaltige, aufwühlende Kreuzweg, der Desvallières' Signatur trägt, und vor allem diese Mosaiken, diese riesige Kuppel, die dazu geschaffen scheint, des Heiligen Geistes Flug zu begünstigen und zu krönen, diese etwas exotische, freudige, lebendige Atmosphäre, die so ungewohnt ist in den Kirchen des Abendlandes, weil sie stets mehr dem Kult des Todes als dem Lobpreis des Lebens geweiht sind – all dies hatte mich froh und leicht werden und einen Gemütszustand erreichen lassen, der vielleicht dem Stand der Gnade nahekam.

Ich wollte gerade wieder gehen, als ich mich einem Geistlichen gegenübersah, dessen abgezehrtes Gesicht und dessen brennende Augen mich um so stärker berührten, als auch er von meiner Anwesenheit wie gebannt schien.

»Thomas!«

»Alexandre!«

Seine Hände, leicht und weiß wie Tauben, legten sich auf meine Schultern.

»Sie haben dir nicht zu bös mitgespielt«, sagte er und schaute mich mit einer solchen Kraft an, daß ich mich von seinem Blick wie aufgesogen fühlte.

»Sie? Wer?«

»Die Jahre.«

»Mit dir haben sie's gut gemeint.«

»Ach, ich!«

Seine Hand flog auf, der goldenen Kuppel zu.

»Ich bin nicht mehr derselbe, den du im Tabor gekannt hast. Nicht einmal der, der ich noch vor fünf Jahren war. Ich bin einen langen Weg gegangen, Alexandre. Ich habe eine langsame, tiefgreifende Wandlung durchgemacht. Und du?«

Auch ich war gegangen, gegangen – was hatte ich denn sonst seit dem Tabor gemacht? Und meine mageren, nie ermüdenden Beine, die Beine eines alten Hirschs – waren sie nicht das Bemerkenswerteste? *Homo ambulator*. War ich dem Licht entgegen gegangen?

»Wir müssen miteinander reden«, schloß er. »Bist du morgen abend frei? Komm zu mir ins Pfarrhaus zum Abendessen. Ich bin allein. Wir treffen uns in der Sakristei.«

Den Kopf zurückwerfend, lächelte er mir zu, kehrte dann plötzlich um, entfloh leichten Schritts und verschwand wie ein Schatten.

Nachdenklich ging ich hinaus, mit einem Mal wieder versunken in meine Jugendjahre, jenen starken Wein, von dem ich seit meinem Eintritt im Tabor trunken gewesen war, und der jetzt in wehmutsvollen, aber noch immer berauschenden Duftschwaden wieder über mich kam. Dieses glückliche Wiedersehen mit Koussek und die Verheißung, ihn morgen wiederzutreffen, die Ebenen und Gipfel zu erfahren, über die dieser Bruder, dieser geniale, verrückte Bruder gewandert war – das alles erweiterte meinen Blick, eröffnete Perspektiven, steigerte eine schon immer in mir vorhandene, aber verborgene und gleichsam schlummernde Kraft.

Seltsam verkehrte Welt! Das Kranführervolk, das mich in den Müll stieß, trieb mich dadurch zum Abstrakten (das Wild des Wildes). Thomas, der mir für einen Augenblick den Weg nach oben enthüllte, für den er sich entschieden hatte, wurde das Vorspiel zum tollsten, schwärzesten Abenteuer, das ich erlebt habe ...

Meine mageren, nicht ermüdenden alten Hirschbeine schritten wacker aus, und bald hatte ich die Place de la Porte-Docrée überquert und sah mich am Rand des Bois de Vincennes. Das Léo-Lagrange-Stadion war trotz des sinkenden Tages noch bevölkert. Frische, sehnige junge Leute gaben sich einem sonderbaren Ritus hin, dessen offenbar hochzeitlicher Sinn mir nicht entging. Sie stellten sich traubenförmig auf, und mit beiden

Armen an seine Nachbarn geklammert, schob sogleich jeder, und zwar mit aller Kraft, seinen Kopf zwischen die Hinterbakken seines Vordermannes, so daß dieses Nest junger Rüden unter dem Ansturm gespreizter Schenkel wogte und wankte. Schließlich rollte ein dickes, mitten in das Nest gelegtes Ei zwischen den Beinen der Rüden durch, und die stoben davon, um es einander abzujagen. So erwies sich dieses Bois de Vincennes von Anbeginn als ein Liebeshag. Der verwirrende Anblick, den mir die nacktschenkligen Männer beim Vollzug ihres Hochzeitsritus gerade geboten hatten, war mir ein gutes Omen für den Abend. Der Tag sank. Ich bog in die Alleen ein. Über mir wölbte sich das Laub. Auf einer grünen Bank sitzend lauschte ich dem friedlichen Tosen der großen Stadt. Eine städtische Siedlung von heute ist vom Unterholz und vom Hochwald früherer Zeiten gar nicht so weit entfernt wie man meint. Abgesehen davon, daß Paris seine Holzhauer hat, und daß ich in der Rue des Barres häufig den Ruf des Käuzchens vernahm, gleicht für einen Jäger meiner Art nichts so sehr einem raubtier- und beutewimmelnden, dichten Dschungel wie dieser von Straßen und Gäßchen durchzogene Wust von Häusern und Gebäuden. Der *Etat policé*, der gesittete Staat, ist ein Betrug, denn die Ordnung, die von der Polizei geschützt wird, ist das Diktat der herrschenden, durch Geld und Heterosexualität gekennzeichneten Gruppe. Von den Stärkeren wird also – darum geht es – allen übrigen Gewalt angetan; diese übrigen können sich nicht anders helfen als durch Untertauchen. Im »gesitteten« Dschungel sind Polizisten nur eine Gattung von Raubtieren wie andere auch.

So weit war ich gerade in meinen träumerischen Gedanken, als eine schattenhafte Gestalt kam und sich neben mich auf die Bank setzte. Zwei Männer begegnen einander im Café, in Gesellschaft, in einer Ausstellung usw. Potentiell bestehen zwischen ihnen unbegrenzt viele Angriffs- und Berührungspunkte. Aber wenn die Begegnung nächtlicherweile in einem Wald stattfindet, verringern sich diese Punkte auf zwei: Sex und Geld, wobei das eine das andere nicht ausschließt. Meine sämtlichen durch all meine Erfahrungen geschärften Sinne sind auf den Plan gerufen, richten sich gespannt auf den schwarzen Unbekannten, den ich atmen höre. Ansprechen. Sich ansprechen lassen. Eine Kunst für sich. Schnell – und meist im Dunkeln – beurteilen, ob es wirklich ein Ansprechen ist, und was es taugt. Sich nicht täuschen. Irrtum kommt teuer zu stehen: es geht um einen Abend, manchmal aber auch um Freiheit und Leben.

Mein Nachbar steht auf, macht vier Schritte vorwärts. Bleibt stehen. Ich sehe ihn von hinten. Er spreizt die Beine. Ich höre ihn pinkeln. Das ist das Ansprechen. Taugt nicht viel, gar nicht viel! Dann Stille. Er dreht sich um, wendet mir das Gesicht zu. Das Licht reicht gerade aus, daß ich seinen weitoffenen Hosenschlitz und darin, entblößt, sein Geschlecht sehen kann. Dieses Entblößen entspricht überdies so logisch dem Ablauf des Geschehens, daß ich es in finsterster Nacht, mit geschlossenen Augen erraten, *gesehen* hätte. Intensiv, die Nacktheit des Idols mit dem Rüssel, wie eine Monstranz ausgesetzt in seinem Tabernakel von Kleidern. Alle Nacktheit der Welt ist darin gesammelt. Die Wollust, die sie ausstrahlt, ist rein, ganz und gar rein, ohne Zutat von Schönheit, Zärtlichkeit, Anstand oder Bewunderung. Sie ist rohe, wilde, unschuldige Kraft. Ich bin aufgestanden. Meine Beine haben mich hochgerissen, ich gehe, wie an einem Faden gezogen, auf den Phallusträger zu. Unmöglich, diesem Zug zu widerstehen, der tief in meinen Eingeweiden ansetzt. Ich muß niederknien. Anbeten. Flehen. Kommunizieren. Die Milch dieser Wurzel trinken.

»Sachte!«

Die Stimme klingt vulgär, rollend, aber jugendlich und von einem spaßhaften Unterton erhellt. Unterdessen ist das Idol mit dem Rüssel verschwunden, vom Hosenschlitz verschluckt. Natürlich, das war zu einfach. Ich habe kein Recht auf rohen Sex. Bei mir muß immer alles mit Bedeutungen, Verheißungen, Drohungen beschwert, von Echos und Vorahnungen umwittert sein. Doch über meiner Wollust flackert eine intellektuelle Neugier auf: Welche Gestalt wird es diesmal haben, das erträumte Blühen, das diese Wollust krönt?

»Nicht hier. Komm' mit!«

Immer noch in dem Zauber befangen, gehe ich wie ein Roboter hinter ihm her, nur Fleurette baumelt noch immer getreulich an meinem linken Ellbogen.

»Mein Name ist Bernard. Mein Job, der ist da drüben. Und du?«

Und ich? Welches ist denn mein Name? Und überhaupt, was ist

denn mein Beruf? Die Wollust hat mich aufs Einfachste reduziert, hat mich abgenagt bis auf die Knochen, hat von mir nur
einen Aufriß übriggelassen. Wie kann man diesem Elementar-
trieb den Zierat bürgerlicher Personalien anhängen wollen? In
solchen Momenten der Raserei verstehe ich die Furcht der Gesellschaft vor dem Sexus. Er verneint und verhöhnt all das, was
ihre Substanz ausmacht. Darum legt sie ihm einen Maulkorb –
die Heterosexualität – an und sperrt ihn in einen Käfig – die
Ehe. Manchmal aber entspringt das wilde Tier aus seinem Käfig, und mitunter gelingt es ihm sogar, seinen Maulkorb abzu-
reißen. Sofort stiebt dann alles schreiend davon und ruft die
Polizei.
»Surin. Müllmann.« Wieder einmal kommen mir mein
scheußlicher Name und mein schmutziges Gewerbe zu Hilfe.
Ich weiß nicht, welchen »Job« Bernard »da drüben« hat, aber
ich wäre erstaunt, wenn er den meinen an Gemeinheit über-
träfe. Wir nähern uns einer Lichtung, die in mattem Schimmer
liegt. Es ist gar keine Lichtung, es ist ein See, und das Licht
stammt von seiner metallischen Oberfläche und nicht minder
auch vom phosphoreszierenden Himmel. Ein Bretterhäuschen,
ein Landungssteg, eine Flottille zusammengeketteter kleiner
Boote, die ein plätscherndes Murmeln miteinander tauschen.
Steigen wir in einen Nachen und vögeln wir dort, von lauer
Flut gewiegt, unter dem milden Blick der Sterne? Nein, heute
abend kann ich noch keine Lamartineschen Harmonien verlangen. Unser Weg führt weiter am Ufer um den See herum. Jetzt
kann ich meinen Gefährten besser sehen. Er trägt an den Füßen
feine Radrennschuhe; sie geben ihm diesen raschen, geschmeidigen Gang. Aber sehe ich Hirngespinste oder steckt er wirklich in einer marineblauen Uniform? Einen Polizisten, solch ein
dornenvolles Wild, hab' ich nie probiert, obzwar manche ganz
lecker sind. Dagegen hab' ich mehr als einmal meine Wonne an
jungen Muschkoten gehabt, und die Uniform mit ihrem dicken
Stoff war dabei gar nicht so ohne. Bernard hat kein Käppi, und
sein blonder, ungebärdiger Struwwelkopf ist für den Augenblick der goldene Helmbusch, an den ich mich halte. Er behauptete, daß er hier arbeitet. Vielleicht Aufseher im Bois de
Vincennes?
Wir kommen wieder unter Bäume und schlagen einen schmalen Pfad ein. Überraschung, Gefahr, Furcht – eine unersetz-

100

liche Würze! Wir stoßen auf ein unüberwindliches Hindernis, eine neue, hohe, schwarze Mauer. Nein! da ist eine kleine Tür, und Bernard hat den Schlüssel. Die Tür geht auf. Mein Führer verschwindet. Stroh, Stroh und nochmals Stroh. Wir sind im Innern eines Strohschobers. Eine Glühbirne, von einem Stahlgitter geschützt, verbreitet ein dürftiges Licht, das wir mit den benachbarten, durch eine halbhohe Zementwand von uns getrennten Boxen teilen. Noch mehr als von den Stiefeln mit ihrem Geruch oder von den an der Wand hängenden Heugabeln kommt die Atmosphäre von Landwirtschaft und Stall aus dem dunklen Nebenraum, in dem man etwas Schnaufendes, sich Regendes, dumpf Prustendes ahnt. Mein Gefährte ist hinter einem Haufen gepreßter Strohballen verschwunden. Plötzlich taucht er wieder auf. Er ist völlig nackt, seinen Kopf jedoch schmückt eine flache Mütze, die in Wappenform die sechs Buchstaben MUSEUM trägt. Er steht vor mir stramm.

»Bernard Lemail, Aufseher im Zoo von Vincennes. Präsentiert das Gewehr!«

Und tatsächlich, ich sehe, wie sein Penis sich langsam aufrichtet. Verdammt! Nicht schlecht in Form! Und wie zum Salut erschüttert ein heftiger Schlag das Gebäude und ein schreckenerregendes Brüllen, Trompeten, von dem die Wände hallen, schreckt mich auf.

»Das ist Adele. Eine Elefantenkuh. Brünstig. Noch drei Wochen wird es dauern«, erläutert Bernard.

Ein Elefant, Raphaels Rüsselidol, buchstäblich in voller Riesengröße! Welch ungeheuerlichen Witz hat das Schicksal mir da zugedacht! Doch dieses erste Brüllen, das war noch gar nichts, denn es konnte nicht ohne Echo bleiben. Es entfesselt ein Konzert, das nicht auszuhalten ist. Tausend Teufel rennen mit Sturmböcken gegen die Wände an, lassen tonnenschwere Eisenteile beben, stampfen dröhnend den Boden, stoßen ein Höllengeheul aus. Bernard behält seine unerschütterliche Ruhe. Er läßt sich rückwärts auf Strohballen nieder, die zu einer Ottomane aneinandergelegt sind; die Mütze ist ihm über die Augen gerutscht, seine blonden Schenkel sind weit gespreizt.

»Wieviel Elefanten hast du denn hier?«

»Elf, wenn man die Jungen mitzählt, gerade die machen aber den ärgsten Lärm.«

Der Aufruhr ist mit einem Schlag verstummt. Noch zwei oder drei kreischende Laute. Dann dringt ein Plätschern, ein weiches Aufklatschen, ein schlammiges Rutschen an unser Ohr, während gleichzeitig ein Honigdunst unsere Nüstern erfüllt.

»Und jetzt scheißen sie. Alle miteinander, wie ein Mann«, erklärt Bernard. »Das ist alles, was Adeles Liebesschreie bei ihnen bewirken. Aber man muß gerecht sein. Den Pflanzenfressermist, den kann man noch aushalten. Ich muß Elefanten, Flußpferde, Giraffen, Bisons und Kamele versorgen. Da kann ich mich nicht beklagen. Die Kollegen, die's mit den Löwen, Tigern und Panthern zu tun haben, die haben viel weniger zu lachen. Zuerst die Kadaver vom Schinder, dann die Scheiße, die zum Ersticken stinkt. Ich für meinen Teil hab' daraus die zwingende Konsequenz gezogen: Ich bin Vegetarier geworden. Wie manche Kostgänger. Du wirst sehen, ich hab' ein Loch, das riecht nach Jasmin.«

Nach Jasmin – davon bin ich nicht überzeugt. Doch was für schöne Stunden hab' ich mit meinem hübschen Kornaken auf der Ottomane aus Stroh verlebt, wohlbehütet von elf Rüsselidolen in Lebensgröße!

Anima triste post coitum. Die heterosexuelle Redensart schlechthin. Ich dagegen, ich habe *post coitum* Flügel, ich bin rings umfangen von himmlischer Musik. Triumphierend trug mich in tiefster Nacht, in der Einsamkeit des Bois de Vincennes Ganesha, der elefantengestaltige Götze, der stets eine Ratte, das Symbol des Mülls, zu seinen Füßen hat – und er trompetete wild zur Feier meiner Ehre und Herrlichkeit.

Dieser königliche Aufzug hatte sicherlich etwas an sich, das die Häscher auf den Plan rufen mußte. Ich ging so lebhaften Schrittes durch die finsteren Alleen, daß ich den regungslosen Schatten nicht sah, der hochaufgerichtet auf meinem Weg stand. Erst im letzten Augenblick flammte ein Lichtkegel auf, traf mich voll ins Gesicht und zwang mich, jäh stehenzubleiben.

»Was machst du da?«

Ich kann es nicht ausstehen, wenn man mich duzt. Dieser scharfe Lichtstrahl, der sich mir in die Augen bohrte, machte mich wütend. Ein leichter Schlag, ein derber Fluch, und die Taschenlampe landete in den Maiglöckchen, während sich um mich wieder wohltuende Dunkelheit breitete. Leider nicht für

lange, denn fast augenblicklich tanzten Flämmchen vor meinen
Augen, und ich spürte, wie meine Knie unter mir wegsack-
ten.

»Die Drecksau! Er hat mich erwischt!«

Ich fand mich mit der Nase im Gras wieder und merkte, ich
mußte einen Augenblick das Bewußtsein verloren haben, da
drehte mir eine Faust grob den Arm auf den Rücken.

»Such' zuerst deine Funzel, dann das Ding, mit dem er dich
geschlagen hat! Als Beweisstück! Und jetzt, du Nachtvogel,
erheb' dich mal ein bißchen auf deine Hinterbeine!«

Der schmerzhafte Griff an meinem Arm ließ nach. Ich erhob
mich auf die Knie, dann stand ich auf; mein Nacken schmerzte
dabei heftig.

»Ich habe ihn, Chef! Es ist ein Stock. Ein simpler Stock. Wenn
das kein Pech ist!«

Brave Fleurette, mit deinem trügerisch-harmlosen Aussehen
demütigst du diesen dreckigen Bullen! Denn es sind zwei Bullen in Zivil, daran ist kein Zweifel, und obendrein zerren sie
mich jetzt unsanft zu einer grünen Minna, die im Dunkel nicht
zu sehen war, deren Scheinwerfer nun aber plötzlich aufflammen.

Finsternis, Gute, du zärtliche Freundin, Mitverschworene meiner liebenden Jagden, lauer Leib voll geheimer Verheißungen,
die du mir Schutz gewährst und Verborgenheit: Jedesmal,
wenn die Bösen mich anfallen, gehen sie zuerst daran, dir Gewalt anzutun, dich zu zerreißen mit ihren Lampen und Scheinwerfern ... Am Boulevard de Picpus tauchen wir aus dem Dunkel. Sie sind hinreißend schön, diese dichtbevölkerten Wohnviertel zu solch nächtlicher Stunde. Das Dunkel löscht den
Dreck, das Häßliche, das üppige Wuchern des Mittelmäßigen
aus. Die spärlichen, schwachen, engumkränzten Lichter entreißen der Nacht ein Stück Hauswand, einen Baum, eine schattenhafte Gestalt, ein Gesicht, all das jedoch aufs äußerste ver-
einfacht, stilisiert, auf seine Quintessenz verdichtet: das Haus
zu einer Bauzeichnung, den Baum zu einer gespenstischen
Skizze, das Gesicht zu einem flüchtigen Profil. Und all das fra-
gil, vergänglich, dem Verlöschen, dem Nichts geweiht und
darum pathetisch gesteigert.

Ich merke, daß ich unter diesen recht eigenartigen Umständen
alle Dinge mit der unbeteiligten Gelassenheit des Ästheten be-

trachte. Denn immerhin haben sie mich festgenommen – »auf
die Wache gebeten«, wie der heuchlerische Verwaltungsjargon
es nennt – und sie befördern mich in einer grünen Minna ins
Kittchen. Es ist das erste Mal, daß mir etwas Derartiges geschieht; in hundert anderen Situationen bin ich um Haares-
breite daran vorbeigegangen. Trotz aller Unannehmlichkeiten
meiner Lage – diese Bullenköppe neben mir, dieser erdfeuchte
Fleck auf meinem linken Knie und vor allem der dumpfe
Schmerz in meinem Nacken – steckt in mir eine maßlose Neugier. Und diese Neugier betrifft nicht bloß die Erfahrung mit
Polizei und Kerker, in die ich jetzt hineinsegle, sie erhellt und
verwandelt mir die ganze Umwelt, so wie jenen simplen, mir
längst vertrauten Dorfplatz, den ich eines Nachts vom Widerschein des Teufels durchzuckt, gänzlich entstellt und in einen
Vorhof der Hölle verwandelt sah – einfach deshalb, weil der
Krämerladen lichterloh brannte.
Wir sind im Kommissariat Bel-Air in der gleichnamigen Straße
angelangt. Ein trostloser Raum, der nach kalten Zigarettenkippen riecht. Man heißt mich meine Taschen ausleeren. Ich über-
zeuge mich, daß auch Fleurette sich meinen kleinen persönlichen Habseligkeiten zugesellt. Das fehlte noch, daß diese
Gauner sie mir entsteißten! Sie lassen mir meine Krawatte und
meine Schnürsenkel. Eine Enttäuschung: man heißt mich
nicht die Hose herunterlassen und mich nach vorn beugen, damit ich vor den Augen des Gefängniswärters das Arschloch
aufsperre. Von dieser kleinen Szene, die ich für unerläßlich
hielt, hatte ich mir eine gewisse Genugtuung versprochen. Ich
hielt sogar seit über einer halben Stunde einen Furz mit ganz
hübschem Hautgout vorrätig, den ich nachher nur so für die
Katz' im Knast von mir geben mußte. Denn sofort habe ich den
Vorraum des Gefängnisses erkannt, wo zusammengekauert
auf der Bank, die auf drei Seiten an der Wand festgemacht ist,
die Silhouette zweier form- und farbloser, doch nicht geruchlo-
ser Individuen meiner harrte. Wie gut stimmt doch alles mit
dem überein, was ich erwartet hatte! Haben die anständigen
Leute auch eine so genaue und treffende Vorstellung vom Gefängnis, oder bin ich, vor aller Erfahrung, eben aus dem Holz
geschnitzt, aus dem man Sträflinge macht? Ich suche mir eine
Bankecke möglichst weit von meinen beiden Schicksalsgenos-
sen entfernt und beginne ein halb lethargisches Warten mit

einigen kurzen, hellwachen Phasen dazwischen. Zweimal werden die Gittertüren geöffnet, und hereingestoßen wird ein menschliches Wrack, das dann das eine rechts, das andere links von mir zusammenbricht. Ich weiß ja, daß der Zwang, im Gefängnis mit den unterschiedlichsten Typen beisammen zu sein, schlimmer ist als das Alleinsein. Immerhin vergeht die Zeit letzten Endes ziemlich rasch.

Gleich um sieben Uhr schließt ein Polizist in Uniform die Verriegelung der Gittertür auf und winkt mir, herauszukommen. Weshalb ich? Sicherlich weil ich besser gekleidet bin als meine vier Genossen. Kriecherei vor den Bourgeois, Brutalität gegenüber einfachen Leuten – so äußert sich die Sozialphilosophie der Ordnungshüter.

Der Kommissar ist ein kleiner, kahler, kümmerlicher Mann, und sein Allerweltsaussehen, obwohl er den Gesichtsausdruck eines eingefleischten Heterosexuellen hat, stört ein klein wenig meine Kampfstimmung. Trotzdem greife ich geradewegs an.

»Heute nacht bin ich ohne jeden erkennbaren Grund von zweien Ihrer Sbirren angegriffen worden. Hinterher verbringe ich eine eklige Nacht in Ihren Räumen. Weshalb?«

Er schaut mich mit trüber Miene an und drückt wortlos auf einen Knopf. Irgendwo klingelt es. Wir warten. Die Tür öffnet sich vor einem meiner Bullen aus dem Bois de Vincennes. In der Linken hält er Fleurette. Seine rechte Hand verbirgt sich, wie ich mit Genugtuung feststelle, unter einem dicken Verband.

»Von wegen Angreifen – Sie haben einen von meinen Leuten verletzt. Ich werde gegen Sie Anzeige wegen Körperverletzung zum Nachteil eines Vollstreckungsbeamten erstatten.«

»Er hat mich mit seiner Taschenlampe geblendet.«

»Was hatten Sie nachts im Bois zu suchen?«

»Ich bin Entomologe. Ich sammle Schmetterlinge.«

»Schmetterlingsjagd nachts um eins?«

»Ja, eben. Ich bin der Welt größter Spezialist für Nachtschmetterlinge.«

»Sie verarschen mich«, stellt er verärgert fest.

Dann nimmt er Fleurette aus der Hand seines Untergebenen, schwingt sie hin und her, als prüfe er, wie leicht, wie elastisch sie ist, drückt auf die Verriegelung und zieht blank.

»Ein Stock-Degen. Eine verbotene Waffe«, erklärt er dabei mit niedergeschlagener Miene.

Ich bin ein wenig aus der Fassung. Ich hatte mich darauf eingerichtet, einem wütenden Stier die Stirn zu bieten. Diese blut-
leere Kreatur lehnt es ab, meine Herausforderungen zu erwi-
dern. Um mir etwas Haltung zu geben, hole ich aus einem meiner Westentäschchen ein Medaillon, öffne es ein bißchen und
führe es an meine Nase. Der Kommissar beobachtet mich mit
hoffnungslosem Blick.

»Was ist das?« fragt er schließlich. »Rauschgift?«

Ich gehe zu ihm.

»Eine gepreßte Müllprobe von Roanne. Ich bin der König des
Unrats.«

Keinerlei Neugier ist in seinem Blick. Nur grenzenlose Betrof-
fenheit.

»Wie wirkt das, wenn Sie daran riechen?«

»Dieser Geruch bringt mich zu mir selbst und hilft mir hier und
da, eine stickige Atmosphäre zu ertragen, in der ich gerade festgehalten sein mag.«

»Zum Beispiel die auf einem Polizeikommissariat?«

»Ja, zum Beispiel.«

Bedrückt schaut er seine auf der Schreibunterlage gekreuzten
Hände an. Zerfließt er mir jetzt gar in Tränen?

»Kennen Sie jemanden in Paris?«

Ich hatte die Frage vorausgesehen und mir eine Antwort überlegt. Am Ende hatte ich beschlossen, im Bedarfsfalle Koussek
ins Spiel zu bringen. Es behagte mir gar nicht übel, wenn mein
einstiger Fleuret ein klein wenig ins Zwielicht geriet, und wenn
diese makellose Taube ein paar Spritzer Müll auf ihr Gefieder
bekam.

»Den Abbé Thomas, Vikar an der Heiliggeistkirche in der Rue
de la Brèche-au-Loup. Ich soll heute abend im Pfarrhaus zu
Abend essen.«

Der Kommissar winkt einen Inspektor in Zivil heran, der mich
in einen Nebenraum führt. Ich warte. Ich denke mir, daß er
jetzt Thomas anruft. Der hat dann nicht lange warten müssen,
bis er mich im richtigen Licht sieht – oder wieder sieht?

Die Tür geht einen Spalt auf, und das niedergeschlagene Gesicht des Kommissars wird sichtbar.

»Sie können gehen«, sagt er.

Mit einem Satz bin ich draußen. Es ist früher Morgen. Die
frischgekehrten Gehsteige entlang plätschern in den Rinnstei-

nen klare Bächlein. Die Straße gehört den Sita-Müllkippern und den Müllmännern, die sie bedienen und sie mit bunten Opfergaben füttern. Ich denke an Ganesha, an Adele, Bernards brünstige Elefantenkuh. Vieles bei Müllautos und Elefanten entspricht einander. Man müßte ein Müllauto mit Rüssel bauen. Es würde den Rüssel dazu benutzen, die Mülleimer zu packen und sie in sein Hinterteil zu leeren. Aber dieser Rüssel müßte auch die Form eines Penis annehmen können. Man brauchte dann keine Mülleimer mehr. Das Auto steckte den Penis zum eigenen Vergnügen in sein Hinterteil. Eine Auto-sodomisation. Das erinnert mich an den Coup sec, an Thomas' *Ejaculatio mystica*. Alles hängt zusammen, alles wirkt ineinander, alles ist in ein Ganzes gefügt. Aber ich mag noch so beglückt sein, daß meine Welt so rund ist – im Herzen spür' ich doch einen Stich, wenn ich daran denke, daß Fleurette als Geisel bei den Bullen zurückgeblieben ist. Und ich schwöre mir, daß ich ohne sie nicht nach Roanne zurückfahre. Ein Wolf, der heimkehrt in seine Wolfsschanze, mache ich längere Schritte, um noch vor dem Sonnenaufgang wieder in meinem Hotel zu sein. Da ist die Nacht, so wie sie eben war, vorbei. Sie soll nicht auf meinen Tag übergreifen. Gleich nachher habe ich einen Termin im Müllverbrennungswerk in Issy-les-Moulineaux. Dann sehe ich zum erstenmal jenen Höllenort, der meiner Zunft so viel Grauen einflößt.

Das Polizeikommissariat war das Purgatorium. Ich komme aus dem Inferno zurück. Gebrochen, verzweifelt, die Haare versengt, das Auge voll grausiger Visionen durch das, was ich erlebt habe, für alle Zeiten verletzt.
Die Anlage ist von weitem an ihren hohen Schornsteinen zu erkennen, deren Abgaswolken ganz unverfänglich an Arbeit, an Gütererzeugung, an produktive Tätigkeit gemahnen. Wer wollte denn auch vermuten, daß er in Wahrheit das genaue Gegenteil vor sich hat, und daß sich hinter dieser ganz normalen Fassade ein Werk diabolischer Zerstörung vollzieht?
Man errät schon bei der Auffahrt, daß in diesen Mauern etwas Dunkles, Geheimnisvolles vorgeht, denn man entdeckt eine Prozession von Sita-Kippern, alle randvoll mit Ha-em, die sich eine Betonrampe hinaufschlängelt. Die Dickhäuter sind alle prall von Müll, fahren im Schrittempo, mit der Nase friedlich

an der Kruppe des Vorausfahrenden klebend, von den Seine-
quais bis zu einer Bodenwaage, bevor sie zu einer Art großem
Vorplatz kommen. Auf ihn biegen die Fahrzeuge ein und gehen
zu einer Art Ballett über – vorwärts, rückwärts, vorwärts, rückwärts – durch das sie schließlich in Gruppen zu dreizehn mit
dem Hinterteil an einem Stapelgraben stehen, in den man
ganze Häuser hineinkippen könnte. Die Ladefläche hebt sich,
die Müllmassen stürzen in die Tiefe, die Ladeflächen senken
sich, und die dreizehn Fahrzeuge formieren sich wieder zur
Prozession und räumen den Platz für die, die nach ihnen kommen.

Dieser Stapelgraben ist der Vorraum zur Hölle. Unaufhörlich
sieht man, wie riesige stählerne Kraken vom Himmel fallen
und sich in schwindelnder Schnelligkeit mit ihren acht weitge-
öffneten Fangarmen hineinstürzen. Sie verschwinden in der
weichen, weißen Masse des Ha-ems. Dann straffen sich die
Seile, man errät, daß das Ungeheuer seine Beißwerkzeuge zu-
klappt, und der Krake taucht, diesmal langsam, wieder auf; er
hält in seinen Tentakeln eine formlose Masse, von der Matratzen, Küchenherde, Lastwagenreifen, entwurzelte Bäume her-
unterfallen. Von einer Laufbrücke aus betätigt, gleiten die Kra-
kenladungen zu den Schürbunkern, von denen die Verbren-
nungsöfen beschickt werden. Die Fangarme lassen los, und die
Verdammten taumeln auf eine steil abfallende Fläche, stürzen,
sich überschlagend, sich verheddernd, Hals über Kopf wie ein
Katarakt zu den brüllenden Öfen hinunter. Sie rutschen mit all
ihrem Persönlichen, ihren Erinnerungen, ihren Worten, ihren
Farben und Schattierungen, ihrer Vorliebe und ihrem Abscheu
hinein in die Flammen. Es ist eine wutschnaubende, unter-
schiedslose Vernichtung alles Feinen, aller Nuancen, alles dessen, was es in ihrem Wesen an Unersetzlichem gab.

Dieser Sturz alles Menschlichen in dieses flammende Furioso
muß in mir einem atavistischen Schrecken, einer ins Unvor-
denkliche zurückreichenden Ahnung entsprechen, sonst hätte
er mich beim bloßen Zusehen nicht so tief getroffen. Und um
das Grauen vollkommen zu machen, sind die dienstbaren Geister an diesem unheimlichen Ort in grüne Overalls gekleidet
und tragen auf dem Kopf eine Kapuze mit einem Sehschlitz aus
Plexiglas.

Die Erläuterungen, die mein Führer mir inmitten von Knirschen, Krachen und Tosen zuschrie, haben sich in meinem passiven, unbeteiligten Gedächtnis eingegraben: Daß die Brennkraft des Ha-ems – mit wachsendem Reichtum der Bevölkerung – von Jahr zu Jahr zunehme und den Zusatz von Kohle oder Heizöl überflüssig mache. Daß die Verbrennung von jährlich 740 000 Tonnen Müll nach Abzug des Eigenbedarfs der Anlage noch ausreiche, um 850 000 Tonnen Dampfenergie an Abnehmer zu verkaufen. Daß durch die Verbrennung nicht nur tonnenweise Schlacken zur Wiederverwertung anfielen, sondern daß im Winter auch noch alle umliegenden Wohnviertel geheizt würden. Diese Wunderdinge – und viele andere dazu – bedrückten mich nur noch mehr, denn sie alle trugen das Zeichen des Todes an sich. Die Wahrheit ist, daß diese Hölle – bis in die Asche, bis ins Nichts – den vollständigen und endgültigen Sieg der ordentlichen Leute über die Außenseiter verkörpert. Mit der Zerstörung des Ha-ems im Feuer tut die heterosexuelle Gesellschaft einen großen Schritt vorwärts zur Uniformisierung, zur Nivellierung, zur Ausmerzung alles dessen, was anders, überraschend, schöpferisch ist.

Ich bin wieder einmal blutend, verwundet, mit verschwollenen Gliedern in meine Wolfsschanze zurückgekehrt. Ich habe meine Kleider ausgezogen, ein fundamental wichtiger Akt, das Abwerfen meiner gesellschaftlichen Klamotten, eine Befreiung an Leib und Geschlecht. Das Wiederfinden mit einem Körper ist stets ein glückliches, tröstliches Geschehen, das mir die Lust am Leben für den ganzen Tag wiedergibt. Dieses große, traulich-warme Tier, treu, unbestechlich, gelehrig, das nie versagt, nie Verrat geübt hat, ein Instrument zum Jagen und Genießen, der Komplize all meiner Abenteuer, immer vorne dran, wenn es gilt, Gefahr zu bestehen und Schläge einzustecken – solange ich nackt wie Adam, zwischen Bett und Badezimmer hin und hergehe, ist mir, als begleite es mich wie ein braver Hund, und wenn ich es morgens in sein Kleidergefängnis sperre, um der heterosexuellen Wüstenei die Stirn bieten zu können, so tue ich es nie ohne Bedauern. Ich tue nichts für diesen Körper, außer daß ich mir die beiden Erzgifte, Tabak und Alkohol, versage, das Allerweltslaster, diesen lächerlichen Trost derer, die vor den schweren Karren der Fortpflanzung gespannt sind. Gesundheit ist für mich nicht nur die erste Voraussetzung für meine Pirschgänge und Spiele. In dem Maße – einem recht hohen Maße –, in dem ich Vertrauen zu mir selbst habe, bin ich auch sicher, daß mir ein würdeloser Tod an einer Krankheit und an Altersschwäche erspart bleibt. Nein, mein Korpus, so wie du bist, mager und nervig und auf der Spur des Wildes unermüdlich, du sollst nichts erleben, was dich aufschwemmt, weder den Fettwanst der Heterosexuellen noch das Ödem noch den Tumor. Du stirbst karg und wehrhaft, in einem ungleichen Kampf, in den die Liebe dich stürzt, und fällst von blanker Waffe . . .

Obzwar unter Verstopfung leidend, wäre ich sicher geheilt, hätte ich nur allmorgendlich das Gesicht eines Heterosexuellen zur Verfügung, das ich über und über mit meinem Kot bekleckern könnte. Einen Heterosexuellen so richtig vollscheißen. Aber ist ihm damit nicht noch zuviel Ehre angetan? Ist mein Kot im Vergleich zu seiner Gemeinheit nicht das pure Gold?

Fleurettes Verlust, die Art, wie dieser Waschlappen von Kommissar meine Angriffslust frustriert hat, und was mir vollends den Rest gab, die Hölle, die sich in Issy vor meinen Füßen öffnete – diese drei Dinge, ursprünglich vielleicht zufällig, aber von meinem Geist in einer schrecklichen Logik aufeinander bezogen (ich verliere die Waffe, der Kommissar weicht zurück und verschwindet dann vor den gähnenden Pforten der Hölle) hatten mich in schwärzeste Stimmung versetzt, aber die paar Stunden Schlaf, die ich mir am Nachmittag gönnte, haben mich mit neuen Energien geladen. Ich war also danach gestimmt, auf die Flammen zu spucken und begab mich im Eilschritt zum Abendessen zu Abbé Koussek. Ja, ich war so aufgekratzt, daß die paar Meter, die das Hotel von der Kirche trennen, mir zu kurz erschienen, und ich eine Runde um den Häuserblock machte, um ein bißchen Luft zu schnappen.
Ich habe immer die religiösen Menschen innewohnende Kraft bewundert, eine ganz eigene Atmosphäre um sich zu schaffen, die in völligem Gegensatz zu der Umgebung stehen kann, in der sie leben. So ist es mir einmal passiert, daß ich mich mitten in Paris in ein Nonnenkloster verirrte. Ich glaubte zu träumen. Das Kloster, der Garten, das Gewürzbeet, die bunten Heiligen-

statuen, die Glocken, die den Rhythmus der Tagzeiten schlugen, alles trug dazu bei, einige Meter von der U-Bahn ein Stück zeitlosen, frommen Landlebens erstehen und fortdauern zu lassen. Das Pfarrhaus der Heiliggeistkirche stellt in der Avenue Daumesnil eine ganz genauso eigenständige Enklave dar, doch ist die Luft, die man mit dem Eintreten atmet, subtiler, und nicht weniger als zwei Stunden eines Gesprächs mit Thomas sind nötig, um die fein ausgewogene Harmonie zwischen Geistigkeit, byzantinischem Weltgefühl und Erotik auszudrücken, die ihm eigen ist. Auch diese Parterreräume, die auf eine von recht einfachen Leuten belebte Pariser Straße hinausgingen, bildeten zwar eine Enklave der Stille, der Ehrfurcht und Versenkung – zwischen diesen weißgetünchten Wänden, auf denen Ikonen und Öllämpchen goldene, zitternde Flächen bildeten, steckte aber mehr als in einem schlichten Dorfpfarrhaus.

Thomas selbst machte mir auf, und wenn ich im Hinblick auf meinen nächtlichen Streich und den Telefonanruf des Polizeikommissars den geringsten Zweifel an seiner Haltung mir gegenüber gehabt hätte – seine umgängliche Art und die leise, zarte Fröhlichkeit, mit der er mich umgab, hätten mich sofort beruhigt.

»Soviel vorweg: du kannst ganz unbesorgt sein«, sagte er ohne Umschweife. »Sie ist da. Sie erwartet dich. Ein Schutzmann hat sie heute früh gebracht.«

Und er reichte mir Fleurette, die wiederzusehen mir offengestanden beinah eine Freudenträne entlockt hätte.

»Mein Stockdegen! Weißt du, wie ich ihn genannt habe? Fleurette! Zur Erinnerung an den Geheimbund im Tabor.«

»Und zur Erinnerung an das Kind, das du einmal warst und das den Spitznamen Fleurette bekommen hatte!«

»Ja, Thomas Koussek!«

Wir hatten uns an den Schultern gefaßt, schauten einander ins Gesicht und lachten einander still, aber aus tiefem, warmem Herzen heraus an, und jeder sah im anderen durch einen langen grauen Tunnel hindurch das grüne Paradies kindlich-junger Liebe. Wie gut war es, nach der Durststrecke durch die heterosexuelle Wüste voller Gestank und Gehässigkeit unsere brüderliche, uralt-verschworene Gemeinsamkeit wiederzufinden!

Das Abendessen, das eine alte, anscheinend taube und stumme

Haushälterin auftrug, war lang und erlesen; es bestand aus Gerichten, wie ich sie gern mag: reine, auf den ersten Anhieb unenträtselbare Kreationen, die im Vergleich zu gewöhnlichen Speisen das sind, was die abstrakte Malerei im Vergleich zur gegenständlichen ist. Die Haushälterin stellte die Speisen vor Thomas hin und verschwand. Dann ging er ans Werk, und in seinen Bewegungen war soviel Klarheit und zugleich soviel augenscheinlicher Gehorsam gegenüber geheimen Vorschriften, daß man zwangsläufig an einen Opferpriester dachte, freilich an einen Opferpriester, der anstatt Rindern den Hals abzuschneiden oder Schafe zu schlachten, Begriffe enthäutet und das Wesen der Dinge zergliedert. Er bemerkte die Neugier, mit der ich ihn beobachtete, hielt einen Augenblick inne und sagte lächelnd zu mir – und diese Worte kennzeichnen ihn ganz und gar:

»Was willst du, so ist's nun mal, ich habe nie Sinn fürs Profane gehabt!«

Wir tauschten Erinnerungen an das Tabor und an unsere kleine Gruppe aus.

»Ich habe mit keinem von den Fleurets Fühlung gehalten«, erklärte er, »und doch habe ich eine ungemein genaue Erinnerung an jeden einzelnen von ihnen. Ich sehe uns noch alle in dem bedeutsamen Alter, in dem wir aus dem halbwirklichen Land der Kindheit heraustraten und die Welt mit neuen Augen anschauten. Ich fühle für uns noch im nachhinein eine übermächtige Zärtlichkeit. Da ich selber kein Kind habe, betrachte ich sie, als seien es meine Kinder, diese Buben, von denen ich paradoxerweise selbst einer bin und zwischen denen, finde ich – und ich kann mich da nicht irren – etwas wie Verwandtschaft besteht.«

»Wir hatten«, sagte ich, »damals zu gleicher Zeit entdeckt, wer wir waren, und daß wir von der heterosexuellen Gesellschaft nichts zu erwarten hatten. Die Patres in der Schule waren alle vorbehaltlos dieser Gesellschaft untertan, obwohl sie durch den Zölibat von ihr geschieden waren. Ich bewundere unsere kurzentschlossene Art, uns hinter Mauern des Geheimnisses und hinter Palisaden der Verachtung zu einer Kaste zusammenzuschließen. Diesem Geheimnis und dieser Verachtung bin ich bis heute treu geblieben; ihnen verdanke ich, was ich bin, und sogar daß ich es zu einer Art Glück gebracht habe.«

»Die Kaste, von der du sprichst, die habe ich ebenfalls wiedergefunden, aber auf ganz andere Weise: durch das Klostererleb-
nis. Sicher hatte ich die Lehre der Fleurets zu rasch vergessen.
Im Priesterseminar habe ich eine schwere Krise durchgemacht,
von der mich erst mehrere Jahre in einem Kloster geheilt haben. Doch davon später. Andererseits habe ich gelernt, die
Masse der Heterosexuellen nicht zu verachten. Du mußt nicht
meinen, ich hätte irgendeinem unserer Vorrechte entsagt. Wir
sind die Herren des Lebens. Wenn man alle vorhandenen Menschen nach ihrer geistigen Gabe, Neues zu schaffen, einteilte,
so erhielte man eine flache Pyramide, deren Basis die sterile
breite Masse, deren Spitze die großen schöpferischen Menschen wären. Und ich möchte behaupten, daß an der Basis der
Anteil der Homosexuellen nahezu bei null Prozent läge, während er an der Spitze nahe an hundert Prozent heranreichte.
Dennoch müssen wir der Versuchung des Hochmuts widerstehen. Unsere Überlegenheit über die heterosexuelle Masse ist
nicht sehr verdienstlich. Die Bürde der Fortpflanzung erdrückt
die Frauen völlig, und halb auch die heterosexuellen Männer.
Leicht und fröhlich, wie Reisende ohne Gepäck, sind wir für die
Heterosexuellen das, was sie ihrerseits für die Frauen sind.
Weißt du, was das Wort *Proletarier* bedeutet? Es kommt von
dem lateinischen Wort *proles*, das die Nachkommenschaft, das
Ergebnis der Vermehrung bezeichnet. Nicht sein Beruf, wie
man gemeinhin glaubt, sondern seine Sexualität kennzeichnet
also den Proletarier. Der Proletarier, das ist der Kinderreiche,
der vor den schweren Karren der Arterhaltung gespannt ist.
Wir sind das Salz der Erde. Er aber ist die Erde. Wir können auf
ihn für alles verzichten, nur nicht für die Liebe. Denn die Lie-
besbeziehung zu einem Heterosexuellen besitzt, das weißt du
selbst, einen unvergleichlichen Reiz. Die Heterosexuellen sind
unsere Frauen.«
Ich habe ihm erwidert: »Sicher dächte der Homosexuelle viel
weniger daran, auf den Familienvater, dessen Geschlecht und
Arbeit zu sozialen Zwecken domestiziert sind, geringschätzig
herabzuschauen, wenn dieser nicht ihm gegenüber einen neid-
vollen Haß hegte. Der Sklave schüttelt rasselnd seine Ketten
und fordert empfängnisverhütende Methoden, das Recht auf
Abtreibung, die einverständliche Ehescheidung, weil diese
Dinge ihm, so meint er, die spielerisch-zweckfreie, schwerelose

Liebe aus der Homosexuellen ewigem Frühling bringen soll. Der Familienvater verlangt gegen allen Verstand Frauen, die sich den schlimmsten Gewaltkuren unterziehen, um schmal und steril wie Knaben zu sein, während sie kraft ihrer unausrottbaren Berufung zur Mutterschaft doch dick und fruchtbar sein müssen. Indem er so unentwegt einem homosexuellen Wunschbild nachläuft, hegt er gegenüber den Homosexuellen den Haß des Kettenhundes gegenüber dem freien, einsamen Wolf.«

»Es sind Bauernaufstände«, sagte Thomas. »Die heterosexuellen Krautärsche stehen auf gegen die Herren, zünden Schlösser an, versteigen sich zu Bluttaten wie heutzutage die Hitler-Anhänger. Aber diese Wirrnisse ändern nichts am Wesentlichen, das den einen wie den anderen auf den Leib geschrieben ist. Man ist ›wohlgeboren‹ oder ›nicht wohlgeboren‹. Die Fabel vom Bürger als Edelmann paßt ganz und gar auf unseren Fall. Wie Jourdain, der Bürgerliche, so will der Heterosexuelle das freie, gelöste Leben der homosexuellen Edelleute führen. Doch sein proletarisches Wesen macht sich um so lastender bemerkbar, je häufiger er aus ihm auszubrechen sucht. Der eine watet in Blut, in Unrat und Verhütungsmitteln. Der andere kriecht unter der Last von Frauen und Kindern dahin und sucht sie ein ganzes, wirres Leben lang vergeblich abzuwerfen, doch die lassen ihn nicht los und leben von seiner Substanz. Denk dir, der kleine Kommissar, mit dem du heute früh zu tun gehabt hast! Ich darf dir wohl verraten, was er mir anvertraut hat; er hat es mir nicht unter dem Siegel des Beichtgeheimnisses mitgeteilt. Er hat den Tod eines jungen Mädchens verursacht, als er bei ihr einen von ihm stammenden Fötus abzutreiben versuchte. Nachdem er sich dreimal hat scheiden lassen, lebt er jetzt allein und teilt sein mageres Gehalt mit einer ganzen Sippe – die ihn obendrein auch noch haßt –, denn sie hält ihn für schuldig an dem Elend, mit dem sie sich herumzuschlagen hat. Er beschuldigt die Sexualität, sie habe sein Leben zerrüttet und Unheil um ihn gesät. Ich habe ihm zu der Erkenntnis verholfen, daß diese Verheerungen allein die Heterosexualität angerichtet hat, die wie Homosexualität ausgelebt wurde. Kurzum, ich habe ihm klargemacht, daß der Ursprung seiner Irrwege in einer Art Hochstapelei liegt.«

Er unterbrach sich und machte mit einer kleinen Alchimisten-

küche, die ihm die Haushälterin auf einem Tablett brachte,
Kaffee.

»Die Animosität von Unglücksraben wie er gegen Götterlieb-
linge, wie wir es sind, ist nur zu begreiflich«, fuhr er fort. »Sie
mag für uns übrigens heilsam sein, denn sie zwingt uns, verschwiegen zu sein, im dunkeln zu bleiben, in der Öffentlichkeit
eine untadelige Haltung zu bewahren. Wir dürfen eben unserer Berufung, einsame nächtliche Jäger zu sein, nie untreu werden.«

Ich warf ein, wenngleich dieser materielle, ganz äußerliche
Zwang tatsächlich sein Gutes haben möge, so könne doch der
ständige moralische Druck der heterosexuellen Gesellschaft
auf den Homosexuellen leider auch korrumpierend und zerset-
zend wirken. »Das ist bei allen Minderheiten, die der Unterdrückung und dem Haß der Mehrheit ausgesetzt sind, ebenso.
Die Mehrheit zeichnet sich ein karikierendes Bild von dem
Menschen, der zu der Minderheit gehört, und zwingt ihn gewaltsam, dieses Bild dann auch körperlich auszufüllen. Und
dieser Zwang ist um so unwiderstehlicher, als die Karikatur
nicht ganz aus der Luft gegriffen ist. Sie besteht aus einigen
wirklich vorhandenen Zügen, die jedoch maßlos vergröbert
und unter Weglassung anderer Züge einseitig herausgestellt
werden. Eben dieser Druck macht so den Juden zwangsläufig
zum kleinen, krummnasigen, profitgierigen *Jüden*, den
schwazren Amerikaner zum *Negro* – faul, unwissend und
rauschgiftsüchtig – den Nordafrikaner zum *Bougnoule* – der
lügt, stiehlt und notzüchtigt – und der gleiche Druck zwingt
den Homosexuellen gewaltsam in die Haut einer Tunte. Was ist
denn eine Tunte? Ein Homosexueller, der fügsam das tut, was
die Proletarier von ihm wollen.«

»Und wenn« – so setzte er hinzu – »diese Fügsamkeit auf die
Spitze getrieben wird, so endet sie beim Transvestiten. Der
Transvestit, das ist der absolute Triumph des Heterosexuellen
über den Homosexuellen, der in Gestalt des anderen Geschlechts völlig verleugnet und gedemütigt wird. Er ist der
Chrsitkönig mit der Dornenkrone, mit einem Schilfrohr in der
Hand und einem roten Gewand um die Schultern und geohr-
feigt von den Kriegsknechten. Doch hast du schon einmal so
recht ermessen, wie großartig er dafür Rache nimmt? Wie
nämlich der Homosexuelle, sich selbst überlassen, um einen

Grad männlicher ist als der Heterosexuelle – der für ihn das Weib ist –, so hebt ihn, erniedrigt, verunglimpft, verkleidet, seine Schöpfergabe über sein lächerliches Vorbild hinaus, und er schlägt die Frau auf ihrem eigenen Feld. Er stellt seine ganze, männliche Kraft in den Dienst weiblicher Art, wird eine so glänzende, elegante, feine, rassige Frau – eine Superfrau –, daß er die Frauen – die echten – mühelos in den Schatten stellt, wenn sie die Unklugheit begehen, in seine Nähe zu kommen.«

»Homosexuell zu sein ist eine anspruchsvolle Aufgabe. Sie verlangt von dem dazu Erwählten, daß er die Kraft besitzt, ein Ausnahmeschicksal zu ertragen. Und oft erlebt man das klassische Drama von dem, der auserwählt, aber zu schwach ist, vom Durchschnittsmenschen, der gegen seinen Willen ins erste Glied gestellt wird. Von dem Erbprinzen, der zum Regieren unfähig ist, dessen schmale Schultern sich krümmen unter der purpurnen Fülle des Königsmantels, dessen Haupt sich beugt unter der goldenen Last der Krone. Der ist dem in der Luft liegenden Haß der Heterosexuellen nicht gewachsen. Verhöhnt, mit Füßen getreten, bleibt ihm nichts anderes übrig, als den Gallekelch, der ihm gereicht wird, bis zur Neige auszutrinken. Und keiner von uns kann behaupten, er sei stark genug, das Gift ganz und gar von sich zu weisen, das die Proletarier allem beimischen, was er trinkt, allem, was er ißt, und der Luft, die er atmet. Aber es gelingt ihm um so eher, je besser er das Geheimnis wahrt.«

»Für diese Vergiftung gibt es auch einen Beweis e contrario«, erwiderte ich meinerseits. »In den Ländern, in denen die Homosexualität legal und völlig frei ist – im alten Griechenland und heute in islamischen Ländern –, tritt das Phänomen der ›Tunte‹ und des Transvestiten nicht auf. Desgleichen verlören die Juden, wenn es ihnen eines Tages gelänge, sich zu einer Nation zusammenzuschließen, sofort alle Merkmale des ›Jüden‹, die sie nur an sich haben, weil die antisemitische Mehrheit sie dazu zwingt. Dann würde man Juden als Bauern oder als Handwerker sehen, Juden, die Athleten, die Soldaten sind, blonde und freigebige Juden, vielleicht homosexuelle Juden, wer weiß?«

»Ich würde mich wundern, wenn sie so weit gingen«, wandte er ein. »Denn siehst du, soweit die Juden dem Alten Testament treu bleiben, sind sie der dritten Stufe der geistlichen Entwicklung, zu der ich gelangt bin, näher als der zweiten – mit der habe ich begonnen, und sie allein bietet der Homosexualität all ihre großen Möglichkeiten.«

Ich bat ihn, mir das deutlicher zu erklären, denn mir schien, er habe ein ganzes theologisches System in ein paar Worten zusammengefaßt. Das Abendessen war zu Ende. Wir wandten uns vom Eßzimmer dem hinteren Teil des Raums zu, wo in einem Kamin aus feinem Sandstein ein großes Feuer brannte. Ich konnte nicht umhin, mein Gesicht zu verziehen.

»Schon wieder Feuer! Weißt du, daß ich heute nachmittag schon eine richtige Höllenfahrt hinter mir habe? Ich habe die städtische Müllverbrennungsanlage in Issy-les-Moulineaux besichtigt. Es war Dante und Piranesi in einem!«

Während wir uns, die Füße auf Feuerböcken, niederließen, bemerkte er, Feuer habe vielerlei Gestalten, und die Hölle sei davon sicher eine der am wenigsten überzeugenden.

»Feuer erhielt einen Bezug zur Hölle erst durch die Analogie zum Tod auf dem Scheiterhaufen, der von der Inquisition den Ketzern und Hexen bereitet wurde. Vorher war das Feuer als Quell von Licht und Wärme ein göttliches Symbol, war spürbare Gegenwart Gottes, Offenbarwerden des Heiligen Geistes.«

Als er diese Worte ausgesprochen hatte, verfiel er in tiefes Sinnen und blickte unverwandt auf die hellglühenden Strukturen, die im Kaminfeuer zu leben schienen. Schließlich sagte er, wenn Christus der Leib der Kirche sei, dann sei der Heilige Geist ihre Seele.

»Christus ist der Leib der Kirche, doch der Heilige Geist ist ihre Seele. Meine ganze Kindheit und einen Teil meiner Jugend hindurch habe ich den Fehler begangen, der im Abendland sehr weit verbreitet ist: Ich bin beim Leib stehengeblieben. Ich war ganz fasziniert von Christus, vom nackten, gemarterten Leib des Gekreuzigten. Tag und Nacht träumte ich von der unsäglichen Freude, die mich durchstrahlen würde, wenn ich mich, selber nackt, auf diesen Leib legen und meinen Mund auf den seinen drücken könnte wie Elisäus auf den des Knaben der Sunamitin. Ja, ich habe Jesus geliebt wie einen Geliebten. Ich suchte in zwei parallelen Bereichen – in meinem eigenen Körper und in der Lehre Christi –, in welcher Form ich die Vereinigung mit ihm verwirklichen könnte. Sogar mein Name hat mir

117

eine Zeitlang Erleuchtung gebracht; heute bin ich nicht sicher, ob er mich nicht eher geblendet als zur Klarheit geführt hat. Bevor Sankt Thomas an Jesu Auferstehung glaubte, hat er ja bekanntlich verlangt, seine Finger in die Wunden des heiligsten Leibes legen zu dürfen. Es versteht sich von selbst, daß in diesem Handeln etwas ganz anderes gesehen werden muß als der platte Positivismus eines Menschen, der auf materielle, handgreifliche Beweise versessen ist. In Wahrheit bedeutet diese Episode das genaue Gegenteil. Thomas begnügt sich nicht mit der oberflächlichen Wahrnehmung Christi. Er traut seinen Augen nicht. Ebensowenig traut er seinen Händen, wie sie die Wange des Auferstandenen berühren und auf dessen Schulter ruhen. Ihm geht es um die mystische Erfahrung eines Einswerdens in Fleisch und Blut, eines leiblichen Eingehens in den Leib des Geliebten. Diese offene Seite, deren Wunde nicht allein Blut, sondern auch eine farblose Flüssigkeit verströmte, die man Wasser genannt hat – die warme Tiefe dieser offenen Seite verlangt Thomas – der Lanze des römischen Soldaten folgend – mit seinen Fingern erfahren zu dürfen.«

»Es trieb mich um, das Geheimnis meines heiligen Namenspatrons, und so habe ich mich lange Zeit an einem Rätsel wundgestoßen, in das noch kein Exeget Licht gebracht hat. Im Johannesevangelium wird Thomas *Didymos* genannt. Didymos, ein griechisches Wort, heißt Zwilling. Doch während die heiligen Texte es sonst nie zu sagen versäumen, wenn zwischen dieser und jener Person geschwisterliche Bande bestehen, ist von Thomas' Zwillingsbruder nirgendwo die Rede. Vergeblich habe ich das *alter ego* dieses partnerlosen Zwillings gesucht, das doch dasein mußte, wie mir schien, ganz nah, vollkommen ähnlich und dennoch nicht zu erkennen. Allmählich drängte sich mir ein kühner, verrückter, aber unabweisbarer Gedanke auf: dieser Zwillingsbruder des Thomas wurde deshalb nie erwähnt, weil Jesus selber es war. Thomas war also kein Zwilling ohne Partner, sondern der Zwilling schlechthin, der Zwilling, dessen Ebenbild nirgendwo sonst als in Gott zu suchen ist. Indem diese Überzeugung sich in mir ausbreitete, machte auch mein Äußeres, nur für meine Umgebung bemerkbar, eine Wandlung durch. In mir war einer, der nicht mehr bloß Thomas sein wollte. Ich mußte überdies auch der Didymos werden. Schon bald erregte mein Auftreten Ärgernis. Meine langen

Haare, mein blonder Bart, aber mehr noch meine Art zu sprechen, zu gehen, und vor allem trotz meines eckig-mageren Gesichts etwas Durchscheinend-Sanftes in meinem Benehmen – all das verriet ein blasphemisches Sich-Angleichen, das freilich keineswegs als mit Vorbedacht geschah. Ich mußte mir Vorhaltungen gefallen lassen. Man glaubte, ich sei vor Hochmut verrückt geworden, und Lehrer wie Mitschüler im Priesterseminar fielen über mich her und suchten mich wieder zur Demut zu führen. Alles lief gar vollends schief, als ich die ersten Spuren der heiligen Wundmale aufwies. Nun versank ich in finstere Nacht.

Meine Oberen behandelten mich mehr als gütig. Sie bewiesen mir gegenüber einen Weitblick, der sich auf natürliche Weise nicht vollständig erklären ließe. Sie befahlen mir, mich so lange wie nötig in das Kloster Paraclet bei Nogent-sur-Seine zurückzuziehen – eben das Kloster, das von Abälard gegründet und in dem er 1142 begraben worden ist. Es ist ein weitläufiger romanischer Gebäudekomplex nach dem Muster der Abtei Cluny am Ufer eines Baches mit dem wohlklingenden Namen Ardusson. Der Prior, Pater Theodor, war ein Greis, fein und zerbrechlich wie Glas, mit Haar so weiß wie ein Hermelin und von einer Lauterkeit, die durch sein ganzes Wesen schimmerte. Er nahm mich auf wie einen Sohn. Ich erfuhr, daß es im Schoße der katholischen Kirche eine ostkirchliche – der orthodoxen Theologie nahestehende – Richtung gebe, und daß Paraclet eines der Zentren sei, von dem sie ausstrahle. Rom hält diese Strömung natürlich am Rande, denn sie soll in den Grenzen der Katholizität bleiben, behandelt sie jedoch wohlwollend, denn Rom erkennt den Wert eines byzantinischen Flügels, der eines Tages geeignet sein könnte, eine Aussöhnung mit unseren orthodoxen Brüdern zu erleichtern. Die Jahre, die ich im Paraclet zubrachte, haben mich bedingungslos zum Jünger der Männer gemacht, die in Wort, Schrift und Beispiel eine bestimmte religiöse Richtung predigen – die nichts anderes als die Wahrheit ist.

Als ich im Paraclet ankam, da krankte ich an Christus. Was ich jedoch durch Pater Theodor erstmals in mich aufnahm, war die klare Erkenntnis, daß es sich dabei um einen bestimmten Krankheitstyp handle, von dem sich Beispiele auch in profanen Bereichen finden. Psychiatrie und Psychoanalyse beschreiben bestimmte Neurosen als eine mehr oder weniger bleibende Fixierung des Patienten auf ein Entwicklungsstadium, das normal und sogar unverzichtbar ist, das aber in Richtung auf einen anderen, der Reife schon näheren Zustand überwunden werden muß. Bei dir will ich einmal ganz unverblümt und offen reden, denn du bist ja mein Fleuret-Bruder und stehst diesen theologischen Fragen jetzt und auch in Zukunft fern. Von der Kanzel herunter oder in klerikalen Kreisen würde ich das nicht so drastisch sagen. *Christus muß überwunden werden.* Der große Irrtum des christlichen Abendlandes besteht in einer allzu ausschließlichen Bindung an die Person, die Lehre, ja, sogar an den Leib Christi. Wir machen uns des Christozentrismus und sogar des Christomonismus schuldig. Niemand taugte besser als ich dazu, dieses Urteil anzunehmen, denn niemand hatte sich so tief wie ich in diesem Irrtum verstrickt. Ich hatte mich zum Didymos, zum Zwilling schlechthin gemacht, der sein eigenes – gleichermaßen Frieden wie Glorie verleihendes – Abbild allein in der Gestalt Christi fand. Doch Christus ist entstellt und verzweifelt am Kreuz gestorben, und der Christozentrismus ist zwangsläufig eine Religion des Leidens, des Sterbens und des Todes. Das Zeichen des ans Kreuz geschlagenen Christus, das überall aufragt, ist ein Anblick des Grauens, und wir ertragen ihn nur infolge unserer durch Gewohnheit entstandenen Gefühl- oder Gedankenlosigkeit. Aber man braucht sich Christus nur am Galgen baumelnd oder mit dem Haupt in der Lunette einer Guillotine vorzustellen, um sich mit einem Schlag der morbiden Häßlichkeit des Kruzifixes bewußt zu werden. Es gilt, die Wahrheit anzuerkennen: Christus ist gestorben, weil seine Sendung zu Ende war, und diese Sendung bestand darin, dem Kommen des Heiligen Geistes bei den Menschen den Weg zu bereiten. Freilich ist da auch noch die Auferstehung. Aber nur für ganz kurze Zeit. Und da sind Christi Worte sehr deutlich: ›Es ist gut für euch, daß ich hingehe‹, spricht er zu den betrübten Aposteln, ›denn wenn ich nicht hingehe, kann der Paraklet nicht zu euch kommen.‹ Es ist, als wollte die Mehrzahl der Katholiken dieses Wort nicht hören. Und es ist ja wahr, es ist ein bedeutungsschweres, vielleicht zu schweres Wort. Es besagt, daß Christus ein zweiter Johannes der Täufer ist. So wie der Täufer nur der Vorläufer Jesu war, so war Jesus nur der Vorläufer des Heiligen Geistes. Christus und der Heilige Geist sind die beiden Hände des Vaters, hat ein östlicher Kirchenlehrer gesagt. Doch diese beiden Hände greifen nacheinander in die Geschichte ein, und die zweite kann ihr Wirken nicht beginnen, bevor die erste ihr Werk vollendet hat. Denn zuerst mußte das Wort Fleisch annehmen, auf daß wir dann den Heiligen Geist empfangen konnten, oder wie der heilige Athanasius sagt, Gott wurde Sarkophoros, damit der Mensch Pneumatophoros werden könne.

Das höchste christliche Fest, das Fest, dessen Glanz und Jubelschall über alle anderen gehen sollte, ist weder Weihnachten noch Ostern und noch weniger der Karfreitag: es ist Pfingsten. Am Pfingsttage hat der Heilige Geist den Platz unter den Menschen übernommen, den Jesus ihm bereitet und den seine Himmelfahrt verwaist zurückgelassen hatte. Pfingsten eröffnet die Geschichte der Kirche, verkündet die Parusie und nimmt das Reich Gottes vorweg. Das bedeutet ein weitgehendes Umdenken; allzuviele Menschen – und von den Gläubigen gerade die Eifrigsten – wollen das jedoch nicht wahrhaben und beten Jesus weiterhin an. Die Ablehnung dieses Primats des Geistes durch die römische Kirche steht am Anfang des Schismas mit der Ostkirche. Der *filioque*-Streit geht nicht um ein Wort. Das offizielle kirchliche Glaubensbekenntnis besagte, der Geist gehe vom Vater aus – und dieses grundlegende Dogma schloß die kirchliche Welt zur Einheit zusammen. Dadurch, daß Rom im achten Jahrhundert das Wort *filioque* (und vom Sohne) hinzusetzte, machte es den Heiligen Geist vom Sohn abhängig und fügte in den Kern des Glaubens den Christozentrismus ein. Die Ostkirche, getreu dem weltumstürzenden Pfingstgeschehen, konnte diesen Gewaltstreich nicht hinnehmen, denn er zielte darauf ab, Christus zum *genitor* des Geistes zu machen, während er doch lediglich sein Vorläufer war. Zwar vollzog sich in der Zeit der irdischen Sendung Christi die Verbindung der Menschen zum Heiligen Geist ausschließlich durch und in Christus, Pfingsten hat diese Beziehung jedoch umgekehrt. Seitdem vollzieht sich die Verbindung zu Christus ausschließlich durch und im Heiligen Geist.

Das Kommen des Heiligen Geistes eröffnet ein neues Zeitalter, und diesem neuen Zeitalter entspricht ein drittes Testament, die Apostelgeschichte, in der allein der Geist das Geschehen bestimmt. Das Alte Testament war das des Vaters. In ihm er-

121

tönt die einsame Stimme des Vaters. Doch die Schöpferkraft des Vaters ist so groß, daß man durch seine Stimme hindurch tausend keimhafte Möglichkeiten raunen hört, und manche davon so stark und so drängend, daß man nicht im Zweifel sein kann: ihnen gehört die Zukunft. Jeder der Propheten gestaltet schon Jesus voraus, und David wird nirgendwo anders denn in Bethlehem geboren. Doch vor allem das Raunen des Geistes wird in der Bibel hörbar; der Theologe David Lys hat dreihundertneunundachtzig Stellen gezählt, die sich auf ihn beziehen.

Ruah ist das hebräische Wort, das üblicherweise mit Wind, Odem, Luft, Geist übersetzt wird. Im alten semitischen Süden bezeichnet die *ruah* etwas Weites, Geräumiges, Offenes, aber sie ist auch der Geruch, der Duft. Manchmal ist sie auch eine leichte Berührung, eine sanfte Liebkosung, eine Stimmung des Wohlseins, die einen umfängt. Eine der ersten *ruah* ist die abendliche Brise, in der Jahwe sich im Paradies ergeht, während Adam und Eva, die gesündigt haben, sich vor seinem Angesicht verbergen. Die gefangenen und unterdrückten Israeliten werden ›kurz an ruah‹ genannt; Anna, die künftige Mutter Samuels, ob ihrer Unfruchtbarkeit verbittert, ist ›hart an ruah‹. Kohelet lehrt, es sei besser, ›lang an ruah‹ (geduldig) zu sein als ›hoch an ruah‹ (hochmütig). Sterben heißt die ruah verlieren. Dieses Wort bezeichnet schließlich, nach Ezechiel, die vier Himmelsgegenden, und nach Kohelet die unbestimmten Strömungen des Windes. Von daher sind Meteorologie und ruah eng verbunden. Es gibt eine schlechte ruah, die von Osten kommt, die Pflanzen austrocknet und Heuschrecken bringt, und eine gute ruah, die von Westen, vom Meer her kommt und Wachteln mitführt und sie zu den Israeliten in die Wüste trägt. Wie David König wird, sucht ihn die gute ruah heim, während die schlechte des entthronten Saul Seele verfinstert. Wie Oseas sagt, sendet Gott über die Menschen die östliche ruah, den Wind der Unzucht, den Pesthauch orgiastischen Götzendienstes. Wer die östliche ruah sät, wird Sturm ernten. Bei Jesaias peitscht sie die Bäume, fegt das Stroh von den Bergen, und die Töchter Jerusalems werden gereinigt werden durch eine ruah, brennend wie die Gerechtigkeit.

Je weiter man kommt in den heiligen Texten, desto mehr sieht man, wie die ruah sanfter wird, sich vergeistigt, ohne freilich jemals das Körperliche ganz abzustreifen und zum abstrakten Gedanken zu werden. Selbst noch auf der höchsten Stufe des Metaphysischen – beim Pfingstwunder – offenbart sich der Geist in einem kurzen, heftigen Sturm und behält so seine meteorologische Natur. So auch bei Elias, wie er auf dem Berg Horeb in einer Höhle die Vorbeikunft Jahwes erwartet: *Und es kam ein starker und heftiger Sturm, der Berge zerspellte und die Felsen zerbrach. Doch Jahwe war nicht in dem Sturme. Nach dem Sturm folgte ein Erdbeben. Doch Jahwe war nicht in dem Erdbeben. Und nach dem Erdbeben kam ein Feuer. Doch Jahwe war nicht in dem Feuer. Und nach dem Feuer kam ein sanftes, leichtes Säuseln. Als Elias das Säuseln vernahm, hüllte er sein Angesicht in seinen Mantel, trat hinaus und blieb am Eingang der Höhle stehen, und eine Stimme sprach zu ihm ...* (I Könige, XIX, 11–13).

Der Heilige Geist ist Wind, Sturm, Hauch, er hat einen meteorologischen Leib. Die *Meteore* sind heilig. Die Wissenschaft, die den Anspruch erhebt, ihr Zusammenwirken erschöpfend zu beschreiben und in Gesetzen einzufangen, ist bloße Blasphemie und spottet ihrer selbst. ›Der Wind weht, wo er will, du hörst seine Stimme, aber du weißt nicht, woher er kommt noch wohin er geht‹, hat Jesus zu Nikodemus gesagt. Deshalb ist die Meteorologie zum Scheitern verurteilt. Ihre Vorhersagen werden von den Tatsachen ständig der Lächerlichkeit preisgegeben, denn sie bedeuten einen Angriff auf das freie Schalten und Walten des Geistes. Du darfst dich nicht wundern über diese Heiligsprechung der Meteore, der ich das Wort rede. In Wahrheit ist alles heilig. Wer unter den Dingen einen profanen, materiellen Bereich ausklammern möchte, über dem dann die Welt des Heiligen schwebte, der gibt ganz schlicht zu erkennen, daß er teilweise mit Blindheit geschlagen ist und nur deren Grenzen abschreiten kann. Der mathematische Himmel der Astronomen ist heilig, denn er ist die Stätte des Vaters. Der Menschen Erde ist heilig, denn sie ist die Stätte des Sohnes. Was zwischen beiden liegt, der brodelnde, unberechenbare Himmel der Meteorologie, ist die Stätte des Geistes und das einigende Band zwischen dem Himmel, der dem Vater, und der Erde, die dem Sohn gehört. Er ist eine lebendige, brausende Sphäre, welche die Erde als wetterwendisch-wirblige Hülle umgibt, und diese Hülle ist Geist, Samen und Wort.

Sie ist Samen, denn ohne sie könnte nichts wachsen auf Erden. Übrigens war das jüdische Pfingstfest, das fünfzig Tage nach Ostern begangen wurde, ursprünglich das Fest der Ernte und die Darbringung der ersten Garbe. Selbst die Frauen bedürfen der Feuchtigkeit dieser Sphäre, um Kinder zu gebären, und der Erzengel Gabriel, der Maria die Geburt Jesu verkündet, spricht zu ihr: *Der Heilige Geist wird über dich kommen, und die Kraft des Allerhöchsten wird dich überschatten.*

Diese Hülle ist Wort, und die sturmerfüllte Troposphäre ist in Wahrheit eine Logosphäre: *Plötzlich kam vom Himmel ein Brausen wie von einem heftigen Sturm und füllte das ganze Haus, in dem sie saßen. Und es erschienen ihnen Zungen wie von Feuer, und auf einem jeden ließ sich eine Zunge nieder. Und alle wurden vom Heiligen Geist erfüllt und begannen in anderen Zungen zu reden, wie es der Geist ihnen eingab ... Die Menge strömte zusammen und staunte, denn jeder hörte sie in seiner eigenen Sprache reden.* Als Christus predigte, war der Klang seines Wortes im Raum begrenzt, und nur die vielen, die aramäisch sprachen, verstanden ihn. Von nun an werden die Apostel, die bis an die Grenzen der Erde verstreut sind, Nomaden, und ihre Sprache ist allen verständlich. Denn die Sprache, die sie sprechen, ist eine tiefere Sprache, eine sinnschwere Sprache: es ist der göttliche Logos, und seine Worte sind die Samen der Dinge. Diese Worte sind die Dinge an sich, die Dinge selbst, nicht bloß ihr mehr oder weniger unvollständiger, trügerischer Widerschein, wie es die Worte der menschlichen Sprache sind. Und weil dieser Logos den gemeinsamen Grund des Seins und des Menschlichen ausdrückt, verstehen die Menschen in allen Ländern ihn unmittelbar, und zwar so gut, daß sie sich aus Gewöhnung und Unachtsamkeit täuschen lassen und ihre eigene Sprache zu hören glauben. Denn die Apostel sprechen ja nicht alle Sprachen der Welt, sondern nur eine einzige Sprache, die niemand sonst spricht, obschon sie von allen verstanden wird. Mit ihr wenden sie sich an das, was jeder Barbar an Göttlichem in sich trägt. Und es war wiederum diese Sprache, die der Erzengel bei der Verkündigung sprach und deren Worte hinreichten, Maria schwanger werden zu lassen.

Ich würde lügen, wenn ich behauptete, ich besäße diese Sprache. Was dem Pfingstgeschehnis folgte, ist ein schmerzliches Geheimnis. Statt über den vollen paracletischen Logos verfügt selbst der Heilige Vater – der Gipfel des Hohns! – bloß über ein Sakristeilatein. Wenigstens haben sie mich im Paraclet gelehrt, der Leidenschaft, die mich verzehrte, einen erweiterten, vertieften Sinn zu geben. Dieses Zwillingsdasein ohne Partner, unter dem ich wie unter einer Amputation litt, das habe ich in Jesu Hände gelegt – und das war richtig, war für mich, obwohl scheinbar verrückt, der einzig sinnvolle Weg. Jesus ist immer die scheinbar verrückteste – in Wahrheit die einzig sinnvolle – Antwort auf alle Fragen, die wir uns stellen. Aber ich durfte nicht dem Leib des Gekreuzigten verhaftet bleiben. Pater Theodor war es beschieden, mich dem Sturm des Geistes aufzutun. Der flammende Wind des Paraclet hat mein Herz verheert und erleuchtet. Was dem Leib Christi verhaftet war, sprengte die Fesseln und dehnte sich bis an die Grenzen der Erde. Der gemeinsame Grund, den ich nur in Jesus gefunden hatte, enthüllte sich mir in jedem lebenden Menschen. Meine Didymie wurde allumfassend. Der partnerlose Zwilling ist tot, und an seiner Statt wurde den Menschen ein Bruder geboren. Doch der Weg durch die brüderliche Verbundenheit mit Christus hat mein Herz mit einer Treue, meinen Blick mit einem Verstehen begabt, die ihnen, glaube ich, ohne diese Prüfung versagt geblieben wären. Wie gesagt, die Juden könnten sicher von der *ruah* des Alten Testaments unmittelbar übergehen zum lichten Hauch des Pfingstgeistes. Es ist möglich, daß einige wundertätige Rabbiner, deren Ausstrahlung ohne Frage über Israels Grenzen hinaus ins Universelle reicht, diese höchste Bekehrung vollzogen haben. Weil sie jedoch nicht durch die Ära des Sohnes gegangen sind, wird ihnen an Farbe, an Wärme und an Schmerz immer ein gewichtiges Maß fehlen. Zum Beispiel ist es bemerkenswert, daß der Geist entmutigend wirkt auf alles, mit dem ihn ein Maler, Zeichner oder Bildhauer zu gestalten sucht. Daß der Hauch des Geistes dadurch gesichtslos bleibt, stimmt gut überein mit dem Fluch, mit dem das mosaische Gesetz die bildliche Darstellung von Lebewesen belegt. Doch wie könnte man die Augen verschließen vor dem ungeheuern Reichtum, den Ikonen, Kirchenfenster, Statuen und die mit Kunstwerken überladenen Kathedralen selber für den Glauben bedeuten? Aber dieses geistige Blühen, das vom Ersten Testament verflucht und vom Dritten Testament – dem des Heiligen Geistes, der Apostelgeschichte – zur Unfruchtbarkeit verurteilt wurde –, fand erst im Testament des Sohnes all seinen Samen und vor allem das Klima, dessen es bedarf.

Ich bleibe Christ, obschon vorbehaltlos zum Geist bekehrt, damit der heilige Odem nicht an fernen Horizonten streift, ohne zuvor den Leib des vielgeliebten Herrn durchdrungen und sich mit Samen und Säften beladen zu haben. Bevor der Geist Licht wird, muß er Wärme werden. Dann erreicht er den höchsten Grad an strahlender, durchdringender Kraft.«

6
Die Zwillingsbrüder

Paul

Kergrists Boot wurde am nächsten Morgen beim ersten Tagesschimmer zerschmettert auf den Klippen entdeckt. Drei mongoloide Mädchen und Franz wurden im Lauf der Woche tot auf dem Strand der Inseln gefunden. Die anderen fünf Mädchen blieben spurlos verschwunden. Das Geschehene rief auf Pierres Sonnantes tiefe Erschütterung hervor, doch die Presse nahm es kaum zur Kenntnis, und die eilig durchgeführte Untersuchung endete sehr rasch damit, daß die Akten geschlossen wurden. Ja, wenn es um normale Kinder gegangen wäre – was für ein Wehgeschrei wäre da nicht durch ganz Frankreich gegangen! Aber für Geistesschwache, diesen menschlichen Ausschuß, den man aus schrulligen Skrupeln heraus mit großem Kostenaufwand am Leben erhielt? War ein derartiger Unglücksfall nicht im Grunde willkommen? Natürlich ging mir damals der Gegensatz nicht auf zwischen der Größe des Dramas, das wir Stunde für Stunde miterlebt hatten, und der Gleichgültigkeit, auf die es außerhalb unseres kleinen Gemeinwesens stieß. Aber dieser Gegensatz kam mir später in der Rückschau zum Bewußtsein und bestärkte mich in dem Gedanken, daß wir – wir Zwillinge ebenso wie die einfältigen Kinder wie auch in weiterem Sinne alle Bewohner von Pierres Sonnantes – eine Sippe für sich bildeten, die anderen Gesetzen gehorchte die anderen Menschen und von ihnen darum gefürchtet, verachtet und verabscheut wurde. Was später kam, hat nicht gerade dazu beigetragen, diese Meinung zu zerstreuen.

Übrigens ließ sich Jean-Pauls tiefe, stillschweigende Verbundenheit mit Franz – und durch ihn mit den sechzig einfältigen Zöglingen von Sainte-Brigitte – weder durch die Gleichaltrigkeit noch durch die örtliche Nähe ganz erklären. Daß wir, mein Zwillingsbruder und ich, Monstren, daß wir Mißgeburten sind, ist eine Wahrheit, vor der ich zwar lange die Augen verschließen konnte, die mir aber insgeheim von meiner frühesten Kindheit an bewußt war. Nach jahrelanger Erfahrung und nach der Lektüre von Forschungsarbeiten und Studien zu dieser Frage lodert diese Wahrheit über meinem Leben mit einem strahlenden Glanz auf, der vor zwanzig Jahren meine Schmach, vor zehn Jahren mein Stolz gewesen wäre und den ich heute mit kaltem Blick betrachte.

Nein, der Mensch ist fürs Zwillingsdasein nicht geschaffen. Und wie stets in solchem Falle – ich meine, wenn man aus den Geleisen des Mittelmäßigen gerät (das war auch Onkel Alexandres Feststellung hinsichtlich seiner Homosexualität) –, kann eine höhere Macht dich auf eine übermenschliche Stufe heben, doch ohne außergewöhnliche Fähigkeiten fällst du wieder zurück in die Niederungen. Die Kindersterblichkeit ist bei den zweieiigen, den unechten Zwillingen höher als bei den Einzelkindern, und bei den eineiigen, den echten Zwillingen höher als bei den unechten. Das Wachstum, das Gewicht, die Lebenserwartung und sogar die Erfolgsaussichten im Leben sind bei Einzelkindern größer als bei Zwillingen.

Aber kann man überhaupt immer und mit Bestimmtheit echte und unechte Zwillinge unterscheiden? Die wissenschaftlichen Darstellungen sagen eindeutig: es gibt nie einen absoluten Beweis dafür, daß es sich um echte Zwillinge handelt. Bestenfalls mag man auf das *offensichtliche Fehlen* eines Unterschieds, der die Zwillingseigenschaft in Frage stellt, abheben. Aber ein negativer Beweis hat noch nie etwas mit Sicherheit bewiesen. Nach meinem Dafürhalten ist echte Zwillingschaft eine Sache der Überzeugung, einer Überzeugung, der die Kraft innewohnt, zwei Schicksale zu formen, und wenn ich meine Vergangenheit anschaue, so kann ich nicht daran zweifeln, daß dieses Prinzip unsichtbar, doch allwirksam stets da war, so stark, daß ich mich fragen muß, ob – abgesehen von den mythologischen Geschwisterpaaren wie Kastor und Pollux, Romulus und Remus usw. – Jean und ich nicht die einzigen echten Zwillinge sind, die es je gegeben hat.

Daß Jean-Paul ein Monstrum sei, wurde uns in zweiter Linie durch etwas vor Augen geführt, das wir unter uns »den Zirkus« nannten, diese trübselige Vorführung, die sich jedesmal wiederholte, wenn jemand uns besuchen kam. Sie begann mit Ausrufen des Staunens über unsere Ähnlichkeit und zog sich in spielerischem Vergleichen, Plätzetauschen, Verwechseln längere Zeit hin. In Wahrheit war Maria-Barbara der einzige Mensch auf der Welt, der uns auseinanderhalten konnte, außer – so gestand sie uns – wenn wir schliefen, denn dann verwischte der Schlaf jeden Unterschied zwischen uns, wie die steigende Flut die Spuren verwischt, die die Kinder abends im Sand hinterlassen haben. Bei Edouard hatten wir eine kleine Komödie zu erwarten – so lege ich zumindest jetzt sein Verhalten aus, denn damals verletzte er uns damit, tat er uns damit weh, und wir hätten damals gewiß ein härteres Wort – Täuschung, Augenwischerei – dafür gebraucht, hätten wir das Herz gehabt, darüber zu reden. Edouard ist nie imstande gewesen, uns auseinanderzuhalten, und er wollte es niemals zugeben. Er hatte eines Tages halb ernsthaft, halb spaßhaft bestimmt: »Jedem seinen Zwilling. Sie, Maria-Barbara, nehmen Jean, denn der ist ja Ihr Liebling. Ich nehme Paul.« Aber Maria-Barbaras Liebling, das war ich, meine Mutter hielt mich damals sogar gerade im Arm, und der, den Edouard nun, völlig verdutzt, trotzdem halb verärgert, vom Boden aufhob und den mitzunehmen er Miene machte, war Jean. Damit stand das Ritual fest, und jedesmal, wenn einer von uns in Edouards Reichweite kam, bemächtigte Edouard sich ohne Unterschied seiner, nannte ihn »seinen« Zwilling, seinen Liebling, ließ ihn Pirouetten drehen, eine Runde auf seinen Schultern reiten oder balgte sich mit ihm. Das alles mochte ganz schön und gut erscheinen, denn auf diese Weise war jeder von uns immer wieder sein »Liebling«, aber obwohl er klugerweise davon abgekommen war, uns beim Vornamen zu nennen – er sagte wie alle anderen Jean-Paul –, lag in seinem Verhalten etwas von Schwindelei, das uns im höchsten Grade zuwider war. Wenn Besuch da war, wurde der Schwindel natürlich ganz besonders unangenehm. Dann stellte er nämlich sein vorgetäuschtes Können mit unumstößlicher Sicherheit zur Schau und überschüttete den Fremden, der völlig verunsichert zusah, mit Behauptungen, bei denen von zweien nicht eine stimmte. Weder Maria-Barbara noch Jean-Paul hätten es gewagt, ihn dabei bloßzustellen, doch unser Unbehagen muß deutlich zu sehen gewesen sein.

Monstrum kommt vom lateinischen *monstrare*. Ein Monstrum ist ein Wesen, das man zeigt, das man – im Zirkus, auf dem Jahrmarkt usw. – zur Schau stellt, und auch wir sollten diesem Schicksal nicht entgehen. Zwar ersparte man uns den Jahrmarkt, den Zirkus, nicht aber das Kino, und obendrein in seiner plattesten Form, dem Werbefilm. Wir mögen etwa acht Jahre alt gewesen sein, da fielen wir beim Spielen auf dem kleinen Strand von Quatre Vaux, der in Wirklichkeit die Mündung eines Baches, des Quinteux, ist, einem Sommerfrischler aus Paris auf. Er sprach uns an, ließ uns allerlei daherschwatzen, fragte uns nach Alter, Namen und Adresse aus und begab sich dann über die kleine Treppe mit den fünfundachtzig Stufen stracks hinauf nach La Cassine, von dem das Dach noch überm Rand der Steilküste zu sehen war. Wäre er auf der Straße gekommen, so hätte er es mit Méline zu tun gehabt, deren Feindseligkeit ihn ganz bestimmt abgeschreckt hätte. Da er jedoch unvermittelt am Ende des Gartens auftauchte, stieß er auf Maria-Barbara mittendrin in ihrem »Feldlager«: Liegebett, Handarbeitskästchen, Früchtekorb, Brille, Schal, Plaids usw. Wie immer, wenn sie sich verlegen oder belästigt fühlte, vertiefte Mama sich in ihre Arbeit und hatte für den Eindringling nur eine ganz beiläufige Aufmerksamkeit und ausweichende Antworten übrig. Gute Maria-Barbara! Das war ihre Art zu sagen: Nein, lassen Sie mich in Ruhe, nun gehen Sie doch endlich! Ich habe nie gesehen, daß sie, wenn sie jemanden wegschicken oder abweisen wollte, weiter gegangen wäre als bis zu einem solchen Sich-Vertiefen in irgendeine Beschäftigung, ja, in die schlichte Betrachtung einer Blüte oder einer Wolke. Jemanden abweisen war nicht ihre starke Seite.

Edouard hatte es Maria-Barbaras Haltung von weitem angemerkt, daß sie es mit einem ungebetenen Gast zu tun hatte, und er eilte mit großen Schritten hinzu, um einzugreifen. Was der Unbekannte zu ihm sagte, überraschte ihn zunächst so, daß er einen Augenblick sprachlos war. Er heiße Ned Steward und arbeite für eine Werbefilmgesellschaft, die Kinotop, deren sichtbarste Tätigkeit darin bestehe, die kleinen Werbestreifen zu drehen, die in den Kinos zwischen Vor- und Hauptfilm gezeigt würden. Jean-Paul sei ihm am Strand aufgefallen, und er bitte um die Erlaubnis, ihn für einen seiner Filme zu verwenden. Edouard war darüber sofort empört und ließ das auch in seinem Gesichtsausdruck merken, denn von ihm ließen sich ja stets alle Regungen seines Herzens wie von einem Bildschirm ablesen. Steward verschlimmerte die Lage noch, indem er darauf anspielte, daß diese »Leistung« – Edouard sollte sich alsbald diesen Ausdruck zu eigen machen und ihn uns bei jeder Gelegenheit servieren, wobei er mit der Stimme die Gänsefüßchen andeutete, als ob er sie uns mit spitzer Pinzette unter die Nase hielte – daß diese Leistung für uns gewiß den Stempel des Bedeutsamen trage und uns daher wertvoll sei. Doch er war hartnäckig, geschickt und hatte sicher Erfahrung in derartigen Verhandlungen. Er rettete die verzweifelt scheinende Lage durch zwei Schachzüge: zuerst machte er das Angebot, die zugesagte Summe zu verdoppeln und sie Sainte-Brigitte zur Verfügung zu stellen. Dann umriß er das Werbethema näher, das er mit uns verfilmen wollte. Es handle sich ja keineswegs um irgendein gewöhnliches Produkt wie Schuhwichse, Salatöl oder nichtplatzende Autoreifen. Nein, wenn er an uns gedacht habe, dann nur wegen etwas Vornehmem, für das wir obendrein prädestiniert erschienen. Am Tag vor den Ferien sei er mit einem Werbefeldzug für eine Marinefernglas-Marke, das Zwillon-Doppelglas, beauftragt worden. Deswegen sei er auf der Suche nach einer Idee an den Ufern des Departements Côtes-du-Nord herumspaziert. Und die Idee, ja die hatte er jetzt gefunden. Weshalb sollte man nicht die Aufgabe, für die Marke Zwillon zu werben, Zwillingsbrüdern anvertrauen?

Vor einer bestimmten Mischung von Dummheit, Humor und Ahnungslosigkeit, die ich um so besser kenne, als ich dafür selbst einigermaßen anfällig bin, streckte Edouard schnell die Waffen. Er sah in dem Ganzen den Stoff für eine witzige Geschichte, die er seinen Freunden in Paris zwischen Obst und Käse erzählen konnte. Mehr als einmal hatte er übrigens, wenn er in der Zeitung Neues von der Familie Dionne in Kanada und ihren offenbar recht einträglichen Fünflingen las, Jean-Paul scherzhaft gefragt, ob er sich demnächst auch mal entschließe, der Familie zu Reichtümern zu verhelfen. Er schloß sich also mit Steward in ein Zimmer ein und besprach Punkt für Punkt die Bedingungen eines Vertrags, wonach mit uns drei Kurzfilme von je zwei Minuten Dauer für den ZWILLON-Feldstecher gedreht werden sollten.

Die Aufnahmen dauerten mehr als vierzehn Tage – unsere gesamten Osterferien – und hinterließen bei uns für immer einen Horror vor jeder derartigen »Leistung«. Ich glaube mich zu erinnern, daß wir vor allem unter etwas irgendwie Absurdem litten, das wir ungemein stark empfanden, ohne es ausdrücken zu können. Man ließ uns bis zum Überdruß dieselben Bewegungen, dieselben Worte, dieselben kleinen Szenen wiederholen und bat uns jedesmal inständig, uns jetzt doch *natürlicher* zu geben als bei der vorigen Aufnahme. Uns hingegen kam es so vor, als seien wir von Mal zu Mal weniger, denn wir waren ja von Aufnahme zu Aufnahme immer ermüdeter, immer nervöser, immer mehr Gefangene eines sinnlosen Getriebes. Mit unseren acht Jahren war es ja verzeihlich, wenn wir nicht wußten, daß Natürlichkeit – vor allem im Künstlerischen, und wir waren doch in der Situation von Schauspielern, von Komödianten – erworben, errungen sein will, daß sie im Grunde nichts anderes ist als der Gipfel des Künstlichen.

Der erste Film zeigte uns beide getrennt, wie jeder ein Fernrohr auf den Horizont richtet, dann nebeneinander, wie wir durch dasselbe Fernglas schauen, der eine durch den rechten, der andere durch den linken Teil. Schließlich standen wir einen Meter auseinander. Der Text war diesem wechselvollen Spiel ganz angemessen. Wir hatten zu sagen: »Mit einem Auge ... sieht man nicht so gut wie mit beiden Augen ... Mit zwei ZWILLON-Feldstechern ... sieht man noch besser als mit einem.« Dann kam das Fernglas in Großaufnahme, während unsere Stimmen dessen Eigenschaften aufzählten: »Die Linsen – 2 CF – und die Prismen, in England hergestellt, sind farbkorrigiert und mit Magnesiumfluorid hundertprozentig vergütet. Zehnfache Vergrößerung. Objektivdurchmesser 50 Millimeter. 10 mal 50: Merken Sie sich diese Zahlen gut und vergleichen Sie! Die Okulare liegen in tiefen Augenmuscheln: das bedeutet bequeme Handhabung. Der Feldstecher ist sehr leicht und zugleich sehr solide gebaut: Er ist aus Aluminium. Und da er mit genarbtem Leder bezogen ist, wirkt Ihr Feldstecher obendrein ausgesprochen luxuriös.«

Dieser Text wurde getrennt vom Bild aufgenommen; die große Schwierigkeit jedoch war, daß man genauestens auf die Zeitdauer achten mußte, weil das die Synchronisation mit dem Bild erforderte.

Der zweite Film hob mehr auf das große Gesichtsfeld ab. Wir waren zu sehen, wie wir mit kleinen Theatergläsern den Horizont absuchten. Text: »Weit ist das Meer! Um zu finden, was Sie suchen, gilt es, ringsum Ausschau zu halten. Nichts ist so ärgerlich wie den Horizont abzusuchen, ohne die interessierende Einzelheit zu erwischen. Woher kommt das? Weil gewöhnliche Feldstecher ein zu enges Gesichtsfeld haben. Selbst bei starker Vergrößerung zeigen sie Ihnen nur einen kleinen Ausschnitt auf einmal. Mit dem ZWILLON ist das anders! Da haben Sie umfassende Sicht! Auf 1 Kilometer Entfernung bringt es Ihnen ein Gesichtsfeld von 91 Metern. Wie Seeleute, bei denen das Leben davon abhängt, leisten auch Sie sich den weiteren Blick mit dem Panorama-Feldstecher ZWILLON!« Dann folgen die Großaufnahmen des Fernglases und der allen drei Filmen gemeinsame Begleittext.

Der letzte Film rühmte die Lichtstärke des ZWILLON. Zwei Einzelkinder in unserem Alter – nur zu diesem Zweck waren eigens zwei Schauspielerkinder, ein Junge und ein Mädchen, aus Paris geholt worden – gingen im freien Gelände spazieren. Um sie herum war die Landschaft zu sehen, die sie selbst sahen, also kurz gesagt das Bildfeld, dessen Gegenfeld sie waren. Und diese Landschaft war flach, von jener unwirklichen Sanftheit, die entsteht, wenn sich Vorder-, Mittel- und Hintergrund auf der Leinwand in gleichwertigen Tonstufen übereinander aufbauen. »Wir leben in einer verwaschenen, lediglich zweidimensionalen Bildwelt«, klagte der Begleittext. »Aber so fad sind die Dinge ja gar nicht. Sie haben Schrammen und Höcker, sie bilden Vorsprünge und Löcher, sie sind scharf, spitz, hohl, reizvoll, aggressiv, mit einem Wort: sie leben.« Mittlerweile wechselte die Landschaft. Die Einstellung konzentrierte sich auf eine Blume, dann auf die Reste einer Mahlzeit im Grünen, schließlich auf das lachende Gesicht einer jungen Bäuerin. Und die Blume, die Speisen, das Gesicht strahlten von intensivem, glühendem Leben, sprengten die Leinwand mit ihrer klaren, dichten Gegenwärtigkeit. Erreicht wurde diese Verwandlung vor allem durch eine unterschiedliche Behandlung von Vorder- und Hintergrund. Während die beiden Einzelkinder alles in einem gleichmäßig verteilten Durchschnittskontrast sahen, verzichtete man jetzt rundweg auf Vorder- und Hintergrund und ließ beide in einer Unschärfe verschwimmen, von der sich das durch die Einstellung ausgewählte Objekt mit den kleinsten Einzelheiten hell und in drastischer Deutlichkeit abhob. Gleich darauf kam der Gegenschuß: Jean-Paul war an die Stelle der Einzelkinder getreten und richtete zwei Feldstecher auf die Filmbesucher. »Mit dem ZWILLON-Feldstecher«, triumphierte der Begleittext, »wird Ihnen die dritte Dimension neu geschenkt. Mit dem ZWILLON-Feldstecher werden Schönheit und Jugend der Dinge, der Landschaft, der Frauen sichtbar. Sie sehen die Welt in ihrer Herrlichkeit, und von all der Herrlichkeit wird Ihnen warm ums Herz.«

Danach folgten die üblichen technischen Angaben.

Ich habe es Edouard lange nachgetragen – ganz besonders während meiner Jugendjahre –, daß er uns diese demütigenden Dreharbeiten zugemutet hatte, die unsere »Monstrosität« gewissermaßen besiegelten. Aber mit der Zeit – vor allem gefördert durch das lange, bedächtige Überdenken meiner ganzen Vergangenheit, zu dem mein Gebrechen mich führt – sehe ich, wieviel es an Lehren aus jener »Leistung« zu ziehen gab, und so bin ich schließlich so weit, zu glauben, daß Edouard, als er uns in seinem Leichtsinn, seiner Ahnungslosigkeit, seinem Egoismus diesen Tort antat, unserem Schicksal gehorchte.

In erster Linie finde ich in dem beständigen Wechsel von Schuß und Gegenschuß – der das Gesetz, ja der Rhythmus filmischer Darstellung zu sein scheint – reichlich Stoff zum Nachdenken. Der Schuß, das war eine ausgedehntere Landschaft, ein tiefer eindringender Blick, eine Frucht, ein Baum, ein Gesicht von unvergleichlicher, überwirklicher Leuchtkraft. Der Gegenschuß, das waren die Zwillingsbrüder, und das Doppelglas war lediglich ihr Attribut, ihr Wahrzeichen, ihr instrumentales Äquivalent.

Was bedeutet das anderes, als daß wir eine überlegene Kraft des Schauens, daß wir den Schlüssel zu einer Welt besaßen, die klarer gesehen, tiefer ergründet, besser erkannt, beherrscht, durchdrungen war? Diese ganz alberne Geschichte hatte in Wahrheit zukunftweisende Bedeutung. Sie illustrierte als ein noch unfertiges Bild jene *Zwillingsintuition*, die lange Zeit unsere Stärke und unser Stolz war, die ich dann verloren habe, als ich mein Ebenbild, meinen Bruder verlor, und die ich jetzt im

Begriff bin, langsam, einsam wiederzugewinnen, nachdem ich ihn in der Welt allenthalben vergebens gesucht habe.

Zuletzt übergab uns Mr. Ned Steward als Anerkennung einen ZWILLON-Feldstecher. Nur einen. Das verstieß strikt gegen die sakrosankte Regel, wonach wir von allem immer zwei Stück geschenkt bekamen. Doch hierin war Ned Steward eben ein Laie, ja, schlimmer noch, ein Tölpel, denn er hätte diese Regel seinerseits erraten, erfinden können, wenn er uns bloß beobachtet hätte. Sein Ungeschick blieb übrigens ohne Folge, weil nur ich allein mich – allerdings mit Leidenschaft – für das optische Instrument interessierte. Darauf komme ich noch zurück. Um so mehr, als Méline, die es bei der Niederlage seinerzeit gerettet und in Sicherheit gebracht hatte, es mir unlängst wieder hervorgeholt hat. So sitze ich denn hier wie vor zwanzig Jahren und suche mit einem ZWILLON-Feldstecher einmal den fernen Horizont, ein andermal das tiefe Gras ab. Ich finde immer noch sehr viel Vergnügen daran, ja, meiner erzwungenen Unbeweglichkeit wegen ganz sicher sogar noch mehr.

Wie erwähnt, zeigte Jean keinerlei Interesse für dieses optische Instrument, das ich so gerne hatte. Vielleicht ist hier der rechte Augenblick, die winzigen Verschiedenheiten aufzuzeigen, die er von Kindheit auf gegenüber meinem Geschmack und meinen Neigungen zu erkennen gab. Nicht wenige Spiele und Spielsachen, die mein Herz auf Anhieb gewannen, wies er zu meinem großen Verdruß schroff von sich. Freilich stimmten wir zumeist in einer glücklichen, sich völlig entsprechenden Harmonie überein. Doch mitunter – und je mehr wir zu jungen Burschen heranwuchsen, um so häufiger – geschah es, daß er sich aufbäumte und zu etwas nein sagte, das doch geradewegs unserem Wesen als Zwillinge entsprach. So weigerte er sich etwa hartnäckig, ein kleines, batteriebetriebenes Telephon zu benutzen, das es uns ermöglicht hätte, im Hause von einem Zimmer zum anderen miteinander zu sprechen. Mangels eines Gesprächspartners wußte ich nichts anzufangen mit diesem Spielzeug, das mich so begeisterte und von dem ich mir Wunderdinge versprochen hatte. In echtem Zorn gar wies er eines jener Tandemfahrräder von sich, auf denen man des Sonntags Monsieur und Madame, beide ganz putzig aufgemacht mit gleicher Golfhose, gleichem Rollkragenpulli, gleicher Ballonmütze einträchtig dahinstrampeln sieht. Tatsächlich ließ er

zwar Dinge in unsere Zelle herein, die subtile Verwandt-
schaftsbeziehungen zu unseren Lebensumständen aufwiesen;
allzu grobe Anspielungen auf unser Zwillingstum konnte er
jedoch nicht vertragen.
Er schätzte solche Gegenstände, deren Verdopplung sichtlich
ihrem Zweck zuwiderlief, die wir aber, weil wir es verlangten,
ganz offenbar gegen jede Vernunft in zwei Exemplaren geschenkt bekamen. So wie beispielsweise jene beiden kleinen
Wanduhren, die Schweizer Kuckucksuhren nachgebildet waren und alle vollen und halben Stunden mit einem hölzernen
Vögelchen begrüßten, das hastig glucksend daraus hervorkam.
Uneingeweihte konnten dann nicht umhin, sich über die beiden völlig gleichen Uhren zu wundern, die nur einige Zentimeter voneinander an derselben Wand hingen. Zwillingssache!
hatte Edouard einmal zu einem von ihnen gesagt. Zwillingssache – das heißt Mysterium der Zwillingsschaft. Was aber niemand – außer Jean-Paul – gemerkt hatte, war, daß die kleine
Wanduhr Jeans beharrlich ein paar Sekunden *vor* der meinen
schlug, selbst wenn die Zeiger beider genau in gleicher Stellung
waren – so viele Sekunden früher, daß nie – nicht einmal am
Mittag, nicht einmal zu Mitternacht – die Stundenschläge sich
gegenseitig überdeckten. Aus der Sicht des Einlings – das heißt
aus trivialer Sicht – ließ sich diese leichte Abweichung durch
einen Konstruktionsunterschied hinreichend erklären. Für
Jean ging es dabei um etwas ganz anderes, was er das »Ich-
weiß-nicht-was« nannte und wofür er jegliche Erklärung, die
aus seinem Denken stammte, von sich wies.
Aber mehr noch als Uhren – weil im Sinne der Zwillingsschaft
noch weitergehend – schätzte er das Barometer, das wir gleichfalls in zwei Exemplaren geschenkt bekommen hatten. Es war
ein hübsches Häuschen mit zwei Türen, vor die jeweils eine
kleine Figur treten konnte: ein kleiner Mann mit Regenschirm
auf der einen, eine niedliche kleine Frau mit Sonnenschirm auf
der anderen Seite. Der Mann kündigte Regen, die Frau schönes
Wetter an. Und auch hier zeigte sich wieder eine kleine Abweichung: Jeans Figuren waren stets früher dran als die meinen,
manchmal um vierundzwanzig Stunden, so daß sie einander
zuweilen begegneten, das heißt, daß bei Jean der Mann aus der
Tür trat, während bei mir die kleine Dame genau dasselbe
tat.

Zumindest eine gemeinsame Leidenschaft hatten wir für die Dinge, die uns unmittelbar mit kosmischem Geschehen in Beziehung brachten – wie Uhr und Barometer –, doch es war, als begännen diese Dinge Jean erst von dem Moment an zu interessieren, als sie Raum ließen für einen Bruch, eine Lücke, durch die sein berühmtes »Ich-weiß-nicht-was« sich hineinschmuggeln konnte. Sicher war das der Grund, weshalb das Doppelglas – ein Instrument zum Ausblick in astronomisch weite Fernen, dessen Bildschärfe jedoch völlig einwandfrei war – bei ihm lediglich Gleichgültigkeit hervorrief.

Das Phänomen von Ebbe und Flut – hierzulande mit einem ungewöhnlichen Pegelhub – war ganz dazu angetan, uns zu entzweien. Theoretisch müßte es von mathematischer Regelmäßigkeit und Einfachheit sein, denn es entspringt ja aus der Stellung von Sonne und Mond zueinander und zur Erde: Springfluten entsprechen einer Stellung von Sonne und Mond, in der sich ihre Anziehungskräfte addieren. Im umgekehrten Falle, wenn die von der Sonne und die vom Mond verursachten Flutwellen einander entgegenwirken, entsteht lediglich ein geringer Gezeitenhub. Nichts hätte mich so begeistern können wie das Gefühl, dieses ungeheure Atmen des Meeres voll und ganz mitzuerleben – als Schwimmer, als Fischer, als Strandgänger –, wenn dieses Atmen wenigstens dem eben skizzierten rationalen Schema exakt entsprochen hätte. Doch weit gefehlt! Die Gezeiten sind eine verrückt gewordene Uhr, sind hunderterlei Nebeneinflüssen unterworfen – der Erddrehung, dem Vorhandensein von Festland im Meer, der Höhenstruktur des Meeresbodens, der Viskosität des Wassers usw. –, die allem Rationalen trotzen und es schlechthin über den Haufen werfen. Was in einem Jahr stimmt, stimmt im nächsten nicht mehr, was bei Paimpol gilt, gilt bei Saint-Cast oder am Mont St. Michel nicht mehr. Hier haben wir das Musterbeispiel für ein astronomisches System, für eine mathematisch regelmäßige Beziehung, die durch und durch verstehbar ist – und doch ist alles mit einem Mal verdreht, aus den Fugen, in Scherben, es läuft zwar weiter, doch in brodelnder Atmosphäre, in aufgewühltem Wasser, mit Sprüngen, Verzerrungen, Veränderungen. Ich bin überzeugt, daß es gerade dieses Irrationale war – und zugleich der An-

schein von Leben, von Freiheit, von Individualität, den es bietet
–, was Jean daran so faszinierte . . .

Es muß aber noch etwas anderes gewesen sein, das ich mir noch
immer schlecht erklären kann und das mich zu der Vermutung
führt, ein Aspekt des Problems sei mir bisher entgangen: ihn
reizte die Ebbe – und nur die Ebbe. In manchen Sommernäch-
ten, wenn Sonne, Mond und Erde in Konjunktion oder Opposi-
tion standen, fühlte ich, wie er in meinen Armen zitterte. Wir
brauchten einander nichts zu sagen, ich spürte – wie durch *In-
duktion* – den Zug, den die große, salzig-feuchte, vom Ebbstrom freigelegte Fläche auf ihn ausübte. Da standen wir denn
auf, und ich hatte Mühe, seiner schmalen, dunklen Gestalt zu
folgen, die mir vorauslief, hinaus auf den gläsern schimmernden Sand, dann auf den lauen, federnden, von den Fluten ganz
frisch verlassenen Schlamm. Wenn wir im ersten Frühlicht zu-
rückkamen, trockneten auf unseren nackten Schenkeln Sand,
Salz und Schlamm wie Gamaschen, wie Beinschienen, die bei
unseren Bewegungen feine Sprünge bekamen und abbröckel-
ten.

Jean
In diesem Punkt zumindest ist Paul den Dingen nie auf den
Grund gegangen. Das Unberechenbare, Schöpferisch-Launen-
hafte, das die Gezeiten – obschon von Himmelskräften bewegt –
an sich haben, macht nicht ihren ganzen Reiz aus, bei weitem
nicht. Daneben steht, nicht ohne Bezug auf diesen Kraftakt der
Elemente, etwas anderes. Was mich in den Nächten der Tiefebbe
so mächtig zum nassen Strand hinzog, war etwas, das wie ein
lautloser Schrei der Verlassenheit und des ungestillten Verlangens von den bloßliegenden Meeresgründen aufstieg.

Was die Ebbe bloßlegt, das weint um die Flut. Die tiefgrüne
gewaltige Masse ist zum Horizont hin geflohen und hat diesen
lebendigen, vielfältigen, zarten Leib schutzlos zurückgelassen,
diesen Leib, der sich davor fürchtet, angegriffen, entweiht, zer-
kratzt, durchwühlt zu werden, diesen froschhaften Körper mit
blatternarbiger, drüsiger, warziger Haut, mit Bläschen, Saug-
näpfchen, Fangarmen durchsetzt, der sich in Krämpfen windet vor dem einen, namenlosen Grauen: vor dem Fehlen des
salzigen Elements, vor der Leere, dem Wind. Der durstgepei-
nigte Strand, trockengefallen und darum nackt, weint mit all

seinen Rinnsalen, all seinen versickernden Salzpfützen, mit all seinen quietschenden Schlickfetzen, mit all seinen schaumgekrönten Schleimkuhlen dem entschwundenen Meer nach. Weitum ist ein Jammern, ein tränenschweres Klagen dieser Erde, die leidet und hinstirbt unterm prallen Sonnenlicht und unter seiner schrecklichen Drohung, zu vertrocknen – denn sie erträgt ja nur Strahlen, die von einem dicken, flüssigen Prisma gebrochen, gedämpft, in die Farben des Regenbogens zerlegt sind.

Und ich, getrieben von diesem stummen Ruf aus tausend und abertausend dürstenden Kehlen, laufe hin, und meine nackten Füße erkennen die Pflanzenpolster, die Kiesbänke, die scharfkantigen Felsbrocken, die Flecken nächtlichen Himmels, die ein unruhiges Schauern überläuft, die Sandflächen mit ihrem Mosaik von zersplitterten Muschelschalen, die Schlammkuhlen, in denen zwischen meinen Zehen Lehmsträhnen hervorquellen. Das Ziel, dem ich entgegenlaufe, ist einfach, aber fern, so fern, daß es den armen Paul, der mir keuchend folgt, entsetzt: Es ist der dünne, phosphoreszierende Rand, den ganz draußen, mindestens eine Stunde von hier, die magere Brandung der niedrig stehenden See aufschimmern läßt. Dorthin gilt es zu kommen, um das Wasser wiederzufinden, das lebendige, dessen Rauschen Unendlichkeit verheißt. Ich laufe hinein in die kleinen Wellen, die frischer sind als die Pfützen toten Wassers, durch die wir kamen, und als hätte ich Flügel, fühle ich die Schwaden aufspritzen und wie einen Gewitterregen um mich niederprasseln. Ich bin der Vorläufer, der Künder der frohen, der wundersamen Botschaft. Sie verbreitet sich zuerst weit drunten in den Tiefen des Sandes, die lautlos ein Schwall von Nässe durchdringt. Dann kommen die Wellen, strecken wie Einzeller ihre Scheinfüßchen aus und erobern den Strand immer weiter herein. Murmelnde Rinnsale säumen allenthalben die Schlammflecken, rieseln um schmale Rücken blonden Sandes, treffen sich, fließen zusammen, verstärken einander, drängen traulich plätschernd näher und näher, vereinen die Pfützen zu strudelnden Armen. Und auf einmal gewinnt der Seetangschopf Leben und schüttelt seine schwarz-grüne Mähne in der Brandung einer vorwitzigen Woge.

Es ist Springflut. Wo wir eben noch gegangen sind, weit draußen, bei der Hébihens-Insel, liegt in gelassener Sicherheit ausgebreitet die See. Wir sitzen am Ufer auf dem weißen Sand, beide schlammgesprenkelt und salzig wie Heringe. Paul ist wieder ruhig geworden beim vertrauten Branden der Wellen, die ihre schäumende Zunge bis zu unseren Füßen vorschieben. Paul ist ein Mensch der vollen See. Paul ist ein Mensch des Vollen, des Ganzen, ein Mensch der Treue – immer und überall. Widerstrebend ist er mir gefolgt bis weit hinaus an den Horizont, wohin mich der Ebbstrom rief. Dann kamen wir zurück und zogen dicht auf den Fersen hinter uns her – wie der Flötenspieler von Hameln seine Rattenschar – die tausend und abertausend kleinen Wellen der steigenden Flut. In diesem Augenblick sind wir beide vollkommen ruhig, vollkommen glücklich. Überdies lastet die Müdigkeit schwer auf unseren Schultern. Jeder von uns kennt und weiß alles, was sein Zwillingsbruder empfindet. In diesen Stunden, da wir über den Strand schritten, zog uns etwas in verschiedene, fast entgegengesetzte Richtungen. Da sprachen wir miteinander. Oh, nicht die gewöhnliche Sprache, in der zwei Einlinge miteinander reden! Wir tauschten keine Informationen über Seepferdchen oder Seeigel aus. Jeder drückte einfach die Richtung dessen aus, was ihn herausriß aus dem gemeinsamen Urgrund. Mein Gilfen, mein Knurren, meine zusammenhanglosen Worte verdeutlichten nur den allgewaltigen Sog, den die große, klagende Leere des von der Flut verlassenen Strandes auf mich ausübte. Paul hingegen stammelte, schnaubte, stieß mit hechelndem Atem seinen Ärger, seine Angst hervor. Nun ist es vorbei. Jeder von den Zwillingsbrüdern ist wieder zurückgekehrt in die Form, die ihn geprägt hat: seinen Zwillingsbruder. Doch dieser Strand ist nicht der Ort, da wir, zum Ei verschlungen, uns lieben könnten. Mit einem einzigen Ruck stehen wir auf. Unter unseren Füßen spüren wir stachlige Knäuel von trockenem Schlick, und als wir über eines dieser Strohbüschel stolpern, entdecken wir seine feuchte Unterseite, aus der nach allen Seiten Seeflöhe hüpfen. Der kleine Steg. Der Fußpfad. La Cassine. Alles schläft noch, höchstens einer der Schlafräume von Sainte-Brigitte ist schwach erleuchtet. Unsere Bude. Die Kleider fallen von uns. Das Ei. Wir kuscheln uns, Kopf bei Fuß, zusammen, lachend, weil wir so salzig schmecken. Begehen wir sie noch, die Samenkommunion, oder gewinnt der Schlaf die Oberhand über unser Ritual?

PS. – *Lachend, weil wir so salzig schmecken* . . . In diesen letzten Zeilen werden, denke ich, nur diese paar Worte für den Einlingsleser völlig verständlich sein. Das kommt daher, daß zwei Einlinge, die miteinander lachen, dem Geheimnis der Kryptophasie nahekommen, freilich nur in diesem einen Fall. Dann schöpfen sie aus einem gemeinsamen Fundus – ausgehend von einem Kern von Verflechtungen, an dessen Geheimnis sie teilhaben – eine Pseudo-Sprache, das Lachen, das, in sich nicht verständlich, dazu dient, das Unterschiedliche ihrer gegenseitigen Situation abzubauen, das sie von diesem Fundus trennt.

Paul

Etwas vom Schönsten, was aus unserer »Monstrosität« erblühte, war sicherlich jene Kryptophasie, das Äolische, dieses anderen unzugängliche Kauderwelsch, das es uns ermöglichte, uns stundenlang zu unterhalten, ohne daß Ohrenzeugen hinter den Sinn unserer Worte kommen konnten. Die Kryptophasie, die die meisten echten Zwillinge untereinander schaffen, stellt für sie sicherlich eine Kraft dar und einen Grund, gegenüber den Einlingen stolz zu sein. Doch dieser Vorteil ist in den meisten Fällen teuer bezahlt: es erweist sich nämlich ganz klar, daß dieses Zwillingsidiom sich auf Kosten der normalen Sprache und demgemäß auf Kosten der sozialen Fähigkeiten entwickelt. Wie Statistiken ergeben, entspricht einer reichen, ausdrucksvollen, vielfältigen Kryptophasie eine wortarme, spärliche, verkümmerte Normalsprache. Eine Gewichtsverschiebung, die um so schwerer wiegt, als zwischen der gesellschaftlichen Einordnungsfähigkeit und der Intelligenz einerseits und der Stufe der Sprachentwicklung andererseits eine eindeutige Beziehung besteht. Hier rührt man mit dem Finger an das unabwendbare Schicksal der Ausnahmefälle, Anomalien und Mißbildungen: sie blenden oft durch eine über menschliches Maß hinausgehende Begabung, doch ist diese Überlegenheit mit einem schwerwiegenden Versagen im Alltäglichsten, Elementarsten erkauft. Ich habe mich lange als Übermensch betrachtet. Noch immer glaube ich mich zu Außergewöhnlichem berufen. Aber ich verhehle mir nicht mehr – wie könnte ich das auch nach meiner doppelten Amputation noch? –, welch furchtbaren Preis ich dafür zahlen mußte.

Der Irrtum aller Psychologen, die sich mit dem Rätsel der Kryptophasie befaßt haben, war, daß sie sie als gewöhnliche Sprache betrachtet haben. Sie haben sie ebenso behandelt wie ein afrikanisches Idiom oder einen slawischen Dialekt: sie versuchten ein Vokabular aufzustellen und eine Syntax herauszuschälen. Ein Widersinn schon im Ansatz: ein Zwillingsphänomen in Einlings-Begriffe übersetzen zu wollen. Die Zwillingssprache – die ganz und gar vom Zwillingstum beherrscht und strukturiert ist – kann nicht auf einen Nenner gebracht werden mit einer Einlingssprache. Tut man das, so übersieht man das Wesentliche und hält sich nur an das Nebensächliche. Denn im Äolischen ist das Wort Nebensache, das Wesentliche ist das Schweigen. Und gerade das macht eine Zwillingssprache zu einem Phänomen, das sich mit einem anderen linguistischen Gebilde keinesfalls vergleichen läßt.

Natürlich hatten wir einen gewissen Wortschatz. Die Worte, die wir erfanden, waren von ganz eigenem Typus. Sie gingen mehr ins Besondere und zugleich mehr ins Allgemeine als gewöhnliche Worte. Beispielsweise das Wort *Schilzork*. Wir verstanden darunter alles, was auf dem Wasser schwimmt (Schiff, Schilfrohr, Holz, Kork, Schaum usw.), aber nicht den Gattungsausdruck für etwas, das schwimmt, denn die Ausdehnung des Wortsinns war eng umgrenzt und erfaßte nur uns bekannte Dinge in beschränkter Zahl. Im Grunde sparten wir uns sowohl einen abstrakten Ausdruck als auch alle darunter fallenden Begriffe. Von dem allgemeinen Begriff *Obst* wollten wir nichts wissen. Aber wir hatten ein Wort – *Trapfeeren* –, mit dem wir Apfel, Birne, Traube, Pfirsich, Johannis- und Stachelbeeren bezeichneten. Ein Meerestier *in abstracto* hatte in unserem Wörterbuch keinen Platz. Wir sagten *Gaustreme* für Fisch, Garnele, Möwe und Auster, und vielleicht ist es noch leichter verständlich, wie wir vorgingen, wenn ich anfüge, daß ein und derselbe Vorname – Peter – bald dieses oder jenes unserer Geschwister, bald ihre Gesamtheit im Verhältnis zu uns bezeichnete.

Man braucht keineswegs Philologe zu sein, um zu begreifen, daß das Äolische, das gleichzeitig weder das Allgemeine des abstrakten Begriffs noch den Reichtum konkreter Ausdrücke kannte, lediglich ein Sprachembryo war, eine Sprache, wie sie vielleicht von sehr primitiven Menschen mit unausgeprägter Psyche gesprochen wird.

Aber noch einmal: das war am Äolischen nicht das Wesentliche, und den Beobachtern, die sich an dieses kümmerliche Kauderwelsch hielten, blieb nicht nur der Zugang zum Geheimnis unserer wechselseitigen Mitteilungen verschlossen, sondern ihnen entging gerade der Kern des Kryptophasiephänomens.

Jedes Gespräch enthält einen Anteil an ausdrücklich Gesagtem – die Worte und Sätze, die gewechselt werden und die für jedermann verständlich sind – und einen Anteil Stillschweigendes, das nur den Gesprächspartnern oder allenfalls noch der engen Gruppe eigen ist, der sie angehören. Die den Gesprächspartnern gemeinsamen zeitlichen und örtlichen Verhältnisse reichen übrigens aus, um ein Stück Unausgesprochenes zu umreißen, das in besonderem Maße an der Oberfläche bleibt und das man leicht mit anderen teilt. Wenn ich beispielsweise den Himmel betrachte und sage: »Wir bekommen anderes Wetter«, so setze ich die vorausgehende Schönwetterperiode, deren Ende ich damit voraussage, als bekannt voraus. Für einen Fremden, der aus einem anderen Klima anreist, verliert meine Aussage größtenteils ihren Sinn – freilich nicht jeden Sinn, denn die angekündigte Änderung bezieht sich nicht nur auf das vorherige, sondern auch auf das augenblicklich herrschende Wetter.

Das Gespräch zwischen zwei Personen, das immerzu – freilich in unterschiedlichem Verhältnis – in einen Teil Stillschweigendes und in einen Teil Ausdrückliches zerfällt, gleicht einem Eisberg, dessen Wasserlinie sich von zwei Gesprächspartnern zu zwei anderen und im Laufe desselben Gesprächs verändert. Bei *Einlingen* als Gesprächspartnern ist der unter Wasser bleibende Teil des Gesprächs verhältnismäßig gering, der aus dem Wasser ragende Teil ist so erheblich, daß er einen vollständigen Zusammenhang ergibt und auch den Ohren Dritter verständlich ist. Das Äolische hingegen ist gekennzeichnet durch einen abnorm hohen Anteil an Stillschweigendem, so daß das Ausdrückliche stets *unter* dem Minimum bleibt, das für die Entschlüsselung durch außenstehende Zuhörer unerläßlich ist. Auch da steigt und fällt die Wasserlinie des Eisbergs immerzu, je nachdem, ob sich die Zwillinge ihrem gemeinsamen Urgrund nähern oder sich, von der Umwelt verlockt, von ihm entfernen, wobei der ausdrückliche Anteil im Äolischen die Entfernung vom gemeinsamen Urgrund auszugleichen hat und ihr proportional ist. Diese Schwankungen bleiben aber stets unterhalb des Grades an Ausdrücklichkeit, der den Dialog unter Einlingen kennzeichnet. Das Äolische geht aus vom Stillschweigen eines Einsseins, das tief in den inneren Organen beschlossen liegt und sich bis zu den Grenzen allgemeingesellschaftlichen Sprechens erhebt, ohne sie je zu berühren. Es ist eine absolute Zwie-Sprache, weil einem Dritten unmöglich verständlich, ein Dialog aus Schweigen, nicht aus Worten. Eine absolute Zwiesprache aus *gewichtigen* Worten, die sich nur an einen einzigen Partner richtet: den Bruder, das Ebenbild dessen, der spricht. Das Sprechen ist um so unbeschwerter, spontaner, abstrakter, ungebundener, um so freier von Rücksichten wie von Sanktionen, je zahlreicher oder je verschiedener die Individuen sind, von denen es verstanden wird. Was die *Einlinge* – sicher ironischerweise – unser »Äolisch« nannten, war in Wirklichkeit eine bleischwere Sprache, weil an ihr jedes Wort und jedes Schweigen verwurzelt waren in der tief in den Eingeweiden ruhenden Substanz, in der wir aus einem Guß waren. Eine Sprache ohne jede Verbreitung, ohne Ausstrahlung, ein Konzentrat des Persönlichsten, des Verborgensten in uns, stets aus nächster Nähe gesprochen und mit furchtbarer Eindringlichkeit begabt – ich zweifle nicht, daß Jean nur geflohen ist, um der erdrückenden Wucht dieser Sprache zu entkommen. Diesem Hagel unfehlbar treffender Geschosse, der ihm bis ins Mark ging, zog er das Menuett, das Madrigal, die sanfte, bezopfte und gepuderte Atmosphäre der Einlingsgesellschaften vor. Wie könnte ich's ihm verargen?

PS. – Die menschliche Sprache steht mittenwegs zwischen der Sprachlosigkeit der Tiere und dem Schweigen der Götter. Aber zwischen der Sprachlosigkeit und dem Schweigen gibt es vielleicht eine Verwandtschaft, ja sogar die Verheißung eines sich entwickelnden Neuen, das der Einbruch der Sprache für immer verschüttet. Die tierhafte Sprachlosigkeit des kleinen Kindes würde sich vielleicht zu göttlichem Schweigen entwickeln, zwänge seine Lehrzeit im lärmenden Wirrwarr der Gesellschaft es nicht unwiederbringlich in eine andere Bahn. Weil wir zu zweien waren und diese Ur-Sprachlosigkeit miteinander teilten, besaß sie bei uns außergewöhnliche, märchenhafte, göttliche Entfaltungsmöglichkeiten. Wir ließen sie zwischen uns reifen, sie wuchs mit uns heran. Was wäre daraus geworden ohne Jeans Verrat, ohne die zweifache Amputation? Niemand wird's je wissen. Und doch: auf dieser Liegestatt festgenagelt, trachte ich eben dieses sinnwuchernde Schweigen wiederzufinden, besser gesagt, es zu einer Vollkommenheit zu bringen, noch größer als jene, bereits alles überstrahlende, die es an dem verfluchten Tag erreicht hatte. Daß ich allein bin bei diesem Unternehmen, ist das einigermaßen verrückte Paradox meines Abenteuers. Aber bin ich denn wahrhaft allein?

Paul

Spielst du Bep? Mit leiser Stimme spreche ich es aus, dieses kindliche Ansinnen, diese Beschwörungsformel, diese scheinbare Frage, die in Wahrheit ein mahnender Ordnungsruf war, eine ultimative Aufforderung, unsere Zwillingsordnung wiederherzustellen, das große Zwillingsspiel zu spielen, seine Riten zu vollziehen, sein Zeremoniell einzuhalten. Aber diese drei Worte haben ihre Magie verloren. Stunde für Stunde verfolge ich unsere Geschichte, ich suche, suche und erstelle ein Inventar all dessen, was mit dir, mein Bruder und Ebenbild, geschehen ist und was dazu angetan sein konnte, das Bep-Spiel zu verwirren, all dessen, was Keime der Zwietracht in dich gelegt hat, die später, Jahre später, die Zelle der Zwillingsschaft sprengen sollten.

So stoße ich auch wieder auf die Erinnerung an die *Jahrmarktstaufe*, an jene Begegnung, die ich seit langem schon vergessen hätte, hätte sie nicht für dich so schrecklich viel bedeutet. Meine klare, endgültige, dem Grund meines Herzens entspringende Ablehnung wäre ohne Spur und ohne Folge geblieben, hättest du deinerseits nicht ja gesagt, in gewisser Weise nur, oh, freilich kein förmliches, kein ausdrückliches Ja, aber – und das wiegt nicht minder schwer – ein Zustimmen mit deinem innersten Wesen, der Ausdruck einer fatalen Neigung, die dir eigen ist.

Es war ein paar Jahre vor dem Krieg. Wir mögen demnach acht Jahre alt gewesen sein. Wir hatten einige Tage allein mit Edouard in Paris verbracht, und als es soweit war, daß wir wieder heim in die Bretagne mußten, hatte das Familienauto am Westende von Paris, genau gesagt in Neuilly, Zeichen der Erschöpfung von sich gegeben. Edouard hatte sich an die nächste beste Autowerkstatt gewandt. Den Namen des Inhabers hab'

144

ich vergessen – sicherlich habe ich ihn nicht einmal gehört –, aber im übrigen ist mir von diesem Abend und dieser denkwürdigen Nacht keine Einzelheit aus dem Gedächtnis entschwunden. Es war die Ballon-Garage, so benannt nach dem bizarren Bronzedenkmal, das an der Place de la Porte des Ternes die Erinnerung an die Rolle der Luftschiffer bei der Belagerung von Paris im Jahre 1871 wachhält. Ich habe nie jemanden so Scheußlichen gesehen wie den Besitzer dieser Autowerkstatt*. Er war riesenhaft. Eine schwarze, flache Mähne erdrückte schier seine niedrige Stirn. Vor seinem schwärzlich-braunen Gesicht saß eine Brille mit Gläsern, dick wie Briefbeschwerer. Beeindruckend waren aber vor allem seine Hände – Gipserhände, Würgerhände –, abgesehen davon, daß sie weder weiß noch rot waren, sondern schwarz von Wagenschmiere. Wir beobachteten ihn, wie er den Motor unseres alten Renault untersuchte, wie er einem, der wohl ein Araber sein mochte, kurze Befehle gab. Mich hatte ein Ekel, zudem eine unbestimmte Furcht erfaßt, denn er schien über ungeheure Kraft zu verfügen, und nicht etwa nur körperliche und erst recht nicht seelische Kraft – o nein! –, über eine Kraft, die ihm innewohnte, deren Treuhänder und Diener er zu sein schien, die ihm aber nicht zu eigen gehörte. Es war das, meine ich, was man Schicksal nennt. Ja, es war etwas Schicksalsschweres in diesem Mann.

Es sah so aus, als hättest du Spaß an ihm. Mit einer Unbeschwertheit, der ich fassungslos zusah, schienst du bereit, über alles zu lachen, was an seinem Verhalten ungewöhnlich sein mochte. Das ließ übrigens nicht lange auf sich warten. Als ein ungeschickt abgestellter Simca ihm im Wege war, packte er ihn kurzerhand hinten, hob ihn hoch und stellte ihn an die Wand. Du schautest mich an, wie um dich meiner Mitwisserschaft zu versichern – die ich dir verweigert habe – und prustetest los vor Lachen. Aber einen Augenblick später scholl dein Lachen frei heraus, als er seine Hände ganz weit öffnete, seine riesigen, fettverschmierten Pratzen einen Augenblick betrachtete, sie dann mit widerlicher Bewegung zum Gesicht führte und daran schnupperte. Hierbei vor allem drängte sich mir der Gedanke an etwas Schicksalhaftes auf, denn es sah ganz danach aus, als

---

* Vgl. den Roman »Der Erlkönig«, dt. 1972

läse er sein furchtbares Geschick wie eine Chiromantin aus den Händen, in denen es freilich nicht mit feinen Rinnen eingegraben war, sondern in finsteren, brutalen, unbändigen Kraftlinien, aus fettem Dreck geschnitzt.

Als wir alle drei die Werkstatt verließen, hoffte ich sehr, nun sei auch Schluß mit dieser Alptraumgestalt, obschon abgemacht war, daß wir unsern Wagen erst am nächsten Mittag wiederbekämen. Wir gingen zur Post, um Maria-Barbara ein Telegramm zu schicken. Als wir uns danach auf dem Bürgersteig wiedertrafen, war Edouard völlig verändert. Vor lauter Freude am Unerwarteten, an dem Abend, der uns geschenkt war, an der Freiheit, zu tun, was wir wollten, sprudelte er über wie ein Glas Champagner. Der liebe, nette, naive Edouard! Er hatte ja seine Pflicht als guter Ehemann erfüllt und ein Telegramm nach Pierres Sonnantes geschickt, und nun fühlte er sich auf einmal in Ferien, in der Stimmung einer Herrenpartie. Er holte tief Luft, glättete mit dem Finger sein Schnurrbärtchen und sagte mit feinem, gewitztem Lächeln:

»So, ihr Lieben, unser einziges Problem ist jetzt noch, ein Restaurant zu finden, das unser würdig ist!«

Er fand es natürlich rasch, dieser Spezialist im guten Essen und Trinken, der gewohnt war, mit einem Blick auf die Speisekarte an der Tür der Suppenhändler Wahrheit und Täuschung zu durchschauen. Das Abendessen dauerte, ehrlich gesagt, ein bißchen lang, und es war auch etwas zu üppig, aber Edouards Freude war so ansteckend, daß wir nicht daran dachten, uns zu langweilen, und wir verziehen ihm sogar auf der Stelle, daß er uns für den Hotelier unsere Glanznummer von den ununterscheidbaren Zwillingen aufführen ließ, die uns doch ein Greuel war.

Als wir gingen, war es schon Nacht. Wieder sog Edouard mit gieriger Miene Luft ein. Er muß dabei irgendeine Schlagermelodie aufgeschnappt haben, denn er hob den Finger und sagte:

»Der Jahrmarktsrummel! Das Volksfest auf der grünen Wiese! Gehn wir hin?«

Und schon zog er uns jubelnd mit. Er hatte wirklich einen Glückstag damals!

Ich habe Jahrmarktsfeste nie ausstehen mögen. Sie stellen mir mit einem Höchstmaß an schmerzhafter Eindrücklichkeit die

Vereinzelung, das Ausgestoßensein dar, die das Problem meines Lebens schlechthin sind. Auf der einen Seite die anonyme, in ein kreischendes Dunkel verlorene Menge, in der sich jeder um so unverwundbarer fühlt, je mehr er dem Gewöhnlichen gleicht. Auf der anderen Seite, aufs hohe Podium gestellt, mit grellem Licht übergossen die, die man der Menge vorführt, die Monstren, erstarrt in ihrer Einsamkeit und ihrer Traurigkeit, mag es nun die kleine Tänzerin sein mit ihren von der Kälte marmorn wirkenden Schenkeln unter dem verblichenen Röckchen oder der Negerboxer mit Gorillaarmen und Gorillaschnauze. Und warum nicht auch wir, die ununterscheidbaren Zwillinge, zum Staunen, zur Neugier und zum Vergnügen für all die Einlinge?

Die Antwort auf diese Frage wurde uns an jenem Abend grausam in einer Bude zuteil, in die Edouard uns mitnahm und in der »etliche auf der Welt einzig dastehende Naturerscheinungen« geboten wurden. Neben grobem Schwindel – ein Mädchen, dessen untere Körperhälfte sich in einem schuppenbesetzten Futteral verbarg, mimte in einem Aquarium die Sirene – stolzierten zwei oder drei Mißgebildete – das »Liliputanerpaar«, die dickste Frau der Welt, der Schlangenmensch – sinister umher. Aber was Jean-Paul anzog wie die Flamme den Schmetterling, das war, in einem Schrank hinter Glas ausgestellt, eine grausliche Sammlung mumifizierter Leichen (oder angeblicher Leichen, denn heute vermute ich, daß es Puppen aus Wachs und Leder waren) von den unglaublichsten siamesischen Geschwistern in der Geschichte der Teratologie. Da konnte man die Xiphopagen bewundern, die am Brustbein zusammengewachsen waren, die Pyropagen, die mit dem Gesäß aneinander hingen, die Meiopagen, die an der Stirn miteinander verbunden waren, die Zephalopagen, die mit dem Nacken aneinander klebten; den Höhepunkt bildeten die berühmten Tocci, Mißgeburten aus Italien, die an einem einzigen Rumpf zwei Köpfe, zwei Beine und vier Arme hatten.

Ist es denkbar, daß Edouard nicht begriffen hat, wieviel Abstoßendes diese Ausstellung für uns haben konnte? Wir blieben lange davor stehen, wie die Fliegen klebten wir an den Scheiben, und ich möchte glauben, wenn Edouard uns ein bißchen anstieß, um uns loszureißen, so geschah es ebenso sehr aus Scham wie aus schierer Ungeduld. Doch ich bin heute noch davon überzeugt, daß diese Begegnung mit den siamesischen Zwillingen dich, meinen Zwillingsbruder, erstmalig auf den Gedanken brachte, ein Zwilling zu sein sei vielleicht nur ein Geburtsfehler, eine Mißbildung. Die große Prüfung erwartete dich wenige Meter weiter.

Du erkanntest ihn als erster.

»Oh, schaut mal! der Werkstattbesitzer!«

Er hatte den schmutzfleckigen Monteuranzug mit einer dunklen Hose und einem groben marineblauen Hemd vertauscht, einem von denen, die man stets im Verdacht hat, ungewaschen zu sein, weil man daran den Dreck nicht sieht. Aber seine Lastenträgergestalt und, als er uns den Kopf zuwandte, seine dikken Brillengläser genügten, ihn zweifelsfrei zu identifizieren. Ob er uns seinerseits auch erkannte? Ich glaube, ja – um so mehr, als wir Zwillingsbrüder nicht unbemerkt blieben –, aber er hatte beschlossen, uns nicht zu kennen.

Wir waren unweit von einem jener Spiele, bei denen man als Kraftprobe einen kleinen, mehr oder weniger schwer mit Gußeisengewichten beladenen Rollkarren auf Schienen eine Steigung hinaufstoßen muß. Am höchsten Punkt der Schienen ist ein Schiff, das als Ziel dient und umkippt, wenn der Karren bis herauf zu ihm kommt und daranstößt. Der Mann von der Autowerkstatt drückte dem Leiter einen Schein in die Hand und ließ ihn kurzerhand den Karren mit dem Höchstgewicht beladen. Dann, ohne erkennbare Anstrengung seiner schenkeldicken Arme, stieß er den Karren mit großem Getöse dem Schiff in die Flanke, das mit lautem Knall umschlug. Dann entfernte er sich unschlüssigen Schrittes, weil er damit offenbar die Möglichkeiten dieser mäßigen Attraktion erschöpft hatte.

Mit dem kleinen Volksauflauf, der die Kämpen umgab, hattest du die Leistung des Werkstattbesitzers beklatscht. Edouard wollte uns zu den »Russischen Bergen« führen. Du jedoch folgtest dem Mann von der Werkstatt, und wir mußten hinter dir hergehen. So kamen wir zu einem hohen, völlig geschlossenen Zirkuszelt, das in übergroßen Lettern den geheimnisvollgewalttätigen Namen ROTOR trug. Der Rotor besaß zwei Eingänge, der eine, pompöse, an dem man zahlen mußte, führte zu einer breiten Treppe aus Brettern, der andere, unauffällige, ganz unten am Boden, war gratis. Der Mann von der Werkstatt ging auf diesen zweiten Eingang zu, der dem Gang für die wilden Tiere im römischen Zirkus glich. Er nahm seine Brille ab und steckte sie in die Tasche, dann bückte er sich und schlüpfte in das Zelt. Zusammen mit ein paar ziemlich zwielichtigen jungen Burschen folgtest du ihm auf dem Fuße.

Verblüfft schaute ich auf Edouard. Sollten wir dir in dieses Loch folgen oder dich darin allein auf Entdeckungsreise gehen lassen? Edouard lächelte und zog mich augenzwinkernd zu der Treppe am offiziellen Eingang. Für einen Augenblick war ich beruhigt. Er kannte also den Rotor und wußte, du liefest keinerlei Gefahr. Aber warum waren wir dann nicht hinter dir hergegangen?

Der Hauptteil des Zeltinnern bestand aus einem großen, senkrecht stehenden Zylinder. Die Zuschauer, die bezahlt hatten, schauten von oben her in dieses Hexenkesselding hinein und konnten unten beisammen die anderen – die von dem kleinen Eingang – stehen sehen, auf deren Kosten das ganze Spektakel gehen sollte. So konnten wir dir als Komplizen zuwinken; du machtest eine ganz gute Figur und entferntest dich keinen Fußbreit von dem Mann von der Garage. Ihr wart ein halbes Dutzend unten in dem Loch, in erster Linie schmächtige junge Burschen, so daß ihr beide die Aufmerksamkeit auf euch zogt: du durch deine biegsame Schlankheit, der Mann von der Werkstatt durch seine Leibesfülle. Da begann auch schon die Tortur.

Der Zylinder begann sich zu drehen, und seine Geschwindigkeit wurde immer größer. Sehr rasch wurde es euch unmöglich, der Fliehkraft standzuhalten, die euch gegen die Wandung trieb. Vom Wirbel erfaßt, von einer unsichtbaren, immer drückenderen Masse angepreßt, klebtet ihr wie die Fliegen an der Wand. Plötzlich löste sich unter euren Füßen der Boden und senkte sich um etwa zwei Meter in die Tiefe. Doch ihr brauchtet ihn gar nicht. Ihr hingt im Leeren, auf Gesicht, Brust, Leib eine unerträgliche, tödliche Last, die Sekunde um Sekunde schwerer wurde. Für mich war es schrecklich zuzusehen, denn ich spürte, wie immer, vermöge der Zwillingsschaft deine steigenden Ängste. Du lagst da, auf dem Rücken hingestreckt, gekreuzigt nicht allein an Händen und Füßen, sondern mit der ganzen Fläche und selbst mit dem ganzen Volumen deines Körpers. Kein Atom deines Körpers entging der Folter. Deine linke Hand lag dicht an deinem Körper und ging in ihn über; deine rechte Hand, in Höhe deines Gesichts gegen das Blech gepreßt, den Daumen auswärts, in unbequemer Haltung, tat dir weh, aber keine Anstrengung von dir hätte sie um einen Millimeter von der Stelle bewegen können. Du hattest den Kopf nach rechts, zu dem Garagenbesitzer gewendet – und das war ganz bestimmt kein Zufall. Du ließest ihn nicht aus den Augen, und es ist zuzugeben, daß das, was du sahst, der Mühe wert war.

Langsam, mit Bewegungen, deren Unbeholfenheit die riesige Anstrengung verriet, die sie kosteten, hatte er die Knie angewinkelt, seine Füße unters Gesäß geschoben und begann nun, durch ich weiß nicht was für ein Wunder seines Willens, sich in kauernder Stellung hinzusetzen. Ich sah, wie seine Hände sich zu den Knien vorarbeiteten, seine Schenkel entlangfuhren, sich berührten und einander umschlangen. Dann löste sich der ganze Körper von der Wandung; er neigte sich nach vorn, als wolle er gleich kopfüber hinunterstürzen. Doch die Fliehkraft hielt ihn fest. Langsam streckte sich der zusammengeduckte Körper, und mit maßlosem Staunen begriff ich, daß er sich aufzurichten suchte, daß er Anstalten machte, aufzustehen, daß es ihm gelang und daß er, gegen den unsichtbaren Riesenfuß ankämpfend, der auch alle erdrückte, die Arme auf die Beine gestemmt, das Rückgrat krumm, aber sich allmählich immer mehr aufrichtend, wie Atlas sich unter der Last der Erdkugel langsam wieder emporreckte und sie hochriß auf seine Schultern, so stand er nun da, kerzengerade in der Waagerechten, die Arme angelegt, die Hacken beisammen, mit der Geschwindigkeit eines Alptraums in dem Höllenkessel herumgewirbelt. Aber das war noch gar nichts.

Denn kaum hatte er dieses anstrengende Manöver beendet, als er schon ein neues begann. Langsam ging er in die Knie, beugte sich nach vorn, nahm wieder Hockstellung ein, und ich sah mit Grausen, wie er seine linke Hand nach deiner rechten ausstreckte, sie ergriff, sie von der Blechwand löste und dich, so schien es mir, auf die Gefahr hin, dich in Stücke zu brechen, zu sich herüberzog. Es gelang ihm, seinen linken Arm unter deine Schultern zu schieben, dann seinen rechten Arm unter dein Knie, und mit einer noch größeren Anstrengung als beim ersten Mal begann er wieder aufzustehen. Das Erschreckendste daran war sein von der Fliehkraft grausig verzerrtes Gesicht. In

glatten Strähnen, wie unter einer heftigen Dusche, hingen ihm
die Haare um den Kopf. Seine blaugeäderten, ungeheuerlich
erweiterten Augenlider hingen bis zu den vorstehenden Bak-
kenknochen seines Zigeunergesichts herab, und vor allem bildeten seine unförmig gedehnten, schlaffen Wangen seinem
Unterkiefer entlang Hautsäcke, die wallend bis zu seinem Hals
hinunterhingen. Und du, du ruhtest in seinen Armen, bleich,
die Augen geschlossen, gestorben wie es schien, eines Todes,
der hinreichend erklärt war mit der soeben durchgemachten
dreifachen Prüfung: auf der Blechwand zerdrückt zu werden,
diesem unsichtbaren Fliegenleim entrissen zu werden, und
jetzt unter dieser wabbeligen Wasserspeierfratze von den Armen dieses vorsintflutlichen Tieres umschlungen zu werden.

Als ich sah, wie die anderen Gekreuzigten nach und nach auf
den Boden rutschten und, noch immer von einer Drehung mitgerissen, die sie am Aufstehen hinderte, wie gliederlahme
Hampelmänner dalagen, begriff ich, daß die Trommel an Geschwindigkeit verlor. Der Mann von der Garage indessen
sprang mit überraschender Leichtigkeit auf den Boden und
ließ, den Körper vorgebeugt, um der noch immer spürbaren
Wirkung der Fliehkraft zu begegnen, den Körper meines Zwillingsbruders nicht aus den Augen, der leblos, farblos wie in
eine Wiege gebettet in seinen Armen lag. Als der Zylinder völlig zum Stehen gekommen war, stellte er dich mit einer Behutsamkeit, in der zugleich Zärtlichkeit und Bedauern lag, auf die
Erde.

Er muß gleich als einer der ersten gegangen sein, denn wir haben ihn nicht mehr gesehen, als wir an der kleinen Tür auf dich
warteten. Du schienst übrigens sehr munter und im Grunde
recht stolz auf dein Abenteuer zu sein. Edouard, der Ängste
ausgestanden haben muß, gab durch Späße und laute Rufe zu
erkennen, wie erleichtert er war. Auf einmal merkte ich, wie
sich alles um mich her drehte. Schwindel und Übelkeit erfaßten
mich. Ohnmächtig sank ich vor Edouard zu Boden. Der arme
Edouard! Darüber kam er nicht weg!

»Das ist vielleicht was«, schimpfte er, »mit den beiden da! Jean
ist derjenige, welcher ... na, und jetzt packt es Paul ... Da soll
einer noch was begreifen!«

Ich glaube, ich habe etwas begriffen, aber es brauchte Jahre und

151

tausend Versuche, um zu diesem schwachen Lichtschimmer zu gelangen. Ich habe mich ganz gut gegen das Vorurteil gewehrt, das dein Abtrünnigwerden auf deine unflätigen Liebesbeziehungen zu Denise Malacanthe zurückführen wollte. Ich wußte wohl, daß das allzu verkürzt, vor allem zu sehr aus der Nähe gesehen war, daß der Verrat weiter zurückreichte, in ein unschuldigeres Alter, denn alles spielt sich in der Kindheit, diesem Zwischenbereich ab, und die schwersten Verfehlungen werden stets in aller Unschuld begangen. Aus meinen Betrachtungen heraus neige ich dazu, eine entscheidende Bedeutung für alles, was nachher kam, diesem Wasenfest beizumessen: daß du dort diesem scheußlichen Riesenkerl begegnet bist, daß du dich von ihm tragen und wegtragen lassen mußtest, nachdem er dich dem Versinken im unsichtbaren Schlamm der Fliehkraft entrissen hatte.

Jedes Wort in den letzten Zeilen wäre es wert, gewogen, analysiert zu werden. Das Wasenfest beispielsweise, was eigentlich das Fest auf dem Anger vor dem Tor, das Fest *draußen* bedeutet, anders gesagt, die grellbunte Lockung dessen, was außerhalb der Zwillingszelle geschieht und was jenen Geschmack von sonstwo besitzt, jenes gewisse Etwas, jene wundersame Herbheit der Ferne, von der du mir genugsam die Ohren vollgeredet hast.

Vor allem aber in der Person des Werkstattbesitzers, seiner Statur, seinem geheimnisvollen Benehmen lese ich inzwischen wie in einem aufgeschlagenen Buch. Dieser Mann, Brüderchen, hat sie auf die Spitze getrieben, die Einsamkeit, die Einmaligkeit, die völlige, gnadenlose Unterwerfung unter ein Schicksal, kurzum alles, was uns entgegengesetzt ist, was dem Zwillingstum seinem ganzen Wesen nach zuwiderläuft. Sein Tun, seine Tat lassen sich nur allzu leicht deuten. Er hat dich an sich gerissen, wie man eine Krabbe aus ihrem Loch zieht, wie man ein Kind aus dem kreißenden Leib der Mutter holt – um dich in seinen Armen zu entführen, dich an sich zu nehmen, dich teilhaben zu lassen an jenem monströsen *waagrechten Stehen* –, schier erdrückt von einer gewaltigen Wucht, die jegliche Erdschwere zunichte macht. Dieser Mann ist ein Sklave, und nicht bloß ein Sklave, sondern ein Mörder, und ich brauche dafür keinen anderen Beweis als seine riesenhafte Größe.

Damit ist der feierliche Augenblick gekommen, dir ein ganz

neues, wundersames, überdies frohes Geheimnis mitzuteilen,
das mir eben erst offenbar wurde, das uns beide, und nur uns
angeht und das uns verherrlicht. Man hat uns, dich und mich,
immer für klein gehalten. Als wir noch Babys waren, hieß es
von uns: sie sind winzig, aber sehr lebhaft. Und diese angeb-
liche Kleinheit hat sich nie verloren. In unserer ganzen Schulzeit waren wir den Noten nach die Klassenersten, der Größe
nach die Letzten, und als wir erwachsen geworden waren, gehörten wir mit unseren hundertfünfundsechzig Zentimetern
zur Kategorie der Jockeys. Aber das ist eben falsch! Wir sind
nicht klein, wir sind ganz in Ordnung, sind normal, denn *wir
sind ohne Schuld.* Die anderen, die Einlinge, die sind abnorm
groß, denn diese Größe ist ihr Fluch: ihr leibliches Mehrge-
wicht entspricht dem Maß ihrer Schuld.
Vernimm dieses Wunder und ermiß die ungeheuren Zusammenhänge, in die es hineinführt: jedermann hat ursprünglich
einen Zwillingsbruder. Jede schwangere Frau trägt in ihrem
Schoß zwei Kinder. Doch der stärkere von ihnen duldet nicht,
daß ein Bruder da ist, mit dem er alles teilen soll. Er bringt ihn
schon im Mutterleib um, und wenn er ihn umgebracht hat,
verzehrt er ihn; dann kommt er mit diesem Urfrevel besudelt
allein zur Welt, zum Alleinsein verdammt und durch seine un-
geschlachte Größe als Mörder gebrandmarkt. Die Menschheit
besteht aus Ogern, aus starken Männern, jawohl, mit Würger-
händen und Kannibalenzähnen. Und diese Oger lösen durch
den Ur-Mord an ihrem Bruder den Sturzbach von Gewalttaten
und Verbrechen aus, der sich Geschichte nennt, und dann irren
sie, außer sich vor Einsamkeit und nagender Schuld, in der
Welt umher. Wir allein, verstehst du mich, wir allein sind ohne
Schuld. Wir allein kamen Hand in Hand zur Welt, ein brüderliches Lächeln auf den Lippen. Leider hat sich die Welt der
Oger, in die wir gefallen sind, sogleich auf allen Seiten um uns
geschlossen. Erinnerst du dich an den halb im Treibsand stek-
kenden Anker eines Schoners draußen vor den Hébihens, den
nur die Hochfluten um die Tag- und Nachtgleiche freilegten?
Jedesmal fanden wir ihn noch verrosteter und noch zerfresse-
ner, noch dicker mit Algen und kleinen Muscheln bewachsen,
und wir fragten uns, wieviel Jahre wohl noch ins Land gingen,
bis Wasser und Salz triumphierten über dieses mächtige Stahl-
wesen, das einst geschmiedet worden war, um der Zeit zu trot-

zen. Zwillinge, kaum daß sie vom Himmel gefallen sind, gleichen diesem Anker. Ihre Bestimmung ist ewige Jugend, ewige Liebe. Aber die ätzende Atmosphäre der Einlinge, die durch ihr Alleinsein verdammt sind, dialektisch zu lieben – diese Atmosphäre greift das lautere Metall der Zwillingsschaft an. Wir dürften eigentlich nicht altern, wußtest du das schon? Altern ist das wohlverdiente Los der Einlinge, die ja eines Tages ihren Platz den Kindern überlassen sollen. Zwillinge, ein unfruchtbar-ewiges Paar, beständig vereint in liebender Umarmung, sie wären – wenn sie rein blieben – unwandelbar wie ein Sternbild.

Ich war zum Hüter der Zwillingszelle bestellt. Ich habe meine Bestimmung verfehlt. Du bist geflohen vor einer Symbiose, die nicht Liebe, sondern Unterdrückung war. Die Einlinge winkten dir, um dich zu verführen. Der Stärkste von ihnen hob dich in seinen Armen vom Grund eines Hexenkessels auf, der eine riesige Zentrifuge war. Er hat dich in eine grotesk-furchtbare Taufe gehalten. Du hast die Wasentaufe, die Taufe von draußen empfangen, und von da an warst du bestimmt, fahnenflüchtig zu werden. Denise Malacanthe und später Sophie haben dich ermutigt zu fliehen.

. . .

Du sollst deinen Nächsten lieben wie dich selbst. Ich möchte wissen, was Einlinge unter diesem ersten und höchsten Gebot christlicher Moral wohl verstehen mögen. Denn deuten lassen sich daran nur die letzten drei Worte. Heißt das, jeder soll sich lieben in echter Liebe, in großherziger, in edler, selbstloser Caritas? Ein unverständlicher Widerspruch für den Einling, der Liebe zu sich selbst nur begreifen kann als eine Einschränkung der Hingabe an andere, als ein Sich-zurück-Ziehen, als geiziges Zurückhalten, als eigensüchtiges Pochen auf seinen persönlichen Vorteil. Diese Eigenliebe kennen die Einlinge nur allzu gut, und sie drücken sie in rabulistischen Sätzen aus, deren karikierende Häßlichkeit in die Augen springt: »Die rechte Nächstenliebe fängt bei sich selber an.« »Niemands Dienste sind so gut wie die, die man sich selber tut.« »Hilf dir selbst, so hilft dir Gott.« Diese Karikatur, die finden Einlinge wohl oder übel jedesmal, wenn sie sich vor den Spiegel stellen. Wieviel Leute gibt's, die morgens beim Erwachen freudige Bewegung verspüren, wenn sie im Spiegel das Gesicht sehen, das von etlichen, dem absoluten Alleinsein des Schlafens gewidmeten Stunden verschwollen und verschmiert ist? Alle Bewegungen bei der Morgentoilette, das Kämmen, Rasieren, Einseifen, Abspülen sind nichts als ein lächerliches Bemühen, sich herauszureißen aus dem Abgrund von Einsamkeit, in den die Nacht sie gestürzt hat, und wieder auf achtbare Weise in die Gesellschaft zurückzukehren.

Wir hingegen ... Die Bewegung, die uns über uns hinausträgt, der Schwung unserer Jugend zum Hohen, die Hingabe unserer besten Kräfte an die Menschen um uns, dieser überschwengliche, schöne Quell geht zuerst und vor allem – und ausschließlich – hin zum Bruder, zum eigenen Ebenbild. Nichts wird zurückbehalten, alles wird hingeschenkt, und doch geht nichts verloren, alles ist in einem wunderbaren Gleichgewicht zwischen dem anderen und dem eigenen Selbst bewahrt. Seinen Nächsten lieben wie sich selbst? Dieser unmögliche Anspruch drückt das Innerste unseres Herzens aus und das Gesetz, nach dem es schlägt.

7

Die philippinischen Perlen

Alexandre

Die Wolfsschanze und Adele, Bernards brünstige Elefantenkuh, der hübsche Kornak, der verschämte Kommissar und die Flammenhölle von Issy-les-Moulineaux, Thomas Koussek und die Ruah im Verlauf der drei Testamente – wahrhaftig, in den letzten achtundvierzig Stunden in Paris hab' ich keine Zeit verloren! Und doch ist dieses Gedränge von Begegnungen und Offenbarungen in meinem Gedächtnis überdeckt von einer kindlich-eintönigen Klage, die so tief geht, daß daneben alles übrige zu belanglosen Anekdoten herabsinkt. Ich bin nicht in das Viertel bei der Kirche Saint-Gervais gegangen, ich habe nicht hinaufgeschaut zu dem Fenster in der Rue des Barres, das mich, wenn es dunkel war, glauben ließ, meine arme Liebste schlafe, während ich hinter den Burschen her war. Doch diese Rückkehr nach Paris hat gleichwohl meinen kleinen Kummer erregt, und er überflutet mich mit zärtlichen, herzzerreißenden Erinnerungen.

Eine dieser Erinnerungen ist zweifellos eine der ältesten, die ich überhaupt noch habe, denn sie reicht zurück in die Zeit, da ich zwei oder drei Jahre alt gewesen sein mag. Die noch junge Frau, die einen kleinen Jungen in diesem Alter hat, lebt mit ihm in einer Vertrautheit, die inniger, geheimer und köstlicher ist als die mit einer Schwester oder mit einem Gatten. Der Kleine ist schon kein bloßes Baby mehr. Er macht nicht mehr unter sich. Er läuft schon herum wie ein Wiesel. Auf seinem niedlichen Gesichtchen spiegelt sich die ganze Skala menschlicher Gefühle, vom Stolz bis zur Eifersucht. Dabei ist er noch so klein! Er ist noch kein Mann, nicht einmal ein Bub. Er kann noch nicht sprechen, er wird sich später an nichts mehr erinnern.

Aber ich – ich erinnere mich. Waren mein Vater und meine Brüder ins Büro oder zur Schule gegangen, so waren wir, Mama und ich, allein. Sie legte sich nochmals hin, und ich kletterte mit freudigem Krähen auf das große Ehebett. Ich fiel über sie her, schob ihr meinen Kopf zwischen die Brüste, trampelte wie wild mit meinen tapsigen Beinchen auf dem zarten, mütterlichen Leib herum. Sie lachte, bis sie vor Rührung nicht mehr konnte, und preßte mich an sich, damit mein Zappeln ein Ende nahm. Es war ein liebevoller Kampf, in dem ich am Ende unterlag. Denn so viel Weiches, Warmes war stärker als mein Ungestüm. Instinktiv und am selben Platz nahm ich die Haltung des Embryos ein, die mir noch immer vertraut war – und schlief ein.

Später ließ sie dann ihr Bad einlaufen, und wenn sie die Wasserhahnen zugedreht hatte, setzte sie mich ins Wasser, das mir bis zum Kinn ging. Ich blieb regungslos und schön aufrecht sitzen, denn ich wußte aus Erfahrung schon, ich würde Wasser zu schlucken kriegen, wenn mein Po auf dem Wannenboden ins Rutschen käme. Bald setzte sich Mama auch selbst hinein. Das war eine schwierige Sache, denn dann stieg das Wasser ein paar Zentimeter höher, und Mama mußte mich hochheben und mich auf ihren Schoß setzen, bevor ich unter Wasser geriet. Vor allem der Angstschauer, den das Steigen des Wassers zu meiner Nase hinauf mir einflößte, gibt dieser Erinnerung ihre Lebensfrische und hat sie so viele Jahre überdauern lassen. So etwas kann man nicht erfinden. Denn zwanzig Jahre später habe ich im Familienkreise diese Szene geschildert und sah zu meiner Überraschung, wie Mama, plötzlich rot vor Verwirrung, mit Nachdruck bestritt, daß sie sich jemals abgespielt habe. Ich habe später begriffen, daß diese Erinnerung zu einem geheimen Fundus gehörte, den ich mit ihr gemeinsam besaß, und daß ich einen unverzeihlichen Fehler begangen hatte, als ich sie verriet. Ich hätte niemals darauf anspielen dürfen, nicht einmal unter vier Augen mit ihr. Zwei Menschen, die zusammengehören, haben immer zwischen sich solch ein verschwiegenes Tabu. Bricht einer von ihnen sein Schweigen, so zerstört er damit etwas, unwiederbringlich.

Eine andere, nicht ganz so alte Erinnerung liegt mir wegen ihrer Beziehung zu meinem kleinen Kummer ebenso nah. Ich muß ungefähr zehn gewesen sein. Mama findet mich überraschend eines Abends tränenüberströmt, überwältigt von einem unmenschlichen, unausschöpfbaren Schmerz. Sie will mich streicheln, ich stoße sie heftig weg: »Nein, du nicht! Du schon gar nicht!« Ganz besorgt forscht sie weiter, möchte wissen, was mich drückt.

Schließlich bin ich bereit, es ihr zu sagen.

»Ich weine, weil du sterben mußt.«

»Sicher, mein lieber Bub, einmal muß ich sterben wie alle anderen. Aber jetzt noch nicht, erst später, vielleicht erst viel später.«

Mein Weinen verdoppelt sich ... »Gewiß, aber erst später.« Von diesen beiden Feststellungen bin ich nur bereit, die erste gelten zu lassen, die einzig wahre, unerschütterliche, unbedingte. Die andere – »nicht jetzt, erst später« – ist nicht für voll zu nehmen, ist verlogen, ist eine Ausflucht. Man muß die ganze Leichtfertigkeit des Erwachsenen besitzen, um am Ende das »gewiß« zu vergessen und bloß das »später« gelten zu lassen. Für das Kind, das im Unbedingten lebt, ist das »gewiß« zeitlos, unmittelbar gegenwärtig, das einzige, was echt und wirklich ist.

Mit der vergnügten Stimmung eines Odysseus, der nach dem Trojanischen Krieg und nach der Odyssee heimkehrt in sein Ithaka, kam ich wieder in meine beiden Hotels, das Terminus und das Kranführerheim zurück. Meine erste Nacht galt, wie es sich gehörte, dem Terminus, denn ich schätze es, wenn die Reise gerade in einem dieser Hotels zu Ende geht, die im Bahnhof selbst untergebracht sind und die das Ende einer Irrfahrt ebenso klipp und klar bezeichnen wie der Prellbock, an den die Lokomotive meines Zuges vorhin anstieß. Für einen Nomaden meiner Art, der dazu verdammt ist, möbliert zu wohnen, hat ein Hotel Terminus etwas Tröstliches an sich, etwas von Abschluß und Wegesende. Man hat die Seßhaftigkeit, die man haben kann.

Während meiner – in Wahrheit recht kurzen – Abwesenheit, die mir bloß wegen der Begegnungen und Ereignisse in Paris so lang vorkommt, ist die Arbeit an der Baustelle nur mäßig vorangekommen, und natürlich ist ein gutes Drittel der Leute, die ich zu Beginn eingestellt hatte, in der Versenkung verschwunden. Das hat mich wieder in das Kranführerhotel geführt, das sich dabei gleich als ein Geschenk der Vorsehung erwies. Ich habe alles angeheuert, was ich an Tippelbrüdern zusammenkriegen konnte – angefangen bei Eustache Lafille, der wieder seinen Platz als Ausschlachter am Fuß der Halde übernimmt – und, ich weiß nicht welcher dunklen, unbestimmt erahnten Absicht folgend, auch Daniel, der Eustache auf irgendeine Art behilflich sein soll. Wie, kümmert mich wenig. Das Wesentliche ist, daß ich sie beide miteinander in meinem Teufelsloch behalte, mein Wild und das Wild meines Wildes. Wie sie in mir singen und klingen, mir den Mund mit Süßigkeit füllen, diese drei Worte, diese Verdreifachung des schönsten Hauptworts unserer Sprache! Das Hotel ist mein Reich geworden, seine absonderliche Fauna wurde zum »Bautrupp Surin«; sein Kommen und Gehen tagsüber verwandelt sich allabendlich zu Vollversammlungen oder Nachtsitzungen. Wenn ich mit meiner Arbeit fertig bin, schaue und höre ich als zugelassener Beobachter von ferne zu, bis ich ins Terminus zurückgehe. Das Gespenst der Müllverbrennungsanlage verbreitet weiterhin Angst und Schrecken; mit keinem Atemzug habe ich ein Wort von meinem Besuch in Issy erwähnt, denn mein Bericht hätte meine Altstoffsammler nur kopfscheu gemacht, und außerdem hätte dieser Besuch Argwohn auf mich ziehen können (wem hätte ich auch die Art von Neugier begreiflich machen sollen, die mich nach Issy getrieben hat?).

Die Idee eines Streiks geht in den Dickschädeln dieser Leute um. Einer nach dem anderen erklärt sich im Grundsatz einverstanden mit einer Aktion, die den förmlichen Verzicht der Stadtverwaltung auf das Projekt einer Müllverbrennungsanlage erzwingen soll. Doch selbstverständlich kommt es darauf an, die Gemüter aufzurütteln. Eindruck machen kann die Aktion – oder besser Nichtaktion – der Streikenden aber nicht auf meiner Baustelle. Alle Hoffnungen richten sich auf die Männer von der Müllabfuhr und die Überschwemmung mit Unrat, die es in der ganzen Stadt geben wird, wenn sie die Arbeit niederlegen. Die Verhandlungen mit ihren Vertretern laufen gut an. Sie stoßen sich an der Verschiedenheit der Zielsetzung für einen Streik, der die gesamte Zunft umfassen soll. Die Verbrennungsanlage schreckt die Müllmänner nicht; sie brächten ihre Fuhren dorthin genauso wie an jede sonstige Abladestelle. Dafür verlangen sie Lohnerhöhungen, eine Verkürzung der Arbeitszeit – derzeit sechsundfünfzig Wochenstunden – unentgeltliche Gestellung von Arbeitskleidung – bestehend aus Overall, Gummistiefeln, groben Leinenhandschuhen und Mütze –, schließlich eine schnellere Ersetzung der gewöhnlichen Müllfahrzeuge durch solche mit Verdichtungsanlage. Die Altstoffsammler mußten sich diese Liste von Forderungen zu eigen machen, obwohl ihre Anti-Verbrennungs-Aktion dadurch Gefahr lief, ihrem Zweck entfremdet zu werden. Ohne das keine Müllmänner! Der Streik soll in zehn Tagen beginnen.

Letzten Sonntag, als ich mich dem Kranführer näherte, hatte mich ein seltsames Hin und Her von Männern und Frauen in Hauslatschen und Morgenmänteln neugierig gemacht, das zwischen dem Hotel und einem geschwärzten, rund hundertfünfzig Meter weiter in einer öden Gasse stehenden Backsteinbau vor sich ging. Das Gebäude ist ein städtisches Wannen- und Duschbad, und wahrhaftig! es gibt unter den Kranführerleuten welche, die sich von Zeit zu Zeit waschen wollen und sich in einem Kostüm, als kämen sie gerade aus dem Bett, zu dieser Volks-Waschküche begeben.

Ich hatte Lust, es auch damit zu versuchen, gleichzeitig um meine Bildung im Volkstümlichen zu vertiefen und in der vagen Hoffnung, Eustache und Daniel anzutreffen. Ich habe also das Terminus einmal sich selbst überlassen, habe in meinem Kranführerzimmer geschlafen und bin heute früh, in einen seidenen, bestickten Morgenmantel gehüllt und grüne Wildledermokassins an den Füßen, dem unförmig-schmuddeligen Aufzug gefolgt, der zu dem plumpen Backsteinbau hinüberhumpelte.

Das Parterre ist das Stockwerk für die Wannenbäder und ausschließlich den Damen vorbehalten – ich möchte ja wissen, auf Grund welcher Logik. Wir nehmen eine Eintrittskarte – fünfundzwanzig Centimes – und gehen hinauf in den ersten Stock, in das Männer- und Duschgeschoß. Auf harten Holzbänken, in einem Dampfbaddunst warten geduldig gut hundert Badegäste. Ich kann gleichwohl Gruppen unterscheiden, die voneinander nichts wissen wollen und von denen manche nicht zu dem Kranführer-Völkchen gehören. Noch ein Zug, der dem Bild der Armen anzufügen ist: die instinktive Neigung, nach Rasse, Herkunft, ja sogar nach dem Beruf – freilich vor allem nach der Rasse, die am stärksten trennt –, Gruppen zu bilden, die immerfort nichts voneinander wissen wollen und sich nur hassen. Hier aber sind alle im Schlafanzug oder im frühmorgendlichen Negligé, mit struppigen Bärten und sieben Tage altem Dreck auf der Haut, der vom Dampf glitschig zu werden beginnt. Keine Spur von Daniel und von Eustache; ich fange an, mich zu fragen, was ich eigentlich hier tue. Ein einäugiger Riese im Trikot und in langer weißer Hose ruft jedesmal eine Nummer, wenn ein Badegast aus einer Kabine kommt. Dann trommelt er an die Türen, die schon mehr als acht Minuten zu sind, und droht die Langweiler rauszuschmeißen, wie sie gerade sind. Manchen Kabinen entsteigen unter Dampfschwaden ächzende Rezitative, die jedoch unter Breitseiten von Schimpfworten aus den Nachbarkabinen gleich wieder verstummen. Die Geräusche des Wassers, der Dampf, die zerlumpte, kaum noch bekleidete Schar von Leuten – all dies zusammen schafft eine unwirkliche Atmosphäre, und so ist es wie ein Traum, als ich plötzlich eine Tür aufgehen und Eustache und Daniel heraustreten sehe, wie sie, feucht und rosig, einander mit verständnisinnigen Mienen anrempeln. Diese rasch wieder entschwundene Erscheinung benimmt mir den Atem. Man kann also eine Kabine zusammen mit einem Kameraden benutzen? Weshalb eigentlich nicht, wenn es ein schnelleres Durchschleusen der Wartenden ermöglicht? Doch der Schlag hat mich bis aufs Blut getroffen, ich leide unter einer Eifersucht, die gleich doppelt schmerzt – eine vorhersehbare, aber nicht vorhergesehene Konsequenz aus der »Wild-des-Wildes«-Beziehung. Ich fühle mich verlassen, verstoßen, verraten, denn es ist klar: für mich wäre kein Platz gewesen in dieser Duschkabine, in der weiß-Gott-was passiert ist. Ganz entschieden: ich habe hier nichts mehr zu suchen. Aber wie kann ich mich davonmachen? Über die Hälfte der Leute hier kennen mich, ich habe sicher Punkte gesammelt, als ich unter ihnen auftauchte; ginge ich fort, ohne mich durch die Kabine durchschleusen zu lassen, dann würden sie sich ihre Gedanken machen, sie würden mir einen unverzeihlichen Fehler anlasten, den Fehler, ein Sonderling zu sein. Denn in diesem rückständigen, aus dem Rahmen fallenden Milieu wird alles ein bißchen Verrückte, Exzentrische, Originelle aufs heftigste verurteilt. Unter einer Tür hervor kommt ein Stück Seife gerutscht. Die Tür geht einen Spalt auf, ein nackter Arm greift heraus und tastet nach der Seife. Gleich erreicht er sie, doch ein scherzhafter Stoß mit dem Schlappschuh schubst sie gut ein Meter weg. Gleich danach springt die Kabinentür weit auf, ein kleiner Mann, der nackt wäre wie ein Wurm, wäre er nicht wie ein Bär behaart, kommt zum Vorschein; er wird mit wieherndem Gelächter begrüßt, das doppelt laut wird, als er sich nach seiner Seife bückt und dabei sein Arschloch zeigt. Dieses kleine Zwischenspiel hat mir ein Gran gute Laune wiedergegeben – das braucht ja so wenig, ein kleines Löchlein tut's schon! – und ich verzichte darauf, zu gehen. Übrigens spielt sich fünf Minuten später etwas Verblüffendes ab. Die Eintrittskarten tragen alle eine sechsstellige Nummer, aber der Einäugige ruft nur die drei letzten Stellen aus, weil sich die übrigen im Laufe eines Vormittags nicht ändern. Aber als die Nummer 969 aufgerufen wird, da stehen zwei Leute – ein Jude und ein Araber – gleichzeitig auf und beginnen, mit ihren Eintrittskarten fuchtelnd, ein großes Palaver. Der Riese hält sich die Karten nahe vors Auge und zuckt die Achseln. Doch schon kommen von der Badekundschaft ein Dritter und ein Vierter, und sie rufen, sie hätten auch Nummer 969. In Sekunden ist alles im Raum auf den Beinen und schreit gestikulierend aufeinander ein. Dann hört man ein Gebrüll, und alles tritt zur Seite vor einem Blinden, der seinen Stock schwingt und verlangt, man solle ihm sofort die Nummer seiner Eintrittskarte sagen. Um ihn bildet sich ein Kreis: 969! rufen mehrere Stimmen. Dann ein Gerenne auf der Treppe, zur Kasse, um zu fragen, was das heißen soll. Schreien, Drohungen, Schimpfworte, Getrappel, Gemurmel. Doch bald kommt alles plötzlich wieder zur Ruhe; nur da und dort wallt

161

der Zorn nochmals auf. Die simple, ohne weiteres einleuchtende, unbestreitbare Erklärung ist da: Alle Eintrittskarten an diesem Morgen fangen mit 696 an, den ersten drei Stellen, die der Einäugige nie ausruft, weil sie für alle gleich sind. War man jedoch bei 696969 angelangt, so genügte es, die Eintrittskarte umzudrehen, und die Nummer endete mit 969. Und eben das hatten die meisten Badewilligen getan.

Seit drei Tagen stellt jetzt der Streik der Müllmänner seine ganze Herrlichkeit in allen Straßen von Roanne zur Schau. Man fragt sich, für welches Fest vor jedem Haus ein buntgewürfelter Stationsaltar aufgebaut worden ist, der zuweilen bis zu den Fenstern im ersten Stock hinaufreicht, so daß der Fußgänger sich zwischen Gebäudewand und einer pittoresken Barrikade dahinbewegt. Es ist ein Fronleichnamsfest neuer Art, ein Fest des Ganesha, des Götzen mit dem Rüssel, dessen Totemtier die Ratte ist. Denn natürlich sind die Ratten aus den Deponien, die nichts Frisches mehr zu fressen bekamen, in die Stadt eingefallen, und ihre schwarzen Rudel verbreiten nächtlicherweile Panik in den Gassen. Sie sind übrigens nicht die einzigen Vertreter der Abfallsammlerzunft, denn alle meine Kranführerleute spazieren, durch den Streik zum Nichtstun verurteilt, sonntäglich angezogen umher. Wir grüßen einander mit verständnisvollem Augenzwinkern, wir machen bewundernd halt vor einzelnen besonders gut gelungenen Abfallhaufen: konkreten Plastiken, noch ganz warm und gut nach dem täglichen Leben riechend, aus dem sie erwachsen sind; sie könnten auf Plätzen und in Grünanlagen ganz vorteilhaft an die Stelle des so tristen offiziellen Skulpturenschmucks treten. Sogar die den Müllbergen entlang geparkten Autos blicken grau drein und erscheinen recht eintönig und armselig, wenn sie sich diesem Wahnwitz von Farben und Formen gegenübersehen. Eigentlich müßte ich ja abgebrüht sein und alle Reize des Unrats längst ausgekostet haben. Doch nein: manchmal passiert es mir, daß ich ehrlich erstaunt bin über die Fülle und die Phantasie, deren Schauplatz jetzt der Rinnstein ist. Ich glaube zu verstehen, weshalb. Man mag Gutes soviel man will über die Müllfahrzeuge mit Verdichtungsanlage sagen; weil der Wohlstandsmüll so ungemein leicht und so voluminös ist, kann man wirklich auf sie nicht mehr verzichten. Aber gerade deshalb! Diese Müllfahrzeuge sind Erwürge- und Zerdrückmaschinen, und das Material, das sie in die Deponien schütten – so wunderbar es noch immer sein mag – ist zerschlagen, gedemütigt, durch diese barbarische Behandlung unter seinen Wert gesunken. Dank diesem Streik ist es mir zum erstenmal beschieden, den Müll in seiner ursprünglichen, naiven Frische, wie er zwanglos all seine Volants entfaltet, zu sehen und zu lobpreisen.

In der Freude, die mich wie auf Flügeln durch die Stadt trägt, liegt aber noch etwas anderes als bloßes ästhetisches Vergnügen. Es ist ein Gefühl des Eroberns, das Vergnügen des Besitzergreifens. Denn die Zentrifugalbewegung, die den Unrat, die herrenlosen Hunde und eine ganze Gruppe Menschen an den Rand der Stadt, ins freie Gelände und auf die öffentlichen Müllplätze treibt – durch den Streik ist diese Bewegung gestoppt und eine Gegenbewegung eingeleitet worden. Der Haem ist nun obenauf. Das stimmt aufs Wort. Aber zugleich gehen auch die Lumpensammler in den Straßen spazieren, und nachts schaffen die Ratten dort gähnende Leere. Entsetzt gräbt sich das heterosexuelle Kleinbürgertum ein. Der Stadtrat tagt ununterbrochen. Er wird kapitulieren. Zwangsläufig. Schade. Denn dann kehrt alles wieder zurück in die abscheuliche Ordnung. Die Müllmänner werden ein bißchen weniger schlecht behandelt und bezahlt. Und in einem Prozeß, für den die Geschichte so manches Beispiel bietet, wird ein Ansatz zur Revolution kurzweg abgebogen: durch die Verbürgerlichung der Verdammten dieser Erde.

Dieser denkwürdige Streik hält die kleine Welt der Altmaterialsammler nach wie vor in Erregung. Allabendlich ist der Gemeinschaftsraum im »Kranführer« ein Schauplatz lautstarker Zusammenkünfte, bei denen ich beobachte, wie zwischen den rivalisierenden Zünften heftigste Feindseligkeiten aufkommen. Seit einiger Zeit führt dort einer namens Alleluja – in dem ich den blinden Alten aus dem städtischen Wannen- und Duschbad wiedererkannt habe – das große Wort. Er war bei der Müllabfuhr und ist eine Autorität auf diesem Gebiet wegen seiner Erfahrung, seines großen Mauls und auch weil er sich sein Gebrechen auf dem Felde der Ehre geholt, das heißt den Inhalt einer Flasche Säure, die in der Verdichtungspresse des

Müllfahrzeugs zerbrach, ins Gesicht bekommen hat. Durch den Streik hat er ein Prestige gewonnen, das er hemmungslos ausnützt – namentlich gegen die natürlichen Feinde der Müllmänner, die Lumpensammler.

Gestern abend hat er mit dem Stärksten von ihnen, dem Vater Briffaut, abgerechnet, einem ehemaligen Kesselschmied, der auf den Hund gekommen ist und zuerst von der Verwertung der auf dem Autofriedhof ausgebauten Einzelteile gelebt hat, dann Lumpensammler geworden ist. Briffaut und Alleluja haben einander schon immer gehaßt – mit einem Haß, in dem alte Geschichten mit Sektierergeist verquickt sind. Ich für mein Teil schätze an Briffaut, daß er ein Allround-Müllverwerter ist, daß er es versteht, Mechaniker, Trödler, Gebrauchtwagenhändler, Papierfachmann, ja Antiquar zu sein. Daß er je nach Anlaß auch Erpresser und Mörder sein kann – das sollte ich an diesem Abend erfahren. Er hat mir einmal seine Theorie über den verlorengegangenen Gegenstand auseinandergesetzt, die Theorie der herrenlosen Sache, die er als sein persönliches – kraft beruflichen Privilegs völlig rechtmäßiges – Eigentum betrachtet, sogar ehe er sie überhaupt gefunden hat: jeder, der sie etwa vor ihm findet, macht sich des Diebstahls schuldig. Denn er tritt als Erlöser auf, dieser alte Gauner, dem die Natur, launisch wie sie ist, mit seinem weißen Bart und den feinen Prophetenzügen auf seine alten Tage eine patriarchalische Schönheit verliehen hat. Er glaubt eine Berufung in sich zu tragen, die ihm gebietet, zu retten, was zum Abfall geworfen wird, ihm seine verlorene Würde wiederzugeben, was sage ich! – ihm eine höhere Würde zu verleihen, denn Wiederverwertung geht bei ihm mit einer Beförderung, der Verleihung des Titels *Antiquität* einher. Ich habe ihn auf einem Abfallplatz bei seinem Tun beobachtet. Ich habe gesehen, wie er aus dem Ha-em eine beschädigte Porzellan-Kaffeekanne hervorzog. Mit welch feierlicher Bedächtigkeit liebkoste er das alte Stück, drehte er es in den Händen, strich er mit dem Finger über seine Wunden, untersuchte er sein bauchiges Inneres! Einen Augenblick stand es auf des Messers Schneide. Diese weggeworfene Kaffeekanne war nicht mehr viel wert. Er ging darum, durch eine Entscheidung, die allein von ihm abhing, ihren Wert sprunghaft weit über den eines neuen Stückes gleicher Art emporschnellen zu lassen: ihr nämlich die Weihe des Antiken zu verleihen. Plötzlich war das

Urteil gefällt. Seine Hände hielten immer noch die Kaffeekanne, doch in einer unmerklichen Nuance drückten sie nun Verdammnis aus – so sicher wie der abwärts gerichtete Daumen eines Cäsar für den Gladiator den Tod bedeutete. Die Kaffeekanne fiel zu Boden und zerschellte auf einem Stein. Das geschah nicht von ungefähr. Der Gedanke, ein anderer Altmaterialsammler könne verwerten, was er verworfen hatte, war Briffaut unerträglich. Am gleichen Tag, da ich diesen Zug seiner Weltauffassung entdeckte, zitierte ich ihm die Stelle aus Dantes *Göttlicher Komödie*, wo es heißt, was Gott am wenigsten verzeihe, sei Mitleid mit denen, die er verdammt hat. Briffauts Augen sprühten, und er fragte mich, wer dieser Dante gewesen sei. Um eine Antwort verlegen, erwiderte ich ihm, das sei ein italienischer Lumpensammler gewesen, der in Höllenkreisen Seelenwiederverwertung betrieben habe. Er schüttelte nachdrücklich den Kopf und meinte, ja, wenn's auf Kosten anderer gehe, da seien sie ganz groß, die Makkaronifresser.

Dem Streit zwischen Briffaut und Alleluja lag zwar berufliche Rivalität zugrunde, doch außerdem – das sollte ich noch erfahren – lag zwischen ihnen eine Leiche, die Leiche eines Abenteurers, der ein Vierteljahrhundert zuvor plötzlich verschwunden war. Ein berüchtigter Bandit, dieser Bertrand Crochemaure, schön wie der Satan, ein wilder Frauenheld, dem die Fama, wie es sich gehört, zehnmal mehr amouröse Eroberungen andichtete, als ihm in mehr als einem Leben hätten gelingen können. Ganz allein in sein Lager, einen verwahrlosten Bauernhof in der Gegend von Mayeuvre verkrochen, hatte er sich unter hunderterlei anderen Tätigkeiten auch auf das Dressieren von Vorstehhunden verlegt. So war er mit Schloß Saint-Haon in Verbindung gekommen, und alsbald hatte sich das phantastische Gerücht verbreitet, der Einzelgänger habe ein Verhältnis mit der Comtesse Adrienne de Ribeauvillé.

Das war kurz vor dem Krieg von Anno vierzehn. Das Schloß Saint-Haon hatte eine glanzvolle Zeit und lieferte der Altstoffsammlerzunft die erlesensten Abfälle der ganzen Gegend. Damals wurde bei den Ribeauvillés in Saus und Braus gelebt. Da gab es nichts als Empfänge, Nachtfeste und Kostümbälle, und eine zahlreiche Dienerschaft bemühte sich, die Chronique scandaleuse im ganzen Land zu verbreiten. Die rätselhafte Gestalt der Comtesse Adrienne und ihre herausfordernde Eleganz reizten die Phantasie ihrer Umgebung, und alles sprach von ihren Ausschweifungen, ohne daß jemand sicher wußte, ob das nun üble Nachrede oder Verleumdung sei. Denn die weibliche Psyche ist nun einmal ein unergründlicher Brunnen, und Crochemaures Hof lag einsam genug, daß man dort unbemerkt ein- und ausgehen konnte.

Eines Morgens hallt der Gutshof von Saint-Haon von Schreien und Weinen wider. Eines der schönsten Schmuckstücke der Comtesse, ein Paar Ohrringe, war im Lauf einer besonders lärmenden Nacht verschwunden. Die Art dieser Ohrringe ist in dieser Affäre von wesentlicher Bedeutung. Es handelte sich um zwei *philippinische* Perlen, die so geschickt auf Clips befestigt waren, daß sie ungefaßt auf dem Ohrläppchen zu sitzen schienen. Es ist bekannt, daß die sogenannten *philippinischen* Austern – die so heißen, weil man sie im Gebiet der Philippinen aus dem Meer fischt – zwei Barockperlen mittlerer Größe enthalten, die jedoch so genau ineinanderpassen, daß sie sich wie Zwillingsschwestern gleichen, und obendrein sind sie richtungsverschieden, so daß sich die rechte von der linken unterscheiden läßt. Diese Perlen, die ohne ihr Gegenstück nur von mäßigem Wert sind, werden unschätzbar wertvoll, wenn sie in einem einzigen Schmuckstück vereint oder zu Ohrschmuck verarbeitet sind. Schloß, Wirtschaftsgebäude, Garten werden sorgsam durchkämmt. Schloßteich, Fischweiher und Wassergräben werden trockengelegt und gesäubert. Die Müllmänner werden alarmiert; man verspricht ihnen tausend Francs Belohnung, wenn sie das verlorene Schmuckstück wiederfinden. Vergeblich. Doch eines Tages erscheint Briffaut am Eisengitter des Parks. Er verhandelt mit dem Torhüter, mit den Bedienten, dann mit Adrienne de Ribeauvillé selbst, die schließlich bereit ist, unter vier Augen mit ihm zu reden. Was sie miteinander gesprochen haben, wird man nie erfahren. Eine Kammerfrau erzählt seitdem lediglich, als Briffaut in das parfümduftende Boudoir eingetreten sei, in das die Comtesse ihm in einem luftigen Negligé vorausgeeilt war, da hätte man schwören mögen, Briffaut habe sich alle Mühe gegeben, noch schmutziger und stachliger zu erscheinen als gewöhnlich. Sie behauptet ferner, die Unterredung habe dreiviertel Stunden gedauert, und als Briffaut mit triumphierender Miene fortging, habe Adrienne ausgesehen, als ob sie geweint hätte.

Die Ohrringe fanden sich nicht wieder, und der Krieg, der einige Wochen später ausbrach, trug dazu bei, die Sache in Vergessenheit geraten zu lassen. Das Schloß, anfangs beschlagnahmt und in ein Feldlazarett umgewandelt, war später bis 1920 geschlossen, bis zu dem Zeitpunkt, da Adrienne im Ausland unter ungeklärten, ihrer Persönlichkeit entsprechenden Umständen gestorben war, und der Graf sich mit seiner damals etwa zehnjährigen Tochter Fabienne hierher zurückzog. Nur wenige Leute hatten indessen wahrgenommen, daß – so unauffällig, daß keiner sich auf einen genauen Zeitpunkt festlegen mochte – noch jemand verschwunden war: Bertrand Crochemaure. Es kam bei ihm zwar ziemlich häufig vor, daß er auf mehr oder weniger lange Zeit verschwand, um dann plötzlich wieder aufzutauchen. Nur weil von den sechs Hunden, die er besaß, vier verschiedentlich in Feld und Wald gesichtet wurden, war ein Feldhüter neugierig genug, an die Tür seines Gehöfts zu klopfen. Da er keine Antwort erhielt, war er gewaltsam eingedrungen. Alles war verlassen, doch die anderen Hunde waren – in einem primitiven Zwinger eingesperrt – offensichtlich an Hunger verendet. Crochemaure, mochte er auch ein wilder Bursche sein, hing sehr an seinen Tieren. Er hätte seine Hunde nie aus freien Stücken im Stich gelassen.

Diese Geschichte – diesen Knäuel dunkler Geschichten – zog Alleluja ein Vierteljahrhundert später im Gemeinschaftsraum des »Kranführers« wieder ans Tageslicht, um seinen alten Feind bloßzustellen. Die Stromer, von dem lärmenden, wogenden Hin und Her erfaßt, schwiegen sogleich alle still, als Alleluja aufstand und seinen alten Löwenschädel mit den toten Augen gegen den Lumpensammler erhob.

»Du lügst, Lumpensammler! Du bist hier, aber du bist keiner von uns! Immer hast du in deiner Ecke dein dreckiges Garn gesponnen, und wehe denen, die dir in die Quere kamen. Du schwimmst gegen den Strom, der uns alle mitreißt. Du fischst dir was heraus, du verwertest es, du machst in Erlösung, wie du sagst. Um so schlimmer für die Schmutzfinken, die nicht dahin gehen, wo du sie haben willst!«

Der Alte wiegte den Schädel nach rechts und nach links.

»Hört mir gut zu, ihr anderen! Ihr glaubt ihn zu kennen, den Vater Briffaut. Ihr kennt ihn nicht! Ich, der Blinde, ich seh' an seinem linken Ohr ein weißes Blitzen, ein kleines perlmuttenes

Blitzen. Was hat das zu bedeuten, diese Ohrlappen-Perlunte am Schädel eines Lumpensammlers? Das bedeutet den Tod eines Müllkumpels! Hört mir gut zu!«

Das maskenhafte Gesicht auf Briffaut gerichtet, sprach er weiter, jetzt in ein ungeheures Schweigen hinein.

»An jenem späten Vormittag im März 1914 hältst du also Einzug im Schloß. Beinah hättest du die Tür eintreten müssen, aber jetzt ist es so weit, du bist drin! Sie ist blaß, die Ribeauvillé, sie riecht fein. Und da bist du, bist kohlschwarz und stinkst, weil du gerade dein Tagwerk hinter dir hast. Du fängst ja um fünf an und hörst um elf auf, das ist in Ordnung. Vor den Augen dieser Frau, die halbtot ist vor Müdigkeit und Angst, genießt du deinen Dreck, deine Macht, deine Rüpelhaftigkeit. Du lümmelst dich hin in ihrem hübschen kleinen Gemach, wo alles Samt und Seide ist. Du ziehst deine schmierige Hand aus der Tasche, und an der Spitze deines Fingers, was ist da? Ein perlmuttenes Blitzen, die Ohrenperlunte. Die Ribeauvillé stößt einen Freudenschrei aus und stürzt auf ihr Eigentum zu. Du läßt sie nicht näherkommen. ›Nicht so rasch, kleine Madame! Wollen wir nicht ein bißchen plaudern?‹ Vorab keine falschen Hoffnungen: du hast von den Perlen bloß eine. Die andere? Davon hast du keine Ahnung. Mit der Belohnung kannst du nichts anfangen. Was? Zehntausend Francs für eine Perle? Aber mit ihrer Schwester zusammen ist sie fünfhunderttausend Francs wert! Du willst deinen Fund nicht für weniger als hunderttausend Francs hergeben.

Die Ribeauvillé glaubt, du seist verrückt geworden. Soviel Geld hat sie nicht. Sie wird es nie haben. Das hattest du geahnt. Es war eben eine Chance für dich. Weiß man denn, woran man mit Frauen ist! Sie sagt: ›Ich werde Sie verhaften lassen!‹ Da winkst du so mit dem Finger: Nein, nein, nein – ein bißchen lausbubenhaft, ein bißchen beleidigend. ›Nein, nein, nein, denn, kleine Madame, dieses schöne Schmuckstück – erraten Sie mal, wann und wo ich das gefunden habe? Sie werden sagen: Heute früh in den Mülleimern am Schloß. Aber nein, ganz und gar nicht! Ich habe es vorgestern gefunden, und zwar im Abfall von Mayeuvre, wenn Sie wissen, was ich meine. Oh, nein, ich sage nicht, es sei in Crochemaures Abfalltonne gewesen. Nein, das wär' zu schön! Was freilich trotzdem sonderbar bleibt, das ist erstens, daß es von allein nach Mayeuvre gekommen sein soll, zweitens, daß Sie zwei Tage gewartet haben, ehe Sie den Verlust gemeldet haben. Darum mein' ich: Sie geben mir den anderen Ohrring, ohne den der meine keinen Pfifferling wert ist. Sonst bringe ich meinen Fund zur Gendarmerie und sage, wo er herstammt. Der Herr Graf wären sicher erstaunt zu erfahren, daß Sie vorgestern einen Teil der Nacht bei diesem Teufel, dem Crochemaure zugebracht haben!‹

Ja, Briffaut, hast hoch gespielt. Hast gespielt und verloren! Denn freilich, den anderen Ohrring, den konnte Adrienne im Besitz haben. Dann konnte sie ihn dir geben und damit dein Stillschweigen erkaufen. Darauf hast du gerechnet. Aber es konnte auch anders sein, nämlich daß er in Crochemaures Hand war. Ätsch, ätsch, ätsch! Denn Crochemaure, das ist keine schöne Dame im Negligé und in Tränen! Ein Crochemaure, der ist hartgesotten, der ist stark, der ist bösartig! Hast verloren, Lumpensammler! Und hast auch begriffen, daß du verloren hast, wie die Adrienne dich um vierundzwanzig Stunden Bedenkzeit gebeten hat. Darauf mußtest du wohl eingehen. Dann bist abgehauen. Alles war futsch. Noch schlimmer sogar: Crochemaure, der würde dir wohl einen kleinen Besuch abstatten. Demnächst. Denn die Adrienne ist auf einen Sprung bei ihm vorbeigegangen und hat ihm die ganze Geschichte gepfiffen. Von dem Crochemaure, da kriegte sie den anderen Ohrring bestimmt nicht dafür, daß sie ihn dir schenken kann! Erstens hat er Stein und Bein geschworen, er hab' nichts gefunden. Aber das stimmte nicht. Und dann hat er noch gesagt, er sei jederzeit fähig, dich nicht bloß zum Schweigen zu bringen, sondern dir auch die Perlunte wieder abzunehmen. Und das stimmte. Über alledem müssen sie miteinander nochmals im siebten Himmel gewesen sein, die Adrienne und er, aber er war mit seinen Gedanken anderswo. Er überlegte sich, wie er's anstellt, daß du so schnell wie möglich den Ohrring wieder ausspuckst.

Was später passiert ist, davon weiß ich nicht viel. Nur daß ihr euch einmal getroffen habt, jeder mit seiner Perlunte. Eine verdammte Partie müßt ihr da miteinander gespielt haben. Aber das eine weiß ich: du bist noch da, fünfundzwanzig Jahre später, gut zu Fuß, gute Augen, während Crochemaure kurz nach der Perlengeschichte spurlos verschwunden ist. Du sagst jetzt sicher, die Perlunten, die hat er gehabt, dann ist er abgehauen, um sie in Ruhe zu zerknuspern. Das machst du mir nicht weis, Lumpensammler! Wegen der Hunde nicht. Du hast halbe Arbeit getan, siehst du. Nach Crochemaure hätt'st dir die Hunde vornehmen müssen. Verschwinde, Briffaut, du riechst nach Mord!«

Mit einem Mal steht Briffaut allein einer feindseligen Menge gegenüber. Aber das sind Müllmänner, schäbige Burschen, er verachtet sie. Ihn beruhigt schon, daß die Tür nicht weit ist, höchstens drei große Schritte, ein Sprung, und er ist draußen. Er betrachtet diese Männer, diese Frauen, unter denen sich ein Murren erhebt. Denkt er an Crochemaures Hunde? Er fühlt sich nicht zu ihnen gehörig. Der Erlöser, der Mann, der stromaufwärts strebt, er kann nur ein von oben Gesandter sein, einer, der hindurchgeht durch diese im Unrat Verwurzelten. Er will sprechen, doch die schwarze Menge murrt immer heftiger. Er zuckt die Achseln. Leitet seinen Rückzug ein. Aber er ist ein Spieler, und zudem verachtet er all diese Kellerasseln. So hat er einen verrückten Einfall und legt all seinen Trotz in eine Bewegung. Er hebt an seiner linken Seite seine langen Haare hoch, so daß sie sein Ohr nicht mehr bedecken. Und alle können nun etwas Weißes sehen, das zwischen Dreck und Haar perlmuttern hervorglänzt. Er lacht stumm und höhnisch und geht rückwärts zur Tür. Ein Atem, der immer feindlicher, immer gewalttätiger wird, vertreibt ihn ...

Schuld ist vielleicht dieser Kochherd aus einem Bauernhaus, der, verrostet, durchlöchert, voller Ruß, unerklärlicherweise auf dem Müllfahrzeug lag, und den ich den Hang des Teufelslochs hinuntertorkeln, auf einem Lastwagenreifen wieder hochspringen und wie ein trunkener Stier herumwirbelnd mit furchtbarer Gewalt auf zwei unbewegliche Gestalten zuschleudern sah. Eustache und Daniel standen ihm genau im Wege – was ganz normal ist, weil es ja als Ausschlachter ihre Aufgabe war, solch umfängliche Brocken in Empfang zu nehmen und ihnen den Garaus zu machen. Doch handelt es sich dabei eigentlich immer um Wäsche, Decken, Matratzen, Papierballen – weiche, ungefährliche Gegenstände, die sie auf sich zukommen sehen, ohne an Böses zu denken. Ich wollte sie noch warnen, schreien. Zu meiner Schande kam kein Ton aus meiner Kehle. Ich habe mich oft über die Frauen aufgeregt, die auch in etwas bedrohlichen Situationen noch Zeit finden, blöde und sinnlos zu kreischen. Obschon weniger auffällig, zeugt freilich auch angstvolles Verstummen von einem ebenso blamablen Mangel an Selbstbeherrschung, das gebe ich zu. Auf der Höhe der jungen Burschen verdeckte der Küchenherd sie für meinen Blick, und das weitere entging mir. Ich gewahrte nur, wie Eustache zur Seite sprang und Daniel sich in den Abfällen wälzte. Ich bin, so rasch ich konnte, hinuntergelaufen. Dort begriff ich dann, daß Eustache dem Boliden mit knapper Not noch hatte ausweichen können und Daniel mit einem heftigen Stoß aus dem Gefahrenbereich geschubst hatte. Der Kleine stand gerade, noch taumelnd, auf. Er kehrte mir den Rücken zu. Eustache sprach mit ihm; er hatte das Gesicht mir zugewandt. Auch das spielte bei dem, was dann folgte, eine entscheidende Rolle. Eustache trug eine enganliegende schwarze Hose und hohe Stiefel darüber, ein ebenfalls schwarzes Baumwolltrikot ohne Ärmel oder mit äußerst kurzen Ärmeln. Seine Hände steckten in riesigen, gepolsterten Lederhandschuhen, undurchdringlich für alle Messerklingen, Nägel oder Flaschenscherben, die sich im Ha-em versteckten wie Schlangen in der Pampa. Seine nackten Arme waren das einzige Stück Fleisch und Blut, das diese ganze Szene, diese Unrat-Landschaft, dieser blasse Himmel in sich bargen. Ihre Muskelfülle, die Vollkommenheit ihrer plastischen Form, ihr mehliges Weiß standen in schreiendem Gegensatz zu der elenden Umgebung. Bald sah ich nichts mehr als sie, mein Blick war erfüllt von ihnen, sie blendeten mich und überfluteten mich mit heißem Verlangen. Eustache hielt in seinem Gespräch mit Daniel inne und betrachtete mich mit einem Lächeln, dessen zynisch-vertraulicher Ausdruck deutlich genug sagte, er begreife meine Gefühle und nehme sie als etwas ihm Zukommendes entgegen. Daniel kehrte mir noch immer den Rücken zu, einen schmalen Rücken, eine weite Jacke, in der seine mageren Schulterblätter sich kaum als Rundung abzeichneten, ein kümmerliches Rückgrat, das jegliches Unglück auf sich ziehen und es demütig leidend ertragen mußte. Der Sturm des Verlangens, den Eustaches Bäckerarme gerade noch in mir erregt hatten, war nichts im Vergleich zu dem Mitleid, das Daniels Rücken mir einflößte. Ein übermächtiges, ungestümes Mitleid, das mir Tränen entrang und mich zu Boden drückte, ein Weh, so bitter, als risse es mir das Herz

171

entzwei. Ich hatte eine neue Leidenschaft entdeckt, verzehrender, gefährlicher als irgendeine sonst: die Mitleid-Liebe. Eustaches Arme sind nicht von ungefähr in der Alchimie dieses noch nie gekosteten Zaubertranks enthalten. Ohne sie hätte ich Daniel wahrscheinlich in ganz anderer Sicht betrachtet, in Vollsicht – wie man von einem Zuchthengst sagt, er sei ein Vollblut –, aus der Begierde und Zärtlichkeit, zu gleichen Teilen verschmolzen, eine schöne Liebe, gesund und stark, hätten entstehen lassen. Der abgefeimte, perverse Wild-des-Wildes-Mechanismus hat es nicht gewollt. Eustaches Arme haben wie eine Art Filter auf meine Wahrnehmung von Daniels Rücken gewirkt. Sie hielten zu ihren Gunsten alles zurück, was daran stark und fröhlich war, das Heiter-Appetitliche, das einen schönen, kraftvollen Leib lobpreisend umgibt – und haben nur einen leisen, klagenden Ruf von Daniels Rücken her durchgelassen. Durch die Wild-des-Wildes-Wirkung hat sich die Liebe zersetzt, und die Verbindung aus Begierde und Zärtlichkeit ist zu einer Verbindung von Grausamkeit und Rührseligkeit herabgesunken. Zur selben Zeit, als ich mit Schrecken empfand, zu welch ungestümer Gewalt das Mitleid fähig ist, kostete ich auch schon die ganze Gefährlichkeit seines Gifts. Nein, das ist sicher: Mitleid ist kein ehrenwertes Gefühl. Es ist eine furchtbare Perversion, denn alle Mängel, Schwächen, Fehler des geliebten Menschen nähren und steigern es, anstatt es zu entmutigen. Wenn die Tugend Stärke ist und das Laster Schwäche, dann ist Mitleid die lasterhafte Form der Liebe. Es ist eine zutiefst koprophage Leidenschaft.

Über allem lag Stille, ein Lüftchen durchwehte sie. Papier flog davon, und ich dachte, ich weiß nicht recht weshalb, an Thomas Kousseks Ruah. Vielleicht war es in Ordnung, daß sie obenan stand bei der Klärung der Gefühle, die mich von nun an mit den beiden Jungen verbinden würden? Daniel wandte den Kopf, und mit schmerzlich aufwallendem Empfinden sah ich im Halbprofil seine blasse Stirn, seine bleiche Wange und die breite schwarze Strähne, die über beide fiel. Er erstrahlte im giftsüßen Nimbus des armen Kerls. Wir blickten alle drei auf den nun ungefährlich gewordenen Küchenherd. Das Monstrum lag jetzt im Unrat und streckte seine beiden kurzen, lächerlich geschweiften Hinterbeine in die Höhe. Trotz des schwarzen Feuerlochs, das in seiner Flanke gähnte, und des

Kupferhahns am Wasserschiff war er wie ein Stier, der vom eigenen wütenden Ansturm hingestreckt worden und mit Kopf und Hals im Boden steckengeblieben ist.

Es macht den Reiz meines Lebens aus, daß ich auch jetzt, in reifem Alter, mich immer noch überraschen lassen kann von einer Entscheidung oder einer Wahl, die ich treffe, und das um so mehr, als es sich nicht um Launen oder wetterwendische Gedankensprünge handelt, sondern ganz im Gegenteil um Früchte, die ich lange in heimlichem Herzen gehegt hatte, so heimlich, daß ich der erste bin, der über ihre Form, ihre Art und ihren Wohlgeschmack staunt. Damit sie hervorbrechen, müssen sich freilich Anlässe bieten, aber die bieten sich oft so bereitwillig, daß das schwere, schöne Wort *Schicksal* einem ganz natürlich in den Sinn kommt.

Doch jeder hat die Art von Schicksal, nach der er verlangt. Manchen Leuten, denke ich, gibt das Schicksal da und dort ein unauffälliges Zeichen, ein Augenzwinkern, das kein anderer versteht, ein kaum angedeutetes Lächeln, ein Kräuseln auf spiegelglatter See ... Zu denen gehöre ich nicht. Ich habe anderes zu erwarten: Tolle Streiche, derbe, obszöne, pornographische Possen, böse Clownsgrimassen, wie wir sie als Kinder schnitten, indem wir mit den kleinen Fingern – bei heraushängender Zunge, versteht sich – die Mundwinkel auswärts dehnten, während beide Daumen die Augenlider zu Chinesenschlitzen zogen.

Mit dieser ganzen Vorrede will ich nur auf eine harmlos erscheinende Neuigkeit hinaus: Ich hab' einen Hund. Obwohl ich nicht im mindesten dazu prädestiniert war, mich der Zunft der Wauwau-Herrchen zuzugesellen, deren blödsinnige Rührseligkeit gegenüber ihrem Vierbeiner mich immer aufgeregt hat. Ich hasse jede Art von Beziehung, der nicht ein Minimum von *Zynismus* innewohnt. Zynismus ... Jedem die Dosis Wahrheit, die er verträgt, die er verdient. Die Allerschwächsten von den Leuten, mit denen ich rede, sind am gierigsten auf Märchen und Lügen aus. Denen muß man alles zurechtschminken, denn damit hilft man ihnen zu leben. In den gröbsten Ausdrücken *alles* sagen kann ich nur einem Wesen, dessen Intelligenz und Großzügigkeit ohne Grenzen sind, also nur Gott allein. Gott gegenüber ist kein Zynismus möglich, wenn

Zynismus darin besteht, einem Gesprächspartner *mehr* Wahrheit aufzutischen, als er vertragen kann oder in *saftigeren* Ausdrücken, als er hören mag. Und darum, so scheint mir, sind freundschaftliche Beziehungen nur erträglich, wenn sie von einer gewissen gegenseitigen *Überschätzung* begleitet sind, so daß jeder unablässig den anderen vor den Kopf stößt und ihn gerade dadurch zwingt, sich zu einem höheren Grad von Vollkommenheit zu erheben. Wenn freilich die Dosis wirklich zu stark ist, bricht der andere, verletzt, den Kontakt ab – manchmal für immer. Kann man Zynismus auch in seine Beziehungen zu einem Hund hineinbringen? Der Gedanke daran war mir noch nicht gekommen. Und doch! Ich hätte schon durch den etymologischen Ursprung des Wortes *Zynismus* hellhörig werden müssen, das ja gerade vom griechischen κυνός, »des Hundes«, kommt . . .

Heute früh beobachtete ich unweit des Hotels das Treiben einer Handvoll Köter um eine Hündin, die wohl läufig sein mußte. Überflüssig zu sagen, daß diese obszön heterosexuelle Szene – dieses Beschnuppern, Drohen, Sich-aneinander-Reiben, dieses scheinbare Sich-Paaren oder Miteinander-Kämpfen – insgesamt bei mir Neugier und Widerwillen erregte. Die kleine Horde verschwand schließlich auf die Quais hinunter, und ich dachte nicht mehr daran. Wie ich zwei Stunden später das Haus verlasse, um eine Zeitung zu kaufen, stoße ich einige Meter weiter erneut auf sie. Aber nun ist einer der Hunde ans Ziel gelangt, und er hängt unter heftigen Flankenstößen – mit hängender Zunge und glasigem Blick – auf der Hündin, die jeden Stoß mit einer Schlingerbewegung des Beckens erwidert. Allmählich zerstreuen sich die übrigen Hunde bis auf einen, eine Art Pinscher, struppig und gut gewachsen, wie man sie vielfach beim Zusammentreiben von Schaf- und Rinderherden sieht. Worauf wartet er denn? Will er die Nachfolge seines glücklichen Rivalen antreten? Das wäre nun bestimmt der Gipfel der Gemeinheit, aber im Grunde wäre es des Hetero-Gesindels würdig. Ich bedauere es, daß ich ohne Stock ausgegangen bin. Ich hätte gewartet, bis er gleichfalls bei der Hündin draufgestiegen wäre und hätte ihn dann vertrimmt. Vielleicht ahnt er meine Absichten, denn er beobachtet mich unter seinem grauen, zu Wimpern auslaufenden Fell hervor aus dem Augenwinkel. Oder will er sichergehen, daß ich ihm zuschaue und daß mir von dem, was er vorhat, nichts entgeht? Denn jetzt nähert er sich den beiden, die sich immer noch abmühen. Es sieht aus, als interessiere er sich vor allem für den After des Rüden, der freilich auch allein erreichbar ist. Er richtet sich auf und macht sich über ihn her. Ich sehe deutlich, wie sich seine Spitze, rot wie eine Pfefferschote, unter dem Schweif hineinschiebt. Er treibt Sodomie mit ihm, wahrhaftig! Er geht hinten rein! Die stumpfsinnige Miene des Rüden, der weiterfummelt, wirkt auf einmal beunruhigt. Er wendet den Kopf halb zu meinem Ochsentreiber. Doch ist er andrerseits zu sehr beschäftigt, um reagieren zu können. Er fällt in seine Zweitakt-Seligkeit zurück. Der Pinscher hingegen, der amüsiert sich königlich. Das Maul geöffnet, schaut er zu mir herüber. Es läßt sich nicht leugnen, sein Auge funkelt. Er grinst, dieser Lausekerl von einem Köter! In diesem Augenblick erscheint vor meinem Geist das Wort Zynismus. Denn darin steckt Zynismus! Aber von der guten Art, ein Zynismus in meinem Sinne, der in dieser Richtung schneller und weiter gegangen ist, als ich es gekonnt hätte, so daß ich mich nicht nur höchst vergnügt, sondern zugleich auch übertroffen, ein bißchen angerempelt und dadurch erregt fühle. Denn, Teufel nochmal! auf offener Straße so ärschlings reingehen in einen Hetero, der gerade dabei ist, seine eheliche Pflicht zu erfüllen ... Daran hätte ich, offen gestanden, nicht einmal zu denken gewagt!

Euphorisch gestimmt von dieser erquickenden Szene bin ich wieder hinauf in mein Zimmer gegangen. Ich las meine Zeitung. Ziemlich zerstreut. Es war deutlich, ich wartete auf etwas, auf jemanden ... Ich ging wieder nach unten. Er war da, auf der Türschwelle. Auch er wartete auf mich. Er streckte mir den derben, struppigen Kopf mit seiner spaßigsten Miene entgegen, als schaffe die Erinnerung an seine Leistung fortan zwischen uns die Vertraulichkeit von Komplizen. Und wirklich, es hat mich gewonnen, das Viech! Mehr als das, es hat mich *erbaut* im doppelten Sinne des Worts, indem es meine sittliche Kraft, das Moralische in mir vermehrte, aber auch indem es durch diesen Liebesakt in zweiter Position, den es mir vorgemacht hat – ein Kommentar zum Wild-des-Wildes-Problem und eine Ermutigung, ihm eine *zynische* Lösung zu geben – sozusagen dem Schloß meiner Träume ein weiteres Stockwerk hinzugefügt hat.

Ich habe die Hand nach ihm ausgestreckt, und er antwortete, indem er mit der Zunge danach leckte, jedoch ohne sie zu berühren, denn wir sind noch bei der Anbahnung von Kontakten, noch nicht bei der Aufnahme gegenseitiger Beziehungen. Zwei Stunden später kam ich zurück und fand ihn immer noch dasitzen, als bewache er meine Behausung, das Hotel. Da wurde mir warm ums Herz, weshalb soll ich's leugnen? Ich bin sofort umgekehrt und habe beim nächsten Fleischer ein Kilo Kalbslunge gekauft. Meine Absicht war, die Zeitung, in die das schwammige, violette Fleisch eingewickelt war, ausgebreitet auf den Gehweg zu legen. Ich genierte mich jedoch. Ich dachte an die alten Weiber, die in öffentlichen Parkanlagen so die Katzen füttern. Mein Ochsentreiber lachte mich an. Ich zwinkerte ihm zu, und ganz wie von selbst folgte er mir ins Treppenhaus. Der Vorteil dieses übel beleumdeten Garni ist, daß kein Mensch daran denkt, sich darüber aufzuregen, wenn ein Hund in meinem Zimmer ist.

Ich hab' einen Hund. Ich muß einen Namen für ihn finden. Robinson hatte seinen Neger *Freitag* genannt, weil er ihn an einem Freitag bei sich aufgenommen hatte. Heute haben wir Samstag. Mein Hund soll *Sam* heißen. Ich rufe Sam! und sogleich hebt er seinen struppigen Kopf, in dem zwei Kastanienaugen glänzen, und schaut mich an. Ich hab' einen Hund, einen *zynischen* Freund, der mich empört, weil er in meiner eigenen Richtung weiter geht als ich, und der mich *erbaut* . . .

Sam verläßt mich nicht mehr. Philomene, die Wirtin im »Kranführer«, gibt ihm in der Küche zu fressen. In der übrigen Zeit folgt er mir auf den Fersen. Zuweilen gebe ich ihm zu verstehen, er müsse mich allein lassen. Dann läuft er im Haus umher, wo alles ihn gut aufnimmt. Nicht so steht es damit im Hotel Terminus, wo man mich unfreundlich darauf aufmerksam machte, Hunde hätten keinen Zutritt. Das also ist der Preis für die »Achtbarkeit«! Weil sie »comme il faut« sein wollen, setzen sich diese kleinen Leute, die zwischen Hühnern und Schweinen aufgewachsen sind, mit Herrenmenschenallüren aufs hohe Roß. Aber ich bin von Tag zu Tag weniger geneigt, zu dulden, daß mein vierbeiniger Gefährte anders und schlechter behandelt wird als ich. Ich war versucht, mein Zimmer im Terminus auf der Stelle zu kündigen, doch habe ich die Entschei-

dung zurückgestellt, einmal weil ich es mir zum Grundsatz gemacht habe, nie etwas in der Erregung übers Knie zu brechen,
zum anderen, weil ich nicht gern so ganz und gar im »Kranführer« aufgehen möchte. Mir ist es angenehm, noch ein Aus-
weichquartier, einen Ort jenseits des »Kranführer« zu haben,
und, schlicht gesagt, ein Bad ... Sei's drum. Monsieur
Alexandre hat nicht nur ein Wild und das Wild dieses Wildes,
sondern auch einen Hund – und dazu noch seine pittoresken
Freunde vom Lumpensammler-Volk und vom Ha-em. Monsieur Surin ist ein solider, alleinstehender Herr, der sich der
Achtung der ehrsamen Roanneser Geschäftsleute erfreut.
Muß ich noch dazusagen, daß Monsieur Alex – der diese Zeilen
schreibt – unbändige Lust hat, Monsieur Surin umzubringen?

Es konnte nicht ausbleiben, ich mußte eines Tages jener Fabienne de Ribeauvillé begegnen, die bei den »Kranführer«-
Leuten ein geheimnisvolles Ansehen genießt, und deren Mutter wahrscheinlich einst zarte Bande zu dem schrecklichen Crochemaure geknüpft hatte. Wer weiß denn überhaupt, ob Fabienne nicht die Tochter des Hundedresseurs ist? Doch lassen
wir die romantischen Hirngespinste!
Die Art und Weise, wie wir einander kennenlernten, entbehrte
nicht einer gewissen Pikanterie. Es war nicht weit vom Teufelsloch, an einem Ort, der Eselskneipe hieß. Dort steht eine
Ruine, eine ehemalige Kneipe, die man einst sonderbarerweise
hinaus ins flache Land gesetzt hatte. Und daneben eine Mulde,
an deren Grund während acht von zwölf Monaten eine brak-
kige, binsenbewachsene Pfütze steht. Schon vor einer ganzen
Weile wäre ich darangegangen, diese Mulde mit einer geordneten Mülldeponie auszufüllen, wäre mir nicht einer gewissermaßen zuvorgekommen – und zwar dem Vernehmen nach um
eine Reihe von Jahren. Vor über zwanzig Jahren wurden die
umliegenden dreihundert Hektar, in die sich gut zwanzig
kleine Landwirte teilten, von einem reichen Gutsbesitzer auf-
gekauft und vereinigt. Als erstes ließ er die vielen Kilometer
Zaun herausreißen, mit denen die einzelnen Parzellen einge-
friedet waren. Der Stacheldraht wurde schlecht und recht um
die Pfähle gewickelt, die ihn gehalten hatten, und in wirrem
Durcheinander in die besagte Versenkung geworfen. Die

Mulde, die Pfütze, die schreckliche eiserne Dornhecke, rostzerfressen und zusammengerostet, sie bilden für das Vieh eine furchtbare Falle, die jedes Jahr ihre Opfer fordert.

Heute früh nun kam jemand zu mir auf das Baugelände mit der Nachricht, eines der Pferde von Saint-Haon habe sich von den Leuten entfernt und sich in dieses Wespennest verrannt. Ob ich kommen und helfen könne, das Tier herauszuholen? Ich, meinen guten Sam an der Seite, war gleich dabei. Schon von weitem sah ich die Gestalt eines Reiters, der mit dem Rücken gegen uns am Rand der Mulde stand. Bald waren wir bei ihm. Was wir sahen, war grausig. Was da in dem Wirrwarr von Stacheldraht um sich schlug, hatte von einem Pferd nur noch die Form. Sonst war es ein geschundener Körper, die blutüberströmte Anatomie eines Pferdes, die alledem zum Trotz verzweifelt, sinnlos weiterkämpfte, ganze Ballen Stacheldraht an jedem Bein nachschleppte und halb aufgebäumt einen Kopf emporreckte, dem ein Auge ausgerissen war. Ein junger Reitknecht kam mit ohnmächtiger Gebärde langsam wieder zu uns herauf. Nein, da gab es nichts, gar nichts mehr zu helfen, allenfalls noch das unglückliche Tier zu erschießen. Der Stallknecht war gerade bei uns angelangt, als die Reitpeitsche pfiff und ihm einen Striemen übers Gesicht zog. Er wich, sich mit dem Ellbogen schützend, zurück, strauchelte, fiel hin. Schon war der Reiter über ihm, und die Reitpeitsche sauste nun mit mechanischer Regelmäßigkeit nieder. Die völlige Stille, in der sich der Todeskampf des Pferdes und diese grauenhafte Szene abspielten, umgab uns mit feierlicher Stimmung. Ich war betroffen. Ich wäre es noch mehr gewesen, hätte ich die Wahrheit gewußt, der Reiter war eine Frau, der kleine Reitknecht ebenfalls ...

Als Fabienne de Ribeauvillé sich mir zuwandte, war ihr seltsam rundes, ein wenig kindliches Gesicht tränenüberströmt.

»Können Sie es erschießen lassen?«

»Einer meiner Leute kann einen Karabiner holen.«

»Aber ganz rasch.«

»So schnell wie möglich.«

»Wann?«

»In einer Viertelstunde vielleicht.«

Sie seufzte und wandte sich dem Stacheldrahtdickicht zu; das Tier darin war auf die Seite gefallen und schlug nicht mehr ganz so wild um sich. Der kleine Reitknecht war wieder aufgestanden; anscheinend ohne Groll und ohne die violetten Striemen zu beachten, die ihm quer übers Gesicht liefen, betrachtete er mit uns den ausgedehnten Kessel, in dem eine höllische Vegetation aus Eisen wucherte.

»Wenn man bedenkt, wie zart und weich der Müll ist!« sagte Fabienne weiter. »Weshalb muß das hier die Hölle sein? Es ist, als hätte sich alle Bosheit des ganzen Landes in diesem Loch zusammengeballt.«

»Ich lasse es säubern«, versprach ich. »Von nächster Woche an hab' ich eine Arbeitskolonne mehr.«

Es überraschte mich, wie lebhaft sie darauf reagierte.

»Tun Sie das keinesfalls! Ich kümmere mich schon darum. Schließlich haben Sie doch keine Tiere, die Sie schützen müssen.«

Dann wandte sie mir den Rücken und ging, gefolgt von dem kleinen Reitknecht, zu dem Feldweg hinüber, wo ein kleiner Wagen mit Allwetterverdeck auf sie wartete. Das Pferd wurde am Nachmittag durch einen Schuß in den Kopf getötet; ein Abdecker stand schon dabei und nahm den Kadaver sogleich mit.

Wenn ich Sam beobachte, entdecke ich einen der Gründe, die ohne Zweifel die Verehrung der Tiere in bestimmten Kulturen erklären. Nicht daß ich ihn vergötzte, meinen Köter, doch erkenne ich an, daß von ihm etwas Beruhigendes, Friedsames ausgeht, und das ist ganz einfach deshalb so, weil sein Angepaßtsein an die Außenwelt ansteckend wirkt. Das Tier bietet uns den faszinierenden Anblick einer augenblicklichen, mühelosen, ihm von Geburt her mitgegebenen Fähigkeit, sich der Umwelt anzupassen. Der primitive Mensch mußte ja die Kraft, Schnelligkeit, Geschicklichkeit und Leistungsfähigkeit der Tiere, die er sah, bewundern, während er selbst unter schlechtsitzenden Fellen vor Kälte schlotterte, mit Waffen ohne größere Reichweiten und ohne Treffsicherheit jagte und nur seine nackten Füße hatte, um sich von der Stelle zu bewegen. Ganz ebenso beobachtete ich die Leichtigkeit, mit der Sam sich in mein Leben eingefügt hat, die biedere, glückliche und unverblümte Philosophie, mit der er alle Dinge nimmt – und mich dazu, was keine geringe Leistung ist. Ich beobachte ihn, ich lerne ihn schätzen, es fehlt nicht viel, und ich nehme ihn mir zum Vorbild.

Wenn ich's recht bedenke, habe ich dieses Gefühl ein wenig neidvoller Bewunderung schon früher empfunden, doch war das in Augenblicken der Schwäche und bezog sich auf die Heterosexuellen. Ja, mitunter war ich einen Augenblick davon geblendet, wie wunderbar der Heterosexuelle und die Gesellschaft, in die er hineingeboren ist, zusammenpassen. Er findet, sozusagen rund um seine Wiege, die Bilderbücher, die seine sexuelle Erziehung und seine Herzensbildung ausmachen, die Adresse des Bordells, wo er seine Unschuld verliert, das Photomaton-Bild seiner ersten Geliebten, das seiner künftigen Braut mit Beschreibung der Hochzeitsfeier, den Text des Ehevertrags, den Text der Lieder bei der Trauung usw. Er braucht sie nur der Reihe nach anzuziehen, all diese Konfektionskleider; sie passen ihm tadellos, weil sie ebensosehr für ihn geschaffen sind wie er für sie. Statt dessen erwacht der junge Homosexuelle in einer von Dornsträuchern starrenden Wüste ...

Na ja, in meinem Leben steht nicht mehr der Heterosexuelle als Wunder der Anpassung da, sondern mein Hund – und wieviel witziger, wieviel großzügiger ist er!

Sam, mein guter Geist, du bist auf dem besten Wege, mir das Unerhörte, Unglaubliche, Wunderbare zu beweisen, daß man mit Alexandre Surin glücklich sein kann!

Über den Weinbergen von Roanne, deren Pfähle im Gegenlicht einem Heer schwarzer Skelette gleichen, geht die Sonne auf. Von da kommt der kleine spritzige, aber etwas in den Kopf steigende Rosé, den man hier trinkt und der gut zu der »grauen Substanz« der Gegend paßt. Bei dem Gut Colombar, einem breiten, gedrungenen Gehöft ohne Luken, habe ich meinen Wagen stehen lassen und folge zu Fuß dem Lauf des Oudan bachaufwärts. Dieses doch recht reizvolle Land, in dem ich nun seit über sechs Monaten hause, ist mir vertraut geworden, und ich sehe nicht ohne Mißvergnügen der Aussicht entgegen, daß ich es verlassen muß, wenn ich mit dem Teufelsloch fertig bin. Meine fünf anderen Müllanlagen laufen, Gott sei Dank, ganz von alleine, aber ich habe keinerlei Grund, ewig hierzubleiben. In Saint-Escobille – etwa fünfzig Kilometer südlich von Paris – bedürften meine hundert Hektar Müllkippen, die täglich mit einem Zug von sechsunddreißig Waggons von Paris her beschickt werden, sicherlich einer etwas weniger laxen Aufsicht, und die riesigen Deponien von Miramas, auf die Marseille seinen Ha-em ausspeit, erwarten ebenfalls einen Besuch von mir. Als ich nach Roanne kam, schätzte ich mich glücklich, weil ich mein Zelt auf unberührtem Grund aufschlug, und ich freute mich des wiedergewonnenen Alleinseins. Roanne war für mich ein verschneites Feld, das noch von keiner Fußspur befleckt war. Davon sind wir nun schon recht weit entfernt, und ich bin jetzt von einer Menge Leute umgeben, wie ich's zuvor noch nie gekannt hatte. Eustache und Daniel, Sam und jetzt noch diese Fabienne – alle haben sich gewaltsam Eingang in mein Leben verschafft – und ich möchte wissen, wie ich mich bei dem Roanneser Land empfehlen und seinen Staub von meinen Füßen schütteln soll, bevor ich dann wieder nackt und völlig frei ein neues Abenteuer beginne. Sollte ich so über und über mit heterosexuellem Vogelleim überzogen sein, daß ich nicht mehr reisen kann, ohne ein ganzes Gefolge hinter mir herzuschleppen?

Wie um meine Gedanken zu illustrieren, reißen zwei Reiter die Pferde vor mir herum. Ich erkenne Fabienne und ihren kleinen Reitknecht, dessen verschwollenes Gesicht selbst für Pferde zum Fürchten sein muß. Sie pariert ihr Pferd geradewegs vor mir und macht mit ihrer Reitgerte ein Zeichen, das man nach Belieben als Drohung oder als Gruß deuten kann.

»Ich habe ein Arbeitskommando zur Eselskneipe geschickt, das den Stacheldraht zerschneiden soll. Kommen Sie hin?«

Ich sage nein, mit mürrischer Miene, denn ich mag ihre Junkermanieren nicht. Aber vielleicht fühle ich mich gedemütigt, bloß weil ich zu Fuß bin und ein anderer hoch zu Roß mit mir redet? Etwas Derartiges spielt bestimmt mit, aber auch daß ich plötzlich zu einer Frau in einer für mich gänzlich neuen, verwirrenden Art von Beziehung stehe.

Im Gymnasium sprachen wir Fleurets unter uns gelegentlich auch über Mädchen. Wir tauschten phantastische Informationen über den weiblichen Körperbau aus. Daß ihr von Natur aus verstümmelter Unterleib in ein behaartes Dreieck ohne sichtbares Geschlecht auslaufe, wußten wir freilich, und dieser grauenhaft häßliche Mangel rechtfertigte allein schon unsere Gleichgültigkeit. Die Brüste, von denen unsere Hetero-Kameraden soviel Aufhebens machten, fanden ebensowenig Gnade vor unseren Augen. Zu sehr bewunderten wir die Brustmuskeln des Mannes, die sozusagen den Türsturz über der Höhlung des Brustkorbs bilden und die der Motor, der Kraftquell sind für die schönste Gebärde, die es gibt: das Umarmen, das An-sich-Ziehen – um nicht fassungslos vor deren schlaff-birnenförmiger Karikatur, der weiblichen Brust zu stehen. Aber unsere Neugier regte sich, und unsere Phantasie arbeitete, als wir dann hörten, dieses Geschlecht, das wir so jammervoll armselig fanden, sei komplizierter, als es den Anschein habe; es bestehe aus zwei übereinanderliegenden, senkrechten Mündern, deren vier Lippen – zwei große, zwei kleine – sich, wie Blütenblätter, etwas öffnen könnten. Und dann war da noch so eine Geschichte von Rüsseln – zwei Rüsseln – ganz dazu angetan, die Ganesha-Verehrer neugierig zu machen, jedoch versteckt, verborgen, unzugänglich. Was soll's! All das gehörte für uns zum Bereich des Exotischen; das Weibsvolk gab uns zu denken, ohne daß wir uns freilich damit lange aufhielten, genauso wie die Bororos in Brasilien oder die Hottentotten in Südwestafrika.

Und nun, hier auf dem flachen Land bei Roanne, nimmt sich eine Frau heraus, mit mir ein Gespräch anzuknüpfen, und mich ärgert dabei der anmaßend-vertrauliche Ton, eine Mischung von Aufreizendem und Anziehendem, dem ich erliege. Das Aufreizende daran wird noch aufreizender dadurch, daß die Wirkung auf mich ganz bestimmt von ihr berechnet und gewollt ist. Ich fühle mich von ihr wie an Fäden gezogen.

Links von mir tauchen jetzt die Gebäude von La Minardière auf; sie weisen schon auf die Nähe des Forez-Berglands hin mit ihren hohen, schiefergedeckten Satteldächern, ihren auf riesige Klötze gegründeten Kaminen, jedes Haus mit einem Waschhäuschen an der Seite wie ein Junges, das sich an seine Mutter drängt. Sam läuft schnelleren Schrittes plötzlich hellwach von all dem, was die Umgebung eines Bauernhofes an Lebendigem, aufregend Riechendem bietet. Er bekundet seinen Jubel durch muntere Sprünge, immer nur mit dem linken Hinterbein, eine kleine Bewegung, die seinem Lauf eine leicht komische Eleganz verleiht. Weshalb soll ich's leugnen? Auch mich zieht es hin zu diesen dicken, fleißig-fruchtbaren Behausungen, da Mensch und Tier, zusammen in der gleichen brünstigen Wärme, viele Junge und scheffelweise Getreide erzeugen. Der Gang der Sterne, der Reigen der Jahreszeiten, das Nacheinander von

Feldarbeiten und Tagen, die Monatsregeln der Frauen, wieder und wieder Kalben und Niederkunft, Tod und Geburt – alles sind Räder in der gleichen großen Uhr, deren Ticktack doch zeitlebens recht friedlich, recht tröstlich sein muß. Statt dessen beackere ich Berge von Unrat, verschwende meinen Samen an Knaben: ich bin verurteilt zu sterilen Gebärden, zu einem Heute ohne Gestern und Morgen, zu einer ewigen Gegenwart, öde wie die Wüste und jeglicher Jahreszeit bar . . .

Sam, der unter dem Tor hindurch in den Hof geschossen war, kommt im Galopp zurück, verfolgt von zwei widerlichen kleinen, vor Haß und Wut heulenden Kötern. Er drängt sich an mich, und die beiden Köter halten, noch immer bellend, in immerhin respektvoller Entfernung inne. Ihr Instinkt sagt ihnen wohl, daß Fleurette verborgene Reize hat und daß eine selbst leichte Berührung mit ihnen an der linken Flanke oder zwischen den Augen schwerlich gut geht. Komm, Sam, alter Kumpel, daraus magst du ein für allemal lernen, daß es zwischen denen, die dort sitzen, und uns, die wir stehen, nur Machtbeziehungen gibt, ein Gleichgewicht zuweilen, ein labiles und bedrohtes, aber Frieden oder gar Liebe – niemals!

Ich schlage einen Haken nach Süden; ich habe mich entschlossen, heimwärts über die Eselskneipe zu gehen, wo Fabienne und ihr Arbeitskommando damit beschäftigt sein müssen, die Mulde von der eisernen Dornenhecke zu säubern, die sie ausfüllt. Eine harte Arbeit; ich bin begierig, sie zu sehen und erleichtert, daß ich nicht dafür verantwortlich bin. Seltsam, diese Fabienne! Wie hieß noch das tiefsinnige Wort, das sie über den Ha-em gesagt hat? Ach ja: »Wenn man bedenkt, wie zart und weich der Müll ist!« seufzte sie damals. Teufel, dieses Weibsstück! Das Zarte, Weiche der großen weiten, sanft gewellten Ebenen, auf denen Papierblätter fliegen und schweben und beim leisesten Hauch zittern wie körperlose Vögel, dieser wunderbar weiche Boden, der deine Schritte trinkt und doch ihre Spur nicht bewahrt – ich hatte geglaubt, das sei mein ureigenes Geheimnis. Sie hat Augen gehabt, das zu sehen! Hat sie auch dies begriffen: vor ihr liegt eine ganze Zivilisation, zu Pulver zerrieben, reduziert auf ihre einfachsten Bestandteile, deren funktionale Beziehungen untereinander und zu den Menschen zerrissen sind? Ein zur Konservierung des heutigen Alltagslebens tauglicher Stoff, bestehend aus Gegenständen, die un-

brauchbar und folglich zu einem Absolutum erhoben sind? Ein
archäologisches Grabungsgelände, ein ganz besonderes freilich, denn es geht um die Archäologie der Gegenwart, die also
durch ein Band unmittelbarer Abkunft mit der heutigen Zivilisation verknüpft ist? Eine Gesellschaft bestimmt sich nach
dem, was sie wegwirft – und was sogleich ein Absolutum
wird –, namentlich Homosexuelle und Hausmüll. Ich sehe den
kleinen Reitknecht wieder vor mir, den Fabienne mit so schöner Wut geprügelt hat. Ich weiß bestimmt, daß es ein Mädchen
ist, mein Instinkt kann mich nicht täuschen. Sollte Fabienne
etwa Sinn für Ha-em haben, weil sie Lesbierin ist? Es hat den
Anschein. Aber ich kann meine maßlose Skepsis gegenüber
weiblicher Homosexualität nicht überwinden. Um es in alge-
braischen Formeln auszudrücken:

männliche Homosexualität: $1 + 1 = 2$ (Liebe)
Heterosexualität: $1 + 0 = 10$ (Fruchtbarkeit)
weibliche Homosexualität: $0 + 0 = 0$ (nichts)

Unberührt, erhaben, ewig betrachtet Sodom von hoher Warte
sein armseliges Gegenstück. Ich glaube nicht, daß bei der Verbindung zweier Nullwerte etwas herauskommen kann.
Die kleine geteerte Straße, die nach Renaison und Saint-Haon
führt, klingt hart und fest unter meinen Schritten. Sam, dessen
Pfoten davon genug haben, stöbert nicht mehr am Straßenrand
umher; er trottet gesenkten Hauptes an meiner Seite. Aber ich
sehe, er wird nach und nach wieder munterer, denn wir kommen in die Nähe der Eselskneipe, wo eine Handvoll Männer
sich zu schaffen macht, sicher Leute aus dem »Kranführer«, die
ein auf dem Bankett abgestellter alter Lastkraftwagen zur Arbeit hierhergebracht hat. Nicht nur, daß ihre Körpergröße einen Begriff von der Höhe des Stacheldrahtbergs gibt; auch die
minuziöse Arbeit, die jeder, mit einem Bolzenschneider bewaffnet, hier tut, läßt das Ausmaß des Unternehmens erkennen. Sie werden, vorsichtig geschätzt, drei Wochen brauchen,
um diese ungeheure rostige, krallige Perücke in Stücke zu
schneiden und fortzuschaffen. Ihre Arbeitsmethode gibt mir
zu denken. Anstatt den Draht von der Peripherie her systematisch anzugehen und kleinzuschneiden, sehe ich, wie jeder sich
einen eigenen Durchgang schneidet, eine Art Tunnel, mit dessen Hilfe sie dann durchs dichte Dorngestrüpp zur Mitte hin

vordringen. Man könnte meinen, ihnen liege weniger daran, die Mulde freizumachen, als daran, sie nach allen Richtungen zu durchsuchen und etwas zu finden, was darin versteckt oder verlorengegangen sein mochte. Dabei kommt mir wieder in den Sinn, wie lebhaft Fabienne mein Angebot zurückgewiesen hat, ein Kommando von meinen Leuten für diese Arbeit einzusetzen. Das genügt schon, um in mir kindliche Träume von verborgenen Schätzen, mit grausig-poetischen Hindernissen bewehrt, zu wecken. Das Dorngebüsch scheint auf einmal mit düsterem Glanz geschmückt. Ein Schauspiel war schon der grausame Todeskampf des Pferdes, das sich in diesem Stacheldrahtnetz verfangen hatte wie eine Fliege in einem Spinngewebe. Jetzt kann man sehen, wie kleine Menschen mit Fingern, die schneiden, diesen verzinkten Wald in einen Maulwurfshaufen verwandeln, aber einen ins Gegenteil verkehrten Maulwurfshaufen, der nicht mehr dunkel, erdig und weich ist, sondern licht, luftig und blutrünstig. Ich bin einer von diesen Menschen. Ich fühle ihre Angst. Ich weiß, sie bewegen sich durch diese Laufgänge aus Eisen beklommenen Herzens und zusammengepreßten Gesäßes, Haare und Perineum gesträubt, und sie bangen, ob dieser Kiefer mit seinen tausend und abertausend rostigen Reißzähnen nicht über ihnen zuschnappen wird, wie er es vor wenigen Tagen bei einem Pferd tat, wie er es stets getan hat, denn je weiter sie eindringen, desto mehr zerfetzte Reste von Hunden, von Katzen, von Dachsen entdecken sie – einer der Männer ruft sogar, er hab' gerade, halb in den schlammigen Untergrund der Mulde gewühlt, ein Wildschwein entdeckt –, meist sind sie aber so zerstückelt und verwest, daß sie nicht mehr recht zu erkennen, daß sie nur noch Pelzfetzen sind, aus denen etliche Knochen ragen.

Fabienne ist da, natürlich, noch immer in Reithose und -stiefeln, ihren unvermeidlichen kleinen Reitknecht an der Seite; sein blauverschwollenes Gesicht gleicht einer Clownsmaske. Fabienne begrüßt mich mit einem Kopfnicken.

»Was suchen Sie denn da drin?«

Ich kann die Frage nicht zurückhalten, begreife aber sofort, daß sie keine Chance hat, beantwortet zu werden. Fabienne hat heute keine Reitpeitsche. Mit den Fingerspitzen wirbelt sie spielerisch eine kleine silberne Schere herum, wirklich ein

Schmuckstück für Damen – für Damen besonderer Art, versteht sich.

»Wenn Sie's wissen wollen, kommen Sie mit!« sagt sie. Und sie geht zu dem Dornengebüsch, tritt in einen Gang, der so tief hineinführt, daß der Mann, der ihn freischneidet, nicht mehr zu sehen ist.

Nein, ich gehe nicht mit. Dieser Ort erzeugt in mir mehr als ein bloßes Unbehagen, einen wahren Abscheu. Ich mache mich auf den Rückweg nach dem Gut Colombar, wo mein alter Panhard auf mich wartet, und vor mir her läuft Sam, der anscheinend jetzt Eile hat, nach Hause zu kommen.

Natürlich ist im Hotel von nichts anderem als von der Eselskneipe die Rede, und ich habe unter den Leuten, die im Teufelsloch gearbeitet hatten, schon mehr als einen Deserteur zu verzeichnen. Gelegentlich werde ich Fabienne darauf hinweisen, daß sie mir meine Stromer abspenstig macht, aber unsere gewöhnliche Belegschaft ist schon normalerweise so unbeständig, daß das, was ich zu ihr sagen will, eher schalkhaft als ernst gemeint ist. Was die Leute zu dieser ganz besonders abstoßenden Arbeitsstelle zieht, sind die Neugier und die Hoffnung, dort was weiß ich was für einen großartigen Fund zu machen. Es sollte mich wundern, wenn das lange vorhielte und das Teufelsloch nicht binnen kurzem seine Leute wieder beisammen hätte. Um Eustache und Daniel zu halten, brauchte ich mich nicht zu bemühen; beide sind folgsam an ihrem Platz als Ausschlachter geblieben, anscheinend taub für den Sirenengesang von der Kneipe. Das ist ein Glück, denn ihre Desertion hätte mich in eine grausame Lage gebracht. Nicht daß ich dadurch die Gunst Eustaches oder die Nähe Daniels eingebüßt hätte – denn so steht es: beim Wild die Gunst, beim Wild des Wildes die Nähe –, aber ich müßte darauf verzichten, sie für ihre Arbeit zu bezahlen, und nicht ohne Unbehagen mag ich die Möglichkeit ins Auge fassen, sie für etwas anderes zu zahlen oder ihnen gar nichts mehr zu geben. Bei Daniel ist der Fall besonders heikel. Denn um die Wahrheit zu sagen, zahle ich nicht an ihn, den kleinen Burschen, das Geld aus, sondern an seine Mutter, und wenn es schon köstlich ist, einen kleinen Jungen zu bezahlen – ihn bei seinen Eltern zu bezahlen, ist ein Gefühl von seltenem Reiz.

Na ja, kurzum, sie bleiben an Ort und Stelle, der eine wie der andere, und ich bin nach wie vor wie in einem Sandwich mittendrin zwischen dem Wild und dem Wild des Wildes. Manchmal geh' ich hinauf in den zweiten Stock. Eustaches Zimmertür ist nie verschlossen. Ich finde ihn im Bett vor, nackt, doch die Bettdecke heraufgezogen bis zu den Brustwarzen. Meist will ich nicht mehr von ihm, denn durch eine seltsame Laune meines Triebs sind es auch weiterhin seine Arme, die mich reizen. Nie hab' ich ein Stück Fleisch und Blut berührt, das voller, edler, aber gleichzeitig auch keines, das dem Gebot der Kraft mehr untertan gewesen wäre. Da ist kein Gramm dieses mattweißen Überschwangs, das unnütz wäre (indes der Leib der Frau, sobald er nicht mehr am Mageren, Dürren festhält, sich in wilde Formen verliert, die rasch außer Rand und Band geraten). Zunächst brav am Körper anliegend, bilden seine Arme zwei große Girlanden milchigen Fleisches, verankert in der ovalen Masse der Deltamuskeln. Doch bald hebt er die Arme bogenförmig über seinen Kopf und nun, welche Veränderung! Es ist, wie wenn sich ein Vorhang hebt. Die Brustmuskeln, gedehnt, verlieren alles Runde und werden zu Drahtseilen, die kraftvoll am sonoren, glatten Brustkorb festgeschweißt sind. Die Innenflächen der Arme sind noch weißer und verraten dadurch, wie zart sie sind. Sie werden körnig in der Nähe der Achselhöhlen, deren leichtes, lockeres, betörendes Vlies einen nach dem ergründlichen, üppigen Wald der Schamgegend angenehm erquickt. Wahrhaftig, der Arm ist ein kleines Bein, nicht verbogen wie dieses, ein bißchen geschweift und knochig, aber, sicherlich wegen der Nähe des Kopfes, sprechender, ironischer als das Bein. Nur muß, damit der Arm sich wirklich ausdrücken und verstanden werden kann, der übrige Körper bedeckt sein, und das eben bestimmt mein Verhalten bei Eustache. Entblöße ich nämlich diesen Oberkörper, diesen Leib, diese Flanken, die einfache und zugleich unendlich kontrastreiche Geographie um das Geschlecht und die Hüften, des beginnenden Oberschenkels und des Perineums, das sie trennt – dann muß das Konzert, das von einem so kräftigen, so zahlreichen Orchester aufsteigt, das reizende, aber im Vergleich dazu ein wenig dünne Duett der Arme übertönen, mögen sie auch noch so gut und fest sein.

Was Daniel angeht . . . Es hilft nichts, wenn ich es mir verheimlichen will: er rührt mich einfach. Das leidenschaftliche Mitleid, das er mir einflößt, sänftigt, mildert den hartgesottenen, im Feuer seiner einzigen Begierde gestählten, geschmeidigen aber unnahbaren, nie rostenden Einzelgänger, der ich, ganz nach dem Vorbild meiner kleinen Fleurette, gewesen bin. Liebe = Begierde + Zärtlichkeit, und ihre Kraft, ihre Gesundheit liegt in der innigen Verschmelzung dieser beiden Bestandteile. Aber zuerst einmal sahnt Eustache von meiner Begierde das Klarste für sich ab. Was die Zärtlichkeit anbelangt, die Daniel mir einflößt – sie gehört zu einer besonderen Abart, der Mitleids-Zärtlichkeit, die schlecht mit der Begierde zusammengeht, die sogar mit Sicherheit dieser Verbindung gänzlich widerstreitet. So bin ich also schlecht gefahren, oder zumindest weiß ich nicht, zu welchem Ziel. Die Situation hat trotzdem das eine für sich, daß sie neu ist.

Daniel. Sein offizieller Einzug in mein Leben hat sich vor drei Tagen vollzogen. Ich hatte gerade bei seiner Mutter seinen Monatslohn beglichen. Er hatte den Vorgang mitangesehen und stand noch ganz in dessen Bann. Ich muß ihn von der blöden Faszination kurieren, die Geld auf ihn ausübt. Einstweilen ist sie von Nutzen für mich, denn daran besteht kein Zweifel: das Geld bin ich – in seinen Augen. Es muß so sein . . . es muß . . . Wir müssen ein Stück Wegs zusammengehen, ob ein Stück Wegs oder eine lange Strecke muß das Schicksal dann entscheiden. Schon das genügt, und ich sprudle über von Plänen, die sich auf ihn beziehen. Von Plänen und von Freude. Ich bin jung, mein Leben fängt erst an! Meine nagelneue, wunderbare Liebe ist eine Goldmine, die wir zusammen ausbeuten wollen. Für den Anfang habe ich ihn einmal in das Terminus mitgenommen. Ich wollte, er als einziger von den Kranführerleuten solle auch die andere Seite meines Lebens zu Gesicht bekommen, die des Monsieur Surin. Natürlich kannte er das Terminus – von außen, als das schickste Hotel der Stadt. Ganz erstarrt vor Ehrfurcht ging er hinein. Die Höhe meines Zimmers und dessen Moketteboden haben ihn vollends überwältigt. Ich ging mit ihm zu dem Fenster, das auf den Bahnhofsplatz hinausgeht. Eine Neonschrift – eben die des Hotels – warf ihren roten Widerschein auf ihn. Ich streckte die Hand nach seinem

Nacken aus, dann knöpfte ich seinen Hemdkragen auf. Für mich war es die erste Bewegung des In-Besitz-Nehmens. Ich bebte vor Glück. Ich muß ihn dann von dem unvermeidlichen Trikotleibchen befreien, doch kenne ich seit langem diese unterm Volk weitverbreitete Abwandlung der auf dem Lande üblichen Flanell-Leibbinde. Meine Finger verfangen sich in einem Goldkettchen, an dem ein Medaillon der Heiligen Jungfrau hängt. Er hat diese Reliquie seiner frommen Kinderzeit sichtlich vergessen, wie der junge Hund, der sich zuerst ganz wild gebärdet, um das Halsband, das man ihm übergestreift hat, loszuwerden – und es dann binnen einer Stunde und bis ans Ende seiner Tage vergißt. Er hatte es vergessen, sein Jungfrau-Medaillon, aber mir, Alexandre Surin, dem Dandy aus dem Unrat, mir schlug dieses reine, verborgene kleine Ding auf den Magen, und auf meine Leidenschaft, das Mitleid, begann mir wieder in den Augen zu brennen. Ich hab' den Hemdkragen wieder zugeknöpft und seine Krawatte, einen fettigen Strick ohne bestimmte Farbe, wieder zurechtgerückt. Ich muß ihm Krawatten kaufen. Ich muß . . . ich muß . . .

Der Schrei erscholl mitten aus dem Dorngestrüpp, heute, Dienstag, den 15. Juni, genau um 17.10 Uhr. Nachdem ich, wie vorhergesehen, fast alle meine Deserteure wieder hatte, ging ich mal bei der Eselskneipe vorbei, um nachzuschauen, wie weit die Räumungsarbeiten gediehen seien. Es war nur eine Handvoll Leute da, die lustlos und ohne rechte Art mit ihren Scheren herumschnippelten, und der »lichte, luftige, blutrünstige« Maulwurfshügel erschien von der Arbeit dieses Tages kaum angekratzt. Ich hatte gerade noch Zeit zu sehen, daß auch der kleine Reitknecht da war und zwei Pferde am Zügel hielt, und ich schloß daraus, daß Fabienne in der Nähe sein mußte.
Da gellte der Schrei, ein Brüllen voll Schmerz und Zorn, ein wütendes, unbändiges Klagen voll tödlicher Drohung. Und beinahe sofort sah man, wie ein Mann aus einem der Gänge hervorstürzte, die in das dicke Dorngestrüpp geschnitten waren, ein Mann, der immer noch laut heulend seine Hand an die linke Schläfe gepreßt hielt. Ich erkannte Briffaut, und offenbar erkannte auch er mich, denn er stürzte auf mich zu.
»Mein Ohr, mein Ohr!« brüllte er. »Sie hat mir das Ohr abgeschnitten!«

Und er hielt mir seine linke Hand entgegen; sie war wie mit einem Handschuh mit rotem Blut überzogen. Doch nicht seine Hand machte Eindruck auf mich, vielmehr war es dieser völlig andere Kopf, der durch das fehlende Ohr ganz aus dem Gleichgewicht geraten war, so daß man sich befremdet fragte, ob man ihn nun von vorn oder im Profil vor Augen habe. Bei dem verrückten Alten mit seinem kupierten Ohr hielt ich mich nicht lange auf. Ich überließ ihn seinem Gejammer und lief zu dem Dorngestrüpp hinüber. Ich stürmte in den Gang, aus dem er gekommen war. Zu meiner Überraschung sah ich mich in einem Labyrinth, kompliziert genug, daß man sich zu verirren fürchtete. Eine sicherlich unnötige Befürchtung, denn das Dorngestrüpp ist nicht übermäßig groß, aber von diesen tausend und abertausend Lagen Stacheldraht, unter denen man sich begraben fühlt, geht der Eindruck des Drohenden, Blutrünstigen aus, und das spielt hierbei ganz wesentlich mit. Ich eilte vorwärts, kehrte um, ging weiter, kehrte wieder um und sah mich plötzlich auf Nasenlänge Fabienne gegenüber. Sie rührte sich nicht, lächelte nicht, doch von ihrem vollen, runden Gesicht glaubte ich einen Ausdruck des Triumphs ablesen zu können. Ich blickte hinunter auf ihre Hände. Sie waren beide blutbespritzt. In der Rechten hielt sie noch die kleine silberne Schere, die ich bei ihr gesehen hatte, als wir uns zuletzt begegnet waren. Die linke Hand kam mir entgegen und öffnete sich: Zwei Ohrringe lagen darin, zwei philippinische Perlen, auf Ohrclips gefaßt. Sie trat zurück und gab mir den Blick auf den Boden frei. Ein roter, zusammengekrümmter Fetzen Fleisch zog zuerst meinen Blick auf sich, und ich dachte an Briffauts Ohr. Aber das war noch gar nichts. Als ich genauer hinsah, gewahrte ich, halb in der weichen Erde vergraben, eine menschliche Gestalt. Zwischen Erdaufwürfen, mit einem Fetzen Filz bedeckt, grinste ein Totenschädel mit seinem ganzen Gebiß.

»Mir schwante, daß Crochemaure mit der einen Perle hier sein mußte«, erklärte mir Fabienne. »Überrascht war ich nur, die andere Perle an Briffauts Ohr zu sehen. Ein seltsames Zusammentreffen, nicht?«

Sie hatte wieder jenen Ton mondäner Ironie angeschlagen, der einem unter den augenblicklichen Umständen besonders schrill in den Ohren klang.

Ich wollte nichts mehr hören noch sehen. Wortlos kehrte ich Fabienne den Rücken und verließ das Labyrinth. Über das, was vor einem Vierteljahrhundert hier geschehen ist, lassen sich einstweilen bloß Mutmaßungen anstellen, aber die Stückchen des Puzzlespiels passen recht gut ineinander. Damals florierte die Eselskneipe noch und diente den Lumpensammlern dieser verfluchten Gegend als Ausgangsbasis. Hier also trafen sich Briffaut und Crochemaure, jeder mit seiner Perle, um ein letztes Mal miteinander zu verhandeln. Man mag vermuten, daß sie nach dem Ende aller Argumente übereinkamen, um die Perlen zu würfeln oder mit Karten um sie zu spielen. Das Spiel artete in einen Wortwechsel und der Wortwechsel in ein Duell bis aufs Messer aus. Es scheint festzustehen, daß Briffaut zu jenem Zeitpunkt eine umfangreiche Verletzung am Bauch auszukurieren hatte und mehrere Wochen lang bettlägerig war. Man kann annehmen, Crochemaure habe, ebenfalls verletzt, die Kneipe verlassen, sich in dunkler Nacht im hohen Gras verirrt, und sei in der sumpfigen Senke gestorben. Kurz darauf wurde tonnenweise Stacheldraht hineingekippt. Als Briffaut, nun wieder auf den Beinen, an Ort und Stelle umherstreunte, um nach dem Toten und nach der Perle zu suchen, war es für ihn eine böse Überraschung, zu sehen, daß über seinem alten Feind ein seiner würdiges Grabmal, das eiserne Dorngestrüpp, lag. Er wartete auf eine Gelegenheit, vergaß, und als er Fabiennes Leute plötzlich dort Gänge schneiden sah, fiel ihm alles wieder ein. Die Sache mit den Ohrringen wurde wieder lebendig, auch Alleluja, als er seine Anklagen gegen ihn vortrug, schien einer Strömung zu folgen, durch die die alte Geschichte wieder ans Tageslicht kam. Gespannt beobachtete Briffaut die fortschreitende Räumung der Mulde. Es ging ihm darum, als erster bei den Überresten Crochemaures zu sein. Doch er war erst der zweite, und er mußte seine Perle und zugleich sein Ohr dabei lassen ...

Er trägt dieses goldene Kettchen und dieses Medaillon der Heiligen Jungfrau um den Hals. Er trägt auch am linken Ringfinger ein breites Aluminiumringlein, das einen Totenkopf vorstellt. Das sind seine zwei Juwelen. Ich werde mich wohl hüten, daran zu rühren. Dafür muß ich daran denken, ihn einzukleiden. Sei es auch nur, um ihn danach besser entkleiden zu können. Aber wie? Eine heikle, erregende, köstliche Frage. Klugheit, Ruhe, Vorsicht würden gebieten: ihn auszuradieren, ihn auszulöschen, ihn zu einem grauen Schatten zu machen, der hinter mir verschwindet. Mir widerstrebt das. Es widerstrebt mir, ihn mit Kleidern auszustaffieren, die in ihrer Art den meinen diametral entgegengesetzt sind. Ich möchte, daß er mir ähnlich ist, bis in meine »unfeine Art« hinein. Daniel soll ein Dandy sein wie ich.

Wie ich? Weshalb nicht *genau* wie ich? Meine getreue Kopie? Je länger ich diesen Gedanken hege, desto besser gefällt er mir. Damit stoße ich das grinsende Gesindel offen vor den Kopf, lasse sein Grinsen in Verblüffung erstarren, wecke in seinem stumpfen Schädel vage Hypothesen von einem Bruder, von einem Sohn . . .

Bruder? Sohn? Autsch, wie seltsam kneift das im Herzen! Aus Versehen bin ich an die schwärende Wunde meines »kleinen Kummers« gestoßen. Und im Aufzucken dieses jähen Schmerzes stellt sich mir die Frage, ob das Mitleid, das mich zu Daniel hinzieht, nicht eine Verwandlung meines kleinen Kummers ist, ein wenig Mitleid mit dem kleinen Waisenknaben, den die Mama allein gelassen hat. Narziß beugt sich über sein Spiegelbild und weint vor Mitleid.

Ich war stets der Meinung, jeder Mensch empfinde, wenn es Abend wird, eine große Müdigkeit, zu existieren (existieren = *sistere ex*, außen sitzen), geboren zu sein, und er suche nun, um sich ob all dieser lärmerfüllten, zugigen Stunden zu trösten, zurückgeboren zu werden, *entboren* zu werden. Doch wie soll er zurückkehren in Mamas Leib, den er vor so langer Zeit verlassen hat? Indem er stets eine unechte Mama bei sich hat, eine Pseudo-Mama in Form des Bettes (ganz ähnlich wie jene aufblasbaren Gummipuppen, wie die Matrosen sie auf See vögeln, um ihrer erzwungenen Keuschheit ein Schnippchen zu schlagen). Stille und Dunkelheit schaffen, unter die Decke schlüpfen, sich nackt und bloß im Feuchtwarmen zusammenkuscheln, das heißt wieder Embryo werden. Ich schlafe. Ich bin für niemanden zu sprechen. Natürlich, denn ich bin ja gar nicht geboren! Darum ist es logisch, im geschlossenen Zimmer, in dumpfer Atmosphäre zu schlafen. Das offene Fenster, das ist gut für tagsüber, für den Morgen, für die Anspannung der Muskeln, die einen lebhaften Energieumsatz erfordert. Nachts muß dieser Umsatz möglichst stark gedrosselt werden. Da der Embryo nicht atmet, darf der Schlafende auch nur so wenig wie möglich atmen. Die dicke, mütterliche Atmosphäre eines Kuhstalls im Winter bekommt ihm am besten.

So soll mein Daniel, nackt wie am Tag seiner Geburt, in mein großes Bett schlüpfen und entboren werden. Und was wird er da vorfinden? Mich natürlich, ganz ebenso nackt wie er. Wir werden einander umfangen. Das Hetero-Gesindel stellt sich nun ein Eindringen ineinander als notwendig vor, etwas Mechanisches um die Körperöffnungen, etwas, das ihren Befruchtungsakt imitiert. Ihr trübseligen Kellerasseln! Bei uns ist alles möglich, aber nichts notwendig. Im Gegensatz zu eurer Liebe, die der Schablone der Fortpflanzung verhaftet ist, ist die unsere ein Feld, wo alles Neue uns erwartet, alles noch zu entdecken, alles Wunderbare zu finden ist. Unsere Penisse, fest und gekrümmt wie Säbel, kreuzen, schlagen, schärfen einander. Muß ich noch hervorheben, daß das Fechten, das ich schon seit meiner Jugend betreibe, keine andere Berechtigung hat als die, an diesen männlichen Dialog zu erinnern? Das Fechten ist das Gegenstück zum Tanz der Heterosexuellen. Mit fünfzehn Jahren ging ich auf den Fechtboden wie meine Brüder im gleichen Alter auf den kleinen Samstagabendball gingen. Jedem seine Art symbolischen Vollzugs. Nie habe ich Verlangen nach ihren Allerweltsvergnügungen gehabt. Sie haben nie den Sinn unserer brüderlichen Kämpfe zu begreifen versucht.

Brüderlich. Das große Wort ist mir aus der Feder geflossen. Ist das Bett der Mutterleib, so kann ein Mann, der, entboren, zu mir ins Bett kommt, nur mein Bruder sein. Mein Zwillingsbruder, versteht sich. Und das ist wohl der tiefste Sinn meiner Liebe zu Daniel, die durch Eustaches Arme geläutert und durch meinen kleinen Kummer zum Mitleid gewendet ist.

Von Jakob und Esau, den rivalisierenden Zwillingsbrüdern, berichtet uns die Heilige Schrift, sie hätten schon im Mutterschoß aufeinander eingeschlagen. Sie erzählt weiter, wie Esau als erster zur Welt gekommen sei, habe sein Bruder ihn an der Ferse festgehalten. Was soll das anderes heißen, als daß er ihn daran hindern wollte, die Vorwelt im Mutterleib zu verlassen, in der sie engumschlungen gelebt hatten? Jene Regungen des zwiefachen Embryos – die ich mir langsam, traumschwer, unwiderstehlich vorstelle, mittendrin zwischen der Bewegung der Eingeweide und dem Pflanzenwachstum –, weshalb muß man die denn als Kampf auslegen? Muß man nicht eher das sanfte, an Liebkosungen reiche Leben des Zwillingspaars darin sehen?

Kleiner Daniel, wenn du, entboren, mir in den Schoß fällst, wenn wir miteinander die Säbel kreuzen, wenn wir einander dann kennen mit dem wunderbar innigen Einverständnis, das wir einem atavistischen, vorzeitlichen, wie angeborenen Vorwissen vom Geschlecht des anderen verdanken – dem Gegenteil des heterosexuellen Infernos, wo jeder für den anderen eine *terra incognita* ist –, dann bist du nicht mein Liebhaber – ein groteskes Wort, das nach Hetero-Zweisamkeit stinkt –, dann bist du nicht einmal mein kleiner Bruder, dann bist du ich selber, und wir werden in dem leichten, luftigen, ausgewogenen Schwebezustand zweier gänzlich identischer Wesen an Bord unsres großen, mütterlichen, weiß-dunklen Schiffes dahinsegeln.

Nun bin ich doch von meinen Kleiderplänen recht weit abgekommen. Nicht weiter freilich, als die Nacht vom Tag entfernt ist. Denn mögen wir auch des Nachts im Mutterleib kommunizieren, bei Tag soll Daniel in meiner gestickten Weste – mit sechs Täschchen, die noch leer sind, wie es sich bei einem jungen Menschen ohne festen Beruf gehört – und in meiner Nankinghose an meinem Arm ins Restaurant oder ins Hotel gehen – ein seltsamer Doppelgänger, gut und gern durch eine volle Generation von mir getrennt, ein Zwillings-Sohn, ich selbst, nur dreißig Jahre früher, naiv und frisch, schlecht geschützt, ohne Deckung, allen Hieben ausgesetzt. Aber ich werde bei ihm sein, während ich vor dreißig Jahren niemanden hatte; ich mußte vorwärts, ohne Führer, ohne Beschützer, hinein in die von Fallen und tückischen Feinden starrenden Gefilde des Eros.

Ich lasse sie in meiner Hand hin- und herrollen, diese beiden philippinischen Schönen; ihr Glanz ist so hell, als schweife ein phosphoreszierender Fleck über ihre irisierenden Bäuchlein. War es eigentlich nicht ganz normal, daß die Perlen, diese Zwillingsschwestern, das Symbol des absoluten Paares ihren seltsamen Lauf an den Ohren des Unrat-Dandys beschlossen? Aber welcher grotesken Schicksalsschläge bedurfte es, um so weit zu kommen!

Alles hat letzte Woche angefangen, als ich die beiden Bulldozer beaufsichtigte, die die Oberfläche dessen, was das Teufelsloch war, gleichmäßig einebneten. Sie ist so schön, diese Oberfläche, so aus einem Guß, so fein gesiebt und fest – ein wahres Meisterwerk von kontrollierter Deponie, mein Meisterwerk – daß der Stadtrat, der in voller Besetzung anrückte, um die Beendigung der Arbeiten zu inspizieren, seine Begeisterung nicht verbergen konnte und einstimmig beschloß, bei einer so guten Sache nicht auf halbem Weg stehen zu bleiben, sondern der Aufnahme von Krediten zuzustimmen, um auf diesem Gelände ein städtisches Stadion mit überdachten Tribünen und geheiztem Umkleideraum entstehen zu lassen. Vor diesen wie am Bratspieß aufgereihten kleinen Krämern, von denen jeder das Verdienst an dem künftigen Stadion offensichtlich sich selbst zuschrieb, machte ich mich ganz klein und setzte eine bescheidene Miene auf. Ich ließ ihre Selbstzufriedenheit in Polarkälte umschlagen, als ich mich getraute, schüchtern anzuregen, diesem Stadion, dem könne man ja vielleicht den Namen Surin geben; angesichts ihres plötzlich sauren Gesichtsausdrucks und weil mir einfiel, daß ich vor allem für die Kranführerleute Monsieur Alexandre war, gab ich zu, der Vorname Alexandre tue es ebenso gut; er lasse irgendwie an den großen makedonischen Eroberer und ein russisches Zarengeschlecht denken. Natürlich leistete ich mir dabei nur einen Spaß, denn nichts liegt mir ferner, als der Gedanke, mich in einer Hetero-Gesellschaft als Star darzustellen, auch wenn mir die Erinnerung an das Léo-Lagrange-Stadion in Vincennes und an einen Pulk junger Burschen mit nackten Schenkeln, die einen Hochzeitsritus um ein ledernes Ei aufführten, recht süß war und mir solche Männer-Freizeitgelände sympathisch machte.

Wie ein Friseur, der mit einem letzten Kammstrich über das Haar fährt, das er gerade glänzend glattgebürstet und zurechtgestutzt hat, ließ ich meine Bulldozer noch einmal über die makellose Arena des Teufelslochs fahren, da erkannte ich Fabiennes kleinen Reitknecht, der in schnellem Trab heranritt. Drei Meter vor mir hielt sie an und rief mir militärisch-schneidig, ähnlich wie eine Stafette, die einen Befehl vom Großen Hauptquartier bringt, mit heller Stimme zu:

»Mademoiselle Fabienne gibt am Freitagabend einen Empfang im Schloß. Sie sind herzlich eingeladen.«

Ihr Pferd, ungeduldig, drehte sich um sich selbst, und sie fügte,

bevor sie in gestrecktem Galopp davonsprengte, noch die verblüffende Erklärung hinzu: »Zu Ehren ihrer Verlobung!«
Verdammte Fabienne! Ist es ihr doch wieder geglückt, mich aus dem Konzept zu bringen! Da sieht man, wohin lesbische Liebe führt! Hatte ich nicht recht, wenn mir diese Nachäffung der Liebe unter Männern verdächtig war? Verlobt! Dabei fiel mir wieder ein, daß ich sie seit der Geschichte mit dem abgeschnittenen Ohr nicht mehr gesehen hatte und daß welche von den Kranführerleuten auf eine etwas mysteriöse Krankheit angespielt hatten, durch die sie auf dem Schloß festgehalten sei. Zunächst hatte ich, einigermaßen naiv, gedacht, ihre Streitigkeiten mit Briffaut hätten trotz ihres siegreichen Ausgangs ihr Gefühlsleben erschüttert, und nun war ich – nicht minder naiv – geneigt zu glauben, sie sei gerade im Hinblick auf diese Verlobung – der sie sicherlich nur unter dem Druck einer unausweichlichen finanziellen Notwendigkeit zugestimmt hatte – völlig durcheinander. Heute werfe ich mir mein übereiltes Urteil vor. Wohl weiß ich, daß meine Ansicht von der Frau vergröbert, kalt und teilnahmslos ist, aber ich hätte mir beispielsweise denken können, daß einem etwaigen Geldbedarf schon die wiedergewonnenen philippinischen Perlen hätten abhelfen können. Bezüglich ihrer Krankheit sollte ich unter kaum glaublichen Umständen erfahren, was es damit auf sich hatte, und daß sie mit meinem unflätigen Beruf mehr Verwandtschaft besaß als mit den romantischen Ohnmachten des schönen Geschlechts.

Es ist einer der Grundsätze, nach denen ich mich kleide, auch an gewöhnlichen Tagen stets so gepflegt zu sein, daß ich auch für einen Empfang nicht gepflegter sein könnte. Das ist das einzige Mittel, um dem Sonntagsstaat, in den sich die heterosexuellen Kuhbauern werfen, zu entgehen. Ich besitze weder Frack noch Smoking, ich überlasse diese Livree Oberkellnern und Gesellschaftstänzern, und selbst im offiziellsten Salon dächte niemand daran, mir das zum Vorwurf zu machen, denn das hieße, von mir einen *geringeren* Grad von Vornehmheit verlangen. Und so erschien ich in meiner gewohnten Nankinghose, meinem Krawattenschleifchen und vor allem meiner Seidenweste mit den sechs Täschchen und dem Unratmedaillon in einem jeden – das heißt, ganz genauso, wie ich seit sechs Monaten im weiten Roanneser Land zu sehen war – so erschien ich also auch an jenem Freitag, dem 7. Juli, zu Fabiennes Verlobungsfeier auf Schloß Saint-Haon.

Obschon ich darauf gefaßt war – als sie plötzlich hereintrat, ganz junge Dame von Welt, mit glanzsprühendem Haar, im Seidenkleid und mit Stöckelschuhen, war ich doch verblüfft und brauchte einige Sekunden, um mich zurechtzufinden. Natürlich bemerkte sie das und sagte, als ich mich über ihre Hand neigte:

»Ein Glück, daß ich meine Ohrringe trage, sonst zweifle ich, ob Sie mich überhaupt erkannt hätten!«

Diesen Zweifel, den hab' ich jedenfalls noch immer nicht überwunden, soweit er ihre zierliche Begleiterin betrifft, die sie mir nur unter ihrem Vornamen vorgestellt hat.

»Eva kennen Sie ja wohl schon.«

Ist sie der kleine Reitknecht? Wahrscheinlich. Ich bin nicht ganz sicher. Man müßte unterstellen, ihr Gesicht sei wunderbar rasch abgeheilt, was in ihrem Alter aber nicht unmöglich ist. Letzte Woche, als sie mir hoch zu Roß Fabiennes Einladung zurief, hab' ich sie kaum gesehen. Sie grüßt mich, die Augen niederschlagend, mit einem Kleinmädchenknicks. Dann läßt man mich, wie einen exotischen Fisch ins Karpfenbecken, in die Gesellschaftsräume des Schlosses ein. Heimische Fauna allenthalben, typisch hiesiger Herkunft. Abgesehen von den Bediensten in kurzen Kniebundhosen, roter Weste und blauem Gehrock wetteifert diese ganze feine Welt in einem einzigen Grauin-Grau. Unauffällige Vornehmheit. Mehr noch: Nihilismus. Vom Nebel, vom Staub, vom Dreck den genauen Farbton zu treffen, um noch unscheinbarer daherzukommen. Das ist die eiserne Regel der Kellerassel-Ästhetik, die hier herrscht. Der Hetero lädt alles Streben nach Eleganz, jegliche Kühnheit in der Kleidung, alles Erfinderische in der Art sich anzuziehen auf die Frauen ab. Das kommt davon, daß bei ihm das Geschlecht gänzlich dem Nutzen, dem Zweck untergeordnet ist und darum seine wesentliche Aufgabe, nämlich die, zu verwandeln, zu verherrlichen, zu erheben, nicht mehr zu erfüllen vermag. Zwischen Gruppen anderer Gäste schreite ich vorwärts und trage den Kopf immer höher. Schade, daß ich Fleurette in der Garderobe gelassen habe. Hatte nicht Ludwig XIV. einen Stock bei sich, wenn er inmitten seines Hofstaats in voller Pracht durch den Spiegelsaal schritt? Apropos Spiegel: da ist gerade einer, der mit seinem fleckigen Stanniolbelag die ganze Flucht der Salons in sich versammelt. Was bin ich doch schön! Ein Goldfasan inmitten einer Schar aschfarbener Perlhühner – bin ich nicht der einzig Männliche in diesem Hühnerhof? In einer Nische, die ein Alkoven gewesen sein muß, hat man ein Podium untergebracht, auf dem sechs Musiker ihre Instrumente stimmen. Richtig, heute abend ist ja Ball. Der Ball zur Verlobung von Mademoiselle Fabienne de Ribeauvillé mit ... mit wem eigentlich? Ich kriege auf gut Glück eine Perlhenne zu fassen und frage in vertraulichem Ton, wo denn der Bräutigam sei, ob mich nicht jemand vorstellen könne. Die Perlhenne gerät ganz aus dem Häuschen vor Geschäftigkeit, stellt sich auf die Fußspitzen, versucht über die Menge zu blicken, gewahrt schließlich das Büfett und bemüht sich, mich hinzuführen. Und schon stehen wir vor einem jungen Mann, klein, fett, pausbäckig und weichlich wie eine Eiterpustel. Er ist sorgsam mit der Brennschere frisiert, und ich möchte schwören, daß er geschminkt ist. Auf den ersten Blick spüre ich eine starke Antipathie, die negativ auf mich ausstrahlt. Gegenseitiges Sich-Vorstellen. Er heißt Alexis de Bastie d'Urfé. Ich ordne ihn ein. Alter Adel aus dem Forez. Historisches Schloß am Ufer des Lignon, einem Nebenfluß der Loire. Doch mein Gedächtnis macht einen großen Sprung, und spärliche Schulzeiterinnerungen tauchen auf. Honoré d'Urfé, der Autor von L'Astrée, dem ersten preziösen französischen Roman. Wie hieß der Schäfer im Spitzenkleid, der in Liebe zu Astrée erstarb? Céladon! Ja, natürlich! Und sofort empfinde ich wieder die instinktive Abneigung, die diese parfümierte Null, diese Frauenlieblingstunte (das ist der Gipfel!) mir schon auf der Schule einflößte, und ich merkte, es ist die gleiche Abneigung wie die andere, die mir gerade Alexis de Bastie d'Urfé eingeflößt hat. Mich, der ich niemals ein Buch aufmache und der ich mich um Literatur keinen Deut kümmere, mich erstaunt und belustigt dieser Zusammenstoß von Wirklichem mit Erdichtetem. Mit spitzen Lippen wechseln wir ein paar Worte. Ich meine, ihm zu seiner Verlobung gratulieren zu müssen: Fabienne ist so schön, so voller Kraft! Er widerspricht mir mit ekelverzerrter Miene: Nein, eben nicht, seit einiger Zeit fühlt sie sich nicht wohl. Doch schließlich soll nächsten Monat die Hochzeit sein, und dann wollen sie eine längere Hochzeitsreise antreten, die, hofft er, alles in Ordnung bringt. Fabienne kann es nur guttun, wenn sie aus einer Gegend wegkommt, wo ihr weder das Klima noch erst recht die Leute zusagen, und wo sie einen Umgang pflegt, der … einen Umgang, den … kurzum einen höchst unerfreulichen Umgang. Na, ich glaube, das ist das, was man einen Affront nennt! Fleurette, Fleurette, wo bist du? Dieser Hanswurst von Céladon – ich glaub', ich hole gleich aus meinem Westentäschchen Nummer fünf die Roanneser Mülltablette und stopfe sie ihm in die Gurgel! Ich rasple Süßholz: »Und die Hochzeitsreise, wohin geht sie denn?« »Venedig«, sagt er. Das fehlte bloß noch! Gondeln und Mandolinen im Mondschein! Fabienne treibt es wahrhaftig zu weit. Ich lasse Céladon stehen und gehe, quer durch die Masse der Perlhühner, auf die Suche nach Fabienne. Sie steht ganz allein draußen auf der Freitreppe und begrüßt die Gäste. Doch um diese Zeit scheint alles schon da zu sein, und die schöne Braut verweilt unnötigerweise – oder vielleicht aus Abscheu gegen die Perlhühner – in der erfrischenden Nachtluft.

Als sie mich kommen hört, dreht sie sich nach mir um, und im grellen Schein der Lampen, die die Freitreppe säumen, gewahre ich, daß ihre runden Wangen tatsächlich verschwunden sind und ihre Augen größer und tiefer in den Höhlen zu liegen scheinen. Doch die philippinischen Perlen zieren nur um so lichter ihre Ohren. Welche Krankheit ist meiner lumpensammleorhrenkupierenden Dame durch ihren »unerfreulichen Umgang« eingeimpft worden? Ich frage sie gewiß nicht danach, denn das ist keine von den Fragen, auf die sie Antwort gibt. Diese Hochzeit, dieser Alexis hingegen …

»Gerade bin ich Ihrem Verlobten, Alexis de Bastie d'Urfé, vorgestellt worden«, erkläre ich in einem Ton, in dem sich das Fragen mit einem Schatten von Vorwurf mischt.

Genauso versteht sie es auch.

»Alexis ist ein Freund aus meiner Kindheit«, erklärt sie mir mit sichtlich gutem Willen, den etwas Ironisch-Affektiertes in ihrer Stimme freilich Lügen straft. »Wir sind miteinander aufgewachsen. Ein Adoptivbruder eigentlich. Freilich wären Sie nicht in Gefahr, ihm zu begegnen. Ihm graut vor Pferden, Deponien, Tippelbrüdern. Er geht sozusagen nie aus. Ein Mann fürs traute Heim, wissen Sie.«

»Mit ihm sind Sie das vollkommene Paar. Man muß nicht erst fragen, wer von den beiden die Reithosen anhat.«

»Glauben Sie, ich hielte es mit einem Mann aus, der so männlich ist wie . . .«

»Wie ich? Aber er? Wie soll er's anstellen, um es mit Ihnen und Ihren Reithosen auszuhalten?«

Mit ärgerlicher Bewegung kehrt sie mir den Rücken. Macht drei Schritte zur Tür des Salons hin. Bleibt stehen.

»Monsieur Alexandre Surin!«

»Wie belieben?«

»Haben Sie *L'Astrée* von Honoré d'Urfé gelesen?«

»Ehrlich gesagt nein. Ich glaube mich auch zu erinnern, daß es ein bißchen länglich ist.«

»Genau fünftausendvierhundertdreiundneunzig Seiten Großformat. Was wollen Sie, für uns im Forez ist es unser Nationalepos. Nicht ungestraft bin ich als kleines Mädchen mit nackten Beinen in den klaren Wassern des Lignon herumgewatet.«

»Also heiraten Sie Alexis, weil er die Verkörperung Céladons ist?«

»Die Verkörperung? Mehr als das, sehen Sie!« Sie ist dicht zu mir hergekommen und flüstert mir wie ein verworrenes, bedeutsames Geheimnis zu:

»Céladon ist eine Seite, Alexis ist die andere Seite. Céladon streitet sich mit seiner schönen Freundin Astrée. Sie jagt ihn davon. Verzweifelt reist er ab. Bald darauf erscheint bei Astrée eine entzückende Schäferin. Sie heißt Alexis und kennt die Kunst, Damen zu gefallen. Recht bald vergißt Astrée ihren Kummer in den Armen ihrer neuen Freundin. Aber wer ist Alexis wirklich? Céladon, als Schäferin verkleidet! Wie es eben manchmal genügt, das Geschlecht zu wechseln, und gleich ist alles in schönster Ordnung!«

Da hätte ich nun für all das eine Erklärung verlangen, präzise Fragen stellen, diesen Knäuel entwirren müssen. Ich hab' mich nie für zartbesaitet gehalten. Nun, davor scheute ich doch zurück. Mir schwindelte vor diesem Wirbel von Röcken und Hosen, wo kein Schwein mehr weiß, was zu wem gehört. Das Rätsel um Alexis bleibt – wenn ich so sagen darf – unverschnitten. Dieses Teufelsweib von Fabienne wäre imstande, eine Frau zu heiraten oder sogar einen Mann, den sie vorher mit Brautkleid und Brautschleier ausstaffiert hat. Sie ist stärker als ich. Wie Sam erregt sie Anstoß bei mir und bereichert mich. Was sie sagt, ist zynisch und erbaulich.

In den festlichen Räumen ist es auf einmal ganz still geworden; die Gäste haben in der Mitte Platz gemacht.

»Ich muß den Ball eröffnen«, seufzt Fabienne. »Und Alexis tanzt doch so schlecht!«

Ich folge ihr auf dem Fuße, als sie, mit verhaltenem Beifall begrüßt, in den Raum tritt. Sie trägt ein sich dem Körper anschmiegendes, stellenweise duftig-leichtes Kleid aus rosa Tussorseide, das ziemlich kurz ist und ihre muskulösen Reiterinnenbeine freiläßt. Die Toilette eines sportlichen jungen Mädchens, einer jagdliebenden Diana, die zwar bereit war, sich zu verloben, aber was das Heiraten betrifft, ist noch nichts unwiderruflich entschieden. Während sie tapfer der kleinen, pausbackigen, unsicher dastehenden Gestalt gegenübertritt, mit der sie gleich tanzen soll, suche ich im Gewoge der Gäste, die die Wände säumen, unterzutauchen. Ein bißchen remple ich dabei eine alte Schleiereule mit einem Hut aus violettem Tüll an, die ganz damit beschäftigt ist, unter heftigen Schnappbewegungen ihres vorspringenden Kinns einen Teller Petits Fours zu verschlingen. Der Teller kommt nach angsterregendem Schlingern wieder zur Ruhe, aber das violette Tüllgebäude hat, sicher für dauernd, Schlagseite bekommen. Man muß ihr wohl von Kindesbeinen an beigebracht haben, mit vollem Munde schimpfe man nicht, denn sie begnügt sich damit, ihre Kinnspitze auf mich zu richten und mich mit den Augen zu erschießen.

Fabienne steht regungslos vor Alexis. Zwei Meter liegen zwischen beiden. Ein rührender Kontrast zwischen dem jungenhaften Mädchen, das aufrecht und stramm dasteht, und dem mädchenhaften jungen Mann, der, rundum auswattiert, nur von seinem schwarzen Anzug in Form gehalten wird. Der Dirigent hebt die Arme. Die Violinisten legen das linke Ohr an die Geige.

Dieser Augenblick der Stille, der Regungslosigkeit gewinnt in meiner Erinnerung den Charakter eines endlosen Stillstehens der Zeit. Denn tatsächlich ist der Abend hier stehengeblieben. Der Vorfall, der sich dann ereignete, hat dem Empfang, auf dem sich das Bürgertum von Roanne und der Adel aus dem Forez mischten, einen Schlußpunkt gesetzt, hat ein Fest anderer Art, ein intimes, verborgenes eröffnet, und die einzigen echten Teilnehmer an diesem Fest waren Fabienne und ich, umgeben von einer Schar Gespenster.

Man hörte ein schwaches, klatschendes Geräusch, etwas kullerte über Fabiennes Tanzschuhe und zerplatzte auf dem wachsglänzenden Parkett. Auf den ersten Blick war es ein Klumpen flacher weißlicher, jedoch lebendiger Spaghetti, die sich langsam, peristaltisch bewegten. Ich erkannte in diesem Knäuel geringelter Bänder sogleich den *taenia solium* der Müllmänner. Jene Krankheit, die man in verschleierten Worten dem »schlechten Umgang« Fabiennes ankreidete, war also nichts als ein harmloser Bandwurm? Zäh verrinnen die Sekunden. Alle Perlhühner starren auf das fünf oder sechs Meter lange glitschige Tau, das sich gemächlich windet wie ein Krake auf dem Sand. Mein Beruf als Unratsammler läßt mich nicht länger beiseite stehen. Meine Nachbarin, die nichts gesehen hat, zerkaut noch immer ihre Törtchen. Ich reiße ihr den Teller und den Kaffeelöffel aus den Händen, tue zwei Schritte vorwärts und kniee mich bei Fabienne auf den Boden. Mit dem Kaffeelöffel schiebe ich den Bandwurm auf den Teller, was gar nicht so leicht ist, denn der Kerl ist glitschig wie eine Handvoll Aale. Ein ganz ungewöhnliches Gefühl: ich ganz allein emsig beschäftigt inmitten einer Schar Wachspuppen. Ich stehe wieder auf. Ein Blick in die Runde. Céladon steht da wie eine zerfließende Kerze und schaut mich entgeistert an. Ich schiebe ihm Teller und Löffel in die Hand. Ich schwöre, ich habe nicht gesagt: »Iß!« Ich schwöre nicht, daß ich es nicht gedacht hätte. So, das wäre erledigt! Das Blatt hat sich gewendet. Auf uns beide, Fabienne! Unsere linken Hände finden sich. Mein rechter Arm legt sich um ihre Hüfte. Ich blicke mich nach dem Orchester um: »Musik!« Die *Schöne blaue Donau* trägt uns in ihren wiegenden Wellen davon. Die Müllamazone und der Unratdandy haben beide ihr Geschlecht an der Garderobe abgegeben und führen den Ball an. »Mademoiselle Fabienne, Comtesse de Ribeauvillé, was sind wir für ein seltsames Paar! Wollen Sie mich zum Gatten? Wie wär's, wenn wir zusammen nach Venedig reisten? Ich hab' gehört, jeden Morgen schütten die Müllabfuhr-Gondolieri den Ha-em von Venedig auf eine Untiefe in der Lagune, und dort ist eine neue Insel im Entstehen. Dort könnten wir uns doch einen Palazzo bauen?« So schweifen meine Träume, während wir uns drehen, drehen und nicht merken, wie die Salons sich leeren. Denn die graue Menge flutet langsam zu den Ausgängen. Es ist keine wirre

Flucht, keine Panik, es ist ein diskretes Abbröckeln, ein Entschwinden, das uns Wange an Wange, Leib an Leib zurückbleiben läßt. *Wiener Blut, Zigeunerbaron, Künstlerleben, Rosen aus dem Süden*, die ganze Skala. Bald ist nichts mehr übrig als das langgezogene Schluchzen einer Geige. Dann verschwindet auch sie . . .

Das war vorgestern. Heute früh habe ich ein Briefchen bekommen: »Ich gehe allein auf Hochzeitsreise nach Venedig. Ich habe versucht, alles zu versöhnen, die, die ich liebe, die anderen, die Sitten und Gebräuche und letztlich auch mich. Die Pyramide war ein Kartenhaus. Was daraus wurde, haben Sie gesehen. Ein Glück, daß Sie da waren. Danke. Fabienne.« In dem Brief lagen die philippinischen Perlen; sie ließen den Briefumschlag schwanger erscheinen, schwanger mit Zwillingen . . .

Dieser Spätsommer ist von Krieg bedroht. Hitler hat unter allgemeiner Beteiligung die deutschen Homosexuellen vollends abgeschlachtet und sucht jetzt neue Opfer. Muß ich betonen, daß die schreckliche Heterosexuellen-Prügelei, die in Vorbereitung ist, mich als Zuschauer interessiert, mich aber nichts angeht? Außer vielleicht beim letzten Akt, wenn Europa, wenn sicher sogar die ganze Welt nur noch ein Scherbenhaufen ist. Dann kommt die Zeit der Trümmerbeseitiger, Müllverwerter, Ausschlachter, Altmaterialhändler und anderer Vertreter der Lumpensammlerzunft. Einstweilen will ich im Schutz einer Zurückstellung vom Militärdienst, die ich einer längst überwundenen und vergessenen Leistenbruchoperation im Musterungsalter verdanke, mit scharfem Auge das weitere Vorgehen beobachten.

Bei meinem Bruder Edouard ist das anders. Er bittet mich auf einmal, ich möge ihn besuchen. Er hängt mit Haut und Haaren an der Gesellschaft, dieser Mensch mit seiner kolossalen Frau, seinen Geliebten, seinen zahllosen Kindern, seinen Textilfabriken, und ich weiß nicht was noch! So wie ich ihn kenne, wird er sich im Falle eines Kriegs auch herumprügeln wollen. Das ist logisch und absurd zugleich. Absolut gesehen absurd. Logisch im Hinblick auf seine Solidarität mit dem bestehenden System. Weshalb will er mich sehen? Vielleicht um sich einen zu sichern, der ihn ablöst, wenn's übel ausläuft. Stopp! Man hat mir schon das Erbe meines Bruders Gustave aufgebürdet, sechs Städte und ihren ganzen Ha-em. Ich bin so genial gewesen, dieses ganze Unflat-Reich in meinem Sinne und *ad maiorem mei gloriam* umzugestalten. Eine ähnliche Leistung schafft man in einem Leben kein zweites Mal.

Also fahre ich auf einen Sprung nach Paris und besuche Edouard, ehe ich nach Miramas weiterreise und die große Müllablage von Marseille inspiziere. Sam nehme ich mit. Nach einigem Schwanken lasse ich Daniel hier. Was täte ich mit ihm an den zwei Tagen, die ich in Paris zubringe? Das Alleinsein ist mir so in Fleisch und Blut übergegangen, daß mich schon der bloße Gedanke, mit einem Gefährten zu reisen, aus dem Konzept bringt. Daniel kommt dann nach und trifft mich in Miramas. Um unserem Treffen eine romantische Färbung zu geben – und ein etwas schmutziges Motiv obendrein –, hab' ich ihm einen Ohrring dagelassen. »Diese Ohrringe gehören dir«, habe ich ihm erklärt. »Der Preis für beide zusammen ist so hoch, daß du bis ans Ende deiner Tage nicht mehr zu arbeiten brauchtest. Aber einer für sich allein ist fast nichts wert. Da hast du also einen, den anderen behalte ich. Den bekommst du auch. Später. Aber zuerst mußt du zu mir nach Miramas kommen. In einer Woche.«

Wir haben uns getrennt. Ich hätte auf der Hut sein müssen und ihm nicht nachschauen sollen. Diese etwas gewölbten Schultern in seiner zu großen Jacke, dieser dünne Nacken, erdrückt von einer platten, schwarzen, zu üppigen Mähne. Und dann mußte ich an seinen dünnen, schmuddeligen Hals denken und an das goldene Kettchen mit dem Medaillon der Heiligen Jungfrau … Und von neuem wand sich mein Herz vor Mitleid. Ich mußte mir Gewalt antun, ihn nicht zurückzurufen. Werd' ich ihn jemals wiedersehen? Kann man's wissen bei diesem Hundeleben?

8

Die Walderdbeeren

Paul

Sicherlich bin ich zu einem guten Teil am Scheitern seiner Ehe schuld, und ich denke nicht daran, meine Verantwortlichkeit dafür verkleinern zu wollen. Auch muß man sich vor einer bloßen Einlings-Deutung dieses Geschehens hüten. Seine richtige Lesart kann nur die von Zwillingen sein. Vom Einlings-Standpunkt aus ist alles einfach, doch ist das Einfache daran nur Irrtum und oberflächliche Betrachtung: Zwei Brüder liebten einander mit zärtlicher Liebe. Da kam eine Frau dazwischen. Einer von den Brüdern wollte sie heiraten. Der andere widersetzte sich dem, und es gelang ihm durch einen üblen Vertrauensbruch, den ungebetenen Gast zu verjagen. Das bekam ihm schlecht, denn sein heißgeliebter Bruder verließ ihn von Stund an für immer. Das ist, auf die zwei Dimensionen der Einlings-Sicht verkürzt, unsere Geschichte. Wieder auf ihre stereoskopische Wahrheit gebracht, nehmen diese paar Fakten einen ganz anderen Sinn an und fügen sich in einen viel bedeutungsvolleren Zusammenhang ein.

Meine Überzeugung ist, daß Jean gar nicht zur Ehe berufen war. Seine Verbindung mit Sophie war zum sicheren Scheitern verurteilt. Weshalb habe ich mich dagegen gestellt? Warum habe ich ein Vorhaben, aus dem ohnehin nichts werden konnte, vorweg abschneiden wollen? Wäre es nicht besser gewesen, die Dinge laufen zu lassen und getrost zu warten, bis die widernatürliche Verbindung Schiffbruch erlitt und der verlorene Bruder zurückkam? Aber auch das ist wieder eine Einlings-Darstellung der Situation. In Wahrheit gab es für mich weder etwas vorweg abzuschneiden noch etwas getrost abzuwarten. Was geschah, ergab sich zwangsläufig, schicksalhaft aus einer Konstellation, in der die Plätze schon längst verteilt und die Rollen schon längst geschrieben waren. Bei uns – ich meine in der Welt der Zwillinge – geschieht nichts aus individueller Entscheidung heraus, nach eigenem Kopf und nach freiem Belieben.

Das hat Sophie übrigens begriffen. Sie war in unser Spiel gerade genügend eingeweiht, um die Zwangsläufigkeit seines

Mechanismus ermessen und um feststellen zu können, daß sie keinerlei Chance hatte, selber darin einen Platz zu finden.

Obendrein wollte Jean diese Ehe gar nicht wirklich. Jean, der Krempler, ist ein Mann des Zertrennens, des Entzweiens. Er hat Sophie dazu benutzt, um das zu zerbrechen, was ihm den stärksten, erstickendsten Zwang bedeutete: die Zwillingszelle. Dieses Heiratsprojekt war nichts als eine Komödie, die niemanden getäuscht hat außer Sophie – und auch die nur kurze Zeit. Freilich hätte diese Komödie bestimmt länger gedauert, wenn ich meinerseits bereit gewesen wäre, darin mitzuspielen. Ich hätte so tun müssen, als wisse ich nichts von unserem Zwillingsstatus, und hätte Jean als Einling behandeln müssen. Ich räume ein, daß ich mich zu diesem Mummenschanz nicht hergegeben habe. Er war sinnlos. Er war von vornherein vergeblich, aussichtslos, vereitelt durch einen unwiderleglichen Beweis: *Wenn man die Intimität von Zwillingen kennengelernt hat, kann man jegliche andere Intimität nur als widerlichwahllose Verirrung empfinden.*

...

Jean, der Krempler. Dieser Spitzname, den er sich auf Pierres Sonnantes verdient hatte, umschreibt den schicksalhaft-zerstörerischen Zug seiner Persönlichkeit, gewissermaßen seine Nachtseite. Ich habe schon gesagt, wie lächerlich der von Edouard erhobene Anspruch war, einen von uns für sich zu wollen und den anderen Maria-Barbara zu überlassen (»Jedem seinen Zwilling«). Und doch: Das Personal auf Pierres Sonnantes hatte diese Aufteilung, ohne danach zu suchen, einfach durch die unterschiedliche Anziehungskraft seiner beiden Pole bereits vollzogen.

Einer dieser beiden Pole war die kleine Gruppe Arbeiterinnen aus der Zettlerei, die drei großen, sehr gepflegten, etwas streng dreinschauenden Mädchen, die schweigend um die pultförmigen Gestelle herumliefen, wo die dreihundert Spulen zur Versorgung des Kettfadenfeldes aufgereiht waren. Den Zettlerinnen stand mit unauffälliger, nie nachlassender Autorität Isabelle Daoudal vor, deren Gesicht, flach und mit vorspringenden Backenknochen, ihre Herkunft aus der Cornouaille verriet. Tatsächlich stammte sie auch aus Pont-l'Abbé am anderen Ende der Bretagne und war hierher an die Nordküste nur gekommen, weil sie eine hochspezialisierte Facharbeiterin war, und vielleicht auch weil dieses prächtige Mädchen nie geheiratet hatte, unerklärlicherweise, denn ihr ganz leicht in den Hüften wiegender Gang – der übrigens am Odet, einem tief ins Land reichenden Meeresarm, weit verbreitet und ein ebenso charakteristisches »Rasse«-Merkmal ist wie die unterschiedliche Augenfarbe bei savoyardischen Ochsenhirten – konnte sie nicht am Heiraten gehindert haben.

Lieber noch als in der Leimerei, wo die große Trockentrommel betörende Gerüche von Bienenwachs und Gummiarabicum in die Luft blies, hielt ich mich ganze Nachmittage lang im Zettlereisaal auf, und meine Vorliebe für die Meisterin, die dort regierte, war so offensichtlich, daß man mich in den Fabrikhallen mitunter Monsieur Isabelle nannte. Natürlich durchschaute ich nicht, welche geheimen Kräfte mich in diesen Teil der Fabrik zogen und mich dort festhielten. Isabelle Daoudals sanfte, stille Autorität dürfte dabei sicher viel ausgemacht haben. Aber das große Mädchen aus der Cornouaille war in meinen Augen nicht zu trennen von der Magie der Zettelmaschine, die mit emsigem Sausen ihr Schimmern und Schillern entfaltete. Die Schärlatte – ein umfängliches, im Kreis angeordnetes Metallgestell – verdeckte teilweise das hohe Fenster, und dessen Licht fiel durch die dreihundert bunten Spulen, die in ihr hingen. Von jeder Spule ging ein Faden aus – dreihundert flimmernde, zitternde Fäden, die alle zum Webkamm hin zusammenliefen; der vereinte, verdichtete, verschmolz sie zu einer seidigen Bahn, deren strahlender Glanz sich langsam um einen großen lackierten Holzzylinder mit fünf Meter Umfang herumwickelte. Diese Bahn, das war die Kette, die längslaufende, den Webgrund bildende Hälfte des Stoffes, durch die, gehetzt von Säbelhieben, die Schiffchen hin und her flitzen und so den Schuß eintragen. Das Zetteln war gewiß weder die komplizierteste noch die feinste Phase beim Weben. Überdies ging es so schnell vor sich, daß Isabelle und ihre drei Arbeitsgefährtinnen imstande waren, mit einer einzigen Zettelmaschine die siebenundzwanzig Webstühle von Pierres Sonnantes mit ihrer Kette zu versorgen. Aber es war die wesentlichste, einfachste, lichteste Phase, und von ihrer symbolhaften Bedeutung – diesem Zusammenstreben von mehreren hundert Fäden zu einer einzigen Bahn – wurde mir warm um mein für jedes glückhafte Wiederfinden aufgeschlossenes Herz. Das filzige Schnircheln

der Haspeln, das Gleiten der Fäden, die an den Punkten, wo sie
sich begegneten, übereinanderschwebten, die Schwingungen
der flirrenden Fläche, die sich um den hohen Mahagonizylinder
wickelte – das alles lieferte mir ein Modell kosmischer Ordnung,
und die bedächtigen, hohen Gestalten der vier Zettlerinnen hatten darüber zu wachen. Trotz der Ventilatoren, die über dem
Webriet angebracht waren und den Staub auf den Boden nieder-
schlagen sollten, war das Gewölbe des Saales mit einem dicken
weißen Vlies bedeckt, und nichts trug zu dem Magischen, das
diese Räume an sich hatten, stärker bei als diese Spitzbogenfen-
ster, Bögen, Rundungen und Maßwerkrippen, die mit Wolle,
mit Baumwolle, mit Pelzwerk besetzt waren und aussahen, als
befänden wir uns mittendrin in einem riesigen, verworrenen
Garnknäuel, in einem kirchenschiffgroßen, flaumigen Muff.
Isabelle Daoudal und ihre Gefährtinnen waren die Aristokratie
von Pierres Sonnantes. Das schreiende, umtriebige Völkchen
der dreißig Kremplerinnen war die Plebs. Als Guy Le Plorec
beschlossen hatte, hier eine Matratzenfabrik aufzubauen – was
den Vorteil haben mußte, daß in ihr ein Teil des in den Websä-
len hergestellten Leinendrells gleich verwendet wurde – hatte
man zu ihrer Unterbringung nichts anderes finden können als
die ehemaligen Pferdeställe, die zwar baulich von schönen Dimensionen, jedoch stark verwahrlost waren. Die ersten zehn
Krempeln, die batterieweise an der salpetrigen Wand standen,
waren von primitivster Bauart. Die Frauen, rittlings auf einer
sattelförmig ausgesägten Planke sitzend, schwenkten mit der
linken Hand eine hängende, nach oben gebogene Platte hinunter, deren untere Fläche mit hakig gekrümmten Nägeln besetzt
war. Diese Nägel griffen allesamt genau in die Zwischenräume
zwischen den gleichartigen Nägeln ein, mit denen die darunter
fest angebrachte Platte gespickt war. Man packte mit der Rechten handgroße Büschel Wolle oder Roßhaar und stopfte sie
zwischen die beiden Zahnreihen der Krempel. Anfangs verging
kein Monat, ohne daß eine Arbeiterin infolge von Müdigkeit
oder Zerstreutheit mit der rechten Hand von den beiden Platten erfaßt wurde. Es bedurfte dann längerer Bemühungen, um
sie, fürchterlich zerfleischt, aus der grausigen Falle zu befreien,
in der sie sich verfangen hatte. Dann grollte Empörung in den
Ställen. Man sprach von Streik, man drohte, die sinistren, aus
einer anderen Zeit stammenden Maschinen zusammenzu-

schlagen. Endlich steckten die Frauen die Baumwolltupfer, die sie zum Schutz vor dem Staub in die Nüstern zu schieben pflegten, wieder in die Nase, und nach und nach begann inmitten des Wirbels wieder die Arbeit. Denn über der Matratzenhalle lag beständig eine Wolke von schwarzem, beißendem Staub, der den muffigen, schimmligen, verdreckten, zerlegenen Matratzen entquoll, sobald man sie nur berührte, und erst recht, wenn man sie mit einem langen Hiebmesser in einem Zug aufschlitzte. Ja, das war nicht der weiße, leichte, saubere Flaum aus der Zettlerei. Was da den Boden und die Wände bedeckte und sich mit dem strohigen Lehm der einstigen Pferdeställe verkrustete, war ein Ruß, der wie die Pest stank. Manche Arbeiterinnen setzten Gesichtsmasken auf, um sich vor den beißenden Staubteilchen, die man in der Sonne tanzen sah, zu schützen, doch war Le Plorec gegen diese Gepflogenheit, weil sie, wie er fand, die Unfallgefahr erhöhte. Wenn die Kremplerinnen aufbegehrten, so drückte sich dies stets durch Denise Malacanthes Mund aus; durch ihre Umsicht, durch ihren Einfluß auf die Arbeitsgenossinnen und durch die beständige Aggressivität, die ein Charakterzug von ihr zu sein schien, schwang sie sich recht eigentlich zur Wortführerin der Matratzenarbeiterinnen auf. Sie erreichte schließlich, daß eine große Rundkrempel angeschafft wurde, bei der Trommel und Walzen von einem Elektromotor angetrieben wurden. Ermüdung und Unfallgefahr wurden durch diese Maschine erheblich verringert; dafür stob durch die rotierenden Teile der Staub aus allen Öffnungen und führte dazu, daß man die Luft in den Stallräumen vollends nicht mehr atmen konnte.

Die soziale Unruhe der dreißiger Jahre fand dort einen günstigen Nährboden, und auf Pierres Sonnantes wurde, gerade als man Maria-Barbaras Geburtstag feierte, zum erstenmal gestreikt. Le Plorec kam zu Edouard und bat ihn inständig, zu kommen und mit den Kremplerinnen zu reden, die schon morgens die Arbeit niedergelegt und am frühen Nachmittag damit gedroht hatten, den Websaal und die Zettlerei zu besetzen, deren ununterbrochenes Dröhnen, wie sie sagten, eine Provokation darstelle. Edouard besaß zuviel Pflichtgefühl, als daß er sich davor gedrückt hätte, selbst einzugreifen, obwohl es ihm im Innersten widerstrebte. Er riß sich von Kerzenschein und Champagnerkelch los und begab sich, nachdem er Le Plorec mit der Bitte weggeschickt hatte, sich vor dem folgenden Tag nicht mehr blicken zu lassen, ganz allein hinüber in die Fabrik. Er ging in den Websaal. Dort ließ er die Maschinen abstellen und schickte die Arbeiterinnen für den Nachmittag nach Hause. Dann trat er mitten unter die Kremplerinnen, lächelnd, leutselig und mit glänzendem Schnurrbart. Das Stillschweigen, das ihn empfing, war eher erstaunt als feindselig. Das machte er sich zunutze.

»Hört mal gut hin!« sagte er mit erhobenem Zeigefinger. »Ihr könnt einen Vogel singen hören, ihr könnt einen Hund bellen hören. Die Webstühle, die hört ihr nicht mehr. Ich habe sie abstellen lassen. Eure Arbeitsgenossinnen sind für heute nachmittag nach Hause gegangen. Ihr könnt gleichfalls heimgehen. Ich gehe wieder nach La Cassine hinüber, wie feiern dort den Geburtstag meiner Frau.«

Dann ging er von Grüppchen zu Grüppchen, sprach mit jeder einzelnen von ihren Angehörigen und von ihren kleinen Sorgen, versprach Änderungen und Reformen einzuführen und auf allen Ebenen selbst einzugreifen. Weil sie ihn leibhaftig vor sich sahen, zweifelten die verblüfften und verschüchterten Arbeiterinnen nicht daran, daß er sich persönlich einsetzen, sich »vierteilen lassen« werde, um ihr Los zu erleichtern.

»Aber die Krise, Kinder, die Wirtschaftskrise!« rief er wieder und wieder.

Denise Malacanthe, die durch diesen Schachzug ausbeuterischer Bevormundung – wie sie später Edouards Eingreifen nannte – vorläufig einmal aus dem Feld geschlagen war, verschanzte sich hinter feindseligem Schweigen. In den Tag über geschlossenen Werkhallen lief schon am nächsten Morgen alles wieder auf vollen Touren. Alles gratulierte Edouard. Nur er allein war überzeugt, daß damit gar nichts gelöst war, und ihm blieb von diesem Vorfall ein Rest von Bitterkeit, der zu seiner weiteren Entfremdung von Pierres Sonnantes beitrug. Dadurch wurde Le Plorec mehr denn je zum eigentlichen Herrn des Betriebs, und die soziale Unruhe organisierte sich nach diesem Fehlstart nur noch in Anlehnung an die Textilarbeitervereinigung.

So bedauerlich die Vorliebe war, die Jean zu den Kremplerinnen trieb – sie war noch gar nichts im Vergleich zu der Neigung, die ihn in die alte Wagenremise zog, in der die alten Matratzen einstweilen gelagert wurden. Selbstverständlich brachten uns die Bauern, die den wesentlichen Teil unserer Kundschaft ausmachten, eine Matratze erst, wenn sie völlig am Ende war. Der Berg von formlosem, ekelerregendem Zeug, der manchmal bis zu den Dachfenstern der Remise hinaufreichte, war mir darum auch sofort vor Augen gestanden, als ich erstmals etwas von den Türmen des Schweigens gehört hatte, in denen die Parsen in Indien ihre Toten aufhäufen und sie so der Gefräßigkeit der Aasvögel überlassen. An solch ein höllisches Rauchfaß ließen mich, von den Geiern abgesehen, diese Stapel von Strohsäcken denken, auf denen Generationen von Männern und Weibern geschlafen und die sich vollgesaugt hatten mit allem Dreck des Lebendigen: Schweiß, Blut, Urin und Samen. Die Kremplerinnen schienen gegenüber diesen Geruchsrückständen nicht sehr empfindlich zu sein; nach ihrem Geschwätz zu schließen, spürten sie im Gegenteil in den Eingeweiden der Matratzen dem Traum vom großen Glück nach, denn es war keine unter ihnen, die nicht in der Roßhaar- oder Wollfüllung irgend etwas an geheimnisvoll-magischem Geschreibsel, wenn nicht gar einen Schatz von Banknoten oder Goldstücken gefunden hatte. Aber wenn Jean so häufig in der Remise zurückblieb, dann gewiß nicht, um dem verborgenen Schatz nachzujagen. Er blieb dort gewöhnlich hängen, wenn er sich in der Kremplerei herumgetrieben hatte, und es kam, glaube ich, sogar vor, daß er auf die Matratzenstapel kletterte, um in diesem pestilenzialischen Loch ein Nickerchen zu machen.

Wenn er dann später wieder zurückkehrte in unsere Zwillings-Zweisamkeit und mich für die Nacht umschlang, da bedurfte es meiner ganzen Überzeugungs- und Beschwörungskraft, um den faden Gestank, der um seinen Körper strich, zu überwinden und zu vertreiben. Diese Art Exorzismus war Ritus und Notwendigkeit in einem, denn wir waren ja einen Tag lang getrennt umhergeirrt, und um unseren gemeinsamen Urgrund wiederzufinden, damit jeder von uns wieder jenen Heimathafen gewinne, der sein Zwillingsbruder für ihn war, bedurfte es eines Bemühens um Läuterung, um Tilgung jeder Spur von draußen, jeder fremden Zutat, und obschon wir diese Mühe gemeinsam und gleichzeitig aufwendeten, so galt sie doch hauptsächlich dem anderen: jeder reinigte, jeder entledigte seinen Zwillingsbruder von allem Fremden, daß der ihm wieder völlig gleich werde. So wie ich darauf ausging, Jean für unsere zweisame Nacht mit Gewalt aus seinem Krempeleisaal herauszuholen, so ging er, wie ich gestehen muß, darauf aus, mich von dem zu lösen, was ihm in meinem Leben das Fremdeste war: die Zettlerei mit ihren drei untadeligen Madonnen unter ihrer schönen Anführerin Daoudal. Dieser Gegensatz zwischen Zettlerinnen und Kremplerinnen war sicher das, was am meisten dazu beitrug, uns einander zu entfremden, und was in einem langen, mühsamen Schlichten und Versöhnen allabendlich getilgt werden mußte, bis wir dann nächtlicherweile das Glück unseres Wiederfindens feiern konnten. Trotzdem stimmt es, daß diese Mühe meiner Natur mehr entsprach, denn sie ging in die gleiche Richtung wie die Arbeit der Zettlerinnen – das Zusammenfügen, Abstimmen, Verbinden von Hunderten auf dem Kettbau beisammenliegender Fäden –, während das Krempeln ein Auseinanderreißen, ein Entzweien ist, ein brutales Zerfetzen zwischen zwei gegenläufigen, mit Widerhaken ineinandergreifenden Rechen. Wenn Jeans Vorliebe für Denise Malacanthe, die Kremplerin, bezeichnend ist – und wie sollte sie es nicht sein? –, dann verriet sie einen streitsüchtigen, zersetzenden Geist, der Entzweiung und Zwietracht sät und für seine Heirat nichts Gutes ahnen ließ. Aber wie gesagt: was nach einer Ehe mit Sophie aussah, war im Grunde nichts anderes als eine Scheidung von mir.

Jean
Spielst du Bep?
Nein, das Bep-Spiel ist vorbei. Das Bep-Spiel ist für immer vorbei. Und die Zwillingszelle, die Zwillings-Zweisamkeit? Die Gefängniszelle, ja, die Zwillingssklaverei! Paul fügt sich in unsere Doppelrolle ein, weil er dabei immer die erste Geige spielt. Er ist der Herr und Gebieter. So manches Mal gab er sich den Anschein, als verteile er die Karten gleichmäßig, ohne alles für sich allein haben zu wollen. »Ich bin bloß der Innenminister. Die auswärtigen Angelegenheiten sind dein Ressort. Du vertrittst uns beide gegenüber den Einlingen. Ich nehme alle Nachrichten, alle Anregungen, die du mir von draußen übermittelst, zur Kenntnis!« Schall und Rauch! Was soll denn

ein Außenminister ohne die übrige Regierung? Er nahm zur
Kenntnis, was er gerade wollte. Ständig mußte ich mich beugen
vor seinem Abscheu gegen alles, was aus der Einlings-Welt kam.
Alle, die nicht Zwillingsgeschwister sind, behandelt er immer
von oben herab. Er hielt uns – und hält uns sicher immer noch –
für Wesen besonderer Art (was unbestreitbar ist), für Wesen
höherer Art (was alles andere als bewiesen ist). Die Kryptophasie, das Äolische, die Stereophonie, die Stereoskopie, das intuitive Wissen der Zwillinge, ihre zum Ei verschlungene Liebe, der
vorausgehende Exorzismus, das Kopf-bei-Fuß-Gebet, die Samenkommunion und noch etliche andere Erfindungen, die das
Bep-Spiel ausmachen – ich verleugne nichts von alledem, was
meine Kindheit ausmacht, eine wunderbare, vor vielen anderen
begünstigte Kindheit, besonders wenn man an ihren Horizont
noch, von Güte und Großherzigkeit strahlend, unsere Schutz-
götter stellt: Edouard und Maria-Barbara.
Aber Paul täuscht sich, er ängstigt mich, ich ersticke daran,
wenn er meint, diese Kindheit müsse ohne Ende währen, wenn
er daraus etwas Absolutes, Unendliches machen will. Die Zwillingszelle ist das Gegenteil der Existenz, ist die Negation der
Zeit, der Geschichte, aller Geschichten, aller Widerwärtigkei-
ten – Streit, Ermüdung, Verrat, Altwerden –, die als Eintritts-
geld und beinahe als Preis für das Leben von allen willig bezahlt
werden, wenn sie sich in den großen Fluß stürzen, dessen wirre
Wasser sich dem Tod entgegenwälzen. Wenn ich wählen muß
zwischen dem Unwandelbar-Regungslosen und dem Lebendig-
Unreinen, dann bin ich für das Leben.
Meine ganzen frühen Jahre hindurch habe ich das Zwillingspa-
radies, in dem ich mit meinem Bruder, meinem Ebenbild eingesperrt war, nicht in Zweifel gezogen. Die Einlings-Seite der
Dinge habe ich entdeckt, indem ich Franz beobachtete. Der be-
dauernswerte Kerl war zerrissen zwischen einer Sehnsucht
nach Frieden – dem Frieden, der uns in Zwillingsgestalt zuteil
wurde, dem Frieden, den er mit seinem tausendjährigen Kalender nachgebildet hatte – und der Furcht vor den wütenden, un-
berechenbaren Anfällen, denen er bei stürmischer Witterung
unterlag. Als dann mit meinem Heranwachsen in mir Widerspruch und Verneinung aufkeimten, schlug ich mich allmählich auf die Seite von Wetter, Sturm und Regen.
Dabei waren mir Denise Malacanthe und die Mädchen aus der

213

Matratzenwerkstatt in entscheidender Weise behilflich. Mein Empörergemüt fand Gefallen am Kontakt mit dem Anrüchigsten, was es auf Pierres Sonnantes gab. Es lag Trotz, lag Herausforderung in der Vorliebe, die ich für die schmutzigste Werkhalle, die gröbste Arbeit, die stursten und unbotmäßigsten Arbeitskräfte der Fabrik zur Schau trug. Freilich schmerzte es mich allabendlich, wenn Paul einen mühsamen, endlosen »Exorzismus« mit mir anstellte, um mich von so weit her zurückzuholen in die Zwillings-Zweisamkeit. Aber sogar dieser Schmerz ließ in mir den heimlichen Entschluß reifen, ein Ende zu machen mit dieser Kindheit »im Ei«, den Pakt mit dem Bruder zu zerreißen und zu leben, endlich zu leben!

Denise Malacanthe. Zwischen dem Personal von Pierres Sonnantes und mir stand Konventionell-Trennendes gleich in doppelter Hinsicht. Zum einen war ich ein Kind. Zum anderen war ich der Sohn des Chefs. Für Denise Malacanthe, diese junge Wilde, gab es diese doppelte Schranke einfach nicht. Schon beim ersten Wort, beim ersten Blick hatte ich begriffen, daß ich für sie ein Mensch war wie die anderen, ja, mehr noch: daß sie mich in einer Art Wahl, mit der sie ihrer beständigen Unverschämtheit Genüge tat, zum Komplizen, sogar zum Vertrauten erkoren hatte. Ihre Unverschämtheit ... Ziemlich spät erst habe ich erfahren, was dahinter verborgen war, und erkannt, daß sie keineswegs Ausdruck eines Anspruchs der Arbeiterklasse auf die Privilegien des Bürgertums war, sondern genau das Gegenteil. Lange Zeit ging mir ein mysteriöses Wort nach, das bei uns zu Hause in bezug auf die Malacanthe gefallen war: *deklassiert*. Die Malacanthe sei eine Deklassierte. Eine seltsame, ehrenrührige Krankheit; sie bewirkte, daß sie keine Arbeiterin wie die anderen war und daß man sich von ihr mehr gefallen ließ, weil es nicht so bequem war, sie vor die Tür zu setzen. Denise war die jüngste Tochter des Inhabers eines Tuch- und Konfektionsgeschäfts in Rennes. Sie war bei den Schwestern von der Unbefleckten Empfängnis erzogen worden und hatte zuerst im Internat, dann – als die Schwestern sie als unruhestiftendes Element nicht mehr in den Schlafsälen haben wollten – außerhalb gewohnt. Bis zu dem Tage, da sie mit dem Romeo einer reisenden Theatergruppe durchbrannte. Weil sie noch nicht sechzehn war, konnten ihre Eltern dem Entführer mit Strafverfolgung drohen, und er hatte sich beeilt, seiner lästigen Eroberung den Laufpaß zu geben. Danach war Denise von einem Schnapsbrenner aufgelesen worden, der seinen »Kolben« von Bauernhof zu Bauernhof schob und ihr den Geschmack am Calvados beigebracht hatte, ehe er sie in Notre-Dame du Guildo sich selbst überließ. Sie hatte in der Fabrik Arbeit gefunden; doch hatte man sie schnell als das aus der Art geschlagene Kind eines ehrenwerten Kunden aus Rennes erkannt. Denises Unverschämtheit war demnach nicht die des Arbeiters, der die vermeintliche Würde des Kleinbürgers für sich beansprucht. Es war die Unverschämtheit einer Großbürgerstochter, die für sich die vermeintliche Freiheit des Proletariats fordert. Eine Unverschämtheit beim Abstieg, nicht beim Aufstieg.

In der Folgezeit ging ihre Haltung mir gegenüber von unserem gemeinsamen sozialen Ursprung und von der gemeinsamen Auflehnung gegen den Zwang aus, der über unser beider Kindheit lastete. Sie witterte bei mir ein Bedürfnis, auszubrechen und meinte, sie könne mir – und wäre es auch nur durch ihr Beispiel – helfen, dem Bannkreis zu entkommen, wie sie selbst daraus entkommen war. Sie hat mir dabei tatsächlich – und zwar ganz gewaltig – geholfen, aber es ging dabei nicht um den Familienkreis, an den sie dachte, es ging um eine verborgenere, stärkere Bindung, um das Band zwischen Zwillingen. Denise Malacanthe war ihrer Familie durch Liebschaften von weither entkommen. Zweimal hatte sie ihr Schicksal mit Vagabunden verknüpft, zuerst mit einem fahrenden Komödianten, später mit einem ambulanten Schnapsbrenner. Das war kein Zufall. So folgte sie nämlich dem machtvollen Ruf des Exogamieprinzips, das den Inzest – die Liebe im engsten Kreis – verbietet und vorschreibt, den Geschlechtspartner weiter weg, möglichst weit weg zu suchen. Erst sie hat mich für dieses Gebot, dieses zentrifugale Prinzip empfänglich gemacht. Sie hat mir geholfen, den Sinn der Unruhe, des Ungenügens zu verstehen, die mich im Käfig meines Zwillingsdaseins quälten wie einen Zugvogel, der in einer Voliere eingesperrt ist. Denn ich muß gerecht sein und zugeben, daß Paul nicht immer unrecht hat: unter diesem Gesichtswinkel sind die Einlinge nur die blassen Nachahmer der Zwillingsgeschwister. Wohl kennen auch sie ein Exogamieprinzip, ein Inzestverbot, doch um welchen Inzest geht es dabei? Um den zwischen Vater und Tochter, zwischen

Mutter und Sohn, zwischen Bruder und Schwester. Diese Andersartigkeit verrät zur Genüge, wie medioker ein derartiger Einlingsinzest ist, und daß es sich dabei in Wirklichkeit nur um drei armselige, verfälschte Nachahmungen handelt. Denn der wahre Inzest, die schlechthin nicht zu überbietende inzestuöse Verbindung ist offensichtlich die unsere, ja, die zum Ei gewordene Liebe, die einen Menschen mit demselben Menschen in eins verschlingt und in kryptophasischem Einklang ein Glühen der Lust erregt, einer Lust, die sich aus sich selbst heraus vervielfacht und sich nicht nur kümmerlich addiert, wie es bei der Liebe zwischen Einlingen ist – und auch das obendrein nur, wenn's gut geht!

Es ist wahr, ich kann's nicht leugnen, Einlings-Wollust, die mich Denise Malacanthe auf den Matratzen in der Remise gelehrt hat, verblaßt, vergilbt, verkümmert im Vergleich mit der Wollust der Zwillinge wie eine Glühbirne, wenn die Sonne aufgeht. Aber etwas, irgendein Etwas ist an der Liebe der Einlinge, das für meinen Zwillingsgeschmack einen eigenen, unvergleichlichen Reiz birgt und ihren Mangel an Intensität ausgleicht (*Intensität*, tensio interna, geballte Spannung, in sich geschlossene Energie ... Man müßte, wenn man von der Kremplerinnen-Liebe sprechen will, ein Wort für das Gegenteil haben, das die zentrifugale, exzentrische, vagantische Spannung ausdrücken könnte. Vielleicht *Extensität?*)

Es ist der Reiz des Vagabundischen, des Herumstreunens und Plünderns, des bettelhaften Herumstromerns, ein Reiz voll unbestimmter Verheißungen, die sich nur zum kleinsten Teil erfüllen, darum jedoch nicht minder erregend sind. Die geballte Wollust der Umarmung zwischen Zwillingen verhält sich zu der scharfen Wonne der Vereinigung mit Einlingen so wie jene großen, saftigen, süßen Treibhausfrüchte zu den kleinen, herben wilden Beeren, mit denen man, so trocken sie sind, das ganze Gebirge, den ganzen Wald auf der Zunge schmeckt. In der eiförmig vereinten Liebe liegt etwas Marmornes, etwas Ewiges, etwas Monoton-Regungsloses, das dem Tod ähnlich ist. Demgegenüber ist die Liebe zwischen Einlingen ein erster Schritt in ein pittoreskes Labyrinth, von dem niemand weiß, wohin es führt und ob es überhaupt irgendwohin führt, das aber den Zauber des Improvisierten hat, die Frische des Frühlings, den starken, würzigen Duft der Walderdbeeren. Hier gilt eine identitäre Formel: A + A = A (Jean + Paul = Jean-Paul). Dort gilt eine dialektische Formel: A + B = (Edouard + Maria-Barbara = Jean + Paul + ... Peter usw.).

Was ich von Denise Malacanthe gelernt habe, als sie mich mit ihr auf den Matratzen in der Remise herumturnen ließ, war die Liebe zum Leben und das Wissen: Das Leben ist keineswegs ein großer Bauernschrank, in dem Stapel von makellosen, steifgebügelten, nach einem Lavendelsäckchen duftenden Laken ruhen, nein, das Leben ist ein Berg von dreckigen Strohsäcken, auf denen Männer und Weiber zur Welt gekommen sind, auf denen sie Unzucht getrieben und geschlafen haben, auf denen sie gelitten haben und gestorben sind, und all das ist gut so. Ohne ein Wort zu sagen, einzig durch ihre lebendige Gegenwart brachte sie mich dazu, daß ich begriff: Existieren heißt, sich dem Schmutz aussetzen, heißt eine Frau haben, die ihre Regel hat und die dich betrügt, Kinder, die den Keuchhusten kriegen, Töchter, die durchbrennen, Jungen, die dir trotzig kommen, Erben, die auf deinen Tod lauern. Allabendlich konnte Paul mich zwar wieder in Besitz nehmen, mich mit sich einschließen wie in einer versiegelten Ampulle, mich waschen, mich desinfizieren, mich mit unserem gemeinsamen Geruch umgeben und schließlich mit mir die Samenkommunion tauschen – seit der Sache mit dem dreifachen Spiegel gehörte ich ihm nicht mehr, empfand ich vielmehr das übermächtige Verlangen nach dem Dasein.

Die Geschichte mit dem dreifachen Spiegel, die den Sprung im Glasballon unserer Zwillingsschaft besiegelt hat, bezeichnete in gewisser Weise das Ende meiner Kindheit, den Beginn meiner Jugend und den Zeitpunkt, da sich mein Leben der Außenwelt öffnete. Diese Geschichte war freilich durch zwei kleinere, komische Episoden vorbereitet worden, die ich wieder in Erinnerung rufen muß.

Als es darum ging, für uns die ersten Personalausweise ausstellen zu lassen, hatte Edouard den Gedanken geäußert, es sei ganz unnötig, wenn wir uns alle beide photographieren ließen, weil ja auch die Behörden, mit denen wir es zu tun hätten, nicht imstande seien, uns auseinanderzuhalten. Für uns beide brauchte deshalb nur einer zum Photographieren zu gehen. Dieser Vorschlag hatte bei Paul sofort Zustimmung gefunden. Mich hatte er empört, und ich hatte heftig gegen diesen Trick protestiert. In der Annahme, dann sei ich zufrieden, hatte

Edouard sogleich vorgeschlagen, ich solle es sein, der für uns beide photographiert werde, und Paul hatte dem auch zugestimmt. Doch auch damit war ich nicht einverstanden. Wenn man nämlich – so fand ich – Photos von bloß einem von uns in beide Ausweise klebte, so wurde dadurch amtlich – und damit vielleicht unabänderlich und für immer – eine Verwechslung zwischen uns besiegelt, von der ich – das merkte ich bei dieser Gelegenheit – künftig nichts mehr wissen wollte. Wir waren also nacheinander in der Photomaton-Kabine, die seit kurzem in der Bahnhofshalle in Dinan aufgestellt war, und kamen dann, jeder mit einem noch feuchten Pappstreifen, auf dem wir im Schein des Blitzlichts sechsfach Grimassen schnitten, wieder heraus. Abends schnitt Edouard die zwölf kleinen Porträts auseinander und vermischte sie wie in Gedanken; dann schob er sie zu mir herüber und bat mich, die mir zugehörigen herauszusuchen. Röte stieg mir in die Wangen, und zugleich krampfte mir eine besondere Angst, die keiner anderen glich und mit der ich ebenda erstmals Bekanntschaft gemacht hatte, das Herz zusammen: ich war außerstande, die Bilder zwischen Paul und mir anders als auf gut Glück zu verteilen. Ich muß dazu anmerken, daß ich mich das erste Mal, und zwar überraschend, einem Problem gegenüber sah, dem alle Leute in unserer Umgebung täglich mehrmals begegneten: Paul und Jean zu unterscheiden. Alle Leute außer uns, genaugenommen. Natürlich war zwischen uns nicht alles gemeinsam. Jeder von uns hatte seine Bücher, sein Spielzeug und vor allem seine Kleider. Aber wenn wir die auch an gewissen, für andere unmerklichen Zeichen – an einer besonderen Patina, an Gebrauchsspuren und vor allem am Geruch, der bei Kleidern ausschlaggebend war – auseinanderkannten, so galten diese Merkzeichen nicht für Photos von einem außerhalb von uns beiden liegenden Standpunkt aus. Ich fühlte, wie mir Schluchzen in der Kehle quoll, doch war ich nicht mehr in dem Alter, da man in Tränen zerfließt, und ich zwang mich, Haltung zu zeigen. Kurzerhand legte ich sechs Photos auf die Seite, nahm sie an mich und schob die übrigen Paul hin. Niemand ließ sich von meiner Sicherheit täuschen, und Edouard lächelte und strich mit dem Zeigefinger die Enden seines Schnurrbärtchens glatt. Paul bemerkte nur:

»Wir hatten beide Polohemden an. Nächstesmal zieh' ich einen Pulli über, dann gibt's keinen Zweifel mehr.«

Der andere Vorfall spielte sich beim Schulbeginn im Oktober ab. Wie seit langem üblich, kamen die Kinder schubweise zu einem kurzen Aufenthalt nach Paris, den man damit verbrachte, in die großen Kaufhäuser zu gehen und Wintersachen zu kaufen. Alles, was »für die Zwillinge« war, wurde doppelt gekauft, aus Bequemlichkeit und zugleich, um sich an eine Art Tradition zu halten, die naturgegeben schien. In diesem Jahr nun lehnte ich mich erstmals gegen diese Gepflogenheit auf und verlangte, man müsse Kleidungsstücke kaufen, durch die ich mich möglichst stark von Paul unterschiede.

»Übrigens«, so fügte ich zur allgemeinen Verblüffung hinzu, »haben wir nicht den gleichen Geschmack, und ich sehe nicht ein, weshalb man mir immer Pauls Geschmack aufzwingen will.«

»Also gut«, erklärte Edouard. »Wir trennen uns jetzt. Du gehst mit deiner Mutter zum Einkaufen ins Bon Marché, ich gehe mit deinem Bruder in die Galéries Lafayette.«

In solchem Falle verlangte das Bep-Spiel, daß die anmaßende Meinung der Einlinge, uns unterscheiden zu können, ad absurdum geführt werden und daß deshalb zwischen uns heimlich ein Platztausch stattfinden mußte. Für Paul verstand sich das von selbst, und er war nicht wenig bestürzt, als er hörte, wie ich verfügte.

»Kein Bep-Spiel. Ich gehe mit Maria ins Bon Marché!«

Hartnäckig hatte ich es also weiterhin darauf abgesehen, die Zwillingszelle zu zerbrechen. Trotzdem mußte ich an jenem Tag noch eine schmerzhafte Schlappe einstecken. Ich packte von meinen Einkäufen den ersten aus. Paul und Edouard sahen mit wachsender Heiterkeit, wie ich einen tabakbraunen Tweedanzug, karierte Polohemden, ein Sporttrikot mit V-Ausschnitt und einen schwarzen Rollkragenpulli zutage förderte. Ich verstand, und jene Angst, die mich jedesmal dann erfaßt, wenn sich die Zwillingszelle trotz meiner Ausbruchsversuche wieder um mich schließt, packte mich von neuem, als ich sah, wie aus Pauls Paketen der gleiche tabakbraune Tweedanzug, die gleichen karierten Polohemden, der gleiche schwarze Rollkragenpullover zum Vorschein kamen. Nur das Sporttrikot mit V-Ausschnitt war etwas heller grün als das meine. Um mich herum lachte man viel darüber, und Edouard lachte noch mehr als die anderen, denn damit war der »Zwillingszirkus«, an dem

219

ihm lag, weil er damit seine Freunde unterhalten konnte, um eine amüsante Anekdote bereichert worden. Dennoch zog gerade er die Lehre aus diesem Experiment.

»Siehst du, mein kleiner Jean«, sagte er, »du wolltest nicht mehr wie Paul gekleidet sein. Wie du die Sachen ausgesucht hast, die dir gefielen, hast du bloß eine Kleinigkeit vergessen: Paul und du, da magst du sagen, was du willst, ihr habt den gleichen Geschmack. Sieh dich nächstesmal wenigstens ein klein bißchen vor: nimm nur solche Sachen, die du nicht ausstehen kannst.«

Ein vielsagendes Wort, leider; mehr als einmal hab' ich seitdem erfahren, wie grausam wahr es ist! Wie viele Opfer mußte ich auf mich nehmen, nur zu dem Zweck, mich von Paul zu unterscheiden und nicht dasselbe zu tun wie er. Wären wir uns wenigstens noch darüber einig gewesen, uns zu trennen, dann hätten wir die Lasten unserer wechselseitigen Unabhängigkeit wenigstens teilen können. Doch Paul war nie darum besorgt, anders zu sein als ich, ganz im Gegenteil, so daß ich jedesmal, wenn ich als erster eine Initiative ergriff oder eine Entscheidung traf, sicher sein konnte, daß er mir entweder auf dem Fuße nachfolgen oder sich meiner Entscheidung anschließen werde. Ich mußte ihm also ständig den Vortritt lassen, mich stets mit »zweiter Wahl« begnügen, eine unerfreuliche Lage, weil ich mich für Dinge entschied, die mir zuwider waren!

Es kam vor, daß ich schwach wurde, die Waffen streckte und, ohne mehr Hemmungen zu haben als in der Zeit kindlicher Unschuld, hineinschlüpfte in die warme, vertraute Finsternis der Zwillings-Zweisamkeit. Paul nahm mich dann mit einer Freude auf, die natürlich auf mich übersprang – in der Zelle springt alles über, das ist geradezu ihre Definition –, und er umgab mich mit der jubelnden Fürsorglichkeit, die dem verlorenen und wiedergefundenen Bruder zukommt. Das Exorzismusritual war besonders lang und mühsam, doch die Samenkommunion war dann nur um so süßer. Dennoch war es nur ein Waffenstillstand. Ich riß mich wieder von meinem Zwillingsbruder los und nahm mein einsames Wandern wieder auf. Hätte ich vor der Sache mit dem dreifachen Spiegel noch Zweifel haben können, daß mein Handeln notwendig war – diese scheußliche Erfahrung hätte mich vollends überzeugt, daß ich den Weg bis ans Ende gehen mußte.

Wenn ich noch zögere, davon zu erzählen, dann nicht allein deshalb, weil der Schlag grauenhaft brutal war und die Erinnerung daran mir den Angstschweiß aus den Poren treibt. Sondern weil es dabei um viel mehr als nur eine Erinnerung geht. Die Drohung bleibt, das Gewitter kann jeden Augenblick über mir losbrechen, ich habe Angst, es durch unbedachte Worte herauszufordern.

Ich mag damals dreizehn gewesen sein. Ich war in einem Schneider- und Konfektionsgeschäft in Dinan, wo wir einen Sonderpreis bekamen, weil wir Lieferanten waren. Es war nicht lange nach der Geschichte mit den Kaufhäusern, und ich kämpfte weiter dafür, daß Paul und ich nie mehr gleichartig angezogen würden. Ich war deshalb allein in dem Geschäft, was von Bedeutung ist; hätte Paul mich nämlich begleitet, so wäre der Vorfall bestimmt nicht geschehen. Daß Paul nicht bei mir war, bedeutete damals für mich eine ganz neue Erfahrung und versetzte mich in einen sonderbaren, schwindelnd-überreizten Zustand, eine ziemlich wirre, obschon im Ganzen eher angenehme Empfindung, ähnlich der Färbung mancher Träume, in denen wir ganz nackt in den Lüften zu schweben vermeinen. Übrigens hat mich dieses Gefühl, seitdem ich mich von Paul getrennt habe, nicht mehr verlassen, obwohl es sich in diesen paar Jahren sehr gewandelt hat. Heute empfinde ich es, als wäre es eine Kraft, die meinen Schwerpunkt verlagert und mich zwingt, immer vorwärts zu gehen in dem Bestreben, mein Gleichgewicht wiederherzustellen. Es ist gewissermaßen das Bewußtwerden des Nomadentriebs, der schon immer mein heimliches Schicksal war.

Aber so weit war ich noch nicht an jenem schönen Samstag im Frühling, als ich bei Conchon-Quinette eine marineblaue Mütze aufprobierte. Ich sehe die Glasschränke wieder vor mir, den schweren Tisch, auf dem sich Stoffabschnitte türmten und auf dem, von einem kupfernen Ständer gehalten, ein Metermaß aus hellem Holz aufragte. Die Mütze schien mir zu passen, doch suchte ich mich, so gut es ging, in den Scheiben der Glasschränke zu betrachten. Das bemerkte der Geschäftsinhaber und forderte mich freundlich auf, in eine Anprobekabine zu gehen. Ein dreiteiliger Spiegel, dessen Seitenflügel sich in ihren Angeln drehen ließen, ermöglichte es, sich von vorne und beiderseits im Profil zu betrachten. Arglos ging ich in die Falle, und sogleich schlossen sich ihre spiegelnden Arme um mich und setzten mir so grausam zu, daß mir für immer Spuren davon bleiben. Kurze Zeit war ich geblendet. In diesem winzigen Raum, dreifach gespiegelt, stand einer. Wer? Die Frage, kaum gestellt, erhielt eine Antwort, die wie ein Donnerschlag dröhnte: *Paul!* Dieser ein wenig blasse Junge, von vorn, von rechts und von links gesehen, in dieser Tripel-Photographie erstarrt, das war mein Zwillingsbruder, der, ich wußte nicht wie, hierhergekommen, aber unbestreitbar da war. Und gleichzeitig breitete sich in mir entsetzliche Leere aus, Todesangst lähmte mich; wenn nämlich Paul leibhaftig in dem Triptychon gegenwärtig war, dann war ich, Jean, nirgends mehr, dann existierte ich nicht mehr.

Der Verkäufer fand mich ohnmächtig auf dem Mokettenboden seines Anproberaumes und schleppte mich mit Hilfe seines Chefs zu einem Sofa. Selbstverständlich kennt niemand – nicht einmal Paul – das Geheimnis dieses Vorfalls, der trotzdem mein Leben in seinen Grundfesten erschüttert hat. Ob Paul dieselbe Erfahrung gemacht hat? Hat auch er mich einmal an seiner Stelle in dem Spiegel gesehen, in dem er sich betrachtete? Ich bezweifle es. Die Sinnestäuschung, meine ich, bedarf zu ihrem Entstehen jenes Emanzipationsrausches, den ich schon erwähnt habe und den Paul ganz bestimmt nicht kennt. Und auch wenn er mich eines Tages im Spiegel vor sich auftauchen sähe – er wäre nicht schockiert, wie ich es war, sondern im Gegenteil hocherfreut, erstaunt und beglückt über dieses magische Zusammentreffen just zu der Zeit, da es bei ihm – wie er mir anvertraut hatte – das Unbehagen ob meiner Abwesenheit zu mildern galt. Ich für meinen Teil habe von damals einen handfesten Groll auf jederlei Spiegel behalten, dazu einen unüberwindlichen Horror vor Triptychon-Spiegeln, deren Vorhandensein sich mir, wenn ich irgendwo hinkomme, durch ein ungutes Fluidum zu erkennen gibt – so stark, daß ich stehen bleibe und die Flucht ergreife.

Paul

Der Einlings-Mensch findet auf der Suche nach sich selbst lediglich einzelne Brocken seiner Persönlichkeit, Fetzen seines Ichs, formlose Trümmer jenes rätselhaften Wesens, das die dunkle, unzugängliche Mitte der Welt ist. Denn Spiegel geben ihm nur sein geronnenes, verkehrtes Bild wieder, Photographien sind noch trügerischer, und was er von anderen über sich bekunden hört, ist von Liebe, Haß oder Eigennutz verzerrt.

Ich dagegen, ich verfüge über ein lebendiges, absolut getreues Bild meiner selbst, einen Code, der die Lösung all meiner Rätsel birgt, einen Schlüssel, der mir Kopf, Herz und Geschlecht auftut. Dieses Bild, dieser Code, dieser Schlüssel bist du, mein Bruder, mein Ebenbild.

Jean

Du bist der andere schlechthin. Einlinge kennen von Nachbarn, Freunden, Verwandten lediglich einzelne besondere Eigenschaften, Fehler, Verschrobenheiten, pittoreske oder karikaturenhafte Wesenszüge, und jede dieser Eigenschaften bedeutet einen Unterschied ihnen gegenüber. Sie verlieren sich in diesem zufälligen Detail und sehen nicht – oder sehen kaum – den Menschen, der dahinter steckt.

Gerade an das Vorhandensein dieser abstrakten Person habe ich mich schon seit Jahren – die ganzen Jahre unserer Kindheit und unserer Jugend – dadurch gewöhnt, daß an meiner Seite mein Zwillingsbruder lebte. Denn all das pittoreske oder karikaturenhafte Drumherum, auf das sich die Einlinge, wenn sie einander gegenüberstehen, wie hypnotisiert stürzen, war ja für uns ohne Gewicht, ohne Farbe, ohne irgend etwas Greifbares, denn es war beiderseits dasselbe. Der buntscheckige Mantel des Persönlichen, der den Blick des Einlings fesselt und hemmt, ist für den Blick eines Zwillings farblos und durchsichtig, und so sieht er, abstrakt, hüllenlos, verwirrend, schwindelerregend, furchtbar DAS ANDERE SEIN.

9
Fell und Gefieder

Alexandre

Meine schöne Einsamkeit, aus einem Guß, unberührt und allseits geschlossen wie ein Ei, die in Roanne auf solch pittoreske Art in Scherben ging – nun ist sie auf wunderbare Weise wiederhergestellt: in diesem mondweißen, welligen Land, inmitten der dreihundert Hektar Müll von Miramas. Freilich hab' ich von diesem Frühling und Sommer in Roanne noch immer einen Hund, Sam, und es fiele mir recht schwer, mich wieder von ihm zu trennen. Und auch einen Ohrring – den ich in provozierender Absicht manchmal trage – habe ich noch, und er symbolisiert eine ganze, im Sieden begriffene Mini-Gesellschaft: Briffaut, Fabienne, das Kranführervolk, Schloß Saint-Haon, Alexis und vor allem, vor allem meinen kleinen Daniel, dessen Unterpfand dieser Ohrring ist und dessen Kommen er mir täglich, stündlich verheißt.

Fünfzehn Kilometer vor Salon kreuzt sich die Nationalstraße 113 mit der Departementsstraße 5, die südwärts zu dem Dorf Entressen führt. Die Kies- und Geröllwüste der Crau wird dann nur noch durch eine Reihe niedriger, fensterloser Gebäude unterbrochen, die alle gleich aussehen und mit Stacheldraht umzäunt sind. Es ist das Pulvermagazin von Baussenq, das aus Sicherheitsgründen in dieser wüstenhaften Gegend angelegt wurde. Unvergessen ist hier noch die Katastrophe von 1917, die das Land wie ein Erdbeben oder ein Bombardement verwüstete. Eine der Unseren, die kleine Louise Falque, die auf dem Müllplatz von Marignane beschäftigt war, eilte schon bei den ersten Explosionen mit dem Fahrrad herzu und erkannte in diesem verkohlten Gelände mit den zerrissenen Bäumen und den wegrasierten Häusern die vertraute Gegend nicht mehr. Trotz der Brände und der anhaltenden Explosionen leistete sie den grauenhaft verbrannten und verstümmelten Menschen, die sie aus den Trümmern hervorziehen konnte, Erste Hilfe. Der Kommandierende General der 15. Region soll ihr damals eine namentliche Erwähnung im Tagesbefehl gewidmet haben.

Diese Munitionsdepots sind gewissermaßen die Grenzmarken meines seltsamen Reiches. Wohl breitet sich dann wieder die wüstenhafte Landschaft mit ihren öden Kiesflächen aus; immer zahlreichere Anzeichen künden jedoch, daß die Metamorphose dieser kargen, reinen Ebene ins Pestilenzialisch-Chaotische nicht mehr weit ist. Man muß ein Auge dafür haben, um ganz aus der Ferne schon das erste schmutzige Blatt Papier auszumachen, das zwischen den Ästen einer mageren Platane im Winde zittert. Doch solch unratentsprossene Belaubung gedeiht in diesem Land des Mistrals ganz besonders üppig. Je weiter man kommt, desto mehr sind die – freilich immer spärlicheren – Bäume mit Locken, Papierschlangen, Glaswolle, Wellpappe, Strohteilen, Kapokflocken, haarigen Perücken bedeckt. Aller Pflanzenwuchs verschwindet dann – wie im Gebirge oberhalb einer bestimmten Höhe –, wenn man ins Land der hundert weißen Hügel kommt. Denn hier sind die Müllmassen weiß; das Komprimat in meinem Medaillon mit dem Wappen von Marseille gleicht einem Scheibchen Schnee. Weiß funkelnd, vornehmlich bei Sonnenuntergang, sicher wegen der Flaschenscherben, der Zelluloidteile, der Galalithsplitter und der Glasstücke, mit denen diese Hügel wie mit Pailletten besetzt sind. Ein hartnäckiger, fader Geruch liegt in den Senken, doch gewöhnt man sich in weniger als einer Stunde so daran, daß man ihn nicht mehr wahrnimmt.

Die weißen Hügel wären von der Welt abgeschnitten, gingen nicht die Geleise der Bahnlinie Paris–Lyon–Marseille hindurch. Das bedeutet für uns, daß morgens und abends zwei Züge an uns vorbeibrausen, geschlossen wie Geldschränke, mit feuerspeienden, laut pfeifenden Lokomotiven davor. Die Laune des Fahrplans will es, daß diese Züge – der eine aus Paris, der andere aus Marseille – sich in unserer Gegend kreuzen wie gegenläufige Meteore, und etwas Lärmendes, Gewaltsames in unsere blaßsilberne, unwirkliche Welt bringen. Ich hege die Hoffnung, eines Tages werde der eine oder andere von diesen Meteoren gezwungen sein, hier zu halten. Die Fenster werden heruntergelassen, Köpfe schauen heraus, sprachlos vor Schrekken über das seltsam-düstere Land. Feierlich würde ich sie dann anreden, diese Menschen von einem anderen Planeten. Der Unrat-Dandy täte ihnen dann kund, daß sie soeben gestorben sind. Daß sie also auf der Vorderseite der Welt ausgestrichen wurden und auf ihre Rückseite versetzt worden sind. Daß es für sie Zeit ist, ihre Gedanken und Gebräuche umzustellen auf diese Kehrseite des Lebens, der sie nunmehr angehören. Dann müßten sich die Türen öffnen, nacheinander würden sie heraus auf den Bahndamm springen, und ich spräche ihnen Mut zu, ich gäbe ihnen Ratschläge für ihre ersten taumelnden, ängstlichen Schritte durch die Abfälle ihres vergangenen Lebens.

Doch das ist ein Traum. Die Züge fahren vorbei, fauchend und heulend wie Drachen, und keine Menschenseele gönnt uns ein Winken. Ich bewohne selber einen Eisenbahnwaggon, der als

225

Wohnwagen eingerichtet ist. Jeden Abend eine passende Bleibe zu finden, ist unmöglich. Ich schlafe auf einer breiten Matratze auf einem Brett, das über die beiden Sitzbänke eines Abteils gelegt ist. Ich habe Wasser und Feuer, ich habe auch Licht – das mir eine Karbidlampe mit Kobragezisch rüde an den Kopf wirft. Für mich ist es eine neue Erfahrung und ein Schritt weiter zu meinem Versinken im Unrat. Die Altmaterialsammler, die in einem Lastauto von Entressen kommen, wo sie in Straßenarbeiterbaracken wohnen, bringen mir an Hand einer Liste, die ich ihnen zwei Tage vorher mitgegeben habe, jeden Tag das Nötigste mit. Am ersten Abend hatte ich dem Ratschlag, alle Öffnungen des Eisenbahnwagens hermetisch zu schließen, nicht viel Gehör geschenkt. Nachts riß mich Sam voller Schrecken aus dem Schlaf. Zuerst glaubte ich, es regne, denn ich hörte um uns her ein leises, eiliges Prasseln. Ich machte Licht: überall waren Ratten. Sie wogten durch den Gang und die offenen Abteile des Waggons. Offenbar galoppierten sie auch auf dem Dach hin und her. Mein Abteil war zum Glück zu. Trotzdem mußte ich zwanzig Minuten mit einer dicken weiblichen Ratte kämpfen, die ich mit Fleurettes Spitze schließlich aufspießte. Wie war sie hereingekommen? Ich werde es nie erfahren. Aber ich bin noch nicht so weit, daß ich das Schreien dieses Ungeheuers vergesse, unter dessen Krämpfen sich Fleurettes Klinge bog wie das Ende einer Angelrute. Ganesha, Ganesha, du Götze mit dem Rüssel, in dieser Nacht hab' ich dich angerufen, um dein Totemtier zu beschwören! Dann habe ich mich in meinem Abteil verschanzt, mit Sam und mit meiner erstochenen Ratte, und ich befürchtete, aus ihrem aufgeschlitzten Leib komme gleich ein ganzes Gewusel kleiner Ratten und verbreite sich im Abteil; die Ratzen belagerten uns unterdessen und vollführten dabei einen Höllenspektakel. So wie der Hahnenschrei augenblicklich dem Totentanz ein Ende setzt, so war für die Ratten das dumpfe Rollen der Züge am frühen Morgen das Zeichen, sich davonzumachen. In kaum drei Minuten waren sie alle in den tausend und abertausend Löchern verschwunden, von denen die weißen Hügel durchsetzt sind. Den Grund für diesen überstürzten Rückzug habe ich erst begriffen, als ich die Leiche meines Opfers aus dem Fenster gekippt hatte. Kaum war der aufgedunsene Kadaver, nochmals hochspringend, auf einem Haufen verfaulter Kartof-

feln gelandet, da fielen auch schon eine, dann zwei, drei Seemöwen wie Steine vom Himmel und packten ihn. Diese dicken,
aschgrauen Möwen, schwer und plump wie Raben-Albinos,
warfen einander den blutenden Fleischklumpen zu, der sogleich platzte und Eingeweide und Embryos verstreute. Übrigens konnte ich beobachten, daß das keine Ausnahme war. Da
und dort wurden Ratten, die zu spät daran waren, von einem
Trupp Seemöwen verfolgt, umzingelt, angefallen und zerfetzt.
Denn der Tag gehört den Vögeln; sie allein sind da die Herren
der silbernen Hügel. Abends geben dann die durchfahrenden
Züge das Signal dafür, daß sich die Lage umkehrt, denn die
Nacht ist das Reich der Ratten. Zu Tausenden fliegen die Seemöwen auf und streben zum Schlafen hinüber an die Ufer des
Etang de Berre, wenn sie nicht gar bis in die Camargue ziehen,
wo sie die Gelege der Flamingos verwüsten. Wehe den Vögeln,
die verwundet oder zu schwach sind und sich noch im Müll
herumtreiben, wenn sich schon die Abendzüge gekreuzt
haben! Rattenhorden umringen sie, bringen sie um, zerreißen
sie zu Fusseln. Deshalb findet man, wenn man über die Hügel
geht, auf Schritt und Tritt Fellfetzen oder Flaumknäuel: es sind
die feinen Nähte in dem Tag- und Nachtrhythmus, der die Hügel zwischen zwei Reichen aufteilt: dem des Gefieders und dem
des Fells.
Zweimal im Jahr bekommt die kleine Welt der Tippelbrüder
Besuch von den weißgekleideten Männern des *Hygienedien-
stes der Stadt Marseille*. Mit Sprühgeräten bewaffnet und mit
vergiftetem Brot beladen, beginnen sie eine die ganzen Hügel
umfassende Desinfektions- und Rattenbekämpfungsaktion.
Sie kommen damit ziemlich schlecht an. Ihre Vermummung,
ihre Gummihandschuhe, ihre hohen Stiefel mit Beinschienen
erregen Gelächter. Schaut sie euch an, diese Zierpuppen, die
sich vor Dreck und vor Mikroben fürchten! Und ihre Arbeit,
die ist ebenso nutzlos – denn die riesige Menge Ratten spottet
jedem Bemühen – wie unheilvoll, denn wo sie hinkommen,
hinterlassen sie Rattenkadaver in Massen und noch mehr Kadaver von Seemöwen. Man darf nicht übersehen, daß diese
Viecher im großen und ganzen für Sauberkeit sorgen und auf
ihre Weise dazu beitragen, die Abfallberge zu sanieren. Doch
die Wahrheit ist, daß die Tippelbrüder sich mit dieser Tierwelt
solidarisch fühlen und das Vorgehen der Gesundheitspolizisten

aus Marseille als einen Eingriff in ihren Herrschaftsbereich empfinden. Wie in Roanne die Pläne für eine Müllverbrennungsanlage, so erscheinen die Desinfektionsbemühungen der Marseiller Behörden als ein Angriff aus der Mitte der Gesellschaft gegen die Außenseiter.

(In bester Absicht haben die Weißbemäntelten mir »zu nutzbringender Verwendung«, wie sie sagten, drei Eimer Giftpaste in meinen Eisenbahnwagen gestellt. Doch haben sie mir auch mitgeteilt, die Prämien, die das Bürgermeisteramt Marseille eine Zeitlang für erlegte Ratten ausgesetzt hatte, würden nicht mehr bezahlt, seit ein sympathischer Tagedieb die Idee hatte, in einem Eisenbahnwagen Ratten zu züchten, sie dann mit Azetylengas zu töten und die Leichen den entsetzten Sekretären der Stadtverwaltung gleich lastwagenweise anzuliefern. Die Zusammensetzung der todbringenden Paste ist auf den Eimern angegeben: Sie besteht aus Fleischfett, das mit Mehl eingedickt und mit Arsenik gewürzt wurde. Ich war so neugierig und habe einen von den Eimern die ganze Nacht offen unter meinem Eisenbahnwagen stehen lassen. Die Ratten, die doch ohne Unterschied alles zu fressen scheinen, ließen nicht bloß die Paste unberührt, sondern scheinen sogar die Umgebung des Gefäßes, in dem sie enthalten ist, gemieden zu haben. Daran sieht man, was von der Wirksamkeit des Giftes zu halten ist!)

Die Arbeiten hier, die zu koordinieren ich mich bemühe, sind von ganz anderer Größenordnung als die geordnete Auffüllung des Teufelslochs. Nachdem die Kleine Crau im Norden mit Hilfe des im Craponne-Kanal herangeführten Durance-Wassers in fruchtbares, an Oliven, Wein und Futtermitteln reiches Land umgewandelt wurde, scheint es ein ehrgeiziges, von Marseille unterstütztes Vorhaben zu sein, seinerseits mit Hilfe des Müllkomposts von Miramas die Große Crau fruchtbar zu machen. So könnte das, was jetzt als Schandfleck des großen Mittelmeerhafens vor den Augen der Reisenden des Paris-Lyon-Mittelmeer-Expreß ausgebreitet liegt, ein Anlaß zum Stolz werden. Um das zustande zu bringen, habe ich fünf Bulldozer und einen Arbeitstrupp von zwanzig Mann: Kräfte, die im Hinblick auf die angestrebte Metamorphose lächerlich gering sind. Man müßte nämlich die aus neuerem Müll bestehende Schicht mindestens bis auf vier Meter Tiefe abtragen und so den älteren, durch jahrelanges Gären in fruchtbaren

Humus verwandelten Untergrund freilegen. Durch das tiefe Umgraben aber verdunstet dann die im Untergrund gespeicherte und erhalten gebliebene Feuchtigkeit, und die dann unentbehrliche künstliche Bewässerung ist durch nichts zu ersetzen.

Dennoch bin ich mit einem Arbeitskommando und mit zwei Bulls darangegangen, einen Hügel abzutragen. Das Ergebnis war erschreckend. Ein Heer von Seemöwen stürzte sich auf die frische schwarze Aushubspur hinter den beiden Bulls, und die Fahrer mußten all ihre Kaltblütigkeit zusammennehmen, um in diesem Wirbel von Flügeln und Schnäbeln nicht den Kopf zu verlieren. Aber das war noch gar nichts, denn meine Arbeitsmaschinen schnitten zwangsläufig sehr bald Höhlungen und Gänge an, in denen ganze Rattenkolonien hausten. Sofort begann der Kampf mit den Seemöwen. Einige Vögel kamen zwar in dem erbitterten Kampfgewühl um, im Einzelkampf ist eine dicke Ratte einer Seemöwe überlegen. Doch die Unzahl der großen Vögel trug über die aus ihren Löchern ins helle Tageslicht vertriebenen Ratten den Sieg davon. Was schwerer wog, waren der Ekel und die Angst meiner Leute angesichts dieser unabsehbaren, reihenweise durch Kämpfe zwischen Fell und Gefieder aufgelockerten Aufgabe. Einer schlug vor, Jagdflinten mitzubringen, um die Vögel zu vertreiben. Doch ein anderer bemerkte dazu, nur die Seemöwen hielten die Ratten im Zaum, und wir seien in einer unhaltbaren Lage, wenn die Ratten, wie schon bei Nacht, auch am Tage Herren des Geländes würden.

Ich habe mit Sam eine Dose »Rindfleisch mit Bohnen« geteilt, die ich auf einem kleinen Gasherd warmgemacht hatte. In ein paar Minuten geht die Sonne unter, und schon fliegen Schwärme aschgrauer Vögel auf und streichen mit klagendem Schrei davon, dem Meere zu. Ungeachtet der erstickenden Hitze des provenzalischen Spätsommers sperre ich nacheinander alle Eingänge des Eisenbahnwagens zu. Die Fenster des Abteils, das ich bewohne, habe ich mit einem starken Gitter versehen lassen, um sie die ganze Nacht über offen lassen zu können. Trotz der Begierde und der Sehnsucht, die in mir wühlen, bin ich froh, daß weder Daniel noch auch nur Eustache eine so unwirtliche Einsamkeit mit mir teilen müssen. Ihr Leib ist mir eine kostbare Erinnerung, und so verleihe ich ihm eine Zartheit, die sich mit dieser Schreckenslandschaft schwerlich verträgt. Das donnernde Grollen der Züge erschüttert die Hügel. Bei ihrer Begegnung grüßen sie einander mit ohrenzerreißendem Schrei. Dann sinkt wieder Stille hernieder, mehr und mehr belebt von zahllos anrennenden, anbrandenden Ratten. Mein Waggon wird von dieser lebenden Flut überspült, doch immerhin bietet er einen Schutz, so sicher wie eine Taucherglocke. Das Streiflicht der untergehenden Sonne läßt eine trügerische Schafherde aufschimmern: Glaswollebündel, die am Hang des Nachbarhügels verstreut sind. Weshalb soll ich's nicht eingestehen? Das Fremdartige, Grausige meiner Lage berauscht mich mit stolzer Freude. Jeder Hetero fände, man müsse ein Heiliger und zum Martyrium berufen sein – oder Vater und Mutter ermordet haben –, um ein Leben auszuhalten, wie ich es führe. Ihr armen Schweine! Und die Kraft, die daraus fließt? Und das erhebende Gefühl meiner Einmaligkeit? Ein paar Meter vor meinem Fenster liegt eine zerschlissene Matratze. Aus hundert Löchern quillt die Wolle. Und jedesmal, wenn ein Loch eine Ratte ausspuckt, zuckt die Matratze, als hätte sie den Schluckauf. Die Ratten kommen meist schubweise zu dreien, zu vieren – und der Anblick ist von wachsender Komik, denn es ist ganz klar, daß diese Viecher nicht allesamt in der Matratze gewesen sein können. Unwillkürlich sucht man nach dem Kniff, dem Taschenspielertrick.

Ich bestehe aus einer Stahl-Helium-Verbindung, die sich absolut nicht verändern, nicht zerbrechen, nicht rosten kann. Oder besser gesagt, ich bestand aus ihr ... Denn Daniel, dieser kleine Kümmerling, hat den Engel des Lichts mit Menschlichem infiziert. Die Leidenschaft, die er mir eingepflanzt hat, das Mitleid, nagt und nagt mir am Herzen. Am meisten liebte ich ihn, wenn ich ihn schlafen sah – und schon das verrät, wie dubios mein Gefühl für ihn ist, denn starke, gesunde Liebe setzt, glaube ich, beiderseits klaren Geist und einhelliges Geben und Nehmen voraus. Ich wachte mitten in der Nacht auf und setzte mich in den großen Voltaire-Sessel am Kopfende seines Bettes. Ich lauschte, wie regelmäßig er atmete, wie er seufzte, wie er sich im Schlaf regte: dem ganzen Wirken des kleinen Schlummermechanismus, zu dem er geworden war. Die undeutlichen Worte, die zuweilen von seinen Lippen fielen, gehörten, so dachte ich, einer verborgenen und zugleich universalen Sprache an, der fossilen Sprache, die alle Menschen vor der Zivilisation sprachen. Ein mysteriöses Leben, das Leben des Schlafenden, dem Wahnsinn nahe, der im Schlafwandeln dann sichtbar wird. Ich zündete eine Kerze an, die in Erwartung meines Kommens auf dem Nachttischchen stand. Er wußte natürlich von diesem nächtlichen Treiben. Wievielmal ich bei ihm unten gewesen war, hätte er morgens an den angebrannten Zündhölzern abzählen, wie lang ich insgesamt bei ihm geblieben war, am Herunterbrennen der Kerze ermessen können. Er scherte sich nicht darum. Ich hätte es nicht ertragen, so entlarvt zu werden. Denn ich weiß – er dagegen ahnt nicht –, mit welch glühender Behutsamkeit ich seinen Schlaf in diesen fiebernden Minuten umhegt habe. Incubus, mein Bruder, Succubus, meine Schwester, ihr lüstern-listigen kleinen Dämonen, wie gut versteh' ich euch, wenn ihr wartet, bis der Schlaf alle, die ihr begehrt, Männer und Frauen, euch nackt und ahnungslos überläßt!

...

Ich muß einige Stunden geschlafen haben. Über meiner Mondlandschaft ist der Mond aufgegangen. Diese durchscheinenden, ausgefransten Wolken, die wie Kristallflächen den unteren Rand der milchglänzenden Scheibe streifen, sind bestimmte Vorboten des Mistrals. Der hat, wie mir die Walzbrüder versichert haben, die Kraft, meine reizende Tierwelt, trage sie nun Fell oder Gefieder, rasend zu machen. Die weißen Hügel, paillettenschimmernd, wellen sich, so weit das Auge reicht. Zuweilen hebt sich von der Flanke eines Hügels ein gräulicher Teppichfleck mit bewegten Konturen ab und gleitet hinab in eine Senke, oder er steigt im Gegenteil aus dunklen Tiefen und breitet sich über eine Kuppe: eine Horde Ratten.

Daniels Gesicht. Seine hohlen, blassen Wangen, seine schwarze Stirnlocke, seine ein wenig zu aufgeworfenen Lippen ... Die vollkommene Liebe – die vollendete Verschmelzung von sinnlicher Begierde und Zärtlichkeit – findet ihren Prüfstein, ihr untrügliches Symptom in einer Erscheinung, die ziemlich selten ist: *daß das Gesicht sinnliche Begierde auslöst.* Wenn in meinen Augen ein Gesicht mehr erotischen Reiz birgt als der ganze übrige Körper, das ist Liebe. Ich weiß jetzt, daß das Gesicht in Wahrheit der erotischste Teil des menschlichen Körpers ist. Daß die wahren Geschlechtsteile des Menschen sein Mund, seine Nase, vor allem seine Augen sind. Daß die wahre Liebe sich in einem Steigen der Säfte im Körper – wie in einem Baum im Frühling – kundtut, durch das sich die Wichse mit dem Speichel im Mund, mit den Tränen in den Augen, mit dem Schweiß auf der Stirn mischt. Aber bei Daniel mengt das Mitleid sein Stroh unter dieses lautere Metall, das eklige Mitleid, das er mir – gegen seinen und meinen Willen – einflößt. Mit gesunder Farbe und von Glück beschwingt hätte er für mich, das muß ich gestehen, seinen ganzen, vergifteten Charme verloren.

. . .

Noch ein, zwei Stunden Halbschlaf. Diesmal bin ich an einem Schlag gegen meinen Waggon aufgewacht. Ein plötzlicher, heftiger Stoß, der den langen Wagenkörper auf seinen beiden räderlosen Drehgestellen erschüttert hat. Ein Blick aus dem Fenster. Die Hügel sind, wie mit Federbüschen, mit wirbelnden Papier- und Verpackungsfetzen geschmückt. Der Mistral. Wieder der unsichtbare Anprall an meinen Eisenbahnwagen; der ächzt mit der Stimme, die er einst hatte, wenn er sich langsam in einem Bahnhof in Bewegung setzte. Sam ist sichtlich unruhig. Hat er wie ich die Ratten bemerkt, die jetzt wie ganze Teppiche alle Hänge überrollen? Man möchte sie von einem wütenden Wahnwitz besessen glauben. Wirken sich so die Bösen aus, die immer brutaler unseren Wagen schütteln und Tromben von Ha-em hochauf in den Himmel wirbeln? Ich denke an Sanddünen, die der Wind langsam, sozusagen Körnchen um Körnchen, fortträgt. Wandern die weißen Hügel von Miramas ebenso? Das könnte die Panik der Ratten erklären, deren sämtliche Tunnelgänge dadurch übereinanderstürzen müßten. Durch die Nordfenster des Wagens sieht man nichts mehr, weil Berge von Ha-em, die der Wind hergetragen hat, davorgetürmt sind, als wären es Schneewehen. Angst erfaßt mich bei dem Gedanken, wir könnten, wenn die Hügel wandern, zugedeckt und darunter begraben werden. Ich mag noch so gute Nerven, einen noch so guten Magen haben – so langsam finde ich diesen Aufenthalt ungesund. Wenn es nach mir ginge – ich nähme das nächste beste zum Vorwand, um mich in gastlichere Gefilde zu verziehen. Nicht wahr, Sam? Wären wir anderswo nicht besser dran? Ich hatte erwartet, er würde die Ohren anlegen, die Zunge ausstrecken, mit dem Schweif Allegro wedeln. Nein, nichts davon: er blickt jammervoll zu mir auf und trippelt auf der Stelle. Er ist krank vor Angst, dieser Hund. Ein Vorwand, um zu gehen? Mit einem Male habe ich etwas Besseres! Einen zwingenden Grund, eine absolute Verpflichtung! Zwischen zwei Böen mit fliegenden Ha-em, die mir unablässig mit bizarren Wolken den Blick versperren, habe ich da drüben, in weiter Ferne, ganz oben auf einem Hügel, eine Gestalt gesehen. Sie hob einen Arm, als riefe sie etwas, riefe vielleicht um Hilfe. Ich kann das Grauen ermessen, so verlassen dazustehen im fahlen Frühlicht, unter den Stößen des Mistral, unterm Bombardement des Ha-ems und vor allem, vor allem: unter den schwarzen Bataillonen der Ratzen! Raus! Ich mache eine Tür auf. Drei überraschte Ratten – als hätten sie ausspioniert, was ich da drinnen mache – betrachten mich mißtrauisch aus ihren kleinen rosaroten Augen. Hart schlage ich die Tür wieder zu.

Erstens bleibt Sam da. Er hat bei mir draußen nichts zu suchen. Zweitens muß ich einen Schutz gegen Rattenbisse finden. Eigentlich müßte es ein Harnisch sein, vor allem für die Beine. In Ermanglung eines solchen steige ich in einen Monteuranzug, der in dem Wagen herumlag. Und ich verfalle darauf, mir Schuhe und Beine bis an die Hinterbacken und an den Leib hinauf mit der Todespaste zu beschmieren, vor der die Ratzen anscheinend Abscheu haben. Das kostet Zeit. Ich denke an die Mammis am Strand, die sich mit widerlich riechenden Sonnenölen die Haut einfetten. Ich hingegen nehme ein Mond- und Müllbad, und dazu spende ich mir diese neuartige Letzte Ölung. Mit herrischer Stimme befehle ich Sam, sich nicht zu mucksen. Ohne Widerstreben legt er sich hin. Ich schlüpfe hinaus. Die drei Ratten von vorhin weichen vor meinen bedrohlichen Schritten zurück. Die Todespaste wirkt Wunder. Dafür trifft mich ein Obstkorb, der mit der Geschwindigkeit einer Kanonenkugel geflogen kommt, voll auf die Brust. Hätte ich ihn ins Gesicht bekommen, wäre ich zu Boden gegangen und ausgezählt worden. Vorsicht, Geschoßhagel! Ich vermisse Schutzmaske und Brustleder wie wir Fleurets sie einst auf dem Fechtboden trugen. Langsam, schwerfällig bewege ich mich vorwärts und stütze mich dabei auf einen Stock, der mir notfalls als Waffe dienen kann. Keine Wolke steht an dem blassen Himmel, der sich gen Sonnenaufgang rosig zu färben beginnt. Das

ist der Himmel des edlen Herrn Mistral, trocken, rein, kalt wie
ein Spiegel aus Eis, über den furchtbare Böen fegen. Ich trete
mit dem Fuß in ein Nest von braunen Schlangen mit großen
grünlichen Köpfen, das sich bei näherem Zusehen in einen
Knäuel von Bruchbändern verwandelt, alle mit ihrem Haarball
am Ende. Ich gehe unterhalb eines steil abfallenden Berges von
Unrat vorbei; unwillkürlich beschleunige ich meinen Schritt.
Diese Vorsicht ist mein Glück, denn ich sehe, wie der Berg hinter mir zusammenstürzt und ein Gewimmel kopflos-wütender
Ratzen freigibt. Ich suche mir einen Weg durch Mulden, weil
Wind und fliegende Geschosse da weniger zu befürchten sind,
nur machen es die Ratten aus demselben Grund genauso, und
hier und da teilt sich ein anrennender Teppich vor meinen
Schritten, um sich dann hinter mir wieder zu vereinigen. Aber
ich bin doch gezwungen, auf einen Hügel zu klettern, um mich
zurechtzufinden. Ich schaue zurück. Der Eisenbahnwagen verschwindet schon halb unter dem Ha-em, dem er den wahnwitzigen Weg versperrt. So allmählich frage ich mich, ob er nicht
darin versinkt, darunter begraben wird, und seine längliche,
ein bißchen schief daliegende Form erinnert von weitem wirklich an einen großen Sarg im Schnee. Sam. Ich muß mich beei-
len und ihn herausholen. Die Ebene vor mir mit ihren kleinen
warzenartigen Hügeln dehnt sich, so weit das Auge reicht. Un-
ratzerzauste Kavallerieschwadronen jagen darüber hin; sie
stürmen alle südwärts. Ich glaube die Kuppe wiederzuerkennen, wo ich eine menschliche Gestalt winken und dann verschwinden sah. Vorwärts! Ich renne hinunter. Mein rechtes
Bein gerät in eine Spalte, und schon liege ich zappelnd län-
gelang in einem Bett von Konservendosen. Schürfwunden,
aber nichts gebrochen. Nur stehe ich nicht rasch genug auf,
und so werde ich von einer Woge Ratten, die in Gegenrichtung
galoppieren, überflutet. Ich rühre mich nicht vor Angst, ich
könnte eine oder zwei davon einklemmen oder verletzen, und
die würden sich dann mit den Zähnen ordentlich wehren. Los!
Aufstehen! Auf geht's! Vorwärts! Ich erklimme den letzten
Hügel, der mit einer Menge kleiner Wollsachen übersät ist,
vergammelte Babykleidung, die ganze Kleinkindwäsche eines
ausgebuddelten Totgeborenen. Endlich stehe ich an einer Art
Krater. Das Grauen vor dem, was ich sehe, ist unsagbar.
In dem Monat, den ich jetzt hier bin, hab' ich viele Ratten gese-

hen, doch nie eine so dicht gedrängte Masse, nie in solch toben
der Raserei. Sie kreisten wie eine schwarze, dicke Flüssigkeit
am Grund und auf den Rändern des Trichters. Die Mitte dieses
Wirbels ist eine menschliche Gestalt, auf dem Bauch liegend,
die Arme gekreuzt. Der Schädel liegt schon bloß, doch sind
auch noch dunkle, halbausgerissene Haarbüschel darauf. Dieser schmale, magere Rücken, dieses nach Prügeln schreiende
Rückgrat ... Mehr brauche ich nicht zu sehen, um Bescheid zu
wissen. Daniel! Was nur eine heimliche Vermutung war,
wurde quälende Gewißheit. Er ist zu mir gekommen. Er hat
sich verirrt. Wie mag er hingefallen sein? Gleichsam als Antwort überfällt mich ein jäher Windstoß, unmittelbar darauf
fliegen leere Kisten und Körbe so heftig gegen mich, daß ich am
Rand des Kraters ins Wanken gerate. In diesen Hexenkessel
soll ich hinunter? Ich muß es, ich müßte es! Vielleicht läßt sich
noch etwas für ihn tun? Aber mir fehlt wirklich der Mut. Ich
zögere, aber ich nehme mich zusammen. Ich gehe doch, ich
springe hinein in das Grauen vor mir, und da kommt die Erlösung: der doppelte Pfiff der beiden sich kreuzenden Züge
drüben in der Ebene. Gleich strömen die Ratten davon. Sie strömen schon fort. Die schwarzen, hunderttausendbeinigen Ba-
taillone ziehen sich zurück. Nein, ich sehe nicht, daß sie flüch-
ten, sich davonmachen. Sie verschwinden, man weiß nicht wie.
Die zähe Flüssigkeit scheint von der dicken weißen Boden-
schicht aufgesogen. Jetzt warte ich ganz guten Gewissens. Geduld, kleiner Daniel, ich komme, ich komme! Noch eine Minute, und die letzten Ratzen sind fort.
Ich mache einen Sprung hinunter und komme an einem recht
steilen Abhang zum Stehen. Das Gelände gibt unter meinen
Füßen nach. Ein Erdrutsch, eine Lawine. So muß es auch bei
Daniel gegangen sein. Ich lande neben ihm, alle viere von mir
gestreckt, in einem großen Packen von Mullbinden und leeren
Arzneiröhrchen, sicher Abfälle aus einem Krankenhaus. Nicht
daran denken! Da, zu meinen Füßen liegt Daniel. Die Verlet-
zungen durch die Ratten sind wesentlich schlimmer, als ich aus
der Entfernung annehmen konnte. Es ist, als hätten sie sich mit
Vorliebe in den Nacken verbissen. Dort ist eine tiefe Kerbe, wie
von einem Axthieb, wie vom Schnitt einer Säge, einer Säge mit
Millionen winziger, zackiger Zähnchen, und diese Kerbe ist so
tief, daß der Kopf kaum mehr am Rumpf hängt und nach rück-

235

wärts fällt, als ich den Körper mit der Schuhspitze umdrehe. Die Ratzen sind auch über Daniels Geschlecht hergefallen. Nacken und Geschlecht. Weshalb? Der Unterleib, der als einziges bloßliegt, ist nur eine einzige blutende Wunde. Ich gehe völlig auf in der Betrachtung dieser armen, zerfetzten Glieder, die nichts Menschliches mehr haben als das Obszöne von Leichen. Mein Meditieren ist kein feinsinnig ausgeklügeltes Nachdenken, es ist ein stumpfes Stillschweigen, ein gefühl- und regungsloses Verharren in diesem befremdlich stillen Loch. Mein armes zerschlagenes Hirn ist nur zu einer einzigen, ganz einfachen, ganz konkreten Frage fähig: das goldene Kettchen, das Medaillon der Heiligen Jungfrau – wo sind die? Droben nagen die Böen am Rande des Kraters und kippen ganze Packen von Unrat herunter. Hier unten herrscht der Frieden der Tiefe. Die Ruah ... Der geistgeschwängerte Wind ... Der Luftzug von den Flügeln der weißen Taube, das Symbol des Geschlechtlichen und des Wortes ... Warum stellt die Wahrheit sich mir nie anders als in scheußlich-grotesker Verkleidung dar? Was steckt in mir, das immer nur nach Maskenhaftem, Verzerrtem verlangt?

Einige Sekunden beobachte ich schon eine dicke weiße Ratte, die sich atemlos bemüht, den Abhang des Kraters hinaufzuklettern. Ist sie dadurch, daß sie Daniels Geschlecht gefressen hat, so schwer geworden? Wer sprach da vom reinen Sinnbild der Taube? Ein Meteor aus Federn und Krallen ist auf die dicke Ratte heruntergestürzt. Mutig stellt sie sich, legt ihre Öhrchen an, bleckt eine Reihe nadelscharfer Zähne. Die Seemöwe, mit gesträubten Federn, riesenhaft durch ihre ausgebreiteten Schwingen, zischt ihr wütend entgegen, verharrt aber in vorsichtigem Abstand. Aus Erfahrung weiß ich, daß der Kampf gegen allen Anschein zugunsten der Ratte ausginge, aber daß er gar nicht stattfinden wird. Die Ratte ist gebannt, gelähmt, ganz auf ihren Feind eingestellt. Das ist beabsichtigt, ist Berechnung. Eine andere Seemöwe stürzt sich auf sie, verdeckt sie einen Augenblick mit ihren Flügeln und schießt wieder hinauf, himmelan. Die Ratte zappelt am Boden, den Nacken glatt durchtrennt. Derselbe Tod wie Daniel. Und der erste Vogel gibt ihr den Rest, schüttelt sie, wirft sie in die Luft wie einen blutigen Lappen.

Fernes Kreischen dringt zu mir herunter. Ich schaue hinauf zu dem runden, vom Kraterrand ausgeschnittenen Stück Himmel. Darin wogt majestätisch eine silberne Trombe, dehnt sich aus, verengt sich gleich wieder, wenn sie zu zerstieben droht, wächst mit beängstigender Schnelligkeit. Seemöwen! Tausende, Zehntausende von Seemöwen! Nur fort, ehe mein zerfetzter Körper dem der Ratte folgt. Dani... Ich beuge mich ein letztes Mal über das, was sein Gesicht war, über seine leeren Augenhöhlen, über seine Wangen, durch deren Rißwunden die Zähne sichtbar sind, über seine Ohren ... Ein perlmuttenes Glänzen schimmert neben dieser Maske des Grauens. Ich bücke mich. Der Ohrring, die philippinische Perle, deren Zwillingsschwester ich besitze! Klein Daniel hatte ihn angelegt, um zu mir zu kommen! Und ich frage mich sogar: hat nicht eben dieser magische Ohrring ihn zu meinem Eisenbahnwagen gezogen – am Ohr gezogen wie einen ungelehrigen Schüler. Ringsum regnen nun Seemöwen herunter. Fort! Nur fort!

PS. – Du hast es gewußt, du, Daniel, daß dieses harte, straffe, dürre Gesicht, das ich den anderen zeige, nicht mein wahres Gesicht ist. Es ist nur verfinstert vom Alleinsein, vom Verbanntsein. So ist es auch, wenn mein Gesicht nackt und mein Körper bekleidet ist. Wer mich nie völlig nackt gesehen hat, kennt mein wahres Gesicht nicht. Denn die warme Gegenwart meines Körpers gibt ihm dann Mut, besänftigt es, schenkt ihm seine natürliche Güte wieder. Ich weiß nicht einmal, ob die Begierde nicht eine Art Wahnsinn ist, der besondere, von dieser Verbannung hervorgerufene Wahnsinn, der Irr-Sinn eines Gesichts, das um den Besitz an seinem Körper gebracht ist. Weil es von meinem Körper verlassen und verwaist ist, sucht und jagt mein Gesicht wild-begierig nach dem Körper eines anderen. Weil es allein, nackt und verängstigt auf einer Kleiderpuppe sitzt, verlangt es nach einer Schulter, um darin seine Stirn, nach einer Achsel, um darin seine Nase, nach einer Scham, um darin seinen Mund zu bergen.

Wer mich nicht gesehen hat, wenn ich froh genieße, der kennt mein wahres Gesicht nicht. Dann nämlich erglüht und verbrennt die Asche, die darauf liegt, seine toten Fischaugen leuchten auf wie Laternen, sein lippenloser Mund rundet sich frisch und rot, ein ganzer Film farbiger Bilder zieht über seine Stirn ...

Diese zwei Geheimnisse und einige andere sind mit dir gestorben, Dani...

Als keiner von meinen Tippelbrüdern kam, da meinte ich zunächst, der Mistral habe sie abgeschreckt, eine nicht sehr wahrscheinliche Annahme, aber ich konnte mir beim besten Willen nichts anderes vorstellen. Ich machte mich mit Sam auf und ging nach Entressen, wo wir noch am Vormittag ankamen. Um dort zu erfahren, tags zuvor sei die allgemeine Mobilmachung angeordnet worden; stündlich könne der Krieg ausbrechen. Ich ging zur Gendarmerie, um den Leichenfund auf den weißen Hügeln aufnehmen zu lassen. Kein Mensch wollte mich anhören. Mit einer Mobilmachung auf dem Buckel, da hatte man wahrhaftig andere Sorgen! Auf den weißen Hügeln? Das ist eine Ecke, wo sich Gendarmen nicht hingetrauen. Ein Land außerhalb des Gesetzes. Sicher eine Leiche von einem Lumpensammler oder Trödler, einem Schmutzfinken oder Stromer. Eine Abrechnung zwischen Arabern, Piemontesen oder Korsen. Ich habe so recht begriffen, daß wir nicht zur Gesellschaft gehören, und hab' mir gratuliert, daß ich nicht wehrdiensttauglich bin. Sollen sie einander doch die Gedärme aus dem Leib prügeln, diese ehrenwerten heterosexuellen Bürger. Wir anderen, wir Außenseiter zählen die Schläge.
Ich pfiff Sam und ging zum Bahnhof. Der Zug nach Lyon. Anschließend weiter nach Fontainebleau, Saint-Escobille. Da bin ich dann auf eigenem Gelände und gleichzeitig vor den Toren von Paris. Nah genug dabei, um zu sehen, was kommt...

10
Die Amandiner Törtchen

Einer der Hauptgründe dafür, daß es Krieg gibt, ist ganz sicher der, daß der Krieg die Männer in die Ferien schickt. Schon die Militärdienstzeit hat in ihrer Erinnerung viel Reizvolles. Zwischen dem Ende der Schulzeit und dem Beginn der Berufslaufbahn bedeutet der Militärdienst eine zwangsweise eingelegte Erholungspause, völlig neuen, sinnlosen Aufgaben gewidmet, anstelle von Moral und Anstand von künstlichen, albernen

Disziplinregeln beherrscht, aber vor allem bar jeden Verantwortungsgefühls und jeder Sorge um das Morgen ledig. Edouard hatte nur frohe Erinnerungen an diese großen Ferien, die für ihn Ende 1918 angebrochen und die vom Knalleffekt des 11. November, des Waffenstillstands, überglänzt werden. Frisch gebacken aus den Kasernen von Rennes kommend, war er mit den klirrenden Stiefeln des kampflosen Siegers über den Pariser Asphalt geschritten und hatte als guter Kamerad und als netter Bursche mit locker sitzendem Geldbeutel die warme Sympathie von Männern und Frauen genossen.

Aber der Krieg brachte ihm mehr als bloß von neuem einen Teil jener freien unbeschwerten Jugend. Er fegte nicht nur die Sorgen weg, die Pierres Sonnantes, Florence und Maria-Barbara ihm bereitet hatten. Er erfüllte ihn mit froher Hochstimmung, mit einem etwas rauschhaften Enthusiasmus, in dem sich Lebenslust und Todesahnung – fast Todesverlangen – sonderbar mischten. Zu den einfachen, drängenden, von seinem Patriotismus diktierten Pflichten gesellte sich eine Sehnsucht, sich zu opfern, die insgeheim seiner Bitternis und seiner Lebensmüdigkeit entsprach. Seines Alters, seiner mäßigen Gesundheit, seiner großen Familie wegen wäre er vom Kriegsdienst freigestellt gewesen. Über Beziehungen zum Kriegsministerium erreichte er jedoch hintenherum, daß er als Kriegsfreiwilliger angenommen wurde.

Am 15. September wurde er mit dem Dienstgrad eines Hauptmanns nach Rennes zum 27. Infanterieregiment eingezogen, das zehn Tage später eine Stellung an der belgischen Grenze bezog. Da begann für ihn – und für Millionen andere – die lange winterliche Wartezeit des »drôle de guerre«, des komischen Krieges.

Der Abschnitt war wichtig im Hinblick auf einen etwaigen deutschen Durchbruch durch Belgien, und so lagen dort starke Kräfte. Aber sie hatten vor sich auf der anderen Seite der Grenze nur eine befreundete Bevölkerung, und die Truppen mußten sich darauf beschränken, ein friedliches, sorgloses Garnisonsleben zu führen. Die Kureinrichtungen von Saint-Amand, die seit der überstürzten Abreise der Kurgäste bei Kriegsausbruch geschlossen gewesen waren, öffneten nacheinander wieder ihre Pforten für den Zustrom einer uniformierten Klientel, die ebenso zahlreich und noch ungebundener war als die zivile.

Als erstes war der in ein Glockenmuseum umgewandelte Kirchturm wieder zugänglich für das Publikum, für ganze Kompanien fröhlicher Poilus, denen die Glocken Anlaß zu immer von neuem belachten Witzen gaben. Dann kamen die Kinos, die Tennisplätze, die Städtische Harmoniehalle, wo der Regimentsmusikzug Ouvertüren von Massenet, Chabrier, Leo Delibes und Charles Lecocq spielte. Die Offiziere schossen auf dem Plateau de la Pévèle Hasen und im Wald von Raismes Wildschweine.

Edouard hatte das Gefühl, ein unwirkliches Glück zu erleben, so leicht war er und so frei von den Zwängen des Alltagslebens. Maria-Barbara, seine Kinder, Florence waren da, wo sie hingehörten, im Hinterland, in Sicherheit. Die Fragen, die Zweifel und Ängste, die seine letzten Jahre verdüstert hatten, das nahende Alter, das sich nicht gut anließ – all das hatte der Krieg für lange, vielleicht für immer beiseite geschoben. Edouard hatte ein schönes Zimmer in der Auberge Bleue, dicht an der Scarpe – so nah, daß er vom Fenster aus hätte Forellen angeln können. Nur ein paar Meter entfernt, beim Bäcker mit dem Schild »Zum Goldenen Hörnchen«, hatte er eine wunderhübsche Verkäuferin entdeckt und sich vorgenommen, sie zu erobern. Sie hieß Angelica – in vertrautem Kreise Angi –, sie war sehr groß, sehr aufrecht und sehr blond, und sie roch gut nach Brioches und nach *Amandiner Törtchen*, einer weithin bekannten Spezialität des Hauses. Edouards Bemühungen, ihr den Hof zu machen, durchliefen zunächst eine Konditoreiphase, die in täglich zweimaligem Törtchenkauf bestand. Doch hatte er dieses flämische, schwer mit gestoßenen Mandeln angereicherte und mit Zimt gewürzte Gebäck schnell satt und ging dazu über, das eben Erworbene an alle Kinder zu verteilen, denen er begegnete. Die Kunde von seinem sonderbaren Wesen begann sich im ganzen Viertel zu verbreiten, als die schöne Angelica dem Treiben ein Ende machte und einwilligte, mit ihm auf den Ball zu gehen, der sich an eine vom Armeetheater gegebene Vorstellung von Marivaux' *La Surprise de l'amour* anschließen sollte. Hinterher bewies sie unerschütterlichen gesunden Menschenverstand, indem sie es ablehnte, den Abend mit ihm noch auszudehnen: am nächsten Tag sei Törtchentag und da beginne ihre Arbeit im Goldenen Hörnchen frühmorgens um sechs Uhr. Doch zwei Tage später lernte Edouard die Reichtümer dieses großen, kraftvollen, ungelenken Körpers und seine starken und nachhaltigen Reaktionen kennen, obschon er nur langsam Feuer fing.

Drei Kilometer östlich der Stadt am Rand des Waldes von Raismes gelegen, erlebten Spielkasino und Thermal-Kurbad nach einem kurzen Stadium, in dem sie leerstanden, das muntere Treiben einer Hochsaison. Die Untätigkeit ließ Duschen, Bäder und Massagen zu einem Zeitvertreib werden, den Offiziere, Unteroffiziere und Mannschaften sich gern zunutze machten. Edouard, der unter Kreuzschmerzen zu leiden hatte, fand sich dank dem »komischen Krieg« zum erstenmal bereit, etwas für seine Gesundheit zu tun. Nachdem er Duschen mit radioaktivem, 26° warmem Mineralwasser ausprobiert hatte, entschloß er sich, als die ersten Frosttage kamen, einen Versuch mit Schlammbädern zu machen, wovor er bislang zurückgeschreckt war.

Er schrieb sein Zögern einem ganz natürlichen Widerwillen gegenüber diesem Eintauchen in eine zähflüssige, schlammige und mit chemischem Teufelszeug versetzte Masse zu. Erfahrung lehrte ihn nun, daß alles ganz anders, von einer viel aufregenderen, tieferen Bedeutung war. Wenn er bis zum Kinn in der heißen, schwabbeligbraunen, mit grünen Schlieren geäderten Masse lag, aus der schweflige und eisenhaltige Dämpfe aufstiegen, da fielen seine Blicke auf die gußeisernen Wände und Ränder der Badewanne als den einzigen festen Halt, das Bollwerk, die rettende Planke – und an sie klammerte er sich nun mit beiden Händen. Aber das Gußeisen selbst war angefressen, gesprenkelt, korrodiert von den Sulfaten, Chlorüren und Bikarbonaten, die man hineingoß. War es nicht das Abbild eines Sarges, dazu verurteilt, gleich mit dem Leichnam darin zu Staub zu werden? Obschon Edouard nicht sehr zu philosophischen Betrachtungen neigte – während der langen, einsamen Minuten im Schlammbad fühlte er sich in grabesdüsteres Brüten versinken, dem die pestilenzialischen Dämpfe einen höllischen Zug verliehen. Freilich kam das luftig-leichte Glück, in dem er seit seiner Ankunft in Saint-Amand-les-Eaux schwebte, daher, daß alle Ketten zerrissen waren, die ihm Familie, Herzensbindungen und Beruf angelegt, die von Jahr zu

Jahr schwerer auf ihm gelastet und ihn schließlich erstickt hatten. Doch war diese neugewonnene Freiheit nicht ohne Bezug auf den Zustand des Entblößtseins, zu dem ein sehr hohes Alter, dann die Agonie einen Menschen führt, bevor er ins Jenseits hinübergleitet. Kurzum, Edouard glaubte die beflügelte Freude zu erkennen, die zuweilen Todkranke umgibt, wenn ihr Körper es aufgegeben hat, gegen die Krankheit anzukämpfen, jene glückliche Gelöstheit, die an eine plötzliche Besserung glauben läßt, und die in Wahrheit nur der Vorhof des Todes ist. Ein Vorgefühl, das er beim Ausbruch des Kriegs gehabt hatte, kam ihm mit vollkommener Klarheit wieder in den Sinn: er werde sterben. Der Krieg werde ihm dieses vorzeitige Ende bescheren – ein Ende, das zugleich klar, seiner würdig und makellos, wenn nicht gar heldenhaft sein und ihm Verfall und Alter ersparen werde. Von da an wurden die Schlammbäder jedesmal geistliche Übungen, Stunden der Einkehr und der Besinnung, und das war für ihn eine ganz neue Erfahrung, die ihn froh machte und zugleich erschreckte.

So schwebte über dem, was er bei sich sein »Bad im Jenseits« nannte, eine Folge von Bildern und Gedanken, die durch einen eigentümlich tiefernsten Zug überraschte. Er dachte daran, daß der Lehm der Urstoff gewesen, aus dem der Mensch von Gott geformt worden war, und daß demnach das letzte Ziel des Lebens wieder zu seinem allerersten Ursprung zurückkehre. Daß dieser Ausgangs- und Zielpunkt der großen abenteuerlichen Lebensfahrt etwas Unsauberes, allgemein Verachtetes war, erfüllte ihn mit Verwunderung, und er ertappte sich dabei, wie er an seinen Bruder dachte, der gegen seinen Willen Müllabfuhrmann geworden war und im Widerlichsten, Abstoßendsten herumwühlte, was die Gesellschaft zu bieten hat: Abfall und Müll. Plötzlich sah er den Unrat-Dandy mit anderen Augen. Für diesen feindselig-verschlossenen jüngeren Bruder, der aus den Röcken seiner Mutter nur auftauchte, um sich in ungesunde Abenteuer zu stürzen, hatte er immer nur eine Mischung aus Verachtung und Furcht übriggehabt. Als er dann Familienvater geworden war, hatte er diesen skandalumwitterten Onkel ferngehalten, weil dessen Beispiel – ja sogar dessen Handeln – für seine Kinder eine Gefahr war. Später hatten Gustaves Tod und die Frage, wer sein Erbe würde, das Familienkomplott zustande gebracht, das darauf abzielte, die Leitung der SEDOMU diesem lasterhaften Müßiggänger aufzuhalsen. Zwar hatte sich Edouard – soweit möglich – von diesen Machenschaften und Verhandlungen ferngehalten. Doch wieviel an dieser Zurückhaltung war Egoismus, wieviel war taktvolle Rücksichtnahme? Und war es letzten Endes nicht abscheulich, Alexandre in einen Beruf, in eine Umgebung, in diesen schmutzstarrenden Randbereich der Zivilisation zu drängen, der am meisten dazu angetan sein mußte, seine üblen Neigungen zu begünstigen? Edouard, was hast du mit deinem kleinen Bruder gemacht? Er gab sich selbst das Versprechen, er wolle versuchen, etwas für ihn zu tun, wenn sich dazu Gelegenheit bot, aber würde sie sich denn bieten? Alexandre, der Abfallmensch, war selber Abfall, lebender Abfall ... Edouard in seinem Schlammbad dachte vage an andere lebende Abfälle, in der Ferne, in der Umgebung seiner Kinder, an die einfältigen Kinder von Sainte-Brigitte.

Kam es davon, daß er sterben mußte? Mit den schwefelhaltigen Dämpfen seiner Schlammbäder stiegen in ihm mit blutvoller Lebendigkeit ganze Episoden seiner Vergangenheit auf.

November 1918. Er war einundzwanzig. Seit drei Monaten eingezogen, hatte er eben Zeit gehabt, sich an seine Felduniform zu gewöhnen, als der Waffenstillstand unterzeichnet wurde. Er befand sich gerade in Paris; er war gekommen, um seine Mutter und den jüngeren Bruder nochmals in die Arme zu schließen, bevor er zu einer Schnellausbildung in Frontnähe herangezogen wurde. Die Nachricht schlug wie eine Bombe ein, eine Bombe, die mit Konfetti, Papierschlangen und Schokoladenplätzchen geladen war. Edouard war so nett in seiner neuen Uniform – die kräftigen Waden in ihren Wickelgamaschen, die Hüfte straff im Koppel, das Schnurrbärtchen keß in dem frischen Gesicht mit den runden, noch kindlichen Wangen, sauber und adrett wie aus dem Schächtelchen – so ganz das, wovon Zivilisten träumen, wenn sie sich »unsere braven Soldaten« vorstellen, er war gleich von vielen Menschen umringt, wurde gefeiert, umjubelt, im Triumph fortgetragen, zum Maskottchen, zum Symbol des Sieges erkoren – er, der nie einen einzigen Schuß gehört hatte. In dem tollen Treiben, das überall herrschte, ließ er sich's gern gefallen, trank an hundert Tischen mit, tanzte auf den Bällen, die an jeder Straßenecke aus dem Stegreif stattfanden, und strandete beim ersten Morgengrauen in einem fragwürdigen Hotel zwischen zwei Mädchen. Bei der linken blieb er sechs Monate – solange er auf seine Entlassung wartete. Es war eine kleine, rundliche Braune, Maniküre von Beruf, mit gutem Mundwerk; obwohl sie schon in der ersten Stunde gemerkt hatte, wie mager es mit Edouards Dienstzeit stand, zeigte sie ihn allenthalben herum als »mein' Muschkoten, der'n Krieg gewonnen hat«. Er ließ sich verwöhnen, sich hätscheln – sie pflegte ihm die Hände –, sich unterhalten, alles mit dem ruhigen Gewissen des Kriegers, der sich ausruht. Im Frühjahr mußte er seine Uniform abgeben. Der Krieg war aus. Die Langeweile fing an.

»Eigentlich«, seufzte Edouard und bewegte in der zähen Masse, in der er lag, sachte die Beine, »eigentlich hätte ich eine militärische Laufbahn einschlagen sollen.«

September 1920. Seine Verheiratung mit Maria-Barbara. In großer Zahl strömten die Leute zur Kirche Notre-Dame von Le Guildo; sie waren von weither gekommen, um den neuen Herrn von Pierres Sonnantes zu sehen, und auch Maria-Barbara zu Ehren. Sie war Witwe, war Mutter, aber die erste Ehe, das erste Kind hatten die ihr eigene Art von Schönheit zu voller Blüte gebracht. Welch ein von Gesundheit und Jugend strahlendes Paar bildeten sie! Es war die Vereinigung zweier großer Blumen, zweier Gottheiten, die Vereinigung von zwei allegorischen Gestalten, der Schönheit und der Kraft oder auch der Klugheit und des Mutes. Mancher von den Gästen war von der augenfälligen Tatsache verblüfft gewesen: Wie sich die beiden ähnlich sehen! Als ob sie Geschwister wären! Doch eigentlich sahen sie einander gar nicht ähnlich, sie hatten keinen Zug gemeinsam: sie tiefbraun, mit schmaler Stirn, mit großen, grünen Augen, einem kleinen, aber kraftvollen Mund, er ganz hell kastanienbraun, als Kind einst blond, mit hoher Stirn, geschwungenem Mund und im ganzen mit etwas Naiv-Angeberhaftem, während Maria-Barbara den Eindruck aufmerksamer, freundlicher Zurückhaltung machte. Ihre scheinbare Ähnlichkeit kam von der glücklichen Zuversicht, von dem stillen Frohsinn, in denen sie beide erstrahlten und von denen sie, als wären sie eins, umgeben waren.

Wie Geschwister, wirklich? Abends als Jungverheiratete auf ihrem Zimmer erinnerten sie einander an diese alberne Meinung, die sie tagsüber mehr als einmal gehört hatten, und lachten. Seit sechs Monaten kannten sie sich, und da hatten sie ja für Geschwister recht eigenartige Beziehungen zueinander! Und doch, wenn das Licht aus war, wenn sie beide auf dem Rücken in den Doppelbetten lagen, da faßten sie einander schlicht an den Händen und schwiegen, den Blick zur Zimmerdecke gerichtet, ergriffen von dem ernsten, tiefen Echo, das die Vorstellung, Geschwister zu sein, nun in ihnen weckte. Schuf die Ehe nicht eine Art Verwandtschaft zwischen den Gatten, und entsprach, da es sich um zwei Menschen der gleichen Generation handelte, diese Verwandtschaft nicht der, wie sie Geschwister verbindet? Und wenn eine wirkliche Ehe zwischen Bruder und Schwester verboten ist – ist sie das nicht eben deshalb, weil es absurd ist, durch Institution und Sakrament etwas zu schaffen, das in Wirklichkeit schon vorhanden ist?

Sie fühlten, diese unkörperliche Verschwisterung stehe als Ideal über ihrer Verbindung, laste als Verpflichtung auf ihr, und mochte sie ein Unterpfand der Treue und ewigen Jugend sein, so barg sie zugleich auch etwas Unbewegliches, etwas vollkommen Ausgeglichenes, etwas Steriles in sich. Und so verbrachten sie ihre Hochzeitsnacht, ohne sich zu rühren, und glitten Seite an Seite, Hand in Hand hinüber in den Schlaf.

Tags darauf gingen sie auf Hochzeitsreise, natürlich nach Venedig, denn das war bei den Surins Familientradition. Aber nicht in Venedig, sondern in Verona, im Verlauf eines Ausflugs, sollten sie wieder eine Anspielung auf jenes seltsame Ideal geschwisterlich Liebender finden. Chor und Orchester der Mailänder Scala gastierten dort mit einer Sonderaufführung der dramatischen Symphonie *Romeo und Julia* von Hector Berlioz. Mehr noch als Tristan und Isolde entfernen sich die Verlobten von Verona vom Bild wirklicher Ehegatten, zu deren wichtigsten Vorbildern sie doch gehören. Sie sind noch Kinder – er ist fünfzehn, sie vierzehn –, und überdies ist es völlig unvorstellbar, daß sie eine Familie gründen und Papa und Mama werden könnten. Ihre Liebe ist absolut, ewig, unwandelbar. Romeo kann Julias niemals müde werden, und ebensowenig kann Julia ihren Romeo betrügen. Und doch leben sie in einer Umwelt, die allen Wechselfällen des Gesellschaftlichen und des Geschichtlichen preisgegeben ist. Das Absolute fällt der Verderbnis, das Ewige der Veränderung anheim. Unausweichlich entspringt aus diesem Widerspruch ihr Tod.

Und doch hatte Edouard ahnungsweise über dem Bild dieser in der Wirklichkeit unmöglichen Ehegatten das Bild eines jungen Geschwisterpaares gesehen. Und er hatte – nunmehr von außen – jene paradoxe Ähnlichkeit entdeckt, wie sie die Leute in Notre-Dame von Le Guildo zwischen Maria-Barbara und ihm gefunden hatten, obwohl sie einander doch so wenig ähnlich waren. Auch Romeo und Julia waren einander höchst unähnlich, wenn man ihr Gesicht, ihre Gestalt in Einzelheiten verglich, doch kamen sie einander durch eine tiefe Verwandtschaft, eine verborgene Ähnlichkeit nahe, die den Verdacht nahelegte, sie seien Geschwister. Kurzum, zwei Menschen, die durch eine bedingungslose, unwandelbare, unzerstörbare, ewig in der Gegenwart lebende Leidenschaft verbunden sind, nehmen zwangsläufig die Gestalt von Geschwistern an.

In Edouards Fall freilich eine vorübergehende Ähnlichkeit, die nur für die Dauer der Italienreise anhielt. Denn kaum war Maria-Barbara wieder in Pierres Sonnantes, da fühlte sie sich schwanger. Sie sollte es in den kommenden elf Jahren unablässig bleiben. Es war weit fort, ganz vergessen, das unfruchtbargeschwisterliche Paar, das sie eines Abends im September 1920 im römischen Amphitheater zu Verona ahnend geschaut hatten! Die Serie von Schwangerschaften sollte bis 1931, dem Geburtsjahr der Zwillinge Jean und Paul, dauern. Durch eine seltsame Laune der Natur wurde Maria-Barbara nach dieser Zwillingsgeburt nicht mehr schwanger, und niemand vermochte ganz ihren wiederholt geäußerten Argwohn zu entkräften, sie sei während einer kurzen, zur Entbindung erforderlichen Narkose sterilisiert worden.

Durch die radioaktiven Dampfschwaden seines Bades hindurch machte Edouard sich nun ein Vergnügen daraus, die beiden Zwillinge und das junge Paar von Verona nebeneinanderzustellen. Maria-Barbara und er hatten – ganz offensichtlich mangels innerer Neigung – den Ruf des Absoluten verfehlt, der an jenem Abend durch Berlioz' Musik an sie ergangen war. Konnte man nicht annehmen, sie hätten ihr Versagen wiedergutgemacht, als sie elf Jahre später jene beiden Kinder in die Welt setzten? Aber während sie selber, noch weit entfernt von dem Idealbild von Verona, stehengeblieben waren, gingen die Zwillinge weit darüber hinaus und lieferten die wortwörtliche, reine, ursprüngliche Form des Geschwisterpaares – so sehr, daß daneben nun Romeo und Julia als Kompromiß, als Halbheit erschienen.

In einem einzelnen Punkt wurde die Ähnlichkeit zwischen den beiden Paaren vielschichtig und geheimnisvoll. Wie alle, die Jean und Paul näher kennenlernten, war auch Edouard aufs höchste beeindruckt von dem Äolischen, jener Kryptophasie, mit der sie sich inmitten einer geheimnislosen Umwelt insgeheim verständigten. Und nun erinnerte er sich: in Romeo und Julia von Berlioz sind einzig und allein die äußeren Umstände des Geschehens durch den Chor mit menschlichen Worten ausgedrückt, während die inneren Empfindungen der beiden Verlobten nur durch Instrumentalmusik wiedergegeben werden. So ist etwa im dritten Teil der zärtliche Dialog zwischen Romeo und Julia vollständig in einem Adagio enthalten, in dem Streicher und Holzbläser abwechseln.

Je mehr er darüber nachdachte, desto mehr schien es ihm einleuchtend, das Äolische mit einer Art wortloser Musik zu vergleichen, einer heimlichen Musik, auf den Rhythmus desselben Lebensstroms gestimmt, ganz allein vom Zwillingsbruder vernommen, unbegreiflich für andere, die vergebens einen Wortschatz und eine Syntax darin suchen.

Oktober 1932. Zu Anfang dieses Herbstes mußte Edouard auf einige gesundheitliche Störungen achtgeben, die er bislang mit Verachtung gestraft hatte. Seit zwei Jahren war er sehr dick geworden, und vielleicht erklärte dieses Übergewicht seine Atemnot nach körperlicher Anstrengung, seine plötzlichen Ermüdungsanfälle, seine mangelnde Lust am Leben. Doch hatte er auch über sein Sehvermögen zu klagen, das eine rapid fortschreitende Weitsichtigkeit aufwies, und sein weiches, beim Bürsten blutendes Zahnfleisch war am Schwinden und legte die Zahnhälse bloß.

Nach einer schüchternen Anspielung auf die Möglichkeit, doch einmal den Arzt aufzusuchen, gab Maria-Barbara es auf und sprach nicht mehr davon, und nur Méline schleppte ihn schließlich kurzerhand nach Matignon zum Arzt. Lachend ließ er es mit sich geschehen; den Weibern zuliebe, wie er sagte, und war dabei von vornherein sicher, daß es ihm prächtig gehe und daß der Arzt bei ihm gleichwohl alle Krankheiten finden werde, die es auf der ganzen lieben Welt gebe.

Er fand bei ihm nur einen Diabetes, der zwar leicht, bei einem

Mann von fünfunddreißig jedoch schon besorgniserregend war. Er durfte nicht mehr rauchen, durfte nur noch möglichst wenig Alkohol trinken und mußte sich bemühen, seine Schlemmermahlzeiten in Grenzen zu halten. Edouard triumphierte: seine Voraussagen über diesen unnötigen Gang zum Arzt waren voll und ganz bestätigt worden. Aber er sei nicht zu haben für das Vorgehen, mit dem durch einen Arzt, einen Apotheker und eine besorgte Gattin ein normaler Mensch zu einem Patienten gemacht werde. Er werde an seiner Lebensweise nichts ändern. Zwar kämen hier und da kleine Wehwehchen zum Vorschein. Aber die gehörten zur normalen Landschaft jedes Menschenlebens, und es war nur klug, sie zerstreut, undeutlich, verworren und verwirrend zu belassen; sie störten dann zwar das Bild im ganzen, konnten aber nicht miteinander einen Krankheitsherd bilden, der durch ihr kombiniertes Zusammenwirken ihre Virulenz steigern würde.

Die Rolle des Arztes bestand eben darin, möglichst viele verschiedenartige kleine Beschwerden und Schmerzen zusammenzuklauben, sie zu Symptomen aufzubauen, zu Syndromen zu gruppieren und so, klassifiziert, benannt, etikettiert, organisiert, im Leben eines Menschen ein Mahnmal des Leidens und des Todes zu errichten. Freilich war dieses Aufbauen im Prinzip nur eine erste Phase. Es ging darum, die Krankheit einzukreisen, sie quasi als Zielscheibe aufzustellen, um sie besser vernichten zu können. Doch diese zweite, die Abbauphase scheiterte zumeist, und der Mensch, zur zweifelhaften Würde eines Patienten erhoben, stand dem schwarz-grünen Götzen Krankheit nun allein gegenüber und hatte – da er ihn nicht stürzen konnte – nur noch die Kraft, ihm zu dienen und zu versuchen, ihn milder zu stimmen.

Edouard weigerte sich, in diesem schrecklichen Spiel mitzuspielen. Im Gegensatz zum Arzt bemühte er sich stets, das Ungesunde, das auftauchte, die kleinen Inseln der Krankheit, die sich durch die Macht der Verhältnisse in seinem Leben bildeten, im Strom des täglichen Lebens zu ertränken. Es war falsch gewesen, den Weibern nachzugeben und einen ersten Schritt auf dem unheilvollen Weg zu tun. Weiter würde er nicht gehen. Hatte das Wort *Diabetes* denn überhaupt sein Ohr gestreift? Jedenfalls hatte er es sofort wieder vergessen. In spontanem Reflex hatte er den Knoten dieses Fixierungsabszesses abgestoßen, der sonst auf seinem vorerst noch heilen Körper Blüten getrieben und sich Opfer heischend von ihm ernährt hätte.

Ironisch lächelnd hatte er mit dem Finger sein Bärtchen glattgestrichen, hatte das Rezept und die Empfehlungen des Arztes zum Teufel geschickt und Maria-Barbara, die besorgt auf das Ergebnis der ärztlichen Untersuchung wartete, geantwortet: »Wie erwartet, war nichts los, ein bißchen Müdigkeit vielleicht.« Und er hatte sein regelmäßiges Hin- und Herfahren zwischen Paris und Pierres Sonnantes wieder aufgenommen.

Einen Einschnitt in den Winter, der in diesem Jahr sehr früh einsetzte, bildete der Weihnachtsurlaub; er wurde so großzügig bewilligt, daß Saint-Amand und Umgegend von alliierten Truppen leer wurden, als hätte zeitweilig eine Demobilisierung stattgefunden. Edouard war mit Maria-Barbara und den Kindern unterm Weihnachtsbaum beisammen, dessen Glanz der Krieg, so schien es, noch steigerte. Die einfältigen Kinder von Sainte-Brigitte, aus denen man einen Chor und eine Theatergruppe gebildet hatte, sangen Kirchenlieder und spielten die wunderbare Geschichte von den drei Weisen, die aus dem glücklichen Arabien kamen, um den Messias anzubeten. Zum erstenmal seit fünf Jahren lag eine ansehnliche Schneedecke über dem Binnenland und über der bretonischen Küste. Seit seiner Ankunft sah Edouard seine Familie, sein Haus, das Land mit einer unwirklichen Schärfe, die vielleicht daher kam, daß alles ungewohnt regungslos war, so als wären Menschen und Dinge in einem bestimmten Augenblick erstarrt und zur Photographie geworden. Ja, eine Photographie schien ihm diese so vertraute Welt, eine alte Photographie, die als einzige Spur übrigbleibt, wenn die Zeit schon alles zerstört hat. Und in der Mitte die große Maria-Barbara, immer heiter unter einer Menge von Kindern, den eigenen und den Heimkindern, ganz Nähr- und Adoptivmutter und Beschützerin aller Bewohner von Pierres Sonnantes.

Edouard kürzte seinen Aufenthalt ab, um Florence noch vierundzwanzig Stunden widmen zu können. Er fand sie ganz gleich geblieben; allem Anschein nach nahm sie weder diesen Krieg ernst noch Edouard, den Soldaten, der ihn in ihren Augen verkörperte. Sich auf der Gitarre begleitend, sang sie ihm mit ihrer tiefen Stimme Soldatenlieder vor: *Die Madelon, Die Trompete schallt, An der Sambre und der Maas*, ein ganzes naiv-lustiges Repertoire, und sie gab diesen alten Marschliedern voller Schmiß und Schneid so viel schwermütige Süße, daß sie einen todesnahen Zauber gewannen, als wären sie nur noch der Widerhall auf den Lippen sterbender Soldaten.

Mit Erleichterung kehrte er wieder in das Winterquartier in Saint-Amand zurück und fand dort Angelicas blonden, festen, nach warmem Brot duftenden Leib wieder. Aber als er wieder anfing, seine Betrachtungen im warmen Bad weiterzuspinnen, kam er auch dazu, die drei Frauen zu vergleichen, die in seinem Schicksal an erster Stelle zu stehen schienen. Er hatte darunter gelitten, als er kurz vor dem Krieg gesehen hatte, daß bei ihm Fleisch und Blut nicht mehr einig gingen mit dem Herzen: Maria-Barbara besaß nach wie vor seine ganze Zärtlichkeit, während seine Sinnlichkeit sich nur noch auf Florence richtete. Diese Trennung zwischen dem, was er seinen Hunger und seinen Durst nannte – kam sie nicht einem Zerfall der Liebe gleich, und ging von ihr nicht schon ein Hauch des Todes aus? Der Krieg war gekommen, um ihn wieder mit sich selbst zu versöhnen, und hatte ihm diese Angi beschert, die alles zusammen war, begehrenswert und rührend, erregend und tröstend. Doch dieses Geschenk war für ihn vom Himmel gefallen, einem Himmel von der traurig-leichten Größe eines Fronleichnamsaltars im Duft seiner welken Blumen. Er mußte sterben, und Angi war das Abschiedsgeschenk des Daseins an ihn.

Daß ihm Pierres Sonnantes bei seinem Weihnachtsurlaub wie photographiert erschienen war, und vor allem die traurigen Marschlieder, die Florence gesungen hatte, waren für ihn der Beweis, daß der feierlich-kriegerische Himmel von Saint-Amand sich fortan über sein ganzes Leben breiten werde, denn seine drei Frauen – aber möglicherweise auch seine Freunde, seine Kinder – übermittelten ihm ja, jedes auf seine Weise, dieselbe Botschaft. Kein Wunder, daß Angelica in dieser düsteren Pavane die erste, die eigentliche Rolle zukam.

Sie war die erste, die der Tod traf.

Der Frühling 1940 zog mit Blütengepränge ins Land. Obstbäume und Getreidefelder verhießen eine überreiche Ernte, wenigstens wenn diese guten Aussichten nicht noch durch einen Frost, der hereinbrach, verdorben wurden. Durch einen Frost, oder durch etwas ganz anderes, das hereinbrach ...

Edouard war an jenem 10. Mai gerade im Warmbad unter den Händen einer energischen Masseuse, als ein fernes Grollen, gefolgt von einigen über ihm dahinstürmenden kleinen Flugzeugen, ihm klarmachte, daß drüben in der Stadt etwas los war.

Hastig fuhr er in seine Kleider und eilte hin, so schnell er konnte. Was er erfuhr, war ernst. Der verschlafene Krieg war erwacht, und das Ungeheuer stürmte nordwärts. Genauer gesagt, die deutschen Truppen stießen unter Einsatz einer neuen Kampftechnik, bei der Flugzeug und Panzer eng zusammenwirkten, durch die Niederlande hindurch vor. Ein ganzer Schwarm kleiner, für den Sturzflugangriff entwickelter Flugzeuge, der Stukas, war plötzlich am Himmel Belgiens und Nordfrankreichs erschienen. Die Wirkung, auf die sie es abgesehen hatten, war mehr psychologischer als materieller Art, und die Handvoll Bomben, die auf Saint-Amand gefallen war, hatte nur leichte Schäden angerichtet.

Nachdem Belgien bedroht war und der Plan des französischen Generalstabs für diesen möglichen Fall vorsah, die Grenze zu überschreiten und den Feind zu stellen, war der ganze Abschnitt in hellem Aufruhr. Alles erwartete stündlich den Befehl zum Ausrücken.

Erst spät am Nachmittag erfuhr Edouard, was geschehen war: Eine kleine Sprengbombe hatte die Bäckerei zum »Goldenen Hörnchen« in Schutt und Asche gelegt, den Gesellen getötet und Angelica schwer verletzt. Die Bäckersleute waren durch Zufall nicht dagewesen. Sofort eilte er zu ihr ans Krankenbett, erkannte sie jedoch kaum wieder unter den Verbänden, die ihren Kopf verhüllten. Sie starb am nächsten Morgen, während er schon auf dem Weg nach Tournai war.

Die Kapitulation der Niederlande am 15. Mai, dann die Einnahme von Arras durch die Heeresgruppe von Kleist am 23., von Boulogne am 24. und von Calais am 25. Mai und, dem folgend, die Kapitulation Belgiens am 28. Mai besiegelten die Aufsplitterung der alliierten Armeen in mehrere Teile, die sich auch mit größter Anstrengung nicht wieder zusammenschweißen ließen. Während auf dem Strand von Dünkirchen 340000 Mann kämpften und auf dem Seeweg nach England zu fliehen versuchten, wurde das 10. Infanterieregiment mit dem IV. und V. Armeekorps in Lille eingekesselt.

In diesen tragischen Tagen fühlte sich Edouard seltsamerweise von der Vorahnung nahen Todes befreit, die ihn von Kriegsbeginn an verfolgt hatte. Zunächst führte er diese Veränderung auf die Notwendigkeiten der augenblicklichen Lage und auf die Einsätze zurück, an denen er teilnahm. Das Grauen vor dem Tod und die Befürchtung, jeden Augenblick zu sterben, schließen einander aus. Die Furcht verjagt das Grauen, wie der Nordwind im Sommer die Gewitterwolken vom Himmel fegt. Die unmittelbar drohende Gefahr peitscht das Blut auf und verlangt sofortiges Reagieren. Edouard mußte erst noch andere Schläge, anderes Leid erfahren, bis er begriff, daß jene Todesdrohung, die seit Monaten um ihn gewesen war, ihre Kraft dadurch verloren hatte, daß sie über Angelicas Haupt gekommen war, daß das Schicksal sie für ihn und an seiner Stelle geopfert hatte . . .

Die Einnahme von Chéreng am 18. Mai bot ihm Gelegenheit, sein Bestes zu geben. Die französischen Truppen waren auf Tournai zurückgeworfen worden, hatten die belgische Grenze bei Baisieux wieder überschritten und wollten sich in Lille mit der dortigen Garnison vereinigen. Als unweit von Chéreng, zwei Kilometer weiter, ein Feuergefecht losbrach, wurde der Truppenführung gemeldet, nicht abschätzbare feindliche Kräfte verlegten ihnen den Weg. Mit Unterstützung aus der Luft war nicht zu rechnen. Artilleriekräfte konnten vor Ablauf von mehreren Stunden nicht in Stellung gebracht werden, obgleich es um jede Minute ging. Edouard wurde ermächtigt, an der Spitze von drei Kampfgruppen, die aus verschiedenen Richtungen gegen das Zentrum des Marktfleckens vorgehen sollten, den Durchbruch zu versuchen. Die Männer waren sämtlich Bretonen, und auf bretonisch erklärte er ihnen auch den Einsatz, der vor ihnen lag, ebenfalls auf bretonisch führte er sie vorwärts zum Sturm auf die ersten Häuser, die der Feind zu Bunkern umgewandelt hatte.

»War raok paotred Breiz! D'ar chomp evint! Kroget e harz dalh ta krog!«

Welche Glut entfachten diese Rufe in den Augen der jungen Burschen aus Quimperlé, Morgat oder Plouha, wenn ihr Hauptmann sie mit einer Handbewegung mitriß und voranstürmte, auf die schwerfälligen flandrischen Bauernhäuser zu, die aus schießschartenschmalen Öffnungen nur so Feuer spien! In weniger als einer Stunde war Chéreng gesäubert und ein halbes Hundert Deutsche gefangengenommen. Am nächsten Tag rückte Edouard, für das Kriegsehrenkreuz vorgeschlagen, in Lille ein, wo das IV. und das V. Armeekorps in Abwehrstellung lagen. Sie sollten, obschon eingekesselt, den Angriffen der Wehrmacht noch bis Ende Mai standhalten.

Am 1. Juni wurde Edouard in Lille gefangengenommen und mit Hunderttausenden von Kameraden abtransportiert. Sie kamen in weiträumige Verteilungslager bei Aachen, von dort aus wurden dann die französischen, belgischen, holländischen und englischen Kriegsgefangenen auf die Stalags und Oflags im Reich bis hinauf nach Ostpreußen verteilt. Das innere Glühen, das die Maikämpfe in ihm entfacht hatten, war während der öden Tage im belagerten Lille erloschen. Die unheilvollen Nachrichten, seine Gefangennahme, zwanzig Tage bis nach Aachen voller Warten, Marschieren und voller Entbehrungen führten schließlich bei ihm zu völliger Erschöpfung. Schon bei der ersten ärztlichen Untersuchung wurde sein Zustand als alarmierend erachtet. Er war im langsamen, aber sicheren Abgleiten ins Insulinmangel-Koma. Zwei Monate später gehörte er zu den wenigen Gefangenen, die aus Alters- oder Gesundheitsgründen entlassen wurden.

11

Der Zug von Saint-Escobille

Alexandre

Paris ist eine Saug- und Druckpumpe. Nichts kann diese seltsame Funktion der großen Stadt besser illustrieren als die weite Müllebene von Saint-Escobille. Paris hat hier ein Vakuum erzeugt – und diese tote, steril gewordene, wüstenhafte Erde ist auch bei einem ohnedies seltenen Windstoß nur von papierenem Geflügel belebt, das mit großen Flügelschlägen da und dort aufspringt. Für die Druckwirkung sorgt eine Kleinbahnlinie, auf der jeden Morgen fünfunddreißig Waggons

Abfall aus der Hauptstadt zum Zentrum der Deponie angefahren werden. Miramas, seine silbernen Hügel, seine Seemöwen, seine Rattenbataillone, sein derber Mistral – das war
ein lebendes, in sich geschlossenes Land, ohne ein deutlich
sichtbares Band, durch das es von Marseille abhängig war.
Saint-Escobille ist in Wahrheit nichts als der weiße Schatten
von Paris, sein Negativ, und während der Paris-Lyon-Mittelmeer-Expreß Miramas ohne Aufenthalt durcheilte, spielt hier
die Bahnlinie die Rolle einer Sklavenkette und einer Nabel-
schnur zugleich.

Weißer Schatten, negatives Bild – müßte man nicht von einem
Vorhimmel sprechen? Dieses vage, fahle, durchscheinende
Wort, in dem Diesseits und Jenseits vermengt sind, paßt, wie
mir scheint, ganz gut auf diese Ebene ohne Gesicht und ohne
Stimme. Bin ich noch am Leben? Was ich in Miramas als Danis
zerfetzten Körper identifiziert habe – war das nicht in Wahrheit
mein eigener Leichnam, unkenntlich geworden durch des
Mondes Bisse und der Sonne Schnabelhiebe? Wir sind einge-
fleischte Egoisten, und wenn wir über einen anderen zu weinen glauben, bemitleiden wir bloß uns selber. Nach dem Tod
meiner Mutter trug ich Trauer nur um ihren kleinen Jungen Alexandre, der nun Waise geworden war, und an diesem schrecklichen mistralumbrausten Septembermorgen sank
meine Seele auf die Knie und widmete meiner sterblichen
Hülle eine letzte, schmerzvolle Huldigung. Dann flog sie davon in diese totenfahlen Marken der großen Stadt, und seitdem
wartet sie, allmorgendlich von einem Trauerkondukt heimge-
sucht, der *rückwärtsfahrend* heranrollt. Denn es ist die Bestimmung dieses Zuges, der Paris mit Saint-Escobille verbindet, daß er drei Kilometer von mir – gerade vor der Weiche, die
ihn in meine Richtung schickt – rangiert und dann rückwärts in
das einbahnige Müll-Stichgleis einfährt. Als erstes sehe ich
also das rote Schlußlicht am letzten Wagen in der Morgendäm-
merung auftauchen, und die Lokomotive macht sich nur durch
fernes Schnauben bemerkbar. Nie habe ich den Lokführer dieses Gespensterzugs gesehen; hätte er einen Totenkopf – mich
würde es nicht wundern.

Das hindert mich nicht, gelegentliche Streifzüge nach Paris zu
machen, und es ist zuzugeben, daß die Zeit des »komischen
Krieges« dazu beiträgt, dem anscheinend unveränderten Leben

der Stadt einen Einschlag ins Unwirkliche zu geben. Der Krieg ist ausgebrochen. Die Truppen stehen an den Grenzen. Und alles wartet. Auf was? auf welches Signal? auf was für ein furchtbares Erwachen? Mit unglaublichem Leichtsinn stellen sich die Franzosen offenbar auf diesen Aufschub des Gemetzels ein. Es ist von nichts anderem als von Glühwein für die Soldaten und von Fronttheatern die Rede. Die Urlaubswelle am Jahresende war so stark, daß sie die Züge einer Demobilisierung annahm. Übrigens quoll einige Tage später mein allmorgendlicher Zug über von bändergeschmückten Christbäumen und von leeren Champagnerflaschen. Wenn meine Stromer diesen fröhlichen Müll aus den Waggons kippten, wartete ich immer darauf, Herren im Smoking und Damen in großer Toilette todbetrunken unter Girlanden, Glaskugeln und Engelshaar herauskullern zu sehen. So schickt mir die Hauptstadt jeden Morgen durch den Geisterzug ihre Neuigkeiten, Tonnen von Neuigkeiten, und es liegt nur an mir, sie eine nach der anderen zu entschlüsseln, um aus der Speisekarte das Leben jedes einzelnen Bewohners bis ins Kleinste zu rekonstruieren.

Doch mein Hin und Her zwischen Saint-Escobille und Paris – zwischen dem menschenleeren Nichts meiner Müllberge und dem menschenwimmelnden Nichts der großen Stadt – bestätigt mir jedesmal, daß meine Einsamkeit, die in Roanne für einen Augenblick zerbrochen war, sich wieder um mich geschlossen hat. Damals in Roanne war ich Mensch unter Menschen geworden, ein bißchen durch Zufall, ein bißchen durch meinen Zug zu einer sonderbaren Gesellschaft, die mir ähnlich war, deren Überlebenschancen aber fragwürdig waren. Das hat sich ja gezeigt. Nichts davon ist mir geblieben außer Sam. Für wie lange noch? Mir bleibt auch der Sexus, dieser ewige Einsamkeitsbrecher, und sicher ist auch er schuld, daß ich nach Paris eile – mir ist nämlich, als müßte ich nun, da das Roanneser Intermezzo abgeschlossen ist, anderswo als in Unratrevieren von neuem auf die Jagd gehen. Denn Daniels Ende hat mir deutlich gemacht, daß die mysteriöse Exogamie, die mir stets Jagdgründe fernab von den mir vertrauten Orten zugewiesen hatte, nach kurzer Unterbrechung nun wieder in ihrer vollen Strenge eingreift.

Endogamie, Exogamie. Man kann nie genug nachdenken über

diese doppelte Bewegung, über diese beiden einander widersprechenden Gebote.

Endogamie: Bleib unter den Deinen, gib dich nicht herunter. Laß dich nicht mit Fremden ein. Such Glück nirgendwo als zu Hause. Wehe dem jungen Mann, wenn er seinen Eltern eine Braut ins Haus bringt, die anderer Religion ist, die aus einem niedrigeren oder höheren sozialen Milieu stammt, eine andere Sprache spricht, einem anderen Volk oder gar – o Gipfel aller Greuel – einer anderen Rasse angehört.

Exogamie: Geh fort, um zu lieben. Geh dein Weib anderswo suchen. Hände weg von deiner Mutter, deiner Schwester, deiner Cousine, den Frauen deiner Brüder usw.! Der Raum der Familie duldet nur eine einzige Sexualität, die deines Vaters, und auch die nur eng begrenzt auf die Notwendigkeiten der Fortpflanzung. Dein Weib muß dem Stamm neues Blut zuführen. Sie zu erobern, soll ein Abenteuer sein, zu dem du hinausmußt aus deinem Clan, um dann mit einem weiteren Mitglied, reicher und reifer, in ihn zurückzukehren.

Diese beiden gegensätzlichen Gebote bestehen in der heterosexuellen Gesellschaft nebeneinander und halten das sexuelle Jagdrevier in den Grenzen, die durch zwei konzentrische Kreise umschrieben sind:

Der kleine Kreis in der Mitte stellt die Familie des Betroffenen dar und vereinigt in sich die Individuen, die wegen des Inzestverbots tabu sind. Der große Kreis C außen ist der wilde, unbekannte Bereich, in dem die Suche nach sexuellen Kontakten durch das Endogamieprinzip verboten ist. In B – zwischen dem großen und dem kleinen Kreis – liegt die privilegierte Zone, in der der junge Mann seine Partnerin wählen darf. Diese Zone kann natürlich weit oder eng sein. Sie kann in Extremfällen so beschränkt sein, daß letztlich nur noch eine Frau für einen bestimmten Mann als möglich zu Gebote steht. Dieser Fall kommt, glaube ich, bei bestimmten afrikanischen Stämmen vor, aber das Problem der Verheiratung des königlichen Dauphins unter dem Ancien Régime kam diesem Grenzfall recht nahe.

Diese für und durch die Heterosexualität entwickelten Regeln nehmen nun in meinem persönlichen Fall sofort einen neuen, köstlichen Sinn an.

Exogamie. Ich erkenne, daß eine meiner unglückseligsten Neigungen mich dazu führen könnte, mich in mich selbst zurückzuziehen, in ein dürres Alleinsein, das von sich selber gezehrt und sich dadurch erschöpft hat. Meine Lieblingssünde heißt *la morgue*, ein wunderbares Wort, denn es bezeichnet gleichzeitig das Gift, das durch eine gewisse verächtlich-arrogante Form des Stolzes in die Seele übergeht, also den Dünkel, und auch den Ort, wo nicht identifizierte Leichen besichtigt werden, nämlich das Leichenschauhaus.

Gegen den Dünkel war meine Sexualität ein starkes, unwiderstehliches, allem anderen überlegenes Heilmittel. Von Mamas Rockschößen gerissen, aus meinem Kämmerchen verjagt, von der Fliehkraft des Sexus aus mir selbst hinausgeschleudert, fand ich mich wieder in den Armen, zwischen den Schenkeln von . . .irgendeinem, eines Gerichtsvollziehers, eines Metzgerburschen, eines Milchmannes, eines Chauffeurs, Turners usw., junger Männer also, deren Reize um so stärker auf mich wirkten, als sie ihrer Herkunft und ihrer Art nach aus derberem Holz geschnitzt und von meinem häuslichen Ursprung weiter entfernt waren. Und ich muß ferner gestehen, daß jegliches Wild für mich seinen Reiz verliert, wenn ich Anlaß habe, an seiner reinen Heterosexualität zu zweifeln. Die brüderliche Gesinnung und sogar die – freilich etwas abstrakte – Zärtlichkeit, die ich für Homosexuelle empfinde, kommen dagegen nicht an. Die Heterosexuellen sind meine Frauen. Andere will ich nicht. Das ist mein exogamischer Imperativ.

So war der Sexus für mich stets eine zentrifugale Kraft, die mich von mir forttreibt, in eine Ferne, die meine eigene Begierde erhellt wie ein Scheinwerfer die Nacht. Meinen Dünkel, den hab' ich fallenlassen: auf das Pflaster der verrufensten Gäßchen in Rennes, auf die regenglänzenden Ufermauern an der Vilaine, in die karbolstinkende Rinne aller städtischen Bedürfnisanstalten. Es wäre verwunderlich gewesen, wenn er solcher Behandlung standgehalten hätte. Mochte ein Mann noch so verächtlich, auf der sozialen Leiter noch so tief heruntergekommen sein – für mich war er von zartester Kindheit an insgeheim von Glanz umgeben, weil er ein potentielles Ziel meines Begehrens war, weil er im Heiligtum seiner Kleider das Idol mit dem Rüssel trug.

Endogamie. Dennoch besitzt diese äußerste Exogamie eine unsichtbare, verborgene, ganz entgegengesetzte Seite. Denn diese frohe, sich aufbäumende Männlichkeit – sie ist vor allem das Abbild meiner eigenen, auch wenn ich sie an meinen Partnern liebe. Am Ursprung der Homosexualität steht der Narzißmus. Und wenn meine Hand so erfahren ist in der Kunst, das Geschlecht eines anderen zu fassen und zu streicheln, so deshalb, weil sie sich von frühester Kindheit an darin geübt hat, mein eigenes Geschlecht zu umschmeicheln und zu hätscheln.

Fügt man meine Liebeserlebnisse in die kleine Kreisfigur ein, so ist zuzugeben, daß sie der heterosexuellen Verbote in doppelter Hinsicht spotten. Denn es ist klar: ich suche mir meine Beute stets *zu weit fort*, in der kraft Endogamie verbotenen Zone C. Doch mit meiner Beute stelle ich immer brüderliche, gleichsam mir selbst geltende, narzißtische Beziehungen her – das heißt, ich führe sie über in den Bereich A und verbrauche sie in dem kleinen Kreis in der Mitte, der kraft Exogamie verboten ist. Alles Besondere an mir, all das *Eingefleischt-Kriminelle* an mir kommt im Grunde daher, daß ich für den Mittelbereich B, der nicht zu nah und nicht zu weit fort ist – wenig übrig habe, also gerade für den Bereich, auf den der Heterosexuelle bei der Partnersuche beschränkt ist. Der interessiert mich nicht. Ich überspringe ihn mit einem Satz, werfe weit meine Angeln aus und zieh' dann meine Fischlein her an meines Herzens Gestade.

Juni 1940

Jeden Morgen, wenn meine fünfunddreißig Eisenbahnwagen ihren pittoresken Inhalt auf den Bahndamm gekippt haben und wieder fort sind, mache ich meinen Inspektionsgang. Ich schaue, was es an Neuigkeiten gibt. Ganz frisch aus allererster Hand sind sie natürlich nicht, meine »Neuigkeiten«, ebensowenig wie das verfaulte Medium, das sie mir überbringt. Die Chrysanthemen von Allerheiligen kommen, je nach Wetter, um den 8. bis 10. November bei mir an. An diesen Tagen gleicht jeder meiner Waggons einem Leichenwagen, einem Katafalk, bis über den Rand voll von Blumen, die in ihrer Totenklage um so expressiver wirken, als sie verblüht, verwelkt, verdorben sind. Der Zustrom nach dem 1. Mai kommt viel rascher, ich brauche bloß bis zum 3. zu warten, und schon ertrinke ich in verfaulenden Maiglöckchenstengeln. Sei's drum! das ist mir immer noch lieber als die Fischköpfe und Fischeingeweide vom Karfreitag!

Doch massenhafte und sozusagen rituelle Abfälle – die insgesamt recht wenig aussagen – sind zum Glück die Ausnahme. Die Regel ist ein dem Anschein nach homogener, in Wirklichkeit aufs feinste zusammengesetzter Müllfluß, in dem sich alles, absolut alles abzeichnet, was es im Leben von Paris gibt, von der ersten Zigarettenkippe des Staatspräsidenten bis zum Gummischutz des letzten Freiers der Sappho vom Montparnasse. Zur Zeit picke ich mir mit Fleurettes Spitze vorzugsweise Zeitungen heraus. Mindestens vierundzwanzig Stunden alt, fleckig, zerfetzt, sagen sie mir doch genug, welch fürchterliche Tracht Prügel die französische Armee augenblicklich von den Deutschen bezieht. Mag dieser Zusammenbruch noch so schön mit meinen Voraussagen übereinstimmen und einen Heterosexuellenstreit beschließen, der mich nichts angeht – vor der geschichtlichen Katastrophe, die meine Heimat durchmacht, kann ich mich einer tiefen Beklommenheit doch nicht erwehren. Und ich kann nicht umhin, an Edouard zu denken. Dieses lange Gestell ist imstande, sich für die Ehre, das heißt für gar nichts, zusammenschießen zu lassen. Was immerhin beweist, daß ich nicht so ... unberührt bin wie ich glaube ... nicht so böse wie ich aussehe, werden manche sagen.

Einstweilen sind Frankreichs Straßen der Schauplatz eines riesenhaften Exodus nach Süden. Die Bevölkerung flieht Hals über Kopf vor Bombardements, vor Massenmorden, Hungersnöten, Epidemien und anderen völlig wahnhaften Geißeln des Himmels, die ihre Karnickelhirne verheeren. Sicher kann ich der Versuchung, gegen diesen Flüchtlingsstrom anzuschwimmen, nicht lange widerstehen. Zu sehr liebe ich es, Dinge und Menschen gegen den Strich zu bürsten, als daß ich nicht versuchte, diese Strömung zu überwinden wie ein Lachs, der einen Gebirgsbach hinaufwandert. Und außerdem ist das Gesicht von Paris, wie es leer und verlassen an der Schwelle der Apokalypse steht, ein Anblick, wie er nie wieder zu sehen sein wird.

Ich habe Sam verloren. Mag Frankreich zusammenbrechen – und es bricht wirklich zusammen –, mein alter, »zynischer« Kamerad, dessen Da-Sein über mich hinausging und mich zugleich erbaute, ist von der verlassenen Großstadt eingesogen, verdaut worden. Damit ist nach Daniels Tod der letzte Überlebende meiner kleinen Roanneser Gesellschaft verschwunden, und meine frühere Einsamkeit steht wieder in ihrer ganzen, hochmütigen Strenge da. Wahnwitzigerweise hatte der Unrat-Dandy geglaubt, er könne seinem Schicksal entrinnen. Begünstigt durch eine kurze Aufheiterung an seinem Himmel, hatte er eine freundschaftliche, ja liebevolle Atmosphäre um sich abgesondert. Armer Trottel! Selbst ein Hund, der letzte Straßenköter ist viel zu viel für dich! Aber, Herrgott, vielleicht eine Ratte? Wenn ich eine Ratte zähmte – die Ratte des Rüsselidols – um meine Einsamkeit zu beleben, würdest du sie mir zugestehen? Nein, bestimmt nicht! Wie einladend war doch Robinsons öde Insel im Vergleich mit meiner Müllwüste, sie wimmelte von freundlichem Leben!
Dabei hatte der Tag so freundlich begonnen. Um mit dem Fahrrad die fünfzig Kilometer zurückzulegen, die Saint-Escobille von der Porte de Châtillon am Rand von Paris trennen, hatte ich mich heute, Samstag, 22. Juni, schon frühmorgens auf den Weg gemacht. Sam trottete fröhlich hinter mir drein. Von Dourdan ab bot die Straße einen seltsamen, erhebenden Anblick. Keine Menschenseele. Völlig verlassene Städte – Fensterläden zu, die Rolläden heruntergelassen, die Türen verrammelt, und über allem eine furchtbare Stille: Nacht am hellichten Tage! Welcher Wust dafür in den Chausseegräben und auf den Straßenbanketten! Eine vollständige Musterkollektion aller Fahrzeuge, die es gibt, Autos jeglichen Alters und jeder Marke, Fiaker, Kremser, Wohnwagen, zweirädrige Karren, Motorräder mit und ohne Beiwagen und sogar Dreiradlieferwagen, Kinderwagen, und all das begleitet, beladen, zugedeckt von einem riesigen Durcheinander von Möbeln, Geschirr, Matratzen, Werkzeugen, Lebensmitteln. Dieses Chaos, das Kilometer um Kilometer im strahlenden Sonnenschein dalag, hatte

einen offensichtlichen, augenfälligen Sinn: es war der Triumph des Müllmannes, das Paradies der Altstoff-Verwertung, die Apotheose des Unrat-Dandys. Denn so faßte ich es auf, und während ich so munter und fidel in Richtung Paris strampelte, hatte ich die entzückte Seele eines Kindes, das auf die Gabenfülle unterm Weihnachtsbaum schaut, eine so große, so überreichliche Fülle, daß sie den Gedanken an Verwendung, an Besitzergreifung gar nicht aufkommen läßt – so, wie eine Landschaft, die ganz aus Nougat, aus Konfitüre, aus Engelswurz und Pistazien besteht, Naschhaftigkeit gar nicht erst aufkommen läßt – dabei mußte ich all die Herrlichkeiten, die sich mir darboten, an Ort und Stelle liegen lassen.

Als wir durch Montrouge kamen, gewahrten wir indessen ein Wurstwarengeschäft, hinter dessen eingedrückter Tür verheißungsvolle Finsternis gähnte. Sam und ich hätten nach drei Stunden Wegs gern ein Eisbein oder eine Hasenpastete unter uns geteilt. Wir pirschten uns heran, aber wir konnten nicht weit in die Höhle mit den betörenden Duftschwaden vordringen. Eine schreckliche Dogge, schäumend vor Wut, schoß aus dem schwarzen Loch und stürzte sich auf uns. Natürlich. Der stärkste Hund, der im Viertel herumstreunte, hatte in stolzem Kampf diese Speisekammer erobert und war nicht gesonnen, sie mit irgendwem zu teilen.

Dieser Vorfall hätte mich vor der Gefahr warnen müssen, die Sam drohte. Immerhin hatte ich ja, je weiter wir kamen, die eindrucksvolle Zahl ausgemergelter Hunde bemerkt, die in den leeren Straßen an den Wänden entlangstrichen. Wohl zwanzigmal rief ich Sam wieder zu mir, wenn er magnetisch vom Hinterteil des einen oder des anderen dieser Vagabunden angezogen wurde und Anstalten machte, mir die Gefolgschaft aufzukündigen. Beim einundzwanzigsten Mal – wir kamen gerade zur Place Saint-Michel – verschwand er auf den Quais, und ich habe ihn seitdem nicht wiedergesehen. Den ganzen Tag hab' ich ihn gesucht – zerstört, ausgepumpt, stockheiser vom vielen Rufen nach ihm. Ich ging zu den Ufern der Seine hinunter, stieg beim Quai d'Orsay wieder hinauf, trat unermüdlich immer wieder in meine eigenen Fußstapfen, hoffte jedesmal, ihn wiederzufinden, wenn ich in der Ferne eine Meute Hunde sah, die sich, wie einst in den Wäldern der Vorzeit, ihr Fressen suchte. Am Abend – ich weiß nicht so recht weshalb – fand ich mich am Trocadéro-Platz wieder. Ich war halbtot vor Hunger, und als ich auf eine Konditorei ohne eisernen Rolladen stieß, warf ich mit einem Pflasterstein krachend das Schaufenster ein. Die Brote waren hart wie Holzkeulen, und die Sahnetörtchen rochen schon von weitem nach Käse. Aber wenigstens waren die Biskuits heil und im Überfluß vorhanden, und in einem Schrank fand ich auch noch zwei Flaschen Mandelmilchsirup. Gierig futterte ich an Ort und Stelle, bis es mir zuwider war. Dann nahm ich nicht einmal so altbackene Teekuchen und eine Flasche Sirup als Vorrat an mich und ging wieder.

Die Nacht sank herab. Ich schwankte schon vor Müdigkeit. Das Fahrrad schiebend, schleppte ich mich auf der Esplanade am Palais de Chaillot vorwärts, zuerst zwischen den beiden monumentalen, von einer Doppelreihe goldener Statuen gesäumten Baukörpern des Theaters und des Museums, dann bis an die Brüstung zum Marsfeld hin. Der Pont de Iéna, die Militärschule, der Eiffelturm ... Da lag Paris, leer, unwirklich, phantastisch im Schimmern der untergehenden Sonne. War ich nicht der letzte Zeuge dieser riesigen Stadt, die leer von Bewohnern war, weil sie alsbald der Vernichtung anheimfallen sollte? Was würde das Signal der allgemeinen Zerstörung sein? Würde die goldene Blase des Invalidendoms platzen oder würde sich der gräßliche Eiffel-Penis, der sich auf seinen vier kurzen, krummen Schenkeln zum Himmel emporreckte, plötzlich erschlafft zur Seine neigen? Müdigkeit und Kummer, die einen Augenblick von diesen apokalyptischen Wachträumen übertäubt waren, fielen mir wieder schwer auf die Schulter, während das phosphoreszierende Dunkel der Juninacht wuchs. Schlafen. In einem Bett. Hinaufgehen in das erste offene Gebäude, eine Wohnungstür eindrücken, mich häuslich niederlassen. Ganz Paris gehörte im Grunde mir, weshalb also zögern? Mit Sam war alles möglich. Wir hätten die schönste Behausung in der Avenue Foch bezogen, wir hätten uns miteinander über alle Betten gefläzt ... Aber allein ... Du wirst alt, Alexandre, wenn du anfängst, als Vergnügen nur noch zu empfinden, was du mit anderen teilst!

An dieser Stelle springt das Geländer der Terrasse etwas zurück. Sechs marmorne Stufen, ein Treppenabsatz, eine Tür. Mein Fahrrad auf der Schulter, gehe ich hinunter, ich drücke gegen die Tür, sie gibt nach. Ein Abstellraum für die Gärtner.

Leere Säcke sind da, Gartengerät, ein Wasseranschluß für einen dicken Gummischlauch, der aufgerollt an einem Gestell hängt. Das reicht für eine Nacht. Immerhin ist es im Palais de Chaillot, und vor meiner Tür breitet sich die schönste Stadtlandschaft der Welt. Ich schließe die Augen. Enden soll er jetzt, dieser Tag voll trügerischen Sonnenscheins, voll finsteren Lichts, der mich um Sam gebracht hat. Dani und Sam, Sam und Dani – diese düstere Litanei wiegt mich in den Schlaf.

Heute früh ein jähes Erwachen. Oben auf der Esplanade eiliges Stiefelgetrappel, heisere Kommandos, Klirren von Waffen. Die Deutschen! Die hatte ich wirklich ganz vergessen! Gleich sehe ich sie zum ersten Mal. Mit welchen Gefühlen? Ich bemühe mich, gleichmütig, unbeteiligt zu sein, doch ein alter Rest von Chauvinismus sträubt sich in mir dagegen. Sie ist mein, finde ich, diese tote Stadt, deren prachtvoller Leichnam mir zu Füßen liegt. Diese Sachsen, diese Schwaben, diese Pommern stören mein Tête-à-tête mit ihr.

Droben herrscht plötzlich Stille. Dann Stimmen, Schritte. Aber Zivilistenstimmen, Schritte ohne Stiefel. Jemand lacht. Ich verstehe nur ein Wort: »Photographie.« Wenn es nur darum ging, die Touristen vor dem Eiffelturm zu spielen, wozu dann dieses Aufgebot an Militär? Ich riskiere mal einen Blick nach draußen. Ich schlüpfe hinaus, gehe drei Stufen nach oben. Und stehe vor ihm ...

Ich habe ihn sofort erkannt unter seiner Schirmmütze mit dem ungeheuerlich hohen Bug, mit seinem platten Gesicht, das noch von dem wie Dreck unter der Nase sitzenden Bärtchen erdrückt wird, und vor allem an seinen meergrünen Augen, die aussehen wie die eines verendeten Fischs, Augen, die nichts sehen, die mich nicht sehen, das ist sicher, und das immerhin zu meinem Glück. Ich hab' ihn sofort erkannt, den Ober-Heterosexuellen, den Reichskanzler, Adolf den Heterosexuellen, den braunen Teufel, der in den Schreckenslagern alle meine Brüder, die ihm in die Klauen gefallen sind, hat umbringen lassen. Sie mußte stattfinden, diese Begegnung, und das nirgendwo anders als im Schatten des Eiffelpenis. Der Fürst allen Schmutzes kam gelaufen, mitten aus seinem unflätigen Reich, und der Geier von Berchtesgaden kam von seinem luftigen Leichenberg herabgestiegen, und die Blicke beider sollten sich heute Sonntag, den 23. Juni 1940, hier begegnen, und darüber gellte

263

als lichte Fanfare die Sonne dieses Tags, eines der längsten Tage im Jahr.

Seit acht Tagen stehe ich jetzt am Fenster meiner Schutzhütte aus Heraklitplatten und lasse den Blick forschend über die große, regungslose Ebene von Saint-Escobille schweifen. Weshalb diese Rückkehr hierher nach dem historischen Treffen von Chaillot? Sicher weil eben mein Platz hier ist, mittendrin im schönsten Unrat der Pariser Region. Hier ist ein besonders günstiger Warte- und Beobachtungsposten an den Marken der toten Hauptstadt, und das erste Zeichen ihrer Rückkehr zum Leben wird über diese Bahn zu mir gelangen, deren Prellbock nur einen Steinwurf von meiner Tür entfernt ist und deren schimmernde parallele Schienen am Horizont zusammenlaufen. Vor allem aber bin ich hier, weil ich die Hoffnung auf Sams Rückkehr nicht aufgegeben habe. Eigentlich ist die Entfernung nicht so groß, und der Weg ist einfach. Ich muß sogar gestehen, als ich letzte Woche mit dem Fahrrad hierher zurückkam, war ich so verrückt zu träumen, ich fände ihn hier wieder, und er empfange mich ausgelassen vor unserer Baracke. In Wahrheit suchte ich den sinnlosen und gefährlichen Entschluß auszulöschen, mit dem ich ihn auf meine Expedition nach Paris mitgenommen hatte; ich tat, »als ob« ich ihn nicht in diese Geschichte hineingezogen hätte – ein kindisch-magisches Benehmen. Und ich kann nicht hindern, daß die beiden Erwartungen – das Warten auf die Wiederkehr des morgendlichen Zugs aus Paris und das Warten auf Sams Rückkunft – ineinanderfließen, sich vermischen, so daß ich mir schließlich gegen alle Wahrscheinlichkeit vorstelle, wie Sam hoch oben auf einem Wagen des Zugs, ja sogar auf der Lokomotive zu mir zurückkehrt ...

Mitten in der Nacht bin ich an einem ganz leisen, streifenden Geräusch und an einem ganz leichten Luftzug aufgewacht; es ist, als flattere ein Vogel im Zimmer umher. Ich zünde eine Kerze an und stelle fest, daß der kleine Ventilator, der im Sommer die heißen Stunden erträglicher machte, wieder lebendig geworden ist und fröhlich drauflosbrummt. Demnach ist wieder elektrischer Strom da, ein erstes Zeichen, daß in Frankreich das Leben wiederkehrt. Ich werde wieder normale Beleuchtung haben, und hätte ich ein Radio, so könnte ich Nachrichten hören.

Dessenungeachtet steigt der Tag in einen immer noch ebenso leeren, ebenso strahlenden Himmel empor, und vom seidigen Sirren meines Ventilators abgesehen, schwebe ich weiterhin im Nichts. Dieser Ventilator ist mir kostbarer, als ich sagen kann. Unaufdringlich-friedlich, dieses Rauschen der Flügel, die durch die Geschwindigkeit zu einer zitternden, lichten Scheibe verschwimmen, ein Frühlingshauch, der die Gedanken erfrischt, der dem einsam über sein Schreibzeug Gebeugten Ideen schenkt. Er ist ein Vogel, der unbeweglich einige Zentimeter von meinem Gesicht sitzt und mit den Flügeln schlägt. Ich denke an Thomas Kousseks Ruah. Der Heilige Geist in Gestalt eines Elektrogeräts sendet mir seinen Hauch, mit Gedanken und Worten beladen. Ein kleines hausgemachtes Pfingstfest ...

Nichts Neues unter der Sonne. Bustrophedon, bustrophedon ... Dieses ungewöhnliche Wort schwimmt auf den Wassern meines Gedächtnisses, und da nichts es wieder in die Vergessenheit versinken lassen kann, habe ich es herausgefischt und lange untersucht. Es ist eine Schulerinnerung, genau gesagt aus der Rhetorik. Bustrophedon. In dem pausbäckigen, drallen und dickärschigen Aspekt dieses Worts liegt nicht zuletzt der Grund, daß es sich im Ohr festgesetzt hat. Was es bezeichnet, steht übrigens in keiner Beziehung zu solcher physischen Beschaffenheit, ist jedoch immerhin schön und fremdartig genug, daß es in Erinnerung zu bleiben verdient. Es handelt sich, glaube ich, um einen archaischen griechischen Schrifttyp, der sich in einer Serpentinenlinie über das Pergament zieht, von links nach rechts, dann von rechts nach links. Die Etymologie des Worts beschwört das Bild von der geduldig-steten Bewegung des Ochsen vor dem Pflug, der am Ende des Felds umkehrt und die nächste Furche entgegen der Richtung der vorigen zieht.

Heute früh, eine ganze Weile vor Tagesanbruch, fuhr ich aus meinem Bettzeug. Es traf mich wie ein Peitschenhieb: ein kaum hörbares, fernes Geräusch, anfangs leiser als das Sirren einer Schnake. Doch mein Ohr konnte mich nicht betrügen: der Zug! Meine alte Erfahrung sagte mir, ich hatte nun zehn Minuten Atempause – mehr allerdings nicht –, bis der Zug da war, und ich benutzte sie, mich zu rasieren und mich so sorgfältig, wie in der kurzen Zeit möglich, anzukleiden. Denn der Unrat-Dandy mußte eine tadellose Figur machen, wenn er die erste Nachricht von anderen Menschen erhielt, seitdem Frankreich besetzt war.

Das Frühlicht war noch grau, als ich mich rechts des Prellbocks postierte, mit dunklem Hut, bestickter Weste, in meinem Umhang, Fleurette in der Hand. Ich dachte mir schon, dieser erste Zug müsse wohl etwas Besonderes sein, denn er mußte mir ja das innerste Wesen von Paris liefern: besiegt, untertänig, schlaff, oder im Gegenteil noch aufrechter in seiner Würde – bald würde ich es erfahren.

Das Hecheln der Lokomotive wird deutlicher, kommt näher, doch bleibt sie einstweilen noch unsichtbar. In der Ferne blinkt der rote Punkt der Schlußleuchte des Zugs auf, wird klarer, größer. Die Bremsen kreischen. Der Lokführer kennt seine Strecke und weiß, auf welcher Höhe er bremsen muß, damit der letzte Wagen nicht gegen den Prellbock stößt. Ich recke den Hals, um etwas von der Ladung der mir nächsten Waggons erkennen zu können, doch von den gewohnten weißlichen Müllbergen ist nichts auszumachen. Ich meine Glieder oder dünne, hin- und herschlackernde Stecken zu sehen, die über die Ränder der Wagenpritschen herausragen – Äste von Büschen vielleicht oder Beine von Tieren? Ein Mann kommt gelaufen. Sicher der Lokführer, und ich finde ihn – den ich mir immer mit einem Totenkopf auf den Schultern vorgestellt hatte – rotgesichtig und heiter.

»Biste allein da? Na, so was! Viel Vergnügen!«

Diese Duzerei kann ich nicht ausstehen. Mit pikierter Miene sage ich: »Wie belieben?« Er hört nichts.

»Haste gesehen, was ich dir da bringe?«

Er zieht den Verriegelungshebel an einer Seitenpritsche hoch, und die klappt sofort nach unten. Eine Lawine elastisch-weicher Körper geht vor unseren Füßen nieder. Hunde! Hunderte, Tausende von toten Hunden!

»Schöne Bescherung, was! Da hab' ich fünfunddreißig Waggons von! Unbedingt! Bevor die Pariser getürmt sind, ham se auf der Straße ihre Hunde laufen lassen. Na klar! Wenn das Schiff leckt, zuerst die Frauen und Kinder! Da gab's dann ganze Rudel, die liefen überall rum. Und gefährlich war'n die! Unbe-

dingt! Eben ausgehungert! Hätten sogar Passanten angefallen.
Also machen die Deutschen mit dem Segen der Stadtverwaltung eine Anti-Hunde-Aktion! Mit Gewehr, Pistole, Prügeln,
Lasso, das reine Massaker! Unbedingt!«
Bei diesen Worten geht er wieder mit langen Schritten nach
vorn zu seiner Lokomotive, löst im Vorbeigehen die Pritschen
an den Waggons, und jeder speit eine ganze Meute von Hundeleichen aus. Ich gehe ihm nach, in einem halb bewußtlosen
Zustand, und fasele ihm nach: »Unbedingt! Unbedingt!«
Wenn ich so sehe, wie sich hier verendete Hunde zu Hunderten
türmen – eine Gewißheit hab' ich immerhin: Sam ist nicht darunter. Unbedingt! Doch Sam wird nicht wieder auftauchen.
Nie wieder. Denn die Leichen, die dieser Unbedingt mir vor die
Füße schüttet, sind allesamt Verwandlungen Sams, sind seine
vervielfachte, entwertete Ausprägung, wie ein Sack voll Sous,
der zugleich der Gegenwert und die Negation des vergeudeten
Goldstücks ist.
Dieser Unbedingt ist unerschöpflich. Er verspricht mir Leute
und einen Waggon Ätzkalk, um die Kadaver damit zu besprühen. Wenn wir bloß nicht gerade Juli hätten! Wenn nur nicht
gerade! Daran erkenne ich die Manie der kleinen Leute, die
dem Schicksal immer einen Schubs geben wollen. Denn sie
stellen es sich als ihresgleichen vor, lächerlich und hin- und
hergerissen, und wissen nicht, wie unbeugsam majestätisch es
seinen Lauf nimmt.
Der Zug ist wieder fort, hat mich allein gelassen mit einem
»zynischen« Leichenberg, der wie ein Damm dem Gleis entlangläuft, ein Haufen von aufgetriebenen Bäuchen, von gebleckten Reißzähnen, von hageren Beinen, von Ohren, die auf
länglichen Schädeln liegen, von glattem oder wolligem Fell in
allen Schattierungen. Gleich kommt die Sonne, dann kommen die Fliegen. Auszuhalten gilt es, auszuhalten, sich an die
Gewißheit zu klammern, daß ich – dank meinem Beruf und
meinem Geschlecht, die der Mob alle beide verabscheut – inmitten des allgemeinen Zusammenbruchs, des großen Wirrwarrs im ganzen Land das ungeheure Vorrecht habe, unerschüttert an meinem Platz zu bleiben, getreu meiner Aufgabe: klarsichtiger Beobachter und Liquidator der Gesellschaft
zu sein.

Der gestrige Tag war lang, sehr lang. Von der riesigen Meute toter Hunde, die unter der Julisonne ein entsetzliches Jagd-Tableau abgab, stieg ein schweigendes, einhellig klagendes Bellen auf und bohrte sich mir ins Gehirn.

Heute morgen kam kein Zug, dafür ein Bulldozer mit einem Trupp von sechs Mann. Die Ladefläche des Bulldozers war mit Kalksäcken beladen. Die Leute machten sich gleich an die Arbeit.

Ich sah zu, wie der Bulldozer einen regelmäßigen Stich aushob, in den die Männer ganze Trauben von Hunden hineinkippten, und ich dachte an eines der Paradoxa des Mülls, nämlich daß er, selbst wenn man ihn in seiner ganzen Tiefe nimmt, seinem Wesen nach immer *oberflächlich* bleibt. In drei Metern Tiefe sind ebenso wie an der Oberfläche Flaschen, Tuben, Wellpappe, Zeitungen, Austernschalen zu finden. Müll gleicht der Zwiebel, die aus lauter übereinanderliegenden Häuten besteht, und zwar bis in ihr Innerstes hinein. Die Substanz der Dinge – Fruchtfleisch, Wurstbrät, Teigmasse, Reinigungs- oder Körperpflegemittel usw. – hat sich verflüchtigt, ist von der Stadt verbraucht, eingesogen, aufgelöst worden. Der Müll – diese Anti-Stadt – türmt die leeren Hüllen zu Bergen. Die Materie ist zergangen, nun wird die Form selber Materie. Daher kommt der unvergleichliche Reichtum dieser Pseudomaterie, die nichts als eine Massierung von Formen ist. Der Inhalt, ob Paste, ob Flüssigkeit, ist verschwunden, und übriggeblieben ist nur die Ansammlung einer unerschöpflichen Fülle von Folien, Häuten, Deckeln, Dosen, Tonnen, Körben, Schläuchen, Säkken, Beuteln, Taschen, Töpfen, Glasballons, Gittern, Gattern und Gestellen, um gar nicht erst zu reden von Lumpen, Rahmen, Tüchern, Planen und Papierfetzen.

Diesen riesenhaften Trödelladen kennzeichnet jedoch nicht nur seine oberflächliche Struktur. Diese steht vielmehr im Dienst einer doppelten Aufgabe. Die eine besteht darin, zu begrenzen, abzugrenzen, einzuschließen – und so gewährleistet sie den *Besitz* an dem Material oder dem Gegenstand und den Höhepunkt des Besitzens, das Transportieren (besitzen heißt mitnehmen können). In diesem Sinne ist Müll eine Ansammlung von *Krallen.* Die zweite Funktion ist, lobzupreisen. Denn diese Krallen sind wortreich, ja geschwätzig, schwülstig, schwärmerisch. Sie verkünden die glänzenden Eigenschaften, die unvergleichlichen Qualitäten, die entscheidenden Vorzüge einer Sache oder einer Substanz – und geben dann die Gebrauchsanweisung dafür. Und da diese Sache, diese Substanz nicht mehr vorhanden sind, greift dieses Besitzen-Wollen ins Leere, tönt diese Suada ins Nichts hinein, und so geraten beide zum Absoluten, zum Lächerlichen.

Krallen und Lobpreis zuhauf, Leere, Lächerliches und Absolutes – darin, in diesen Zügen meiner natürlichen Umgebung erkenne ich unschwer die Konstanten meines Geistes und meines Herzens.

PS. – Was sagte doch Thomas Koussek vom Heiligen Geist? Bezeichnete er nicht den Sexus und das Wort als seine zwei Attribute? Und den Wind, den Hauch als seine alleinige Substanz?

Gewiß sind Objekt und Substanz normalerweise nicht im Müll. Ich muß annehmen, daß das zuzeiten ausnahmsweise anders sein kann, denn soeben haben sie in Saint-Escobille triumphal Einzug gehalten.

Heute früh bin ich, wie letzte Woche, im Morgengrauen vom Schnauben der Lokomotive des Herrn Unbedingt aufgeschreckt worden. Wie letzte Woche wartete ich beim Prellbock stehend auf den Zug, und schon kam, noch röter und heiterer als das erste Mal, Unbedingt zu mir gelaufen.

»Na, mein Lieber! Na, mein Lieber! Gleich wirste sehn, was ich dir heut bringe!«

Was er mir bringt! Mit seiner geheimnisvollen, enthusiastischen Miene erinnert er mich fast an einen Weihnachtsmann mit einer riesenhaft-höllischen Hutze voll unheimlicher, düsterer Überraschungen.

»Unbedingt! Die Leute kommen zurück. Die Ladeninhaber auch. Die Geschäfte machen wieder auf. Und in den Lebensmittelgeschäften, da war vor 'nem Monat doch alles zum Brechen voll, und jetzt, unbedingt, ist alles nichts als Schimmel, Schimmel, Schimmel!«

Er sprach's und löste die Pritschen eines Waggons, dann die eines anderen, und ließ sie Gargantuas hautgout-duftende Vorratskammer auf den Bahndamm speien. Jeder Waggon enthält den ganzen Bestand eines Ladens. Feines Gebäck gefällig? Da gibt es Berge von Sahnemeringen, Schokoladenéclairs, Buttercremetörtchen. Nebenan ist der Fleischwarensektor mit sei-

269

nen Wurstrollen, seinen Kutteln und Schinken. Auch die Fleischereien sind da und die Kaldaunenhandlungen, die Lebensmittelgeschäfte, die Obstgeschäfte, aber den schärfsten, durchdringendsten Gestank verbreiten ganz ohne Frage die Milchgeschäfte. Es ist so schlimm, daß ich den Hunden nachtrauere. Bei der massakrierten Hundemeute hatte das Grausen noch ein gewisses Niveau, und wenn es einen wie ein Schlag traf, so war es immerhin ein Schlag in Höhe des Herzens. Dies hier schlägt einem auf den Magen, und dieser grauenhafte, wie gespiene Brei, dieses kotzüble Zeug, das zum Himmel stinkt, ist ein schrecklich-treffendes, prophetisches Zeichen für die Erniedrigung, in die Paris, in die Frankreich jetzt fällt unter der Faust der Besatzung.

12
Der Blitzschlag

Das Nichts läßt sich nicht rekonstruieren. Kaum etwas ist schwieriger zu erfassen als der Geisteszustand der Franzosen von 1940, die sprachlos, ratlos, verzweifelt keinen anderen Halt mehr hatten als die letzten Spuren der Vorkriegszeit. Es brauchte nicht weniger als ein Jahr, bis dieses Vakuum – in das namentlich Charles de Gaulles Appell vom 18. Juni fiel – zum Schmelztiegel wurde, in dem neue Konzepte Leben und Gestalt gewannen, die dann schließlich zu Rahmen einer neuen Mentalität wurden: Kollaboration, Gaullismus, Vichy, Bewirtschaftung, Schwarzmarkt, Juden, Deportierung, Résistance (anfangs spricht man der »offiziellen« Sprachregelung gemäß von »Terrorismus«), Befreiung usw. Mit dem Aufbau des materiellen Lebens war es ebenso. Er erforderte zumindest ein Jahr, so daß der erste Winter härter war als die anderen und sich zur Verwirrung der Gemüter noch Kälte und Hunger hinzugesellten.
Trotzdem ging das Leben weiter; es hatte sich irgendwohin geflüchtet gehabt. Da die Entfernungen durch die Transportschwierigkeiten größer geworden waren, hatten sich die einzelnen Regionen in sich abgeschlossen; das flache Land konnte sich der Not leichter erwehren als die Stadt. Reiche Landesteile

erlebten einen neuen Aufschwung. In der Provence herrschte
Hungersnot. Der Normandie und der oberen Bretagne hingegen mangelte es zwar an Getreide, doch hatten sie Fleisch und
Butter in Hülle und Fülle. Das Leben auf Pierres Sonnantes
gewann eine Intensität wie nie zuvor. Durch die Bewirtschaf-
tungsmaßnahmen waren die Absatzschwierigkeiten der Fabrik
im Nu beseitigt. Die Maschinen liefen auf vollen Touren und
stellten Textilien her, die sich in einer Zeit, da der Tauschhandel
lebensnotwendig war, leicht umsetzen ließen. Von dieser relativen Wirtschaftsblüte hatten nicht zuletzt auch die einfältigen
Zöglinge von Sainte-Brigitte Vorteile; sie waren noch nie so
zahlreich gewesen, denn die Eltern neigten in diesen schwieri-
gen Zeiten besonders dazu, sich ihrer entwicklungsgestörten
Kinder zu entledigen. Maria-Barbara regierte friedlich über
eine zahllose Köpfe umfassende Hausgemeinschaft, in der
Tiere, Heimzöglinge, Gäste und ihre eigenen Kinder kunterbunt durcheinanderliefen. In dem gemeinsamen großen
Wohnzimmer loderte Tag und Nacht ein großes Feuer aus
Obstbaumholz. Es war das einzige Feuer im Hause – außer dem
in dem alten Küchenherd natürlich, den Méline mit großem
Getöse unaufhörlich malträtierte. Der Raum glich einem
Heerlager, in dem andauernd jemand aß, schlief, arbeitete, mittendrin zwischen Spielen und Streiten. Links vom Kamin, den
Rücken zum Fenster, saß Maria-Barbara aufrecht und schlicht
vor ihrem Stickrahmen, ein Körbchen mit bunten Wollknäueln
in Reichweite, und arbeitete mit langsamen, zielsicheren Bewegungen an ihrer Stickerei, flankiert von einem Hund, einer
Katze und einem Heimkind, das mit verzücktem Blick an ihr
hing.
Edouard hatte sein Hin- und Herpendeln zwischen Paris und
der Bretagne wieder aufgenommen. Der schwindelnde Kontrast zwischen der Wärme und Fülle seines Hauses und der in
Paris herrschenden äußeren und inneren Not schmeichelte
dem Provinzler, der er geblieben war, und gab ihm Anlaß zu
Betrachtungen –, die er da und dort äußerte. Der schwarze
Markt war das erste Zeichen dafür gewesen, daß sich das Leben
in der Stadt wieder einspielte. Alle Waren, die zunächst verschwunden gewesen waren, sah man von Beginn des Jahres
1941 an zu Phantasiepreisen unter dem Ladentisch wieder auftauchen. Edouard, anfangs unwillig über diesen Handel, mußte

271

immerhin Konzessionen machen, als er merkte, daß Florence selber – sie trat in Nachtlokalen an der Pigalle auf, die von Deutschen und Schwarzhändlern zum Bersten voll waren – unter dem Zwang der Verhältnisse in Kreisen zu Hause war, deren Gesetze nicht die des normalen Bürgers waren. Ein burlesker Vorfall zwang ihn im Frühling, sich ernsteren Unannehmlichkeiten auszusetzen: Alexandre – der weiterhin die Leitung der Deponie von Saint-Escobille hatte – war jüngst wegen Betrugs und Verstoßes gegen die Bewirtschaftungsvorschriften festgenommen worden. Auch er lebte offensichtlich, obschon in anderem Stil, am Rande des Legalen. Den ganzen Winter hindurch hatte er ein Vertriebsnetz für den »freien« Verkauf von Kohle unterhalten. Nie, so schien es, traf der Ausdruck »schwarzer Markt« besser zu; allerdings sah die gelieferte Ware den zugesagten und mit schwerem Geld bezahlten Eierbriketts nur ganz von weitem ähnlich. In Wirklichkeit waren es in flüssigem Teer gewälzte Bachkiesel. Was dabei herauskam, sah recht ordentlich aus, doch gab es im Ofen nur ein wenig beißenden Rauch von sich. Alexandre hatte auf Anhieb die goldene Regel des Betrugs entdeckt: das Opfer zum Komplizen machen und es so daran hindern, Anzeige zu erstatten. Das war geradezu die Grundlage des schwarzen Marktes. Sicher war das auch der Grund, weshalb der Handel mit Eierbriketts sich den ganzen Winter über halten konnte. Edouard verwendete sich für seinen Bruder und bekam ihn nach Zahlung einer einfachen, im Verwaltungswege verhängten Geldbuße frei. Das war für sie der Anlaß zu einem nicht gerade herzlichen Wiedersehen. Mit den Jahren hatte sich der Altersabstand zwischen ihnen verwischt und doch, welch ein Unterschied zwischen den beiden Männern! Manche Früchte faulen, wenn sie alt werden, andere vertrocknen. Bei Edouard sah man deutlich einen Ansatz zum Zerlaufen, während Alexandre ein sengendes Feuer in sich zu tragen schien, das ihm nur Haut und Knochen ließ. Sie betrachteten einander mit Verwunderung. Alexandre fiel es schwer zu glauben, daß sich irgend jemand in der Welt für ihn eingesetzt habe. Edouard suchte in diesem ausgebrannten Raubvogel den zärtlichen kleinen Bruder, der sich immer in den Röcken der Mutter versteckt hatte. Sie zögerten einen Augenblick, einander zu umarmen, und ließen es schließlich bei einem Händedruck bewenden. Dann trennten sie sich, überzeugt, sie würden einander nicht wiedersehen, denn sie dachten beide an den Tod: Alexandre voll Enttäuschung und Ekel, Edouard in der Vorstellung von einem heldenhaften Ende.

Kurz nach dieser Begegnung wurde Edouard von einem uralten Freund, zu dem er volles Vertrauen hatte, veranlaßt, sich einem Widerstandsnetz anzuschließen, das sich im Kontakt mit London bildete. Die Organisation war noch improvisiert, voller Mängel, die Deutschen selbst hatten noch keine Zeit gehabt, darauf zu reagieren. Edouard lebte nichtsdestoweniger in dem überschwenglichen Gefühl, auf einen Gegenschlag hoffen, eine Gefahr bestehen, möglicherweise das Letzte opfern zu können. Vor allem war er glücklich darüber, allein in Gefahr zu sein, während Florence vor ihrem feldgrauen Publikum und Maria-Barbara in ihrer fernen Provinz in Sicherheit waren. Auch als Florence zu einer Verabredung nicht erschien und trotz all seiner Nachforschungen unauffindbar blieb, dachte er zunächst an eine Schwarzmarktaffäre ähnlich der, die seinem Bruder ein paar Tage Haft eingebracht hatte. Diese Vermutung schien sich zu bestätigen, als die Concierge des Hauses, wo Florence wohnte, ihm schließlich gestand, sie habe gesehen, wie die junge Frau ganz früh am Morgen von zwei Männern in Zivil mitgenommen worden sei. Trotzdem fand er bei den französischen Strafverfolgungsbehörden, wo er sich seit der Sache mit den Eierbriketts auskannte, keine Spur von ihr. Erst von seinen Freunden in der Résistance erfuhr er dann, daß in Paris die Razzien auf Juden begonnen hatten und daß ihnen als eine der ersten Florence zum Opfer gefallen sein mußte.

Florence war Jüdin! Sicher, Edouard hatte das schon immer gewußt, aber mit der Zeit hatte er schließlich nicht mehr daran gedacht. Dennoch, wie konnte er sich's bloß verzeihen, nicht daran gedacht zu haben, daß es die Deutschen nach derlei Wild gelüstete und daß die junge Frau deshalb in ernstlicher Gefahr schwebte? Er hätte sie unschwer verstecken, sie in die Provinz, in die unbesetzte Zone, vielleicht nach Spanien schicken können oder ganz einfach nach Pierres Sonnantes, dieser kleinen Insel unstörbaren Friedens. All das wäre möglich gewesen, hätte er nur ein Quentchen Hirn besessen. Wieder in seinem großen Appartement am Quai Bourbon angekommen, betrachtete Edouard sich bedrückt im Spiegel, und zum erstenmal verabscheute er sich. Dann trat ihm leuchtend ein quälender Gedanke vor Augen: schon Angelica, die kleine Verkäuferin aus der Konditorei in Saint-Amand . . . Und sein großer Körper, auf einem Stuhl zusammengekrümmt, wurde von Schluchzen geschüttelt. Er kämpfte gegen die Verzweiflung und setzte sich darum mit allen Kräften für die Aktivitäten seines geheimen Widerstandsnetzes ein.

Doch der Hafen des Friedens blieb, in die Arguenon-Bucht geduckt, La Cassine. Edouard kam nur zu kurzen Aufenthalten dorthin. Jetzt, da Florence nicht mehr in ihrer roten Höhle auf ihn wartete, wäre er gern dageblieben, doch der Kampf gegen den Feind rief ihn nach Paris. Jedesmal, wenn er bei den Seinen war, gab dies dem Haus ein festliches Gepräge. Wenn er von Paris erzählte, war immer eine Menge von Leuten in dem großen Wohnraum. Er war der Herr, der Vater, er hatte bei dem Kämpfen in Flandern eine prachtvolle Haltung gezeigt, eine geheimnisvolle Tätigkeit hielt ihn in Paris fest, er sprach, man hörte ihm mit Andacht, mit Liebe zu.

Paul

Unsere Kindheit war lang und glücklich, und sie dauerte auf den Tag genau bis zum 21. März 1943. An diesem Tag begannen wir erwachsen zu werden . . .

Wie gewohnt herrschten an diesem Tag Edouard und Maria-Barbara glücklich über ein vertrautes Völkchen von Kindern, Zöglingen und Tieren. Ein ständiges Kommen und Gehen zwischen Küche, Keller und Holzstall sorgte dafür, daß Kuchen, Fleisch, Süßmost und Holz nie ausgingen, und so schlug jeden Augenblick eine der drei Türen des Zimmers zu. Maria-Barbara saß halb liegend auf einer Chaiselongue aus Rohrgeflecht, eine Fransendecke auf den Knien, und häkelte an einem großen malvenfarbenen Wollschal, verzückt beobachtet von einem myxödematösen Zwergenmädchen, aus dessen weit offenem Mund ein nachdenklicher Speichelfaden troff. Edouard ging vor dem Kaminfeuer auf und ab und quasselte für sein gewohntes Publikum.

Aus der gemütswarmen Atmosphäre und seinem natürlichen Optimismus heraus ritt er wie schon oft eines seiner Lieblingsthemen, den Vergleich zwischen dem stillen Glück von Pierres Sonnantes und der Düsterkeit, der Not und Gefahr in der

Hauptstadt. Wir Kinder hatten nur vage Erinnerungen an Paris, doch verstanden wir, daß die Riesenstadt ohne bestellte Felder, Gemüsegärten, Obstbäume und Viehherden zu elendem Hungern verurteilt war. Den schwarzen Markt hingegen, den stellten wir uns in Gestalt eines nächtlichen Jahrmarkts vor; in weiten Kellergewölben kamen viele Leute zusammen, und die Händler hatten alle eine Kapuze mit zwei Löchern für die Augen über den Kopf gezogen. Edouard schilderte, wie die Not anderer ausgenutzt, wie schamlos Geschäfte gemacht wurden, mit welch fragwürdigen Gestalten man in dieser undurchsichtigen Atmosphäre in Berührung kam.

»Die Pariser sind auf einen solchen Grad von Verkommenheit herabgesunken, daß man erleichtert wäre, wenn all das nur Ausfluß von Genußsucht und Begehrlichkeit wäre«, setzte er hinzu. »Denn seht ihr, Kinder, Genußsucht und Begehrlichkeit sind immer noch eine Form, das Leben zu lieben, tiefstehende, aber gesunde Verhaltensweisen. Aber darum geht es gar nicht! Paris ist infiziert von etwas Krankhaftem, von der Furcht, einer grünlichen Furcht, der ein Aasgeruch anhaftet. Die Leute haben Angst. Angst vor Bombenangriffen, vor den Besatzern, vor drohenden Epidemien, von denen unaufhörlich geredet wird. Aber was sie vor allem in den Klauen hält, ist die Angst, Mangel leiden zu müssen. Angst vor dem Hunger, der Kälte, Angst, sich hilflos, mittellos in einer feindlichen, vom Krieg verheerten Welt wiederzufinden ...«

Während er sprach, schritt er von einem Ende des Kaminfeuers zum anderen, kam wieder näher, ging wieder, und jedesmal bot er eine Gesichtshälfte den Gluten des Feuers, uns Zuhörern die andere, dann wechselte das, und wir – weil das auf bezwingende und zugleich verworrene Weise an eines unserer geheimen Rituale erinnerte –, wir suchten das, was er sagte, mit der Gesichtshälfte zu verknüpfen, die er uns in diesem Augenblick zuwandte: seine rechte Gesichtshälfte mit seinem Lobpreis auf Pierres Sonnantes, dem friedvoll-fruchtbaren Leben auf dem Lande, seine linke Gesichtshälfte mit der Schilderung von Paris, seinen düsteren Straßen, seinen fragwürdigen Läden und den unheimlichen Gestalten, die herumhuschten.

Doch mit der rechten Gesichtshälfte betonte er auch in gehobener Stimmung, dieses triste Gemälde von Paris sei nicht alles; es gebe, Gott sei Dank, hochgemute Seelen und glühende Her-

zen, und im selben Untergrund, in dem das Schwarzmarktga-
noventum sein Unwesen treibe, sammle sich eine geheime Armee, nicht in Uniform, doch geschult in allen Techniken heimlicher Kampfführung. Mochte die Provinz friedlich für die Ern-
teerträge arbeiten, die Frankreich in der Stunde der Befreiung
brauchen würde. Das Paris der hellen Jungs arbeitete für den
befreienden Aufstand.

Es war nicht das erstemal, daß er vor uns die Pariser Wider-
standsbewegung erwähnte. Dieses Thema entwickelte er bei
jeder Gelegenheit mit einer Art beglückter Poesie, aus der er
offensichtlich Trost schöpfte, doch hätten wir uns die Frage gestellt, wieviel an seinen Schilderungen Phantasie, wieviel
Wirklichkeit sei, so wären wir um eine Antwort verlegen gewesen. Er sprach von geheimen Widerstandsnetzen, von Waffen-
lagern, von Funkverbindungen, von vorbereiteten und von
durchgeführten Attentaten, von Plänen für gewisse, in Ab-
stimmung mit London durchzuführende Aktionen – Fall-
schirmabsprünge, Bombenangriffe, ja Landungsunternehmen
an den französischen Küsten. Und dieses ganze heldenhafte
Wirken spielte sich in dem feuchten Dunkel ab, in dem der
schwarze Markt blühte.

Wir hörten ihm zu, ohne daß wir seine Hochstimmung zu teilen vermochten. Bewaffneter Kampf hätte vielleicht für uns
noch etwas Verführerisches gehabt, hätte nicht das Heimliche
daran ihn des Glanzes beraubt, den Fahnen und schwere Waffen – Geschütze, Panzer, Jagdflugzeuge, Bomben – dem Krieg
verleihen. Diese nächtlichen Kämpfer, die, an die Hauswände
gepreßt, flüchteten, wenn sie Sprengladungen gelegt oder
einen Posten erstochen hatten, fanden den Weg zu unserem
Herzen nicht.

Was uns jedoch an Edouards Geschichten am meisten störte,
war die Tatsache, daß sie stets in Paris spielten. Wir fühlten uns
zwar geborgen, aber gleichzeitig auch unnütz und irgendwie
beschämt, wenn er den Miasmen und Fiebern von Paris die
stille, glückliche Provinz gegenüberstellte – denn es versteht
sich von selbst, daß wir unter »Provinz« nichts anderes verstanden als unser Le Guildo.

Es war am einundzwanzigsten März 1943 um sechzehn Uhr
siebzehn; Edouards linke Gesichtshälfte unterhielt uns mit der
Odyssee eines englischen Fliegers, der mit dem Fallschirm auf

dem Dach eines Gebäudes auftraf und der geborgen, versorgt und in die Heimat zurückgeschleust worden war – da stürmte Méline herein, mit einem Gesicht, wie es noch niemand an ihr gesehen hatte. Die myxödematöse Kleine war offenbar die erste, die es merkte, denn das stumme Mädchen, von dem nie jemand einen Ton gehört hatte, stieß ein so tierisches Geheul aus, daß uns das Blut stockte. Mélines Gesicht war aschgrau, ein einfarbig-fleckenloses Grau, der leblose Farbton einer Maske aus frischem Wachs. Und in dieser Maske flammten die Augen, sie flammten mit hellem Glanz, in dem vielleicht Grauen, vielleicht Freude lag, und der sicher nichts anderes war als der Widerschein einer schrecklichen, unmittelbar bevorstehenden Katastrophe.

»M'sieur, 'dame! Die Boches! Die Armee! Die ganze deutsche Armee! Sie umstellen das Haus! Da, wieder einer! Mein Gott! Überall kommt einer raus!«

Edouard brach sein Hin- und Herwandeln ab, hörte auf, uns seine Gesichtshälften zu zeigen; er blieb stehen und wendete sich zu uns, plötzlich größer und edler durch das Unglück, das über uns, über ihn allein – wie er meinte – hereinbrach.

»Liebe Kinder«, sagte er zu uns, »jetzt kommt die große Prüfung. Ich habe darauf gewartet. Ich habe gewußt, ich muß früher oder später einmal für mein Wirken im Untergrund bezahlen. Ich hatte mir, das gebe ich zu, nicht vorgestellt, daß sie mich bei euch in Le Guildo holen. Hier, glaubte ich, könnten sie mich nicht fassen, umgeben von der Mauer all meiner Kinder, harmlos geworden durch die Nähe von Sainte-Brigitte, unverwundbar im strahlenden Schein Maria-Barbaras. Sie kommen. Sie verhaften mich und nehmen mich mit. Wann sehen wir uns wieder? Kein Mensch weiß es. Jetzt kommt die Stunde, sich zu opfern. Ich habe immer von einer letzten Hingabe geträumt. Ist es nicht höchste Gnade, als Held zu enden anstatt als Patient, als Tattergreis, als menschliches Wrack?«

So redete er eine Weile, deren Dauer ich nicht abschätzen kann, in eine bedrohliche Stille hinein. Sogar das Feuer hatte aufgehört zu knistern und zu knacken, und im Kamin lag nur noch reglose Glut. Edouard, der sonst so Zurückhaltende, Verschämte, gab uns, weil er sich dem Ende nahe glaubte, sein tiefstes Herz preis. Wir merkten: dieser Mann, der eine so glückliche Natur war, so sehr im reinen mit den Dingen des

277

Lebens, so offen für alles, was ein normales Menschendasein an Leid und Segen verheißt – dieser Mann war insgeheim von der Angst gepeinigt, der Angst vor dem Ende, der Angst vor einem elenden Ende. Aber dieser Angst war durch den Krieg ein Heilmittel erwachsen; dieses Heilmittel war das Heldentum, ein Ende als Held, ein erhebendes Sich-Opfern für die große Sache. Solche selbstmörderischen fixen Ideen sind bei Menschen, die mit dem Leben tief im Einklang stehen, nicht so selten, wie man meint, zumal sie bei Edouard mit großer, mit rührender Naivität einhergingen.

Er wurde von zwei hereinstürmenden deutschen Soldaten unterbrochen, die mit Maschinenpistolen bewaffnet waren; ihnen folgte, ganz steif vor Jugend und Pflichteifer, ein Offizier.

»Bin ich hier bei Madame Maria-Barbara Surin?« fragte er und warf einen Blick in die Runde.

Edouard ging auf ihn zu.

»Ich bin Edouard Surin«, sagte er. »Maria-Barbara ist meine Frau.«

»Ich habe einen Haftbefehl ...«

Er unterbrach sich und kramte in seiner Aktentasche.

»Verlieren wir doch die Zeit nicht mit unnützen Formalitäten; ich stehe zu Ihrer Verfügung«, warf Edouard ungeduldig ein.

Doch der Offizier war gesonnen, die Formen zu wahren, und als er in seiner Aktentasche schließlich gefunden hatte, was er suchte, las er vor: »Haftbefehl, sofort zu vollstrecken gegen Madame Maria-Barbara Surin geborene Marbo, wohnhaft Notre-Dame du Guildo, Weiler Les Pierres Sonnantes. Gründe: Feindkontakte, heimlicher Funkverkehr nach London, Beherbergung von Feindagenten, Versorgung von Terroristen mit Lebensmitteln, Lagerung von Waffen und Munition ...«

»Meine Frau hat damit nichts zu tun, das ist ein unsinniges Mißverständnis«, ereiferte sich Edouard. »Um mich, hören Sie, nur um mich zu verhaften sind Sie da. Übrigens ist meine Untergrundtätigkeit in Paris ...«

Der Offizier schnitt ihm das Wort ab. »Wir sind nicht in Paris. Wir sind in Le Guildo, das der Kommandantur Dinan untersteht. Für Ihre Person, Monsieur Surin, habe ich keinen Befehl. Wir haben Befehl, Madame Surin festzunehmen, ferner elf Arbeiterinnen Ihres Betriebs und fünf Angestellte des Heims Sainte-Brigitte, die ebenfalls in Verstöße gegen die Bestimmungen Ihres Waffenstillstands verwickelt sind. Wir sind übrigens schon dabei, sie auf einen LKW zu verladen.«

Maria-Barbara hielt in ihrer Häkelarbeit inne, machte einen Doppelknoten in die Wolle und legte das Gehäkelte sorgfältig auf der Chaiselongue vierfach zusammen. Dann trat sie zu Edouard.

»Komm, beruhige dich. Du siehst doch, sie kommen meinetwegen«, sagte sie, als spräche sie zu einem Kind.

Edouard war wie vor den Kopf geschlagen von dem, was er sah und was gewissermaßen einem Einverständnis über seinen Kopf hinweg zwischen seiner Frau und dem deutschen Offizier ähnlich sah. Denn als der Deutsche auf einen Geheimsender anspielte, der im Dach der Abteikirche entdeckt worden sei, auf Männer, die bei Flut in U-Booten herangebracht und auf der Hébihens-Insel abgesetzt worden und dann bei Ebbe, als Muschelsammler getarnt, hinüber zum Festland gegangen seien, auf Sprengstoffkisten, die in einer Höhle in der Steilküste von Pierres Sonnantes gefunden worden seien, auf eine im Wald von Hunaudaie angelegte Widerstandsstellung, deren Antennen über Sainte-Brigitte liefen – da wußte Maria-Barbara offensichtlich, um was es ging, und da sie sah, daß alles verloren war, gab sie sich keine Mühe, so zu tun, als wisse sie von nichts, während Edouard, der stolze Organisator geheimer Widerstandsnetze in Paris, aus allen Wolken fiel und sich immer lächerlicher vorkam mit seinen fortwährenden Beteuerungen, er, er allein sei für alles verantwortlich, und daß Maria-Barbara in diese Sache verwickelt sei, beruhe auf einem Mißverständnis.

Am Ende wurde ihm die Erlaubnis, Maria-Barbara nach Dinan zu begleiten, verweigert, und es wurde lediglich zugestanden, Méline könne am nächsten Tag mit einem Koffer Kleider für die Gefangene zur Haftanstalt kommen.

Maria-Barbara schied ohne ein Abschiedswort, ohne einen Blick zurück auf das Haus, dessen Seele sie war, auf die Kinderschar, die sie aufgezogen hatte. Edouard ging hinauf und schloß sich im ersten Stock in ein Zimmer ein. Er kam erst tags darauf zu später Stunde wieder zum Vorschein. Wir hatten am Abend zuvor einen Mann in der Kraft seiner zweiten Jugend verlassen, nun sahen wir mechanischen Schrittes einen Greis mit zerrüttetem Gesicht die Treppe herunterkommen, dessen Auge den runden, starren Ausdruck der Altersschwäche hatte.

Die Verhaftung Maria-Barbaras zusammen mit sechzehn Mitgliedern des Fabrik- und des Heimpersonals war für Edouard der Beginn seines Alters, für uns bezeichnete sie das Ende der Kindheit, die Schwelle zur Jugend.

Im Schoß der Mutter entstanden, vom Leib der Mutter getragen, gelangt das Kind nach der Geburt empor auf ihre zur Wiege vereinten Arme und zu ihrer Brust, die es nährt. Einmal aber kommt der Tag, da es fort muß, da es von der heimatlichen Erde scheiden, da es selbst Liebender, Gatte, Vater, Haupt einer Familie werden muß.

Auf die Gefahr hin, ermüdend zu wirken, wiederhole ich, daß die Zwillingssicht von der Welt – die reicher, tiefer, wahrer ist als die gewöhnliche Sicht von den Dingen – ein Schlüssel ist, der vielerlei neue Erkenntnisse liefert, einschließlich solcher im Bereich der Einlinge.

In Wirklichkeit ist das normale, nicht als Zwilling geborene Kind, das Einlingskind, untröstlich über sein Alleinsein. Es ist von Geburt an mit einer Unausgeglichenheit behaftet, unter der es dann sein Leben lang zu leiden hat, die es jedoch von Jugend auf zu einer unvollkommenen, hinkenden, allenthalben zum Scheitern verurteilten, aber eben von der Gesellschaft geheiligten Lösung, der Ehe, hinlenkt. In seinem angeborenen Gleichgewichtsmangel lehnt sich der heranwachsende Einling an eine Gefährtin, die ebenso labil ist wie er, und aus ihrem zweifachen Wanken und Straucheln entstehen die Zeit, die Familie, die menschliche Geschichte, das Alter ...

(Die kleinen Mädchen spielen mit Puppen, die kleinen Jungen mit Teddybären. Es ist lehrreich, die Einlingsdeutung und die Zwillingsdeutung dieser traditionellen Spiele einander gegenüberzustellen. Man nimmt gewöhnlich an, das kleine Mädchen, das mit seiner Puppe spielt, übe damit seinen Beruf als künftige Mama ein. Und doch ... Kann man denn mit gleicher Sicherheit sagen, der kleine Junge studiere an seinem Teddybären seine Rolle als künftiger Papa? Man täte besser daran, sich vor Augen zu halten, daß *eineiige Zwillinge beiderlei Ge-*

*schlechts niemals mit einer Puppe noch mit einem Teddybären
spielen.* Gewiß, das ließe sich mit der besonderen, den Zwillingen eigentümlichen Sexualität, mit jener eihaften Sexualität
erklären, die nicht auf Fortpflanzung hinausläuft. Doch anstatt
mit aller Gewalt ein Zwillingsphänomen mit Einlingsausdrük-
ken deuten zu wollen, ist es immer und in allem ein Vorteil, das
Umgekehrte zu tun. Wenn ich mir wirklich nie einen Teddybären gewünscht habe, dann deshalb, weil ich schon einen besaß,
obendrein einen lebendigen: meinen Zwillingsbruder. Bär und
Puppe sind für das Einlingskind kein Vorwegnehmen der Va-
ter- oder Mutterrolle. Es kümmert das Kind keinen Pfifferling,
ob es eines Tages Papa oder Mama ist. Darüber, daß es allein
geboren ist, kann es sich jedoch gar nicht trösten, und so proji-
ziert es in den Bär oder die Puppe den Zwillingsbruder oder die
Zwillingsschwester, die ihm fehlt.)
Der alleingeborene junge Mann bricht aus dem Familienkreis
aus und sucht sich die Partnerin, mit der er dann ein Paar, wie
er es erträumt, zu bilden versucht. Maria-Barbaras Entschwinden zwang Jean-Paul mit brutaler Härte, den Schritt von der
Kindheit zur Jugend zu tun. Doch war es eine Jugend von Zwillingen und deshalb großenteils die Umkehrung einer Einlings-
jugend. Denn jener unvollkommene Partner, nach dem der
heranwachsende Einling weitab von zu Hause, in der weiten
Welt tastend sucht, den findet der Zwilling in der Person seines
brüderlichen Ebenbilds unmittelbar vor sich. Trotzdem kann
man – muß man – auch bei Zwillingen von einer besonderen
Jugendzeit sprechen, die von der Kindheit durch einen tiefen Einschnitt geschieden ist. Denn vor dem verfluchten
21. März 1943 war Maria-Barbara das Band zwischen uns. Das
Eigentümliche an unserer Kindheit war die Möglichkeit, daß
wir Brüder uns voneinander trennen, einander tagelang vergessen konnten, und doch sicher waren, in Maria-Barbara in
jedem Augenblick einen gemeinsamen Heimathafen zu haben,
den wir anlaufen konnten. Maria-Barbara war der Quell, an
dem jeder von uns sich mit Zwillingstum satttrinken konnte,
ohne sich darum zu kümmern, was der Bruder tat. Nachdem
Maria-Barbara nicht mehr da war, trieb ein instinktiver Drang
uns aufeinander zu. Verzweiflung, Furcht, Verwirrung vor
dem Unheil, das unsere Welt getroffen hatte, umgaben uns, als
wir einander tränennaß, gramverfinstert umfingen. Doch die

Verwüstung von Pierres Sonnantes war nur die Kehrseite einer tieferen Wirklichkeit: unsere fundamentale Beziehung hatte durch Maria-Barbaras Fortgehen *Unmittelbarkeit* erlangt. Wir wußten nun, daß jeder von uns seinen gemeinsamen Urgrund nur in seinem Zwillingsbruder suchen durfte und nirgendwo sonst. Die Zwillingszelle, befreit von der mütterlichen Basis, auf der sie zuvor geruht, rollte nun ins Grenzenlose hinein.

Während unsere Bindung aneinander augenblicklich enger wurde, konnten wir uns doch nicht darüber hinwegtäuschen, daß sie zugleich auch anfälliger wurde. So war nun einmal unsere Jugend, die Jugend von Zwillingen: eine brüderliche Gemeinschaft, deren Hüter nur noch wir selber waren, die wir entwickeln oder zerreißen konnten – es hing ganz von uns ab.

Daß die Arbeit in den Fabrikhallen langsamer lief, daß ein Teil der Heimkinder von Sainte-Brigitte wieder nach Hause zurückgebracht wurde, daß Edouard plötzlich alt geworden war und am Leben kein Interesse mehr hatte – all diese Folgen der Deportation Maria-Barbaras und der sechzehn weiteren Angehörigen von Pierres Sonnantes fielen zusammen mit einer wunderbaren Lebensfülle der Zwillingszelle. Wie gesagt, hatten wir nie mit Puppen oder Teddybären gespielt. Damals nahm – obgleich wir ja schon groß waren – etwas anderes für uns die Bedeutung eines Fetischs an, und Jean gab ihm seinen festen Platz im Bep-Spiel: es war eine zur Hälfte mit Wasser gefüllte Kugel aus durchsichtigem Zelluloid. Auf der Oberfläche der Flüssigkeit schwammen, häufig aneinanderstoßend, zwei Entchen mit grünem Hals. Dem Anschein nach waren die beiden Entchen völlig gleich, doch uns gelang es, sie an winzigen Merkmalen zu unterscheiden, und so hatte jeder von uns sein Entchen. Pierres Sonnantes ging unter, vom Blitz getroffen – die Zwillingszelle mit ihrem Jean-Entchen und ihrem Paul-Entchen blieb oben und verschloß sich um so mehr vor der Außenwelt, je bedrohlicher die Umstände wurden.

Aber ach, Jean, der Krempler säumte nicht lange: er spielte es falsch, unser Bep-Spiel, bis er dann unsere Zwillingssolidarität vollends verriet ...

Edouard war nur noch der Schatten seiner selbst. Die Fabrik lief unter Le Plorecs Leitung in verlangsamtem Tempo weiter, und über La Cassine herrschte nun Méline. Wir erfuhren, unsere Deportierten seien nicht mehr in Frankreich. Der Krieg wurde immer erbitterter. Die deutschen Städte waren von Bomben zerpflügt. Immer schwerer lastete auf Frankreich die Knute der Besatzung. Von unseren Verhafteten keinerlei Nachricht außer einem unbekannten deutschen Wort, dem nicht auszusprechenden Namen eines Ortes, an dem sie inhaftiert sein sollten: *Buchenwald*. Bei einer Fahrt nach Rennes besuchte Edouard einen früheren Deutschlehrer am Tabor-Gymnasium, wo er zur Schule gegangen war. »Wir haben miteinander auf einer Deutschlandkarte danach gesucht, die sehr genaue Einzelheiten enthielt«, erzählte er, als er zurückkam. »Er hat mir erklärt, was der Name wörtlich bedeutet. Ein Wald von Buchen, das klingt eher beruhigend, nicht? Vielleicht müssen sie als Holzfäller arbeiten? Maria-Barbara mit einer Axt, das kann ich mir nicht vorstellen . . .«

Im folgenden Jahr geschah dann etwas, das ich mangels jeglicher Zeugenaussagen nie habe klären können. Eines Morgens rief uns Edouard alle im Wohnzimmer zusammen. Er hielt keine Rede an uns. Seit dem verfluchten Tag war ihm die Lust dazu vergangen. Doch umarmte und küßte er uns in sichtlicher Bewegung, und vor allem merkten wir, daß er unter dem Mantel seine blau-weiß-rote Schärpe als Bürgermeister unserer Gemeinde umgebunden hatte. Er ging nach Dinan. Am Abend kam er wieder, niedergeschlagener und entmutigter denn je. Noch einmal: ich kann über das Ziel dieser feierlich-mysteriösen Reise nur Vermutungen anstellen. Mit Sicherheit weiß ich aber, daß zwei Tage später eine Gruppe von neun »Terroristen« – so nannte man damals die Widerstandskämpfer –, die man mit voller Bewaffnung gefaßt hatte, erschossen wurde. Überall klebten die Plakate mit ihren Namen, ihrem Bild und dem Wortlaut des Urteils, unterzeichnet von dem für unser Gebiet verantwortlichen Oberst. Und der jüngste – erst achtzehn Jahre alt – stammte aus einem Nachbardorf, und es war möglich, daß Edouard seine Familie kannte. So naiv er war – ich denke nicht, daß er nach Dinan ging, um für dieses Kind um Gnade zu bitten. Nach verschiedenen Berichten – bestätigt durch die Art, wie er sich an jenem Morgen von uns verabschiedete – soll er bei dem Oberst auf der Kommandantur in Dinan um eine andere Gnade gebeten haben: die Gnade, vor

dem Erschießungspeloton den Platz des jungen Widerstands-
kämpfers einnehmen zu dürfen. Natürlich lachte man ihm ins
Gesicht. Denn wer, wer hätte bei diesem ruhmreichen Sterben
draufgezahlt? Doch nur das Ansehen der Besatzungstruppen.
Er wurde hinausgeführt und sprach nie mit einer Menschenseele über diese Geschichte. Armer Edouard! Er war dazu verurteilt, zu sehen, wie um ihn herum junge oder geliebte Menschen fielen, und wie er selber dem Siechtum, dem Verfall und
einem ruhmlosen Sterben im Bett entgegenging ...
Mit der Befreiung, die für unsere Gegend im Juli 1944 kam,
und im folgenden Jahr stand ihm das Ärgste erst noch bevor.
Von den sechzehn aus Pierres Sonnantes Verschleppten kehr-
ten nacheinander zehn aus Kliniken oder Aufnahmelagern zurück, wo man sich bemüht hatte, ihnen wieder so etwas wie
Gesundheit zurückzugeben. Trotzdem starben drei von ihnen
noch vor dem Herbst. Doch niemand konnte – oder wollte vielleicht? – etwas von Maria-Barbara berichten. Mit verbissener
Hingabe, bis zur Erschöpfung bemühte sich Edouard, etwas
über ihr Schicksal zu erfahren. Auf einem Schild hatte er zwei
Bilder von Maria-Barbara mit ihrem Namen und dem Datum
ihrer Verhaftung angebracht und schickte dieses sinistre Bild
an alle Auffanglager für Zwangsverschleppte in Deutschland,
der Schweiz, in Schweden und Frankreich. Sechs Monate
währte dieser Leidensweg – er war völlig umsonst.
Im November 1947 machte er dann noch eine Reise nach Casablanca, um den Verkauf eines Guts abzuwickeln, das Gustave, dem ältesten der Brüder Surin, gehört hatte. Wir durften
ihn auf dieser Reise begleiten; sie fiel zeitlich mit dem Tod unseres Onkels Alexandre zusammen, der im Bereich der Lager-
häuser des großen marokkanischen Hafens ermordet wurde.
Edouard selbst starb, beinahe erblindet, im Mai 1948.

13
Der Tod eines Jägers

Alexandre
Casablanca. In Afrika, da atme ich auf. Ich sage mir immer wieder das muselmanische Sprichwort vor: Frauen für die Familie, Knaben fürs Vergnügen, Melonen für die Freude. Die Heterosexualität hat hier nicht den Zwangs- und Unterdrükkungscharakter, den ihr Monopol ihr in christlichen Ländern verleiht. Der Muselman weiß, daß es Frauen und Knaben gibt und daß man von beiden jeweils nur das verlangen kann, was sie eben ihrer Bestimmung gemäß zu bieten haben. Statt dessen ist der Christ von frühester Kindheit an durch eine gewalttätige Dressur eingemauert in die Heterosexualität und darauf angewiesen, alles von der Frau zu erwarten, und sie als Knabenersatz zu behandeln.

Ich atme auf. Tue ich es wirklich deshalb, weil ich auf arabischem Boden stehe? Wenn ich mir das sage, dann vielleicht, um es mir einzureden, um mir etwas vorzumachen. Weshalb soll ich es leugnen? Ich bin mit meinem Latein am Ende. Diese schmutzigen Schleich- und Schwarzhandelsjahre nach Danis Tod und nach dem Verlust von Sam haben mich ausgeleert, haben mich meiner Substanz beraubt. Meine Lebenskraft mußte erst einen schrecklichen Sturz durchmachen, damit ich maßhalten lernte. Jetzt bin ich imstande, meine Temperatur zu messen – daran, wieviel Lust ich noch auf Jungen habe. Das Leben lieben heißt für mich Jungen lieben. Seit zwei Jahren freilich, das ist nicht zu leugnen, liebe ich sie nicht mehr so. Ich brauch' nicht meine Freunde zu fragen oder mich im Spiegel anzuschauen, um zu wissen: die Flamme, die mich von den Heterosexuellen unterschied, flackert, blakt, und ich laufe Gefahr, bald ebenso grau, öde, erloschen zu sein wie sie.

Und zur gleichen Zeit wie von Jungen löse ich mich auch vom Ha-em. In meiner Kindheit, in meiner Jugend, trieb ich, irrte ich, wo immer ich war, im Exil umher. Ich war, wie die Polizei sagt, heimatlos und ohne festen Wohnsitz. Daß ich durch das Walten der Vorsehung Erbe meines Bruders Gustave wurde, hat mir ein eigenes Reich gegeben, die weißen Ebenen von Saint-Escobille, die silbernen Hügel von Miramas, die graue

285

Substanz von Roanne, die schwarze Anhöhe von Ain-Diab und verschiedene andere Gebiete, alle, wie es sich gehört, von den Leuten verabscheut, alle oberflächenhaft bis in ihre tiefsten Tiefen, alle bestehend aus einer Ansammlung umhüllender, festhaltender Formen.

Sei's drum – nichts zieht mich mehr an diese so bevorzugten Orte! Zwar gehe ich morgen – oder übermorgen – zu einer Inspektion nach Ain-Diab. Aber ohne etwas dabei zu empfinden, ohne Leidenschaft.

Und doch, als ich gestern unter meinen Füßen den Landungssteg der alten *Scirocco* beben fühlte, die mich von Marseille hierhergebracht hat, als ich auf der Mole die Djellabas* durcheinanderwimmeln sah, als ich in den Gassen der alten Medina den verräterischen Geruch des Kif atmete – da überlief mich ein Freudenschauer, und eine Woge von Leben durchflutete meinen dürren Leib. Kommt das von dem warmherzigen Kontakt mit diesem Land der Liebe? Ist es nicht doch nur das berühmte Nachlassen der Krankheit, jenes selige Glück in der letzten Stunde, das die Umgebung des Sterbenden manchmal als verheißungsvolles Genesungszeichen mißdeutet, während er selbst es als das unausweichliche Todesurteil erkennt? Was soll's nach alledem? Vielleicht habe ich das Glück, in Schönheit zu sterben, in bester Form, ganz auf der Höhe, drahtig, elastisch und leicht, mit Fleurette in der Faust? Mehr verlange ich nicht.

Die Analhygiene der Araber. Islamo-anale Kultur. Ein Araber, der scheißen geht, nimmt sich nicht eine Handvoll Papierfetzen, sondern in einer alten Konservenbüchse ein bißchen Wasser mit. Er zeigt sich sogar einigermaßen entsetzt über die ungesittete und unzureichende Art und Weise, wie man sich im Abendland den Hintern wischt. Die Überlegenheit einer *mündlichen* über eine *schriftliche* Kultur. Der Abendländer ist derart vernarrt in seinen Wust von Papier, daß er sich sogar noch den Hintern damit vollstopft.

Sich nach dem Scheißen den After mit reichlich Wasser waschen: ein wahrer Trost, wie es im Dasein nicht viele gibt. Eine Blüte mit zerknitterten Blättern, feinfühlig wie eine Seeane-

---

* Djellaba – lange Bluse der Algerier und Marokkaner

mone, weitet und schließt das kleine, wohlig-dankbare Organ
jubelnd unter der nassen Liebkosung einen schleimglatten Blu-
menkelch, besetzt mit dem feinen Spitzengeflecht violetter
Äderchen ...
Dann schreite ich, von Glück beflügelt, über den Strand dahin,
wo die Sonne braust oder der Ozean strahlt. Seid, Gottheiten
ihr, gegrüßt mir durch Rose und Salz! Dieses entsagende
Wohlgefallen, diese rührende Freude an jeglichem Ding, diese
sanft-wehmütige Freundschaft ... vielleicht sind das die eiligen Grazien, die der Tod mir entgegenschickt, und die mich
tanzend mitreißen zu ihm. Ich habe immer vermutet, daß im
Gegensatz zur Geburt, die ein grauenhaft-brutaler Schock ist,
der Tod eine ganz mozartisch-melodiöse Überfahrt nach Cy-
thera sein müsse.

Soeben bin ich auf einen seltsam-verwirrenden Aufzug gestoßen: Zwei riesige, schnauzbärtige, dickwanstige Polizisten mit
Koppel, Schulterriemen und Revolver bewaffnet, am Bauch
einen Gummiknüppel, steif und hart wie ein Penis, eskortier-
ten eine Bande blasser Straßenjungen, schmächtiger junger
Burschen von wilder Schönheit. Um mit ihnen fertigzu-
werden, hatten die Polizisten ihnen Handschellen angelegt.
Aber unsichtbare, nur vorgestellte Handschellen, und die jungen Burschen hielten ihre feinen, schmutzigen Hände gekreuzt – die einen über ihrem Gesäß, die anderen über ihrem
Geschlecht. Unter diesen zweiten gewahrte ich einen, etwas
größer als die anderen, und ich sah wohl, daß sein Wolfsauge
mich durch die Mähne hindurch, die über sein knochiges Gesicht fiel, bemerkt hatte. Übrigens deuteten seine Hände eine
obszöne Bewegung an, die nur auf mich gemünzt sein konnte.
Zur Stunde sind die Polizisten wohl dabei, sie zu mißhandeln,
und ihre unsichtbaren Handschellen hindern sie, sich ihnen
zu entziehen.

Sein kahlgeschorener Schädel erschien schwarz, machte sein
Gesicht hart und verlieh seinen Augen etwas unheimlich
Starres. Mit seinem viel zu großen Herrenhemd, das mit
hochgekrempelten Ärmeln um seinen mageren Oberkörper
schlotterte, einer eng anliegenden kurzen Hose, die ihm
tief über seine runden Knie hinunterging, ähnelte er Muril-

los kleinem Betteljungen mit den Trauben. Er war von einer homerischen Schmutzigkeit, und zahllose Löcher ließen da und dort ein Stück Schenkel, ein Stück Gesäß oder Rücken sehen.

Auf dem Boulevard de Paris, unter dessen Arkaden luxuriöse Geschäfte untergebracht sind, schlüpfte er zwischen den Passanten dahin wie ein wildes Tier inmitten einer Schafherde.

Er hat mich eingeholt. Ich beobachte sein Schlendern, sein Gehabe, das schaukelnde Gehen mit dem ganzen Körper, das offensichtlich von seinen nackten Füßen ausgeht. Und schon überkommt mich jener herrliche Rausch, der Begierde heißt, und los geht die Jagd. Eine ganz besondere Jagd: ihr einfaches, paradoxes Ziel ist des Jägers Metamorphose in einen Gejagten – und umgekehrt. Er bleibt vor einem Schaufenster stehen. Ich überhole ihn. Ich bleibe vor einem Schaufenster stehen. Ich sehe ihn herankommen. Er überholt mich, aber er hat mich gesehen. Die Angel ist ausgeworfen zwischen ihm und mir, denn er bleibt wiederum stehen. Ich überhole ihn. Ich bleibe meinerseits stehen, sehe ihn herankommen. Kurze Prüfung, ob die Angel hält: ich lasse mich von ihm überholen, gehe langsamer. Diese herrliche Ungewißheit, die mir das Herz klopfen läßt: er kann weitergehen und verschwinden. Das hieße dann auf seine Weise, daß er nicht mitspielen will. Nein! Er ist stehengeblieben. Ein Blick zu mir herüber. Mein Rausch wird schwerer, wird Betäubung, wird selige Schlaftrunkenheit, die mir die Knie weich und das Geschlecht hart werden läßt. Die Metamorphose ist geschehen, von nun an bin ich das Wild, ein dicker Fang, den er sich bemühen wird, sachte in seine Netze zu bringen. Er geht weiter. Bleibt stehen. Überzeugt sich mit einem Blick, daß ich folgsam nachkomme, läßt sich jedoch nicht mehr überholen; von jetzt an bleibt er in Führung. Er biegt nach rechts in eine Nebenstraße ein, wechselt hinüber auf den anderen Gehsteig, um mich leichter im Auge behalten zu können. Ich mache mir einen Spaß daraus, stehenzubleiben, ostentativ auf die Uhr zu schauen und ihn dadurch zu beunruhigen. Die Handbewegung erzeugt den Gedanken: soll ich umkehren? Ausgeschlossen! Die unsichtbare Angel zieht mich unwiderstehlich mit, in immer dunklere, immer engere Gäßchen. Hinter ihr her sinke ich mit Wonne in die Tiefen der Araberstadt. Ich erkenne, daß wir dem Lagerhausgelände am Hafen zustreben. Das Bewußtsein der Gefahr überlagert mit seinem schrillen Klingeln das dunkle Geläut der Begierde, das in meinen Adern dröhnt.

Auf einmal taucht knatternd ein kleines Motorrad auf; sein Scheinwerfer sprengt die Finsternis. Darauf sitzt ein ausgehungerter Halbwüchsiger, der einen ganz kleinen Jungen auf dem Rücksitz hat. Hart stoppt er das Vehikel vor Murillo. Einige Worte hin und her. Knatternd wendet er. Der Halbwüchsige ist jetzt vor mir, und ich erkenne den mageren Wolf von neulich wieder. Seine Gefangenschaft war demnach kurz, doch eine seiner Wangen ist über dem Backenknochen geschwollen.

»Willst du ihn?«

Meint er Murillo oder den Kleinen, der sich hinter ihm festhält? Ich erwidere in schroffem Ton:

»Nein, laß mich in Ruh!«

Mit einem Sprung ist das Motorrad wieder bei Murillo, und noch einmal fegt der Scheinwerfer über die leprösen Hauswände. Wieder ein paar Worte vom einen zum anderen. Mit aufheulendem Motor entschwindet das Gefährt.

Ich rühre mich nicht mehr von der Stelle. Gefahr mag noch hingehen, aber Selbstmord? In der nächstliegenden Gasse gewahre ich einen vagen Lichtschein. Etwas wie ein Lebensmittelgeschäft. Ich gehe hinein. Während man mir ein Kilo Muskattrauben abwiegt, entdecke ich durch die Scheiben Murillos schwarzen Kopf. Ich gehe hinaus. Zum erstenmal sind wir *beisammen*. Unsere persönlichen Sphären durchdringen sich. Wir streifen aneinander. In meinem Kopf dröhnt die Begierde wie die große Glocke eines Domes. Ich reiche ihm eine Traube; mit der Behendigkeit eines Affen schnappt er sie sich. Ich schaue ihm zu, wie er die Beeren abzupft. Himmlische Magie! Durch mich ist ein junger Bursche einem Gemälde in der Münchner Pinakothek entstiegen und steht, warm und zerlumpt, hier neben mir. Unaufhörlich weiteressend betrachtet er mich, tritt ein wenig zurück, entfernt sich, und der Wettlauf zum Hafen geht weiter.

Die Docks, das Lagerhausviertel. Die schwarze Masse der Container. Die Taurollen. Die dunklen Gassen zwischen den Kistenstapeln, in denen ich kaum das Helle von Murillos Hemd unterscheiden kann. Hart, erbarmungslos streng, diese Landschaft. Wie fern sind wir der weißen Weichheit der Müllfelder!

289

Flüchtig kommt mir der Gedanke, daß ich zwar genug Geld bei mir trage, aber Fleurette im Hotel gelassen habe. Wie um meiner Furcht festen Inhalt zu geben, taucht unvermittelt ein Mann vor mir auf.

»Was Sie da treiben, ist äußerst gefährlich!«

Er ist klein, sehr braun, in Zivil. Was tut er selbst um diese Zeit in dieser Gegend? Ist er ein verkappter Polizist?

»Kommen Sie mit!«

Ich überlege sehr rasch. Erstens: Murillo ist auf und davon, und ich finde ihn nach diesem Alarm nicht wieder. Zweitens: ich weiß überhaupt nicht mehr, wo ich bin. Drittens: die Begierde ist mit einem Schlag von mir abgefallen, und ich bin hundemüde. Der Unbekannte zieht mich durch die Kistengänge zu einer Kreuzung unter Straßenlaternen, die der leichte Wind in sanftem Schaukeln hält. Da steht ein kleiner Wagen; wir lassen uns hineinfallen.

»Ich bringe Sie ins Stadtzentrum.«

Dann, nach langem Stillschweigen, als wir am Platz der Vereinten Nationen halten:

»Gehen Sie zur Nachtzeit nicht in die Docks. Oder wenn Sie hingehen, nehmen Sie Geld mit. Nicht zu viel, aber ausreichend. Keine sichtbaren Wertgegenstände und vor allem: ja keine Waffe! Bei einer tätlichen Auseinandersetzung hätten Sie keinerlei Chance, hören Sie, überhaupt keine!«

Der Gedanke an Murillo verfolgt mich, und ich verfluche es, daß dieser Pfarrer oder Polizist, dieser Pfarrerpolizist in Zivil dazwischengekommen ist und mir meine Jagd verdorben hat. Auf Jungen Jagd zu machen ist das große Spiel, das meinem Leben seine Farbe, seine Wärme und seinen Reiz geschenkt hat. Und sein Leid, könnte ich hinzusetzen, denn mir ist davon manch eine Narbe geblieben. Ich habe Haare und Federn dabei lassen müssen. Dreimal bin ich sogar einem bösen Ende nur knapp entgangen und doch, müßte ich alles in allem etwas nennen, was mir leid tut, so wäre es nur, daß ich allzuoft übervorsichtig war, daß ich nicht genug Schneid hatte, das Wild zu packen, wenn es zum Greifen nah vorbeizog. Die meisten Menschen verlieren an Wagemut, wenn sie älter werden. Sie werden Feiglinge, überschätzen das vorhandene Risiko, unterliegen dem Konformismus. Wenn ich mich entgegengesetzt entwickle, liegt die Logik, wie mir scheint, mehr bei mir. Denn ein wagemutiger alter Mensch bietet weniger Angriffsflächen als ein junger. Sein Leben ist ein festes Gebäude und, weil schon hinter ihm liegend, großenteils jedem Zugriff entzogen. Wenn schon einer verletzt, verkrüppelt, eingesperrt, umgebracht werden muß – ist es dann mit achtzehn nicht ärgerlicher als mit sechzig?

Was mir widerfährt, ist seltsam, ja, mehr noch, es ist geradezu phantastisch. Auf dem Rückweg von der Deponie Ain-Diab machte ich heute früh halt bei dem Leuchtturm, der weiß über die in den Fels gesprengte Küstenstraße aufragt. Das Wetter war strahlend schön, ich hatte pro forma die große Kompostierung Tertre noir inspiziert, und ich wollte einen Augenblick den großartigen Blick auf diese Küste genießen, die leider großenteils nicht oder nur unter Gefahr zugänglich ist. Dann fuhr ich mit dem Wagen in die alte Medina, das Araberviertel, und mischte mich dort unter das bunte Treiben. Ich hatte kaum drei Schritte getan, da bemerkte ich einen knabenhaften Jungen, der in den Kupfersachen eines Ladens herumstöberte. Er war blond, sehr fein und zart, dem Aussehen nach eher schmächtig, doch lebendig und aufgeweckt. Wie alt mochte er sein? Auf den ersten Blick ungefähr zwölf. Bei genauerem Hinsehen sicher älter – vielleicht fünfzehn, denn er war offenbar von Natur aus schwächlich. Wie dem auch sei: mein Jagdwild ist er nicht. Ich bin homosexuell, ja, aber kein Päderast. Schon bei Dani mußte ich's, wie mir scheint, grausam büßen, daß ich mich an ein viel zu zartes Alter herangewagt hatte. Ich hätte dem Jungen heute darum sicherlich keinerlei Beachtung geschenkt, hätte ich nicht mit absoluter Sicherheit gewußt, daß ich ihn eben erst vor wenigen Minuten beim Leuchtturm an der Küstenstraße zurückgelassen hatte. Und nicht nur, daß ich auf dem nächsten Weg von der Küstenstraße ins Araberviertel gefahren war, sondern dieser Blondschopf war offensichtlich auch schon eine ganze Weile in diesem Laden, denn er hatte, als ich kam, schon ein gehämmertes Tablett und eine kleine Wasserpfeife beiseite gelegt. Muß ich annehmen, daß er die Gabe hat, durch die Lüfte zu fliegen? Ich war neugierig genug, ihn zu beobachten. Er trieb sich noch eine Stunde auf den Souks, dem arabischen Markt, herum, dann nahm er ein Taxi – dem ich mit meinem Wagen schlecht und recht hinterherfuhr – und ließ sich am Hotel Marhaba in der Avenue de l'Armée-Royale absetzen, eine kurze Entfernung, die ihn zu Fuß nicht mehr als zehn Minuten gekostet hätte.

Soeben habe ich den mageren Wolf mit dem Motorrad gesehen, wie er auf dem Boulevard de Paris mitten zwischen den Autos einen Höllenslalom vollführte. Hintendrauf saß Murillos Traubenesser. Die Begierde trifft mich wieder wie ein Schlag, aber es ist ein dumpfer, gedämpfter Schlag. Mein Herz ist nicht mehr dabei. Oder zumindest weniger. Ich bin in Gedanken mit dem Überall-Kind beschäftigt.

Ein Gedanke zieht einen anderen nach sich, und so ging ich auf einen Sprung hinüber zum nahen Hotel Marhaba. Ich trat in die Hotelhalle. Dem Portier, der mich mit fragender Miene empfing, sagte ich die Wahrheit: »Ich suche jemand.« Eine ewige Wahrheit, meiner Wahrheiten tiefste, die einzige Kraft, die mich treibt, seit ich auf der Welt bin. Ich habe in den Gasträumen im Erdgeschoß nachgesehen. Beinah wäre er mir entgangen: er hockte, die nackten Beine untergeschlagen, tief in einem riesigen Lederclubsessel. Er las. Ungewöhnlich scharf die Züge, fein gezeichnet, wie mit dem Rasiermesser modelliert. Lesen – und mehr noch vielleicht entziffern, entschlüsseln –, das war offenbar für dieses Gesicht die naturgegebene Tätigkeit; es drückte normalerweise ruhige, sorgsame Aufmerksamkeit aus. Hätte er nicht Größe und Kleidung eines kleinen Jungen gehabt – er kam mir diesmal viel älter vor als in der Medina. Sechzehn vielleicht. Lebte denn dieser Junge, der anscheinend nicht an einen Ort gebunden war, obendrein auch noch außerhalb der Zeit?

Ich beobachte einen Pfau mit seiner Pfauhenne (sagt man so?), die den Garten im Innenhof des Hotels zieren. Weil er »ein Rad schlägt«, steht der Pfau im Ruf, eitel zu sein. Das stimmt gleich zweimal nicht. Der Pfau schlägt kein Rad. Er ist kein Geck, er ist ein Exhibitionist. Was das Radschlagen angeht – da läßt er die Hose herunter und zeigt seinen Hintern. Und daß daran ja kein Zweifel besteht, schlägt er seinen gefiederten Rock hoch und dreht sich trippelnd auf der Stelle, damit niemand seinen After übersehen kann, der in einem Blütenkelch von rosa Flaum prangt. Seiner Natur nach zielt dieses Verhalten nach hinten, nicht nach vorne. Wieder einmal stelle ich fest, mit

welcher Hartnäckigkeit die »allgemeine Meinung« die Dinge
aus *a priori* bestehenden Prinzipien und Betrachtungsweisen
heraus ganz verkehrt deutet. Sicher ist es meinem gesunden
Menschenverstand zuzuschreiben, wenn die Leute mich »widernatürlich veranlagt« nennen.

Mein Hans Überall hat erneut gezeigt, was er kann, und zwar
auf höchst spektakuläre Art. Die Hitze und meine Jagdleiden-
schaft trieben mich in das prachtvolle städtische Schwimmbad;
in seinen Ausmaßen und in seinem Luxus ist es bemüht, einen
den unzugänglichen Strand und das Meer mit seinen mörderi-
schen Brechern vergessen zu lassen. Kaum war ich im Wasser,
da erkannte ich ihn schon, wie er sich mit einer einzigen leichten, elastischen Bewegung auf den marmornen Rand empor-
zog, sich drehte und hinsetzte. Es war das erstemal, daß ich ihn
verhältnismäßig unbekleidet sah. Trotz seiner kleinen, drahti-
gen Gestalt ist er in seinen Proportionen und in seiner körperlichen Substanz vollendet. Und doch ließ er mich völlig kalt.
Zum Teil kommt das sicher von der Badehose. Nichts ist unerfreulicher als dieses Kleidungsstück, dessen waagrechte Linien
die senkrechten Linien des Körpers in der Mitte schneiden und
ihren stetigen Verlauf durchbrechen. Die Badehose – das ist
weder Nacktheit, noch ist es die originelle, manchmal verwirrende Sprache der Kleidung. Es ist einfach nur verleugnete,
zerstörte, geknebelte Nacktheit.
Eine Stunde später verlasse ich das Schwimmbad und über-
quere den Boulevard Sidi-Mohammed-Ben-Abd-Allah, um einen Blick in das ganz berühmte Aquarium zu werfen. Da stand
er vor dem Leguangraben, weiß gekleidet, das Haar trocken.
Und da traf es mich wie der Blitz; ich war, wie man so sagt,
»völlig hin«. Unwiderstehlich fühlte ich mich zu diesem Jungen hingezogen, ja, mehr noch: dazu bestimmt, fortan und im-
merdar mit ihm zu leben, wenn anders nicht die Sonne verlöschen und Asche auf mein Leben regnen sollte. Etwas dergleichen war mir schon sehr lange nicht mehr zugestoßen. So
lange sogar, daß ich an etwas, das dem nahe käme, keinerlei
Erinnerung habe. Meine Äußerung neulich in der Hotelhalle
»ich suche jemanden« verblaßt nun vor einem »ich habe jemanden gefunden«. Kurzum, ich habe mich verliebt, und das
zum erstenmal. Gott sei Dank weiß ich, daß er im Hotel Mar-

293

haba abgestiegen ist, und so hab' ich Hoffnung, daß ich ihn einigermaßen leicht wiederfinde. Ich hege sogar den Plan, umzuziehen und im gleichen Hotel ein Zimmer zu nehmen.

Eines erstaunt mich: im Schwimmbad hatte ich ihn noch mit kühlem Blick zu betrachten vermocht. Weshalb war ich, als ich ihn wenig später im Aquarium wieder traf, auf einmal Feuer und Flamme? Darauf gibt es nur eine – doch welch eine geheimnisvolle! – Antwort: die Allgegenwart. Mich frappiert und entflammt ja immer die *zweite* Begegnung, denn erst durch sie wird das Phänomen der Allgegenwart augenfällig. Ich bin verliebt in diese Allgegenwart!

Im Restaurant. Am Nebentisch sitzt eine amerikanische Familie. Zwei Jungens, sicher fünf und acht Jahre alt, beide gleichermaßen athletisch, blond, blauäugig, rosig. Der jüngere, so recht ein mürrischer Rohling mit Faunsschnauze, geht auf seinen Bruder los, der ihn lachend gewähren läßt. Er kneift, renkt, würgt, zaust, knufft, beleckt und beißt ihn. Was besitzt er doch für ein wunderbares Spielzeug, ein anderes Ich, dicker, stärker, das sich alles gefallen läßt, das mit allem einverstanden ist! Eine Ohrfeige der Mutter unterbricht dieses liebevolle Gerangel ... für dreißig Sekunden.

Beim Zuschauen spüre ich, wie sich ein Gedanke bei mir einschleicht, der schon seit drei Tagen um mich herumgeistert, den ich aber mit aller Kraft von mir weggeschoben hatte: mein Hans Überall – wenn das zwei wären? Wenn es zwei Zwillingsbrüder wären, völlig ununterscheidbar, aber doch unabhängig genug, um sich unterschiedliche Beschäftigungen, verschiedene Spazierwege auszusuchen?

Allgegenwart und Zwillingstum ... Ich halte sie zusammen, stoße sie aneinander, lege sie übereinander, diese beiden Worte, die auf den ersten Blick keine Beziehung zueinander haben. Und doch, wenn die beiden wirklich Zwillingsbrüder sind, dann war die Allgegenwart die Maske, unter der ihr Zwillingstum mir erschienen ist. Die scheinbare Allgegenwart war nur ein verborgenes Zwillingstum, ein zudem vorübergehend gespaltenes Zwillingstum; damit der Anschein der Allgegenwart entstand, mußten ja die Zwillinge nacheinander, getrennt auftreten. Damit könnte ich mir den Reiz, den der in flagranti bei seiner Allgegenwart betroffene Junge auf mich ausübt, recht

plausibel erklären. Denn dieser scheinbare Hans Überall ist in Wahrheit ein Zwilling, dem sein Ebenbild fehlt. Das heißt, an seiner Seite ist ein Vakuum, ein mächtiger *Ruf nach dem Sein*, der leere Platz des abwesenden Bruders, von dem ich mich unwiderstehlich angesogen fühle.
Das alles ist ganz gut und schön, aber ist es nicht bloß etwas, das ich mir ausdenke?

Ich habe mein Zimmer bezahlt. Ich habe meine Koffer gepackt und einen Zettel mit der Bitte obendrauf gelegt, man möge ihn für Monsieur Edouard Surin im Hotel Marhaba abgeben.
Nicht bloß der Einsatz ist auf dem Tisch, sondern auch die Nummer ist schon raus: Schwarz, impair und manque. Wie um mir zu bestätigen, daß der Kreis geschlossen ist, habe ich soeben, als ich zurückkam, den Murillo vorgefunden, der vor dem Hotel Posten stand. Er wartete auf mich. Er wartet noch immer. Nicht mehr lange.
Heute früh führte mich das Schicksal auf die Straße nach Fedala, an einen Dünenstrand mit spärlichem Binsen- und Ginsterbewuchs, eine der seltenen Stellen der Küste, an denen der Atlantik zugänglich und gutartig ist. Wohl deshalb spielten und badeten dort viele junge Araber, doch mir stand das Herz nicht danach, Kräutlein zu pflücken. Ich hatte ein langes, bis ins einzelne feststehendes Programm zu erledigen, und zum erstenmal in meinem Leben wußte ich, ich verfügte nur noch über ein begrenztes Quantum Energie, und zum Bummeln war keine Zeit mehr. Ich legte mich ausgestreckt auf den Sand. Gewöhnlich meint man, Sand sei ein weiches Lager, sanft wie eine Matratze. Im Gegenteil! Nichts ist härter; Sand ist hart wie Zement. In der Hand, die lässig damit spielt, ist er federleicht, aber dem Körper, der mit ganzem Gewicht daraufliegt, gibt er sich wahrheitsgemäß als Stein zu erkennen. Immerhin kann sich der Körper darin eine ihm entsprechende Kuhle buddeln. Das hab' ich denn auch mit kleinen, raschen Bewegungen getan. Einen Sarkophag aus Sand. Mir kam eine Geschichte in den Sinn, die mir ein ehemaliger Spahi erzählte und die mich sehr beeindruckt hat. Als er noch mit seiner Kampfgruppe oben im Tassili des Ajjer herumzigeunerte, starb einer seiner Leute an Bauchfellentzündung. Von Algier, wohin das über die Funkkette der Forts gemeldet wurde, kam der bestürzende

295

Auftrag: Leiche zwecks Übergabe an die Familie zurückbringen! Das bedeutete Wochen auf Kamelsrücken, dann im Lastauto, ein in diesem Klima offenbar irrsinniges Unterfangen. Immerhin, man wollte es wenigstens versuchen. Die Leiche wurde in eine Kiste gelegt. Die Kiste wurde zugenagelt, wurde auf ein Kamel gepackt. Und da, welches Wunder: Nicht genug, daß den Brettern keinerlei Geruch entströmte, die Kiste wurde auch noch von Tag zu Tag leichter! So sehr, daß die Männer schließlich Bedenken hatten, ob der Leichnam überhaupt noch da war. Um sich zu vergewissern, lösten sie ein Brett. Der Leichnam war sehr wohl noch da, jedoch vertrocknet, mumifiziert, hart und steif wie eine Lederpuppe. Wunderbar, ein Klima, das so von Grund auf steril ist, daß es den Leichen die Verwesung erspart! Da unten, im tiefen Süden, müßte man sich sterben legen, in einer Kuhle, die sich dem Relief meines Körpers innig anschmiegt, so wie die, in der ich eben jetzt ruhe ...

Unterm Glanz des Himmels schließe ich die Augen. Ich höre frische Stimmen, Lachen, Tappen von nackten Füßen. Nein, ich öffne die Augen nicht, um diese bestimmt reizende Schar vorbeigehen zu sehen. Ich öffne die Augen nicht, aber ich will an jene Einzelheit in der Erziehung der athenischen Kinder denken, die Aristophanes in den *Wolken* berichtet: Wenn sie ihre Gymnastik am Strand beendet hatten, mußten sie den Abdruck ihres Geschlechts im Sand verwischen, damit die Kriegsleute, die nach ihnen zum Exerzieren herkämen, nicht verwirrt würden ...

Wieder nackte Füße, doch diesmal ist es ein Einzelgänger, einer, der schweigt. Ich öffne ein Auge. Es ist der, auf den ich warte, der Hans Überall. Er geht mit sicherem Schritt, mit festem Schritt, mit einem Schritt, der seinem schmalen, vollkommen ausgewogenen Körper, seinem geschärft-aufmerksamen Gesicht gleicht, geht auf ein bekanntes, erfaßtes, bezwingendes Ziel zu. Und ich stehe auf und folge ihm und fühle schon im voraus, daß das Wunder der Allgegenwart nochmals geschehen und daß sich neben diesem Jungen, der nicht mein Typ ist – der mich mit seiner Schmächtigkeit, Blondheit und mit was weiß ich, etwas Durchdringend-Klarem, Forschendem eher abstößt und kühl werden läßt –, auf einmal ein Platz, ein freier Raum, eine Lücke auftun wird, und sie werden ein übermächtiger Anruf an mich sein.

Ich folge ihm. Wir umgehen die Frittes- und Limonadenbuden.

Er wendet sich zu den Dünen und verschwindet in dem Mimosendickicht, das sie vom Strand trennt. Ich verliere ihn. Es gibt mehrere Wege. Ich muß auf eine Düne klettern, über eine Mulde, ein Tal im Sand hinwegschauen, um einen Blick auf die anderen Dünen zu bekommen. Er kann nicht weit sein, denn dazu müßte er selbst auf eine Düne steigen, und ich müßte ihn sehen. Ich suche, suche. Und finde ...

Der Paria und das Paar. Sie sind da, alle beide, vollkommen ununterscheidbar, eng umschlungen in einem Sandloch. Ich stehe an seinem Rand, wie in der Gegend von Roanne, als ich dem Wild und dem Wild des Wildes zusah, wie in Miramas, als ich unter einem Rattenrudel Danis Körper entdeckte. Sie liegen im embryonaler Stellung zusammengekauert, ein vollständiges Ei, man sieht nur ein Knäuel aus Gliedern und Haar. Diesmal findet das Allgegenwarts-Mirakel nicht statt. Die Allgegenwart hat vielmehr die Maske fallen lassen und ist Zwillingstum geworden. Der Aufruf zum Sein, der mir recht gegeben, der mich mit Freude durchflutet hätte, ist nicht erschollen. Im Gegenteil, das Zwillingstum hat mich von sich gewiesen, denn es ist Fülle, völliges Selbstgenügen, ganz in sich geschlossene Zelle. Ich bleibe draußen. Ich stehe vor der Tür. Sie brauchen mich nicht, diese beiden. Sie brauchen niemanden.

Ich ging zurück nach Casa. Eines wollte ich noch: einen Verdacht klären. Im Hotel Marhaba bestätigte man mir, ja, ein Monsieur Edouard Surin und seine zwei Söhne Jean und Paul seien da. Die Zwillinge sind meine Neffen. Was meinen Bruder betrifft – ich möchte ihn nicht wiedersehen. Was hätte ich ihm zu sagen? Wenn das Schicksal mir eine Gnadenfrist gibt, können wir die Frage ja erneut prüfen.

Ich habe Toilette gemacht. Meine gestickte Weste prangt mit ihren fünf Medaillons aus Europa und dem des Tertre noir von Ain-Diab. Was hatte der Unbekannte in den Docks empfohlen? Keine Schmuckstücke, keine Waffe, etwas Bargeld? Also nehme ich keinen Sou mit. Fleurette soll an meinem Arm baumeln, und an meinen Ohren sollen die philippinischen Perlen schimmern.

Da bin ich schon, kleiner Murillo. Gleich kaufe ich dir eine Muskatellertraube wie neulich am Abend, und miteinander wollen wir dann versinken in die Nacht der Docks.

Paul

Am übernächsten Tag erfuhren wir aus den Zeitungen, daß bei den Erdnußsilos in den Docks drei blutüberströmte Leichen aufgefunden worden waren. Zwei Araber, die beide mit einem einzigen Degenstich ins Herz getötet worden, und ein Europäer, der von siebzehn Messerstichen getroffen worden war, von denen mindestens vier tödlich waren. Der Europäer, der keinerlei Geld bei sich hatte, mußte sich gegen seine Angreifer mit Hilfe eines Stockdegens gewehrt haben, der neben ihm gefunden wurde.

Edouard hat uns anfänglich nichts gesagt. Später erfuhren wir, daß es sich um seinen Bruder Alexandre, unseren skandalumwitterten Onkel handelte. Sein Aufenthalt in Casablanca war dadurch zu erklären, daß er die Leitung über die Mülldeponie Tertre noir bei Ain-Diab innehatte. Der Geist unseres verstorbenen Onkels Gustave hatte uns also in Casablanca vereint.

...

Das ist die Tragik der Generationen. Ich habe oft genug bedauert, daß Edouard mein Vater ist und daß ein Graben von dreißig und mehr Jahren uns unwiderruflich voneinander trennt. Dieser durchschnittliche Vater – welch wunderbarer Freund wäre er gewesen! Ein Freund freilich, der von mir ein bißchen beherrscht worden, der von mir zu einem vollendeteren, gestalteteren, gelungeneren Schicksal hingeführt worden wäre. Ich hätte seinem Leben den klaren Blick und die Willenskraft gegeben, die ihm fehlten, damit es jenen Anteil an *Konstruiertem* enthalten hätte, ohne den es ein dauerhaftes Glück nicht gibt. Edouards Leben ist trotz seines guten Fundus und seiner überreichen Gaben nicht aufgegangen. Er hat es eben nicht verstanden, Architekt des ihm geschenkten Reichtums zu sein. Er hat bis zum Schluß auf das Glück vertraut, doch das Glück wird der ewigen Draufsteher überdrüssig, die auf seine Avancen nicht einzugehen wissen.

Edouard hätte mich verstanden, wäre mir gefolgt, hätte mir gehorcht. Den Vater-Zwilling – den hätte ich haben sollen. Jean indessen ...

Durch denselben zwischen uns liegenden Abstand von einer Generation kam es auch dazu, daß mein Zusammentreffen mit Alexandre fehlgegangen ist. Ich war zu jung – zu frisch, zu begehrenswert –, als ich ihm durch einen bösen Zufall zum erstenmal in den Weg geriet. Ohne daß mein Wille dabei im Spiel war, hab ich ihn mitten ins Herz getroffen, und er starb auf der Stelle.

Und ich hätte ihm doch viel zu sagen, hätte viel von ihm zu lernen gehabt.

Die Zwillingskommunion bringt uns, Kopf bei Fuß, in die eiförmige Lage, wie sie einst der doppelte Embryo einnahm. Diese Lage macht unsere Bestimmung deutlich: uns nicht auf die Dialektik von Zeit und Leben einzulassen. Im Gegensatz dazu bringt die Einlings-Liebe – gleichgültig, welche Stellung dabei eingenommen wird – die Partner in die asymmetrische, unausgewogene Haltung eines Gehenden, der einen Schritt, den ersten Schritt tut.

Auf halbem Weg zwischen diesen beiden Polen bemüht sich das homosexuelle Paar, eine Zwillingszelle zu bilden, freilich mit Einlingselementen, das heißt, in verfälschter Form. Denn der Homosexuelle ist ein Einling, es ist nicht zu leugnen, und demgemäß ist seine Bestimmung dialektisch. Doch er weist sie von sich. Er verwirft die Fortpflanzung, das Werden, das Fruchtbringen, die Zeit und den Wandel aller Dinge. Jammernd sucht er nach dem Bruder, dem Ebenbild, mit dem er sich dann umfangen möchte in einer Umarmung ohne Ende. Er usurpiert eine fremde Lebensform. Der Homosexuelle gleicht dem *Bürger als Edelmann*. Durch seine unedle Geburt zu nutzbarer Arbeit und zur Familiengründung bestimmt, beansprucht er wahnwitzigerweise das spielerische, zweckfreie Leben des Edelmanns.

Der Homosexuelle ist ein Komödiant. Er ist ein Einling, der vom stereotypen, durch die Notwendigkeit der Arterhaltung vorgezeichneten Weg geflohen ist und nun den Zwilling spielt. Er spielt und verliert, freilich nicht ohne manchen glücklichen Zug. Denn nachdem ihm zumindest die negative Phase seines Beginnens – der Schritt vom Wege bloßer Nützlichkeit – geglückt ist, improvisiert er frei, natürlich in Richtung auf das Zwillingsverhältnis, jedoch ganz nach der Inspiration des Augenblicks. Der Homosexuelle ist ein Künstler, ein Erfinder, ein Schöpfer. Er hat sich mit einem unausweichlichen Schicksal herumzuschlagen, und manchmal schafft er dabei Meisterwerke – auf allen Gebieten. Das Zwillingsverhältnis steht ganz im Gegensatz zu dieser schweifend-schöpferischen Freiheit.

Seine Bestimmung ist ein für allemal auf das Ewige, Bewegungslose festgelegt. Zum Paar zusammengeschweißt, kann es sich nicht rühren, kann es weder leiden noch schöpferisch sein. Es sei denn, daß ein Axthieb ...

14

Das Unheil

Paul
Jean hat sie eines Abends nach La Cassine gebracht, während er vordem nie von ihr gesprochen hatte – wenigstens nicht in meiner Gegenwart. Früher hätte sie keinerlei Schwierigkeit gehabt, auf Pierres Sonnantes heimisch zu werden: damals in seiner großen Zeit, als La Cassine die große Surin-Familie um Edouard, Maria-Barbara und die Vertreter der Fabrik in sich vereinte, unter denen auch immer einige aus Sainte-Brigitte entwischte Heimkinder waren. Es war die reine Arche Noah, anheimelnd, gastfreundlich, lärmfroh; ihr ordnendes, vernünftiges Element war, immerzu murrend, immerzu wetternd, Méline. Verwandte, Freunde, Nachbarn fügten sich ohne weiteres ein in dieses nach Alter und Geschlecht so wirre Durcheinander, auf dem dennoch wie ein Korken, wie eine Flaschenpost eine feste Zelle schwamm: Jean-Paul. Wenn ich es mir überlege, muß es wohl eine nur La Cassine eigene Atmosphäre gegeben haben, die von den Angehörigen von Pierres Sonnantes ausgeschieden wurde und für Fremde nicht leicht zu atmen war. Ich schließe das aus dem erstaunlichen Zusammenhalt dieser kleinen Gesellschaft, die doch insgesamt gesehen ziemlich uneinheitlich war, und vor allem daraus, daß der Peter, wenn er heiratete, auf Nimmerwiedersehen verschwand, als hätte sein Ehegespons bei der Heirat jeweils die Bedingung gestellt, daß er mit der Sippe für immer breche.
Ganz anders war es, als Sophie hier erschien. Die Fabrik, die seit den Verhaftungen vom 21. März 1943 langsam dahinstarb, stand seit Edouards Tod gänzlich still. Sainte-Brigitte wurde zwei Jahre später nach Vitré, in »funktionsgerechte«, *ad hoc* gebaute Räume verlegt. Wir, Méline und Jean-Paul, blieben allein zurück, und selbst Jean pendelte unter dem Vorwand, er studiere Jura, zwischen Pierres Sonnantes und Paris hin und

300

her, wie vormals Edouard. Wäre Sophie einfältig gewesen, so
hätte sie sich eingebildet, sie werde in diesem großen, leeren
Haus, das nur von zwei Brüdern und einer in ihrer Taubheit
und ihren kleinen Schrullen befangenen alten Magd bewohnt
war, leicht ihren Platz finden. Aber ich traue ihr mehr zu.
Vom ersten Augenblick an spürte sie, daß wir drei zusammen
ein fürchterlich starres Gebilde darstellten, und daß der
Eigenraum eines jeden von uns mit dem der anderen zusammen das Haus vom Keller bis unters Dach ausfüllte. Es gibt,
glaube ich, in der Physik ein Gesetz, wonach eine Gasmenge,
sei sie noch so gering, das umschließende Behältnis stets
gleichmäßig ausfüllt. Jeder Mensch hat in größerem oder ge-
ringerem Maße die Fähigkeit, seinen Eigenraum auszudehnen. Die Fähigkeit ist begrenzt; ganz allein in einer weitläufigen Behausung muß er deshalb einen mehr oder weniger
großen Teil unausgefüllt, also noch frei lassen. Ich will nichts
behaupten, aber ich wäre nicht überrascht, wenn die Zwillingszelle sich dieser Regel entzöge und sich wie Gas als unbegrenzt ausdehnungsfähig erwiese. Ich glaube, wenn man uns
Schloß Versailles gäbe – wir brächten es zuwege, es vollständig, von den Dachräumen bis zu den Untergeschossen, zu bewohnen. So war es auch bei La Cassine, diesem großen Haus,
wo eine ganze Menge Erwachsene und Kinder bequem gelebt
hatten: wir füllten es bis zum Rande – wir, Jean und ich mit
Méline, der getreuen Emanation aus uns beiden.
Wenn mich meine Erinnerungen nicht trügen, war Sophie
nicht außergewöhnlich hübsch, doch gefiel sie durch ihre bescheidene, ernsthafte Art, denn daraus sprach deutlich ein großes Maß guten Willens, zu verstehen und dann nach bestem
Gewissen zu handeln. Kein Zweifel, sie kannte das Ausmaß des
Zwillingsproblems und unterschätzte dessen Schwierigkeiten
nicht. Das war übrigens der Grund, weshalb es letzten Endes
nicht zu einer Heirat kam. Dazu hätte sie jemand sein müssen,
der sich kopflos und impulsiv hineinstürzte. Jegliches Überlegen mußte bei diesem Vorhaben verhängnisvoll sein.
Ich denke mir, daß Jean den Augenblick, da Sophie mir vorgestellt werden sollte, möglichst lange hinausgezögert hat. Er
kannte ja meine Feindseligkeit gegen alles, was geeignet sein
konnte, uns zu entzweien. Aber einmal galt es doch, sich dieser Prüfung zu stellen.

Ich werde diese erste Begegnung nie vergessen. Den ganzen Tag hatten ein Platzregen und seine Nachwehen die Küste zerrachelt und gestriegelt. Der Tag sank schon, als man endlich hinauskonnte. Die feuchte Luft war frisch, und die Sonne, die schon in dem lichten Spalt zwischen Horizont und Wolkendecke dahinglitt, überströmte uns mit trügerisch warmem Licht. Die tief gefallene See mit ihren verlassenen, spiegelnden Stränden steigerte noch die Öde des Himmels.

Wir schritten auf dem schlüpfrigen Fußweg, der die Steilküste säumt, aufeinander zu; er kam mit Sophie von Westen zu mir herauf, ich ging zum Strand hinunter. Wir blieben wortlos stehen, aber ich fühle mich, Jahre danach, noch immer gepackt und zittere, wenn ich der schrecklichen Feierlichkeit dieser Begegnung gedenke. Sophie musterte mich lange, und ich erlitt zum erstenmal den Lanzenstich der *Entfremdung*, jene Wunde, die seitdem unablässig, Monat um Monat immer von neuem aufbrach, die wieder und wieder blutete, Lohn und Strafe zugleich für mein Suchen nach meinem Bruder, meinem Ebenbild. Denn in ihrem Blick war nicht nur die harmlos-ungläubige Verblüffung der Neulinge, die über unsere Ähnlichkeit ganz außer sich sind. Unter diesem bis zum Überdruß immer wieder erlebten Staunen erahnte ich etwas anderes, eine unerträgliche Klarheit, die ich in meiner Sprache das *Entfremdungsleuchten* nenne und deren brennende Bitternis ich noch nicht zur Neige gekostet habe. Denn sie, die Jean zuinnerst kannte, sie wußte auch von mir alles – und ich wußte von ihr gar nichts. Ich war erkannt, durchschaut, inventarisiert – ohne jene Gegenseitigkeit, die unter zwei Menschen eine elementare Ausgewogenheit und Gerechtigkeit herstellt. Eine Frau, die von einem Unbekannten während des Schlafs oder unter Ausnutzung einer Ohnmacht geschändet wird, empfände vielleicht, wenn sie diesem Mann später begegnete, ein ähnliches Gefühl der Entwendung des eigenen Ich. Natürlich blieb das Wissen, das Sophie über Jean-Paul haben konnte, seiner Natur nach ein Einlings-Wissen. Sein strikt auf das Nützliche gerichteter Charakter – sein Eingespannt-Sein in den Dienst der Fortpflanzung – hielt Licht und Wärme dieses Wissens in Grenzen. Es ist klar, daß Einlings-Partner es nur zu lahmen Umarmungen, zu gedämpften Freuden bringen, und sie können sich nicht verhehlen, daß die Einsamkeit, in die sie beiderseits eingeschlossen sind, sich nicht aufbrechen läßt. Doch das war noch zuviel für mich. In ihrem Blick las ich, sie habe mich nackt in die Arme gepreßt, sie wisse, wie ich schmecke, sie kenne etwas – und sei es auch bloß ein Schemen – von unseren Annäherungs- und Kommunionriten. Und ich stand vor einer Unbekannten! Hat Jean denn geglaubt, Eifersucht habe mich gegen Sophie aufgebracht? Ich mag kaum glauben, er habe sich von unserer tiefen Zwillingsvertrautheit so weit entfernt und habe sich die Einlings-Sicht so weit zu eigen gemacht, daß er nicht mehr wußte: es ging nicht um ihn persönlich; was ich durch ihn hindurch verteidigte, war Jean-Paul, war die Unversehrtheit der Zwillingszelle.

Ein junger Mann stellt seinem Bruder seine Braut vor. Das Mädchen und ihr zukünftiger Schwager wechseln nichtssagende Worte, nach außen hin recht angeregt, in einer konventionellen Kameradschaftlichkeit, innerlich eiskalt wegen der Verbote, wie sie die künstliche Verwandtschaft, die sie künftig verbindet, zwischen ihnen aufstellt. Jean und Sophie machten einen so überzeugten, so ansteckend frohgemuten Versuch, dieses zerbrechliche Gebäude über dem Abgrund des Zwillingstums aufrechtzuerhalten, daß ich mich entschließen mußte, in ihrem Spiel mitzuspielen. Von uns dreien schien Jean derjenige, der am wenigsten befangen war, sicherlich deshalb, weil er sich seit Jahren – anfangs mit Hilfe der berüchtigten Malacanthe – geflissentlich das Einlings-Verhalten zu eigen gemacht hatte. Wenn er mit Sophie allein war, hatte er diese Rolle wohl einigermaßen mutig übernommen. In meiner Gegenwart wurde alles schwieriger, doch zog er sich anscheinend noch ganz gut aus der Affäre. Für Sophie hingegen war mein unvermutetes Auftauchen ein Schock gewesen, den weder jungmädchenhafte Schüchternheit noch das simple Allerweltsstaunen über unsere Ähnlichkeit hinreichend erklären konnten, es lag etwas anderes darin – etwas Gewichtigeres, Verletzenderes –, das ich, weil selbst tief verletzt, ahnte und das Grund genug war, noch alles zu hoffen.

Sophie
Ich bin feige gewesen. Ich bin davongelaufen. Ich werde es vielleicht mein Leben lang bereuen, und doch werde ich im Zweifel sein, ob ich nicht am Rand eines Abgrunds gerade noch recht-

zeitig einen Schritt zurück getan habe. Was weiß ich? Überdies war ich zu jung. Heute wäre alles anders.

Jean schien mir, als ich ihn die ersten Male sah, ziemlich unbedeutend. Das war noch kurz nach dem Krieg. Man gab sich Mühe, sich einzureden, jetzt sei man gut und gern über den Berg, und amüsierte sich viel. Das war die Zeit der »Surprise-Parties«. Weshalb »Surprises«, »Überraschungen«? Nichts war ja weniger unerwartet als diese kleinen Abende, die bei jedem Mitglied unserer Clique reihum stattfanden. Anfangs habe ich ihn kaum bemerkt, den blonden, eher kleinen jungen Mann mit dem sanften Gesicht, der dem Älterwerden zu trotzen schien. Alle mochten ihn gern, weil er mehr an unserer Gruppe hing, mehr vom Geist ihrer Zusammengehörigkeit besessen war als sonst einer von uns. Ich hätte in diesem Eifer für das Gemeinsame, in diesem brennenden Willen, »dazuzugehören«, die heimliche Angst erahnen sollen, »nicht dazuzugehören«. Mit fünfundzwanzig Jahren war Jean im Zusammenleben mit anderen noch ein Anfänger. Ich glaube, er ist es geblieben; er hat es nie zuwege gebracht, in irgendeine Gruppe vollständig hineinzuwachsen.

Zu interessieren begann er mich an dem Tag, da ich ein Wesen, ein Schicksal aufschimmern sah, die mich eigentlich gerade hätten abhalten müssen, denn sie bedeuteten: Gefahr! Eheaussichten gleich Null! Das Hindernis, das ich spürte, reizte mich anfangs, denn ich konnte es nicht abschätzen.

An dem besagten Tag fand unsere »Party« bei ihm statt. Ich war schon gleich zu Anfang von der großen, stilreinen, auf der Île Saint-Louis so herrlich gelegenen Wohnung beeindruckt. Übrigens entstand einen Augenblick lang allgemeine Stille angesichts dieser hohen Räume, dieser eingelegten Parkettböden, dieser schmalen Fenster, die einen Ausblick auf alte Mauern, Laubwerk und Wasser ahnen ließen. Jean bemühte sich sogleich nach Kräften, diese bedrückte Atmosphäre zu verscheuchen, und das gelang ihm auch, indem er heißen Jazz entfesselte und uns Hand anlegen ließ, um die Möbel an die Wand zu rücken und so Platz zu schaffen. Später erzählte er, das sei die Junggesellenwohnung, in der sich sein Vater immer wieder von seinem eintönigen Leben in der Bretagne erholt habe. Das war die erste Bemerkung über sein Elternhaus, die er in meiner Gegenwart machte. Wir tanzten, tranken und lachten viel. Zu

304

später Stunde wollte ich meine Handtasche holen; sie war in dem zur Garderobe umgewandelten Zimmer. War es ein Zufall, der Jean im gleichen Augenblick dorthin zog? Er traf mich, als ich wieder Ordnung in meine Toilette zu bringen suchte; etwas beschwipst, wie wir waren, überraschte es mich nicht sonderlich, als er mich umarmte und küßte. Dann war einen Augenblick Stille.

»So«, sagte ich am Ende ziemlich albern und wies auf meine Tasche, die ich nicht losgelassen hatte, »jetzt hab' ich gefunden, was ich gesucht habe.«

»Ich auch«, sagte er lachend und küßte mich von neuem.

Auf dem Kamin stand zwischen zwei Glasplatten ein Photo, das einen sympathischen, jedoch ein wenig zu selbstsicheren Mann mit einem Kind zeigte, das nur Jean sein konnte.

»Ist das Ihr Vater?« fragte ich.

»Das ist mein Vater, ja«, sagte er. »Er ist jung gestorben, schon vor Jahr und Tag. Der Bub, nein, das ist mein Bruder Paul. Der war Papas Liebling.«

»Wie der Ihnen aber ähnlich sieht!«

»Ja, alle Leute lassen sich täuschen, sogar wir selber. Wir sind eineiige Zwillinge, wissen Sie. Als wir ganz klein waren, tat man uns ein Armband mit dem Vornamen ums Handgelenk. Natürlich machten wir uns einen Spaß daraus, sie zu vertauschen. Mehrmals. So daß wir nicht mehr wissen, wer Paul ist und wer Jean. Auch Sie werden es nie wissen.«

»Was tut's?« sagte ich ziemlich leichtfertig, »das ist doch alles bloß Konvention, nicht? Also kommen wir überein, daß Sie von heute abend an Jean sind und daß Ihr Bruder ... Aber wo ist er denn wirklich?«

»Er ist in der Bretagne, auf unserem Anwesen Pierres Sonnantes. Das heißt, dort müßte er sein. Denn wer beweist Ihnen, daß er nicht hier ist, jetzt gerade vor Ihnen steht, mit Ihnen spricht?«

»O weh! Ich hab' zuviel getrunken, um mich da zurechtzufinden.«

»Sogar nüchtern, wissen Sie, ist das oft schwierig!«

Diese letzten Worte haben mich tatsächlich aufgeschreckt, und durch den Dunst der Ermüdung und des Alkohols hindurch ahnte ich zum erstenmal, daß ich dicht vor einem irgendwie unheilvollen Geheimnis stand, daß es klug wäre, sofort zum

Rückzug zu blasen, aber meine Neugier und ein gewisser Hang zum Schwärmerischen trieben mich im Gegenteil, in diesen Wald von Brocéliande vorzudringen. Doch war das noch nichts als ein vages Vorgefühl, dem bloß die Nacht etwas greifbarere Gestalt gab. Jean zog mich in ein anderes, kleineres Zimmer, das versteckter lag als diese improvisierte Garderobe, wo jeden Moment jemand hereinkommen konnte, und dort wurde ich seine »Mätresse« – denn mit diesem altmodischen, unsauberen Wort bezeichnet man noch immer die Sexualpartnerin eines Mannes (Liebhaberin, was im Prinzip einfacher und genauer wäre, ist womöglich noch lächerlicher).

Er trieb damals in Paris irgendwelche juristischen Studien, und ich konnte ihn nie dazu bringen, seine Zukunft, wie sie ihm vorschwebte, klar zu umreißen. Das war seinerseits kein böser Wille. Tiefer gesehen, war es die von Grund auf in ihm wurzelnde Unfähigkeit, sich selber als Teil eines festen, bestimmten Ganzen zu begreifen. Durch die Liquidation der väterlichen Fabrik war ihm ein kleines Kapital zugefallen, doch war es klar, daß er damit nicht lange reichen würde. Seine Sorglosigkeit hätte mich bedenklich stimmen müssen, denn sie gefährdete von vornherein jegliche Heiratspläne. Sie war indessen anstekkend, und unsere einzigen Pläne betrafen die Reisen, die wir miteinander machen wollten. Tatsächlich schien heiraten in seinem Kopf keinen anderen Aspekt zu besitzen als den der Hochzeitsreise, einer Hochzeitsreise, die unbegrenzt lange dauern mußte, obwohl er doch, wie mir scheint, eine gewisse Form von Seßhaftigkeit über alles schätzt. Ein anderer Zug seiner Phantasie war, daß er Reisen und Jahreszeit stets miteinander verband, als entspräche jedes Land einem bestimmten Zeitraum im Jahr, und jede Stadt bestimmten Tagen in diesem Zeitraum. Dabei gibt es freilich Gemeinplätze, und ein Erfolgschanson, mit dem das Radio uns damals zermürbte, *April in Portugal*, illustriert das deutlich. Doch war es bei Jean oft so: die abgedroschensten Banalitäten, die alltäglichsten Schrullen der Masse – wenn er sie aufnahm, schienen sie wieder lebendig geworden und an Glanz und Vornehmheit auf eine höhere Stufe gehoben.

Während die ganze Straße *April in Portugal* trällerte, hatte er seine erste Langspielplatte, *die Jahreszeiten* von Vivaldi, gekauft, und der volkstümliche Schlager erschien gestützt, gestärkt, gerechtfertigt durch das Meisterwerk des rothaarigen Pfarrers aus Venedig, ja, mehr noch, man mochte meinen, der Schlager sei als Trivialfassung aus diesem hervorgegangen.

Er hatte eine Art Kalender aufgestellt – sein »konkretes Jahr«, wie er es nannte –, der nicht von den gesetzmäßigen astronomischen Daten, sondern von dem eigenwilligen meteorologischen Gehalt eines jeden Monats abgeleitet war. Beispielsweise faltete er das Jahr in zwei Hälften, wodurch er die entgegengesetzten Monate zusammenbrachte und Symmetrien, Affinitäten zwischen ihnen entdeckte: Januar – Juli (Hochwinter – Hochsommer), Februar – August (große Kälte – große Hitze), März – September (Winterende – Sommerende), April – Oktober (erste Knospen – erste dürre Blätter), Mai – November (Blumen des Lebens – Blumen auf Gräbern), Juni – Dezember (Licht – Finsternis). Er wies darauf hin, daß diese Paare durch ihren Inhalt, aber auch durch ihre Dynamik Gegensätze sind und daß diese beiden Faktoren sich im umgekehrten Verhältnis zueinander ändern. So haben September und März, Oktober und April jeweils deutlich vergleichbare Inhalte (Temperatur, Vegetationszustand), während ihre Dynamik (auf den Winter – auf den Sommer zu) sich in entgegengesetztem Sinne bewegt. Die Gegensätze Januar – Juli und Dezember – Juni beruhen demgegenüber gänzlich auf ihrem statischen Inhalt, da die Dynamik dieser Monate ziemlich schwach ist. Auf diese Weise bemühte sich Jean – aus Gründen, die mir dunkel geblieben sind –, die abstrakte Einteilung des Kalenders auszuschalten und im Kontakt mit dem Farbigsten, Konkretesten zu leben, das die Jahreszeiten in sich bergen.

»Siehst du, darum« – so träumte er – »fahren wir auf Hochzeitsreise nach Venedig, in die Stadt der Vier Jahreszeiten. Von dort aus reisen wir, natürlich entsprechend gerüstet, der Reihe nach in die Länder, in denen die gerade herrschende Jahreszeit am ausgeprägtesten ist. Beispielsweise, sagen wir, im Winter an den Nordpol, nein, nach Kanada. Da schwanken wir dann zwischen Quebec und Montreal. Wir entscheiden uns für die Stadt, in der es am kältesten . . .«

»Also für Quebec, glaub' ich.«

». . . die am tiefsten im Winter vergraben ist.«

»Also dann für Montreal.«

Er fing auch von Island an, der großen, mit mehr Schafen als Menschen bevölkerten Vulkaninsel, ob deren abseitiger Lage – im äußersten Norden, am Rand des Polarkreises, eine Art senkrechter Far West – er ins Träumen geriet. Vor allem aber reizten ihn die weißen Nächte um die Sommersonnenwende, die Mitternachtssonne, die fröhlich auf stille, schlafversunkene Städte schien. Dann wieder sah er uns, wie wir die Gluten derselben, nun aber rasend und toll gewordenen Sonne im äußersten Süden ertrugen, am anderen Ende der Sahara, im Hoggar oder noch lieber im Tassili-Gebirge, das ja noch großartiger sein soll.

Ich bewunderte seine Fabuliergabe, die sich in endlosen Monologen äußerte, eine Art verbalen Schnurrens, das etwas Kindliches hatte, etwas Einwiegendes, etwas von einem Klagelied; in der Folgezeit habe ich dann begriffen, daß es sich – als eine verliebte, fast schon hochzeitliche Abwandlung – von dem berühmten Äolisch ableitete, jener Geheimsprache, in der er mit seinem Bruder redete. Jean, der nur Paris und das Department Côtes-du-Nord kannte, schilderte alle Länder so, als hätte er lange dort gelebt. Offenbar hatte er den Kopf gestopft voll von Seefahrerlogbüchern und Forschungsberichten und zitierte jeden Augenblick Bougainville, Kerguelen, La Pérouse, Cook, Dampier, Darwin, Dumont d'Urville. Doch hatte er seinen ganz eigenen Schlüssel zu dieser imaginären Geographie, und dieser Schlüssel, ich habe das bald gemerkt, war meteorologischer Natur. Mehr als einmal hat er es mir auch gesagt: was ihn an den Jahreszeiten interessierte, war weniger die regelmäßige Wiederkehr der Sternbilder als vielmehr der Saum von Wolken, Regenschauern und Aufheiterungen, der sie umgibt.

»Ich habe ein Bücherwissen über jedes Land«, erklärte er mir. »Von unserer Hochzeitsreise erwarte ich nicht, daß sie meine Vorurteile über Italien, England, Japan zerstört. Im Gegenteil. Sie wird sie mir noch bestätigen, anreichern, vertiefen. Doch das eine erwarte ich von dieser Reise: daß sie zu meinen imaginären Ländern noch den Tupfen des Konkreten, Unvorstellbaren beiträgt, jenes gewisse Etwas, das sozusagen der unnachahmliche Stempel des Wirklichen ist. Und diesen Tupfen, dieses gewisse Etwas sehe ich zunächst immer als ein Licht, eine Färbung des Himmels, als etwas Atmosphärisches, als Meteore.«

Er legte besonderes Gewicht auf den eigentlichen, wieder gebührend zur Geltung zu bringenden Sinn des Wortes *Meteor* – das nicht, wie man gemeinhin glaubt, einen vom Himmel fallenden Stein bezeichnet (dieser heißt Meteorit) – sondern jede in der Atmosphäre auftretende Erscheinung wie Hagel, Nebel, Schnee, Nordlicht; die Wissenschaft, die sich damit befaßt, ist die Meteorologie. Das Buch seiner Kindheit, das Buch seines Lebens war *Die Reise um die Welt in achtzig Tagen* von Jules Verne; aus ihm hatte er seine Reisephilosophie geschöpft.

»Phileas Fogg ist nie gereist«, erklärte er mir. »Er ist der Typ des Seßhaften, des Stubenhockers, ja des Sonderlings. Dennoch besitzt er ein Wissen von der ganzen Erde, aber ein Wissen besonderer Art: aus den Jahrbüchern, Fahrplänen und Almanachs der ganzen Welt, die er auswendig kennt. Ein *A-priori*-Wissen. Er zieht daraus den Schluß, man könne eine Reise um den Erdball in achtzig Tagen vollständig zu Ende bringen. Phileas Fogg ist kein Mensch, er ist eine lebende Uhr. Seine Religion ist die Pünktlichkeit. Im Gegensatz dazu ist sein Diener Passepartout ein eingefleischter Nomade, der sich schon in allen Berufen einschließlich dem des Akrobaten betätigt hat. Passepartouts Gebärden und Ausrufe stehen beständig im Gegensatz zu Phileas Foggs phlegmatischer Gelassenheit. Phileas Foggs Wette ist schließlich durch zwei Verzögerungsgründe gefährdet: durch Passepartouts Schnitzer und durch die Launen des Wetters. In Wirklichkeit sind die beiden Hemmnisse nur ein einziges: Passepartout ist der Mensch des Meteorologischen und steht als solcher im Gegensatz zu seinem Herrn, welcher der Mensch des Chronologischen ist. Das Chronologische schließt ebenso einen Vorsprung wie eine Verspätung aus; Phileas Foggs Reise ist nicht zu verwechseln mit einem Wettlauf um die Welt. Das zeigt die Episode von der Rettung der Hinduwitwe vom Scheiterhaufen, wo sie das Schicksal der Leiche ihres Gatten hätte teilen sollen. Phileas Fogg benutzt sie, um einen ihm unangenehmen Vorsprung gegenüber seinem Fahrplan zu bereinigen. Er will ja seine Reise um die Welt nicht in neunundsiebzig Tagen machen!

›Retten Sie diese Frau, Mister Fogg!‹ rief der Generalmajor.

›Ich habe noch zwölf Stunden Vorsprung. Dazu kann ich sie verwenden.‹

›Wirklich! Sie sind ein Mann von Herz!‹ sagte Sir Francis Cromarty.

›Manchmal‹, antwortete Phileas Fogg schlicht. ›Wenn ich Zeit habe.‹

In Wirklichkeit ist Phileas Foggs Reise ein Versuch des Chronologischen, das Meteorologische in den Griff zu bekommen. Gegen *Winde und Gezeiten* ist der Fahrplan einzuhalten. Phileas Fogg macht seine Reise um die Welt nur, um sich als Passepartouts Herr und Meister bestätigt zu sehen. «

Ich hörte seinen Theorien halb belustigt zu. Ich muß sagen, daß ich selbst in den Augenblicken, in denen ich am ärgsten durcheinander war, unausgesetzt – manchmal ganz von weitem, das gebe ich zu – in mir eine Ahnung, ein vages, beunruhigendes, doch zugleich auch aufregendes Wissen spürte, es gebe hinter dem Jean, den ich sah und den ich zu kennen glaubte, *etwas anderes*, eine verborgene, aber grundbedeutsame Wirklichkeit. Seine Art, von einem dem Anschein nach kindischen Faktum auszugehen – der *Reise um die Welt in achtzig Tagen* –, das er mit absolutem, unerschütterlichem Ernst betrachtete, daran abstrakte Ideen bis hin zur Metaphysik zu entwickeln, machte mich hellhörig, und später begriff ich auch weshalb: bei Jean war alles Ausfluß einer weit entfernten, auf seine frühe Kindheit, genau gesagt auf die Beziehung zu seinem Bruder Paul zurückgehenden Wirklichkeit. Bei der Gegenüberstellung Phileas Fogg–Passepartout beispielsweise sah ich gut, daß er sich mit dem sympathisch-französischen Passepartout identifizierte. Aber diese Identifikation, nach außen hin, ähnlich wie die meisten kindlichen Leser des Romans sie vollziehen, gewann bei Jean einen ernsteren Sinn, denn es war klar, es gab in seinem Leben einen Phileas Fogg, und es war nicht schwer, ihn beim Vornamen zu nennen. (Beiläufig sei angemerkt, wieviel Verwandtes die Welt des Kindes mit dem abstrakten Denken besitzt – was haben beide wohl miteinander gemein? Das Absehen von sich selbst, die Einfachheit dessen, was wesentlich ist? So, als reichte ein Schweigen, das eher da war als die Sprache der Erwachsenen, dem Denken auf seinen heiteren Höhen die Hand.)

Ich könnte noch andere Beispiele dafür nennen, wie jenes *andere Etwas* in Jeans Verhalten zutage trat. Sein Horror vor

Spiegeln, der nicht die Folge der Abneigung war, wie Männer sie, weil sie das für männlich halten, gegenüber ihrer eigenen Physis glauben zeigen zu müssen. Sein ängstliches Verlangen, Teil einer Gruppe zu sein, »dazuzugehören«; es verriet den Verlust einer anderen Zugehörigkeit, der er heimlich nachweinte. Jene sonderbaren Worte und Wendungen, jene Formulierungen, die ihm zuweilen entschlüpften – und stets dann, wenn wir am engsten beisammen waren – und die, wie ich merkte, einzelne Laute des Äolischen waren. Und da ich schon unser intimes Beisammensein erwähne, weshalb soll ich nicht auch bekennen, daß sich dieser über fünfundzwanzigjährige Mann in der Liebe benahm wie ein Kind, voll linkisch-armseligen guten Willens, wobei es ihm nicht so sehr an den Fähigkeiten als an Selbstsicherheit gebrach – wie ein Entdeckungsreisender, der alles tut, um sich den Sitten und Gebräuchen und der Küche des exotischen Volksstamms anzupassen, bei dem er seine Rückkehr zur Natur zu vollziehen gedenkt. Er schlief dann in meinen Armen ein, aber im Schlaf kam Bewegung in ihn, wälzte und drehte ihn um und um, brachte uns in Kopf-bei-Fuß-Lage und zwang mich, wie er in Hockstellung zu gehen, den Kopf zwischen meine Schenkel gepreßt, die Hände flach auf meinem Gesäß. Ich hätte sehr blöde sein müssen, um nicht zu begreifen, daß er mich damit die Stelle eines anderen einnehmen ließ.

Als er mich zum erstenmal nach Pierres Sonnantes mitnahm, hatte er mir so viel und so oft von diesem Haus und von seinen Angehörigen erzählt, daß ich mich vor jeder Überraschung gefeit glauben konnte. Ich wußte, ich würde weder seine Mutter vorfinden – die 1943 von den Deutschen verhaftet, verschleppt und seitdem vermißt wurde – noch seinen Vster – der 1948 verstorben war –, noch *Peter*, wie er komischerweise die Gesamtheit seiner Geschwister nannte, die weit von dem Nest, wo sie geboren waren, in der Ferne verstreut lebten, aber ich kannte sie alle, weil ich so viel von ihnen hatte erzählen hören, und ich fand in Pierres Sonnantes ihre Spuren, ihre Schatten wieder wie etwas, das mir aus meiner eigenen Vergangenheit vertraut war. Ich habe mich gewundert, wenn ich feststellte, wie leicht sich Erinnerungen anderer in unser eigenes Gedächtnis einfügen. Geschichten, die von meinem Vater oder meiner Mutter viele Male erzählt wurden, unterscheiden sich nicht mehr von dem, was ich an Vergangenem erlebt habe, obschon

311

sie in eine Zeit zurückreichen, zu der ich noch gar nicht geboren war. Von meiner Ankunft in Le Guildo an habe ich alles »wiedererkannt«, die Felder, die Ufer, die Häuser, die ich zum erstenmal sah, und selbst die Luft, in der sich der Geruch von Algen, Schlamm und Wiesen mischt und die für die Zwillinge der Duft der Kindheit ist. Ich habe alles wiedererkannt, denn ich hatte alles vorher schon gesehen, nur nicht das Wesentliche, jenes *andere Etwas*, das mich wie ein Blitzstrahl traf, trotz der unzähligen Warnungszeichen, die es mir seit meiner ersten Begegnung mit Jean unaufhörlich hatte zukommen lassen.

Es hatte den ganzen Tag geregnet, doch der Abend versprach milde zu werden. Wir beide, Jean und ich, stiegen vom Strand aus über einen steilen Fußpfad zur Höhe der Felsküste hinauf. Da sahen wir jemanden herunterkommen, uns entgegen. Jemanden? Weshalb dieses Unbestimmte? Ich habe gleich auf den ersten Blick – als erst in weiter Ferne eine Gestalt zu sehen war – gewußt, *wer* da kam. Ich hätte den leichten Schwindel, den ich sogleich empfand, dem Steilabfall zuschreiben können, den wir hinaufgingen, und der, je höher wir hinaufkamen, um so schroffer wurde. Flüchtig ist mir vielleicht sogar der Gedanke gekommen. Nicht für lange, denn mir blieben nur noch einige Sekunden, um jenes *andere Etwas*, das nicht zu sehen ich mich schon lange bemühte, ein letztesmal durch eine Einlingsdeutung zu verdecken. Dann war ich geschlagen vom Anblick des bestürzenden Wesens, das da vor mir auftauchte: *ein Unbekannter, der Jean war.* Ich sog mit den Augen dieses ungewohnte Gegenüber, dessen Austrahlung so zerstörend war, in mich ein und verschob es auf später, die Schäden abzuschätzen, die es in mir und um mich her anrichtete – und Vorkehrungen zu treffen, um diese vielleicht in Grenzen zu halten.

Die Worte, mit denen wir einander vorgestellt wurden, und ein belangloses, das Lächerliche streifende Gespräch schlugen schmale Brücken zwischen uns. Offenbar, so schien es, litt Jean am wenigsten unter dieser unheilvollen Begegnung. Er spielte den ehrlichen Makler zwischen seinem Bruder und seiner Verlobten. Paul begleitete uns bis zum Haus, wo wir die alte Méline antrafen – die einzige Zeugin dieser noch so nahen Vergangenheit, all des wimmelnden Lebens, von dem diese Mauern einst übervoll waren. Jean hatte mir versichert, sie sei vollkommen kindisch; auf mich hat sie diesen Eindruck nicht gemacht.

Zwar verstand man nur selten, was sie unablässig vor sich hin-
murmelte, denn sie wandte sich damit nie eigens an jemand.
Aber das Wenige, das ich davon erfaßt habe, schien mir nie
ohne Sinn, im Gegenteil; ich habe das Gefühl, daß es eher zu
viel Bedeutung, zu viel an Zusammenhängen enthielt und dadurch unverständlich wurde. Wie das Abrakadabra, das sie
schon von jeher kritzelte, obgleich sie – wie man mir sagte – des
Lesens und Schreibens völlig unkundig ist. Ich wollte, ein ar-
chäologischer oder philologischer Sachverständiger – was war
eigentlich Champollions wissenschaftliches Fachgebiet? – hätte
sich einmal in diese Schulhefte vertieft, die mit einer eng gedrängten, für uns völlig unleserlichen Schrift bedeckt waren.
»Sie ist Analphabetin«, sagte Jean, »aber sie weiß es nicht. Hast
du schon mal ein kleines Kind in der Wiege vor sich hinplappern
hören? Es ahmt auf seine Art das Sprechen der Erwachsenen
nach, das es um sich her hört. Es glaubt vielleicht, es spreche wie
sie. Méline ahmt das Schreiben nach, ohne indes schreiben zu
können. Eines Tages hab' ich ihr eines ihrer Hefte entrissen. Ich
habe zu ihr gesagt: ›Du kannst schreiben, Méline? Aber ich mag
hinschauen wie ich will, ich versteh' nichts.‹ Sie zuckte die Achseln. ›Natürlich‹, erwiderte sie, ›ich schreibe ja auch nicht an
dich.‹ Da dachte ich an das Äolische, die Scheinsprache, die nur
einem einzigen Gesprächspartner gilt.«
Man darf sich nicht von der Lust am Wunderbaren hinreißen
lassen, nicht einmal an Orten, auf denen so viel böser Zauber
lastet wie auf Pierres Sonnantes. Aber wenn das Wort Hexe
überhaupt noch einen Sinn hat, dann verdankt es das derartigen Geschöpfen. Méline stellte ein gutes Bild jener Mischung
aus scharfer, aber beschränkter Intelligenz und dunkler, irgendwie magischer Bosheit dar, wie sie das Wort *Bösartigkeit*
in sich schließt. Sie galt als taub und beantwortete ebensowenig
Fragen, wie sie Weisungen befolgte. Ich habe aber mehr als
einmal festgestellt, daß sie die leisesten Geräusche hörte und
ganz vorzüglich verstand, was um sie herum gesprochen
wurde. Stets in Schwarz gekleidet, mit Ausnahme einer gefäl-
telten weißen Haube, die ihren Kopf von der Stirn bis zum
Haarknoten gefangenhielt, trug sie nicht bloß Trauer, sondern
sie verkörperte sie; hatte sie doch zum Tod enge, langjährige
und gleichsam familiäre Beziehungen. Ich glaube verstanden
zu haben, daß ihr Ehemann Justin, der Steinbrucharbeiter war,

fast gleichzeitig mit Edouard Surin gestorben war, nachdem er mit ihr elf Kinder gehabt hatte, von denen nicht eines am Leben geblieben war. Der Tod dieser Kinder hatte die Reihe der Geburten in der Surin-Familie gleichsam kontrapunktisch begleitet; man hätte meinen können, es müsse immer ein Kind Mélines verschwinden, damit ein junger Surin erscheinen könne. Der Tod der beiden Väter schweißte sie dann vollends zusammen, so als wäre Justin stets bloß Edouard Surins Schatten gewesen. Einzig und allein Méline schien unzerstörbar – alterslos, ewig wie der Tod selber.

Ihre enge Vertrautheit mit dem Bösen äußerte sich auf recht sonderbare Weise. Sie hatte nämlich die Gabe, Böses abzuschwächen, zu zähmen, Empörung und Ekel, Verzweiflung und Grauen mit Ausdrücken zu beschwichtigen, die beunruhigend maßvoll waren. Bei einem anderen hätte man gesagt, er handhabe den Euphemismus auf eine recht eigenwillige Art. Bei Méline dagegen, die so grob, so ohne feinere Lebensart war – schauderte einen, wenn man hörte, wie sie einen jungen Mann, von dem die Zeitungen berichteten, er habe Vater und Mutter mit Axthieben umgebracht, als »schlechtes Subjekt« bezeichnete, oder wie sie bei Erwähnung der zahllosen Trauerfälle, die über sie gekommen waren, sagte, sie habe in ihrem Leben »einiges Mißvergnügen« gehabt, oder wie sie schlichtweg von einem Einbrecher, der gerade einen benachbarten Bauernhof ausgeplündert und die Besitzer zuvor halbtot geprügelt hatte, meinte, er habe »gar keinen Anstand«. Obzwar sie den Krieg als »Ungemach« bezeichnete, verdächtige ich sie, daß sie in ihm auf ihre Kosten kam – und sei es auch nur wegen Maria-Barbaras Zwangsverschleppung, durch die sie Hausherrin wurde. Ich kann es nicht leugnen, ich bin voreingenommen gegen diese Frau, der ich vorwerfe, daß sie in erster Linie an meiner Abreise von Pierres Sonnantes schuld ist. Fürchtete sie, nicht mehr die einzige Frau im Hause zu sein oder, tiefer gesehen, schützte sie im Verein mit Paul die Unantastbarkeit der Zwillingszelle? Vom ersten Tag an hatte ich vor dieser alten, wetterwendischen Bretonin Angst und ahnte, sie sei die ärgste Feindin meines Glücks mit Jean. Die Situation war um so unheimlicher, als Méline – weit entfernt davon, mich einfach zu übersehen und mich auf Distanz zu halten – mich im Gegenteil in ihren Bannkreis zog – mit Billigung der Zwillingsbrüder, die es natürlich fanden, daß die Neuangekommene von der alten Urbewohnerin übernommen und sozusagen eingeführt wurde. Ich mußte also den Monolog über mich ergehen lassen, der ihr wie eine schweflige Quelle von den Lippen floß und sie bei ihrer Arbeit und auf ihren Ausgängen begleitete. Ich glaube mich nicht getäuscht zu haben: bei den Leuten in der Umgegend, die von ihr mit herrischer Lässigkeit behandelt wurden, spürte ich eine mit Furcht gemischte Abneigung gegen sie heraus. Konnte sie denn überhaupt rechnen? Dem Anschein nach nicht, aber sicher ist bei diesem Weib gar nichts. Sie hielt dem Verkäufer einen Geldschein hin und sagte: »Gib mir dafür Butter, Brot, Hackfleisch . . .« Das verursachte einiges Rechnen. Oft war der Betrag zu gering, und die Warenmenge fiel unbedeutend aus. Der Geschäftsinhaber wurde dann mit vorwurfsschwerem Blick und verkniffenen Lippen bestraft, als hätte er soeben eine Veruntreuung oder dergleichen begangen.

Ich habe die offensichtliche Feindseligkeit der Alteingesessenen gegenüber Méline stets nur auf eine einzige Weise zu deuten vermocht. Vor fünfzehn Jahren, da waren die einstige Abtei und ihre Nebengebäude noch übervoll von lärmenden Leben. Die Webhallen waren da und die Kremplereisäle, das Heim Sainte-Brigitte mit seinen einfältig-harmlosen Kranken, und vor allem, um Maria-Barbara geschart, die zahllose Surin-Sippe. Da war auch dieses trauerbeladene Weib, dessen Macht sich überallhin erstreckte: Méline. Heute ist alles verödet. Die Fabrik ist geschlossen, das Heim verlegt, die Surin-Sippe vom Tod dezimiert und in alle Winde verstreut. Wer ist noch da? Méline, düsterer und mürrischer denn je. Hat sie wirklich nichts mit diesem Unheil zu tun? Im Mittelalter, meine ich, wurden Hexen um geringerer Dinge willen verbrannt. Und heute ist mir, als wache sie eifersüchtig über ihr Pierres Sonnantes, das stumm geworden ist, und als sei sie bereit, jedes neue Leben, das auf diesem verödeten Grund Fuß fassen möchte, im Keim zu ersticken. Wie meine Liebe zu Jean beispielsweise.

Paul

Habe ich Sophies und Jeans Anwesenheit auf Pierres Sonnantes dazu ausgenützt, ihre Verlobung auseinanderzubringen, indem ich die Braut verführte? In gewissem Sinne ja, aber in einem banalen, zweidimensionalen, in einem Einlingssinn. Die

Wahrheit wird anders, sowie man ihr die dritte Dimension zurückgibt. Bei meiner ersten Begegnung mit Sophie hatte das *Entfremdungsleuchten* mich geblendet, gebannt, wie vor den Kopf geschlagen. Es bedurfte einer gewissen Gewöhnung, einer Zeit des Abklingens, in der die klare Sicht, die Spannkraft zum Gegenangriff wiederkehrte, bis ich bemerkte, daß ich auf sie eine unbestreitbare Faszination ausübte. Diese Worte verrieten unter jeglichen anderen Verhältnissen eine unverzeihliche Überheblichkeit. Tatsächlich aber sind sie durchdrungen von Demut, denn es ist klar, daß das Zwillingstum in mir – und nur dieses – Sophie bezauberte. Sie entdeckte auf einmal, daß tausend und abertausend Züge in Jeans Wesen nichts anderes waren als sich brechende, funkelnde Reflexe dieser untergegangenen großen Sonne, an deren gleißendem Geheimnis sie nun fortan teilhaben würde. Und ist es nicht natürlich – ja sogar recht und billig –, daß ich von diesem Zauber einen größeren Teil besitze als Jean, ich, der ich von jeher der Hüter der Zwillingszelle, der Siegelbewahrer des Zwillingstums bin, während er nicht aufhört, seinen Ursprung zu verleugnen und dessen Vorzüge in die Gosse zu ziehen?

Sophie

Ich gab die Schuld zuerst diesen immergrünen Ufern, dieser milchweißen See, diesem Land mit dem unheilvollen Schimmern von Aquamarinen, und auch diesem Haus mit all seinen von der alten Méline eifersüchtig gehüteten Gespenstern, diesen leeren Werkhallen, dieser aufgelassenen Abtei, in der die Erinnerung an eine Menge von harmlosen Irren und Mißgeburten herumgeistert. Aber mag diese Umwelt auch ihre Bedeutung haben, sie ist nur das Fleisch um den Kern einer Frucht. Zunächst war mir, als ob Jean, in der alten Umgebung neu erquickt, sich durch ein lebhafteres, heißeres Temperament verschöne, von glückhafter Energie, wiedergewonnener Jugend geschwellt sei. Was war natürlicher? Ich dachte an die Sage von Antäus, der seine Kraft wiedergewann, wenn er die Erde berührte, und den Herakles erst zu erwürgen vermochte, indem er ihn seinem Boden entriß. Eines Abends umarmte er mich so zärtlich, so feurig, so – weshalb soll ich vor dem etwas zynischen Wort zurückschrecken? – so wirkungsvoll, wie ich es nach unseren schwächlichen Umarmungen bislang nicht gewohnt war. Tags darauf war es dann, als wäre ein Schleier von Traurigkeit über ihn gefallen, ein grauer Schleier, unter dem er sich mit gehetzten Blicken zu mir herüber fröstelnd zusammenduckte. Ich verstand nichts mehr. Ich glaubte, ach, alles zu verstehen, als ich Paul ankommen sah und beide nebeneinander betrachtete, und nun war die Reihe an mir, mich vor diesem Brüderpaar entsetzlich allein und verloren zu fühlen. Nicht nur, daß ich bei Paul die Sicherheit und Überlegenheit meines Liebhabers vom vorigen Tag wiederfand, ich sah auch, wie Jean sich ihm näherte, sich im Kräftefeld seiner Ausstrahlung niederließ und dort wieder Farbe und Wärme gewann. Ganz entschieden war Paul der Herr von Pierres Sonnantes, aber welcher von beiden war mein Liebhaber, welcher mein Verlobter? Nie konnte ich mich entschließen, Jean die scheußlichen Fragen zu stellen, die mir hätten Klarheit verschaffen können.

Noch scheußlichere hätte ich ihm ein paar Tage später stellen müssen, um einen weiteren Zweifel zu beheben. Zu Mélines großem Zorn bewohnten wir den zentral gelegenen Raum, der einst Edouards und Maria-Barbaras Zimmer gewesen war. Es war etwas sonderbar mit zwei breiten Betten möbliert, was die angenehme Möglichkeit bot, zwischen Getrenntleben und Vereintsein im einen oder im anderen Bett zu wählen. Wir begannen regelmäßig die Nacht jeder in seinem Bett, dann machten wir einander kürzere oder längere Besuche, wobei jeder stets die Möglichkeit hatte, das hautnahe Beisammensein abzubrechen, sich ins leere Bett zurückzuziehen und dort allein weiterzuschlafen. Trotz dieser Freizügigkeit dauerte es nicht lange, bis ich merkte, daß Jean fast jede Nacht das Zimmer zu Eskapaden verließ, die sich über Stunden hinziehen konnten. Er hatte mir erklärt, er knüpfe damit an eine Gewohnheit aus seiner Kinderzeit an. Der ganze Komplex aus La Cassine, der Abtei und den daran anschließenden Fabrikbauten biete ein unerschöpfliches Feld für nächtliche Streifzüge, sofern man das Dunkle, Geheimnisvolle liebe. Anfangs habe ich diese Erklärung hingenommen wie all das Neue, Absonderliche, das dieses seltsame Haus und seine seltsamen Bewohner an sich hatten. Dann schien sich das Geheimnis wenigstens in einem Punkt zu lichten, doch war es ein sinistres Licht. Jean pflegte sich nach seinem Nachtwandeln in das leerstehende Bett zu legen, und wir verbrachten die Nacht vollends getrennt voneinander, um dann häufig beim ersten Morgenschimmer wieder zueinander zu finden. In einer Nacht nun spürte ich, wie er aus Lust und Laune oder aus Versehen zu mir schlüpfte. Das war eine Unklugheit, denn kaum hatte ich ihn in meine Arme genommen, als ich sogleich überrascht war, an ihm nicht die durchdringende Kühle und den reinen Geruch des nächtlichen Wanderers zu finden. Im Gegenteil, er war feuchtwarm, als wäre er in diesem Augenblick aus dem Bett, ja sogar aus dem Schlaf gerissen worden, und er hatte auf seiner Haut einen Geruch, der mir nicht unbekannt war, den Geruch meines brillanten Liebhabers von neulich. Es war klar: er kam aus Pauls Zimmer.

Jean
Sophie, du warst nicht stark genug, du warst schwach, und das zumindest dreimal.
Du hast eine erste Niederlage erlitten vor der schrecklichen Koalition, die Pierres Sonnantes, Méline, Paul und – ach, leider! – sogar ich gegen dich gebildet hatten. Du fühltest dich allein, verlassen, verraten. Verraten von mir, der ich doch hätte unerschütterlich dein Bundesgenosse sein müssen. Aber hast du denn nicht begriffen, daß ein Teil meines Ich dir treu blieb? Hast du nicht die Schreie gehört, mit denen er dich zu Hilfe rief? Weshalb hast du dich mir nicht eröffnet mit deinen Ängsten, deinem Argwohn, deinem Mutloswerden? Ich selber konnte nicht mit dir sprechen – ich habe es mehr als einmal versucht, wenn ich in deiner Ausweglosigkeit neben dir stand –, weil nämlich diese Dinge für Jean-Paul zu ausschließlich der verborgenen, wortlosen Mitteilungssphäre des Äolischen angehören. Gerade hier lag einer der Bereiche, auf denen ich dich brauchte, wo du mutig, ja rücksichtslos die Initiative hättest ergreifen müssen, um mir die Zunge zu lösen, damit ich sprechen lerne, in der Sprache der anderen Menschen, der Sprache des Geschlechts und des Herzens.
Dein drittes Versagen, das ist diese plötzliche Flucht, ohne eine Aussprache, als hätte ich dich so tief verletzt, daß ich keinerlei Schonung mehr verdiene. Was hab' ich getan? Was hab' ich dir getan? Ja, ich bin wieder Pauls Einfluß verfallen. Ja, in einigen Nächten bin ich hinübergegangen und habe das Ritual unserer Kindheit wieder vollzogen: Exorzismus, ovale Haltung, Samenkommunion – aber lag es nicht gerade an dir, mich davon

318

zu befreien? Du hast meine Schwäche als Verrat gedeutet – und hast daraus den Schluß gezogen, nun halte dich nichts mehr bei mir.

Sophie
Mein Entschluß, abzureisen, war gefaßt, aber ich wußte nicht, wie ich es Jean mitteilen sollte, um so mehr, als der Entschluß in meiner Vorstellung einer Entlobung gleichkam. Trotzdem hätte ich nicht daran gedacht, mich heimlich davonzumachen, hätte nicht Méline für mich daran gedacht.
Ich begleitete sie nach Matignon, wo sie Einkäufe zu machen hatte. Der Nachbar lieh ihr Wagen und Pferd, die sie mit der Energie eines Mannes lenkte. Sie fuhr quer durch die Stadt und hielt nicht eher als am Bahnhof.
»Ihr Zug geht in 'ner Viertelstunde.«
Das war der erste Satz, den sie herausbrachte, seit wir das Haus verlassen hatten. Mir war, als rührte mich der Schlag.
»Mein Zug?«
»Ja, klar! Nach Paris!«
»Aber . . . – und mein Koffer?«
Der Peitschenstiel deutete zum Hinterende des Wagens.
»Ist da. Alles gepackt. Geb' ihn gleich runter.«
Noch nie war sie so gesprächig – auch nie so dienstfertig gewesen. Flüchtig kam mir der Gedanke, das Ganze sei von Paul eingefädelt, womöglich – wer weiß? – mit Jeans Zustimmung? Diese doppelte Unterstellung erschien mir in der Folgezeit absolut unwahrscheinlich, aber sie zeugt davon, wie völlig durcheinander ich war, und sie trug dazu bei, daß ich die Waffen streckte. Wenn ich schon abreisen sollte – weshalb eigentlich nicht gleich Schluß machen? Ich stieg aus, zu meinem Koffer, der auf dem Bürgersteig stand. Als ich das Pferd unter einem zornigen Peitschenhieb mit einem Ruck polternd anziehen und samt dem Wagen im Trab entschwinden sah, seufzte ich erleichtert auf.

Paul
Als Méline mir mitteilte, das Fräulein sei mit dem Frühzug nach Paris gefahren, hatte ich sie im Verdacht, irgendwie etwas mit dieser überstürzten Abreise zu tun zu haben. Doch wußte ich schon lange genug, wenn ich sie ausfragte, würde sie sich in

ihre Stocktaubheit verschließen, und damit basta! Es mußte ja dahin kommen. Ich hatte eben Jean wieder in Besitz genommen, und Sophie war – halb einverstanden, halb getäuscht (die weibliche Heuchelei kommt in solchen zwiespältigen Situationen auf ihre Kosten) – meine Geliebte geworden. Aus Einlingssicht war es das klassische Trio Frau + Ehemann + Liebhaber. Durch das Zwillingselement allerdings gewann das Trio Jean-Paul-Sophie eine zusätzliche Dimension. War es lebensfähig? Zwar ist die Struktur des Zwillingstums von einer absoluten Formstrenge. Kein rituelles Detail bietet Spielraum, bietet die Möglichkeit elastischen Sich-Anpassens an eine neuartige Situation. Man kann der Zweiheit identischer Zwillinge nicht ein dialektisches Element anfügen; sie würde es sofort von sich weisen. Gleichwohl legt die Erinnerung an Maria-Barbara es mir nahe, daß Sophie vielleicht trotzdem zwischen uns hätte Platz finden können. In unserer frühen Kindheit war unsere Mutter der gemeinsame Urgrund, in dem unser Zwillingsdasein verwurzelt war. Hätte Sophie diese Aufgabe wieder übernehmen können? Ihre plötzliche Abreise zeigt, daß sie in sich nicht genug Geschmack am Neuen, nicht genug Lust am Experimentieren, an inventiver Kraft zu finden vermochte, um sich frohen Herzens einem solchen Spiel hinzugeben. Ohne die Formstrenge des Zwillingstums zu erreichen, ist der weibliche Charakter ebenso schematisch wie der Nestbau der Vögel oder der Stockbau der Bienen. Diese beiden unnachgiebig strengen Systeme – das Zwillings- und das weibliche System – hatten keine Aussicht, sich aufeinander einzustellen. Will man einen flexiblen Charakter, dem Neuen zugetan und ihm stets auf der Spur, dann darf man nur bei manchen Einlings-Männern suchen. Unser Vater Edouard zum Beispiel wäre vielleicht dazu angetan gewesen, sich in Experimenten zu versuchen – was ist denn Ehebruch anders als eine Art Sich-Öffnen? –, freilich in recht schüchternen Grenzen. Doch vor allem denke ich an seinen Bruder Alexandre, unsern skandalumwitterten Onkel, dessen ganzes Leben nichts als ein liebendes Suchen war, das sich in den Docks von Casablanca herrlich vollendet hat. Daß ich ihn, die Freundschaft mit ihm versäumt habe, ist etwas, über das ich mich nie werde trösten können – denn er war schon wer, und zudem war sein Abstand von Einlingen und von Zwillingen ideal, um beiderseits zu sehen und gesehen zu werden,

zu hören und gehört zu werden. Daß er homosexuell war – die
Einlings-Nachahmung des Zwillingstums – hätte uns wertvolle Einsichten bringen können, hätte ihn unersetzlich gemacht als Mittler beim Ergründen des Geheimnisses sowohl
der Zwillinge wie der Einlinge.

Jean
Jeder hat seinen Part gespielt in dieser Geschichte, in der es
bloß Verlierer gab, und jeder tat es um so unschuldiger, als er
dabei seiner tiefsten Bestimmung treu blieb. Paul, genauso wie
Méline, ist demnach nichts vorzuwerfen. Überhaupt: was hat
Paul denn getan? Er hat nicht mehr getan als die Flamme, die
durch ihr bloßes Dasein Nachtschmetterlinge anlockt und verbrennt. Sophie und ich, wir sind in diesem Glühen verbrannt,
wir haben die Grenzlinie verleugnet, die wir uns gezogen hatten. Ich denke, Sophie mit ihrem weiblichen Instinkt wird bald
den Weg wiederfinden, der ihr gemäß ist. Wenn ihre Ängste
erst verflogen, ihre Schrammen vernarbt sind, wenn sie erst
Ehefrau und Mutter ist, dann wird sie an ihren Seitensprung
ins Zwillingsdasein zurückdenken als an eine gefahrvolle, unbegreifliche, zärtliche Jugendtorheit. Vielleicht ist das dann das
einzige Ungewöhnliche, das ihr widerfahren ist. Diese Erinnerung ist doch vielleicht ein paar blaue Flecken wert? Bei mir
hingegen ...
Wenn Paul sich vorstellt, nach Sophies Abreise käme alles wieder in die frühere Ordnung, dann sind durch seine Zwillingsbe-
sessenheit einige Kästchen in seinem Hirn vernagelt! Ich hatte
mich darauf verlassen, daß Sophie ihn auf Distanz halten
würde. Nun, da Sophie fort ist, läßt sich diese Distanz durch
nichts anderes mehr schaffen und aufrechterhalten als durch
Reisen. Mit anderen Worten: nachdem sich die Dialektik *seßhaften Daseins*, die ich mit Weib und Kindern hier gelebt hätte,
als praktisch unmöglich erwiesen hat, bleibt mir nur noch jene
andere, gröbere und ganz oberflächliche Dialektik: das Reisen.
Was in der Zeit gescheitert ist, soll im Raum eine unbeschwerte
Neuauflage erleben.
Fort also! Wohin? Wir hatten vor, rasch zu heiraten und die
Hochzeitsreise ganz brav nach Venedig zu machen. Ich hatte
Sophie diesen Vorschlag in einer Anwandlung von Konformis-
mus und Rücksichtnahme auf das allgemein Übliche gemacht.

Hatte ich mich nun einmal dafür entschieden, das banalste der Spiele mitzuspielen, dann wollte ich auch, wie alle Welt, in Venedig gewesen sein.

Jetzt merke ich, dieses vertrauenerweckende Mäntelchen deckte eine Ware, die weniger vertrauenerweckend war und die mir nun in ihrer aufreizenden Nacktheit vor Augen steht. Ehedem ging der Doge von Venedig am Himmelfahrtstag allein an Bord des Bucintoro und fuhr in einem Zuge prächtig geschmückter Schiffe hinaus auf die Adria. Bei der Ausfahrt am Lido warf er einen Brautring ins Meer und sprach die Worte: »Meer, wir vermählen uns dir zum Zeichen fester und dauernder Herrschaft.« Die einsame Hochzeitsfahrt, der ins Meer geworfene Ring, die Vermählung mit einem rohen Element, dem Meer, dieser ganze glanzvoll-herbe Kult stillt in mir ein Verlangen, das Verlangen nach einem Bruch mit allem, nach Alleinsein, nach Abfahrt ohne erklärtes Ziel und doch geheiligt durch einen wunderbaren Ritus. Er sagt mir, daß Venedig, unter der Ansichtspostkarte mit den Mandolinen und den Gondeln, von einem zersetzenden, unsteten Geist bewohnt ist.

Ich wäre mit Sophie nach Venedig gegangen. Nun gehe ich ohne sie nach Venedig.

Paul

Jean ist fort. Drei Tage nach Sophie. Meine teure »Zwillingsintuition«, die mir so viele für Einlinge unsichtbare Wahrheiten enthüllt, hat manchmal solche Ausfälle, Löcher und dunkle Stellen, die hinterher unverzeihlich scheinen. Während ich mir gratulierte, daß dieses unsinnige Heiratsprojekt erledigt sei, packte Jean den Koffer.

Ich hatte begriffen, daß er nicht wirklich zur Ehe berufen sei. Noch ein Schritt, und ich hätte vorausgesehen, ihm bleibe, nachdem seine Verlobung in die Brüche gegangen war, nichts anderes mehr als abzureisen. Einfach weil dieselbe – zentrifugale – Bewegung, mit der er durch die Ehe die Zwillingszelle, dann die Zelle der Ehegatten durch eine Rückkehr zum Bep zerbrach, ihn schließlich von diesem Trümmerfeld forttreiben und ihn davontragen mußte, Gott weiß wohin! Um sich seine Freiheit zu sichern, benutzte er gleichzeitig Sophie gegen mich und mich gegen Sophie. Ein schwaches Gegengewicht! Ich frage mich, hätte ich nicht mit Sophie paktieren sollen, um diesen eingefleischten Nomaden festzuhalten. Man lernt nie aus!

Was nun? Mein erster Gedanke war, mich mit Méline in Pierres Sonnantes einzuschließen und den abtrünnigen Bruder zum Teufel gehen zu lassen, und das war auch der Entschluß, den ich zuallererst faßte. Während Méline sich in ihrer Küche verbarrikadierte, um eines von diesen endlosen Abrakadabras zu verfassen, in denen sie einem imaginären Briefpartner ausführlich die hervorstechendsten Ereignisse von Pierres Sonnantes berichtet – oder zu berichten glaubt –, habe ich lange Stunden an den Stränden von Le Guildo verbracht. Ich schaute zu, wie die Syzygie-Hochfluten, die hierzulande immer eindrucksvoll sind, stiegen und mir immer näher kamen. Was mich an dieser Tag- und Nachtgleiche im Frühling faszinierte, das war der Gegensatz zwischen heiterer Witterung und dem ungeheuren Steigen der Wogen, das dieses Jahr wirklich ein ungewöhnliches Maß erreichte. *Ein stiller Sturm.* Ich wende es im Geiste hin und her, dieses unglaubliche Paradoxon, wie ich im Lauf der Jahreszeiten schon einigen begegnet sein muß, für die mich aber seltsamerweise Jeans Abreise erst empfänglich gemacht zu haben scheint. Sollte es etwa eine *partnerlose Weltsicht* geben, die dem vereinsamten Zwilling eigentümlich und die in gewisser Weise die *verstümmelte Form* der Zwillingssicht ist?

Dieser reine, blasse Himmel, diese Aprilsonne, die weit eher hell als heiß ist, diese laue, liebkosende Südwestbrise, diese ganze andächtige und irgendwie besinnliche Natur nach dem Axthieb, der die Zwillingszelle zerspellt hat, und in dieser regungslos-stummen Landschaft das Meer, das sein grünes Rückgrat erhebt – ein in sich ruhiges Meer, glatt wie eines Kindes Wange –, das unwiderstehliche Schwellen der Flut, die dieses Jahr Wege, bestellte Felder deckt, lautlos, gewaltlos. Eine friedliche Katastrophe.

. . .

Mir liegt nichts mehr daran. Meine Situation als partnerloser Zwilling in Pierres Sonnantes ist unhaltbar geworden. Einlinge würden übersetzen: hier erinnert ihn alles an den verschwundenen Bruder und trägt dazu bei, daß die Trauer ihn fast erdrückt. Diese platte Ausdrucksweise überdeckt eine Wirklichkeit, die anders, fein und tief ist.

Wenn ich zu meinem Unglück die Lehre des Einlingslebens

durchmachen muß, ist Pierres Sonnantes der letzte Ort, wo ich
Aussicht habe, dieses sinistre Unterfangen zu einem guten
Ende zu bringen. Denn diese Stätten sind wahrhaft besessen
von einer aus unvordenklichen Zeiten stammenden Zwillings-
berufung. Überall, schlechthin überall – in unserem Zimmer
natürlich, aber auch im großen Wohnraum von La Cassine, in
den einstigen Webhallen, in jeder Zelle von Sainte-Brigitte, im
Garten, am Strand, auf der Hébihens-Insel – rufe ich Jean, rede
ich mit ihm, beschwöre ich seinen Schatten und taumle ich ins
Leere, wenn ich mich an ihn zu lehnen versuche. Nichts ist so
wie diese plötzliche Amputation dazu angetan, die Natur zwillingshaften Schauens zu erfassen und gleichzeitig die Ärmlich-
keit des Einlingslebens zu ermessen.
Jeder Mensch braucht seinesgleichen, um die Außenwelt in ihrer Totalität wahrnehmen zu können. Der andere gibt ihm den
Maßstab für entfernte Dinge und sagt ihm, jeder Gegenstand
habe eine Seite, die er von dem Ort aus, wo er ist, nicht sehen
könne, die aber existiert, weil sie für Zeugen sichtbar ist, die
von ihm entfernt sind. Das geht bis an die Existenz der Außenwelt selbst, für die keine andere Gewähr gegeben ist als die,
welche unsere Nachbarn uns bieten. Was den Anspruch meiner
Träume, als Wirklichkeit zu gelten, entlarvt, ist die Tatsache,
daß sie nur mich zum Zeugen haben. Die Anschauung, die ein
einzelner Mensch – zum Beispiel Robinson Crusoe auf seiner
Insel – von der Welt haben muß, ihre Dürftigkeit, ihre Sub-
stanzlosigkeit, sind eigentlich unvorstellbar. Ein solcher
Mensch lebte sein Leben nicht, er träumte es, er hätte nichts
davon als einen zerfaserten, verschwimmenden Traum. *
Jeans Abreise versetzt mich in eine entsprechende Lage, soweit
es Gedanken, Vorstellung, Gefühle, Gemütsbewegungen angeht, kurz alles, was man die »innere« Welt zu nennen pflegt.
Der normale Zustand der Einlinge angesichts ihrer »inneren«
Welt wird mir jetzt in seinem erschreckenden Elend sichtbar:
ein ungreifbarer, zerfaserter, verschwimmender Traum, das ist
die normale Landschaft, die ihre Seele bietet. Jean-Pauls Seele
hingegen …
Spielst du Bep? Die magische Formel war nicht erforderlich,
damit mein Zwillingsbruder mir das Echo meiner eigenen

* Vgl. hierzu *Freitag oder Im Schoße des Pazifiks*, dt. 1968

324

Stimmungen zurückgab und ihnen damit zugleich Dichte und Substanz verlieh. Ganz allein kraft unserer Bipolarität lebten wir in einem zwischen uns ausgespannten, aus Emotionen gewobenen, bilderbestickten Raum, warm und farbig wie ein Teppich aus dem Orient. Ja, so war es: Jean-Pauls Seele war eine *entfaltete Seele* – keine in sich zusammengekauerte wie die Seele der Einlinge.

Spielst du Bep? Die herrische, rituelle Formel versetzte uns auf den orientalischen Teppich, einander gegenüber, identisch und gleichwohl voneinander entfernt, unterschieden allein durch den Ort, den wir im Raum innehatten, wie zwei Akrobaten, die einander anblicken, die Beine gespreizt, die sich sammeln, Auge in Auge, deren Hände einander umfassen, indes ein rasender, monotoner, wütender Trommelwirbel verkündet, daß die Nummer beginnt, und die beiden einander so gleichen Körper vereinen sich stürmisch und bilden nacheinander die fünf obligaten Figuren des großen Zwillingsspiels.

Diese Spiel hatte nur einen einzigen Zweck: uns der Anziehungskraft der Einlingserde zu entreißen, uns von den Schmutzspuren der dialektischen Atmosphäre zu reinigen, die uns zum Trotz, seit wir in die Zeit gefallen waren, um uns war, uns die ewige, wandellose, unzerstörbare Identität wiederzugeben, die unser Urzustand ist.

Bep hat das dialektische Spiel gespielt. Von der ätzenden Wirkung der Einlingswelt angegriffen, ließ er sich hereinziehen in den Strom der Generationen. Unsere Jugend war de jure ewig, unwandelbar, vor Rost gefeit, erstrahlend in einem Glanz, der nicht Flecken noch Schrunden zu fürchten braucht. Bep hat diese Grundwahrheit so weit vergessen, daß er Ehemann, Vater, Großvater werden wollte . . .

Aber seine Wandlung ist ihm mißglückt. Eingebunden in den dialektischen Prozeß hat er nur dessen erste Phase durchlebt, Verlobung und Hochzeitsreise, die nomadische, die umherschweifende, die Phase, die dem Gebot der Exogamie entspricht. Ist aber diese Reise ein Hochzeitsflug, so läßt sich das Weibchen, wenn es erst befruchtet ist, nieder . . . Nachdem Jean seine Braut verloren hat, wird Jean niemals das bodenständige Glück des eigenen Heims, die eintönigen Freuden steter Treue, die lärmenden Vergnügungen des Vaterseins kennenlernen. Dieser Bräutigam ohne Braut ist zu einer fortwährenden Hochzeitsreise verdammt. Kleiner Jean, ich weiß wo du bist! Wollte ich dich wiederfinden, so suchte ich dich nicht in Sophies Rockfalten. Ihr beide, Sophie und du, hattet ganz brav beschlossen, euch der Tradition anzupassen: Hochzeitsreise nach Venedig. Es war deine Idee, und gegen das Abgedroschene daran hatte Sophie nicht protestiert, denn sie hatte den Sinn des fügsamen Konformismus begriffen, dem diese Idee entstammte. Jetzt, da ich diese Zeilen schreibe, steigst du in der Stazione Santa Lucia aus dem Zug. Als rechter Vagabund, wie du es bist, hast du kein Gepäck. Deshalb bist du auch als erster da und setzt den Fuß auf den schwankenden Boden des Motoscafo, das dich ans andere Ende des Canal Grande bringt. Du siehst sie vorüberziehen, die theatralischen Fassaden der Palazzi, jeden mit seinem privaten Landungssteg, und die mit bunten Spiralen bemalten Pfähle, an denen die Gondeln angepflockt sind wie unsichere Pferde, aber deine Augen blicken unablässig hinab auf die schweren aufgewühlten Wasser, die wie schwarze Milch sind, gequirlt von Rudern und Schiffsschrauben.

15

Die venezianischen Spiegel

Paul

Als ich heute früh auf dem Marco-Polo-Flughafen landete, regnete es in Strömen. Ich lehnte es ab, mich in der Kabine des Vaporetto unterzustellen, wo sich ein weltbewandertes Völkchen drängte. Ich blieb auf der Brücke, und die ganzen fünfundvierzig Minuten, die wir fuhren, sah ich die Pfähle vorbeiziehen, die den Kanal säumen, auf jedem obendrauf eine mürrische Möwe. Man braucht keineswegs nach Venedig zu fahren, um diese Stadt kennenzulernen, so sehr gehört sie zur inneren Landschaft jedes Europäers. Man geht höchstens hin, um sie *wiederzuerkennen*. Dieser Weg zwischen Pfählen, die in den Schlamm der Lagune gerammt sind, ist die Spur der weißen Kiesel, die der kleine Däumling hinter sich streute, um sein Elternhaus wiederzufinden. Für einen durchschnittlich gebildeten Menschen im Abendland gibt es bestimmt

keine Stadt, von der er mehr an Vorwissen, an Vorgefühl hat als
von Venedig.

Je näher wir kamen, um so fester faßte jeder von uns Fuß in
seinem eigenen Traum und grüßte in froher Erregung die vertrauten Details, die uns die Nähe der Heimatstadt kündeten.
Zuerst war es ein dichter Taubenschwarm, der eine Volte um
den Schornstein des Schiffes beschrieb und, wie die Taube aus
der Arche Noah, pfeilschnell davonflog. Dann zerriß eine Gondel den Regenvorhang um uns – unsere erste Gondel – elf Meter lang, ein Meter fünfzig breit, schwarzlackiertes Holz, ein
Sträußchen künstlicher Blumen auf der vorderen Brücke, wie
eine Banderilla auf dem Nacken des Stiers, und am Bug den
Ferro aus Stahl mit den sechs Zinken, die für Venedigs Stadtviertel stehen. Endlich hörte der Regen auf. Ein Sonnenstrahl
durchschnitt wie ein Schwerthieb den feuchten Dunst, in dem
wir dahinfuhren, und legte sich auf die weiße, von einem Sta-
tuenreigen umgebene Kuppel der Kirche Santa Maria della Salute. Das Boot stoppte, und erst jetzt, mich umwendend,
konnte ich sie »wiedererkennen«: den Campanile der Piazza
San Marco, die zwei Säulen der Piazzetta, die Arkaden des alten
Dogenpalastes . . .

Ich wartete, bis sich die Menge der Passagiere auf dem Kai verlief. Angst hielt mich zurück, denn ich fühlte schon jetzt, was
geschehen würde. Ich hatte Venedig »wiedererkannt«. Das war
nur der erste Takt des Rhythmus, nach dem ich von nun an
leben mußte. Beim zweiten würde ich von Venedig »wiedererkannt« werden.

Ich tat einige zögernde Schritte auf den Landungssteg. Nicht
weit. Ein Hoteldiener mit roter Weste kam auf mich zu und
bemächtigte sich lächelnd meines Koffers.

»Ich hab's ja gewußt, Signor Surin, daß Sie zurückkommen.
Nach Venedig kommt man immer zurück!«

Ich spürte, wie mein Herz sich zusammenkrampfte: sein Gesicht war hell von dem *Entfremdungsleuchten*, das mich an Sophies Gesicht zum erstenmal geschmerzt hatte. Er hielt mich
für meinen Bruder. Mochte ich's wollen oder nicht, in ihm verkörperte sich meine Identität mit Jean.

Im Hotel Bonvecchiati haben sie mich wie den verlorenen Sohn
empfangen und mir zugesagt, ich bekäme wieder mein – ruhiges und helles – Zimmer.

»Es hat getreulich auf Sie gewartet, Signor Surin«, scherzte der Portier.

Es war wirklich hell, das Zimmer 47. Das Fenster geht hinaus auf die Dächer über der Calle Goldoni; sie ist eng wie eine Kluft im Gebirge. Ich betrachtete das Doppelbett – das für ein wirkliches Ehebett ein bißchen schmal war, aber in der Breite genau richtig für Zwillinge –, den Lüster aus gezogenem Glas, weiß und rosa wie das Kunstwerk eines Zuckerbäckers, das Badezimmerchen, den zerbrechlichen Sekretär; aber was meinen Blick fesselte, war ein Stadtplan von Venedig an der Wand. Mir wurde klar: es sind zwei ineinandergreifende Hände – die rechte über der linken –, getrennt von der blauen Schlange des Canal Grande. Der Bahnhof liegt an der Wurzel des rechten Zeigefingers, die *Salute* am linken Daumenende, der Marcusplatz am Ansatz des rechten Handgelenks. Hätte ich noch den geringsten Zweifel an der Mission gehabt, die zu erfüllen ich nach Venedig gekommen war – der Augenschein hätte mich überzeugt: der Zwillingsschlüssel zu dieser Stadt wurde mir schon bei meiner Ankunft wie auf samtenem Kissen überreicht.

Was soll man in Venedig – außer Venedig besichtigen? In Einlingsausdrücke übersetzt sinkt meine Erkundungsfahrt zu einem touristischen Aufenthalt herab. Seien wir also Tourist unter Touristen! Auf der Terrasse einer Osteria sitzend, langsam einen Cappuccino schlabbernd, beobachte ich die Besucherherden, wie sie geballt hinter einem Fremdenführer hertrotten, der als Merkzeichen für seine Gruppe einen Wimpel, einen offenen Regenschirm, eine übergroße künstliche Blume oder einen Federwisch schwenkt. Diese Menschenmenge hat etwas ganz Eigenes an sich. Sie gleicht nicht der, die sich sommers als Schlange durch die Gassen des Mont-Saint-Michel wälzt – die einzige Vergleichsmöglichkeit, die mir zu Gebote steht – und, so stelle ich mir vor, auch nicht der Menge der Besucher bei den Pyramiden von Gizeh, an den Niagara-Fällen oder beim Tempel von Angkor. Herauszufinden bleibt, was für den Touristen in Venedig charakteristisch ist. Erster Punkt: diese Menschenmasse bedeutet für Venedig keine Profanierung. Leider sind die Brennpunkte des Tourismus oft Stellen, die ursprünglich der Einsamkeit, der Besinnung oder dem Gebet gehörten; sie liegen am Schnittpunkt einer großartigen oder wüstenhaften

Landschaft und einer geistigen Linie, die vertikal verläuft. Dort macht dann die aus der ganzen Welt angereiste, leichtfertige Masse eben das zunichte, was sie hergezogen hat. Nicht so hier. Venedig entspricht seinem ewigen Genius, wenn es die fröhliche, buntscheckige – und überdies reiche! – Woge fremder Feriengäste aufnimmt. Der Gezeitenstrom der Touristen folgt einem Zwölf-Stunden-Rhythmus, der den Hoteliers und Restaurantbesitzern viel zu rasch ist; sie lamentieren darüber, daß die morgens eingetroffenen Besucher am Abend schon wieder davonfahren und keinen roten Heller liegenlassen, denn sie finden Mittel und Wege, ihre Vesper mitzubringen. Doch diese Menschenmenge kann eine Stadt nicht verunzieren, die von jeher ganz und gar dem Karneval, dem Reisen, dem Handel und Wandel gehört hat; sie ist untrennbarer Teil eines zeitlosen Schauspiels, wie es auch die beiden kleinen Löwen aus rotem Marmor neben der Basilika bezeugen: ihr Rückgrat ist ganz abgenutzt durch fünfzig Generationen von Kindern, die von allen vier Enden der Welt gelaufen kamen, um darauf zu reiten. Es ist im Grunde das kindlich-scherzhafte Gegenstück zu den Füßen Sankt Petri, die von einem Jahrtausend von Pilgerküssen abgenutzt sind.

Wenn die Touristen es satt haben, durch die Gäßchen, Kirchen und Museen zu laufen, setzen sie sich auf eine Caféterrasse und beobachten ... die Touristen. Eine der Hauptbeschäftigungen des Venedig-Touristen ist, sich selbst zu betrachten unter tausend abenteuerlichen Gestalten aus allen Nationen, und das Spiel besteht darin, die Nationalität der Vorübergehenden zu erraten. Das beweist, daß Venedig nicht nur eine spektakuläre, sondern eine *spekuläre* Stadt ist. Spekulär – vom lateinischen *speculum*, Spiegel – aus mehr als bloß einem Grunde. Die Stadt ist es, weil sie sich in ihren Wassern spiegelt, und weil ihre Häuser kein anderes Fundament haben als ihr eigenes Spiegelbild. Sie ist es auch durch ihre im tiefsten Grunde *theatralische* Natur, kraft deren Venedig und das Bild Venedigs stets gleichzeitig da und nie voneinander zu trennen sind. Darin liegt auch der wirkliche Grund, weshalb die Maler hier der Mut verläßt. Wie soll man Venedig malen, das doch schon ein Gemälde ist? Gewiß, ja, da war Canaletto, aber er nimmt unter den italienischen Malern nicht den ersten Platz ein, weit gefehlt! Andererseits wird es auf der Welt wohl keinen anderen Ort geben, wo derart viel photographischer Film verbraucht wird: Denn der Tourist ist nicht schöpferisch, er ist der geborene Verbraucher. Da die Bilder ihm hier auf Schritt und Tritt geschenkt werden, macht er Kopien, was das Zeug hält. Übrigens photographiert er sich immer selbst, vor der Seufzerbrücke, auf den Stufen von San Stefano, im Heck einer Gondel. Die »Souvenirs« des Venedig-Touristen sind alle Selbstporträts.

Man schlägt die Calle Larga San Marco ein; sie stößt auf den Rio di Palazzo, den weiter unten die Seufzerbrücke überspannt. Die Brücke, die vor einem liegt, führt geradewegs in die Werkhalle des Hauses »Alt-Murano«. Das Glas ist hier König. Zu ebener Erde, vor den weißglühenden Öfen, drehen die Glasarbeiter am Ende ihres langen Stabes die teigige, milchige Masse, einen übergroßen, irisierenden Tropfen, der sich, kaum daß die Drehung aufhört, in die Länge zieht, dem Boden zu. Der Stab ist hohl, ist eine Art Pfeife, und der Arbeiter pustet hinein, bläst den Tropfen auf, verwandelt ihn in eine Blase, eine Seifenblase, einen Ballon. Es verwirrt die Phantasie, diesem Vorgang zuzusehen, denn er läuft der Logik des Materials zuwider. Die Öfen, der Teig, das Backen, das Ausformen – ja, wirklich, man denkt zuallererst an eine Bäckerei. Aber gleichzeitig *weiß* man, daß dieser Teig Glas ist, und zudem haben die Dämpfe, die er von sich gibt, und auch seine Konsistenz etwas Dubioses, mit Sicherheit Ungenießbares an sich. Nebenbei erlebt man Stufe um Stufe mit, wie ein Flakon, eine Flasche, ein Becher entstehen – durch so paradoxe Handgriffe wie das Einstülpen des Bodens mittels eines Bühneisens, das Formen des Schnäuzchens mit einer Zange, das Verstärken der Ränder durch einen kleinen Wulst, das Ansetzen eines dünnen Würstchens, aus dem ein Schnörkel, eine Tresse oder ein Henkel wird.

Im Erdgeschoß wird das Glas mit Feuer, mit Stöcken und Zangen gequält, gedemütigt; erst im oberen Stockwerk gewinnt es sein Wesen und seine Herrlichkeit zurück. Denn Glas ist kalt, hart, spröde, glänzend. Das sind seine Grundeigenschaften. Damit es geschmeidig wird, fett wird und raucht, muß man es greulichen Mißhandlungen unterwerfen. Hier in den Ausstellungsräumen kann es sich mit seinem ganzen erstarrten, manierierten Hochmut entfalten.

Da ist zunächst einmal die Decke des Raumes, die mit einer

dichten Flora von Lüstern, Laternen und Leuchten bevölkert ist. In allen Farben hängen sie da: marmoriert, gesprenkelt, filigranartig, angelikumgrün, saphirblau, lachsrot, doch all diese Farbtöne sind gleichermaßen süßlich, wäßrig, in die gleiche harte, durchscheinende Karamelmasse geschnitten. Es ist eine ungeheure, blühende Fülle von kristallenen Medusen, die mit Zuckergußstacheln, mit glasigen Organen auf unsere Köpfe zielen, sie mit Bündeln lackglänzender Fangarme, mit glasgewordenen Rüschen, einem ganzen rauhreifglänzenden Spitzenbesatz umwallen. Aber mehr noch verdanken diese großen Räume ihren Ruhm und ihr Geheimnis der verschwenderischen Fülle von Spiegeln, die sie ins Vielfache steigern, all ihre Linien brechen und wieder zusammensetzen, Irrsinn in ihre Proportionen tragen, Wandflächen aufreißen und sie aushöhlen zu endlosen Perspektiven. Die meisten sind getönt – grünlich, bläulich oder goldschimmernd – und erinnern darum erst recht an die gefrorene Oberfläche einer Flüssigkeit. Einer von ihnen fesselte mich, weniger seiner selbst wegen als wegen seines Rahmens. Denn dieser Rahmen, der aus kleinen, in verschiedener Richtung angeordneten Spiegeln besteht, ist unverhältnismäßig breit und läßt den ovalen Spiegel, den er umgibt, ziemlich unbedeutend erscheinen. Vor diesem kleinen, unter all diesem Spiegelschimmern verlorenen Bild meiner selbst bleibe ich stehen, überwältigt von dem turbulenten Bilderwirbel, von dem er mehr als andere Spiegel besessen ist.

»Ich sehe, Monsieur Surin, Sie sind noch nicht abgereist und zähmen diese Spiegel, die Ihnen so ungemein verhaßt waren.«

Der das lächelnd sagte, ist ein kleiner, kahlköpfiger Mann mit großem Schnauzbart. Sein starker italienischer Akzent hebt die wunderbare Leichtigkeit, mit der er französisch spricht, noch hervor.

»Ganz recht, ich habe meine Abreise aufgeschoben, des Wetters wegen. Schon hier ist es ja nicht berückend. Wie mag's erst anderswo sein!« sagte ich mit Bedacht.

»In diesem Punkt kann ich Ihnen für jedes beliebige Land Auskunft geben, Monsieur Surin. In London herrscht Nebel, über Berlin regnet's, über Paris nieselt's, über Moskau schneit es, über Reykjavik wird es Nacht. Sie tun also gut daran, in

Venedig zu verweilen. Wenn Sie aber hierbleiben wollen, schauen Sie nicht zu lange diesen Spiegel an, das rate ich Ihnen.«

»Weshalb? Ist das ein Zauberspiegel?«

»Es ist vielleicht der venezianischste Spiegel von allen Spiegeln in diesem Raum, Monsieur Surin. Und ich meine, eben darum flößt er Ihnen nicht das Grauen ein, das Sie sonst vor derlei Gegenständen empfinden, wie Sie mir gesagt haben.«

»Und was ist an ihm venezianischer als an den anderen?«

»Sein Rahmen, Monsieur Surin. Dieser übergroße, unverhältnismäßig breite Rahmen, der den Spiegel selbst, der ganz verloren in der Mitte sitzt, beinahe vergessen läßt. Und dazu gehört auch, daß dieser Rahmen aus einer Menge nach allen Richtungen geneigter, kleiner Spiegel besteht. Und zwar auf eine Art, daß Ihnen jedes selbstgefällige Hineinschauen vergeht. Kaum ruht Ihr Blick auf der Mitte, auf dem Bild Ihres Gesichts, wird er auch schon von den Nebenspiegeln, von denen jeder eine andere Szenerie wiedergibt, nach rechts, nach links, nach oben, nach unten fortgelockt. Es ist ein *Schleuderspiegel*, der ablenkt, ein Zentrifugalspiegel, der alles, was seinem Mittelfeld nahekommt, zum Rand hintreibt. Dieser Spiegel da ist sicherlich ganz besonders aufschlußreich. Doch an dieser zentrifugalen Natur haben alle venezianischen Spiegel teil, selbst die einfachsten, selbst die aufrichtigsten. Venedigs Spiegel sind nie geradeheraus, sie werfen dem, der hineinblickt, niemals sein Bild zurück. Es sind schiefe Spiegel, die einen dazu zwingen, anderswohin zu schauen. Freilich haben sie etwas Heimtückisches, Spionenhaftes an sich, aber sie retten einen vor den Gefahren griesgrämig-fruchtloser Selbstbespiegelung. Mit einem venezianischen Spiegel wäre Narziß gerettet gewesen. Anstatt an seinem eigenen Abbild kleben zu bleiben, wäre er aufgestanden, hätte sich fest gegürtet und wäre in die Welt hinausgezogen. Der Mythos hätte sich verwandelt: Narziß wäre Odysseus, der Ewige Jude, Marco Polo, Phileas Fogg geworden ...«

»Man wäre vom seßhaften zum Nomadenleben gekommen.«

»Zum Nomadenleben! Gerade darum geht es, Monsieur Surin. Und diese Metamorphose, die ist Venedigs ganzer Zauber. Venedig zieht einen an, stößt einen aber gleich wieder ab. Alles

332

kommt nach Venedig, niemand bleibt da. Es sei denn, einer käme zum Sterben hierher. Zum Sterben ist Venedig ein sehr guter Ort. Venedigs Luft schlürft – ich möchte fast sagen *genüßlich* – die letzten Seufzer, die einer hier aushauchen mag. Cimarosa, Wagner, Diaghilev sind diesem seltsamen Ruf gefolgt. Ein französischer Dichter, nicht wahr, hat wohl gesagt: Abreisen ist ein kleines Sterben. Man müßte hinzufügen: Sterben ist ein großes Abreisen. In Venedig weiß man das . . .«

Wir waren wieder hinausgegangen, und mein Gefährte schien mein Hotel zu wissen, denn er führte uns, soweit ich es nach den Gassen, durch die wir kamen, beurteilen konnte, in dessen Richtung. Im Gehen setzte er seinen zungenfertigen Vortrag über Venedigs untergründige Natur fort:

»Unsere Stadt ist nicht im stabilen Gleichgewicht, Monsieur Surin. Oder genauer gesagt, sie war einmal in diesem Gleichgewicht und hat es dann verloren. Man begreift nichts von Venedig, wenn man nichts von seiner Zwillingsschwester weiß oder wissen will, der Stadt, die Venedig am anderen Ende des Mittelmeerbeckens die Waage hält. Denn ursprünglich war Venedig nichts als der Brückenkopf Konstantinopels, und ihm verdankte es das Wesentliche seines geistigen und materiellen Lebens. Gegenüber dem übrigen Italien, gegenüber Siena, Genua, vor allem gegenüber Rom erklärte es sich betont als byzantinisch, nahm für sich in Anspruch, in naher Beziehung zum Oströmischen Reich zu stehen, und wenn abendländische Besucher an der Riva degli Schiavoni an Land gingen und die Menschenmenge in wallenden, gestickten Gewändern, mit Baretten und Mützen auf dem Kopf, diese oktogonale Architektur mit ihren Kuppeln, ihren verzierten Gittern, ihren Mosaiken entdeckten, so konnten diese Besucher sich in den Orient versetzt glauben. Und dann verschwand Konstantinopel, ging unter im Ansturm der türkischen Barbaren und, sehen Sie, Monsieur Surin, das Grausigste an dieser geschichtlichen Tragödie, das ist die Haltung Venedigs. So unglaublich es erscheinen mag: die Venezianer haben die Nachricht von der Katastrophe von 1453 nicht gerade mit überzeugender Bestürzung aufgenommen. Es ist, als hätten sie insgeheim Genugtuung empfunden beim Tod der Schwesterstadt, die freilich reicher, ehrwürdiger, frömmer gesinnt war, ohne die es jedoch Venezianer gar nicht gegeben hätte. Damit war Venedigs Schicksal besiegelt: des Gegengewichts Byzanz beraubt, ließ es seinen abenteuerlichen, vagabundischen, merkantilen Neigungen freien Lauf, und – was immer sein wirtschaftliches Gedeihen, sein Reichtum und seine Macht gewesen sein mögen – dieser Leib ohne Seele fiel unvermeidlich der Degeneration anheim. Als Ihr gehässiger kleiner Korse der Serenissima den Gnadenstoß gab und sie 1797 Österreich zuschlug, war sie nur mehr ein Leichnam, dem allein die Gewohnheit einen Schein von Leben verlieh. Sehen Sie, Monsieur Surin, was man alles in Venedigs Spiegel lesen kann!«

Wir waren zum Eingang des weiten Laubengewölbes gelangt, unter dem das Restaurant des Hotels liegt. Mein Gefährte reichte mir seine Karte.

»Auf Wiedersehen, Monsieur Surin. Wenn Sie meiner bescheidenen Kenntnisse bedürfen, so fackeln Sie nicht lange und kommen Sie zu mir.«

Als er, leicht und flink, verschwunden war, las ich auf der Karte:

Giuseppe Colombo, Ingegnere
Stazione Meteorologica di Venezia

Bin mitten in der Nacht aufgewacht. Die Italiener schlafen überhaupt nie. Wenn die Gassen nicht mehr vom Singen und Rufen der Nachtschwärmer widerhallen, so bimmeln die Glocken von hundert Kirchen in den frühlichtblassen Himmel. Gestern abend hab' ich ein Buch mit heraufgenommen, das für die Gäste im Empfangsraum herumlag. Es ist ein Kapitel aus Casanovas *Erinnerungen: Meine Flucht aus den Bleikammern von Venedig.* Wieder ein »zentrifugaler« Venezianer, dessen ganzes Leben nichts als ein fortwährendes Nacheinander von Verführen und Verlassen war. Dennoch ist Casanova nicht Don Juan. Don Juan hat etwas von einem Jäger, ja von einem Mörder. Der puritanische Spanier haßt die Frauen, haßt Fleisch und Blut, die ihn in ihren Banden halten. Er verachtet die leichtsinnig-unreinen Geschöpfe, auf die er nicht verzichten kann, durch die er jedoch befleckt und verdammt ist. Und wenn er sie verläßt, tut er es mit gehässigem Hohngelächter, indes sein Kammerdiener in dem großen Buch, in dem er den Jagdkalender seines Herrn führt, einen weiteren Namen einträgt.

Ganz anders Casanova . . . Er verehrt die Frauen, aufrichtig, aus tiefstem Herzen, alle Frauen, und er ist selbst nicht zufrieden, wenn es ihm nicht gelungen ist, seiner Augenblickspartnerin den Gipfel der Wonne zu bereiten. Freilich darf man nicht zuviel von ihm verlangen. Für Treue, für Ehe und Familie taugt er nicht. Von einem reizenden Wesen fühlt er sich eben angezogen, geradezu angesogen (weshalb behandeln wir ihn als Verführer, da er doch der erste ist, der verführt wird?), er eilt zu ihm, umgibt es mit allem Zarten und Sanften, was dazu dienen kann, es zu entwaffnen, seine Abwehr zu überwinden, es in seine Gewalt zu bringen, lohnt ihm seine zeitweilige Sklaverei mit einer alles überstrahlenden Stunde und flieht sogleich in aller Eile für immer, aber lächelnd, der Verlassenen immer entferntere, immer schwermütigere Küsse zuwerfend. Und auch später gedenkt er ihrer nur mit Rührung, Hochachtung, Zärtlichkeit . . .

Doch der Venezianer entrinnt ebensowenig wie der Sevillaner dem Alleinsein, ja sogar dem Gefängnisdasein. Denn die Einlingsgesellschaft, der er trotz seiner unverbesserlichen Leichtfertigkeit mit Haut und Haar zugehört, kann so viel Ungebundenheit schlecht vertragen. Am 26. Juni 1755, bei Tagesanbruch, kommt Messer Grande, der Chef der Sbirren, und verhaftet Casanova in seiner Wohnung als »Störer der öffentlichen Ruhe«. Er wird den Schergen der »Bleikammern« übergeben und in ein lichtloses Loch geworfen. Es ist die absolute Isolierung, die Prüfung, der im Gefängnis die Neulinge von jeher unterworfen werden. Casanova hat nur noch einen Kontakt mit der Außenwelt: den eintönigen Stundenschlag vom Turm einer Kirche. Er schläft ein . . . »Der Glockenschlag zur Mitternacht hat mich aufgeweckt. Ein abscheuliches Erwachen, wenn man mit Bedauern an die Leere oder an die schönen Trugbilder des Schlafes denken muß. Ich konnte es nicht glauben, daß ich drei Stunden durchlebt hatte, ohne einen Schmerz zu fühlen. Regungslos wie ich war, auf meinem Taschentuch liegend, das ich – nach meiner sicheren Erinnerung – hier ausgebreitet hatte . . . Ich tastete mit der Hand um mich, da, mein Gott! welch jähe Überraschung, als ich auf eine andere, eiskalte Hand stoße! Entsetzen überlief mich vom Kopf bis zu den Füßen, und all meine Haare sträubten sich. Nie in meinem ganzen Leben wurde ich von solchem Schrecken erfaßt, nie hatte ich geglaubt, dessen überhaupt fähig zu sein. Ich verbrachte drei oder vier Minuten nicht nur bewegungslos, sondern außerstande zu denken. Als ich nach und nach wieder zu mir kam, tat ich mir den Gefallen zu glauben, die Hand, die ich zu berühren vermeinte, sei nur eine Ausgeburt meiner Phantasie; in dieser festen Annahme streckte ich von neuem den Arm in dieselbe Gegend, finde dieselbe Hand und, starr vor Entsetzen, mit einem gellenden Schrei, halte ich sie fest und lasse sie, den Arm zurückziehend, wieder los. Ich zittere, aber als ich wieder Herr meiner Sinne bin, komme ich zu dem Schluß, daß während ich schlief eine Leiche neben mich gelegt wurde, denn als ich mich auf dem Boden schlafen legte, war nichts dagewesen. Ich denke zunächst an die Leiche irgendeines Unschuldigen, vor allem an meinen Freund, daß man ihn erdrosselt und so neben mich hingelegt habe, damit ich beim Erwachen als Exempel das Schicksal vor mir sähe, auf das ich mich gefaßt machen solle. Dieser Gedanke macht mich rasend; zum drittenmal strecke ich den Arm nach der Hand aus, bemächtige mich ihrer und will im gleichen Augenblick aufstehen, um die Leiche zu mir herzuziehen und mich der ganzen Gräßlichkeit der Lage zu vergewissern. Aber wie ich mich auf meinem linken Ellbogen aufstützen will, wird eben die Hand, die ich festhalte, lebendig, entzieht sich mir, und ich fühle mich zu meiner großen Überraschung augenblicklich sicher, daß ich in meiner rechten Hand keine andere als meine linke gehalten hatte, die, abgeschnürt und eingeschlafen, Beweglichkeit, Gefühl und Wärme verloren hatte, eine Auswirkung des sanften, nachgiebigen, molligen Bettes, auf dem mein armer Korpus ruhte.

Dieses Erlebnis, obgleich komisch, hat mich nicht froh gestimmt. Es gab mir im Gegenteil Anlaß zu den düstersten Betrachtungen. Ich gewahrte, daß ich an einem Ort war, wo das Unwirkliche wahr schien, daß demnach hier die Wirklichkeit als Traum erscheinen und der Verstand zur Hälfte sein Recht verlieren mußte.«

So also wurde der Sittenverächter, der Feind der Ehemänner und Väter, der die Familiendialektik zerbrach, der »Störer der öffentlichen Ruhe« der Probe des Alleinseins unterworfen. Und was geschieht da? Unter der übermächtigen Dunkelheit und Gefühllosigkeit glaubt er in seiner linken Hand die Hand seines besten Freundes zu erkennen ... seines toten Freundes.

Hier haben wir eine noch stammelnd ausgedrückte Anspielung auf das Zwillingsdasein und besonders auf das Dasein des partnerlos gewordenen Zwillings. Als hätte dieser hartgesottene Einling – dieses Weltkind, dieser Intrigant, dieser Lebemann – unterm Druck der Kerkernacht ein Trugbild vom Zwillingstum gesponnen und wäre von der eigenen Hand auf einen toten Freund gekommen, während ein Zwillingsbruder normalerweise auf halbem Weg zwischen der Hand und dem Freund zu finden sein müßte.

Dieser Zug trägt noch etwas zum Geheimnis Venedigs bei, und ich weiß nicht recht, ob er es erhellen hilft oder es noch dichter macht. Wie sollte man nicht Casanovas manuelle Wahnvorstellung zusammensehen mit dem Bild der beiden ineinanderliegenden, doch vom Canal Grande getrennten Hände, die uns der Stadtplan zeigt? Andere Themen überlagern diese beiden: die verlorene Stadt, die Zwillingsschwester, jenes Byzanz, das 1453 unterging und Venedig allein, verstümmelt, doch freiheitstrunken zurückließ. Jene schrägen Spiegel, von denen der Blick abprallt und wie eine Billardkugel indirekt jemand anderen trifft. Die Zentrifugalkraft dieser Stadt der Seefahrer und Kaufleute ... Unablässig begegnet man hier einem Traum von zertrenntem Zwillingstum, einem Bild, das verschwimmt, das flieht, ebenso bedrängend wie ungreifbar.

Venedig erweist sich fortwährend als eine verschlüsselte Stadt: Sie verspricht uns immerfort, um ein Quentchen Scharfsinn, eine alsbaldige Antwort, doch nie hält sie dieses Versprechen.

Heute früh bin ich schon seit vor Tagesanbruch auf den Beinen und halte mich auf dem Markusplatz auf; er ist über und über mit großen Pfützen bedeckt; sie bilden auf den großen Steinfliesen Landengen, Halbinseln und Inseln, auf die mit schlafgeplustertem Gefieder die Tauben einfallen. Die zusammengeklappten Stühle und Tische der drei Cafés, die an dem Platz liegen – rechts das *Florian*, links das *Quadri* und das *Lavena* –, drängen sich fest und streng ausgerichtet in Reih und Glied und harren der Sonne und der Gäste, die sie stets mit sich bringt. Eine seltsame, hybride Kulisse, die durch ihre Stille und das Fehlen jeglichen Autoverkehrs viel Ländliches, durch ihren ausschließlich aus Prachtbauten bestehenden Rahmen, ohne

Baum, ohne ein Grashälmchen, ohne eine sprudelnde Quelle
jedoch zugleich viel Städtisches an sich hat. Ich ging um den
Campanile herum, überquerte die Piazzetta und trat dicht an
die Porphyrstufen des San-Marco-Ufers, sechs mit grünen Algen überzogene, pelzige Stufen, die sich ins unruhige Wasser
senken. Drei von ihnen werden bei durchschnittlichem Gezeitenhub abwechselnd von Flut und Ebbe bedeckt und freigege-
ben – was einen Höhenunterschied von insgesamt siebzig Zentimetern ausmachen mag –, aber in dieser Jahreszeit sind sehr
große Abweichungen zu befürchten.
Ich bin lange auf der Riva degli Schiavoni entlanggegangen,
über die Treppenbrücken, die sich über die Mündungen der Kanäle schwingen. Je weiter man sich vom Stadtzentrum entfernt, desto mehr nehmen die an den Pollern festgemachten
Boote an Fassungsvermögen und an Derbheit zu. Auf die zarten Gondeln folgen die Motoscafi, die Vaporetti, dann sieht
man Jachten, kleine Postschiffe und schließlich Frachter, die
mit ihren steilen, rostigen Flanken die Kais überragen. Endlich
finde ich ein Café, das geöffnet hat, und ich lasse mich auf der
Terrasse, mit Blick auf einen Landungssteg, nieder. Das Wetter
ist sehr mild, aber um so bedrohlicher. Die aufgehende Sonne
setzt schwere, zerzauste Wolken in Brand, ehe sie ihre rote
Glut über den ganzen Kai und in der Mitte des Canal Grande
ausbreitet. Diese verlassene Mole, schimmernd von Regen,
umdrängt von Pontons, Pfählen, Tauwerk, Pollern, Laufbrük-
ken, diese leeren Boote, deren Flanken vom Schlag der kleinen
Wellen dröhnen – obwohl kein Wind da ist, beginnt die Hiß-
leine einer Jacht, von plötzlicher Tobsucht befallen, wütend gegen den Mast zu schlagen – diese Streifen roten Lichts, die sich
fern im dunstigen Wirrwarr der Kuppeln, Türme und herr-
schaftlichen Fassaden verlieren ... Wo bin ich? Bin ich von
einer dieser Barken aus dem Land der Menschen vielleicht in
der Stadt der Toten abgesetzt worden, in der alle Uhren stillstehen? Wie meinte doch Colombo? Er sagte: Venedig ist keine
Stadt, in der man verweilt, es sei denn, um hier zu sterben, und
die Luft hier nimmt die letzten Seufzer genüßlich auf. Aber bin
ich denn noch am Leben? Was weiß man eigentlich von einem
vereinsamten Zwilling, vor allem, wenn das Schicksal des verlorenen Bruders ein Geheimnis bleibt? Ich bin ein Mensch, der
absolut seßhaft ist. Der natürliche Zustand der Zwillingszelle

ist der Zustand unbewegten Gleichgewichts. Jeans Abreise hat mich hinausgejagt auf die Straße. Ich muß ihn wiederfinden. Um ihm mitzuteilen, welch wunderbare Entdeckung ich seit seiner Abreise – soll ich sagen: *dank* seiner Abreise? – gemacht habe. Um die wahnwitzige Bewegung zum Stehen zu bringen, in der er durch Sophies Schuld zu ständigem Umherirren verdammt ist. Um mit ihm den Kreislauf unserer ewigen Jugend zu erneuern, der einen Augenblick unterbrochen war, aber wieder geschlossen und durch diese Unterbrechung sogar reicher geworden ist. Mit dem Entfremdungsleuchten habe ich den unbestreitbaren Beweis, daß er hiergewesen ist. Nach allem, was ich höre, muß ich annehmen, daß er abgereist ist. Zunächst einmal meinen die, die ihn kannten, ich sei *zurückgekommen* oder ich hätte gar darauf verzichtet, abzureisen. Aber vor allem weil Venedig – diese Stadt, die geradezu sein Porträt ist – gar nichts anderes konnte, als ihn zu vertreiben, seinen Ansturm von sich weisen – so hart, wie der auftreffende Ball von einer Steinmauer abprallt.

Und ich? Wo ist mein Platz hier? Mag Jean seinem Trieb gehorchend die Welt durcheilen – und mit Venedig beginnen –, was habe ich in dieser Galeere zu suchen? (Wahrlich eine wundervolle Galeere, in Gestalt des Bucintoro, überladen mit Samt und mit Gold!)

Ein dicker Mann hat sich schwerfällig neben mich gesetzt. Er breitet auf dem Tischchen aus imitiertem Marmor die ganzen Schreibutensilien eines Touristen aus: Postkarten, Umschläge, eine Reihe Bleistifte, und vor allem ein dickes, lappiges Heft, das ein Adressenverzeichnis sein muß. Er grunzt und schnauft und sudelte hitzig seine Karten voll. Er schimpft, weil der Kellner nicht kommt, weil sich ihm hartnäckig eine Fliege auf die Nase setzt, weil eine Taube bettelhafte Annäherungsversuche macht. Ich bin allmählich überzeugt, er schreibt an seine Familie, seine Freunde nur *Postkarten mit Beschimpfungen*; gleich anschließend wird er sie mit rachsüchtigem Hohnlachen absenden. Ich kann auch ganz schön hohnlachen; festzuhalten bleibt aber: ich werde nie, sei es von Venedig oder von anderswo, an irgend jemanden eine Postkarte schicken. An Méline? Ich seh' sie schon, wie sie es mit Argwohn und Widerwillen beschnuppert, dieses Karton-Viereck, mit unentzifferbaren Zeichen bedeckt, deren kunterbuntes Gekrakel ein Land beschwört, das man sich nicht vorstellen kann. Méline hat für das, was sie nicht kennt, nur Verachtung und Abscheu. Und ich habe doch sonst niemanden! Ich habe nur Jean – den ich nun verloren habe. Sie ist sogar ein besonderer Stachel des *Entfremdungs-leuchtens*, diese Abwehr, die ich instinktiv allem entgegen-setze, was mich freundlich aufnimmt, was mir entgegen-kommt, sofern es von einem Einling stammt. Ich sehe wohl, wie Jean überall, wohin er kommt, sich verschwendet, sich irgend jemandem an den Hals wirft zu dem einzigen Zweck, aus der Zwillingszelle zu entkommen, nachdem der Emanzi-pierungsversuch mit Sophie mißlungen ist. Und widerwillig ernte ich das Freundschaftliche, Liebenswerte, dessen Samen er unaufhörlich mit vollen Händen ausstreut und das ich doch im Keim ersticken muß, denn meine Aufgabe steht ganz und gar im Gegensatz zu seinem Wahnwitz.

Die Einsamkeit. Manche, die ledig und offenbar zum Allein-sein verurteilt sind, haben – insofern sie sich nicht schon be-stehenden Gruppen eingliedern – die Gabe, überall wo sie ste-hen und gehen, kleine, veränderliche, unstete, aber lebende Gemeinschaften zu begründen, denen durch Hinzukommende ständig neue Nahrung und frischer Wind zuteil wird. Während Menschen, die für das Leben zu zweien bestimmt und dem An-schein nach gegen jede Gefahr des Alleinseins gewappnet sind, dann, wenn ihnen ihr Partner fehlt, einer letzten, heillosen Verlassenheit anheimfallen. Klar ist, daß Jean sich bemüht, aus dieser letzten Gruppe in die erste überzuwechseln, aber bei mir ist es gänzlich ausgeschlossen, daß ich diese Wandlung durch-mache, in der ich nur einen Niedergang sehen kann.

Am Kai geht es von Minute zu Minute lebendiger zu. Vaporetti folgen einander am Landungssteg, und trippelnd entströmt ihnen eine Menge kleiner Leute. Es sind Bewohner der einfa-cheren Stadtviertel von Mestre; sie kommen tagsüber zur Ar-beit nach Venedig. Kleine Leute – Leute, die klein sind. Wirk-lich, ihre Größe kommt mir unterdurchschnittlich vor. Ist das nicht eine Einbildung auf Grund ihrer sichtlich bescheidenen Lebensumstände? Ich bezweifle es. Ich bin geneigt anzunehmen, daß sich Reichtum, Macht, gesellschaftliche Wirksamkeit bei einem Mann in eine Größe, ein Gewicht, eine Schulterbreite umsetzen, die über der Norm liegen. Und sogleich denke ich an mich selbst, an meine hundertfünfundsechzig Zentimeter

340

Größe, an meine fünfundfünfzig Kilo Gewicht, sogar unter diesen Leuten wäre ich ein Dreikäsehoch. Das ist eine Überlegung, die mir noch vor zwei Monaten, vor Jeans Verrat nicht gekommen wäre. Denn auch wenn es stimmt, daß wir, Jean und ich selber, eher Kümmerlinge sind, tritt dieser Eindruck doch nur auf, weil wir getrennt sind. Freilich ist jeder von uns schwach und mickrig, aber vereint – unserer Bestimmung gemäß – sind wir ein furchterregender Koloß. Und diesem Koloß forsche ich, weine ich nach. Doch was hilft es, ständig auf dieses Thema zurückzukommen?

Das Festland schickt diese Schiffsladungen von kleinen Leuten nach Venedig. Das Meer umgibt uns mit lauen, feuchten Lüften. Es ist die »Bora«, der griechische Wind, der von Nordosten kommt. Venedig ist eine ganz und gar umstrittene Stadt, die Erde und Meer einander immerfort streitig machen. Das Wasser, das in den Rii fließt und dessen Pegelstand ständig wechselt, ist eine Lake, deren Salzgehalt mehrmals am Tage steigt und fällt. Ich merke, daß meteorologische Erscheinungen meine Aufmerkssmkeit mehr und mehr auf sich ziehen. Freilich stimmt es, daß wir auf Pierres Sonnantes stets in enger Gemeinschaft mit Wind, Wolken und Regen gelebt haben. Und selbstverständlich auch mit den Gezeiten, die unverrückbar einem besonderen, von Tag und Nacht unabhängigen Rhythmus gehorchen, wie die Launen des Wetters. Doch diese Unabhängigkeit der Gezeiten ist mir erst vor drei Monaten, kurz nach Jeans Abreise, klar vor Augen getreten, und ich habe damals die Bemerkung gemacht, die Entdeckung des »stillen Sturmes« scheine die Frucht einer Betrachtung aus der Sicht eines partnerlos gewordenen Zwillings zu sein. Die Begegnung hier mit Giuseppe Colombo ist zur rechten Zeit gekommen. (Hat übrigens nicht Jean ihn mir geschickt, oder vielmehr mich zu ihm geschickt, indem er mich nach Venedig lockte? Diese Frage geht recht weit. Durch sie komme ich zu der Überlegung, ob ich – wenn ich dem Reiseweg meines fahnenflüchtigen Bruders folge, also seiner Flucht und jeder Einzelheit seiner Flucht, namentlich den Begegnungen an ihrem Rande – ob ich damit nicht mein besonderes Schicksal als bruderlos gewordener Zwilling erfülle, ein Schicksal, das dem seinen ganz entgegengesetzt, aber seine Ergänzung ist? Welches Schicksal? Einzig meine weitere Reise, ihr fernerer Verlauf und ihr Ende können diese Frage beantworten.) Gestern bin ich nämlich seinem Vorschlag gefolgt. Nach telefonischer Anmeldung habe ich mich mit einem Motoscafo zu einem Inselchen in der Lagune bringen lassen, dem Isolotto Bartolomeo, auf dem sich ein einziges kleines Haus erhebt, eben das der Stazione Meteorologica di Venezia.

Ein Gefühl, das beim Anblick der Station aufkam und das die Besichtigung bestätigt hat: Wir sind hier an einem *universellen* Ort. Nichts erinnert hier an Venedig, an die Lagune, ja nicht einmal an Italien, Europa usw. Dieses kleine Haus, diese Masten, diese drahtseilverspannten Antennen, diese Apparate, diese ganze Szenerie, wissenschaftlich und lyrisch zugleich – eine kleine, bescheidene Welt, naiv zurechtgebastelt, in direkter Verbindung zum Himmel und seinen Erscheinungen – findet sich ganz genauso in Kalifornien, im Kapland, in der Beringstraße. Zumindest sagt mir das jedes Ding hier, denn selbstverständlich habe ich auf diesem Gebiet keinerlei Erfahrung.

Colombo, eifrig-beredt, hat mich stolz durch sein Besitztum geführt.

Die Station ist ständig in Betrieb, da sich drei Schichten zu je zwei Mann in achtstündigem Turnus, um acht Uhr, sechzehn Uhr und vierundzwanzig Uhr ablösen. Im wesentlichen besteht die Arbeit in der Erstellung und der – teils manuellen, teils lochstreifengesteuerten – Morse-Durchgabe eines Berichts über Windgeschwindigkeit und -richtung, Temperatur, Luftdruck, Höhe und Art der Bewölkung und Gezeitenhub. Tagsüber wird die Höhe der Wolkendecke durch Auflassen eines kleinen roten, heliumgefüllten Ballons gemessen – Colombo führt es mir vor. Da die Aufstiegsgeschwindigkeit des Ballons bekannt ist, stoppt man die Zeit, die er braucht, bis er in den Wolken verschwindet. Nachts geschieht die Messung durch Aussendung gebündelten Lichts, das von der Wolkenoberfläche zurückgeworfen wird und etwa fünfzig Meter von dem Scheinwerfer entfernt auf eine Skala trifft; der Reflexionswinkel wird automatisch gemessen. Am meisten Vergnügen aber hat mir das Anemometer gemacht. Außen dreht sich eine kleine, aus vier roten Halbkugelschalen bestehende Windmühle mit ansteckend-kindlicher, unermüdlicher Munterkeit. Sie ist geheimnisvoll mit einem Leuchtschirm verbunden, der

Richtung und Geschwindigkeit des Windes angibt. Die Windrose mit ihren acht Ästen (N., S., O., W., NO., SO., SW., NW.,) erscheint darauf in Gestalt von acht Anzeigepunkten, von denen einer immer hell leuchtet. In der Mitte des Schirms blinkt ein rotes Lämpchen je nach der Windgeschwindigkeit in schnellerem oder langsamerem Rhythmus auf, während darunter ein anderes Blinklicht – diesmal ein grünes, mit gleichmäßigem, viel langsamerem Rhythmus – als Vergleichsmaßstab dient. Colombo erklärt mir, um die Windgeschwindigkeit in Meilen pro Sekunde zu erhalten, brauche man nur zu zählen, wie oft es zwischen zweimaligem Aufleuchten des grünen Lichts rot blinke, und die Zahl mit zwei zu multiplizieren. Dann wird er poetisch und zeigt mir die sieben Himmelsgegenden, aus denen die Winde hierzulande hauptsächlich kommen: la Sizza, lo Scirocco, il Libeccio, il Maestrale, la Bora, il Grecale und il Ponensino.

Was mich draußen lockt, ist weniger der Holzkasten, der Thermometer, Hygrometer und Pluviometer enthält, als vielmehr eine Art von großem Rechen mit himmelwärts gezogenen Zinken, dessen Griff sich um eine Achse dreht und eine Nadel mitnimmt, die auf einer Scheibe die Himmelsrichtungen zeigt. Das ist die *nephoskopische Egge*, mit der man die Bewegungsrichtung der Wolken und ihre Winkelgeschwindigkeit feststellen kann. Ein richtiger Wolkenrechen. Er fährt kratzend über den Himmel und striegelt den grauen, weichen Ungeheuern, die dort weiden, den Bauch.

Von diesem Puppenhäuschen, vollgestopft mit fragilen, absonderlichen Instrumenten, auf einer Insel, gespickt mit Kinderkram – rote Ballons, Windräder, rotierende Trichter, Windsäcke und am Ende dieser große, auf einem Holzrondell befestigte Rechen –, geht eine seltsame Beglückung aus, und ich suche nach dem Geheimnis, das darin liegt. Es ist etwas unbestreitbar Komisches dabei; es kommt zum Teil daher, daß die Wettervorhersagen von den Tatsachen ständig Lügen gestraft werden – ein unerschöpfliches Thema für Witze –, doch geht es noch viel weiter. Diese puerilen Geräte auf einer handtellergroßen Insel: also das ist alles, was der menschliche Geist den ungeheuren atmosphärischen Bewegungen entgegenzusetzen hat, von denen Leben und Überleben der Menschen abhängen? Es ist alles, und sogar das ist vielleicht noch zu viel, wenn man die absolute Ohnmacht des Menschen gegenüber den Meteoren betrachtet. Die schreckliche Kraft der Maschinen, die schöpferische und zerstörerische Macht der Chemie, die unerhörte Kühnheit der Chirurgie, kurz, das industriell-wissenschaftliche Inferno mag wohl die Oberfläche der Erde verändern und das Herz der Menschen verfinstern – von den Wassern und Feuern des Himmels wendet es sich ab und überläßt sie einer Handvoll Luftikusse und ihren Zwei-Groschen-Utensilien. Dieser Kontrast ist es, der solch ein Gefühl glücklichen Staunens hervorruft. So seien denn Regen, Wind und Sonne das Reich dieser Armen im Geist und an Habe, die über die ganze Welt verstreut, aber in ihrer Einfalt Brüder sind und Tag und Nacht auf Funkwellen Zwiesprache halten – welch erquikkend-fröhliches Paradox!

Aber als er mich zur Schiffslände zurückbrachte, wo mein Motorboot mich erwartete, machte Colombo mich auf einen Pfahl aufmerksam, einen schlichten Pfahl, in den schlammigen Grund gerammt und vor Wellen und Strudeln durch einen zu uns hin offenen Zement-Halbzylinder geschützt. In Meter und Dezimeter eingeteilt ermöglicht er die Messung des Gezeitenhubs. Colombo erklärte mir, die Existenz Venedigs hänge geradezu an einem beinahe ständig beobachteten Auseinanderklaffen zwischen hohem Flutstand und Perioden heftiger Winde. Kurz gesagt, zwischen dem »stillen Sturm« und dem Sturm im meteorologischen Sinne. Fielen diese beiden Variablen eines Tages zusammen, so müsse Venedig – der Markusplatz liegt nur siebzig Zentimeter über der mittleren Höhe des Meeresspiegels – untergehen wie die Stadt Ys.

Dank dieser Besichtigung habe ich einen weiteren Schritt in ein unberührtes, noch namenloses Reich getan, das offenbar der Ort ist, wo sich die intuitive Gabe partnerlos gewordenen Zwillingstums vorzugsweise auswirkt.

Ein stiller Sturm. Diese beiden Worte, deren Nebeneinander mich vor einigen Wochen in Pierres Sonnantes verblüfft hatte, sind der vollkommene Ausdruck dafür, daß es zweierlei Himmel, daß es zwei sich überlagernde, einander widerstreitende Himmelsebenen gibt. Colombo hat mir wieder in die Erinnerung gerufen, daß die Erde, wie von drei konzentrischen Schalen, von drei sphärischen Schichten umgeben ist. Die Troposphäre – oder Sphäre der Unruhe – reicht bis zu 12 000 m Höhe hinauf. Alle meteorologischen Störungen, denen wir ausgesetzt sind, liegen in den ersten 4000 m dieser Sphäre. Hier ist der große Zirkus, wo sich Winde tummeln, wo Wirbelstürme losbrechen, wo dampfwolkige Elefantenherden schwerfällig dahinziehen, wo sich luftige Netze knüpfen und wieder lösen, wo sich die großen, subtilen Zusammenhänge anspinnen, aus denen dann jäher Sturm und kurzes Aufklaren hervorgehen.

Darüber – zwischen 4000 m und 12 000 m – erstreckt sich die unendliche, strahlende Bahn, die ausschließlich den Passatwinden und Gegenpassatwinden vorbehalten ist.

Noch höher – über 12 000 m – kommt die absolute Leere, die große Stille der Stratosphäre.

Schließlich, über 140 000 m, gelangt man in die Unwirklichkeit der Ionosphäre, die aus Helium, Wasserstoff und Ozon besteht und auch *Logosphäre* heißt, weil sie das unsichtbar-ungreifbare Gewölbe ist, von dem in wundersamem, hauchzartem Piepen die tausend und abertausend Stimmen und Klänge der Radiosender auf der ganzen Welt widerhallen.

Die Troposphärenschicht, das Gebiet der Störungen, ein windig-feuchtes Chaos, ein unberechenbarer Tumult ineinanderwirkender, unwirscher Kräfte, wird von einem heiteren Olymp beherrscht, dessen Umdrehungen regelmäßig sind wie eine Sonnenuhr: der ewigen Sphäre der Sterne, der unwandelbaren Welt der Gestirne. Doch von diesem Olymp gehen Befehle aus, herrische, ganz und gar bestimmte, folgerichtige, festgefügte Befehle, die wie stählerne Pfeile die Troposphärenschicht durchstoßen und der Erde wie den Meeren ihren Willen aufzwingen. Die Gezeiten sind die sichtbarsten Wirkungen dieser *astralen Gewalt*, denn sie rühren von den Hauptgestirnen her, von Mond und Sonne, deren Kräfte sich verstärken oder einander entgegenwirken. Der »stille Sturm« erweist die souveräne Macht der großen Himmelslichter über das lärmend-aufgeregte Völkchen der Wogen. Im Gegensatz zu troposphärischen Weisungen – die widersprüchlich, unausgegoren, unberechenbar sind – zwingen die Gestirne das Weltmeer, gleichmäßig zu schwingen wie die Unruhe in einer Uhr.

Ich glaube nicht, daß ich bloß meiner Zwangsvorstellung nachgebe, wenn ich bemerke, wie sehr dieser Gegensatz zwischen den beiden Sphären einem anderen Gegensatz entspricht: dem Gegensatz zwischen der wirren, von fruchtbar-fahriger Liebe hingerissenen, in Kot, Blut und Samen wühlenden Masse der Einlinge – und der reinen, unfruchtbaren Beziehung zwischen Zwillingen. Die Analogie drängt sich ja auf. Und sie spricht für mich. Wenn die Gestirne nämlich Lande und Fluten ihrer heiter-mathematischen Ordnung – dem »stillen Sturm« – unterwerfen, darf dann nicht die Zwillingszelle ganz zu Recht die ihr Zugehörigen, wenn nicht sogar die ganze übrige Menschheit, nach ihrer inneren Ordnung formen?

Ich muß Jean wiederfinden. Ihn zurückholen zum Bep. Doch während ich dieses Ziel in Worte fasse, sehe ich, wie sich dahinter umrißhaft schon ein anderes, ungleich umfassenderes, ehrgeizigeres Ziel abzeichnet: die Hand auf die Troposphäre selber zu legen, das meteorologische Geschehen zu beherrschen, Herr über Regen und Schönwetter zu werden. Nichts Geringeres als das! Jean ist, mitgerissen von atmosphärischen Strömungen, geflohen. Freilich kann ich ihn nach Hause zurückholen. Aber wenn mein Bemühen dieses im ganzen eher bescheidene Ziel übersteigt, könnte ich auch geradewegs weitergehen und selber zum Hirten der Wolken und Winde werden.

Haben die drei Orchester zunächst einhellig dasselbe gespielt? Ich bin nicht so sicher. Es ist schon ein Wunder, daß das Florian, das Quadri und das Lavena zu gleicher Zeit Vivaldi spielen, und zwar *Die Jahreszeiten*. Man darf von ihnen nicht auch noch verlangen, daß sie sich untereinander abstimmen und nur mehr ein einziges, dreiteilig auf dem Markusplatz auseinandergezogenes Ensemble bilden. Jetzt spielen sie gerade im Quadri das Ende des *Winters* – was ich in erster Linie höre, denn auf der Terrasse dieses Cafés sitze ich. Aber wenn ich durch die Pianissimi oder die Fermaten dieser schwarzgoldenen Musik hinhorche, kann ich ahnungsweise hören, daß das Lavena sich gerade den *Herbst* vornimmt, das Florian an der anderen Seite des Platzes hingegen – wenn ich das hören soll, muß mein Orchester still sein – ist nach meinem Dafürhalten wohl mitten im *Sommer*. Da das Alltagsrepertoire dieser kleinen Orchester nie über vier bis fünf Stücke hinausgeht, wundert es mich nicht, daß das Florian, kaum daß es den *Winter* beendet hat, nach ganz kurzer Pause wieder mit dem *Frühling* beginnt. Ist es obendrein nicht auch in Wirklichkeit so? Der Reigen der Jahreszeiten ist weder je unterbrochen noch jemals beendet.

Ich finde es bemerkenswert, daß das berühmteste Werk des berühmtesten venezianischen Komponisten gerade eine Illustration der vier Jahreszeiten ist. Denn sicher gibt es nicht viele Orte auf der Welt, an denen die Jahreszeiten weniger ausgeprägt sind als in Venedig. Das Klima ist hier weder jemals brennend heiß noch eiskalt, doch vor allem beraubt einen das Fehlen von Pflanzenwuchs und von Tieren jedes natürlichen Anhaltspunktes. Hier ist keine Rede von Schlüsselblumen, Kuckucksrufen, von reifem Korn, auch nicht von dürrem Laub. Aber hat Vivaldi nicht, gerade zum Ausgleich für das Fehlen wirklicher Jahreszeiten in seiner Heimatstadt, ihr musikalische Jahreszeiten gegeben, so wie man auf der Hintergrundkulisse eines Bühnenbildes eine vornehme, perspektivisch in die Ferne führende Allee vortäuscht?

»Ich freue mich, dich in Venedig wiederzufinden, aber ich hab' recht traurige Nachrichten.«

Nach einem *entfremdungsträchtigen* Blick – er schockiert mich allmählich immer weniger, doch könnte ich nicht behaupten, ich gewöhnte mich daran – hat sich eine junge Frau (ist sie wirklich jung? In Wahrheit ist sie alterslos) ohne weiteres an meinen Tisch gesetzt. Obgleich ihr ganz offenbar jede Absicht, zu gefallen, fehlt, ist sie eigentlich schön, und vielleicht ist die zur Schau getragene Mißachtung jeglichen guten Geschmacks nichts als Schein, der Gipfel erlesenen Geschmacks, denn ich kann mir keinen passenderen Stil vorstellen zu diesem klaren, wie mit scharfem Messer gezogenen Gesicht, das sich mit nur wenigen flachen Rundungen zu einem Gebilde regelmäßiger, ausgewogener Winkel fügt. Die samtenen Augen und der schwere Mund mildern die Strenge ihres allzu regelmäßigen Gesichts und ihres schwarzen, glattgestrichenen Haares.

»Deborah liegt im Sterben, und ich weiß nicht einmal sicher, ob sie noch am Leben ist. Ralph ist dabei, zu entdecken, daß seine Frau während der fünfzig Jahre ihres gemeinsamen Lebens schwer an ihm getragen hat.«

Sie hat rasch, mit einer gewissen Heftigkeit gesprochen, hat dabei ein Päckchen Zigaretten und ein Feuerzeug aus der Handtasche genommen. Sie zündet sich eine Zigarette an, raucht schweigend, während ich durch die vom Florian kommenden

Frühlingstriller hindurch das winterliche Grollen des Lavena höre.

»Ich glaubte, du seist dort bei ihnen. Du hättest hingehen sollen. Du solltest hinfahren. Ich fürchte, du wärst nicht überflüssig.«

Ich schüttle den Kopf wie einer, der nachdenkt und einen schon nahe bevorstehenden Entschluß reifen läßt. Was mich am meisten trifft, ist, daß sie mich geduzt hat. Davon bin ich wie vor den Kopf geschlagen. Natürlich mußte das an diesem oder einem anderen Tag kommen, da doch Jean nicht mehr an meiner Seite ist. Trotzdem ist es für mich ein harter Schlag. *Denn es ist das erstemal, daß mich jemand duzt.* Die ganze Kindheit hindurch bekam Jean-Paul immer nur »vous« zu hören. Die Verbundenheit der Zwillinge ging immerhin nicht so weit, daß man uns als ein einziges Individuum betrachtet hätte. Nein, eher geschah das Umgekehrte – ich meine, sogar wenn wir getrennt waren, wurde jeder mit *vous* angeredet, denn was man zu ihm sagte, betraf ganz genauso wie ihn auch seinen momentan nicht anwesenden Bruder. So bin ich ganz natürlich dazu gekommen, das *Du* als eine grobschlächtige, plump-vertrauliche, geringschätzige Redeweise zu betrachten, die auf jeden Fall Einlingskindern vorbehalten bleiben mußte, während wir, die Zwillinge, sogar getrennt voneinander ein Anrecht hatten auf die der Höflichkeit (fast hätte ich geschrieben: der Majestät!) entsprechende Anrede »vous«. Ich mag mir noch so oft sagen, diese Deutung sei wirklichkeitsfremd, sei kindisch – dieses *Du* verletzt mich trotzdem, weil es mich – mag es vulgär sein oder nicht – tief in mein neues Dasein als Einling hineinwirft, und dagegen sträube ich mich mit allen Kräften. Und überhaupt: weshalb soll ich zwischen uns das Mißverständnis erst heimisch werden lassen? Ich habe keinerlei Grund, dieser Frau etwas vorzumachen, und vielleicht kann sie mir, wenn sie Bescheid weiß, besser helfen. Vom Florian her geht der *Frühling* mit Blumengebinden zu Ende, vom Lavena her heult noch immer der *Winter*. im Quadri tragen die Streicher Kolophonium auf, und ich sage: »Sie sind im Irrtum. Ich bin nicht Jean Surin, ich bin sein Zwillingsbruder Paul.«

Sie schaut mich mit Staunen an, einem ungläubigen Staunen, in dem ein Schatten von Feindseligkeit liegt. Zum erstenmal seit Jeans Abreise zerstreue ich das Mißverständnis. Ich ahne, was sie denkt. Zuerst glaubt sie mir nicht. Aber wie soll man einen Mann beurteilen, der sich auf einmal auszulöschen sucht, indem er sich als seinen Zwillingsbruder ausgibt? Ein unzulässiger, plumper, unverzeihlicher Trick. Aber er muß sich ihr als möglich aufdrängen, falls Jean ihr nie etwas von mir gesagt hat, und erst recht, wenn er irgendwie ein Interesse daran hat, zu verschwinden.

Ihr Gesicht ist von einer steinernen Härte. Gleich wird sie wieder ihr Täschchen aufmachen und, die Augen fest auf den Spiegel der Puderdose geheftet, darangehen, ihr Make-up zu erneuern. Wenigstens täte das jede andere Frau unter ähnlichen Umständen, um eine Rechtfertigung für ihr lebloses Gesicht zu haben und Zeit zu gewinnen. Sie nicht. Sie hat beschlossen, ihre Karten auf den Tisch zu legen.

»Jean hat bei mir nie von einem Zwillingsbruder gesprochen«, sagt sie. »Freilich hat er mich über seine Vergangenheit, seine Familie völlig im unklaren gelassen. Sicher nicht aus Geheimniskrämerei, sondern weil das – zumindest vorläufig – nicht in unsere Beziehung paßte. Was Sie mir sagen, ist trotzdem ein starkes Stück!«

Sie mustert mich genau. Das hilft nichts, reizende Dame! Wenn Sie einen Unterschied fänden, den geringsten Unterschied zwischen Paul, der vor Ihnen sitzt, und Jean, den Sie kennen, dann wäre er bloß die Frucht Ihrer Einbildung. Wir sind gleich, unerbittlich gleich!

»Nun, meinetwegen! Unterstellen wir also: Sie sind nicht Jean, Sie sind sein Zwillingsbruder.«

Gedankenvoll zieht sie an ihrer Zigarette. Das Florian eilt mit kleinen Schritten unter dem schweren Grün des *Sommers* dahin. Das Lavena setzt zum *Frühling* an, den das Quadri gerade beendet. Die Jahreszeiten ... In ihnen, denke ich mit einemmal, überdecken sich die beiden Himmel, der mathematische Himmel der Gestirne und der andere, der brodelnde Himmel des Meteorischen. Denn die Jahreszeiten, das sind natürlich die Graupelschauer des Frühlings, die Hundstage des Sommers, die Geigentöne des Herbstes, die winterlichen Schneeschwaden. All das jedoch mit vielem lediglich Annäherndem, nur Ungefährem, dessentwegen die Frauen dann sagen, es gebe keine Jahreszeiten mehr. Denn der meteorologische Himmel ist von Natur launisch und widerspenstig. Nur schlecht gehorcht er dem anderen, dem gestirnten Himmel, der pünktlich ist wie eine große Uhr. Für den Sternenhimmel entsprechen die Jahreszeiten der Stellung der Erde zur Sonne. Die Sonnenwende im Juni gibt das Signal zum Sommer. Die Tag- und Nachtgleiche im September bezeichnet sein Ende, die Sonnenwende im Dezember ist der Schluß des Herbstes, die Tag- und Nachtgleiche im März ist zugleich der erste Frühlingstag. Und diese Zeitpunkte sind auf die Sekunde genau bestimmt, und man kann sie für mehrere Jahrhunderte voraussagen. Doch nicht genug, daß man sagen muß, die Meteore hielten sich nur von ferne an diese vier Schubladen. Nicht zufrieden damit, durch ihre Sprunghaftigkeit und ihre Unzuverlässigkeit den Kalender durcheinanderzubringen, erlauben sie sich obendrein eine regelmäßige, konstante Abweichung, eine nahezu vorhersehbare Verschiebung gegenüber den astronomischen Zeitpunkten, die meist vierzehn Tage bis drei Wochen beträgt. Und nun kommt das Tollste: diese Abweichung ist nicht etwa ein Nachhinken; der verworrene Himmel der Meteore folgt den Anweisungen des mathematischen Himmels nicht etwa nachlässig und ungern wie ein widerspenstiges Kind, das mit den Füßen schlurft – nein, er *eilt ihnen voraus!* Es gilt sich abzufinden mit dem skandalösen Paradox: der brodelnde Himmel der Meteore nimmt sich heraus, dem mathematischen Himmel um durchschnittlich zwanzig Tage vorzugehen. Der Winter und seine reifglitzernden Morgen warten mit ihrem Erscheinen nicht bis zum 21. Dezember. Sie sind schon am 1. Dezember da. Dabei ist dies Datum, der 21. Dezember, nicht willkürlich, es ist von einfachen astronomischen Berechnungen diktiert, bei denen kein Fehler möglich ist. Die Sonnenwenden sind durch den größten Abstand zwischen Erde und Sonne und durch den größten Unterschied zwischen Tages- und Nachtdauer klar bestimmt. Umgekehrt entsprechen die Tag- und Nachtgleichen dem kleinstmöglichen Abstand zwischen Erde und Sonne und der gleichen Länge von Tag und Nacht. Das sind in Erz gegossene astronomische Wahrheiten. Man nähme es noch hin, wenn Regen und Schönwetter sich vermöge einer Art Zähigkeit Zeit ließen, um sich ihnen anzupassen. Aber sie eilen ihnen voraus!

»Wissen Sie, weshalb ich einstweilen als wahr unterstelle, daß Sie nicht Jean sind? Weil wir in Venedig sind. Ja, es ist etwas an dieser Stadt, das einem Mut macht, Zwillingsgeschichten für bare Münze zu nehmen – etwas, das einem das Zwillingsdasein nahebringt. Wenn ich sagen sollte, warum, so wäre ich ganz schön in Verlegenheit.«

Diese Bemerkungen gingen zu sehr in die Richtung meiner eigenen Gedanken, als daß ich darüber hinweggehen wollte.

»Sie haben recht. Venedig drückt sich durch Gebräuche, Worte und Attribute aus, die einen Bezug auf das Schicksal entzweiter Zwillinge haben. Zwillinge, denen man in Venedig begegnet, sind immer ihres Partners beraubt. So sind auch die Spiegel . . .«

»Reden wir nicht von Venedig, ja? Wenn Sie nicht Jean sind, muß ich's Ihnen ja sagen: ich heiße Hamida und bin von El-Kantara auf der Insel Djerba in Tunesien. Freunde nennen mich Hami.«

»Hami, wo ist Jean?«

Zum erstenmal lächelt sie. Nebenher beendet das Lavena seinen *Frühling* mit einer Verbeugung von erlesener Grazie.

»Wo ist Jean? Sie vergessen, ich habe die Hypothese, daß *Sie Jean sind*, noch nicht ganz und gar aufgegeben. Darum höre ich es hinter Ihrer Frage wie ein fernes Echo: Wo bin ich?«

Sie lacht.

»Sehen Sie, Hami, Jean und ich, wir spielen von Jugend auf unser Zwillingsdasein. Es ist wie ein musikalisches Thema, dessen Instrumente unsere Körper sind, und dieses Thema ist wahrhaft unerschöpflich. Wir nennen es unter uns das Bep-Spiel. Aber auch seit Jean mich verlassen hat, ist das Bep-Spiel nicht unterbrochen, freilich spiele ich es jetzt allein – mit Hilfe dieser Stadt, ja, und das ist nichts Geringes. Und mit einem Mal tauchen Sie auf und gehen ein in das Spiel. Und Sie komplizieren es ungeheuer, denn Sie fallen unter das Gesetz, dem die ganze Menschheit unterliegt – die ganze Menschheit außer Jean-Paul – und das die Unmöglichkeit bedingt, Jean von Paul zu unterscheiden. Wenn ich Ihnen sage: wo ist Jean? kann das darum auch wirklich heißen: wo bin ich? Anders ausgedrückt: all meine ungelösten Fragen – der Ort beispielsweise, wo Jean sich verbirgt – sind für Sie doppelte, ja sogar zum Quadrat potenzierte Probleme. Hat Jean Ihnen gesagt, daß er verlobt war und daß er auf Hochzeitsreise in Venedig war?«

»Das hat er mir gesagt, ja.«

»Hat er gesagt, weshalb Sophie mit ihm gebrochen hat?«

351

»Nein.«

»Sophie ist wie Sie dem Bep-Spiel begegnet. Und sie ist geflohen, denn sie hat begriffen, daß sie dabei war, sich in einem Spiegelpalast zu verirren. Also seien Sie vernünftig: lassen Sie sich führen. Und geben Sie mir Antwort: wo ist Jean?«

»Offen gestanden, ich weiß es nicht.«

Der mathematische Himmel geht dem meteorischen immer um drei Wochen nach. Heißt das, daß Jean, der sich auf die Seite des Wetters geschlagen hat, vor mir immer einen unverkürzbaren Vorsprung hat? Bedeutet es, daß ich, wenn ich mich nicht meinerseits auf die Seite der Meteore stelle, meinen Bruder nie wiederfinde? Die Folgerung kommt auf seltsamem Wege zustande, ist aber darum nicht minder zwingend, und ich erkenne in ihr die Intuition des bruderlos gewordenen Zwillings.

»Ich weiß nicht, aber im Grunde trifft daran Bep die Schuld! Bevor ich Sie hier traf, glaubte ich Jean in El-Kantara. Da ich Sie für ihn hielt, habe ich sofort daraus geschlossen, daß er nicht abgereist sei. Wenn Sie nicht Jean sind, ja, dann sprechen alle Aussichten wieder für El-Kantara!«

»Schön, dann eben El-Kantara. Also weiter. Erzählen Sie mir von El-Kantara. Sie haben auch einen Namen genannt, Deborah.«

»Jean war vor drei Wochen hier. Er hat hier die Bekanntschaft von zwei Leuten gemacht: von Ralph, einem Amerikaner, und Deborah, einer Engländerin. Sie haben mit ihrer Segeljacht eine Kreuzfahrt in der Adria gemacht. Sie sind nicht mehr jung. Er ist in den Siebzigern. Sie ist ein bißchen älter. Als Deborah plötzlich krank wurde, hat Ralph sie im nächsten Hafen an Land gebracht. Das war Venedig. Deborah wurde ins Ospedale San Stefano aufgenommen. Ralph hat dort Jean kennengelernt. Die ganze Zeit, die Ralph nicht bei Deborah zubrachte, zog er, an Jeans Arm hängend, von Bar zu Bar. Er nannte ihn den Stab seines Alters. Wenn er Bekannten begegnete, blieb er stehen, wies mit seiner freien Hand auf Ihren Bruder und sagte: ›Das ist Jean. Ich hab' ihn gern‹, und ging wieder weiter. Als Deborah nach Hause, nach Djerba verlangte, ging Jean mit ihnen an Bord. Das habe ich wenigstens geglaubt, bis ich Ihnen begegnet bin, und beginne es jetzt wieder zu glauben. Ralph hat immer eine Manie für Maskottchen

352

gehabt. Trotz dieser unmöglichen Jahreszeit war die Überfahrt wunderbar gut. Das ist alles, was ich durch ein. Telegramm aus Djerba weiß. Ob Deborah noch am Leben ist? Ob Jean bei ihnen ist? Ich weiß es nicht.«

»Also am besten hingehen und nachsehen.«

»Gehen Sie hin. Aber es sollte mich wundern, wenn Sie Ihren Bruder fänden. Irgend etwas sagt mir, Jean-Paul ist tot, ein für allemal tot.«

»Sie wissen gar nichts. Sie verstehen nichts davon. Die Atmosphäre dieser Stadt ist todesdüster und veranlaßt Sie, irgend etwas zu sagen, das nach Tod riechen soll.«

»Über dieser Stadt liegt der Tod. Spüren Sie denn nicht die schreckliche Drohung, die auf ihr lastet?«

Ich spürte sie. Ich sagte es ihr. Wenn der Regen andauert, spürt man, wie in dieser wasserspiegeleben daliegenden Stadt immer mehr das Gespenst der Überschwemmung in den Köpfen umgeht. Kommt es jetzt zustande, das berühmte, gefürchtete Ereignis: daß der stille Sturm, vom astronomischen Himmel gesteuert, mit dem meteorologischen Sturm zusammenfällt? Ich stelle mir Colombos Pfahl vor, wie er von Stunde zu Stunde tiefer ins Wasser taucht, wie der Wasserstand über die rote Linie der Alarmmarke steigt. Venedig versinkt in der vom Scirocco hochgepeitschten Flut der Adria.

»Ich habe die große Überschwemmung von 1959 hier erlebt«, sagt Hamida. »In dieser Nacht fuhr ich plötzlich aus dem Schlaf auf und sah mit unsäglichem Grauen, wie eine fette schwarze Zunge unter meiner Tür hereinglitt, Zentimeter um Zentimeter an Boden gewann, Spitzen, Halbinseln, Fangarme in alle Richtungen vorschob, allmählich die gesamte Fläche meines Zimmerbodens bedeckte. In dem flüssigen Dreck watend, zog ich mich in aller Eile an, plötzlich unterbrochen vom Erlöschen des elektrischen Lichts. Mit aller Gewalt strebte ich aus dem Zimmer hinaus, als liefe ich Gefahr, darin zu ertrinken. Draußen fand ich nichts als grundlose, schwappende Finsternis; nur Signale und Fackeln, die fernab auf Kähnen zitterten, verrieten, wie tief sie war. Rufe, Jammern, Feuerwehrsirenen hallten durch die Stille, ohne in ihre zähe Substanz einzudringen. Wir mußten den nächsten Abend abwarten, bis das Wasser aus der Lagune wieder durch die drei Durchlässe – die Bocce di Porto: beim Lido, beim Malamocco und bei Chioggia – ins Meer zu-

353

rückfloß. Dann fand man in einem Dämmerlicht, das durch eine bleierne Wolkendecke noch drückender war, alle Gassen, alle Plätze, alle unteren Geschosse der Häuser gleichmäßig mit einer dicken Schicht aus Schweröl, verfaulten Algen und verwesendem Aas bedeckt.«

Sie schwieg; ihre Augen hingen an der funkelnden Bewegung eines beleuchteten Jo-Jo, das ein ambulanter Händler an der Fingerspitze auf- und abschweben ließ.

»Jean in El-Kantara an der Seite der sterbenden Deborah, Sie hier in einem Venedig, das vor dem Ertrinken im Meer zittert«, begann sie wieder. »Es ist etwas von bösem Zauber in den beiden getrennten Zwillingen, die hintereinander herlaufen! Es ist, als bezeichneten Trauerfälle und Katastrophen Ihrer beider Wege. Weshalb?«

»Nein, das weiß ich wirklich nicht. Aber vielleicht werd' ich es eines Tages wissen, denn ich ahne undeutlich Dinge, die mir künftig erst klar werden mögen. Zunächst bildeten wir, Jean und ich, eben eine eigenständige Zelle, und freilich war diese Zelle mittendrin in der Welt, die wir ›Einlingswelt‹ nannten, weil sie von einzeln geborenen Individuen bewohnt wird. Doch diese Zwillingszelle war in sich geschlossen wie eine zugeschmolzene Ampulle, und alle Emissionen, Emanationen, Ejakulationen des einen wurden vom anderen empfangen und von ihm ohne jeden Rest aufgenommen. Die Einlingswelt war vor uns geschützt wie wir vor ihr. Doch ihre Atmosphäre hat einen zersetzenden Einfluß auf die Zelle gehabt; eines Tages hat sie über deren Undurchdringlichkeit gesiegt. Die zugeschmolzene Ampulle zerbrach. Von da an wirkten die getrennten Zwillinge nicht nur aufeinander, sondern auch auf Dinge und Menschen ein. Ob diese Einwirkung Unheil bringt? Daß einer von uns an Orten verweilt, an denen sich Unglücksfälle ereignen, beweist nicht zwingend, daß wir daran schuld sind. Vielleicht genügt es, von *Affinität* zu sprechen. Es könnte sein, daß entzweite Zwillinge, die in die Welt, die Städte, die Masse der Einlinge hinausgeschleudert werden, Zwistigkeiten, Zerwürfnisse, Explosionen wohl nicht hervorrufen, aber zu diesen Erscheinungen einfach in einem ... Anziehungsverhältnis stehen.«

»Ja, wer weiß aber, ob diese Anziehung nicht gegenseitig ist? Die Zwillinge, die es an einen bestimmten Ort zieht, weil sich dort eine Katastrophe ereignen *kann*, würden dann ihr tatsächliches Eintreten durch ihre bloße Anwesenheit beschleunigen . . . «

»Die Zwillinge? Von uns beiden war ich der Bewahrende, der Erhaltende.Jean hingegen folgte einem Zug, der ihn zur Trennung, zum Bruch trieb. Mein Vater hatte eine Fabrik, in der gewebt und gekrempelt wurde. Jean fühlte sich nur bei den Kremplerinnen wohl, ich fand mein Glück bei den Zettlerinnen. Seitdem bin ich versucht anzunehmen, Jean, der Krempler, säe überall, wo er hinkommt, allein kraft seiner Bestimmung, Zwietracht und Zerstörung. Das ist ein Grund mehr, daß ich mich bemühe, ihn wiederzufinden und ihn wieder zum Bep zurückzubringen.«

»Wenn ich noch einen Zweifel gehabt hätte, wer Sie sind – jetzt hätten Sie ihn beseitigt. Sie klagen Ihren Bruder an. Sie machen ihn zu einem Vogel, dessen Flug Unheil kündet. Ich habe nichts anderes in ihm gefunden als einen offenen, sympathischen, anziehenden Jungen, der unter seinem Alleinsein litt.«

»Um dem Bep zu entkommen, wirft sich Jean jedem nächsten besten an den Hals. Ich bin nicht überrascht, wenn er sich von Ralph und Deborah hat als Sohn gewinnen lassen. Als wir Kinder waren, ließ uns unser Zwillingstum wenig Raum für Sohnesgefühle. Nachdem Jean mit ihm nun gebrochen hat, sucht er sich eben einen Vater. Aber ich kenne ihn besser, als er sich selbst kennt. Das kann nicht gut ausgehen. Haben Sie mir übrigens nicht selbst gesagt, daß Sie schlechte Nachrichten haben?«

Der Kreis ist geschlossen. Durch welches Wunder ist es genau in diesem Augenblick zum Gleichklang der drei Orchester gekommen? Sie spielen auf einmal alle einhellig dasselbe, und zwar den *Sommer*, den schönen, fruchtbaren, barocken Sommer, übervoll und lachend wie ein Füllhorn, das ein Zug von Englein und Silenen im Triumph dahinträgt. Spielen sie wirklich im Gleichklang? Vielleicht nicht ganz, denn dann könnte ich nur das nächste, das Florian hören, aber ich kann auch, das ist nicht zu leugnen, das Lavena und das Quadri wahrnehmen, und demnach muß zwischen ihnen ein winziger Zeitabstand sein, gerade so viel, um eine zarte Echowirkung zu erzeugen, die der Musik Fülle, die ihr Tiefe gibt. Es ist, als ob durch diese ganz besondere Art von Stereophonie der ganze Markusplatz,

die Fliesen, Arkaden, die hohen Fenster, der Uhrturm, der dumm-männliche Campanile, die fünffach-weibliche Rundung des Domes – als ob alles diese Musik ausströmte.
Ich denke an die Weltschau der Zwillinge, die uns von den Dingen eine tiefe und zugleich plastische Kunde gab.

16

Die Insel der Lotosesser

Jean

Das erstemal bin ich Ralph in Harrys Bar begegnet. Zunächst hab' ich seine Kraft gesehen, das Majestätische an ihm, seine Trunkenheit, seine Vereinsamung. Ich habe begriffen, ich stand vor einem vom Olymp gefallenen Gott, einem Silen, der von seinen Zechkumpanen verlassen sich in schändlichster Gesellschaft herumtreiben mußte. Er hatte soeben seine Frau besucht, die mit etwas sehr Schlimmem, soviel ich zu verstehen glaubte einem Lungenkrebs, im Krankenhaus lag. Er holte sich neue Kräfte, bevor er wieder an Bord seines Seglers ging, der in einem der Kanäle der Giudecca festgemacht hatte; er wetterte gegen den Matrosen, der ihn begleitet und sich in der Stadt verflüchtigt hatte.

Arm in Arm zogen wir davon. Wir hatten einander sofort gegenseitig als Gefährten akzeptiert; ich kann nicht sagen, was in seinen Gedanken und in seinem Herzen vorgegangen sein mag. Aber ich habe in mir etwas entdeckt, was ich nie zuvor gewesen war: den Sohn. Ralph heilte mich mit einemmal von einem alten, frustrierten Verlangen: nach der Hand eines Vaters. Und Edouard? Ich mochte ihn von Herzen gern und bin noch immer nicht darüber hinweg, daß er so elend sterben mußte. Aber um ganz bei der Wahrheit zu bleiben: er war nicht allzu begabt für seine Rolle als Vater. Als Freund, ja, als Liebhaber, zur Not als Bruder – auch wenn er, soviel ich weiß, recht wenig getan hat, um Onkel Alexandre näherzukommen –, aber als Vater ... Es mag freilich auch sein, daß ich es auf Grund meiner Eigenart als Zwilling, die alles Natürliche verdarb, nicht verstanden habe, ein Sohn zu sein. Vielleicht hat Paul mit seiner Autorität, seiner Dominanz über mich, mit dem Amt des

Hüters der Zelle, das er glaubte übernehmen zu müssen, diese Vaterrolle an sich gerissen, so daß Edouard sich aus ihr verdrängt sah. Ich habe es lang genug gespielt, das Bep-Spiel, um zu wissen: die Zwillingszelle will zeitlos sein, das heißt, sie will nicht erschaffen, will ewig sein, und sie weist darum mit allen Kräften die Erzeugeransprüche zurück, die ihr gegenüber erhoben werden mögen. Für sie gibt es nur eine Putativ-Vaterschaft. Tatsache ist jedenfalls: kaum war ich Pauls bedrückende Nähe los, da fand ich einen Vater.

Er heißt Ralph. Er ist gebürtig aus Natchez in Mississippi. Er war 1917 in der Uniform der U. S. Navy in Paris gelandet. Als der Krieg zu Ende war, erlag er dem Reiz der »tollen Jahre«. Er sollte nie mehr in die USA zurückkehren.

Paris, Montparnasse, Dada, der Surrealismus, Picasso ... Man Ray, erstaunt und betroffen von der fast abnormen, unmenschlichen, Anstoß erregenden Schönheit des jungen Amerikaners, gewinnt ihn als Modell. Dann Italien, Venedig, Neapel, Capri, Anacapri. Für Ralph ist die Insel des Tiberius der Ort dreier entscheidender Begegnungen, die sein Leben verändern sollten.

Die erste ist die mit Dr. Axel Munthe, dessen Lebenssinn in einem Haus verkörpert, versteinert ist, einer Villa inmitten von Blumen, die hoch über dem Golf von Neapel schwebt. Sich völlig mit seinem Heim identifizieren, sein ganzes Leben in ein Haus setzen, *ex nihilo* entworfen, dann Stein um Stein gebaut, jeden Tag noch angereichert, bis zum Äußersten auf seine Person zugeschnitten, wie das Haus, das die Schnecke um ihren weichen, nackten Körper herum ausscheidet, aber ein Schnekkenhaus, das bis zum letzten Atemzug weiter ausgeschieden, weiter ausgebaut und vervollkommnet wird, weil es etwas Lebendiges, sich Wandelndes ist und mit dem Körper, der darin wohnt, in enger Symbiose bleibt.

Die andere Begegnung ist die mit Deborah, einer kleinen Engländerin, geschieden, ein wenig älter als er, fein wie Ambra, nervös, verzehrt von einer fiebrigen Intelligenz, das Ferment der Unruhe und Aktivität, das dem Mann aus Natchez gefehlt hatte.

Schließlich des Orakels Mund: es sprach aus dem Munde eines einundneunzigjährigen Engländers, der sich nach Capri zurückgezogen hatte und, als er Ralph und Deborah sah, ihnen kundtat, sie seien noch nicht am rechten Ort, sie müßten weiterfahren, hinunter gen Süden, gen Osten, an die Küsten Afrikas, und ihr Zelt auf der Insel Djerba aufschlagen.

Sie gehorchten. Das war 1920. In El-Kantara fanden sie eine befestigte, wogengepeitschte Kasbah, ein großes, verwahrlostes, im Stil einer Sous-Préfecture zur Zeit Napoleons III. gebautes Hotel, und im übrigen eine Unendlichkeit von goldenem Sand, durchschnitten von Palmenhainen und Olivengärten im Schutz kaktusstarrender Erddämme. Ralph und Deborah waren die ersten. Sagen wir Adam und Eva. Doch das Paradies galt es erst zu schaffen.

Um eine Handvoll Dollars kauften sie einen Morgen Wüste am Meer. Dann gruben sie in die Tiefe, bis sie auf Wasser stießen. Seitdem dreht sich über dem Grün der Blätter eine Windradpumpe mit der ungewohnt belebenden Munterkeit eines riesigen Kinderspielzeugs, und klares Wasser, zunächst in einer Zisterne gesammelt, verteilt sich über ein Netz von Rinnen, die sich mit kleinen Schiebern öffnen und schließen lassen, in den Gärten. Dann pflanzten und bauten sie.

Die Schöpfung hatte begonnen. Sie hat seitdem nicht mehr aufgehört, denn dieses Haus, dieser Garten registrieren – im Gegensatz zu der unbewegt-ewigen Wüste um sie her – auf ihre Art die Zeit, bewahren die Spur von allem, was da kommt und geht, von all dem Wachsen, Aufgesogenwerden, Sich-Wandeln, Verkümmern und Neuergrünen, das sie durchmachen.

Wenn der Mensch – lichtlos, in sich versponnen – sich ein Haus baut, so erhellt, erklärt, entfaltet ihn dieses Haus in Licht und Raum. Sein Haus ist Erläuterung und auch Bestätigung seiner selbst, denn so wie es etwas Transparentes, Strukturiertes ist, so bedeutet es zugleich auch, Besitz zu ergreifen von einem Stück Erde – aus dem Keller und Fundamente ausgehoben werden – und von einem Stück Raum, das nun mit Mauern und Dach umwehrt wird. Man könnte sagen, Ralph habe sich von Axel Munthes Beispiel nur inspirieren lassen, um dann die Gegenposition einzunehmen. Einem Aussichtsturm wie San Michele, der stolz den Horizont überragt, hat er das niedrige, ganz ebenerdige – ebengärtige müßte man sagen – Heim vorgezogen, das ganz im Grün versteckt liegt. Axel Munthe wollte sehen und nicht minder auch gesehen werden. Ralph kümmerte

sich um kein äußeres Geschehen und suchte das Verborgene.
Das Haus von San Michele ist das eines Einzelgängers, eines
Abenteurers, eines Eroberers, das Adlernest, wo der Nomade
zwischen zwei Raubzügen verweilt. Ralphs und Deborahs
Haus ist die Suhle zweier Verliebter. Verliebt ineinander, aber
auch in das Land, in die Erde, mit der sie in Berührung bleiben
wollten. Von den Fenstern aus sieht man nichts, und die diffuse
Helligkeit, die sie einlassen, ist durch mehrere Laubvorhänge
gefiltert. Es ist ein irdisches, tellurisches Haus mit den Erweite-
rungen ins Pflanzliche, die es verlangt, das Ergebnis eines langsamen, unbewußt-urgründig Wachstums.
Die Verschlechterung in Deobrahs Zustand hatte sich in einem
plötzlichen, trügerischen Nachlassen ihrer Beschwerden geäußert, und so hatte die Kranke auf eine sofortige Abreise
nach dem Süden, nach Tunesien gedrängt. Es schien selbstverständlich, daß ich sie begleitete, um so mehr als einer der
beiden Seeleute sich im Danieli verdingt und beschlossen hatte,
in Venedig zu bleiben. Wieviel Tage dauerte die Überfahrt?
Zehn, zwanzig? Ohne die ganz kurzen Landgänge in Ancona,
Bari, Syrakus, Sousse und Sfax wäre sie völlig außerhalb
der Zeit gewesen. Nur wenn wir Landberührung hatten, begegneten wir wieder dem Kalender, der Langeweile, dem Altwerden. Ich stehe nicht an, es zuzugeben: alles, was in mir –
gegen meinen Willen – an Pauls Zwangsvorstellung von Un-
veränderlichkeit, Ewigkeit, Unzerstörbarkeit teilhat, ist damals
aus seiner langen Erstarrung erwacht und hat eine kurze Blüte
erlebt. Der wolkenlos sonnige Himmel, von einer leichten
Brise aus Nordwest belebt, hüllte uns in ein glückliches Nichts.
Man hatte Deborahs Chaiselongue im Schutz einer Flechtwand
auf dem Achterdeck untergebracht. Dieses große Segelboot, das
sich auf den lapislazulifarbenen Wogen graziös neigte – dieser
Schatten von einer Frau – abgezehrt, ganz Stirn und Augen –
in Kamelhaartweed gehüllt – das Entlangstreichen des Wassers
an den Flanken des Schiffes und die Wirbel, die achtern seine
Bahn bezeichneten – wo waren wir? In welchem ein wenig naiven, idealisierten, postkartenbunten Meeresbild? Ralph war
ganz Kapitän geworden, der verantwortliche Herr über das
Schiff und die Menschenleben darauf; er war völlig verwandelt. Falls er weiterhin trank – betrunken war er nie. Ohne
Verzug gehorchten wir all seinen – präzisen und seltenen –

Befehlen. Jeder Tag breitete sich so leer, so ähnlich dem vorigen vor uns aus, es war uns, als durchlebten wir immerfort wieder denselben Tag. Wir machten zwar Fahrt, aber glich unsere Bewegung nicht der stilisierten, auf ewig in der Schwebe gehaltenen Bewegung des Diskuswerfers, wie ihn die Hand des Künstlers festgebannt hat? Zudem blieb, um mein Glück vollkommen zu machen, Deborahs Zustand unverändert. Ich erlebte das absolute Reisen in einem Zustand nicht mehr zu steigernder Vollkommenheit. Sicher lag darin etwas, zu dem ich berufen war, denn ich erinnere mich nicht, jemals eine ähnliche Erfüllung erlebt zu haben. Weshalb nur mußten wir ans Ziel kommen? Kaum waren wir in Sichtweite von Houmt-Souk, überzog sich der Himmel mit Wolken, wurde Deborah von einem schrecklichen Erstickungsanfall gepackt. Als wir sie bei Sandsturm in El-Kantara an Land brachten, lag sie im Sterben. Zugleich trat sie aus ihrem Schweigen heraus.

So fiebrig und zwanghaft alles war, was sie sprach, es blieb klar gegliedert, folgerichtig, fast realistisch. *Sie sprach von nichts anderem als von ihrem Garten.* Sie zitterte, weil er ihre Anwesenheit nicht entbehren konnte. Es war mehr als ihr Werk, ihr Kind, er war die Erweiterung ihres eigenen Ich. Nun konnte ich es wirklich ermessen, das Wunder dieses botanischen Überschwangs mitten in der Wüste, auf einer ausgedörrten Erde, gerade gut genug für Alfagras, Agaven und Aloe. Das Wunder eines fortgesetzten, hartnäckigen Bemühens, vierzig lange Jahre hindurch, in denen Tag für Tag im Hafen von Houmt-Souk Tütchen mit Samenkörnern, Gebinde von Zwiebeln, strohumwickelte Sträucher und vor allem säckeweise Kunstdünger und Pflanzenhumus anlangten. Aber auch ein Wunder an Einfühlsamkeit, die zauberische Schöpfung einer Frau, deren »grüne Hände« offenbar die Gabe hatten, an jeglichem Ort jegliche Pflanze gedeihen zu lassen. Wenn man Deborah und ihren Garten sah, war es klar: hier war die Schöpfung etwas Fortdauerndes, das heißt etwas, das täglich, stündlich von neuem geschah, ebenso wie Gott nach der Erschaffung der Welt sich nicht von ihr zurückgezogen hat, sondern sie weiterhin durch seinen Schöpferodem am Sein erhält, ohne den in der nämlichen Sekunde alle Dinge wieder ins Nichts zurücksänken.

Mit der strahlenden Sonne, die unsere Überfahrt triumphal begleitet hatte, war es aus. Von Stunde zu Stunde höher türmte sich eine bleierne Wolkenwand am Horizont auf. Unterdessen jammerte Deborah, rang die Hände, klagte sich geradezu eines Verbrechens an, weil sie ihren Garten so lange sich selbst überlassen habe. Sie zitterte für ihren Oleander, dessen nächstes Blühen gefährdet sei, wenn man nicht daran denke, die verwelkten Blüten abzuzupfen. Sie sorgte sich, weil sie nicht wußte, ob die Azaleen geschnitten, ob Lilien- und Amarylliszwiebeln aus der Erde genommen und vereinzelt worden waren, ob die Bassins von den Wasserlinsen und Froscheiern befreit worden waren, von denen sie wimmelten. Diesen Bassins gehörte ihre ganze Sorgfalt, denn auf ihren Wassern schwammen die himmelblauen Nympheen, die Nilseerosen, die azurblauen Hyazinthen, über sie reckten sich die langen, in schüttere Dolden auslaufenden Papyrusstengel und vor allem die großen weißen Lotosblumen, die nur einen Tag blühen und dann eine sonderbare, salzfaßartige Kapsel mit Löchern hinterlassen; aus den Löchern stieben Samenkörner, die zum Verlust der Erinnerung führen. Übrigens ist anerkannt, daß Djerba jene Insel der *Lotosesser* ist, wo einst Odysseus' Gefährten die Heimat vergaßen; dann muß man freilich annehmen, daß allein Deborah die einstige Vegetation dieses Landes wieder angesiedelt hat, denn Lotos findet man nirgendwo als in ihrem Garten.

Eines Nachts tobte krachend und dröhnend ein Unwetter über unseren Köpfen. Während Blitze uns für einen Sekundenbruchteil erkennen ließen, welch verheerenden Schlägen der Garten ausgesetzt war, wurde Deborahs Unruhe beängstigend. Taub für unser flehentliches Bitten, wollte sie um jeden Preis hinaus, um ihre Geschöpfe draußen zu schützen, und obwohl sie aufs äußerste geschwächt war, mußten zwei Männer sich an ihrem Bett ablösen, um sie festzuhalten. Als der Tag anbrach, fand Ralph ein Bild der Zerstörung vor. Der Wind war abgeflaut, doch ein dichter, gleichmäßiger Regen prasselte auf die Blätter, die den Boden bedeckten. Nun kam Ralph aus seiner Trunkenheit zu sich, beschloß Deborahs Verlangen nachzugeben, und gebot uns, ihm behilflich zu sein, sie nach draußen zu bringen. Wir waren zu vieren an der Tragbahre, die uns darum hätte recht leicht erscheinen müssen, aber wir waren erschüttert von Deborahs Todeskampf, dem die Trostlosigkeit des ver-

361

heerten Gartens zu entsprechen schien. Wir hatten den Schock
gefürchtet, den es für sie bedeuten mußte, ihr Werk vernichtet
zu sehen. Aber während wir im Bestreben, umgestürzte
Bäume zu umgehen, im triefnassen Gartenland einsanken, lächelte sie mit völlig verwirrten Sinnen. Sie wähnte sich in ihrem Garten, so wie er in seiner schönsten Blütezeit gewesen
war, und ihr regenüberströmtes Gesicht, an dem ihr Haar in
Strähnen klebte, strahlte von einer unsichtbaren Sonne. Wir
mußten sie hinunterbringen bis zum sandigen Saum des Strandes, der Stelle, wo sie in ihrem Fieberwahn eine Gruppe Akan-
thuspflanzen aus Portugal mit über zwei Meter hoch aufragen-
den Blütenständen sah. Sie wünschte, wir sollten im Vorbeigehen die imaginären rosaroten, Wellensittichen ähnlichen
Früchte der Asklepias bewundern, und auch die schimären-
hafte Mirabilis Jalapa aus Peru, die man auch Schöne der Nacht
nennt, weil sie sich erst in der Abenddämmerung öffnet. Sie
streckte die Arme aus und wollte nach den herabhängenden,
tubenförmigen, weiß-roten Stechapfelblüten und nach den
blauen Rispen der Jakarandas greifen. Wir mußten in einem
vom Sturm zertrümmerten Bambuspavillon haltmachen, weil
die ägyptische Doliske seinerzeit ihre violettblühenden Schlin-
gen darumgerankt hatte. Unser Umherirren in diesem tropi-
schen Sturzregen wäre bloß jammervoll gewesen, hätte Ralph
zu Deborahs Fieberphantasien nicht auch noch seine Trunkenheit beigetragen und dadurch einen irren Umzug daraus gemacht. Er wollte, denke ich, die Sterbende wohl nicht verär-
gern, doch ging er mit einer erschreckenden Überspanntheit
auf ihr Spiel ein. Er rutschte im Dreck aus, stolperte über abge-
schlagene Äste, tappte in Bewässerungsrinnen, und mehr als
einmal hätte nicht viel gefehlt und die Tragbahre wäre umge-
kippt. Man hielt endlos in einem vom Unwetter zerharkten
Gehölz von fruchttragenden Bäumen; dort las er in einer
Pfütze einen Gemüsekorb auf und tat so, als pflücke er Zitronen, Orangen, Mandarinen und Kumquatfrüchte und legte sie
danach in Deborahs Hände. Dann, weil sie sich um die Wasser-
pflanzen sorgte, die unter den in die Bassins eingedrungenen
Wasserschildkröten litten, gelang es Ralph, mit vollen Händen
im Schlamm wühlend, eines der Tiere zu fangen. Er zeigte es
Deobrah, wie es mit den abgehackten Bewegungen eines mechanischen Spielzeugs wie verrückt zappelte; dann legte er die

362

Schildkröte auf einen Stein und mühte sich ingrimmig, sie zu zertreten. Vergebens. Der Panzer hielt stand. Er mußte erst einen zweiten Stein holen und ihn mit aller Wucht auf die Schildkröte schleudern, um sie so in eine Masse zuckender Eingeweide zu verwandeln. Dieser höllische Umzug hätte bestimmt noch lange gedauert, hätte ich nicht bemerkt, daß Deborahs weitaufgerissene Augen nicht mehr zuckten, wenn bei dem nun mit doppelter Stärke herabprasselnden Regen Tropfen darauf fielen. Auf mein Geheiß wurde haltgemacht, und ehe Ralph Zeit hatte, sich zu ereifern, drückte ich der Toten die Lider zu. Als wir zum Haus kamen, sahen wir, daß ein Ast des Baobab-Baumes abgebrochen war und im Fallen das Glasdach des Vogelhauses zerschlagen hatte. Zwei Paradiesvögel waren durch Glassplitter umgekommen, die übrigen Vögel hatten das Weite gesucht.

Paul

Ich habe nach Rom fahren müssen, um einen Flug Richtung Tunis zu bekommen. Graue, vom Sturm gestriegelte, zerzauste, zerraufte, zerfetzte Wolkendecke. Die Maschine reißt sich von diesem Schmutz mit seinen Wirbeln und Turbulenzen los, und plötzlich ist um uns das sonnige Blau und die Stille von Hochgebirgsgipfeln. Obwohl wir nicht sehr hoch gestiegen sind, verdeutlicht dieser Gegensatz auf packende Weise, daß der verworrene, allen Launen der Meteore ausgelieferte Himmel überlagert ist von einem mathematischen Himmel, der den Gestirnen gehorcht.

In Karthago steige ich in eine winzige Maschine Richtung Djerba um. Das Wetter ist weiterhin abscheulich, und die zwei Stunden Flug, bis wir den Flughafen Mellita erreichen, setzen uns ziemlich übel zu, denn wir steigen nun nicht mehr in die Höhen des Olymp empor, wir schwimmen unter der Wolkendecke, die sich über uns ihrer Blähungen und ihrer eiligen Zufälle entledigt. Nichts ist schmutziger und trister als diese Sonnenländer, wenn ihnen das Blau und das Gold schönen Wetters versagt sind. Über die Piste des Flugplatzes fegen böige Schauer, in der Ferne sind Palmen sichtbar, es schnürt einem das Herz zusammen, wie sie herumgebeutelt, hin- und hergestoßen, ins Lächerliche gezogen werden.

Als ich einen Taxichauffeur frage, ob er mich nach El-Kantara

fahren könne, erkundigt er sich, welches der beiden El-Kantara
ich meine. Ich ärgere mich über meine unbedachte Eile, denn
ein schlichter Blick auf die Karte hätte mich gelehrt, daß es
tatsächlich zwei Dörfer dieses Namens gibt, das eine auf der
Insel Djerba, das andere auf dem Festland, auf der einen und
auf der anderen Seite des Golfes von Bou Gera. Sie sind übrigens durch eine sechs Kilometer lange Römerstraße miteinander verbunden. Also rede ich von Ralph und Deborah,
ihrem – nach Hamis Angaben wundervollen – Garten, von Deborahs Tod, der erst einige Tage zurückliege. Er entsinnt sich,
von einer feierlichen Beisetzung gehört zu haben, die erst vor
kurzem, gerade bei einem Unwetter, auf dem Friedhof von El-
Kantara auf dem Festland stattgefunden habe, und er ist bereit,
mich hinzufahren.
Hami hat stets einen seltsamen Widerwillen dagegen bekundet, bei mir von Ralph, Deborah, ihrem Leben, ihrem Garten,
ihrem Haus zu sprechen. Einer Familie von kleinen Handwer-
kern in Aghir entstammend, zog sie bald Nutzen aus dem Kontakt mit Touristen jeglicher Nationalität – vor allem aber Deutschen und Amerikanern –, die nach dem Krieg mehr und mehr
über die kleine Insel herfielen. Soziologen mögen die erstaun-
liche, umwälzende Veränderung analysieren, die der Zustrom
von Besuchern aus dem Norden innerhalb der Bevölkerung der
armen, aber sonnenreichen Länder mit sich bringt. Mögen
auch manche Eingesessenen sich in ihre Scheu oder ihre Verachtung verschließen – die Mehrheit sucht an dieser gold-
schweren »Kundschaft« möglichst gut zu verdienen, indem sie
ihr ihre Sonne, ihr Meer, ihre Arbeitskraft oder ihren Körper
vermieten. Hami gehörte zu denen, die sich schnellstens Sprache und Umgangsformen der Neuankömmlinge zu eigen
machten mit dem Ziel, sich ganz in deren Gesellschaft einzufügen. Ich glaube, sie organisierte für Erzeugnisse des heimi-
schen Handwerks zunächst den Verkauf an Ort und Stelle,
dann den Export. Später wurde sie Raumgestalterin in Neapel,
Rom, schließlich in Venedig, wo ich ihr begegnete. Die Palazzi
in der Stadt Othellos eigneten sich für eine maurisch beein-
flußte Innengestaltung, und Hami war klug genug, nie zu vergessen, daß sie von Djerba stammte. Seit einigen Jahren kommen ihr auch die Bemühungen zugute, schöne venezianische
Adelssitze wieder zu restaurieren.

Die sechs Kilometer Römerstraße zwischen den beiden Zwillingsdörfern waren nicht ohne Gefahr, denn abgesehen von den Böen, die den Wagen schüttelten, hatten die Wellen die Fahrbahn mit Muscheln, Kieselsteinen und vor allem mit Sand- und Schlammflecken bedeckt.

Der Djebbana von El-Kantara ist – in seiner Art – ein Friedhof am Meer, denn der Hang, auf dem die schlichten Steine der Arabergräber stehen – ein Stein für einen Mann, zwei für eine Frau –, neigt sich zum Meer hin, doch weil das der Golf ist, kehrt er der Weite des Mittelmeers eigentlich den Rücken. Wir waren darum einigermaßen geschützt, als wir mit einem kleinen Jungen, der hier an Stelle eines Friedhofswärters Dienst tat, die mit Steinfliesen belegten Gänge zwischen den Gräbern durcheilten. Der Bub erinnerte sich an den Trauerzug, der vierzehn Tage zuvor dem Sarg das Geleit gegeben hatte, doch konnte ich ihn noch so lang betrachten, ich sah keine Spur von Entfremdungsleuchten auf seinem Gesicht. Jean war also bei den Feierlichkeiten nicht zugegen gewesen. Dafür berichtete uns der Junge, die Fahrt auf der Römerstraße sei durch die Gewalt des Unwetters dramatisch verlaufen. Die Männer hätten behauptet, sie hätten beinahe aufgeben müssen, als zweimal Wogen über die Straße schlugen und sie samt dem Sarg ins Meer zu fegen drohten. Also war Ralphs Anwesen in dem auf der Insel gelegenen El-Kantara. Wir hielten uns bei dem Viereck aus frisch aufgewühlter Erde, vor das uns das Kind geführt hatte, nicht lange auf und schlugen wieder – in Gegenrichtung – die Straße zurück auf die Insel ein.

In El-Kantara auf der Insel fand ich unschwer Ralphs Anwesen, dessen grüne, offenbar unzugängliche Masse schon von weitem zu sehen ist wie eine Oase in der Wüste. Ich bezahlte mein Taxi und suchte nun allein unter den Bäumen meinen Weg. Das, was sicherlich noch vor kurzer Zeit ein großer, prachtvoller exotischer Park gewesen war, war nun bloß noch ein Durcheinander umgeworfener Baumstämme, abgebrochener Palmen, aufgehäufter Blätter, über die Schlingpflanzen liefen, sich kreuzten, sich verknoteten, um schließlich irgendwo baumelnd herunterzuhängen. Mit großer Mühe drang ich weiter in Richtung auf die Mitte des Waldes vor, wo sich folgerichtig wohl das Haus befinden mußte. Die erste Spur einer menschlichen Siedlung, auf die ich stieß, war ein umgestürztes Windrad, dessen

Blätter und dessen Steuerfläche, beide aus Holz, entzwei und in Stücke zersprungen waren und dessen eiserne Beine in die Luft ragten. Man braucht kein Diplom einer Gartenbauschule zu haben, um zu begreifen, daß das, was vor meinen Füßen lag, bei diesem Wüstenklima das Herz allen pflanzlichen Lebens in diesem Garten gewesen war. Ich verlor mich darin, die ziemlich einfache Mechanik dieses zerbrochenen großen Spielzeugs zu untersuchen, als ich durch einen seltsamen Laut, der vom Himmel zu kommen schien, überrascht wurde. Es war ein schnelles, sachte scheuerndes Geräusch, von einem unregelmäßigen Quietschen begleitet. Wenn man die Augen schloß, hatte man die Vorstellung von einer Mühle –, einer kleinen Windmühle, leicht und munter – und von einer Kette –, vielleicht einer Transmissionskette. Man sah es vor sich ...: ein Flügelrad, das sich fröhlich im frischen Winde dreht und auch das halb unterirdische Arbeiten der Pumpe, die das Wasser zutage fördert. Zum erstenmal hatte ich in diesem Anwesen bei El-Kantara das Gefühl, gefangen zu sein in einem magischen Raum, übervoll von Halluzinationen und unsichtbaren Wesen. Ich hörte, wie es lebte und lebendig seinen Dienst tat, dieses Windrad, das doch zerbrochen, tot, für immer regungslos vor mir lag. Plötzlich wurde das leise, streifende, emsige Geräusch von einem gellenden, unflätigen, hysterischen Lachen unterbrochen. Flügelschläge rauschten in einem Mandelbäumchen in nächster Nähe, und ich gewahrte einen dicken, rot, blau, gelb und grün gefiederten Ara, der sich auf drollige Weise schüttelte. Zwar hatte ich damit die vernünftige, eindeutige Erklärung für das, was mir als Halluzination erschienen war. Doch diese Erklärung war in sich zu sonderbar – und sie hatte irgendwie etwas von bösem Zauber an sich –, als daß sie mich hätte beruhigen können, und so setzte ich mit angstvoll-beklommenem Herzen meinen Gang durch den verwüsteten Park fort.

Das Haus liegt so dicht in einem Hibiskus-, Lorbeer- und Palma-Christi-Dickicht versteckt, daß ich es erst entdeckte, als ich mit der Nase daraufstieß. Ich machte einmal die Runde, um den Eingang zu finden, eine Freitreppe mit fünf niedrigen Stufen im Schutz eines Peristyls, über das eine große Bougainvillea das verschlungene Netz ihrer Zweige rankt. Die Zedernholztüren sind weit offen, und wie in einem Gefühl seltsamer Vertrautheit gehe ich ohne Zögern hinein. Es ist nicht eigentlich so, daß ich glaubte, ihn wiederzuerkennen, diesen Patio mit dem Bassin in der Mitte, in das verloren ein Wasserstrahl fällt. Es ist anders. Es ist, als erkennten sie mich wieder, diese Räume, und empfingen mich, offensichtlich getäuscht durch meine Ähnlichkeit mit Jean, als gewohnten Gast. Kurz gesagt, das *Entfremdungsleuchten*, nach dessen Widerschein ich seit zwei Monaten auf jedem Gesicht mit furchtsamer Neugierde spähe, erscheint zum erstenmal auf den Dingen selbst – so auf dem dunklen, kühlen Äußeren dieses Patio. Sicher hat Jean Zeit gehabt, in diesem Haus vertrauter Gast zu werden, sich hier einzunisten wie einer, der von jeher hier wohnt, wie ein Sohn. Ich aber gehe hier umher in einer Trunkenheit, die mich ängstigt, ähnlich wie jene blitzartigen Paramnesien, die wir zuweilen empfinden und die uns einen Augenblick lang die absolute Gewißheit geben, die jetzige kurze Episode unseres Lebens bis in die kleinsten Einzelheiten schon einmal erlebt zu haben. O Jean, mein Bruder und Ebenbild, wann hörst du endlich auf, Treibsand unter meine Schritte zu breiten und meinen Augen Trugbilder vorzugaukeln? Zu meiner Linken gewahrte ich einen Flur und etwas weiter einen geräumigen Salon mit gewölbter Decke, einem Kamin mit einer großen Fensternische darüber und mit einem niedrigen, aus einer Marmorplatte auf einem Säulenkapitell bestehenden Tisch. Aber die Ausmaße des Raums und seine reiche Ausstattung machten es nur noch tragischer, wie verwahrlost er war: das Glas in der Nische war zertrümmert und hatte Glassplitter, lang wie ein Dolch, und einen Haufen faulender Pflanzenreste auf Möbel und Teppiche verstreut. Mehr wollte ich nicht sehen. Ich ging wieder hinaus, um das Haus herum. Nach Durchqueren eines kleinen Gehölzes von Paulownien und Berberfeigenbäumen taucht eine verstümmelte, mit Aristolochienranken bekleidete Kourosstatue auf. Sie steht inmitten eines Halbkreises, der mit einer Einfassung aus Stein in den Boden eingelassen ist und sechs Abschnitte umfaßt, die sechserlei Arten von Rosenstöcken umgrenzen. Hier sah ich Ralph zum erstenmal. Er schnitt die spärlichen Blumen, die das Unwetter vergessen hatte. Er mußte mich gesehen haben, denn er murmelte erklärende Worte: »Sie sind für Deborahs Grab. Das schönste Grab auf der ganzen Erde ...«

Dann kehrte er mir den Rücken und schritt schwerfällig auf

367

einen kleinen viereckigen, frisch aufgeworfenen Erdhügel zu. Hatte ich recht gehört? Aber – wenn Deborah hier beerdigt war, was bedeutete dann das Grab auf dem Djebbana von El-Kantara drüben auf dem Festland? Ralph hatte seinen Arm voll Rosen auf die Erde geworfen, zu den weißen Glockenblumen, den malvenfarbenen Brakteen, den orangegelben Trauben der afrikanischen Nemesien, die im Verein mit Asparagusstengeln auf dem Grab eine zarte, zitternde Blumenstreu bildeten.

»Hier wird eine halbkreisförmige Steinplatte stehen, eine Sonnenuhr, die ich von Karthago mitgebracht habe. Ich lasse gerade in Houmt-Souk die Inschrift einmeißeln. Nur den Vornamen: Deborah. Und zwei Daten: das Jahr, in dem sie hier starb. Das schon. Aber nicht ihr Geburtsdatum. Das nicht. Das Jahr, in dem wir in El-Kantara ankamen: 1920.«

Er blickte aus blauen, von Vergreisung und Alkoholismus starren und zugleich verschleierten Augen zu mir auf. Mit seinem weißen, kurzgeschnittenen Haar, seiner bulligen Gestalt, seiner kupferbraunen Haut und den schweren, regelmäßigen, maskenhaften Zügen glich er einem alten römischen Kaiser: gescheitert, vertrieben, ohne Hoffnung, aber von so uralter, so tief in ihm wurzelnder Vornehmheit, daß kein Unglück ihn zu erniedrigen vermochte. Er trat ein paar Schritte auf mich zu und legte mir die Hand auf die Schulter.

»Komm. Gehen wir hinein. Tani soll uns Tee mit Minze bringen.«

Steif drehte er sich nochmals um, zum Garten hin, umarmte ihn mit vager Geste.

»Das war Deborahs Garten. Jetzt ist er Deborah.«

Von unten her, mit lauerndem Blick, schaute er mich an.

»Verstehst du, ja? Sie ist nicht bloß in dem Loch da drüben. Sie ist in den Bäumen, in den Blumen, überall.«

Mit schwerem Schritt, schweigend, ging er weiter. Hielt abermals inne.

»Jetzt hab' ich alles verstanden. Vor vierzig Jahren sind wir hierhergekommen. Da war alles Sand. Deborah hat den Garten nicht angelegt, nein. Der Garten ist ganz natürlich aus ihren grünen Händen hervorgegangen. Ihre Füße sind Wurzeln geworden, ihre Haare Blätter, ihr Leib ein Baumstamm. Und ich Idiot, ich hab' nichts gesehen. Ich glaubte, Deborah macht Gartenarbeit! Deborah ist zum Garten geworden, zum schönsten

Garten der Welt. Und als der Garten fertig war, ist sie in der Erde verschwunden.«

Ich äußerte einen Einwand. Ich sah sie wieder vor mir, die umgestürzten Bäume, die entlaubten Zweige und vor allem das äolische Herz des Gartens, das umgestürzt und zerbrochen war.

»Ja, Ralph, gewiß. Aber das Unwetter?«

»Das Unwetter? Welches Unwetter?«

Verwirrt schaute er mich an. Man mußte sich zu der Einsicht bequemen: eine Zerstörung des Gartens durch Sturm und Regen gab es für ihn nicht. Er wies die Wirklichkeit von sich und sah nur, was er sehen wollte. Das wurde ganz besonders deutlich, als wir ins Haus traten und Hennen, Perlhühner und Pfauen entsetzt vor uns davonstoben. Irgendwo war ein Geflügelhof gewesen. Er war beschädigt worden, und das Geflügel fiel nun über alles her. Doch Ralph schien sie nicht zu sehen, die Vögel, die schwerfällig zwischen den Nippsachen umherflatterten und die Teppiche mit Kot beschmutzten: sie hatten in seiner Phantasiewelt keinen Platz. Damit begriff ich zugleich, daß ich keine Chance hatte, das Mißverständnis, das meine Person betraf, aufklären zu können. Nur um nichts zu versäumen, aber ohne irgendeinen Zweifel, was dabei herauskommen würde, sagte ich: »Ich bin nicht Jean. Ich bin sein Zwillingsbruder Paul.« Ralph rührte sich nicht. Er hatte nichts gehört. Seine Aufmerksamkeit hatte sich sogleich entschieden von diesen Worten abgewandt, die eine neue, unbegreifliche, umstürzende Veränderung in sein Leben gebracht hätten. Er hatte gerade – und noch für lange Zeit – genug zu tun mit Deborahs Metamorphose in diesen Garten. Was sollte ich ihn weiter behelligen? Ich sah wieder die ungläubige und unversehens feindselige Miene Hamidas vor mir, die Mühe, die es sie gekostet hatte, sich mit dem unfaßlichen Paradox zu befreunden: mit diesem Jean, der nicht Jean war. Es konnte keine Rede davon sein, daß man das alles nun diesem alten Mann aufbürdete, der hinter den Mauern seines Phantasiegebäudes lebte. Ich konnte jetzt nur ermessen, wie tiefgehend, wie bedeutungsschwer das Schwindelgefühl gewesen war, das mich erfaßt hatte, als ich vorhin in dieses Haus getreten war, und das ich schlicht als eine – im Grunde atmosphärische – Spielart des Entfremdungsleuchtens gedeutet hatte. Solange ich auf der In-

sel der Lotosesser weilte, würde ich gefangen sein von diesem
Garten, diesem Haus, diesem Mann, und sie würden es mir
völlig verwehren, ich selbst zu sein. Das Mißverständnis war
hier ehernes Gesetz. Es stand nicht in meiner Macht, dagegen
anzugehen. Wer weiß, ob ich mich auf die Dauer nicht überzeugen lasse, daß ich Jean bin?
Er läßt sich auf ein Sofa fallen, wobei eine Fasanenhenne mit
großem Spektakel das Weite sucht. Ein alter Chinese – oder
Vietnamese – in schmierigem, weißem Gewand bringt ein Tablett mit zwei großen, dampfenden Gläsern, in denen ein Krin-
gel Minzeblätter liegt. Ralph gibt einen Schuß Bourbon in sein
Glas. Er trinkt schweigend, die Augen fest auf einen Flecken an
der Wand gerichtet, der sich vom eindringenden Regenwasser
dort gebildet hat. Er sieht ihn nicht, er ist blind für die zertrümmerten Fenster, die abblätternden Decken, die um sich greifen-
den schimmligen Stellen, die eindringenden Tiere, für den offensichtlichen Zerfall dieses Hauses und der Luxus-Oase, von
der es umgeben ist. Nun, da Deborah entschwunden ist, verschwinden auch Haus und Oase in unheimlicher, erschrecken-
der, magischer Eile von der Oberfläche der Insel. In ganz kurzer
Zeit werden die Besucher, wenn sie den wieder zu makellosem
Sand gewordenen Boden betreten, nicht mehr wissen, wo
Ralphs Haus stand und ob es dieses Haus je gegeben hat.
Es ist, als hätte er etwas von meinen Gedanken erraten, denn er
sagt: »Wir hatten die Yacht für die Ferien. Aber selbst hier
lebten wir, Deborah und ich, wie auf einem Schiff. Weil die
Wüste, die uns umgibt, wie das Meer ist. Ein Schiff, das wir in
vierzig Jahren miteinander gebaut hatten. Hier hast du das ir-
dische Paradies und die Arche Noah in einem.«
Und er streckt die Hand aus; ein Goldfasan, dem er aus Verse-
hen zu nahe kommt, hüpft flatternd zur Seite.
Gefangen in der Schlinge des eigenen Betrugs, sah ich mich
gestern vor ein unerwartetes Problem gestellt: welches ist
Jeans Zimmer, *mein* Zimmer? Ich konnte weder Ralph danach
fragen noch Tanizaki noch Farid noch den kleinen Ali, der jeden
Tag mit seinem Fahrrad und einem Anhänger daran auf den
Markt ins Dorf fährt und einkauft. Nach dem Abendessen
glaubte ich einen Trick gefunden zu haben und bat Farid unter
Hinweis auf die kühler gewordenen Temperaturen, mir eine
zusätzliche Decke auf mein Bett zu legen. Aber das dumme

Biest entwischte mir, so sehr ich auf ihn achtgab, und verkündete mir zu meiner Überraschung eine Viertelstunde später, es sei schon geschehen. Ich war also darauf angewiesen, die Zimmer eines nach dem anderen zu inspizieren, um dadurch vielleicht das Bett zu finden, auf das Farid eine zusätzliche Decke gelegt hatte, und das alles nur mit einer Petroleumlampe bewaffnet, denn der elektrische Strom war seit dem Unwetter ausgefallen. In Wirklichkeit wurde meine Wahl dann recht einfach durch den verdreckten und verwahrlosten Zustand, in dem ich alle Räume vorfand. Katzen und Vögel biwakierten brüderlich vereint auf den Teppichen und den von Regenwasser durchnäßten Betten und waren nicht gesonnen, sich vertreiben zu lassen. Schließlich habe ich in der Bibliothek Zuflucht gefunden, einem kleinen achteckigen, von einer Kuppel überragten Raum, dessen Wände hinter Regalen verschwinden. Ich habe mir aus drei Betten zusammengesucht, was ich brauchte, um mir auf einem Sofa eine einigermaßen bequeme Liegestatt herzurichten. In der Frühe wurde ich von einem tiefgrünen, zitternden Licht geweckt, das durch zwei kleine laubverhangene Fenster drang. Später fiel ein blasser Sonnenstrahl herein und erstarb auf den schwarzweißen Marmorfliesen; diese bildeten einen achtzackigen Stern, in dessen Mitte das Fragment einer verstümmelten Statue aufgestellt war, ein abgeschlagener Neptunkopf mit geborstenen Augen. Ich sah mir reihum die Regale an. Die ganze Welt ist da. Bücher der alten Klassiker – Homer, Platon, Shakespeare – große zeitgenössische Autoren – Kipling, Shaw, Stein, Spengler, Keyserling – doch die französische Nachkriegsliteratur – Camus, Sartre, Ionesco – bezeugte, daß Deborah auch hier, in der entlegensten Einöde, nichts unbeachtet gelassen, alles gelesen, alles aufgenommen hatte.

Obgleich dieser Raum sicher bei der Katastrophe, die über dieses Haus kam, am wenigsten gelitten hat, liegt gerade über ihm die drückendste Schwermut. Die alten Einbände und die vergilbten Blätter riechen nach edlem Schimmel und nach totem Geist: eine Nekropole des Scharfsinns und des Genies, Reliquien von zwei Jahrtausenden des Denkens, der Poesie und der Schauspielkunst, die eine atomare Apokalypse verschont hat.

All das Trostlose hier hat bestimmt einen Sinn. Ein Einlingspaar, das der Dialektik unterworfen ist, nimmt sich eben zuviel heraus, wenn es sich in eine Zelle verschließt und der Zeit und der Gesellschaft trotzen will. Wie Alexandre, unser skandalumwitterter Onkel – obschon auf völlig anderer Ebene – haben sich Ralph und Deborah eine Lebensform angemaßt, die allein Zwillingsgeschwistern zukommt.

Wie zahlreiche betagte Menschen, die noch verhältnismäßig jung, aber vom Alkohol verbraucht sind, hat Ralph Momente, in denen er alles ganz klar sieht, und danach wieder andere, in denen er eine furchtbare Leere durchlebt. Aber ob sein Denken klar oder verfinstert ist – immer kreist es um Deborah.

Heute früh hatte er in völliger Verwirrung vergessen, daß sie tot ist, und suchte und rief mit verstörter Hartnäckigkeit im ganzen Garten nach ihr. Mit vielen Versprechungen bekamen wir ihn schließlich ins Haus. Er fand sich bereit, ein Beruhigungsmittel zu nehmen und sich hinzulegen. Zwei Stunden später wachte er auf, munter wie der Fisch im Wasser, und belehrte mich über die Bibel.

»Hättest du die Bibel gelesen, so hättest du etwas bemerkt. Gott, der hat zunächst einmal Adam erschaffen. Dann schuf er das Paradies. Dann setzte er Adam in das Paradies hinein. Da war Adam erstaunt, daß er im Paradies war. Das Paradies war ihm also nicht das Natürliche, verstehst du? Aber bei Eva war das anders. Sie wurde erst *nach* Adam erschaffen. Sie wurde *ins* Paradies hinein erschaffen. Sie ist im Paradies daheim. Wie sie also beide aus dem Paradies hinausgejagt wurden, war das für Adam und für Eva nicht dasselbe. Adam, der kehrte an den Ausgangspunkt zurück. Er kam nach Hause. Eva hingegen wurde aus ihrer Heimat vertrieben. Wenn man das vergißt, versteht man von den Frauen gar nichts. Die Frauen sind Vertriebene, aus dem Paradies Verbannte. Alle. Deshalb hat Deborah diesen Garten gepflanzt. Sie schuf ihr Paradies. Auf wunderbare Weise. Ich schaute staunend zu. Wie einem Wunder.«

Er schweigt. Er weint. Dann faßt er sich wieder, schüttelt sich: »Das ist ekelhaft. Ich bin alt und kindisch. Ich bin ein ekelhafter, kindischer alter Bursche.«

»Wenn Sie wirklich kindisch wären, so würden Sie das nicht sagen.«

Interessiert denkt er über den Einwand nach. Dann findet er die Entgegnung.

»Ich sag' es ja auch nicht immer!«

Er schenkt sich ein randvolles Glas Bourbon ein. Doch gerade als er das Glas an die Lippen setzt, unterbricht ihn fauchend, böse, eine weibliche Stimme:

»*Ralph, you are a soak!*«

Peinlich berührt dreht er sich um zu der Kredenz, von deren Oberteil der Zwischenruf kam. Darauf ist bald der grüne Schweif, bald der schwarze Schnabel des Ara zu sehen, der sich um sich selbst dreht.

»Es ist wahr«, gesteht Ralph. »Sie hat das oft gesagt.«

»*Ralph, you are a soak!*«

Und resigniert, ohne zu trinken, stellt er sein Glas wieder hin.

Ich bin Jean immer noch nahe genug, um zu verstehen, daß er sich an diese beiden Menschen gehängt hatte, dann aber doch geflüchtet ist – und zwar nicht wegen ihres Scheiterns, sondern trotz ihres Scheiterns. Jean hat zunächst im Geist Ralphs und Deborahs Bild vor sich gesehen, nicht so, wie er sie in Venedig kennengelernt hatte – Ralph im Alkohol versumpft, Deborah todkrank –, sondern so, wie sie den wesentlichen Teil ihres Lebens erlebt hatten, hochintelligent, von einer wilden Unabhängigkeit beseelt, ohne Bindungen, ohne Kinder, schrankenlos frei. So stellte er sie sich zumindest vor, und er weinte bitter um dieses herrliche Leben, das er nicht hatte teilen können, weil er zu spät gekommen, weil er eben zu spät geboren war.

Aber das Bild, das er sich von diesen zwei Menschen machte, stimmte nur teilweise. Es war das Bild ihrer Ferien auf See, ihrer Reisen, wenn sie El-Kantara verließen und gewissermaßen außerhalb ihrer selbst waren. Jean muß bei ihnen auf ihrer Yacht ein gewisses Glück erlebt haben. Aber welch bleierne Bürde fiel auf seine Schultern, als er diesen Garten, dieses Haus betrat! Gestalt und Stärke des Zaubers, den dieser Ort ausübt, lassen sich nämlich in sozusagen arithmetischer Form messen. Denn dieses kleine Eiland in der Wüste hat die vierzig Jahre seines Werdens Tag um Tag, Stunde um Stunde registriert. Diese fünfzehntausend Tage, diese dreihundertfünfzigtausend Stunden, sie sind alle da, sichtbar wie die Ringe im Holz eines gefällten Baums, die sein Alter angeben. Jean hat sich verirrt unter diesem Dach, in einer fabelhaften Sammlung von Steinen, Skulpturen, Zeichnungen, Muscheln, Federn, Gemmen, Holzgegenständen, Elfenbeinarbeiten, Stichen, Blumen, Vögeln, alten geheimnisvollen Büchern – und jedes von diesen Dingen sagte ihm, es habe einmal seinen großen Tag, seine große Stunde gehabt, damals, als es eingebracht, aufgenommen, glanzvoll in das Ralph-und-Deborah-Eiland eingefügt worden war. Jean fühlte sich wie eingesogen von der furchtbaren Masse dieser langen Zeit, vor der einen schwindelte wie vor den blauen Tiefen eines Gletschers.

Er ist geflohen, denn ihm entging nicht, wieviel Verwandtschaft das Gebilde El-Kantara mit der Zwillingszelle besitzt. Ralph und Deborah, nach Geschlecht, Alter und Nationalität ganz verschieden, wollten keine normale, zeitgebundene, dialektische Verbindung, die sich in einer Familie, in Kindern und Enkeln entfaltet und erschöpft hätte. Das Phantom zwillingshafter Zweieinigkeit, das mehr oder weniger in der Vorstellung aller Einlingspaare spukt, hat diese beiden zu ungewöhnlich extremen Lösungen getrieben. Es hat sie unfruchtbar gemacht und in die Wüste versetzt. Hier, an dem ihnen bezeichneten Platz, ließ es sie ein künstliches, in sich abgeschlossenes Reich bauen, das Abbild des irdischen Paradieses, freilich eines Paradieses, das Mann und Weib gemeinsam aus sich heraus und nach ihrem Bilde ausscheiden sollten, so wie die Muschel aus ihrem Doppelorganismus die Schale ausscheidet. Es ist eine materialisierte, an einen geographischen Ort gebundene Zelle, und weil jede ihrer Rundungen, ihrer Höhlungen und Furchen von einem früher erlebten Geschehnis hervorgebracht ist, so *ist* sie ihre eigene lange Geschichte und wiegt unvergleichlich viel schwerer als das unsichtbar-rituelle Netz, das Zwillingsgeschwister untereinander weben.

Ich bin erst ganz kurze Zeit hier. Im Grunde meines Herzens liebe ich geschlossene, geschützte, ganz auf einen Brennpunkt gerichtete Orte. Und doch – ist es so, weil man mich hier zwingt, Jean zu sein? – Ich ersticke, ich halte es nicht aus in dieser Muschelschale, wie sie in vierzig Jahren von einem Organismus geschaffen wurde, der nicht der meine ist. Ich verstehe nur zu gut, daß Jean binnen kurzem das Weite gesucht hat.

. . .

Als ich gemächlich das Haus erkunde, entdecke ich auf einem der Möbel zwischen zwei Glasplatten ein kleines Amateurphoto, das vor rund dreißig Jahren aufgenommen worden sein muß. Unschwer erkenne ich Ralph und Deborah. Er, schön wie ein griechischer Gott, voll stiller Kraft, blickt ins Objektiv mit einem ruhigen, sicheren Lächeln, in dem Anmaßung läge, wäre bei ihm nicht so reichliche *Deckung* vorhanden – ich spreche absichtlich wie von einem Scheck – durch die augenfällig, majestätische Kraft seiner Persönlichkeit. Wie böse gehen die Jahre mit Menschen um, die von der Natur bevorzugt sind! Deborah sieht aus wie die »Garçonne« aus der Mitte der zwanziger Jahre mit ihren kurzen, an den Wangen anliegenden Haaren, ihrer Himmelfahrtsnase und ihrer langen Zigarettenspitze (das Rauchen war ihr Tod, habe ich mir sagen lassen). Sie ist nicht besonders hübsch, doch welche Willenskraft und welche Intelligenz spricht aus ihrem Blick! Sie neigt diesen Blick mit achtsam-beschützender Miene hinab auf ein kleines Mädchen, ein echtes, ganz schmächtiges Maurenkind mit einem schmalen Gesicht, das unter der Masse dichten Kräuselhaars verschwindet. Das Mädchen schaut Ralph an. Sie sieht mit leidenschaftlichen, brennenden Augen, mit konzentriert-schmerzlichem Ausdruck zu ihm auf. Ein ganzes Drama im kleinen ist in diesem dreifachen Blick: in dem des männlichen, ganz mit seiner eigenen Glorie beschäftigten Gottes, im Blick der beiden Frauen, der einen, die ihrer Stellung, ihres blühenden Lebens sicher ist – aber für wie lange noch? – und der anderen, der die Zukunft gehört; ihr Sieg über ihre Rivalin ist möglich, aber sie weiß es noch nicht deutlich, sie lebt gänzlich in der Gegenwart, die ihr alles vorenthält. Mir kommt ein Verdacht, der sich nach und nach zur Gewißheit verdichtet: dieses kleine Mädchen ist Hamida, die damals um die zwölf Jahre alt gewesen sein muß und – wie es hier oft vorkommt – dem Herzen nach ebenso frühreif wie körperlich schmächtig war – die ideale Voraussetzung, um unglücklich zu sein.

Hamida

Die unstete, bunte Flut der ausländischen Touristen, sie schwappte hinein in unser verschlossenes, scheues, fiebriges Araberdasein. Die Touristen brachten Geld, Müßiggang und Schamlosigkeit in unsere Medinas, die in der Achtung einer tausendjährigen Tradition lebten. Welch ein Schock! Welch ein schmerzhafter Eingriff! Der scharfe Schnitt des Chirurgen, durch den Licht und Luft in das verborgenste Innere eines Organismus dringen! Ein doppelt heftiger Schock für ein Mädchen. Eines Tages hörte ich ein Stück von einer Unterhaltung zwischen zwei Europäern in einer Gasse in Houmt-Souk, die von einer Meute Buben zum Spielplatz umfunktioniert worden war:

»Kinder über Kinder gibt's in diesen Araberflecken!«

»Ja, und obendrein sehen Sie bloß die Hälfte. Sogar die kleinere Hälfte!«

»Wieso die Hälfte?«

»Na, schauen Sie doch hin! Auf der Straße sind bloß Jungen. Die Mädchen sind in den Häusern eingesperrt. «

Ja, richtig eingesperrt waren wir, und hinaus durften wir damals nur verschleiert. Meine Jugendzeit war ein erbitterter Kampf um das Recht, unverhüllt das Gesicht zu zeigen, ein Kampf um das Recht auf Licht und Luft. Unsere zänkischsten Feindinnen, die Hüterinnen der Tradition waren die *Adjouza*, die alten Weiber, die nie anders ausgingen als in ihr Musselintuch gehüllt, das sie mit den Zähnen festhielten. An manchen Abenden geben die Frösche in Ralphs Wasserbecken ein kurzes Quaken von sich, das wie Zungenschnalzen klingt. Ich konnte es nie hören, ohne daß ich zusammenzuckte; es entspricht genau dem vertrauten, als Beleidigung gemeinten Laut, mit dem die Halbwüchsigen unverschleierte junge Mädchen auf der Straße verfolgten.

Ich mag sieben gewesen sein, als ich zum erstenmal in Ralphs und Deborahs Haus über die Schwelle trat. Sofort war ich diesen zwei Menschen verfallen, in denen das Höchste an Intelligenz, an Freiheit und Glück verkörpert war, das mir das Abendland zu bieten hatte und das sich zu den übrigen Touristen verhielt wie das Goldstück zu einem gleichwertigen Haufen Kupfergeld. Sie adoptierten mich. Bei ihnen lernte ich, mich anzuziehen – aber auch mich auszuziehen –, Schweinefleisch zu essen, zu rauchen, Alkohol zu trinken und Englisch zu sprechen. Und ich las alle Bücher ihrer Bibliothek.

Doch die Jahre mußten zwangsläufig die Ausgewogenheit des Trios, das wir bildeten, verändern. Deborah war ein bißchen älter als Ralph. Der lange Zeit nicht wahrnehmbare Unterschied trat um die fünfzig herum mit einemmal stark hervor. Ralph strahlte noch in voller, blühender Kraft, als Deborah – abgemagert, ausgemergelt – das fatale Vorgebirge passierte, hinter dem in den körperlichen Beziehungen die Zärtlichkeit – wenn nicht gar die Nächstenliebe – auf seiten des Mannes das Begehren ablöst. Sie sah das ganz klar und war mutig genug, um daraus stillschweigend die Konsequenzen zu ziehen. Ich war damals achtzehn. Hat Ralph ihr gesagt, ich sei seine Geliebte geworden? Wahrscheinlich. Sie längere Zeit zu täuschen, war undenkbar, überdies änderte dies nichts an meinen Beziehungen zu ihr. Ralph ist ein monogamer Typ. Es wird in seinem Leben nie eine andere Frau als Deborah geben. Wir wußten das alle drei, und das bewahrte unser Trio vor jedem Sturm. Doch diese Ruhe war für mich ein anderer Name für Hoffnungslosigkeit. In Wirklichkeit hatten sich diese zwei Menschen, die mich doch offenbar adoptiert hatten, in ein marmornes Ei eingeschlossen. Ich hätte mir an seiner Außenseite die Finger blutig kratzen können. Ich hab's nicht versucht.

Ihre Zusammengehörigkeit war so tief, daß der Verfall bei Ralph nur wenig später einsetzte als Deborahs Altern, obgleich dieser Verfall anderer Art war und sogar ganz entgegengesetzt verlief. Ralph hatte schon immer getrunken, doch *at home* und ohne sich etwas zu vergeben. Eines Tages, als er zu einer Besprechung mit einem Geschäftspartner nach Houmt-Souk gegangen war, kam er nicht zurück. Deborah kannte die spärlichen Kneipen der Insel gut genug, sie hatte genug Freunde, Bedienstete und Helfer, um Ralphs Zechtour von Spelunke zu Spelunke, von Bar zu Bar zu verfolgen. Drei Tage später wurde er, völlig heruntergekommen, von drei kleinen Jungen auf dem Rücken einer Mauleselin zum Haus gebracht. Sie hatten ihn in einem Graben schlafend aufgelesen. Wir pflegten ihn gemeinsam. Und dabei gab sie mir einen Befehl, der mich beglückte, als regnete es Rosen auf mich herab, Rosen mit giftigen Dornen.

»Versuch's doch und sei häufiger nett zu ihm«, sagte sie.

Von da an war es für mich die Hölle. Jedesmal, wenn Ralph sich in Kneipen herumtrieb, spürte ich, wie sich auf meinem Haupt die Vorwürfe häuften, die ich ob meines Versagens als Ge-

liebte wie als Krankenschwester verdiente. Deborah sagte kein
Wort, aber daß ich ihrer so gar nicht würdig war, lastete wie ein
Berg auf mir.
Nur die Reisen auf ihrer Yacht schenkten mir eine Atempause.
Eine solche Reise benutzte ich und siedelte nach Italien über.

Paul
Wo ist Jean? Und vor allem: wie konnte er so jählings abreisen?
Wie stark auch immer die Zwillingslogik sein mag – es fällt mir
schwer anzunehmen, er sei schon vor Deborahs Beerdigung
geflüchtet und hätte diesen verzweifelten alten Mann, der ihn
als Adoptivsohn behandelte, im Stich gelassen. Es muß eine
andere Erklärung für sein Verhalten geben. Aber welche?
In mir spuken makabre und ungute Gedanken, lassen mich
nicht los und verfinstern mir den Sinn. In Wahrheit belastet die
immer längere Trennung von meinem Bruder – es ist das erstemal, daß sie so lange dauert – mein inneres Gleichgewicht
schwer. Ich fühle mich manchmal hart am Rande von Halluzinationen dahinwanken, und wie weit ist es von der Halluzination zum Irrsinn? Ich habe mir oft die Frage gestellt: Warum
sollst du deinem Bruder nachlaufen, weshalb willst du ihn mit
aller Gewalt wiederfinden und in das heimische Nest zurückholen? Muß ich zu den Antworten, die ich schon darauf gegeben habe, noch die weitere hinzufügen: um nicht verrückt zu
werden?
Die erste von diesen Halluzinationen hat mir Ralph selber sug-
geriert: Jean ist nicht verschwunden, *denn ich bin Jean*. Natürlich ohne daß ich deshalb aufhöre Paul zu sein. Das heißt also
zwei Zwillinge in ein und demselben Menschen, *Janus bifrons*.
Jean hat mir erzählt, als er eines Tages die Gewißheit hatte, der,
den er im Spiegel vor sich sah, sei ich, da habe ihn vor dieser
Unterschiebung eines anderen das Grauen gepackt. Leider erkenne ich auch darin seine Feindseligkeit gegen alles Zwillings-
hafte. Mich dagegen machen die drei Worte *Ich bin Jean* ruhig
und getrost; beinah könnten sie mich bewegen, alles Weitere
sein zu lassen und wieder nach Hause zu fahren. Damit die
Verdoppelungs- und Wiedervereinigungsaktion gelingt, sollte
Jean im Moment auch nicht gerade im Begriff sein, in der Her-
zegowina oder in Belutschistan Panik zu verbreiten, wie es
seine Bestimmung als Krempler will. Kurzum, ich muß mich

getrauen, es schwarz auf weiß niederzuschreiben: von dem Augenblick an, da ich in mir die Möglichkeit aufkommen fühle, Jean-Pauls Persönlichkeit voll und ganz zu übernehmen, wird Jeans Tod für mich beinahe eine Lösung.

Sollte Jean gestorben sein? Und schon verfolgt mich ein anderer Gedanke, nicht einmal ein Gedanke, eher ein etwas unscharfes Bild. Ich sehe den Wagen mit Deborahs Sarg mitten im ärgsten Unwetter auf der Römerstraße dahinfahren. Wellen fegen über die Straße, Gischtfetzen beschlagen die Windschutzscheibe, Schlammstreifen und Sandbänke machen das Weiterfahren gefährlich. Jean ist nicht unter denen, die dem Sarg das Geleit geben. Und doch ist Jean da: *innen im Sarg.* Denn ich habe von Farid eine Erklärung für dieses doppelte Grab, diese doppelte Beerdigung, die eine in El-Kantara auf der Insel, die andere in El-Kantara auf dem Festland. Ralph hatte beim Bürgermeister des Dorfes um die Erlaubnis nachgesucht, Deborah in seinem Garten begraben zu dürfen. Diese Erlaubnis wurde ihm verweigert. Er beschloß, sich darüber hinwegzusetzen, aber wenigstens nach außen hin so zu tun, als gehorche er. Deborah sei also in seinem Garten beerdigt worden, während im Djebbana von El-Kantara auf dem Festland als Farce ein anderer – leerer – Sarg in die Erde versenkt worden sei. War er wirklich leer? Damit er schwer genug war, mußte man ja etwas hineintun. Etwas oder jemanden?

Ich habe nähere Bekanntschaft mit Tanizaki, Ralphs gelbem Diener, gemacht, der ganz gut die Schlüsselfigur meines Aufenthalts in Djerba sein könnte. Denn wenn er auch nicht direkt auf die Frage geantwortet hat, die ich mir neulich gestellt habe, so bezieht sich doch das, was er sagt, einigermaßen deutlich darauf.

Tanizaki ist weder Chinese noch Vietnamese, wie ich meinte; er ist Japaner. Seine Heimatstadt ist Nara, südlich von Kyoto, und ich weiß von ihr bloß das eine, was er mir gesagt hat: Nara ist von heiligen Damhirschen bevölkert. Jeder Besucher wird auf dem Bahnsteig von einem Damhirsch empfangen, der ihn während der ganzen Dauer seines Besuchs nicht mehr verläßt. Freilich ist die Stadt nichts anderes als ein weitläufiger Garten, kunstvoll angelegt und durch zahlreiche Tempel geheiligt. So bin ich also hier in Deborahs Garten gekommen und merke schon, ich werde ihn nur verlassen, um weiterzugehen in einen anderen Garten, in andere Gärten. Das muß einen Sinn haben. Welchen, wird die Zukunft weisen. Denn daß Tanizaki sich mit allem hier ein bißchen beschäftigt *außer mit Gartenarbeit*, hat seinen Grund nicht darin, daß es ihm an gutem Geschmack oder an Sachkenntnis gebricht, im Gegenteil. Er hat sich nur in ganz gedämpften, bloß andeutenden Sätzen geäußert, hat mir aber nicht verschwiegen, daß er über Deborahs Werk recht hart urteilt. Ein rohes, barbarisches Werk, dessen von uns miterlebter Zusammenbruch schon in seinen Ursprüngen vorgezeichnet gewesen sei. Mehr wollte er mir, meinen Fragen zum Trotz, nicht sagen. In seiner hartnäckigen Gewohnheit, lediglich in schwachen Schattierungen zu reden und auf Fragen nie direkt zu antworten, erinnert mich dieser Asiate mitunter an Méline. Ich sagte zu ihm: »Deborah hat sich darauf versteift, mitten in der Wüste einen märchenhaften Garten wachsen zu lassen. Natürlich hieß das dem Lande Gewalt antun. Jetzt, da die Frau mit den grünen Händen nicht mehr da ist, um ihr Werk zu verteidigen, rächt sich übrigens das Land in ganz erstaunlicher Eile. Ist es das Gewaltsame daran, was Sie mißbilligen?« Er lächelte mit überlegener Miene, als dünke es ihn hoffnungslos, mir eine Wahrheit begreiflich zu machen, die für mich viel zu subtil war. Allmählich ging er mir auf die Nerven, und er muß das gemerkt haben, denn er ließ sich immerhin herbei, etwas zu mir zu sagen: »Die Antwort liegt in Nara«, brachte er heraus. Bildet er sich ein, er könne mich einmal rund um die Welt reisen lassen zu dem einzigen Zweck, zu verstehen, weshalb Deborahs Garten zu verwerfen ist? Ich mag mich noch so sehr dagegen sträuben, ich fürchte, ich komme um Nara nicht herum. Denn ich habe gemerkt, daß inmitten der Leute und der Dinge, die alle gleichermaßen vom Entfremdungsleuchten widerschimmern, Tanizakis Gesicht durch seine Mattigkeit, seine Kälte hervorsticht. Als einziger hier hat mich Tanizaki nicht »wiedererkannt«, denn er allein weiß, daß ich nicht Jean bin. Gestern saß ich unter der Veranda, da stellte er in meine Nähe ein hohes, vor Kühle ganz beschlagenes Glas. »Frisch gepreßter Zitronensaft für Monsieur Paul«, murmelte er wie ein Geheimnis in mein Ohr. Und das kam so natürlich, daß ich nicht sofort reagierte. Für Monsieur Paul? Ich sprang auf und packte ihn an den Aufschlägen seiner weißen Barmannjacke.

»Tani, wo ist mein Bruder Jean?«
Er lächelte sanft.
»Wer ist im Djebbana in El-Kantara auf dem Festland begraben?«
»Madame Deborah natürlich«, brachte er schließlich heraus, als sei es das Selbstverständlichste auf der Welt.
»Und hier? Wer ist hier beerdigt?«
»Madame Deborah natürlich«, wiederholte er. Und fügte als elementare Erläuterung hinzu: »Madame Deborah ist überall.«
Na ja, da haben wir die Allgegenwart Madame Deborahs! Aber was kümmert's mich nach alledem? Ich bin nicht hier, um Nachforschungen über Deborahs Tod anzustellen.
»Tani, sag mir jetzt, wo mein Bruder ist.«
»Monsieur Jean hat begriffen, daß er nach Nara gehen muß.«
Mehr brauchte ich nicht zu wissen.

17
Das isländische Pfingstfest

Paul
Wir sind in Fiumicino um 14.30 Uhr unter einem gleichmäßig grauen Himmel gestartet. Das Flugzeug nahm Kurs gen Norden und setzte damit zu einem Flug an, der über Paris, London und Reykjavik bis hinauf zum Nordpol geht, um dann wieder hinunter nach Anchorage und Tokio zu führen. In alledem liegt eine Art und Weise, zu rechnen, zu denken, ja sogar zu leben, und es ist sicher Aufgabe dieser Reise, sie mir beizubringen. Beispielsweise wußte ich, daß auf Höhe des Äquators Tag und Nacht zu allen Jahreszeiten gleich lang sind und daß der jahreszeitliche Unterschied um so größer wird, je weiter man sich vom Äquator in Richtung auf einen der Pole entfernt. Das wußte ich … Wußte ich's wirklich? Vielleicht hatte eine Zelle meines Gehirns diese Information gespeichert, seit irgendeine Geographie- oder Astronomiestunde sie dort abgelegt hatte. Die Reise läßt mich dieses Wissen ganz eindringlich und augenfällig erleben. Denn kaum haben wir die graue Wolken-

decke durchstoßen, kaum prangt die Sonne wieder kraft göttlichen Rechts in der Herrlichkeit ihrer Alleinherrschaft über ein Volk von zerzausten Wolken, da merke ich mir, wie hoch sie über dem Horizont steht, und ich weiß und kann es Minute um Minute selbst feststellen, daß sie sich, solange unser Flug nach Norden dauert, nicht von der Stelle rührt. Die Reise, die sich zuallererst als eine Ortsveränderung im Raum darstellte, ist in tieferer Sicht eine Sache der Zeit. Eine Sache der Uhrzeit, aber ebenso auch des Wetters. Die Unbilden der Witterung – die der Reise das Geleit geben – die sie allenfalls vom Kurs ablenken oder verzögern können – sind nur die reizvollen Volants oder die dramatische Oper, hinter der eine nie versagende Maschinerie verborgen ist. Meine linke Hand liegt am Rand der ovalen Luke, die mir den westlichen Horizont und die Sonne zeigt, die dort immerfort an derselben Stelle schwebt. Meine Armbanduhr, das weiße Reiterheer der Wolken, die regungslose Sonne ... Alles ist in diesem Bild vereinigt, das auf seine Art so naiv ist wie die Abbildungen in den Büchern für den Elementarunterricht in Geographie, auf denen man in derselben Landschaft Auto, Zug, Schiff und Flugzeug miteinander wetteifern sieht. Doch die vier Symbole für das Reisen im Raum sind hier zu drei Symbolen für das Reisen in der Zeit geworden. Wir würden um Mitternacht in Reykjavik landen. Die Sonne hat sich dann noch immer nicht von der Stelle gerührt. Wie steht es dann mit den Wolken? Und mit meiner Uhr? Wäre es nicht angebracht, daß auch sie stehenbliebe? Aber wie könnte sie das? Es ist eine Automatik-Uhr, sie zieht sich selbst auf, sofern ich sie am Handgelenk trage, und zwar bei Tag und bei Nacht. (Natürlich geht das nur, wenn ich einen verhältnismäßig unruhigen Schlaf habe, und anfangs habe ich mir den Spaß gemacht, einfältigen Gemütern weiszumachen, ich tränke allabendlich nur zu diesem Zweck einen Kaffee. Bis mir das Märchen zu dumm wurde.) Durch einen im Prinzip recht einfachen Mechanismus vermag die Uhr einen kleinen Teil der Energie, die ich bei jeder Bewegung des linken Arms fortwährend vergeude, abzuzweigen und zu speichern. Was würde aus dieser Energie, wenn meine Uhr sie nicht für sich abschöpfte? Entspricht sie einem unendlich kleinen Mehr an Müdigkeit bei mir? Ich stelle mir vor, daß meine Uhr nach einer gewissen Zeit mit Energie vollgeladen ist. Von da an nützt ihr das Geschüttel ebensowenig wie der vollen Brunnenschale, deren Ränder genausoviel Wasser überlaufen lassen, wie das Brunnenrohr in der Mitte ausspeit. Mit der angesammelten Energie geht die Uhr gut zwölf Stunden – zwischen fünfzehn und achtzehn Stunden –, aber dann bleibt sie stehen, und kein Schütteln kann sie wieder zum Leben erwecken. Man muß sie dann von Hand aufziehen wie eine gewöhnliche Uhr. Sei's drum. Lieber als die Automatik wäre mir eine Weiterentwicklung, durch die sich die Uhr automatisch auf die jeweilige Ortszeit einstellen würde. Ich muß meine Uhr unaufhörlich plagen, damit sie ihre natürliche Funktion erfüllt: zu sagen, wieviel Uhr es ist – und zwar nicht bloß an dem Ort, an dem ich gewesen bin, das heißt irgendwo, sondern an dem Ort, an dem ich bin.

. . .

Ich habe ein bißchen geschlafen, als die Zwischenlandung in Orly vorbei war, die etwas Bewegung unter den Passagieren brachte; die einen stiegen in Orly aus, die anderen kamen zum Weiterflug an Bord. Ich habe jetzt rechts von mir eine ganz kleine Blonde mit feinem, regelmäßigem, ganz lichtem Gesicht. Sie entschuldigte sich, als sie sich neben mich setzte, und wir wechselten einen kurzen Blick. War der ihre vom »Leuchten« erhellt? Ich bin nicht sicher. Ich kann sogar fast das Gegenteil behaupten. Dennoch war *etwas dergleichen* in ihren Augen, aber was genau, das könnte ich nicht sagen.

Neue Zwischenlandung, diesmal in London. Neues Gehen und Kommen. Man könnte sich in der Rumpelkarre glauben, die einst zwischen Plancoët und Matignon verkehrte und in jedem Flecken hielt – außer daß dabei die Sonne immerhin nicht ihren Lauf unterbrach, was trotz allem ein bemerkenswerter Unterschied ist! Meine Nachbarin hat sich nicht gerührt. Reist sie mit mir bis nach Tokio oder verläßt sie mich schon in Reykjavik? Ich würde sie vermissen, denn die Nähe von etwas so Frischem, Leichtem tut mir gut. Ich versuche auf das Schildchen ihrer Tasche zu schielen, die sie zwischen uns auf den Boden gestellt hat, und da ich Zeit genug habe, kann ich schließlich entziffern: *Selma Gunnarsdottir Akureyri IS*. Ganz klar, an der nächsten Station verliere ich sie. Als erriete sie den Gang meiner Gedanken, lächelte sie mir auf einmal zu – wobei das »unechte Leuchten« in ihrem Gesicht aufflammte – und sagte ganz unvermittelt mit undinenhaftem Akzent zu mir:

»Wie komisch: Sie erinnern mich an jemanden, den ich nicht kenne!«

Der Satz ist sonderbar, widersprüchlich, aber er paßt so gut zu dem unechten Leuchten, daß er mich nicht überrascht. Sie lacht über das Absurde der Situation, jedoch offensichtlich weniger, als sie eigentlich vorgehabt hatte, denn mein Erstaunen ist mäßig, höflich, zuvorkommend, aber sonst nichts. Wissen Sie, kleine Selma, daß Bep mit derlei Dingen nicht spielt? Um sich Haltung zu geben, reckt sie den Hals zu der Luke, von der sie durch mich getrennt ist. Risse im weißen Teppich der Wolkenschicht lassen eine felsige, von Vulkanen durchsetzte Inselgruppe sichtbar werden.

»Die Färöer-Inseln«, erläutert sie. (Dann setzte sie, wie um sich für diese spontane Auskunft zu entschuldigen, hinzu:) »Ich bin nämlich Fremdenführerin von Beruf, wissen Sie.«

Sie lacht und gewinnt mit einem Zug alle Punkte zurück, die sie durch diese überstürzten Geständnisse verloren hat, sie fährt fort:

»Vor der Zwischenlandung in London haben Sie eine Viertelstunde zu tun gehabt, um auf dem Schildchen an meiner Tasche meinen Namen und meinen Wohnort abzulesen. Aber ich weiß, Sie heißen Surin.«

Nein, so geht's entschieden nicht! Auf dieses eigenartige Geschäker laß ich mich nicht ein! Ich drücke auf den Knopf, der die Verriegelung der Rückenlehne löst, und lasse mich, den Blick an die Decke geheftet, nach hinten sinken, als machte ich mich fertig zum Schlafen. Sie tut desgleichen und verhält sich ganz still, und wir sehen auf einmal aus wie die Skulptur eines nebeneinander ruhenden Paares auf einer Grablege. Auf meiner Uhr ist es 22.30 Uhr, und die Sonne schwebt noch immer unbeweglich über einem Meer, das wie eine fein gehämmerte Kupferscheibe schimmert. Die Wolken sind fort. Wir dringen in die hyperboreische Zone vor, deren zeitlose Würde sich ebenso im Verschwinden des Schlechtwetters wie im Stillstehen der Sonne ausdrückt.

»Ich weiß, daß Sie Surin heißen, weil mein Verlobter mir Ihretwegen geschrieben hat. Er hat mir sogar ein Photo geschickt, auf dem Sie und er drauf sind. Ich habe geglaubt, Sie seien immer noch in Island.«

Schweigen ist entschieden nicht ihre Stärke, aber ich bin ihr

dankbar, daß sie mir das Geheimnis des »unechten Leuchtens«
enthüllt hat. Um mit mir zu sprechen, hat sie an ihrem Sitz die
Lehne wieder hochgeklappt, und da ich weiterhin der Länge
lang liegenbleibe, neigt sie ihr feines, eigenwilliges Gesicht
über mich.

»Mein Verlobter ist Franzose. Wir kennen uns von Arles her;
er ist dort geboren. Französisch habe ich auf der Universität
Montpellier gelernt. Ich hab' ihn nach Island mitgenommen.
Bei uns müssen junge Mädchen ihren künftigen Mann ihren
Eltern vorstellen. Es ist auch Brauch, eine Verlobungsreise zu
machen, so etwas wie bei Ihnen die Hochzeitsreise, nur eben
vorher, nicht wahr, so als eine Art Probe. Das ist manchmal
sehr nützlich. Bloß – Island ist ein magisches Land. Olivier ist
nicht wieder nach Frankreich zurückgefahren. Bald sind es elf
Jahre.«

Seit einigen Minuten hat das Flugzeug zur Landung angesetzt.
Schwarze, zerklüftete Landzungen zerreißen das Blau meiner
Luke. Ich bin enttäuscht. Island ist nicht jene Insel aus makel-
losem Eis, in ewigem Schnee erblühend, wie ich es erträumt
hatte. Das hier gleicht eher einem Haufen Schlacke, einer
Reihe von engen Tälern in einer kohlschwarzen Schutthalde.
Wir kommen näher. Bunte Flecken brechen aus dem rußigen
Boden hervor: Häuser. Ihre Dächer sind grün, rot, lachsrosa,
blau, orange, indigofarben. Ihre Dächer und ihre Mauern, aber
Dächer und Mauern immer in verschiedenen, grell voneinander abstechenden Farben.
Als wir auf dem Flughafen Reykjavik ausrollen, ist mein Entschluß gefaßt. Ich unterbreche meine Reise nach Tokio und
mache in Island Station.

Die Zimmer im Hotel Gardur sind alle gleich: ein enges, lieblo-
ses Bett, ein Tisch, dessen einziger Daseinszweck eine Bibel –
auf isländisch – zu sein scheint, die mitten drauffliegt, zwei
Stühle und vor allem ein großes Fenster, das weder Läden noch
Vorhänge besitzt. Zu erwähnen ist schließlich ein Heizkörper,
der das Zimmer auf Backofentemperatur hält. Ich habe die
Reinmachefrau danach gefragt. Sie hat mir mit Gesten des Un-
vermögens geantwortet: die Gluthitze läßt sich nicht drosseln,
erst recht nicht abstellen. Die Heizkörper sind direkt an Ther-

malquellen angeschlossen, die sich nicht um Tages- und Jahreszeit kümmern. Mit der vulkanischen Wärme muß man sich
eben abfinden wie mit der dauernden Helligkeit. Außerdem
ist ja klar, daß man im Juni nicht zum Schlafen nach Island
kommt. Das lehren mich dieser blaßblaue Himmel, von dem
eine eher helle als warme Sonne scheint, dieses erbarmungslose Fenster, dieses ungastliche Bett, die friedlichen Laute eines
gemächlich-ländlichen, aber ununterbrochenen Lebens und
Treibens ... und meine Uhr, die ein Uhr früh zeigt. Eigentlich
habe ich keinen Schlaf. Also hinaus ins Freie:
Männer entrollen lautlos Rasenteppiche auf der schwarzen
Erde der Gärten. Ich stelle mir vor, daß man sie im September
zusammenrollt und für die neun Wintermonate sorgsam weg-
packt. Muß ich betonen, daß es ein richtiger, frischer, lebendiger Rasen ist? Andere streichen ihr Haus neu an. Dächer und
Wände aus Wellblech, gewissermaßen gepanzerte Häuser, aber
gepanzert auf leichte, auf fröhliche Art, denn offensichtlich hat
man die Farbtöne am liebsten, die am wenigsten zusammenpassen, und sorgt dafür, daß sie leuchtend bleiben. Leben ist
hier überall, Männer, Frauen, Kinder, Hunde, Katzen, Vögel,
aber still, leise, als schaffe die helle Nacht nicht nur eine Pflicht
zum Stillschweigen, sondern zugleich auch ein solches Einver-
nehmen, daß Worte, Rufe, Lärm ausgespielt haben. Überdies
haben die Männer das Blonde, die Frauen das Durchscheinende, die Kinder die Leichtigkeit der Hyperboreer, die mit An-
dersens Märchen Lesen gelernt haben. Dennoch grüßt mich an
jeder Straßenkreuzung der Schrei des gleichen Vogels, ein sil-
berhelles Läuten, klagend und lustig in einem und so gleichmäßig, als folge mir der Vogel, von Dach zu Dach flatternd, damit
ich ihn unablässig höre. Doch vergebens suche ich ihn ausfin-
dig zu machen. Ich frage mich sogar, ob ich nicht durch irgendeinen Zauber der einzige bin, der ihn hört, denn immer wenn
ich jemanden noch im gleichen Augenblick, da die silberhelle
Klage erklang, darauf anspreche: »Haben Sie's gehört? Was ist
das für ein Vogel?« – da spitzt der Gefragte die Ohren, zieht
erstaunt die Brauen hoch: »Ein Vogel? Was für ein Vogel?
Nein, hab' ich nicht bemerkt. «
Olivier ist eine dürre Hopfenstange, mager und trist, ein Eindruck, der durch langes Haar und einen herabhängenden
Schnauzbart noch verstärkt wird. Man denkt unwillkürlich an

einen jungen Don Quijote oder umgekehrt an einen altgewordenen, enttäuschten Artagnan.* Er hat mich am Tag nach meiner Ankunft besucht und hat mit mir gleich gesprochen wie mit
Jean. Ich hatte nicht die Kraft, ihm seinen Irrtum klarzumachen – ebensowenig wie ich es bei Ralph über mich gebracht
hatte. Einer der tragischen Aspekte entzweiten Zwillingstums
ist, daß es von den Einlingen, die daneben stehen, nicht erkannt, sogar als solches geleugnet wird. Die Einlinge nehmen
ganz natürlich den partnerlosen Zwilling als einen der ihren
auf, buchen seine geringe Größe, den Eifer, mit dem er an alles
herangeht, die Tatsache, daß er sportlich nur mäßig in Form ist,
auf sein Minuskonto, und sehen mit scheelen Augen, hören
mit Unwillen – als unpassenden Kraftakt – auf den Anspruch,
den er kraft seines Zwillingstums erhebt.

Olivier scheint im übrigen keineswegs darum bemüht, die Umstände meiner Ankunft hier und der Abreise Jeans zu klären –
zumindest falls Jean nach Tokio weitergereist ist. All das geht
weit über den geringen Grad von Aufmerksamkeit hinaus, den
er für Angelegenheiten anderer Leute übrig hat.

Was tue ich selbst in diesem Reisebus, neben einem abgeschlafften, schimpfenden Olivier, von unserer Führerin Selma
durch einen Schub englischer Touristen getrennt? *Ich tue, was
Jean getan hat.* Denn es ist das ungeschriebene Gesetz meiner
Reise, daß ich keine Etappe überspringen darf – nicht zuletzt
auch, um ihn sicherer zu erwischen –, daß ich gehalten bin,
gleichen Schrittes wie er zu gehen, denn ich muß meine Füße in
die Spur der seinen setzen. Meine Reise gleicht ja nicht der
Bahn eines fortgeschleuderten Steins, an dem die Luft sachte
vorbeistreicht, sondern eher dem Hinabrollen eines Schneeballs, der gewissermaßen seinen eigenen Weg mitnimmt und
so bei jeder Drehung etwas hinzugewinnt. Ich muß in Island
finden, was Jean hier gesucht hat, was er hier, wenn es wahr ist,
daß er nach Tokio weitergeflogen ist, auch wirklich gefunden
haben muß, denn mit leeren Händen wäre er nicht wieder fortgegangen.

Der Bus durchquert ein Tal, das einen trotz grasbewachsener
Flanken und Schneeflecken die gleichförmig schwarze Erde

---

* Artagnan: einer der drei Musketiere in dem Roman »*Die drei Musketiere*« von
A. Dumas

dieser Basaltinsel nicht vergessen läßt. Ein schwarz-weiß-grünes Land. Stundenlang rollen wir dahin und bekommen nicht die geringste Spur einer menschlichen Siedlung zu Gesicht, und dann taucht mit einem Mal, ein Kirchlein an der Seite, das Gebäude eines Bauernhofes auf – beides aus Fertigteilen und offenbar zur gleichen Zeit von der gleichen Firma geliefert. Zuzeiten verwandelt sich demnach wohl der Bauer in den Pastor und seine Familie in seine Schäflein. Auf einer Koppel weiden etliche Ponys, aber das obligate Verkehrsmittel ist der Landrover, überragt von der langen, biegsamen Antenne eines kleinen Senders. Jede dieser Einzelheiten – und noch viele andere, wie die riesigen Schuppen, in denen man Vorräte für ein ganzes Jahr muß einlagern können – erzählt von der unvorstellbaren Einsamkeit der Menschen, die auf dieser Erde leben, namentlich im Winter, wenn die endlose Nacht über sie herabsinkt. Ich möchte gern wissen, wie hoch die Selbstmordrate in Island ist. Womöglich ist sie merklich niedriger als in den Mittelmeerländern? Der Mensch ist ein solch kurioses Vieh!

A propos Vieh – hier scheint vor allem das Federvieh vorzuherrschen. Zwar sieht man auf kiesigen Grasflächen kleine Gruppen Schafe – oft bloß ein Mutterschaf und zwei Lämmer –, sie rennen gleich auf und davon und ziehen lange Fetzen schmutziger Wolle hinter sich her; ganze Knäuel davon bleiben an Felsen und Büschen hängen. Die Tiere scheinen derart verwildert zu sein, daß man sie bestimmt mit dem Karabiner erschießen muß, wenn man eine Keule auf den Tisch bringen will. Aber außer Ponys gibt es kein anderes Säugetier mehr. Sogar Hunde scheinen auf diesen großen Höfen nicht vorhanden zu sein. Dafür ist das geflügelte Volk hier König. Soeben habe ich eine herrliche Szene gesehen: ein großer schwarzer Schwan jagte mit weitoffenen Flügeln, mit drohendem Schnabel ein Grüppchen von Schafen, die beim Trinken aus einem kleinen See sicherlich seinem Nest zu nahe gekommen waren. Kopflos rannten die Schafe davon, verfolgt von dem Vogel, der hoch auf gespreizten Zehen hinterherlief und seine Flügel wie einen großen schwarzen Mantel ausgebreitet hatte.

Ich erzähle auch Olivier, was ich gesehen habe. Der hebt bloß, über einem Auge, das bar jeden Interesses ist, ein schweres, wie ein Kutschenverdeck gefälteltes Lid. Unterdessen läßt die winzige Selma, neben dem Fahrer hockend, gewissenhaft den Teil ihres Vortrags in ihr Mikrophon rieseln, der dem draußen ablaufenden Film entspricht. »In früherer Zeit stellte die Landwirtschaft die vorwiegende Beschäftigung der Isländer dar, doch hat sie seit der Entwicklung der Fischerei und der Fischverarbeitung an Bedeutung verloren. Trotzdem steht die Landwirtschaft hinsichtlich der eingesetzten Arbeitskräfte noch immer an zweiter Stelle. Ihr Hauptelement ist die Schafzucht. Es gibt in Island ungefähr 800 000 Schafe, das heißt etwa 4 pro Einwohner. Im Sommer laufen sie frei im Grasland und im Gebirge umher. Im September werden sie dann in den Bauernhöfen zusammengetrieben, und das gibt Anlaß zu allerlei volkstümlichen Veranstaltungen ...«

Olivier wirft mir heimlich einen trüben Blick zu:

»Es ist wie bei den Menschen. Bei Tag arbeiten sie, landauf, landab. Bei Nacht schlafen oder feiern sie. Ich sage, beachten Sie das: bei Tag, bei Nacht. Andere sagen: im Sommer, im Winter. Bei uns läuft das auf dasselbe hinaus, aber wir reden von Sommer und Winter nur, damit uns Fremde verstehen können. Sechs Monate Licht, sechs Monate Dunkelheit. Das ist lang, das können Sie mir glauben!«

Er macht eine Pause, als lasse er einen Engel vorübergehen, als müsse er diesen langen Tag, diese lange Nacht abschätzen. Selma redet unterdessen getreulich weiter:

»Das Isländisch, das heute gesprochen wird, steht der ursprünglichen, im neunten und zehnten Jahrhundert von den Wikingern mitgebrachten Sprache noch immer sehr nahe. Weil unsere Insel von äußeren Einflüssen verschont geblieben ist, ist die Sprache noch reiner als in den Nachbarländern. Es ist gewissermaßen eine fossile Sprache, aus der das Dänische, Schwedische, Norwegische und sogar das Englische hervorgegangen sind. Stellen Sie sich vor, es gäbe im Mittelmeer eine Insel, die seit 2000 Jahren von fremden Besuchern verschont geblieben wäre und auf der noch klassisches Latein gesprochen würde. Etwas Ähnliches bedeutet Island für die skandinavischen Länder. «

»Ich war auf einen Monat hierhergekommen. Einen Monat, dreißig Tage, zur Not auch einunddreißig«, fährt Olivier fort. »Kaum hatte ich den Fuß auf diese Insel gesetzt, da sah ich, wie sich meine dreißig Tage in dreißig Jahre verwandelten. Oh, die Verwandlung kam nicht nur so! Ohne Selma hätte sie, denke

ich, sogar überhaupt nicht stattgefunden. Denn Sie beispielsweise, und all die braven Engländer, Sie merken ja fast nichts.
Außer daß Sie nicht mehr schlafen und auch keinen Schlaf haben. Schon das ist ungewöhnlich, und das gibt Ihnen eine
kleine Vorstellung von dem, was mit mir geschehen ist. Die
Wahrheit ist, daß Selma mich *islandisiert* hat, wenn ich mich so
ausdrücken darf. Es ist reines Matriarchat, verstehen Sie? Sie
hat mich aus Arles geholt, wo ich von niemandem etwas wollte,
und hat mich hierher zu sich mitgenommen. Und da hat sie
mich islandisiert. Das heißt beispielsweise, daß ich den französischen Sommer jetzt wie den Islandtag, den französischen
Winter wie die Islandnacht erlebe. Nach französischem Kalender wäre ich elf Jahre hier. Aber das glaub' ich nicht! Diese
zwölf Jahre kann ich in meiner Erinnerung nicht wiederfinden.
Ich stelle mir vor, wenn ich, meinetwegen morgen, nach Arles
zurückkäme, würden meine alten Kumpel sagen: »Ja Olivier!
Sieh mal an! Auf einen Monat bist du nach Island gefahren,
und nach elf Tagen kommst du wieder? Hat's dir in Island nicht
gefallen?«

NAMASKARD

Gelbbraune, fahle, grünliche Landschaft, Rinnsale von Rotz,
von heißem Eiter, von meergrüner Lymphe, giftige Dämpfe,
Sumpflöcher, die wie Hexenkessel brodeln. Schwefel, Salpeter,
Basalt kochen durcheinander. Es wird einem angst vor etwas
Unnennbar-Widernatürlichem: flüssig gewordener Stein ...
Solfataren, aus denen giftige Dampfstrahlen schießen, in denen sich verträumt Fumarolen ringeln. In der Tiefe des Geysirs
ein intensives, unwirkliches Blau. Der kleine See leert sich;
irgend etwas verschluckt ihn, ein starker Sog von innen her,
dann strömt sein flüssiger Inhalt plötzlich wieder hervor, jagt
himmelan, versprüht zur Garbe, prasselt herab auf die Felsen.
Ein Kontrast: diese völlig mineralische Landschaft und diese
lebendige, aus ihren Eingeweiden hervorbrechende Aktivität.
Der Stein hier spuckt, schnaubt, rülpst, raucht, furzt und
scheißt, um einen hitzigen Durchfall loszuwerden. Es ist der
Zorn der unterirdischen Hölle gegen das, was oben ist, gegen
den Himmel. Haßfauchend speit die Unterwelt ihre niedrigs-
ten, unflätigsten Anwürfe dem Himmel ins Gesicht.
Ich denke an Djerba, wo der glühende Himmel die Erde ver-

heerte – da waren es unterirdische Gewässer, die von Windrä-
dern wie Milch aus Brüsten gesogen, ihren Segen zu der ausgebrannten Erde emporsteigen und Oasen erblühen ließen . . .
»Und das ist noch nicht alles«, fing Olivier wieder an. »Diese
Rundfahrt, die ich seit zwölf Jahren einmal in der Woche mache, tja, das ist gar keine richtige Rundfahrt! Ich weiß nicht,
aber mir scheint, alles wäre anders, wenn wir mit dem Bus im
Uhrzeigersinn um die Insel herumfahren könnten. Nur ist es
eben nicht so! Die Straße um die Insel herum stößt im Süd-
osten auf den großen Vatnajökull-Gletscher. Wenn wir dann in
Fagurhölsmyri sind, bringt ein Flugzeug einen Schwung Touristen aus Reykjavik und nimmt die mit, die wir am Fuß des
Gletschers abgesetzt haben. Und dann fahren wir los und machen die gleiche Strecke in umgekehrter Richtung! Und das,
sehen Sie, dieses Vor und Zurück hat etwas Deprimierendes.
Mir kommt das immer vor wie ein Zerstören des eben erst Zu-
standegebrachten. Es ist mir beinahe zur fixen Idee geworden:
den Kreis zu schließen. Den Ring, der durch den riesigen Glet-
scher zerrissen ist, wieder zusammenzuschweißen. Dann wäre
der Zauber gebrochen. Selma und ich könnten endlich heiraten
und heimfahren nach Arles.«
Und mit einer Spur Verwirrung setzt er hinzu:
»Vielleicht komm' ich Ihnen ein bißchen verrückt vor?«
Armer Olivier, Verlobter mit dem zerbrochenen Ring, du ewig
Sehnsüchtiger, der du allwöchentlich auf die Moränen des sa-
genhaften Vatnajökull stößt und im immerwährenden Licht
des isländischen Sommers auf deinen Spuren kehrtmachst, um
sieben Tage später wiederzukommen und wieder wegzufahren
und wiederzukommen – niemand ist so wie ich berufen, dein
Schicksal zu begreifen, in dem alles, die Meteore, die Elemente,
dein Herz, dein Fleisch und Blut so unentwirrbar miteinander
verwoben sind!
»Im Winter, da ist es etwas anderes. Die Touristen, die im Sommer zu Tausenden herbeiströmen, kennen Island nicht. Island –
das heißt nicht Mitternachtssonne, das heißt Mittagsmond.
Im Januar sehen wir gegen dreizehn Uhr, wie der Himmel ein
klein wenig heller wird. Es ist bloß ein böser Moment, über
den man hinwegkommen muß. Bald sinkt wieder wohltuend
die Nacht über unseren Schlaf. Denn wir halten Winterschlaf
wie die Murmeltiere, wie die Siebenschläfer, wie die Braunbä-

ren. Das ist ganz herrlich. Man ißt kaum etwas, rührt sich nicht mehr vom Fleck, außer gerade soviel, wie nötig ist, um sich in den niedrigen Wohnräumen zu ungeheuren Saufgelagen zusammenzufinden, auf die dann Rundum-Schlafgelage folgen. Beim erstenmal meint man noch, man werde unter Angst zu leiden haben, nach Licht, nach Sonne schreien wie ein verängstigtes Kind. Das Gegenteil ist wahr: man betrachtet die Wiederkehr des Sommers wie einen Alpdruck, wie etwas Feindliches, etwas Verletzendes. Ein Zauberland, dieses Island, glauben Sie's mir! Sind Sie wirklich so sicher, daß Sie ihm entrinnen?«

. . .

Ich bin wirklich sicher, daß ich ihm entrinne, denn ich habe gefunden, was ich hier gesucht habe. In Hveragerdhi liegt Islands größter Treibhausgartenkomplex. Die Temperatur in diesen weitläufigen, von Laubwerk und Blumen überquellenden Glashäusern wird durch Vulkanwasser konstant auf 30 Grad gehalten. Das ganze Land ringsum dampft wie eine Waschküche, aber das ist ganz braver, harmloser Wasserdampf. Von den gewalttätig-giftigen Rülpsern von Namaskard sind wir weit weg. Als ich in diese feuchte, duftgeschwängerte Wärme eindrang, begrüßte mich, gleich als ich eintrat, das plärrende Gekreisch eines Kakadus, und ich traute kaum meinen Augen, denn ich sah mich, in fünftausend Kilometer Entfernung wieder in Deborahs Garten. Amaryllis und Stechapfel, Mirabilis und Asklepias, Akanthus- und Jakarandabeete, Sträucher, die Zitronen und Mandarinen trugen, und sogar Bananenbäume und Dattelpalmen – diese ganze exotische Flora war da, wie in El-Kantara, aber einige Meilen vom Polarkreis, und das natürlich nur durch die Kraft des Feuers aus der Erde. Es fehlten nicht einmal, in Trögen mit lauem Wasser, die Seerosen, die Hyazinthen und Lotosblumen, deren Samenkorn Vergessen schenkt. Noch immer bin ich dabei, aus der Gegenüberstellung dieser zwei Gärten, der Oase von El-Kantara und der Treibhäuser von Hveragerdhi, Honig zu saugen (und Japan wird, das spüre ich schon jetzt, zu diesem Thema noch einiges Erhellende beitragen). Was ist den beiden Gärten gemeinsam? Daß das Land im einen wie im anderen Falle ganz und gar ungeeignet ist, eine üppige, empfindliche Vegetation zu entfalten. In Djerba der Trockenheit wegen, in Island der Kälte wegen. Doch was das

Land dem Menschen versagt, das schenkt ihm die Tiefe der Erde – in Djerba das Wasser, das die Windräder aus unterirdischen Adern schöpfen, in Island die Wärme, die aus den Thermalquellen dampft. Beide Gärten künden den gefährdeten, blütenverklärten Sieg der Tiefen über das Antlitz der Erde. Und es ist sehr bemerkenswert, daß jene Hölle von Haß und Groll, die ich in Namaskard entfesselt gesehen habe, sich hier brav und fleißig dazu hergibt, Blumen sprießen zu lassen, gerade als hätte sich der leibhaftige Teufel, einen Strohhut auf dem Kopf und mit einer Gießkanne bewaffnet, zur Gartenarbeit bekehrt.

. . .

Ist das noch ein weiteres Zeichen? Gestern abend habe ich mich an den Ufern des Myvatn-Sees herumgetrieben – wenn der Bagger stillsteht, der tagsüber Diatomeenschlamm herausfördert, liegt er glatt und still da wie Quecksilber. Ich hatte große braune Vögel mit beigefarbenem Bauch bemerkt, die da und dort auf dem Boden saßen und, weil sie sich nicht rührten, kaum zu sehen waren. Das sind, wie ich mir habe sagen lassen, Sterkoarier oder Raubmöwen, die die Eigenheit haben, daß sie selber weder fischen noch jagen, sondern es vorziehen, anderen Vögeln ihre Beute zu entreißen. Man hatte mich vor ihrer Angriffslust gewarnt, falls ich ihrem Nest zu nahe kommen würde. Es war aber keine Raubmöwe, sondern eine kleine Möwe mit gegabeltem Schwanz, die mich aufs Korn nahm – eine Seeschwalbe –, lebhaft und schnittig wie eine Schwalbe. Ich sah, wie sie über mir immer enger werdende Kreise beschrieb, dann Sturzflüge auf meinen Kopf unternahm. Schließlich verharrte sie, ein paar Zentimeter von meinen Haaren, auf der Stelle und hielt mir, mit den Flügeln schlagend, den Schwanz nach vorn geschwenkt, eine weitschweifige, feurige Rede. Hatte sie mir wirklich nichts anderes zu sagen als *hau ab, hau ab, hau ab!* – die weiße Schwalbe vom Myvatn-See in dieser sonnigen Juninacht? Etwas später erst merkte ich, daß wir am folgenden Tag Pfingsten hatten, und ich dachte an den Vogel des Heiligen Geistes, der sich auf die Häupter der Apostel niederließ, um ihnen die Zunge zu lösen, ehe er sie, die Botschaft zu künden, an die vier Enden der Welt schickte . . .

PS. Daß partnerloses Zwillingstum jene trügerische Allgegenwart mit sich bringt, die sich Weltreise nennt, weiß ich nur zu gut – und ich kann nicht sagen, wann und wo meine Reise dereinst zum Stehen kommt.

Doch was wird aus einer *partnerlosen Kryptophasie?* Hat der Kryptophone nur noch die Wahl zwischen völligem Schweigen und der so mangelhaften Sprache der Einlinge? Tatsächlich hält mich eine Hoffnung aufrecht, die sich nicht nachprüfen läßt – würde sie enttäuscht, so bräche ich zusammen. Es ist die Hoffnung, die trügerische Allgegenwart, zu der mich Jeans Flucht verurteilt, werde – wenn mein Zwillingsbruder endgültig unauffindbar bleiben sollte –, letztlich in etwas Unerhörtes, Unbegreifliches einmünden, das man jedoch eine *echte Allgegenwart* nennen müßte. Und ebenso wird die durch den Verlust meines einzigen Gesprächspartners unnütz gewordene Kryptophasie vielleicht übergehen in eine universale Sprache, ähnlich der, mit der das Pfingstfest einst die Apostel begabte.

18

Die japanischen Gärten

Paul

Man überfliegt den Polarkreis, und die Sonne, die am isländischen Himmel wie die Lampe an einer Schnur schwankte, gewinnt ihre Regungslosigkeit zurück.

Die Polarländer – Grönland, viermal so groß wie Frankreich, Alaska, dreimal so groß wie Frankreich – haben alles, was sie zu einem richtigen Land macht: Ebenen, Hochflächen, Flüsse, Steilküsten, Seen, Meere ... Zuweilen glaubt man über das Seinebecken, dann wieder über die Pointe du Raz oder über die kahlgeschorenen Kuppen des Puy de Dôme zu fliegen. Doch all das ist rein, unbewohnt, unbewohnbar, gefroren, in Eis gehauen. Ein Land, das einstweilen aufs Eis gelegt ist, bis die Zeit kommt, da es leben, dem Leben dienen soll. Ein Land in Reserve, im Eis für eine künftige Menschheit konserviert. Wenn dereinst der neue Mensch geboren ist, zieht man die Schneeplane weg, die diese Erde bedeckt, und macht sie ihm zum Geschenk: nagelneu, unberührt, für ihn bewahrt von Anbeginn der Zeiten ...

ANCHORAGE

Zwischenlandung. Eine Stunde Aufenthalt. Die Sonne nutzt
das aus und gleitet um einen Grad weiter dem Horizont zu. Die
Maschine füllt ihre Passagiere über einen Ziehharmonikabalg
in eine verglaste Halle um. Wir werden nicht erleben, wie die
Luft von Anchorage schmeckt. Aber hier birgt das Treibhaus
bloß Menschen. Eines ist gewiß: der Sprung vom Pflanzlichen
zum Menschen muß erst noch kommen – freilich nicht auf so
grobschlächtige, so summarische Art und Weise.
Nochmals acht Stunden Flug, dann kündet die ungeheure,
zarte Silhouette des Fuji mit ihrem Hermelinumhang, daß wir
in Japan sind. Jetzt erst darf die Sonne schlafen gehen.

Shonin

Weshalb schaffst du Skulpturen mit Hammer, Meißel oder
Säge? Weshalb fügst du dem Stein Leid zu und bringst seine
Seele zur Verzweiflung? Der Künstler ist ein Betrachtender.
Der Künstler schafft mit dem Blick die Skulptur . . .
Im 16. Jahrhundert eurer Zeitrechnung suchte der General
Hideyoshi einen Lehensmann auf, der tausend Kilometer entfernt im Norden wohnte, und bemerkte in dessen Garten einen
wunderschönen Stein, der Fujito hieß. Er erhielt ihn von seinem Vasallen zum Geschenk. Aus Rücksicht auf die Seele des
Steins hüllte er ihn in eine Bahn herrlicher Seide. Dann wurde
er auf einen prachtvoll geschmückten, von zwölf weißen Ochsen gezogenen Wagen geladen, und während der ganzen Fahrt,
die hundert Tage währte, umgab ihn ein Orchester mit den
sanftesten Melodien, um seinen Schmerz zu lindern, denn die
Steine sind seßhaften Wesens. Fujito erhielt von Hideyoshi
einen Platz im Park seines Schlosses Nijo, dann auf seinem
Herrensitz Jurakudai. Er ist heute der Hauptstein – O Ishi – des
Sambo-in, wo man ihn heute noch sehen kann.
Der Skulpturenschöpfer und Dichter ist keiner, der Kieselsteine zerschlägt. Er ist einer, der Kieselsteine aufsammelt. Die
Strände auf den 1042 Inseln Nippons und die Flanken unserer
783 224 Berge sind mit einer Unzahl von Felsbrocken und Kieselsteinen übersät. Darin steckt freilich Schönheit, doch ebenso
verschüttet und verborgen wie die Schönheit der Statue, die
euer Bildhauer mit Hammerschlägen aus dem Marmor holt.
Um diese Schönheit zu erschaffen, muß man nur zu schauen

verstehen. Du kannst in Gärten aus dem 10. Jahrhundert
Steine sehen, die damals von genialen Sammlern ausgewählt
wurden. Diese Steine haben einen unvergleichlichen, unnach-
ahmlichen Stil. Zwar haben die Strände und Gebirge Nippons
sich seit neun Jahrhunderten nicht verändert. Dieselben Felsbrocken, dieselben Kiesel liegen dort verstreut. Doch das Sam-
melwerkzeug ist für immer verloren: des Sammlers Auge. Nie
mehr werden sich Steine finden lassen wie diese. Und mit jedem begnadeten Garten ist es ebenso. Die Steine darin sind das
Werk eines Auges, das die Beweise seines Genies hinterlassen
und sein Geheimnis für immer mitgenommen hat.

Paul
Eine Sorge, die mich geplagt hatte, seitdem ich mich mit dem
Gedanken an Japan trug, hat sich erfreulicherweise gleich bei
meinen ersten Schritten in der großen Halle des Flughafenge-
bäudes in Tokio verflüchtigt. Ich hatte befürchtet, für mein
westliches Auge, umnebelt von den gemeinsamen Zügen der
gelben Rasse, würden alle Japaner zu einer unterschiedslos
wimmelnden Masse verschwimmen. Diese Kurzsichtigkeit, die
westliche Besucher nicht selten aufweisen – »alle Neger sehen
gleich aus« –, hätte für mich eine furchtbare, weitreichende
Bedeutung gehabt. Ich fürchtete, offengestanden, mich plötzlich inmitten einer Gesellschaft zu sehen, die mir das unerhörte, verwirrende Phänomen eines ins allgemeine erweiterten
Zwillingstums vor Augen führte. Kann man sich für einen vereinsamten Zwilling, der in der ganzen Welt klagend seinen
Zwillingsbruder sucht, einen ärgeren Hohn vorstellen, als den,
sich urplötzlich – als einziger, der allein steht – in eine unzähl-
bare Menge ununterscheidbarer Zwillingsgeschwister versetzt
zu finden! Einen böseren Streich hätte sich das Schicksal für
mich nicht ausdenken können.
Zum Glück ist es nicht so! Die individuellen Züge werden von
den Rassemerkmalen der Japaner keineswegs verwischt. Es
gibt keine zwei Leute hier, die ich verwechseln könnte. Körperlich gefallen sie mir übrigens. Ich mag sie gern, diese elastischen, muskulösen Körper mit ihrem katzenhaften Gang – der
Vorteil an Ausgewogenheit und Gelöstheit, den eine gedrun-
gene Figur und kurze Beine bieten, ist deutlich erkennbar –,
diese Augen, die so vollendet geschnitten sind, daß sie immer

getuscht erscheinen, diese in ihrer Dichte und Fülle so unvergleichlich schönen Haare, wie feste, glänzend schwarze Mützen, diese Kinder, die so kraftvoll aus vollem, glattem, goldenem Fleisch geformt sind. Alte Leute und Kinder, beide von ihrer Rasse stärker geprägt, sind übrigens fast immer schöner als die von der Verwestlichung banalisierten Erwachsenen. Doch diese allgemeinen Merkmale hindern nicht, daß ich *alle* Individuen, denen ich begegne, ohne jede Gefahr eines Irrtums voneinander unterscheiden kann. Nein, wenn dieses Land mich etwas lehren kann, so nicht in der grobschlächtigen Maskerade eines ganzen Zwillingsvolkes. Reden wir lieber von den Gärten, von den Steinen, dem Sand und den Blumen.

Shonin

Garten, Haus und Mensch sind ein lebendiger Organismus, den man nicht zerstückeln darf. Der Mensch muß da sein. Nur unter seinem liebenden Blick entfalten sich die Pflanzen gut. Wenn der Mensch, aus welchem Grund auch immer, seine Wohnung verläßt, geht der Garten zugrunde, fällt das Haus in Trümmer.

Garten und Haus müssen sich innig vermischen. Abendländische Gärten wissen nichts von diesem Gesetz. In der westlichen Welt ist das Haus wie ein Grenzstein mitten in einen Garten gesetzt, von dem es nichts wissen will und der ihm zuwider ist. Und voneinander nichts zu wissen erzeugt Feindseligkeit und Haß. Das Haus des Weisen umschließt den Garten mit einer Folge leichter Bauten auf Holzpfeilern, die ihrerseits auf flachen Steinen stehen. Verschiebbare Wände, manche undurchsichtig, andere durchscheinend, zeichnen darin einen beweglichen Raum, der Türen und Fenster unnütz macht. Dieselbe Luft, dasselbe Licht durchfluten Garten und Haus. Im herkömmlichen japanischen Haus kann es keinen Durchzug, nur Wind geben. Das Haus scheint sich durch ein Netz von Stegen und Galerien in den Garten hinein aufzulösen. Man weiß wahrhaftig nicht, welches von beiden ins andere eindringt und es in sich aufnimmt. Es ist mehr als eine glückliche Ehe zwischen beiden.

Die Steine dürfen nie einfach nur auf den Boden gelegt werden. Sie müssen immer ein kleines bißchen eingegraben sein. Denn der Stein besitzt einen Kopf, einen Schwanz, einen Rücken, und sein Bauch bedarf des warmen Dunkels der Erde. Ein Stein ist weder tot noch stumm. Er hört den Anprall der Wogen, das Plätschern des Sees, das Tosen des Wildbachs, und er klagt, wenn er unglücklich ist, mit einer Klage, die dem Dichter das Herz zerreißt.

Es gibt zwei Arten von Steinen: stehende und liegende. Es ist eine schwere Verirrung, einen stehenden Stein zu legen. Ebenso ist es eine – obschon nicht so schwerwiegende –, einen liegenden Stein aufzustellen. Der höchste stehende Stein darf nie den Fußboden des Hauses überragen. Ein unter einem Wasserfall stehender Stein, der auf seinem Kopf den lichten, harten Strahl in tausend sprühende Tropfen zerstieben läßt, stellt einen tausendjährigen Fisch, einen Karpfen dar. Der stehende Stein fängt die *Kami* ein und filtert die bösen Geister heraus. Liegende Steine leiten Energien ihrer waagrechten Achse entlang in Richtung ihres Kopfes. Deshalb darf diese Achse nicht auf das Haus zeigen. Im allgemeinen ist das Haus so ausgerichtet, daß seine Achsen nicht mit den Achsen der Steine zusammenfallen. Die strenge Geometrie des Hauses kontrastiert mit den krummen, schrägen Linien des Gartens, die dazu bestimmt sind, die Geister aus den Steinen unschädlich zu machen. Die westliche Welt hat den japanischen Garten, der systematisch jede Achse vermeidet, kopiert, ohne den Sinn zu kennen. Gleichwohl sammelt unter dem Dachvorsprung eine mit großen Kieseln gefüllte Rinne das Regenwasser. Im Sonnenschein grau und matt, werden diese Kiesel vom Regen schwarz und glänzend.

Die Steine in einem Garten werden nach ihrer Bedeutung in drei Stufen eingeteilt: die Hauptsteine, die Zusatzsteine und der *Oku-Stein*. Die Zusatzsteine bilden das Gefolge des Hauptsteins. Sie sind hinter dem liegenden Stein in einer Linie plaziert, gruppieren sich als Sockel zu Füßen des stehenden Steins, drängen sich als Konsole unter den geneigten Stein. Der *Oku-Stein* tritt nicht in Erscheinung. Er ist das letzte Tüpfelchen, das innerste, verborgene Etwas, durch das die ganze Komposition erst zu schwingen beginnt – er kann seine Aufgabe unbemerkt erfüllen wie die Seele der Geige.

Paul
Mein Schlaf hat die Zeitverschiebung noch nicht überwunden; sprunghaft, wie er ist, hat er mich bei Tagesanbruch auf die

Straße getrieben. Ich beobachte, wie die Stadt erwacht. Die Menschen, die an mir vorbeigehen, sind von vollendeter Höflichkeit; sie scheinen den Fremden aus dem Westen nicht zu bemerken, obwohl er zu dieser morgendlichen Stunde ganz allein auf der Straße immerhin ungewohnt sein muß. Vor jedem Restaurant brennen in einem Metalleimer wie Kienspäne die Stäbchen, mit denen die Gäste am Vortag gegessen haben. Das ist hier das Geschirrspülen. Als ich die Lastwagen der Müllabfuhr sehe, die vorbeifahren, muß ich an Onkel Alexandre denken. Alles an dem Aufzug der Müllmänner hätte ihn entzückt: ihre weiten Pluderhosen in den ungewöhnlichen schwarzen, geschmeidigen, bis zum Knie reichenden Überschuhen, die einen Daumen für die große Zehe besitzen – richtiggehende Fausthandschuhe für die Füße – die dicken weißen Handschuhe, das viereckige Musselintuch über Nase und Mund, das mit Gummibändchen um die Ohren befestigt ist. Man glaubt es mit einer besonderen Menschengattung zu tun zu haben, die durch gewisse anatomische Eigenheiten – beispielsweise die schwarzen, gespaltenen Füße – dazu bestimmt ist, die groben Arbeiten in der Stadt zu verrichten. Ganz genau so grob sind auch die einzigen Vögel, die anscheinend in dieser Stadt herumgeistern, nämlich Raben. Ist es eine Ohrentäuschung? Es kommt mir so vor, als klinge der Ruf des japanischen Raben eigentümlicherweise viel simpler als der seines Artgenossen im Westen. Soviel ich auch hinhorche, ich höre nichts als »*Ah! ah! ah!*« – und er schmettert es nicht wie ein fröhliches Lachen, sondern gibt es im Ton einer trübseligen Feststellung von sich. Ich gäbe viel darum, noch einmal – ein einziges Mal – in ihm mitzuschwingen, jenem silberhell klagenden Geläute des geheimnisvollen Vogels in Islands Nacht, das anscheinend ich ganz allein gehört habe. Über manchen Dächern ragen, von einem Goldpapierwindrad gekrönt, Masten in die Luft; an ihnen schweben dicke Karpfen aus bunten Stoffen, deren gähnendes Maul aus einem kleinen Weidenring besteht. Am 5. Mai wurde das Fest der kleinen Jungen gefeiert, und jeder Karpfen entspricht einem zum Hause gehörenden Kind männlichen Geschlechts. Eine weitere Eigenheit, die meinen skandalumwitterten Onkel entzückt hätte ... Nichts ist lustiger als die Rosetten aus Kreppapier, die vor meinen Augen von einer Prozession vorbeigetragen werden. Aber ach, wie gröblich mißdeutet sie der Barbar: es ist ein Leichenzug, und diese Rosetten sind das Gegenstück zu unseren Totenkränzen.

Die heiligen Damhirsche von Nara stellen sich getreulich ein, als ich komme, aber ich muß gestehen, sie enttäuschen mich, schlimmer noch, sie widern mich ein bißchen an. Ihr vertrauliches Getue, ihr Embonpoint, ihre bettelhaften Mienen stellen sie in die Verwandtschaft mit gewissen dicken, kriecherischen, nassauernden Mönchen, deren braun-beigefarbenes Kleid sie obendrein auch noch tragen. Hunde und Katzen haben da mehr Haltung. Nein, von diesen graziösen Tieren erwarte ich, daß sie stolz, scheu, mager sind und Abstand wahren. Letzten Endes hat das traditionelle Bild eines irdischen Paradieses, wo die Tiere friedlich miteinander und mit den Menschen in albernidyllischem Durcheinander zusammenhausen, etwas Kraft- und Saftloses, etwas Abstoßendes an sich, sicher weil es ganz und gar widernatürlich ist.

Shonin

Die Steine stellen bestimmte geisterfüllte Tiere dar, die mit ihnen ein übermenschlich langes Leben gemeinsam haben. Diese Tiere sind der Phönix, der Elefant, die Kröte, der Hirsch, auf dem ein Kind reitet. Dieser Fels ist ein Drachenkopf, der eine Perle in seinem Maul hält; zwei kleine Sträucher stellen seine Hörner vor. Aber die wichtigsten Felstiere des japanischen Gartens sind Kranich und Schildkröte. Häufig wird die Schildkröte mit einem langen Schwanz dargestellt, der aus einem wie der Bart eines Weisen dem Ende ihres Panzers anhaftenden Büschel Algen besteht. Der Kranich ist der ins Jenseits fliegende Vogel, der mit den Sonnengeistern redet. Schildkröte und Kranich symbolisieren Körper und Geist, das *Ying* und das *Yang*.

Diese beiden Prinzipien scheiden auch den Garten und müssen einander die Waage halten. Für den Herrn des Hauses, der die Augen nach Süden wendet und die Kaskade am andern Ufer des Teichs betrachtet, ist die Westseite der Kaskade zur Rechten. In der Residenz *Ghinden* ist das die Seite der Frauen, der vornehmen Witwen, die private, häusliche, unreine Zone, die Erde, der Bereich, der dem Herbst, der Ernte, der Nahrung, dem Schatten, kurz, dem Ying geweiht ist. Die Osthälfte liegt zur Linken. Das ist der Bereich des Fürsten, der

Männer, der Zeremonien, der Empfänge, die öffentliche, der Sonne, dem Frühling, den Kriegskünsten, kurz, dem Yang zugehörige Zone.

Es gibt zwei Arten von Kaskaden. Die springenden und die kriechenden. Beide müssen aus einem dunklen, verborgenen Ort kommen. Das Wasser muß aussehen, als rinne es wie ein Quell zwischen Steinen hervor. Im 16. Jahrhundert arbeiteten die Fachleute, die eine der Kaskaden des Sambo-in zu Kyoto bauten, über zwanzig Jahre daran, sie zuwege zu bringen. Aber sie wird heute als vollkommen gelungen betrachtet, besonders ihrer unvergleichlichen Musik wegen. Da die bösen Geister einer geradlinigen Bahn von Nordosten nach Südwesten folgen, muß auch das Wasser in seinem Fließen diese Richtung einhalten, denn ihm obliegt es, die Last der bösen Geister auf sich zu nehmen und, nachdem es das Haus umflossen hat, bei ihrer Vertreibung mitzuhelfen.

Paul
Heute früh 4.25 Uhr leichtes Erdbeben. Einige Minuten später heftiges Gewitter mit Hagel. Welche Beziehung besteht zwischen diesen beiden Phänomenen? Sicher gar keine. Aber man kann die Seele, die durch solche für sie unfaßbaren Beweise von Feindseligkeit verschreckt ist, nicht hindern, beide in Verbindung zu bringen und sie damit noch furchtbarer zu machen. Wir sind hier im Land der Taifune und Erdbeben. Ob es wohl eine ursächliche Verknüpfung zwischen diesen beiden Katastrophen geben mag? Ja, antwortet mir mein Lehrer Shonin. Denn der Taifun ist letztlich nichts anderes als das Vorbeiziehen einer ganz kleinen, stark ausgeprägten Tiefdruckzone, die von der Atmosphäre nicht ausgefüllt wird, sondern statt dessen unter dem Einfluß der Erddrehung an ihrem Rande einen starken Luftwirbel erzeugt. Wenn man nun annimmt, daß manche Teile des Erdbodens nur einem schwachen Erddruck ausgesetzt sind und von der Last der Atmosphäre im Gleichgewicht gehalten werden, dann begreift man, daß ein plötzliches, tiefes Absinken dieser Belastung auf einer beschränkten Fläche eine Störung des Gleichgewichts herbeiführt und das Erdbeben auslöst.

Taifune, Erdbeben ... Ich kann nicht umhin, zwischen diesen krampfhaften, Himmel und Erde erfassenden Zuckungen und der Gartenkunst eine Beziehung zu sehen, in der eben diese beiden Bereiche nach subtilen, aufs Haar genauen Formeln miteinander vermählt sind. Scheint es nicht so, als setzten, da Weise und Dichter sich von den großen Elementen abgewandt haben und sich mit winzigen Stückchen des Raumes abgeben, Himmel und Erde, sich selbst überlassen, die phantastischen, wilden Spiele fort, denen sie sich einst hingegeben hatten, als der Mensch noch nicht erschienen war oder zumindest seine Geschichte noch nicht begonnen hatte? Man könnte in diesem gewaltigen Toben sogar den Zorn und den Kummer riesenhafter Kinder über die Gleichgültigkeit der Menschen sehen, die ihnen, über ihre winzigen Konstruktionen gebeugt, den Rükken kehren.

Shonin erwiderte mir, es sei etwas Wahres an meinen Ansichten, sie seien freilich allzu gefühlvoll. Die Gartenkunst, am Angelpunkt zwischen Himmel und Erde gelegen, geht tatsächlich über die schlichte Sorge, ein vollkommenes Gleichgewicht zwischen menschlichem und kosmischem Raum herzustellen, hinaus. Das Abendland verkennt übrigens nicht ganz, daß die menschliche Kunstfertigkeit diese Aufgabe hat, denn im Blitzableiter bietet das Haus seine guten Vermittlerdienste an, damit das himmlische Feuer ohne Gewalt ins Zentrum der Erde übergehen kann. Doch der Ehrgeiz des japanischen Landschaftsgärtners will höher hinaus, sein Wissen ist schärfer, mithin sind die Risiken, die er eingeht, gewichtiger. Djerba und Hveragerdhi hatten mir schon ein Beispiel für kühne, paradoxe, ständig von der Vernichtung bedrohte menschliche Schöpfungen gegeben – und ich möchte behaupten, daß sich zu der Stunde, da ich diese Zeilen schreibe, über Deborahs märchenhaftem Garten schon wieder die Wüste mit ihren Dünen geschlossen hat. Bei dem Gleichgewicht, das die Japaner zwischen dem menschlichen Raum und dem kosmischen Raum hergestellt haben, bedeuten diese Gärten, die am Berührungspunkt beider liegen, ein kunstvolles, von ihnen meisterhaft beherrschtes Unterfangen, das deshalb auch seltener scheitert – theoretisch ist ein Scheitern sogar unmöglich –, aber wenn das Unmögliche doch eintritt, dann packt anscheinend Himmel und Erde eine wahnsinnige Wut.

Übrigens scheint mir dieses Gleichgewicht – das, wenn es menschliche Gestalt besitzt, den Namen Heiterkeit trägt – der

Grundwert östlicher Religion und Philosophie zu sein. Es ist schon bemerkenswert, daß der Begriff der Heiterkeit in der christlichen Welt kaum Platz hat. Die Geschichte von Jesu Leben und Taten ist voller Aufschreie, voller Tränen und Sprunghaftigkeiten. Die Religionen, die daraus hervorgegangen sind, hüllen sich in eine dramatische Atmosphäre, in der Heiterkeit sich als Lauheit, als Gleichgültigkeit, wenn nicht gar als Stumpfheit darstellt. Die elende Lage und der Mißkredit, in die der Quietismus Madame Guyons im 17. Jahrhundert geriet, illustrieren ganz gut die Geringschätzung, mit der das Abendland solche Werte abtut, die sich nicht von der Tat, der Energie, der pathetischen Spannung ableiten.

Diese Überlegungen stellte ich an, als ich den Riesenbuddha von Kamakura besichtigte. Welch ein Unterschied zum Kruzifix der Christen! Diese vierzehn Meter hohe Bronzefigur unter freiem Himmel inmitten eines wundervollen Parks strahlt von Milde, von schützender Kraft und lichtem, klarem Geist. Der Oberkörper ist, in aufmerksam-wohlwollender Empfangshaltung, leicht nach vorn gebeugt. Die riesigen Ohren, mit rituell auseinandergezogenen Ohrläppchen, haben alles gehört, alles verstanden, alles behalten. Doch die schweren Lider senken sich über einem Blick, der nicht darauf sinnt, zu richten und Blitze zu schleudern. Das weit ausgeschnittene Gewand läßt eine beleibte, sanfte Brust erkennen, in der männlich und weiblich ineinander überzugehen scheinen. Die im Schoß liegenden Hände sind ebenso untätig, so unnütz wie die in Lotosstellung untergeschlagenen, gekreuzten Beine. Kinder spielen und lachen im Schatten des Religionsstifters. Ganze Familien lassen sich vor ihm photographieren. Wer dächte daran, sich vor Christus am Kreuz photographieren zu lassen?

Shonin

Die Gärten, von denen bislang die Rede war, waren Teegärten zum freundschaftlichen Lustwandeln, zum geistigen Meinungsaustausch, zur höfischen Minne.

Es gibt andere Gärten, die kein Fuß betritt, in denen sich nur das Auge ergehen darf, in denen allein die Ideen einander begegnen und einander umarmen. Es sind dies die strengen Zen-Gärten, deren Bestimmung es ist, von einem bestimmten Punkt, im allgemeinen von der Galerie des Wohngebäudes aus, betrachtet zu werden. Ein Zen-Garten liest sich wie ein Gedicht, von dem lediglich einige Halbverse niedergeschrieben sind und bei dem es dem Scharfsinn des Lesers überlassen bleibt, die Lücken zu füllen. Der Schöpfer eines Zen-Gartens weiß, daß die Aufgabe des Dichters nicht die ist, für sein Teil Begeisterung zu empfinden, sondern sie in der Seele des Lesers erstehen zu lassen. Bei den Bewunderern des Zen-Gartens scheint deshalb manchmal der Widerspruch zu grassieren: der Samurai lobt seine glühende, harte Schlichtheit, der Philosoph das Köstlich-Subtile, das an ihm ist, der betrogene Liebende den betörenden Trost, den er ausströmt. Doch das im höchsten Grade Widersprüchliche am Zen-Garten liegt in dem Gegensatz zwischen trocken und feucht. Dem Anschein nach gibt es nichts Trockeneres als diese Fläche weißen Sands, auf der ein, zwei oder drei Felsblöcke verteilt sind. Doch in Wahrheit gibt es nichts, das feuchter wäre. Denn die Wellen, die der fünfzehnzackige Stahlrechen des Mönchs kunstvoll im Sand gezogen hat, sind nichts anderes als die Wogen, die kleinen Wellen und Fältchen des endlosen Meeres. Denn die Steine, die den zum Garten führenden engen Weg säumen, erinnern nicht an das holprige Bett eines trockenen Gießbachs, sondern im Gegenteil an die tobenden Wirbel des Wassers. Ganz zu schweigen von der mit Steinplatten ausgelegten Böschung, die in Wahrheit ein trockener, versteinerter, in einem Augenblick in der Bewegung erstarrter Wasserfall ist. Der Sandsee, der mineralische Sturzbach, der trockene Wasserfall, ein magerer, zurechtgeschnittener Strauch, zwei Felsen, die ihr gekrümmtes Rückgrat recken, diese spärlichen Elemente, nach sorgsam berechnetem Gesetz verteilt, sind bloß ein Grundgewebe, das der Betrachter mit seiner persönlichen Landschaft bestickt, um ihr Stil zu geben, sind nur ein Model, in den er seine augenblickliche Stimmung gießt, damit sie Heiterkeit gewinnt. Potentiell enthält der Zen-Garten in seiner äußeren Kargheit alle Jahreszeiten, alle Landschaften der Welt, alle Schattierungen der Seele.

Der Zen-Garten öffnet sich bald zu einer natürlichen Landschaft hin, bald verschließt er sich zwischen Mauern oder einzelnen Wänden, zuweilen läßt ein Fenster in diesen Mauern oder Wänden den Blick hinausschweifen auf ein sorgsam ausgesuchtes Eckchen Natur. Man kann die Wechselwirkungen zwischen dem Zen-Garten und der natürlichen Umwelt nicht so genau berechnen. Die klassische Lösung besteht in einer niedrigen, erdfarbenen, ziegelbelegten Mauer, die der Galerie für den Betrachter gegenüberliegt und den Garten abgrenzt, ohne ihn abzuschließen, und die das Auge frei durch die Laubkronen des Waldes schweifen läßt, ohne daß es sich jedoch in den Unebenheiten des gewöhnlichen Bodens verirren kann.

Ebenso wie ein Schauspieler im *Kabuki* die Rolle einer Frau intensiver spielt als eine Schauspielerin, so lassen die imaginären Elemente eines Gartens einen *Fuzei* entstehen, dessen Wesen subtiler ist, als wenn er aus den wirklichen Dingen selbst bestünde.

Paul

Ich komme aus dem Tempel von Sanjusangendo, wo ich unter der Hauptgalerie zwischen den tausend lebensgroßen Statuen der barmherzigen Göttin Kwannon herumgegangen war. Dieses Bataillon völlig gleicher Göttinnen, alle mit ihren zwölf Armen, deren Rund in Höhe des Oberkörpers die hinter ihrem Kopf erstrahlende Sonnenaureole nachbildet, diese Masse von vergoldetem Holz, diese tausendfach von neuem ertönende Litanei, diese Wiederholung, bei der mir schwindelt ... Ja, da – aber auch nur da – habe ich es wieder mit der Angst bekommen, mit der Angst vor einem ins Unendliche vervielfältigten Zwillingstum, wie ich sie bei der Landung in Japan gehabt hatte. Doch mein Lehrmeister Shonin hat mich von meiner Selbsttäuschung schnell befreit: diese Götterbilder sind identisch nur für den oberflächlichen Blick des unfrommen westlichen Besuchers, der nichts anderes versteht als zufällige Eigenheiten zusammenzuzählen und zu vergleichen. In Wahrheit sind diese Statuen untereinander völlig unterschiedlich, und sei es auch nur durch den Platz, den sie im Raum innehaben und der jeder einzelnen eigentümlich ist. Denn das ist der Grundirrtum westlichen Denkens: der Raum wird als homogenes Etwas begriffen, ohne innere Beziehung zum Wesen der Dinge, so daß man diese ungestraft an einen anderen Platz bringen, anders verteilen, vertauschen kann. Vielleicht kommt es von diesem Leugnen des Raumes als eines komplexen, lebendigen Organismus, wenn der Westen so *erfolgreich* ist, aber zugleich entspringt daraus auch all sein Unheil. Die Vorstellung, man könne alles, ganz gleich was, überall, ganz gleich wo, tun und hinstellen, ist ein furchtbarer Irrglaube, aus dem uns Macht und Fluch erwächst ...

Die Begegnung mit den tausend zwillingshaften Statuen von Sanjusangendo war ganz dazu angetan, eine andere Begegnung vorzubereiten, die mich viel tiefer berührte. Aus dem Tempel kommend, schlenderte ich ein wenig durch die umliegende Fußgängerzone mit ihren Eierkrapfenverkäufern, ihren Friseuren, ihren Badestuben und Trödlern umher. Bis ich wie gebannt, vor Verblüffung wie angewurzelt, auf ein zwischen altem Möbelramsch und Nippes ausgestelltes Gemälde stoße: dieses Gemälde, ganz in westlichem Stil und doch mit einem allerdings ziemlich flüchtigen japanischen Einschlag, war *ein vollkommen ähnliches Porträt von Jean.*

In Venedig, in Djerba, in Island habe ich, wie gesagt, die Spur meines Bruders in einer ausschließlich zwillingshaften Form aufgenommen; durch das mehr oder weniger starke, mehr oder weniger klare Auftreten jenes Entfremdungsleuchtens, das mich schmerzt und zugleich beruhigt. Doch schon in Djerba hatte sich dieses Phänomen – obschon die Voraussetzungen dafür allesamt gegeben waren – bei Tanizaki nicht gezeigt. Und seitdem ich in Japan bin, habe ich dieses Leuchten, das ich fieberhaft suche, obwohl es mich jedesmal wie Feuer brennt, kein einziges Mal aufflammen sehen. Jetzt weiß ich, daß Japan – daß die Japaner – gegenüber diesem Phänomen völlig resistent sind, und dank den tausend Göttinnen von Sanjusangendo beginne ich zu begreifen, weshalb. Ich trat in das Geschäft des Altwarenhändlers. Das junge Mädchen im Kimono mit dem traditionellen Haarknoten, auf das ich zuging, rührte sich nicht, als ich näherkam, und hinter einer Tapetenwand hervor tauchte ein kleiner Mann in schwarzer Seidenbluse auf, der sich einigemal vor mir verneigte. Meine Ähnlichkeit mit dem ausgestellten Porträt war so augenfällig, daß ich eine Reaktion erwartet hatte, Überraschung, Heiterkeit, kurzum etwas, das dem »Leuchten«, und in weiterem Sinne auch dem entsprochen hätte, was Jean und ich den »Zirkus« genannt hatten. Nichts dergleichen; sogar als ich den kleinen Geschäftsinhaber vor das Porträt führte und ihn um nähere Auskünfte über den Maler bat. Er setzte ein rätselhaftes Lächeln auf, hob seine knochigen kleinen Hände bis zur Decke, schüttelte mit einer Miene bekümmerten Nichthelfen-Könnens den Kopf. Kurzum, er wußte nichts über den Künstler, dessen Signatur sich auf die beiden Initialen U.K. beschränkte. Am Ende konnte ich nicht mehr an mich halten und stellte ihm die Frage, die mir auf den Lippen brannte:

»Finden Sie nicht, daß die Person auf dem Bild Ähnlichkeit mit mir hat?«

Er schien überrascht, interessiert, belustigt. Er musterte mich von oben bis unten, betrachtete dann das Porträt, dann wieder mich und das Porträt. Angesichts der schreienden Ähnlichkeit der beiden Gesichter – des gemalten und des meinigen – hatte diese Szene etwas Irres an sich. Dann wurde er plötzlich ernst und schüttelte den Kopf.

»Nein, wirklich, ich sehe keine. Oh, gewiß, ein vager Schimmer ... Aber die Menschen aus dem Westen sehen einander ja alle ähnlich!«

Es war zum Verrücktwerden. Ich ging schleunigst wieder. Eine Pachinko-Halle in grellem Neonlicht, klingelschrillend und vom prasselnden Geräusch eines metallenen Hagels erfüllt, nahm mich im Vorbeigehen auf. Ich wurde in Rekordzeit die Handvoll Jetons los, die ich am Eingang gekauft hatte. Was ist wohl der Grund, daß all diese jungen Leute krampfhaft fiebernd an der Glasfront ihres Automaten hängen, hinter der sich eine bunte Scheibe dreht und Stahlkugeln umlaufen? Geschieht das nicht aus dem Verlangen heraus – nicht etwa, einen angenehmen Augenblick zu genießen, sondern sich so schnell wie möglich einer sinistren Bürde zu entledigen? Und wieder bin ich auf der Straße. Was tun? Ins Hotel zurückgehen? Doch der Antiquitätenbazar zog mich unwiderstehlich an. Ich ging wieder dorthin. Das Porträt war nicht mehr in der Auslage. Ich muß entschieden noch viel lernen, um in diesem seltsamen Land ruhig und heiter zu leben! Ich wollte schon wieder gehen, da gewahrte ich ein junges Mädchen in einem grauen Regenmantel, das auf mich zu warten schien. Ich brauchte einige Zeit, bis ich die Japanerin erkannte, die ich vorhin, traditionell gekleidet, im Hintergrund des Ladens gesehen hatte. Sie kam her, schlug die Augen nieder und sagte:

»Ich muß mit Ihnen sprechen. Gehen wir ein Stück miteinander, ja?«

Sie heißt Kumiko Sakamoto. Sie war die Freundin eines deutschen Malers namens Urs Kraus. Noch vor einem Monat lebte mein Bruder bei ihnen in dem Sammelsurium, das Kumikos Vater gehört.

Shonin
In Lo-Yang besaß ein Kieselsteinsammler einen Stein namens K'uai, den er in ein Becken klaren Wassers auf weißen Sand gelegt hatte und der drei Fuß lang und sieben Zoll hoch war. Gewöhnlich tun Steine ihr inneres Leben nur ganz behutsam und nur dem Blick des Weisen kund. Diesem Stein aber wohnte so viel Geist inne, daß er ihm gegen seinen Willen aus allen Poren drang. Der Geist verletzte, zerfurchte, höhlte, durchlöcherte ihn, und so wies der Stein Täler, Schluchten, Abgründe, Gipfel, Hohlwege auf. Er lauschte und hörte mit tausend Ohren, zwinkerte und weinte mit tausend Augen, lachte und röhrte mit tausend Mündern. Es kam, was kommen mußte. Ein Kiefernsamen, von einer so freundlichen Wesensart angelockt, kam und setzte sich darauf. Er setzte sich auf den Stein K'uai und schlüpfte auch gleich hinein. Wie ein Maulwurf in seinen Gang, wie ein Embryo in die Gebärmutter, wie das Sperma in die Scheide. Und er keimte, der Kiefernsamen. Und der Keim, dessen Kraft ungeheuer ist, weil sich darin die ganze Kraft des Baumes zusammenballt, sprengte den Stein. Und aus dem Spalt wuchs, sich drehend und wendend, eine junge Kiefer hervor, biegsam, krumm und sich bäumend wie ein tanzender Drache. Stein und Kiefer gehören zu demselben Wesen, das Ewigkeit ist, der Stein ist unzerstörbar und die Kiefer ist immer grün. Der Stein umgibt die Kiefer und preßt sie an sich wie eine Mutter ihr Kind. Und von da an besteht zwischen ihnen ein fortwährendes Geben und Nehmen. Die kraftvolle Kiefer zerbricht und zerbröselt den Stein und nährt sich von ihm. Aber ihre Wurzeln, wenn sie dreitausend Jahre alt sind, werden zum Fels und gehen über in den Stein, dem sie entstammen.

Paul
Kumiko hat Urs in München kennengelernt. Er war technischer Zeichner und zeichnete im Schnitt, im Grund- oder Aufriß auf Millimeterpapier Pläne von Kurbelwellen, Getrieben und Propellern; sie war Sekretärin in einem Import-Export-Büro. Tagsüber, versteht sich. Denn nachts zeichnete und malte er Porträts, Akte und Stilleben, und sie widmete sich der

Zen-Philosophie. Als sie zu ihrem Vater nach Nara zurückfuhr, begleitete er sie.

Ich habe etwa zwanzig von den Bildern gesehen, die er während seines Aufenthalts in Japan gemalt hat. Sie spiegeln das allmähliche, mühsame Eindringen der Lehre, die ihm der ferne Osten zu bieten hatte, in die doppelte Welt des technischen Zeichners und des Sonntagsmalers. Das Fernöstliche, dessen Vorhandensein sich zunächst in folkloristischer, ja touristischer Form kundtut, durchsetzt nach und nach diese naive, übergenaue Kunst, verliert all seine pittoresken Züge und ist nur mehr eine besonders tiefgehende Sicht von Menschen und Dingen.

Eines seiner Bilder stellt – im aufdringlich-genauen Stil des Über-Realismus – eine Baustelle dar, auf der sich kleine Menschen in blauen Anzügen und mit gelben Helmen zu schaffen machen. Betonmischmaschinen richten das runde Maul ihres rotierenden Kessels gen Himmel, Röhrenbündel laufen zu silbernen Behältern, abgefackeltes Gas züngelt Flammen; Kräne, Bohrtürme, Hochöfen heben sich am Horizont ab. Was aber ist das Ergebnis dieser fieberhaften industriellen Betriebsamkeit? Es ist nichts anderes als der Fudschijama. Ein Ingenieur hält einen Plan in der Hand, auf dem der berühmte Vulkanberg ganz abgebildet ist, samt seiner Halskrause aus Schnee. Hilfsarbeiter transportieren Platten, offensichtlich Teile des gerade im Entstehen begriffenen Baues, dessen unvollendete Silhouette sich hinter Gerüsten erahnen läßt.

Ein anderes Gemälde entspricht dem Gegenpol dieser Vermählung von Tradition und technischem Zeitalter. Wir sind in einer weitläufigen modernen Siedlung, von wolkenkratzerhohen Gebäuden starrend, von Luftkissenzügen umkreist und von Autobahnen umgeben; es fehlen nicht einmal die Hubschrauber und die kleinen Flugzeuge am Himmel. Aber bevölkert ist sie seltsamerweise von einer Menschenmenge, die den Stichen Hokusais entstiegen scheint. Da sieht man Greise mit Zuckerhutschädeln und mit langem, dünnem, schlangenartig gewundenem Bart, Kleinkinder mit Haarschwänzchen, die einander schubsen und ihren nackten Po in die Höhe strecken, ein Ochsengespann, das von einem Affen geführt wird, einen Tiger, der auf dem Dach eines Lastautos liegt, einen Bonzen mit einem Fisch in der Hand, den ein Kind ihm zu entreißen sucht.

409

Dieses helle, naive Analgam aus dem alten Japan und dem jungen Westen wird noch vertieft durch eine Reihe kleiner Landschaften, die allesamt poetische, erregende Rätsel sind. Diese Wälder, diese Gestade sind bar jeden Bauwerks und jeder Menschenseele, und an sich gäbe es keinen Anhaltspunkt, weshalb sie eher in Japan als in Schwaben, in Sussex oder im Limousin liegen sollten, weder die Eigenart der Bäume noch die Geländeformen, noch der Farbton oder die Bewegung der Gewässer. Und doch kann man schon beim ersten Blick keine Sekunde im Zweifel sein, daß das in Japan ist. Warum? Durch welches entscheidende Merkmal? Das läßt sich unmöglich sagen, und doch ist es unmittelbare, unerschütterliche, nicht weiter zu begründende Gewißheit: das ist in Japan.

»Urs hatte große Fortschritte gemacht, als er diese Reihe zu Ende gemalt hatte«, meinte Kumiko dazu.

Ja, wahrhaftig! Er hatte es erreicht, in jeglichem Ding etwas Wesenhaftes, Verschlüsseltes zu erfassen, seine unmittelbare Beziehung zum Kosmos, einfacher und tiefer als all seine Attribute, seine Farben, Eigenschaften und sonstigen Nebensächlichkeiten, die Ausfluß dieser Beziehung sind und nach denen wir uns gewöhnlich richten. Die japanische Landschaft – in diesen Bildern waren das nicht mehr die blühenden Kirschbäume, der Fudschijama, die Pagode oder die kleine gewölbte Brücke. Jenseits von diesen austauschbaren, leicht nachzuahmenden Versatzsymbolen war in ihnen – jetzt spürbar und offenkundig, aber unumstößlich, unerklärbar – Japans kosmische Gestalt, das Ergebnis einer schwindelnden, aber nicht unendlichen Zahl zusammenwirkender Gegebenheiten. In jedem der Gemälde fühlte man irgendwie dunkel das Vorhandensein dieser verborgenen Gestalt. Sie ergriff einen, ohne einem Klarheit zu schenken. Sie war voller Verheißungen, deren keine jedoch wirklich erfüllt wurde. Ein Wort fließt mir aus der Feder: der Geist der Landschaft. Aber bedeutet denn das Bild, das von diesem Wort ausgeht, mehr als eine Spur Sonne, die durch dichten Nebel schimmert?

Vor allem in den Porträts brachte dieser gewissermaßen metaphysisch durchdringende Blick Wunderbares zustande. Porträts von Kindern, alten Männern, jungen Frauen, aber insbesondere Porträts von Kumiko. Natürlich war es das junge Mädchen; ich erkannte es gut auf diesen Bildern, das frische

Gesicht der Zwanzigjährigen. Aber wenn man näher hinsah, war sie umgeben von zeitlosem, alterslosem, vielleicht ewigem, aber dennoch lebendigem Licht. Ja, dieses zwanzigjährige Gesicht war ohne Alter, oder vielmehr es besaß jegliches Alter; man konnte darin die unerschöpfliche Milde der Großmutter lesen, die in ihrem langen Leben alles gesehen, alles erlitten und alles vergeben hatte, und ebenso auch das entzückte Aufblühen des kleinen Kindes, das zu dieser Welt erwacht, oder die scharfe, klare Sicht der Halbwüchsigen, die der Welt erstmals die Zähne zeigt. Wie konnte Urs Kraus den Ausdruck so widersprechender Dinge vereinigen, wenn er nicht die Lebenskraft an ihrer Quelle erfaßte, an der Quelle, wo alles, was sich entwickeln soll, noch im Stadium schlummernder Möglichkeiten vereint ist – und es liegt am Betrachter, diesen oder jenen Seelenzustand herauszuschälen, der Verwandtschaft mit dem seinigen hat.

Shonin
Eines Morgens gewahrten die Marktleute von Hamamatsu, daß Fei Tschang-fang, ihr Vogt, also der, der von der Plattform eines Wachtturms aus die Aufsicht über den Markt führt, nicht wie gewöhnlich auf seinem Posten war. Er ward nie wieder gesehen, und niemand hat je erfahren, was aus ihm geworden war. Sie wurden erst aufmerksam, als acht Tage später ein zweiter verschwand, ein Heilkräuterhändler, ein alter, von auswärts gekommener Mann, der bis dahin immer unbeweglich unter den in allen Größen an der Decke seines Ladens hängenden Kalebassen saß. Die Kalebasse, mußt du wissen, ist nämlich unser Füllhorn, und weil überdies Arzneien teils in kleinen Kalebassen, teils in Fläschchen in Kalebassenform aufbewahrt werden, ist sie auch das Symbol des Heilens. Es hätte großen Scharfsinns bedurft, diese beiden Fälle plötzlichen Verschwindens miteinander in Verbindung zu bringen und ihr Geheimnis zu lüften. Geschehen war nämlich folgendes:
Von seinem Wachtturm herab hatte Fei Tschang-fang den Heilkräuterhändler am Abend, nach Schließung des Marktes, beobachtet, wie er auf einmal ganz klein, immer kleiner, winzig klein wurde und in die kleinste seiner Kalebassen hineinging. Er wunderte sich darüber, und am nächsten Tag suchte er ihn auf, entbot ihm dreimal den Gruß und schenkte ihm Fleisch

und Wein. Dann, der Sinnlosigkeit jeder List bewußt, gestand
er ihm, er habe die seltsame Verwandlung beobachtet, mittels deren er jeden Abend in seiner kleinsten Kalebasse verschwinde.

»Du hast gut daran getan, heute abend zu kommen«, sprach
der Alte. »Denn morgen bin ich nicht mehr da. Ich bin ein
Geist. Ich hatte in den Augen meiner Gefährten einen Fehl-
tritt begangen, und sie haben mich verurteilt, mich für die
Dauer einer Jahreszeit tagsüber in das Dasein eines Heilkräu-
terhändlers zu begeben. Nachts habe ich das Recht, an einer
meinem Wesen etwas würdigeren Stätte zu ruhen. Doch
heute ist der letzte Tag meiner Verbannung. Willst du mit mir
kommen?«

Fei Tschang-fang bejahte. Kaum hatte der Geist ihn an der
Schulter berührt, da fühlte er sich auch schon, gleichzeitig mit
seinem Gefährten, klein werden wie eine Mücke. Worauf sie
in die Kalebasse hineingingen.

Drinnen dehnte sich vor ihnen ein Garten aus Jade. Silberne
Kraniche tummelten sich in einem See aus Lapislazuli, umgeben von korallenen Bäumen. Am Himmel stellten eine Perle
den Mond, ein Diamant die Sonne, Goldstaub die Sterne dar.
Der Bauch des Gartens war eine perlmuttene Höhle. An ihrer
Decke hingen milchige Stalaktiten, aus denen sickerte eine
Flüssigkeit voll würziger Kraft. Der Geist lud Fei Tschang-
fang ein, an den Brüsten der Grotte zu saugen, denn, sagte er,
im Vergleich mit dem Alter des Gartens bist du ein ganz kleines Kind, und diese Milch wird dir ein langes Leben schenken.

Aber die kostbarste Lehre, die er ihm gab, liegt in dem Weis-
tum: *Die Welt besitzen beginnt mit der Konzentration des
Subjekts und endet mit der des Objekts.*

Und darum führt der Zen-Garten folgerichtig zum Miniaturgarten.

Paul

Urs hat elf Porträts von Jean hiergelassen. Kumikos Vater,
von meinem Besuch und meiner inquisitorischen Miene er-
schreckt, hatte diese so aufschlußreiche Bildersammlung hinter einem Wandschirm versteckt. Kumiko hat sie im Halbkreis um mich herum im Laden aufgestellt. Ich beginne zu be-

greifen, was geschehen ist. Ich habe Kumiko gefragt: »Wo ist
Urs?« Sie antwortete mir mit dem leisen Kichern, mit dem die
Japaner eine Anspielung auf etwas ganz Persönliches,
Schmerzliches verzeihen.
»Urs? Fort!«
»Fort? Mit Jean?«
»Erst nach Jean.«
»Wohin?«
Eine ausweichende Geste.
»Dort hinüber. Zurück in den Westen. Nach Amerika viel-
leicht. Nach Deutschland.«
Urs stammt, obwohl er ihr in München begegnet ist, aus Ber-
lin. Ich meinte ein Indiz dafür in einem Gemälde zu finden, das
mit seiner derben, naiven Bildsprache in Kraus' erste japani-
sche Periode zu gehören scheint. Darauf ist eine weite, von
verschiedenen Schiffen in allen Richtungen durchpflügte Was-
serfläche zu sehen. Zur Rechten und zur Linken auf den beiden
Ufern stehen, Aug in Auge, breitbeinig zwei Kinder. Ihr Gesicht verschwindet hinter einem Feldstecher, den sie aufeinander richten. Mich überlief ein Schauer wegen der Episode in
unserer Kindheit, als wir für eine Fernglasmarke Filmwerbung
machten.
»Kumiko, wer sind diese Kinder?«
Eine hilflose Gebärde.
»Aber das Wasser, das ist der Pazifik«, meinte sie dann. »Das
linke Ufer mit den Hafenanlagen, das ist bestimmt Yokohama,
und das rechte Ufer mit den Bäumen am Strand ist Vancouver.«
»Vancouver oder San Francisco?«
»Vancouver, wegen des Stanley-Parks. Er ist berühmt. Die
großen Ahornbäume gehen bis dicht ans Wasser. Für die Japaner ist Vancouver das Tor zum Westen.«
Das stimmt. Während die großen Wanderströme der ganzen
Menschheit ehedem in Ost-West-Richtung verliefen – mit
dem Lauf der Sonne –, geht die Wanderung der Japaner seit
fünfundzwanzig Jahren in umgekehrter Richtung. Sie verzichten auf Vorstöße nach Korea, nach China, nach Rußland, sie
haben sich dem Pazifik und der Neuen Welt zugewandt, zunächst mit den Waffen, als Eroberer, dann als Geschäftsleute.
Das paßte natürlich meinem Bruder, dem Krempler! Ist Jean in

Vancouver? Warum nicht? Diese berühmte Stadt, die kein
Mensch kennt, sähe ihm recht ähnlich! Aber weshalb ist der
deutsche Maler Urs Kraus seiner Fährte gefolgt?

Ich forsche in diesen elf Porträts nach einer Antwort auf diese
Fragen. Selten ist die Lebenskraft, die den Quell jedes Wesens
bildet, so unverhüllt bloßgelegt worden wie in diesen Bildern.
Und je mehr ich mit ihrer Hilfe meinen Bruder entschlüssele,
ihn durch diese elf Stadien hindurch immer besser kennen-
lerne – desto weniger erkenne ich mich in ihm: ich gelange
allmählich zu der Sicht der Japaner, die für das Entfremdungsleuchten resistent sind und behaupten, zwischen diesen Porträts und mir keine Ähnlichkeit finden zu können. Falls dies
Jeans jetziges Aussehen sein sollte, so müßte man wohl sagen,
daß seine krankhafte Unbeständigkeit, seine brennende Leidenschaft nach neuen Horizonten sein Gesicht in kurzer Zeit
gründlich verändert haben. In dieser Maske sehe ich nur noch
ein Fieber, durch die Welt zu streunen, ein Fieber, das schon in
Panik umschlägt, wenn sich ein Aufenthalt irgendwie länger
hinzuziehen droht. Dieses Gesicht ist ein Schiffssteven, abgenutzt vom Durchpflügen der Wogen, eine Galionsfigur, vom
Gischt zerfressen, das Profil eines ewigen Wanderers, von
Wind und Sturm geschärft. Es hat etwas von einem Pfeil, von
einem Windspiel, und das einzige, was es widerspiegelt, ist der
eine, rasende Durst: Weiter! Der Heißhunger: Schneller! Der
wahnsinnige Drang: Nur fort, irgendwohin! Wind, Wind und
nochmals Wind, das ist alles, was noch in dieser Stirn, diesen
Augen, diesem Mund lebt. Das ist kein Gesicht mehr, das ist
eine Windrose. Ist es möglich, daß Sophies Fortgehen und
diese lange Reise meinen Bruder derart ausgelaugt haben? Es
ist, als sei er im Begriff, zu zerfallen, um am Ende völlig in
nichts zu zerstieben wie jene Meteoriten, die beim Eintritt in
die Atmosphäre in einem Flammenbündel verglühen, ehe sie
die Erde erreichen. Dieses Schicksal meines Zwillingsbruders
läßt sich damit erklären, daß ich mich von einer Etappe zur
nächsten immer reicher werden fühle. Unsere Verfolgungsjagd
gewinnt einen Sinn, dessen Logik erschreckend ist: ich mäste
mich an der Substanz, die er verliert, ich bin dabei, ihn mir
einzuverleiben, meinen fliehenden Bruder ...

Shonin

Nach Konversation und Kontemplation folgt die Kommunion. Die Miniaturgärten entsprechen einem dritten Stadium der Verinnerlichung der Erde. Während das abendländische Haus im Garten liegt, findet der Miniaturgarten in der Hand des Hausherrn Platz.

Daß der Baum klein ist, genügt nicht, er muß auch noch uralt aussehen. Man muß also von den schwächlichsten Pflanzen die schrumpeligsten Samenkörner aussuchen. Man schneidet die Hauptwurzeln ab, man läßt die Pflanzen in einem engen Gefäß dahinkümmern, das nur wenig Erde enthält. Dann dreht und zwirbelt man den Stiel und die Zweige, bis sie sich knorrig verdicken. Man geht dann dazu über, die Zweige häufig zurückzuschneiden, zu stutzen, zu wringen, sie auszuholzen. Die Äste, die mittels Fäden und Gewichten verdreht und verdrillt werden, nehmen dadurch eine krumme Form an. Man bohrt Löcher in den Stamm und tut Kroton hinein, was bewirkt, daß er geschmeidig und biegsam wird und alle Verrenkungen mitmacht. Um die Zweige in gebrochene Linien zu zwingen, macht man Schnitte in die Rinde und träufelt einen Tropfen *Goldsaft* hinein. (Man schneidet ein Bambusrohr so, daß zwei Knoten daranbleiben, und läßt es ein Jahr lang in einer Abortgrube liegen. Die Flüssigkeit, die es dann enthält, ist Goldsaft.)

Die mit soviel Leiden erkauften Krümmungen und Windungen der Zwergbäume sind gleichbedeutend mit hohem Alter. So gibt sich auch der Taoist schmerzhaften gymnastischen Übungen hin zu dem einzigen Zweck, den Weg des Lebensodems in seinem Leib zu verlängern und dadurch ein langes Leben zu gewinnen. Die Windungen der Zwergbäume gemahnen alle an choreographische Figuren. Der Taoist biegt sich nach rückwärts, so daß er – mit hohem Kreuz – den Himmel sieht. Tänzer, Hexenmeister, Zwerge und Magiere sind an Verunstaltungen und Mißbildungen zu erkennen, durch die sie zum Himmel schauen müssen. Der Kranich, der seinen Hals reckt, die Schildkröte, die den ihren vorstreckt, läutern ihren Atem, verlängern seinen Weg und gewinnen ein längeres Leben. Aus diesem – und aus keinem anderen – Grunde ist der knotige Stock des Greises ein Zeichen hohen Alters.

Zwergbäume können sein: Zypresse, Katalpabaum, Wacholder,

Kastanie, Pfirsich, Pflaumenbaum, Weide, Fikus, indischer Feigenbaum, Kiefer ... Auf ein Grab pflanzt man für einen Bauern eine Weide oder eine Pappel, für einen Gebildeten eine Akazie, für einen Feudalherrn eine Zypresse, für einen Sohn des Himmels eine Kiefer. Das Grab ist ein Haus, ist ein Berg, eine Insel, ist die ganze Welt.

Je kleiner der Zwerggarten, desto größer ist der Teil der Welt, den er umschließt. Je kleiner zum Beispiel die Porzellanfigur, das Keramiktier, die Terrakotta-Pagode sind, die den Miniaturgarten beleben, desto größer ist die magische Kraft, mit der sie Steinchen und Mulden um sie herum in felsige Berge, schwindelnde Gipfel, Seen und Abgründe verwandeln. Der Gebildete in seiner bescheidenen Behausung, der Dichter vor seinem Schreibzeug, der Einsiedler in seiner Höhle verfügen so nach Belieben über die ganze Welt. Es gilt lediglich, sich im nötigen Maße zu konzentrieren, um in dem Miniaturgarten zu verschwinden wie jener Apotheker, der ein Geist war, in seiner Kalebasse verschwand. Überdies erlangt man, je mehr man die Landschaft verkleinert, Zugang zu einem immer mächtigeren Zauber. Das Böse ist aus ihr verbannt, und in ihren Zwerggewächsen weht der Atem ewiger Jugend. Deshalb ist es ganz berechtigt, zu glauben, daß die hervorragendsten Weisen Gärten besitzen, die so klein sind, daß kein Mensch etwas von ihnen ahnt. So klein, daß sie auf einem Fingernagel Platz finden, so klein, daß man sie in einem Medaillon unterbringen kann. Mitunter holt der Weise ein Medaillon aus seiner Westentasche. Er nimmt den Deckel ab. Sichtbar wird ein winziger Garten, wo indische Feigenbäume und Baobab-Bäume im Kreis um weite Seen wachsen, über die sich gebogene Brücken spannen. Und der Weise, plötzlich nur noch so groß wie ein Mohnkorn, lustwandelt entzückt in diesem Gartenraum, der groß ist wie Himmel und Erde ...

(Manche Gärten sind in Wasserbecken angelegt und stellen eine Insel dar. Diese besteht oft aus einem porigen Felsen oder aus einer Schwammkoralle – in sie wachsen dann die Haarwurzeln des Zwergbaums hinein und bilden so die innigste Vereinigung von Wasser, Fels und Pflanze.

Weil Japan aus 1042 Inseln besteht, ist der in einem Wasserbecken liegende Garten der japanischste von allen Miniaturgärten.)

19

Der Seehund von Vancouver

Paul

Ich schaue zu, wie die Handvoll zerrissener Inseln und Inseln-chen, die sich Japan nennt, immer kleiner wird und im Tiefblau des Pazifik verschwimmt. Der Flug 012 der Japan Air Lines verbindet montags, mittwochs und freitags Tokio in zehn Stunden fünfunddreißig Minuten mit Vancouver. Der Zeit-unterschied beträgt sechs Stunden zwanzig Minuten.

Die Leere und die Fülle. Von Shonin ernstlich gerügt, schwingt meine Seele zwischen diesen beiden Polen hin und her. Den Japaner verfolgt die Angst, zu ersticken. Zu viele Menschen, zu viele Zeichen, nicht genug Raum. Vor allem anderen ist der Japaner ein Mensch im Gedränge, ein Mensch, der beengt ist. (Man hat schon oft die »Wagenstopfer« in der Untergrundbahn angeführt, die dazu da sind, die Passagiere, die sonst das Schlie-ßen der Türen behindern würden, mit Gewalt in die Waggons zu schieben. Beschränkt sich ihre Aufgabe darauf, so wäre sie im Sinne des Erstickens und wäre infernalisch. Aber diese »Wagenstopfer« sind auch »Herausreißer«. Wenn nämlich ein Zug hält, gehen die Türen wohl auf, aber die zu einer kompak-ten Masse zusammengebackenen Passagiere sind nicht im-stande, sich selber daraus zu lösen. Es bedarf des handfesten Zupackens der Draußenstehenden, um sie dem Menschenbrei zu entreißen und ihnen wieder eine gewisse Bewegungsfreiheit zu verschaffen.)

Gegen diese Angst hilft nur der Garten, und sicherlich ist der einzige Ort in Japan, wo man leben und sich entfalten kann, der japanische Garten. Für den Teegarten stimmt das freilich nur in einem primären, direkten Sinne. Mit dem Zen-Garten wird ein abstrakter, leerer Raum geschaffen, in dem das Denken sich, von einigen Wegmarken unterstützt, entfaltet. Der Miniatur-garten schließlich aber bringt die Unendlichkeit des Kosmos herein in das Haus.

Während dieser Flugstunden über dem Pazifik hat mich ein Bild unaufhörlich verfolgt. Das Bild eines *leeren* Zimmers, des-sen Fläche so berechnet ist, daß sie genau eine ganze Zahl vom Tatamis – die unbedingt neunzig mal hundertachtzig Zentime-

417

ter messen, wie es ein Japaner zum Schlafen braucht – ausmacht. Und die stumpfe, blonde Helle dieses Teppichs – der gut gehalten und immer wieder erneuert wird – verbreitet mehr Licht als die Zimmerdecke aus dunklem Holz. Die leichten, bebenden, durchscheinenden Zwischenwände können – wie lebendige Haut – nur völlig nackt sein. Kein Bild, kein Nippes, ein einziges Möbelstück: ein Mittelfußtisch aus rotlackiertem Holz, auf dem der Miniaturgarten steht. Alles ist bereit, damit sich der Weise, auf seinem Zopf sitzend, einem unsichtbarzügellosen Schwelgen in seinem Willen zur Macht hingeben kann.

Dennoch hat der Eindruck, der meinen Japan-Aufenthalt vorwiegend bestimmt, für mich etwas Lastend-Unbehagliches, und eine rätselvolle Erfahrung geht von ihm aus: die Erinnerung an die mannigfachen subtilen Qualen, die man den Bäumen antut, um sie klein zu halten und sie mit Gewalt auf den Maßstab zu bringen, den die Gärten in den Wasserbecken haben.

VANCOUVER

Einen ersten Blick auf die Vororte von Vancouver tue ich durch das schmale Fenster des riesigen, stahlplattenbeplankten Busses, eines richtigen Panzers, der uns vom Flughafen in die Stadt bringt. Eine Stadt, die farbiger, lebendiger, unregelmäßiger ist als Tokio. Erotische Filme, zweifelhafte Bars, verstohlene Gestalten, dreckige Trümmer auf den Gehwegen, dieser Abschaum von Menschen und Dingen, der in den Augen mancher Leute den besonderen Reiz des Reisens ausmacht. Und damit man nicht vergißt, wie nah die See ist, hier und da eine Möwe, regungslos auf einem Pfosten, einem Meilenstein, einem Dach.

Das einheitliche Gelb der Haut, wie ich es aus Japan kenne, spaltet sich hier in mindestens vier Spielarten auf, und es erfordert sicher eine gewisse Übung, sie auf den ersten Blick voneinander zu unterscheiden. Der Zahl nach am stärksten ist die Schattierung, wie sie die Bewohner der Chinesenstadt darstellen, aber diese wagen sich nur wenig aus ihren Stadtvierteln hervor. Auch Japaner sind da, meist auf der Durchreise; sie heben sich durch etwas undefinierbar Fremdes, Vorläufiges von anderen ab. Indianer kann man an ihrer ausgemergelten Er-

scheinung erkennen: junge Mumien, denen die viel zu großen
Kleider um die Glieder schlottern und deren muntere schwarze
Äuglein unter der breiten Hutkrempe funkeln. Aber am leichtesten zu erkenen sind die Eskimos, an denen die langgezoge-
nen Schädel, das dichte, tief in die Stirn gestrichene Haar und
vor allem die breiten, dicken Wangen charakteristisch sind.
Fettleibigkeit ist hierzulande weit verbreitet, doch ähnelt das
Fett des Eskimos nicht dem des Weißen. Das Fett des Weißen
stammt von Süßgebäck und Eiscreme. Das Fett des Eskimos
riecht nach Fisch und Rauchfleisch.

Ein Lachs, der sich in einem Wildbach kraftvoll stromaufwärts
schnellt, über Stauwehre springt, Wasserfälle überwindet …
Das ist das Bild, das ich mir von mir selber mache, als ich in
Vancouver aussteige. Denn ich habe noch nie so deutlich wie
hier das Gefühl gehabt, ein Land gegen den Strich anzugehen.
Vancouver ist die natürliche Endstation einer langen Ost-
West-Wanderung, die von Europa ausgehend den Atlantik und
den nordamerikanischen Kontinent überquert. Es ist keine
Stadt des Neubeginns, es ist eine Stadt am Wegesende. Paris,
London, New York sind Städte des Neubeginns. Der Neuange-
kommene erfährt dort eine Art Taufe; er wird auf ein neues
Leben vorbereitet, ein Leben voll überraschender Entdeckungen. Vielleicht ist das in Vancouver bei Japanern der Fall, die
hier den ersten Schritt in ein westliches Land tun. Mir ist diese
Sicht vollkommen fremd. Die Sonne auf ihrem Lauf von Osten
nach Westen hat die bärtigen Abenteurer, die aus Polen, England und Frankreich kamen, mitgerissen, immer weiter, durch
Quebec, Ontario, Manitoba, Saskatchewan, Alberta und British Columbia. An diesem Strand mit seinen toten Wassern im
Schatten der Kiefern und Ahornbäume angekommen, ist der
lange Weg nach Westen zu Ende. Es bleibt ihnen nichts übrig,
als sich hinzusetzen und den Sonnenuntergang zu bewundern.
Denn das Meer bei Vancouver ist verschlossen. Nichts, was
dazu einlädt, ein Schiff zu besteigen, eine Seereise zu machen,
den Pazifik an diesen Ufern zu erforschen. Den Horizont versperrt die Vancouver-Insel, die den Prellbock spielt. Kein bele-
bender Luftzug von der hohen See her schwellt ihnen Brust
und Segel. Hier geht es nicht weiter. Doch ich komme ja
an …

»Das ist eine Stadt für mich!« seufzt Urs Kraus, bleibt stehen und betrachtet den Himmel.

Es hat die ganze Nacht geregnet; mit Tagesanbruch begann dann der schwarze Wolkenvorhang zu zerreißen. Jetzt franst er aus und bildet zerzauste Knäuel mit blauen Lücken dazwischen, durch die die Sonne prallt. Die tropfnassen großen Bäume im Stanley-Park schütteln sich im Wind wie Hunde nach dem Bad, und ihr schon herbstlicher Waldgeruch beißt sich mit dem Brodem von Schlamm und Schlick, der vom Strand her aufsteigt. Dieser seltsamen Vermählung von Meer und Wald bin ich sonst noch nirgends begegnet.

»Schauen Sie bloß mal hin«, sagt er mit weitausholender Gebärde. »Man muß verrückt sein, all das zu verlassen. Und doch geh' ich gleich fort! Immerzu reise ich ab!«

Wir gehen am Strand entlang, der voll alter, wie Kiesel glattgescheuerter Baumstümpfe ist, und werden von einem Grüppchen Spaziergänger aufgehalten, die Lorgnetten und Teleobjektive aufs Meer richten. Etwa zweihundert Meter von uns auf einem Felsen sitzt ein Seehund und schaut uns an.

»Da!« ruft Kraus. »Dieser Seehund ist genau wie ich. Er ist von Vancouver fasziniert. Die Flut hat ihn gestern auf diesen Felsen geschwemmt. Und seitdem betrachtet er mit seinen kleinen Schlitzäuglein diese frische und zugleich tote Stadt, diese verdächtige Menschenmenge in der Ferne, dieses Ende der Welt, das für Abendländer eine Endstation, für die Menschen aus dem Osten ein Sprungbrett ist ... Ein Seehund in Vancouver, das ist anscheinend etwas ziemlich Seltenes. Heute früh ist sein Photo auf der Titelseite aller regionalen Zeitungen. Er muß ja wohl wieder fort, nicht? Aber beachten Sie: im Augenblick steht die See niedrig. Sie steht weit unten am Felsen. Er könnte sich ins Wasser fallen lassen. Dann könnte er nicht wieder hinaufklettern. Also wartet er, bis die Flut kommt. Wenn die Wellen ihn streifen und ihm den Bauch streicheln, macht er einen Fischzug, um etwas zu fressen zu haben. Dann nimmt er wieder seinen Beobachtungsposten ein, ehe der Wasserstand sinkt. Das kann lange so weitergehen. Aber nicht auf die Dauer. Einmal reißt er sich los. Und verschwindet. Ich auch.«

Wir setzen unseren Weg zwischen Wald und Meer fort. Der Himmel ist nur noch ein lichtes Trümmerfeld, Burgen aus Dampf stürzen übereinander, schneeweiße Schwadronen sprengen wütend daher. Vor diesem dramatischen Hintergrund lassen sich hier Familien zum Picknick nieder, Kinderwagen schaukeln hochbeinig auf ihren Rädern, Fahrräder huschen vorbei wie chinesische Schattenfiguren.

»Haben Sie die unerschöpfliche Vielfalt kanadischer Fahrräder gesehen? Lenkstangen, Sättel, Räder, Rahmen – jedes Teil kommt in zahllosen Variationen vor. Das begeistert den technischen Zeichner, der ich im Grunde noch immer bin. Ein Fahrrad kauft man in Kanada ›à la carte‹. Sie gehen zum Händler und setzen sich selber Ihr Vehikel zusammen, indem Sie seine wesentlichen Teile in einem wunderbar reichhaltigen Lager aussuchen. Ich habe mich schon immer für das Fahrrad interessiert, weil kein mechanisches Gerät dem Körperbau und den Kräfteverhältnissen des Menschen besser angepaßt ist. Das Fahrrad verwirklicht die ideale Verbindung von Mensch und Maschine. Leider hat der Radsport in Europa – und ganz besonders in Frankreich – das Fahrrad in stereotype Formen gezwungen und jede Kreativität auf diesem doch immerhin bevorzugten Gebiet erstickt.«

Wir setzen uns und rasten im Schutz eines Abschnitts von einem Baumstamm, der so dick wie ein Haus ist. Ist es ein Stück von einer Sequoia, einer Araukarie, einem Baobab? Es muß schon lange da sein, denn es steckt tief im Sand und ist von riesigen Spalten zerfurcht. Urs kommt auf sein Lieblingsthema zurück.

»Mein Leben hat sich mit dem Tag verändert, an dem ich begriffen habe, daß es nicht gleichgültig ist, wo im Raum sich ein Lebewesen oder eine Sache befindet, sondern daß im Gegenteil dabei seine Natur selber betroffen ist. Kurzum, *daß es keine Ortsveränderung ohne Wesensveränderung gibt*. Das heißt freilich die Geometrie, Physik, Mechanik leugnen, die sämtlich als primäre Bedingung einen leeren, unterschiedslosen Raum voraussetzen, in dem alle Bewegungen, Ortsveränderungen und Platzvertauschungen möglich sind, ohne daß sich die Gegenstände, die dabei ihren Platz wechseln, in ihrer Substanz verändern. Wie Sie mir gesagt haben, hatten Sie diese jähe Offenbarung bei den tausend goldenen Statuen von Sanjusangendo. Und gleich danach haben Sie zufällig eines der Porträts entdeckt, die ich von Ihrem Bruder gemacht habe, und wohl oder übel mußten Sie schließlich zugeben, obwohl es ihn getreu wiedergebe, sähe es Ihnen nicht ähnlich. Sie haben sich diesen Widerspruch damit erklärt, daß Sie befanden, das Porträt drücke wirklich das tiefste Wesen Jeans, des Kremplers aus, dessen Bestimmung es sei, alles zu entzweien. Das war nicht übel. Eine einfachere und damit elegantere Erklärung hätte darin bestanden, zuzugeben, das Bild lasse in Ihren Bruder die unendliche Komplexität des Ortes einfließen, den er im Raum einnehme. Denn dieser Ort, das werden Sie ja zugeben, ist streng an die Person gebunden: so groß auch immer die Ähnlichkeit zweier Zwillinge sein mag, sie unterscheiden sich durch ihre Lage im Raum, es sei denn, daß sie sich genau aufeinander legen. Und seit Jean Sie verlassen hat und durch die ganze Welt flüchtet, bringt die tiefgreifende Unterschiedlichkeit, die von Kilometer zu Kilometer stärker wird, die Gefahr mit sich, daß Sie einander fremd werden, wenn Sie es nicht auf sich nehmen, nicht bloß dieselbe Reise zu machen wie er, sondern ganz genau in seine Fußstapfen zu treten. So ist es doch, nicht? Wenn Sie Jean verfolgen, so doch um ihn wiederzufinden, aber in einem verfeinerten, anspruchsvolleren Sinne, als man ihn diesem Wort gewöhnlich zuschreibt. Denn Sie wären keineswegs befriedigt, wenn man Ihnen die Zusicherung gäbe, Jean komme, wenn er seine Fahrt um die Welt abgeschlossen habe, zu Ihnen zurück. Falls er nämlich nach einer weiten Reise, die Sie nicht auch selber gemacht hätten, zu Ihnen zurückkehrte, da wären Sie nicht nur nicht sicher, ihn ›wiederzufinden‹, sondern Sie wüßten, Sie hätten ihn dann für immer verloren. Es muß Ihnen also daran gelegen sein, alles was er gewinnt, alles was er erfährt auf seiner Reise, danach auch selber zu gewinnen und zu erfahren. So ist es doch, nicht?«

Ich lege einen Finger an meine Lippen und weise mit erhobener Hand stumm auf eine Spalte des Baumstamms, der uns überkragt. Urs schaut hin, nimmt seine Brille ab, putzt sie und setzt sie wieder auf. Wirklich, man traut seinen Augen kaum! Hier ist jemand! Über uns schläft ein Mann, ein junger Mann. Sein zusammengekuschelter Körper liegt in eine lange Vertiefung des Baumstamms geschmiegt, und er ist beinah unsichtbar, so sehr ist er von seinem hölzernen Lager umhüllt, so sehr liegt er geborgen in diesem Baumleib, in der Wiege dieses dicken, mütterlichen Stamms.

»In etlichen altdeutschen Märchen«, meint Urs halblaut dazu, »da gibt es jene Waldgeschöpfe, deren Haare Zweige und deren Zehen Wurzeln sind. Wir haben hier eine Abwandlung von Dornröschen, der schlafenden Prinzessin im tiefen Walde: den schlafenden Prinzen tief im Holz. Ja, so ist Vancouver!«

Ich habe ihn ohne Schwierigkeit wiedergefunden in dieser Stadt, die nicht übermäßig groß ist und in der jedes Viertel seine ganz bestimmte Eigenart besitzt. Ich wußte von Kumiko, daß er einige Gemälde mitgenommen hatte in der Hoffnung, sie unterwegs verkaufen und damit seinen Lebensunterhalt bestreiten zu können. Ich bin durch die wenigen Galerien im Gastown-Viertel gegangen, die sich für seine Sachen interessieren mochten. Bei der dritten erkannte ich im Hintergrund sogleich eines seiner Gemälde, und zwar an seiner flachen Malweise – ohne Plastizität und Tiefe – und an seinen grellen, ohne Schattierungen hingesetzten Farben, die an den Stil der Comic strips erinnern. Er hatte die Adresse eines bescheidenen Hotels in der Robsonstraße hinterlassen. Ich ging sofort dorthin.

Urs Kraus ist ein sanfter, rothaariger Riese mit milchweißer Haut; schon durch seine Statur scheint er dazu verurteilt, Zielscheibe zu spielen, das gehetzte Wild, der Tanzbär zu sein, der von klein auf gewöhnt ist, einen Ring in der Nase zu tragen. Welch sonderbares Paar mußte er mit der zierlichen kleinen Kumiko abgegeben haben! Doch gleichviel: seine Gemälde sind die eines Malers, eines wirklichen Malers, und das hat er zweifellos ihr zu verdanken. Aber dieser Maler gleicht keinem von denen, die ich kenne, außer durch die eine Besonderheit: er ist ein Maler, der redet. Urs erzählt mit Leidenschaft endlos lange von sich; das muß bei ihm einem Bedürfnis nach Selbststrukturierung, nach Selbstverteidigung entsprechen, das durch eine beachtliche Sprachbegabung ergänzt wird, denn dieser Deutsche spricht fließend Englisch, hatte, wie Kumiko sagte, die Anfangsgründe des Japanischen glänzend bewältigt und unterhält sich mit mir nur auf Französisch.

»Ich bin als Maler *verdorben*«, erklärte er mir, »von Grund auf verdorben. Darin liegt meine Stärke und meine Schwäche. Ich habe Ihnen ja erzählt, wie alles angefangen hat. Als ich noch technischer Zeichner war, da war für mich das Räumliche eine rein negative Größe. Es bedeutete den *Abstand,* das heißt die den Dingen eigene Art und Weise, *nicht in Kontakt miteinander zu sein.* Über diesen Abgrund schlugen die Koordinatenachsen fadendünn so etwas wie Brücken.

Mit dem Zen wurde alles anders. Der Raum wurde eine volle, greifbare, an Qualitäten und Attributen reiche Substanz. Und die Dinge wurden zu zackigen Inseln in dieser Substanz, die *aus* dieser Substanz bestanden, zwar beweglich, aber nur insofern, als alle Beziehungen ihrer Substanz zur äußeren Substanz mit dieser Bewegung mitgehen und sie in sich speichern. Stellen Sie sich vor, Sie nehmen einen Liter Meerwasser, und Sie bringen ihn von Vancouver nach Yokohama, ohne ihn aus dem Ozean zu nehmen, ohne ihn mit einer Umhüllung zu umgeben, oder doch nur mit einer völlig durchlässigen: diesem Bild gleicht ein Ding, das sich von seinem Platz bewegt, oder der Mensch, der reist.

Eines freilich muß man dabei sehen: ich selber, der das in seine Malerei einfließen läßt, bestehe aus dieser Substanz, und auch meine Hülle ist zu hundert Prozent durchlässig. Deswegen stellt jedes meiner Gemälde mich völlig, ohne den geringsten Vorbehalt, bloß. Also mußte ich, als ich unter Kumikos Einfluß zu malen begann, natürlich Japanisch lernen, nach Japan gehen, mich in Nara niederlassen. Und ich versank schon in die unerschütterliche Seßhaftigkeit Nippons, da fiel dieser Teufel von Jean vom Himmel mit der Windrose, die er, wie Sie richtig gesagt haben, anstelle eines Kopfes auf den Schultern trägt. Er hat mich aus dem Boden gerissen wie Unkraut. Er hat mein ganzes Gebäude erschüttert, so daß es mich plötzlich nach Osten geschleudert hat.«

»Urs, Ihre Theorien begeistern mich, aber sagen Sie mir: wo ist Jean?«

Eine unbestimmte Handbewegung zum Horizont hin.

»Wir sind miteinander hier angekommen. Und sofort waren wir nicht mehr einig miteinander. Jean witterte Morgenluft. Er stellte das auf, was er die ›Gebrauchsanweisung für Kanada‹ nannte. Diese Gebrauchsanweisung ging, wenn ich recht verstanden habe, dahin, *zu laufen.* Ja, zu Fuß! Nach Osten, wenn Sie es genau wissen wollen. Kurzum, von einem Ende zum anderen durch den amerikanischen Kontinent zu laufen. Ich

war auf den ersten Blick hingerissen von Vancouver, dieser
Stadt, wo ganze Tage Regen nur Vorbereitung sind auf die
herrlichsten Sonnenuntergänge. Unmöglich, hier zu malen!
Ein Rausch des Nichtkönnens! Die Leinwand bleibt unberührt,
aber man schlägt sich den Blick voll! Es war eine Droge, deren
Kräfte ich ausschöpfen wollte, ehe ich weiterfuhr. Wir haben
uns getrennt. Er ging in Richtung Rocky Mountains, ohne
einen Heller, als Hippie, entschlossen, weder am Fuß der Glet-
scher noch in der endlosen Prärie, noch selbst am Strand des
Atlantik haltzumachen. Oh, wir sehen uns wieder! Wir treffen
uns am 13. August bei mir zu Hause in Berlin. Und wie ich ihn
kenne, wird er da sein, aber ich frage mich schon, was er sich
wohl ausdenken mag, um an den Ufern der Spree Unordnung
zu stiften! Walter Ulbricht und Willy Brandt sollen sich bloß
vorsehen!«
»So weit sind wir noch nicht. Was tun? Sie wissen, wenn Jean
zu Fuß losgegangen ist, kann ich meinerseits nicht das Flugzeug nach Montreal nehmen. Ich muß seiner Fährte folgen.«
»Also gehen Sie eben! Von Vancouver nach Montreal sind es
bloß 5000 Kilometer!«
»Sie machen sich über mich lustig.«
»Eine Zwischenlösung gibt's auch noch: die Bahn! Sie fährt
täglich in Vancouver ab und schlängelt sich wie ein dicker roter,
ein bißchen träger Drache durch die Rocky Mountains und
durch die Seengegend im Zentrum und im Osten. Sie hält
überall. Vielleicht steigt Jean, wenn er seine Schuhe durchge-
laufen hat, da oder dort in Ihren Waggon. Ich bleibe hier. Noch
ein bißchen Vancouver, bitte, gnadenhalber, meine Herren
Zwillinge! Wenn Sie Lust haben, treffen wir uns am 13. August in Berlin, Bernauer Straße 28. Meine alte Mutti bringt uns
auch zu dritt bei sich unter ...«

Also fängt die große Reise von neuem an. Wenigstens werde
ich nicht mehr, wie beim Abflug von Tokio nach Osten, das
beängstigende Gefühl haben, daß ich Frankreich den Rücken
kehre. Künftighin bringt mich jeder Schritt den Pierres Sonnantes näher. Ich hätschle diesen Gedanken in mir; er gibt mir
Kraft, während ich mutterseelenallein auf den Kais des Coal
Harbour dahinschlendere, die ein heftiger Platzregen wie mit
Lack überzogen hat. Der Royal Vancouver Yacht Club und des-

425

sen Nachfolger – kaum weniger hochgestochen –, der Burrard Yacht Club, sind ein glänzendes Schaufenster voll piekfeiner Sportboote, lichterglänzend, in den verschiedensten Formen und Farben. Doch je näher man dem Lagerhausgelände kommt, desto spärlicher wird die Beleuchtung, desto prosaischer sind die Schiffe, und in sinistrem Halbdunkel sieht man schließlich die schwarze, gepeinigte Silhouette alter Fischdampfer auftauchen, die nach ihrer letzten Fangfahrt hier vollends verfaulen. Nichts ist trostloser als diese glitschigen Brücken, vollgestopft mit zerrissenem Tauwerk, zerbrochenen Leitern und krummgewordenen Balken, diese verrosteten Bleche, diese in Stücke zerfallenen Ketten. Es sind alles schwimmende Halsabschneider, alle überragt von einer Folterkammer in freier Luft. Man wundert sich, da oben keine schmerzverkrampften, verrenkten Leiber mit ausgerissenen Gliedern zu sehen, auf die ein paar schwarzweiße Vögel – halb Raben, halb große Möwen – zu warten scheinen. Und das ist nicht bloß Einbildung, denn das Grauen um diese Schiffe gemahnt an das jammervolle Schicksal der Menschen, der Fischer, die darauf ihr Leben zugebracht haben.

Ich flüchte mich in eine Seemannskneipe und trinke, indes ich dem schon wieder herabrinnenden Regen zuschaue, eine große Tasse Kaffee, von dem vollen, leichten, duftenden, erquickenden Kaffee der Neuen Welt, der nichts gemein hat mit dem widerlichen, sirupartigen, zähen, fettigen Pechzeug, das man einem in Frankreich und Italien mit dem Tropfenzähler einträufelt und das einem für den ganzen Tag den Mund verteert. Morgen um diese Zeit bin ich schon in dem dicken, trägen, roten Drachen, von dem Kraus gesprochen hat.

Wie jedesmal am Tag vor der Abfahrt würgt die Angst den eingefleischten Stubenhocker, der ich bin, und ich suche nach einem Heiligen, dessen Obhut ich mich anvertrauen kann. Am Ende ist es dann die Gestalt des Phileas Fogg, die ich um Schutz anflehe. Ja! In meinen Reiseängsten wende ich mich nicht an Sankt Christoph, den Patron der Fahrenden und Wanderer, sondern an Jules Vernes reichen Engländer, der mit allen Bosheiten des Schicksals vertraut, der exemplarisch mit Geduld und Mut gerüstet ist, um jede Unzuverlässigkeit des Zugs, jeden Ärger mit der Postkutsche, jeden Schaden am Dampfer zu überwinden. Er ist wahrlich der große Patron der Reisenden, er besitzt in heroischem Maße jenes so besondere Wissen, jene so schwer zu erlernende Kunst, jene so seltene Tugend: das Reisen.

20

Die Landmesser von der Großen Prärie

Paul
Dienstag, 18.15 Uhr. Nun bin ich also in der berühmten Canadian Pacific Railway, dem großen roten Drachen mit dem hell heulenden Schrei, mit den Plexiglaskuppeln obendrauf, der sich durch die Rocky Mountains und die Große Prärie vom einen Ozean zum anderen schlängelt. Nicht umsonst habe ich Phileas Fogg beschworen: In meinem winzigen *Single*, in dem man sich kaum umdrehen kann, wenn das Bett heruntergeklappt ist, finde ich den altertümlichen Luxus aus dem Orientexpreß unserer Großmütter wieder, in dem Plüsch mit Mahagoni und Kristall einhergeht. Faul in dieser gepolsterten Muschelschale lehnend, fühle ich all meine Ängste dahinschwinden, und ich juble in kindlicher Freude, als ich überschlägig feststelle, daß ich nun für über drei Tage und drei Nächte hier drin bin, denn in Montreal kommen wir erst am Freitag um 20.05 Uhr an. Das Programm liegt in drei Zahlen: 69 Stationen, verteilt auf 4766 Kilometer, die wir in 74 Stunden und 35 Minuten zurücklegen. Um 18.30 Uhr fahren wir los.
Dienstag, 19.02 Uhr. Meilenstein 2862,6. COQUITLAM. Ich stelle zweierlei fest: 1. Zuviel Wagenstöße, um während der Fahrt schreiben zu können. Ich werde mich mit den Stationen begnügen müssen. 2. Die Meilen sind auf Meilensteinen angegeben, aber von Montreal aus. Wir sind bei Meilenstein 2879,7 abgefahren und streben auf 0 zu. Das ist gar nicht übel: die Reise ist ja ein Rückweg.
Dienstag, 19.40 Uhr. Meilenstein 2838 MISSION CITY. Schon ist der Wald da, der richtige nordische Wald, also nicht der regelmäßige, lichte Hochwald wie im Stanley-Park, wo jeder Baum schon ein Denkmal für sich ist, sondern das unentwirrbare Dickicht ineinander verhedderter Bäumchen, ein wahres

Paradies für jederlei Haar- und Federwild. Daraus folgt: der schöne Wald ist ein Werk von Menschenhand.

Dienstag, 20.20 Uhr. Meilenstein 2809,6 AGASSIZ. Die Schiebetür meines Abteils ging plötzlich auf, und ein schwarzer Steward stellte ohne Umstände ein Tablett mit Essen auf mein Tischchen. Ein Blick bestätigt mir: der Speisewagen ist nicht in Betrieb. Das bedeutet, daß ich zumindest bis morgen früh von allem abgeschnitten bin. Ich muß mich eben darauf einrichten in meiner winzigen Zelle mit ihrer vorwiegend aus Glas bestehenden Außenwand; sie läßt den engstehenden, dichten schwarzen Tannenwald zu mir herein, durch den zuweilen geheimnisvoll die Strahlen der untergehenden Sonne zucken.

Dienstag, 22.15 Uhr. Meilenstein 2750,07 NORTH BEND. Ein längerer Halt. Schreien und Laufen auf dem Bahnsteig. Ich glaube zu verstehen, daß es die letzte nennenswerte Station vor der großen Fahrt durch die Nacht ist. Ich habe Zeit, mir die alte Frage zu stellen, die sich auf der Reise unausweichlich im Herzen des Stubenhockers, der ich bin, erhebt: Warum nicht hier bleiben? Männer, Frauen, Kinder betrachten dieses vorüberfliegende Land als ihre Heimat. Manche können sich bestimmt kein anderes Land jenseits des Horizonts vorstellen. Mit welchem Recht bin ich hier, und fahre ich wieder fort, ohne irgend etwas von North Bend, seinen Straßen, seinen Häusern, seinen Bewohnern zu wissen? Liegt in meinem nächtlichen Vorbeifahren nicht etwas Schlimmeres als Verachtung, ein Leugnen der Existenz dieses Landes, eine stillschweigend über North Bend verhängte Verurteilung zum Nichtsein? Diese schmerzhafte Frage stellt sich mir oft, wenn ich in Windeseile durch ein Dorf, eine Landschaft, eine Stadt brause und ich für eines Blitzes Dauer auf einem Platz junge Leute stehen sehe, die lachen, einen alten Mann, der seine Pferde zur Tränke führt, eine Frau, die Wäsche aufhängt, während ein kleines Kind sich an ihre Beine klammert. Dort ist das Leben, schlicht und friedlich, und ich verhöhne es, schlage ihm ins Gesicht mit meinem blödsinnigen Vorbeirasen ...

Aber auch diesmal setze ich mich darüber hinweg, hell heulend stürmt der rote Zug dem nächtlichen Gebirge entgegen, und der Bahnsteig gleitet davon und entführt zwei junge Mädchen, die voller Ernst miteinander sprachen, und ich werde nie etwas von ihnen wissen und von North Bend auch nicht ...

Mittwoch, 0.42 Uhr. Meilenstein 2676,5 ASCHROFF. Die Hitze ist zum Ersticken, und ich liege nackt auf meiner Koje. Da sie – mit den Füßen voran – unmittelbar ans Fenster stößt, sehe, errate, fühle ich, wie an meinen Beinen, an meiner Seite, an meiner Wange ein großes schlummerndes Land vorbeizieht, in tiefem Schweigen mit seinen schwarzen Silhouetten, seiner manchmal plötzlich einfallenden Mondhelle, seinen roten, grünen, orangegelben Signalen, dem Gitterwerk eines Streifens Unterholz, im Scheinwerferlicht eines Autos, dem Donnern der eisernen Brücke, deren x-förmige Träger das Blickfeld des Fensters gewaltsam zerhacken, und dann jählings ein Augenblick völliger, unergründlicher, abgrundtiefer Dunkelheit, die absolute Nacht.

Mittwoch, 2.05 Uhr. Meilenstein 2629,2 KAMLOOPS. Jetzt friert es mich trotz eines ganzen Haufens Decken, die ich über mich gebreitet habe. Tagsüber mag der partnerlose Zwilling ja zur Not eine gute Figur machen. Aber nachts ... aber um 2 Uhr morgens ... Mein Bruder, mein Ebenbild, weshalb bist du nicht da? Nach dem grausamen Aufblitzen des Bahnhofs bedeckt die barmherzige Dunkelheit wieder meine Augen, die in ihren Tränen schwimmen wie zwei verwundete Fische am Grund einer brackigen Pfütze.

Mittwoch, 5.55 Uhr. Meilenstein 2500 REVELSTOCKE. Im Halbschlaf müssen mir zwei oder drei Stationen entgangen sein. Ich war zu müde und zu niedergeschlagen zum Schreiben. Mein Fenster ist ganz mit weißem Eis bedeckt.

Mittwoch, 9.05 Uhr. Meilenstein 2410,2 GOLDEN. Es verdient seinen Namen! Wir schlängeln uns mit Spitzengeschwindigkeiten von 80 pro Stunde durch schroffe Schluchten, in denen ein grüner Wildbach brodelt und an deren Abhängen sich Arvenwälder übereinanderstufen. Der Himmel ist blau, der Schnee ist weiß, der Zug ist rot. Wir sind in einem Technicolor-Bild des *National Geographic Magazine* befangen.

Mittwoch, 10.30 Uhr. Meilenstein 2375,2 FIELD. Während hoch über uns die Rocky Mountains ihre prahlerischen Kulissen entfalten, schlemmt man mit Begeisterung unter den Plexiglaskuppeln des Zugs. Da das Bedienungspersonal überfordert ist, bedient man sich an den Zugküchen selbst und geht mit seinem Tablett das Treppchen hinauf, das zu diesem Ereignis führt. Ich merke, welchen Raum in Kanada das Essen einnimmt — bestimmt einen größeren als in jedem anderen Land, das ich kenne. Schon daß auf den Fernsehschirmen außergewöhnlich viel Nahrungsmittelwerbung erschien, hätte mich in Vancouver wundern müssen. Der Kanadier ist zuallererst ein Mensch, der ißt; übrigens ist Fettsucht sein Lieblingslaster, sogar und vor allem bei Kindern.

Mittwoch, 12.35 Uhr. Meilenstein 2355,2 LAKE LOUISE. Aus. Die grandiose Kulisse ist abmontiert, bis der nächste Zug kommt. Sie ist durch eine Gegend ersetzt, die ihre sanften Täler und Hügel den Ausläufern der Rockys verdankt. Aber alles weist schon auf das Flachland hin. Auf dem schwarzen Schindeldach einer Villa schnäbeln zwei weiße Tauben miteinander. Dicht daneben auf dem roten Blechdach einer anderen Villa hacken zwei Blauamseln mit den Schnäbeln aufeinander ein.

Mittwoch, 13.20 Uhr. Meilenstein 2320,7 BANFF. Wir folgen dem Lauf der Bow, die durch Calgary, die Hauptstadt von Alberta, fließt. Wie vom Fahrtwind des Zugs fortgeweht, jagen Pferde in gestrecktem, einhelligem Galopp davon.

Mittwoch, 16.10 Uhr. Meilenstein 2238,6 CALGARY. Fünfunddreißig Minuten Aufenthalt ermöglichen mir rasch einen kleinen Spaziergang durch diesen einstigen Posten der berittenen Polizei, der zu einer Stadt von 180 000 Einwohnern geworden ist. Ein brennender, staubgeschwängerter Wind bläst durch die numerierten, schachbrettartig angelegten Straßen. Das 36stöckige Hochhaus des Hotels International, das die topfebene Landschaft beherrscht, bezeichnet das Zentrum dieser Betonwüste.

Man hat behauptet, der Wolkenkratzer sei mit dem Raummangel in den amerikanischen Cities zu erklären, wie etwa auf der Insel Manhattan. Das ist eine typisch vordergründige, utilitaristische Erklärung, die am Wesentlichen vorbeigeht. Man muß im Gegenteil sagen: der Wolkenkratzer ist die normale Reaktion auf das Übermaß an Raum, auf die Angst vor den Räumen, die nach allen Seiten offen sind wie waagrechte Abgründe. Der Turm beherrscht und bemeistert die Ebene, die ihn umgibt. Er ist ein Ruf an die weithin verstreuten Menschen, ein Sammelpunkt. Er ist zentrifugal für den, der darin wohnt, zentripetal für den, der ihn von weitem sieht.

Mittwoch, 19.10 Uhr. Meilenstein 2062,8 MEDICINE HAT. Im Zug schlägt wieder die Stunde zur Fresserei. In allen Wagen nichts als Icecream-Kathedralen und riesige Sandwichs, Hot Dogs und Gulaschteller. Und als Begleitung durchqueren wir unermeßliche Getreideflächen; Landmaschinen, dick wie ein Diplodokus, ziehen watschelnd darüber hin, und nur die Silhouetten von Betonsilos ragen sperrig in ihre Horizonte. Hier ist die Kornkammer der ganzen Welt, das Füllhorn, aus dem das Getreide nach Lateinamerika, nach China, in die Sowjetunion, nach Indien, in die jungen Republiken Afrikas, zu der ganzen hungernden Menschheit fließt.

Mittwoch, 20.30 Uhr. Meilenstein 1950,3 GULL LAKE. Auf Puderzuckerpaketen stehen die Wappen der kanadischen Provinzen, Neufundland, Ontario, British Columbia usw. usw., und die Devise: *Explore a part of Canada and you'll discover a part of yourself.* Das soll natürlich die Kanadier bewegen, aus ihrer Ursprungsprovinz hinauszufahren und im Gefühl nationaler Einheit ihr Land zu entdecken, was zu tun sie anscheinend sehr wenig geneigt sind. Aber welche Bedeutung dieser Slogan für mich hat! In welcher Provinz Kanadas werde ich ihn finden, den Teil meines Ich?

Mittwoch, 22.12 Uhr. Meilenstein 1915,4 SWIFT CURRENT. Wieder Nacht. Vielleicht weil ich an der Fresserei heute nachmittag auch meinen Teil gehabt habe? Jedenfalls wollte ich das Abendessenstablett nicht haben, das der schwarze Boy brachte. Er schien ganz fassungslos deswegen. In der Nacht, die wir nun wieder haben, ist das Fenster nicht mehr, wie gestern abend, die Bühne, auf der Schatten und Fratzen agieren. Die Ebene läßt es zu einem leeren, grauen Bildschirm werden, zu einer stummen Fläche, auf der sich nichts zeigt als allenfalls manchmal eine Autobahn mit langen Prozessionen von Autos, die alle einen kleinen Lichtteppich vor sich herschieben.

Donnerstag, 0.28 Uhr. Meilenstein 1805 MOOSE JAW. Die Angst hält mich wach. Ich entschließe mich, ein Schlafmittel zu nehmen. Heute ein Medikament, morgen Alkohol, dann Nikotin, dann Rauschgifte und am Ende vielleicht Selbstmord? All das sind Plagen der Einlinge, die an ihrem schrecklichen Alleinsein kranken – wer bin ich denn, daß ich behaupten könnte, ich entginge ihnen für immer?

Wer bin ich? Nur eine Frage, die einzige, die für mich noch zählt, wenn ich es einmal aufgebe, Jean wiederzufinden: *Welcher grundlegende Unterschied besteht zwischen einem seines*

Bruders beraubten Zwilling und irgendeinem Einling? Oder mit anderen Worten: Wenn ich Jeans Verschwinden einmal als feststehend und endgültig betrachten muß – wie lebe ich da noch mein Zwillingsdasein? Wie kann ich da noch auf aktive, lebendige Weise mein Zwillingserbe auf mich nehmen?

An diesem Punkt bedrängt mich hartnäckig das Gespenst Alexandres. Denn der skandalumwitterte Onkel erscheint hier wieder einmal als der ideale Mittler zwischen Zwillingen und Einlingen. Welcher grundlegende Unterschied besteht zwischen Paul, der in seinem roten Zug über die Prärie fährt, und dem Unrat-Dandy, der in seinem ortsfesten Eisenbahnwagen zwischen den weißen Hügeln von Miramas sitzt? Beide sind partnerlose Zwillinge: Alexandre leidet unter einer *angeborenen*, ich unter einer *erworbenen* Partnerlosigkeit. Alexandre hat nie den engen Kontakt mit einem Zwillingsbruder gekannt. Er hat, als er aufwuchs, nie als Zwilling leben gelernt. Er gleicht den Kätzchen, die man zu früh von ihrer Mutter getrennt hat und die deshalb keine Ahnung haben, wie man sich mit der Zunge putzt. Er gleicht jungen Ratten, die man zu früh von ihrer Mutter getrennt hat: Wenn sie ausgewachsen sind, verfallen sie vor einem Weibchen in Panik, machen sich ringsum daran zu schaffen und wissen absolut nicht, an welchem Ende sie es anpacken sollen. Einsam und in Schmerzen auf diese Erde geworfen, ist Alexandre sein Leben lang ins Unbekannte gegangen, in die dunkle Nacht hinein, auf der Suche nach einem zwillingshaften Paradies, das er nirgendwo orten konnte, und er hatte dabei nichts hinter sich, das ihm Zehrung auf den Weg, Schwung, Richtung, das Gefühl für das zu erreichende Ziel gegeben hätte. Demgegenüber bin ich noch ganz durchdrungen von einem glücklichen Zwillingsdasein und finde in meiner Kindheit noch mehr als nur eine feierliche Verheißung: die Vorform des letzten Zieles, zu dem ich berufen bin.

Donnerstag, 8.12 Uhr. Meilenstein 1461,5 PORTAGE LA PRAIRIE. Unter dem Einfluß des Schlafmittels habe ich geschlafen wie ein Sack, so richtig den rohen Schlaf der Einlinge, will sagen ein Abwerfen jeder Bindung, ein absolutes Abbrechen jeden Kontakts, die grämliche Forderung nach einem Alleinsein, das bis zur Selbstvernichtung geht – während bei Zwillingen der Schlaf ein Dialog bleibt, stillschweigend zwar, aber um so inniger, als er sich in Mutterleibwärme vollzieht. Ich muß den

Mut haben, es als Tatsache zu erkennen: seit Jeans Abreise schreitet mein Verfall unerbittlich voran. Wird er durch Reisen beschleunigt oder verlangsamt? Vielleicht beides zugleich. Er wird beschleunigt, weil das Reisen – wie ein Schuß Sauerstoff auf einen Verbrennungsvorgang – alles beschleunigt, Wachstum wie Krankheit, und weil die Erfahrungen und Begegnungen, die ich jeden Tag habe, mich vorwärtstreiben. Aber wo wäre ich heute, wenn ich in Pierres Sonnantes geblieben wäre in passivem, nagendem Warten auf Jeans doch so unwahrscheinliche Rückkehr, um mich herum immer nur die alte Méline? Hier kann ich wenigstens suchen, suchen, handeln, mich regen . . .

Donnerstag, 9.20 Uhr. Meilenstein 1405,9 WINNIPEG. Eine halbe Stunde Aufenthalt. Ich hätte Zeit, auf einen Sprung in die Stadt zu gehen, aber die Erfahrung von Calgary hat es mir verleidet, meinen rollenden Dachsbau zu verlassen. *Winnipeg. Hauptstadt von Manitoba und großer Markt für kanadischen Weizen,* sagt der Reiseführer. *270 000 Einwohner. Liegt an der Stelle des 1738 von La Vérendrye an der Vereinigung des Roten Flusses und des bei Assiniboine erbauten Forts.* Sei's drum. Wir bleiben da. Nicht übel: nach Winnipeg kommen und sich ins Abteil einsperren, um im Guide bleu die Seite über Winnipeg zu lesen . . .

Donnerstag, 10.43 Uhr. Meilenstein 1352,3 WHITEMOUTH. Ich bin wie gerädert . . . Soeben, kurz bevor der Zug hielt, habe ich in meinem Fenster Köpfe von anderen Reisenden vorbeigleiten sehen, und unter ihnen habe ich Jean erkannt . . . Ein Irrtum ist ganz ausgeschlossen. Bei den Einlingen, bei denen sich die Identifizierung auf bloß Annäherndes, Ungefähres gründen muß, mag sie ihre Schwächen haben; man kann etwas vormachen oder auch umgekehrt blind sein gegenüber dem liebsten Freund, dem nächsten Verwandten. Zwillingsbrüder erkennen einander sofort und mit einem untrüglichen Instinkt, weil jeder von ihnen – sozusagen mit dem Finger – unmittelbar das Wesen des anderen berührt. Und eben das beunruhigt mich. Denn wenn ich ihn augenblicklich mit Sicherheit erkannt habe, wenn er selbst mich auch bemerkt hat, hat er ebensowenig Zweifel gehabt wie ich – und ist er dann nicht gleich auf und davon gegangen?

Er hatte eine Mütze aus dicker roter Wolle auf dem Kopf und trug einen braunen Samtanzug, eher wie ein Waldläufer als einer von jenen Hippies, auf die ich durch Urs Kraus vorberei-

tet war: junge bürgerliche Intellektuelle, die aus guter Familie
stammen, aber mit ihr gebrochen haben. Der fahrige Ausdruck, den die Porträts in Tokio zeigten, verwischte übrigens
das, was uns gemeinsam war, nicht mehr, weit entfernt davon:
was ich soeben für eines Blitzes Dauer auf dem Bahnsteig von
Whitemouth wiedergesehen hatte, war ganz und gar mein
Bruder, mein Ebenbild.

Donnerstag, 12.15 Uhr. Meilenstein 1280,2 KENORA. Ich
glaube, wenn ich könnte, schlösse ich mich in mein Abteil ein.
Ich habe Angst. Als gerade der Schaffner mit viel Lärm herein-
kam, wurde mir schwindlig vor plötzlichem Schrecken. Angst
wovor? Davor, daß Jean hereinkäme! Bin ich verrückt geworden? Wenn Jean in Whitemouth zugestiegen und nun in mein
Abteil hereingestürmt wäre, hätte man nicht mich der Verrücktheit zeihen dürfen. Sehr geehrter Herr Bruder, lassen Sie
uns doch, wenn ich bitten darf, nicht die Rollen vertauschen;
ich bin auf der Suche nach Ihnen, nicht umgekehrt!
Die vertauschten Brüder ... Dieses Spiel haben wir doch oft
genug gespielt, als wir Kinder waren! Das war ja das Wesentlichste am Bep. Habe ich nicht, indem ich mich von Pierres
Sonnantes losriß, indem ich auf Jeans Spuren die Welt durcheilte, alle Opfer gebracht, damit wir uns wieder ineinander verwandeln sollten?

Donnerstag, 19.30 Uhr. Meilenstein 986,8 THUNDER BAY. Ich
habe es über mich gebracht, den ganzen Zug, Wagen für Wagen, Abteil für Abteil durchzukämmen. Rechnet man das Halten des Zuges in Dryden und Ignace ein, durch das ich jedesmal
genötigt war, auszusteigen, mich auf den Bahnsteig zu stellen
und auf die Reisenden zu achten, die den Zug verließen, so
kann ich sagen, daß ich den Nachmittag damit zugebracht
habe. Eine instruktive, köstliche Entdeckungsreise. Dauer und
Eintönigkeit dieser Kontinentüberquerung machen diesen Zug
zu einer Art Wohnwagen mit vielen Zellen, die untereinander
keinen Kontakt haben. Es gibt mütterliche Zellen, wo sich zwischen Windeln, die auf Leinen trocknen, kleine Hängematten
schwankend von einem Gepäcknetz zum anderen spannen.
Musikalische Zellen mit Banjos, Holzbläsern, Blechinstrumen-
ten, Schlagzeug und sogar Klavier. Ethnische Zellen, die mexi-
kanische Familien, Eskimo-Iglus, afrikanische Stämme, ein
jüdisches Getto in sich vereinen. Küchenzellen, wo man frikas-

siert und auf Rechauds köchelt, sicher weil man die Mahlzeiten, die unter den Plexiglaskuppeln serviert werden, unzureichend findet. Religiöse, erotische, studierende, alkoholische, psychedelische, berufliche Zellen ...

Bei diesen beruflichen Zellen kam ich dann dem, was ich suchte, näher, ohne freilich etwas Entscheidendes zu finden. Sie waren zu dritt, drei ziemlich junge Männer, rustikal gekleidet – Campingfreunde und Sportler in einem –, mit den Bärten von Landstreichern und den Brillen von Studenten. Das Gerät, das sich um sie türmte, ließ mich über ihren Beruf nicht im unklaren: Meßketten, Stangen, Nivellierlatten, Winkelprismen, Meßband, Pantometer usw. Ich hatte es mit einer Gruppe Landmesser zu tun, *alle hatten die gleiche Mütze aus dicker, roter Wolle*. Ich mußte an das leuchtend orangefarbene Überhemd der Autobahnarbeiter denken, und ich glaube, die Mütze dient ihnen beim Vermessen als Signal und Richtpunkt. Jean war nicht dabei. Ich habe sie beobachtet, ohne daß sie mich bemerkten, was nicht schwer war, denn sie vollführten einen Höllenspektakel, tranken und lachten überlaut.

So. Ich habe mich wieder in mein einsames Loch zurückgezogen mit dem neugewonnenen Wissen, welch buntscheckige Gesellschaft wir in diesem Zug bilden. Aber was ich von meiner Erkundungstour vor allem behalten habe, ist die Erkenntnis, wie isoliert Gruppen sind, wie abgeschottet voneinander, und wie sehr die Abteile im Zug der Abteilbildung in der Gesellschaft entsprechen. Was Jean angeht, so bekomme ich Zweifel, ob ich nicht einen von den drei Landmessern für ihn gehalten habe.

Donnerstag, 21.10 Uhr. Meilenstein 917,2 NIPIGON. Das ist die letzte Station vor der Nacht, die Station, an der Reisende aussteigen, wenn sie auf festem Boden schlafen möchten. Ich lehnte mich aus dem Fenster und gewahrte die Landmesser, wie sie einander ihre Geräte durch die Tür hinausreichten und sie auf dem Bahnsteig nebeneinanderlegten. In dem Augenblick, in dem der Zug anruckte, ging auf dem Gang der schwarze Steward vorbei. Mit breitem Grinsen, in dem ich seit Wochen erstmals wieder das Entfremdungsleuchten schimmern sah, sagte er: »Monsieur gehen nicht mit den anderen Landmessern?« Ich stürzte zum Fenster. In der Menschenmenge, die zum Ausgang drängte, bemerkte ich von hinten die roten Mützen. Ich hatte noch Zeit, sie zu zählen: *es waren vier.*

Freitag, 1.55 Uhr. Meilenstein 735,6 WHITE RIVER. Diese Nachtstunde vergibt einem nichts. Das Schlafpulver, das ich genommen habe, wirkt nicht mehr, jedenfalls nur, indem es mir Geist und Herz verödet und mich am Rand des Schlafs zurückläßt wie einen Schiffbrüchigen, der halbtot auf den feuchten Sand gespült wurde. Von allen Einsamkeiten, die ich seit Jeans Abreise erleide, ist die mitten in der Nacht die bitterste. Falls Jean wirklich mit den Landmessern in Nipigon ausgestiegen ist, entfernt mich jede Umdrehung der Räder weiter von ihm. Ich habe gute Lust, aus dem Zug zu springen. Um zu ihm zu gehen oder ihm nachzugehen oder mich umzubringen?

Freitag, 10.15 Uhr. Meilenstein 435,3 SUDBURY. Eine Dreiviertelstunde Aufenthalt. Alles gerät in Bewegung. Eine ganze Menge Zellen zieht mit Sack und Pack aus. Hier zweigt nämlich eine andere Strecke der Canadian Pacific Railway nach Süden in Richtung Toronto–USA ab. Wir fahren Richtung Ottawa–Montreal weiter.

Bald ist es schon vierundzwanzig Stunden her, daß Jean in diesen Zug einstieg, daß Jean zu mir in diesen Zug kam, und ich, ich habe ihn fortgehen lassen ...

Freitag, 14.47 Uhr. Meilenstein 239 CHALK RIVER. Jean, der Landmesser ... Du reist umher, mein Bruderherz, und folgst nur der Situation und deinem Landstreichergemüt. Und ich laufe hinter dir drein, den Notizblick in der Hand, und ich interpretiere deine Route, ich bastle eine Theorie deiner Weltreise, ich berechne deine Bahngleichung. Kraus hat mir mit seiner – dem japanischen Einfluß zu verdankenden – Hinwendung zum »reichen Raum« wertvolle Ausgangspunkte dafür geliefert. Auch Kanada muß in Begriffen des Räumlichen verstanden werden.

Freitag, 17.40 Uhr. Meilenstein 109 OTTAWA. Seit über siebzig Stunden bin ich jetzt schon in diesem Zug. Ein verwirrendes, widersprüchliches Gefühl. Ich kann nicht mehr. Ich ersticke vor Ungeduld und Langeweile zwischen diesen engen Wänden, von denen ich schon die geringsten Einzelheiten bis zum Überdruß kenne. Zugleich habe ich Angst, anzukommen. Das Aussteigen, der Schock des Unbekannten erscheinen mir als er-

436

schreckende Aussichten. Ein Häftling, der das Ende seiner Haft herankommen sieht, mag diese doppelte Angst empfinden.

Freitag, 18.41 Uhr. Meilenstein 57,5 VANKLEEK HILL. Seit Ottawa fahren wir auf dem rechten Ufer des Ottawa River. Eine Unmasse von elektrischen Freileitungen. Riesige Stahlträger, über und über schwer von Kabeln, gigantische Masten, allseits verankert und erleuchtet, Umspannwerke, Transformatoren, Schutzschalter ... Dieser luftige metallene Wald löst den anderen Wald ab und deutet darauf hin, daß eine große Stadt kommt. Genau um 20.05 Uhr sind wir in Montreal.

MONTREAL Das ist nun das Bild von Kanada, wie ich es von Vancouver an allmählich Gestalt annehmen sehe. Denn etwas von der Leere der Prärie ist noch in diesen breiten Straßen, in diesen Hochhauskomplexen aus rauchig getöntem Glas, diesem allzu mächtigen Fluß, in diesen Parkhäusern, Kaufhausgebäuden, Restaurants. Diese Leere hat nur eine andere Form angenommen, sie ist urban geworden. Menschliche Wärme, lebendiger Kontakt, das Gefühl, in einem Mischmasch mit den verschiedensten Leuten und mit vielerlei Rassen zu leben, all das fehlt völlig in dieser ungeheuren Stadt. Dennoch ist Leben darin, vibrierend, sprühend, gleißend hell. Montreal oder die elektrische Stadt.

Diese Erkenntnis kam mir, kaum daß der Hotelboy die Tür meines Zimmers hinter mir geschlossen hatte. Durch eine große verglaste Öffnung sah ich nichts als die tausend Fenster eines Wolkenkratzers, dessen Spitze nicht zu sehen war. Büros, Büros, Büros. Und alle menschenleer um diese Zeit, und alle taghell erleuchtet, und in jedem erkennt man den gleichen Metalltisch, den gleichen Drehsessel, und daneben unter einer grünen Haube die Schreibmaschine für die Sekretärin, und dahinter den Stahlschrank für die Akten ...

Einige Stunden unruhig geschlafen. Mein Körper war die Zugstöße gewöhnt und ist nun ganz durcheinander, weil dieses Bett sich nicht bewegt. Die Büros sind nicht mehr menschenleer. Biedere kleine Frauen in grauer Bluse mit weißen Mützen auf dem Kopf kehren, wischen auf, leeren Papierkörbe ...

Nicht ohne Nutzen habe ich die Lehre Japans in mich aufgenommen, bevor ich quer durch Kanada gefahren bin. Denn wirklich, diese beiden Länder erklären einander, und ich lege mit Erfolg das japanische Dechiffriergitter auf den verworrenen kanadischen Text.

Wie der Japaner, so ist auch der Kanadier einem Raumproblem ausgeliefert. Doch während der eine im Gestückel einer viel zu kleinen Inselgruppe unter Enge leidet, schwindelt den anderen vor der Weite seiner unermeßlichen Ebenen. So mancher Wesenszug kommt von diesem Gegensatz, der Kanada zu einem Anti-Japan macht. Der Japaner fürchtet weder Wind noch Kälte. In seinem Papierhaus, das ganz und gar nicht zum Heizen taugt, geht der Wind aus und ein, als ob er dort zu Hause wäre. Hier hingegen erinnert alles sogar im Sommer daran, daß die Winter gefürchtet sind. Die Hausdächer sind ohne Dachrinnen, weil sie, wenn Eis und Schnee vom Dach heruntersausen, doch abgerissen würden. Geschäfte, Autowerkstätten und Kaufgewölbe liegen unter der Erde und erwecken den Eindruck, als führten die Stadtbewohner acht Monate im Jahr ein Maulwurfsleben, gingen nur vom Haus zum Wagen und zur Einkaufs- und Arbeitsstätte, ohne je die Nase ins Freie zu strecken. Die Garderoben-Vorhallen mit vierfachen Türen sind eine Luftschleuse in den Hauseingängen, in der man sich umständlich anzieht, ehe man hinausgeht, und sich geduldig auszieht, bevor man vollends hineingeht. Ganz zu schweigen von dem allgemeinen Heißhunger, der bewirkt, daß der Kanadier zu jeder Tages- und Nachtzeit frißt, und der nichts anderes als ein Notwehrreflex ist gegen die Unendlichkeiten, die ihn umgeben und über die ein eisiger Wind heult.

Gegen die Platznot hat der Japaner den Garten erfunden, den Miniaturgarten und auch das *Ikebana*, die Kunst des Blumenordnens. Das sind Methoden, im überladenen Raum Leerbereiche zu schaffen, in denen leichte, spirituelle, zweckfreie Strukturen angesiedelt sind.

Gegen den horizontalen Abgrund hat der Kanadier die Canadian Pacific Railway erfunden. Was sollte man denn machen, wenn man nicht versuchen wollte, diese unendliche Erde zu *innervieren*, sie mit einem Nervengeflecht aus zunächst lockeren, aber immer engeren, immer dichteren Maschen zu überziehen?

Und darum ist Jeans Reaktion auf dieses Land vollkommen begreiflich, logisch, vernünftig. Er hat auf die kanadische Weite eine kanadische Antwort gegeben. Er hat alles getan, womit er dieses Land *decken* konnte. Decken, ein in seiner Vieldeutigkeit wunderbares Wort: es bedeutet darüber breiten, mit einem Dach versehen, verbergen, verteidigen, entschuldigen, rechtfertigen, aufwiegen, befruchten usw. Jean, der Krempler ist hier Jean, der Landmesser geworden. Vermessen heißt, ein Land mit Hilfe von Meßkette, Meßstangen, bleibeschwertem Pflock und Graphometer *gedanklich bekleiden*. Durch Vermessen hört ein Land eigentlich auf, *unermeßlich,* das heißt ohne Maß zu sein. Es wird gemessen und so trotz seiner Kurven, seiner Unebenheiten, seiner unzugänglichen Stellen, Dickicht und Sumpfgebiete – vom Verstand aufgenommen und bereitgemacht, vermarkt, um im Kataster eingetragen zu werden. Und *durchmessen,* das bedeutet zugleich: mit großen Schritten hindurcheilen . . .

Auf die kleinen Frauen in Grau ist in den Büros eine andere menschliche Spezies gefolgt. In dieser Spezies sind beide Geschlechter vertreten. Die Männer sind in Hemdsärmeln, die Frauen in Hemdblusen, die Hemden und die Blusen in makellosem Weiß. Der Arbeitstag hat begonnen. Sie witzeln, lächeln, schwatzen miteinander. Ich bin dabei, wie sich in den tausend kleinen, wie Waben über und nebeneinanderliegenden Zellen dasselbe abspielt. Man muß an jene entomologischen Bienen-Beobachtungskästen denken, bei denen eine Wand durch eine Glasscheibe ersetzt ist. Mein Beobachtungsposten hat freilich seine Grenzen: hören kann ich nichts . . .

Was ist ein Lebewesen? Ein Quentchen Erbmasse, das in einer bestimmten Umwelt umherläuft. Sonst gar nichts: in einem Lebewesen kommt alles, was nicht aus der Erbmasse stammt, aus der Umwelt. Und umgekehrt. Zu diesen beiden Elementen gesellt sich freilich bei echten Zwillingen ein drittes – der Zwillingsbruder – hinzu, das Erbgut und Umwelt in einem, und außerdem noch etwas, ein Mehr ist.

Denn das Zwillingstum pflanzt tief ins homogene Erbgut ein Stückchen Umwelt hinein, und das bedeutet nicht nur eine Verstümmelung, sondern auch den Einbruch von Luft, Licht und Geräusch ins tiefste Innere eines Wesens. Echte Zwillinge sind ja nur ein einziges Wesen, dessen Monstrosität es ist, im Raum zwei getrennte Plätze einzunehmen. Aber der Raum, der die beiden trennt, ist von besonderer Art. Er ist so reich, so lebendig, daß der Raum, in dem die Einlinge umherirren, im Vergleich dazu eine öde Wüste ist. Dieser Zwillings-Raum – die entfaltete Seele – ist beliebiger Ausdehnung fähig. Er kann sich beinahe zu nichts zusammenziehen, wenn Zwillinge eng zum Ei verschlungen schlafen. Doch wenn einer von beiden flieht, weit fort, dehnt sich dieser Raum und verdünnt sich – ohne jemals zu zerreißen – zu Dimensionen, die Erde und Himmel umfassen können. Dann bedeckt das Dechiffrierraster des Zwillingstums die ganze Welt, und ihre Städte, ihre Wälder, ihre Meere, ihre Berge gewinnen einen neuen Sinn.

Bleibt nur die letzte Frage, die mich seit Jeans Abreise umtreibt: was wird aus der entfalteten Seele, wenn einer der Zwillinge für immer verschwindet?

Wirklich, unsere ganze Geschichte ist letzten Endes ein langes, abenteuerliches Meditieren über den Begriff des *Raumes*.

Ich bummle durch die Stadt. Der helle Tag bekommt der elektrischen Stadt schlecht.

Zwar bleiben Büros, Schaufenster, Geschäfte beleuchtet, aber die Schilder, die rotierenden Werbeslogans, die fahle Magie der Neonreklamen sind von der Sonne völlig erschlagen. Wie jene nächtlichen Raubvögel, die die Dämmerung abwarten, bis sie ihre weißen Flügel ausbreiten, läßt die elektrische Stadt schweigend und geduldig die Tyrannei der Sonne über sich ergehen und träumt von der kommenden Nacht.

Ist es Einbildung? Als ich die Wand eines Gebäudes berührte, war mir, als spürte ich ein Prickeln in den Fingern. Ist es möglich, ist diese Stadt so gesättigt von elektrischem Strom, daß er aus den Hauswänden sickert wie anderswo Feuchtigkeit oder Salpeter? Vor mir sehe ich wieder die Wälder von Masten voller Kabel und Oberleitungen – wie stilisierte, girlandenbehängte Weihnachtsbäume –, die an den Ufern des Ottawa-Flusses und des Sankt-Lorenz-Stromes standen. Und vor allem denke ich daran: einige Kilometer von hier speisen die Niagarafälle mit Donnergetöse das größte Wasserkraftwerk des amerikanischen Kontinents mit einer Nennleistung von 2 190 000 Kilowatt.

Ja, das ist wahrhaftig eine Innervation, die so recht auf dieses maßlose Land zugeschnitten ist! Was die Landmesser mit ihrer kindlichen Ausrüstung geduldig betreiben – vor allem mit ihrem »Streckenzug« –, das verwirklichen die Niagarafälle, in Milliarden und Abermilliarden immer weiter geteilter und verzweigter Drähte auslaufend, augenblicklich und mit überwältigender Kraft.

Körper und Geist. Die ungeheure Wassermasse, die mit Weltuntergangsgetöse in eine siebenundvierzig Meter tiefe Schlucht stürzt, die intensive Erosion der darunterliegenden Felsen, die sich an einem fortschreitenden Stromaufwärtsrücken der Wasserfälle ablesen läßt, die Wolke von Wasserstaub, die zum Himmel steigt und die Sonnenglut dämpft – das alles ist Materie, ist rohe Wucht, ist handfeste, körperliche Gegenwart. Aber von diesem krampfzuckenden, brüllenden Körper geht eine Art Geist aus, diese 2 190 000 Kilowatt, diese sagenhafte Energie, die sich unsichtbar, lautlos, beflügelt, mit der Geschwindigkeit des Lichts im ganzen Land verbreitet und in der Stadt zum Feuerwerk erblüht: in der elektrischen Stadt, wo jeder Stein bei der geringsten Berührung Funken gibt, so sehr schäumt sie über von diesem verschwenderisch vorhandenen Strom.

Die schweren, eisenbeschlagenen Schuhe des Landmessers wirbeln den weißen Staub der Landstraße auf, sinken tief in die schwarze, frischgepflügte Erde der Prärie ein. Der Landmesser bleibt stehen, steckt seine Stangen aus, blinzelt in sein Nivelliergerät, geht in die Knie, zielt über den Griff seiner Meßkette und winkt seinem Gefährten, der, die rote Mütze auf dem Kopf, in fünfzig Meter Entfernung das andere Ende der Kette hält und ebenfalls mit einem Bein auf dem Boden kniet. Aber als er wieder aufsteht, gewahrt er gegen den Himmel die zarte Riesenstruktur der Gittermasten, gewaltiger Kandelaber aus Stahl, die am Ende ihrer geringelten weißen Prozellanisolatoren ganze Bündel von Hochspannungskabeln tragen, mitunter mit roten Kugeln darauf. Auch sie sind an der Kette und durchmessen mit Riesenschritten die große kanadische Prärie, überwinden Seen, schreiten über Wälder, springen von Mulde zu Mulde, von Hügel zu Hügel, um winzig klein in der Unendlichkeit des Horizonts zu entschwinden. Der Landmesser, der immer davon geträumt hat, sich auf diese Erde zu legen, seine Arme und Beine unendlich zu verlängern, diesem Land das Nervensystem seines eigenen Körpers zu verleihen und es so zu bedecken – er spürt freundschaftliche Verbundenheit mit diesen großen kabeltragenden Leuchtern, die dünn und in maßloser Größe dahinfliehen in den Wind, in den Schnee, in die Nacht.

21

Die Eingemauerten von Berlin

»Eines Tages stelle ich euch vielleicht meinen Freund Heinz
vor. Das ist ein Schwerkriegsversehrter. Er ist in der Ukraine
auf eine Flattermine getreten. Die Detonation hat ihm die
ganz linke Seite weggerissen, Bein, Hüfte, Arm und einen
Teil des Gesichts. Seine rechte Hälfte strahlt von Gesundheit
und Ebenmäßigkeit, in einem rosig-drallen Glanz, der etwas
Übermenschliches hat, so als wären alle Kraft und Vitalität
seiner linken Seite zurückgeflutet in die rechte. Links dagegen ist alles nur eine riesengroße, schauerlich zerrissene
Wunde.

Ihr anderen Franzosen, ihr seht von Deutschland nur die gesunde Seite, und es beeindruckt euch mit seinem geradezu
wunderbaren Aufschwung, seiner Währung, die so hart ist wie
lauteres Gold, seiner Handelsbilanz, die nur wegen eines ständigen Gewinnüberschusses unausgeglichen ist, mit seinen Ar-
beitern, die besser bezahlt, disziplinierter, produktiver sind als
die aller anderen Länder Europas.

Aber da ist auch noch die andere Seite. Die Oder-Neiße-
Grenze, durch die das Gebiet der Nation um halb Westpreußen
und ganz Ostpreußen amputiert worden ist, das östliche
Deutschland, grau und haßerfüllt, Berlin, diese Pseudo-Haupt-
stadt, die wie eine unheilbare Pustel mitten in Europa schwärt.
Deutschlands Wirtschaftsblüte gleicht der Parabel von dem
Krüppel ohne Beine mit den dicken Armen.«

»Mag sein, aber die linke Seite? Wenn Sie die so wenig auf der
Höhe, so übel finden – liegt das nicht daran, daß Sie sie aus der
verkehrten Richtung anschauen? Das östliche Deutschland ist
nicht dazu angetan, vom Westen aus betrachtet zu werden.
Wissen Sie, wie es sich für Polen, die Tschechoslowakei, die
Sowjetunion darstellt?«

»Das kümmert mich wenig. Ich sehe, wie es sich für die Ost-
deutschen darstellt. Seit dem Entstehen des östlichen deutschen Staates im Jahre 1949 sind 2 900 000 von seinen Einwohnern, darunter 23 000 Angehörige der Streitkräfte, in den Westen gegangen. Und diese Bewegung beschleunigt sich noch:
im Juli waren es 30 441, am 1. August 1322, am 3. August 1100,

am 5. August 1283, am 8. August 1741, am 9. August 1926, am 10. August 1709, am 11. August 1532, am 12. August 2400 ... Und dabei muß man sich vor Augen halten, daß es nicht nur um die Quantität geht. Diese Flüchtlinge sind in der Mehrzahl jung, gerade in dem Alter, in dem sie für ein Volk am produktivsten sind. Das östliche Deutschland verliert immer mehr seine Substanz.«

»Einem Deutschen – mag er auch aus Westdeutschland sein – muß es bei dieser Entwicklung angst und bange werden. Ein Viertel des ehemaligen Reichsgebiets wurde von der Sowjetunion und von Polen annektiert. Ein anderes Viertel – der östliche deutsche Staat – ist im Begriff, seine deutsche Bevölkerung einzubüßen. Wozu führt diese Völkerwanderung? Zu einer Verödung, und die Länder im Osten werden zwangsläufig versucht sein, Kolonisten in dieses öde Land zu schicken, während auf dem schmalen Gebiet der Bundesrepublik 70 Millionen Deutsche einander auf die Füße treten. Westdeutschland hat nichts davon, wenn es einen ausgebluteten deutschen Staat zum Nachbarn hat, der wegen des Aderlasses an seinen lebenswichtigen Kräften immer am Rand des Zusammenbruchs steht. Im Gegenteil, es muß sich einen erfolgreichen Bruder wünschen, der ihm gegenüber keine Komplexe hat und bei dem daher Dialog und Annäherung in jeder Hinsicht möglich sind.«

»Es liegt ganz an den Machthabern im östlichen Teil Deutschlands, ihr Land zu einem Paradies der Freiheit und des Wohlstandes zu machen, in dem zu leben sogar die Deutschen im Westen träumen ...«

Sonntag, 13. August 1961. Kurz nach Mitternacht rollen in Berlin Kolonnen von Einheiten der Volkspolizei und der Nationalen Volksarmee zur Grenze zwischen Ost- und Westsektor und verbarrikadieren sie mit Stacheldrahtrollen und spanischen Reitern. Die spärlichen Passanten, die sich in dieser nächtlichen Stunde noch vom einen Teil Berlins zum anderen begeben wollen, werden abgedrängt. Panzer und Panzerspähwagen fahren an den wichtigsten Sektorenübergängen auf, so am Brandenburger Tor, am Potsdamer Platz, an der Friedrichstraße und an der Warschauer Brücke. An anderen Stellen reißen Pioniere der Volksarmee das Pflaster auf, entfernen den

Straßenbelag und errichten Straßensperren. An allen beherrschenden Punkten werden Beobachtungsposten und Maschinengewehrnester eingerichtet. Der S-Bahn- und U-Bahn-Verkehr zwischen den Sektoren wird eingestellt.

Von den ersten Morgenstunden an gibt der Ostberliner Rundfunk einen Beschluß bekannt, der vom Ministerrat der DDR nach Konsultation der Unterzeichnerstaaten des Warschauer Pakts am 12. August 1961 gefaßt wurde: *Zur Unterbindung der feindlichen Tätigkeit der revanchistischen und militaristischen Kräfte Westdeutschlands und West-Berlins wird eine solche Kontrolle an den Grenzen der Deutschen Demokratischen Republik einschließlich der Grenze zu den Westsektoren von Groß-Berlin eingeführt, wie sie an den Grenzen jedes souveränen Staates üblich ist. Es ist an den Westberliner Grenzen eine verläßliche Bewachung und eine wirksame Kontrolle zu gewährleisten, um der Wühltätigkeit den Weg zu verlegen. Diese Grenzen dürfen von Bürgern der Deutschen Demokratischen Republik nur noch mit besonderer Genehmigung passiert werden. Solange West-Berlin nicht in eine entmilitarisierte neutrale Freie Stadt verwandelt ist, bedürfen Bürger der Hauptstadt der Deutschen Demokratischen Republik für das Überschreiten der Grenzen nach West-Berlin einer besonderen Bescheinigung. Auf Grund des Beschlusses des Ministerrats der Deutschen Demokratischen Republik vom 12. August 1961 ist es Bürgern des Demokratischen Berlins nicht mehr möglich, in West-Berlin eine Beschäftigung auszuüben. Der Magistrat fordert alle Bürger des Demokratischen Berlins, die bisher einer Beschäftigung in West-Berlin nachgingen, auf, sich entweder an ihrer letzten Arbeitsstelle im Demokratischen Berlin zur Wiederaufnahme der Arbeit oder bei der für sie zuständigen Registrierstelle zur Vermittlung einer geeigneten Tätigkeit zu melden.*

Die Mauer, die Berlin entlang seiner Nord-Süd-Achse zerschneidet, hat eine Länge von 15 Kilometern, eine Dicke von 50 cm bis 1 m, eine Höhe zwischen 2 und 4 m und eine Gesamtmasse von 9500 Kubikmetern. Die Betonriegel, aus denen sie besteht, sind gewöhnlich hinter Zementplatten oder farbigen Plastiktafeln verborgen. 130 km künstlicher Dornenhecken säumen oder erweitern sie; namentlich die Dächer der an der Grenze stehenden Häuser sind damit versehen. 65 Brettertafeln versperren die Sicht überall, wo die Bewohner der beiden Teile Berlins einander sonst sehen oder sich durch Zeichen verständen könnten. Dafür geben 189 mit Scheinwerfern ausgerüstete Wachttürme den Vopos die Möglichkeit, die Grenze Tag und Nacht zu beobachten. In 185 Sperrzonen laufen Deutsche Schäferhunde, an waagrecht gespannten Drahtseilen angekettet, hin und her. In der Spree und im Teltow-Kanal sind überall dort, wo ihr Verlauf die Grenze bildet, stacheldrahtgespickte Hindernisse ins Wasser versenkt.

Dennoch entspinnt sich zwischen den beiden Teilen Berlins ein seltsamer Dialog. Der Osten verwendet dazu das gesprochene Wort, der Westen die Schrift. Über 43 Lautsprecher predigt die Stimme des Sozialismus den Menschen im Westen, die an der »modernen Grenze« zusammengeströmt sind. Sie sagt, von nun an würden die unablässigen Provokationen der Kapitalisten an dem »Bollwerk des Friedens« zusammenbrechen. Sie sagt, dank der Mauer sei der dritte Weltkrieg, den die nazistischen Revanchisten vom Zaun brechen wollten, im Keim erstickt worden. Sie sagt, den Menschenhändlern im Westen, die bisher die Arbeiter der Deutschen Demokratischen Republik geködert und zu sich herübergelockt hätten, sei nun ihr schändliches Handwerk gelegt.

Im Westen, Ecke Potsdamer Straße und Potsdamer Platz, katapultiert unterdessen von einem Stahlträgergerüst eine Leuchtzeitung ihre Nachrichten über die Mauer hinüber. *Die freie Berliner Presse meldet* ... Man kann auch 1 DM opfern und Zeitungen kaufen, die, in riesigen Lettern gedruckt, mit dem Fernglas auf 150 m Entfernung lesbar sind, und die man dann zu den Wachttürmen hin ausbreitet. Im Osten freilich sammeln sich die Menschen nicht – wie im Westen – am Fuß der Mauer. Diese Nachrichten sind demnach vorwiegend auf die östlichen Grenzpolizisten gemünzt. Die Volkspolizei und die Nationale Volksarmee, die der Stoßkraft dieser psychologischen Offensive ausgesetzt sind, reagieren äußerst betroffen. Plakate fordern die Westberliner zur Toleranz ihnen gegenüber auf. Sie erinnern daran, daß seit 1949 23 000 Vopos in den Westen übergelaufen sind. »Dies ist die unzuverlässigste Armee, die es je gegeben hat. Hätten die Grenzpolizisten den Befehl, im Falle eines Versuchs des unerlaubten Grenzübertritts sofort das Feuer zu eröffnen, wortwörtlich befolgt, so wäre die Zahl der Opfer zehnmal so hoch. Darum beleidigt sie nicht! Seht auch in der Uniform den Menschen. Winkt ihnen freundlich zu und schafft so Kontakt mit ihnen. Bemüht euch, sie zu verstehen. Eure Haltung trägt mehr dazu bei, die Mauer zu durchbrechen als die stärkste Sprengladung.«

Übrigens ist das, was auf der einen Seite die »Schandmauer«, auf der anderen Seite »das Bollwerk des Friedens« heißt, anfangs in vielen Teilen nur ein Stacheldrahtverhau in Straßenmitte. Auf der einen wie auf der anderen Seite drängen sich die Menschen. Zeichen, Mitteilungen, Pakete, manchmal sogar Kleinkinder werden herüber- und hinübergegeben. Das bedeutet für die Vopos den härtesten Einsatz. Die 14 000 Grenzposten – nämlich 11 000 Mann jeweils von der 1., 2. und 4. Brigade von vier Regimentern, die durch die 1000 Mann eines Lehrregiments verstärkt wurden – sind in der Mehrzahl junge Rekruten, die auf einen solchen Sondereinsatz schlecht vorbereitet sind. Doch die Dienstanweisungen sind präzise bis ins kleinste. Die Grenzwachen haben ihren jeweils achtstündigen Dienst als Doppelposten zu versehen, der nach einem ausgeklügelten, dem Gesetz der Ungleichheit folgenden Auswahlsystem zusammengestellt wird. So wird der Junggeselle dem Familienvater, der Sachse dem Mecklenburger, der grüne Junge dem Altgedienten beigegeben. Anzustreben ist, daß sie einander gar nicht kennen, bevor sie miteinander Dienst tun, und daß sie nachher nicht mehr zusammenkommen. Die Vorschrift verlangt, daß sie sich während des Wachdienstes nie mehr als 25 m voneinander entfernen dürfen. Wenn einer von beiden Anstalten zur Fahnenflucht trifft, hat der andere die Pflicht, ihn niederzuschießen.

Anweisungen für den Fall der Grenzverletzung. Wenn der Flüchtende das erste Hindernis überwunden hat – zum Beispiel einen spanischen Reiter –, ruft der Posten »Halt! Grenzwache! Hände hoch!« Wenn der Angerufene dem keine Folge leistet, gibt der Posten einen Warnschuß ab. Setzt der Flüchtige seine Flucht trotzdem fort, so hat der Posten gezielt auf ihn zu schießen, und zwar gleichgültig, wie viele Hindernisse der Flüchtige noch zu überwinden hätte. Ist der Flüchtige der Grenze schon so nahe, daß ein bloßer Warnschuß ihm das Überschreiten der

Grenze ermöglichen würde, so hat der Posten ohne weiteres gezielt auf ihn zu schießen. Befindet er sich auf den letzten Stacheldrahthindernissen oder auf der Mauer, so ist nicht zu befürchten, daß er auf Westberliner Gebiet fällt, denn ein Getroffener fällt stets auf die Seite, aus der der Schuß kommt. Die Verletzung von Zivilisten, Polizisten oder alliierten Soldaten in den Westsektoren ist unbedingt zu vermeiden. Die Posten haben deshalb entweder parallel zur Grenze oder in der Weise zu schießen, daß die Geschosse, die nicht treffen, in den Boden oder in die Luft gehen. Wenn Angehörige des Westberliner Roten Kreuzes den Versuch unternehmen, den Stacheldraht zu zerschneiden, um einem Flüchtigen Hilfe zu leisten, ist auf sie zu schießen, sofern es sich nicht um alliierte Soldaten handelt.

Eine klassische Frage beim Unterricht für die künftigen Grenzposten ist: »Wie würden Sie handeln, wenn der Flüchtige Ihr eigener Bruder wäre?« Die richtige Antwort lautet: »Der Fahnenflüchtige ist nicht mehr mein Bruder, sondern ein Volksfeind, ein Verräter am Sozialismus, den es mit allen Mitteln zu bekämpfen gilt.«

Das geübte Auge der Menschen auf dem Potsdamer Platz hat im Verhalten von einem der Vopos, die in der Leipziger Straße vor dem Haus der Ministerien im Einsatz sind, etwas Unschlüssig-Schwankendes bemerkt. Einige bleiben stehen und beobachten ihn. Weshalb schaut er so nach rechts und nach links? Vom Stahlhelm überschattet erahnt man ein blutjunges Gesicht, das die Gefühle noch unverhüllt widerspiegelt. Die Atmosphäre ist gespannt, ungewöhnlich, beängstigend. Gleich muß etwas geschehen, die Situation wird immer gefährlicher. Plötzlich aus der Menschenmenge ein aufmunternder Zuruf: »Auf, komm!« Der Vopo wirft einen letzten Blick nach hinten, von wo der Tod kommen kann. Dann rafft er sich auf. Er läßt sein Gewehr fallen, springt auf, setzt über einen spanischen Reiter, einen zweiten, klettert über einen Bretterzaun. Westberliner Polizisten umringen ihn, nehmen ihn mit. Er wird vernommen. Ja, er sei ledig. Doch, er habe noch jemand drüben, seine Mutter. Und noch einen älteren Bruder. Aber er fürchte keine Repressalien gegen sie, denn der Bruder sei Polizeibeamter. Der werde sich für seine Mutter einsetzen. Ihm selber

werde man nichts tun. Höchstens werde der Vorfall seine Beförderung verzögern, und das sei ganz gut so. Polizisten sollten
nicht so rasch aufsteigen, schon gar nicht im Osten. Na ja, jetzt
sei eben ein Bruder auf der einen Seite der Mauer und einer auf
der anderen!
Nervös lacht er. Doch die Leute draußen wollen ihn sehen. Er
verläßt die Polizeiwache, unbehelmt, lächelt verwirrt, wie in
leichtem Rausch. Heute abend kommt er im Radio, im Fernse-
hen. Ein tiefer Schnitt geht nun durch sein Leben. Die Menschen verlaufen sich. Wieder einer mehr ...

Seit drei Tagen ist Paul bei Frau Sabine Kraus in der ältlichen
Wohnung zu Gast, die sie im Hause Bernauer Straße 28 bewohnt. Als er ankam, fand er, diese Adresse sei ein gutes
Omen. Die Bernauer Straße trennt den Stadtbezirk Wedding
im französischen Sektor vom Stadtbezirk Mitte im sowjeti-
schen Sektor. Die Bürgersteige, die Straße und die Gebäude auf
der Nordseite gehören zu West-Berlin. Das Haus Nummer 28
gehört zu Ost-Berlin, wie alle Häuser auf der Südseite. Aber
man braucht nur vor die Tür zu gehen und ist im französischen
Sektor. Paul, der Zettler, ist von dieser vermittelnden Lage
ganz befriedigt. Doch am Morgen des 13. August, einem Sonntag, hallte das Haus von Schreien, Rufen, schnellen Schritten,
von Möbelrücken und Hämmern. Paul stand am Fenster, als
Frau Kraus' klagende Stimme aus ihrem Zimmer zu ihm
drang.
»Was ist denn nur los? Was ist denn nur los? Und Urs ist nicht
da! Er hatte es mir doch so fest versprochen!«
Die Straße und der Bürgersteig gegenüber – im französischen
Sektor – waren vollgepackt mit Möbeln, Matratzen, Bündeln,
Koffern – kleine Inseln, auf denen ganze Familien kampier-
ten.
»Alle Leute ziehen aus, Frau Kraus«, erklärte Paul, »und ich
weiß bloß nicht recht, ob es nicht schon zu spät ist, es geradeso
zu machen.«
Frau Kraus, in Kopftuch und Hauskleid, kam herüber und
beugte sich mit ihm aus dem Fenster.
»Na wirklich, Schultheißens, unsere Hausleute von unten!
Was machen die mit den Koffern da auf dem Bürgersteig?
Hallo! Hallo! Ich winke ihnen, aber sie sehen mich nicht.«

»Schauen Sie nur. Arbeiter im Schutz von Vopos verrammeln die Hauseingänge. Jetzt steigen die Leute aus den Fenstern im Parterre.«

Und sie lehnte sich mit dem ganzen Oberkörper hinaus, um einen größeren Teil der Straße überblicken zu können.

»Frau Kraus, heute können Sie nicht zur Frühmesse in die Versöhnungskirche. Gerade mauern sie unten den Hauseingang mit Backsteinen vollends zu!«

»Der arme Pfarrer Seelos! Was wird aus ihm ohne seine Kirche? Das ist mein Beichtvater, wissen Sie!«

»Es ist noch Zeit. Die Leute steigen immer noch aus den Erdgeschoßfenstern. Frau Kraus, wollen Sie nicht, daß wir versuchen, in den französischen Sektor zu kommen? Es sind ja bloß ein paar Meter hinüber.«

Doch die alte Dame schüttelt mit mürrischer Miene den Kopf und sagt ein übers andere Mal:

»Nein, mein Sohn muß uns hier antreffen können. Aber wo mag er nur sein?«

Am Nachmittag drang die Polizei in die Erdgeschoßwohnungen ein und begann, deren Fenster zuzumauern. Der große Umzug ging durch die Fenster im ersten Stock um so munterer weiter.

Paul entging nichts von dem, was unter seinem Logenplatz vor sich ging. Diese Grenzabriegelung, dieser Riß durch die gemeinsame deutsche Substanz, dieser Axthieb, der Berlin in zwei Teile spaltete wie einen Wurm im Boden – weshalb mußte er all das miterleben? Ihm fiel das Gespräch mit einer Unbekannten auf dem Markusplatz in Venedig wieder ein. »Zwillinge«, so hatte sie gesagt, »sind vielleicht nicht die Ursache von Katastrophen, aber dann muß man annehmen, daß schon eine bevorstehende Katastrophe sie dorthin zieht, wo sie sich später ereignet.« Oder hatte er selbst diesen Gedanken ausgesprochen? Was kam's darauf an? Über Grönland, Alaska, den Pazifik geflogen zu sein, mit der Bahn durch die Rocky Mountains und die Große Prärie gefahren zu sein, so viel Weite eingesogen zu haben und nun auf solch ein bißchen Platz angewiesen zu sein – welchen Sinn konnte eine so phantastische Wendung haben? Auf was für einen japanischen Garten – der ja insgeheim um so unendlichkeitsschwerer ist, je leidvoller er zu seiner Kleinheit kam – mag dieses brutale In-die-Enge-Treiben hinauslaufen?

Als Ostberliner Maurer anfingen, die Fenster im ersten Stock der neununddreißig Grenzhäuser in der Bernauer Straße zuzumauern, nahmen auf westlicher Seite Feuerwehrleute Aufstellung, um bei dem Exodus, der aus den Fenstern der höhergelegenen Stockwerke weiterging, Hilfe zu leisten. Feuerwehrleitern einzusetzen hätte eine Grenzverletzung bedeutet und die Gefahr von Zusammenstößen mit den Vopos heraufbeschworen. Aber Sprungtücher zu spannen und Flüchtlinge darin aufzufangen – dem stand nichts im Wege.

Der Anblick dieser schreckensbleichen Männer und Frauen, die sich zu spät zum Überwechseln in den benachbarten Sektor entschlossen hatten und nun dafür gezwungen waren, aus dem Fenster zu springen, hatte etwas Tragisches und zugleich etwas Lächerliches. Ein Gedanke ging Paul unaufhörlich im Kopf herum: »Wir leben nicht im Krieg. Weder ein Erdbeben noch eine Feuersbrunst ist zu verzeichnen, und trotzdem ... Ist es nicht auf ganz sinistre Weise bezeichnend für unsere Zeit, daß eine Krise, die im Grunde rein *administrativer* Natur ist, zu derartigen Szenen führt? Es geht hier ja nicht um Kanonen und Panzer, sondern schlicht um Pässe, Visa und Stempel.«

Denn für eine Weile war die Aufmerksamkeit der ganzen Straße von den Ängsten einer alten Dame in Anspruch genommen, die sich vom zweiten Stock herunter ins Sprungtuch fallen lassen sollte und im letzten Augenblick davor zurückgeschreckt war. Kein gutes Zureden hatte sie bewegen können, zu springen, und so war versucht worden, sie wie in Liebesromanen an zusammengeknoteten Bettlaken hinunterzulassen. Sie hing schon in der Luft, als Vopos in ihre Wohnung eindrangen, am Fenster erschienen und sie an den Laken wieder heraufzuziehen versuchten. Empörtes Murren unten auf der Straße; ein Westberliner Polizist zog die Pistole und drohte auf die Vopos zu schießen, wenn sie nicht verschwänden. Sie verständigten sich untereinander und verschwanden, doch einer warf vorher noch eine Rauchpatrone in das Sprungtuch der Feuerwehrleute.

Durch die Luft zu fliegen war am schönsten für ein vierjähriges Kind, das sein Vater vom vierten Stock herabwarf und das die Feuerwehrleute behutsam in ihrem Sprungtuch auffingen.

Andere hatten weniger Glück. Rolf Urban, geb. 6. 6. 1914, der vom ersten Stock sprang, Olga Segler, geb. 31. 7. 1881, die vom zweiten Stock sprang, Ida Siekmann, geb. 23. 8. 1902, die vom dritten Stock sprang, und Bernd Lünser, geb. 11. 3. 1939, der vom Dach des Gebäudes aus sprang, verfehlten das Sprungtuch und sprangen in den Tod.

Diese burlesk-tragischen Ereignisse taten Sabine Kraus' Entschlossenheit, zu Hause zu bleiben und hier auf ihren Sohn zu warten, keinen Abbruch. Gleichzeitig bewirkten sie bei ihr eine Veränderung, die Paul verblüffte. Je mehr sich die Lage verschlechterte, desto mehr streifte die alte Dame ihre Niedergeschlagenheit ab und schien wieder jung zu werden, gerade als zehrte sie von der elektrischen Spannung, die in der Luft lag. Hauskleid, Pantoffeln und Kopftuch machten einem schwarzen Trainingsanzug, Turnschuhen und einem sonderbaren Kopfschützer Platz, der ihre Stirn fast verdeckte und ihr üppiges graues Haar im Zaum hielt. Eine runde, elastische, geschlechtslos wirkende Gestalt, durcheilte sie flink ihre vom Untergang bedrohte Wohnung, lief von Fenster zu Fenster, bereitete aus den Vorräten in den übervollen Wandschränken die erstaunlichsten Festtagsgerichte.

»Das erinnert mich an 1945, an die Schlacht um Berlin, die Bombenteppiche, den Einmarsch der Sowjets, die massenhaften Vergewaltigungen«, sagte sie, vor Eifer errötend, wieder und wieder. »Ich bin wieder fünfzehn Jahre jünger! Sollen die Alliierten doch die Mauer sprengen! Dann hätten wir wieder Krieg!«

Sie hielt, die sanften blauen Augen in Träumen von Blut und Tod verloren, im Kuchenteigkneten inne.

»Sehen Sie, Paul, ich bin nicht für ruhige Zeiten geschaffen. Urs wollte, daß ich mich in seiner Nähe in München niederlasse. Das hab' ich immer abgelehnt. Hier in Berlin mit seinen so herrlich sinnlosen Sektoren, hier roch ich Pulverdampf. Berlin ist eine tragische Stadt. Ich brauche ihr anregendes Klima. Ich bin schwerblütig. Ich brauche Peitschenschläge, Peitschenschläge, Peitschenschläge«, wiederholte sie ingrimmig und langte mit ihren derben runden Fingern tief in den Teig.

Dann sprach sie von ihrer Kindheit, ihrer frühesten Jugend.

»Ich war ein dickes, blondes, sanftes Mädchen, unbekümmert

und friedfertig. Alle waren gottfroh über meine glückliche Natur. In Wirklichkeit langweilte ich mich zum Sterben! Zum Verrecken! Erst 1914 habe ich wirklich zu leben angefangen. Ich bebte unter den Strömen, die von Potsdam – dem Sitz des Kaisers – von der Wilhelmstraße – den Ministerien – und vor allem von der Front ausgingen; sie gaben mir die Kraft, die ich brauchte. Je mehr die Sorgen das Gesicht meines Vaters verdüsterten, desto mehr frohlockte mein Herz. Als der Krieg dann drohte, hatte ich große Angst, er könnte nicht ausbrechen. Er brach aus. Ich fürchtete, er werde bloß ein paar Tage dauern, wie ich es um mich herum überall prophezeien hörte. Auch in diesem Punkt wurde ich nicht enttäuscht. Ich verliebte mich in Rudolf Kraus. Der Name Rudolf Kraus – erinnerte er Sie nicht an etwas?«

Paul zuckte die Achseln.

»Diese jungen Leute wissen aber auch gar nichts! Er war ein berühmter Kampfflieger der alten Fliegertruppe. Offiziell hat er 19 Feindflugzeuge abgeschossen, wahrscheinlich sind es noch mehr.«

Dann, sich plötzlich erinnernd, daß Paul Franzose war:

»Oh, Verzeihung, Herr Surin! Aber wissen Sie, unter dem Haufen waren bestimmt auch Engländer, Belgier, Amerikaner!«

Und mit der Miene eines ertappten Schulmädchens hielt sie die Hand vor den Mund und brach in Lachen aus.

»Wir haben bei Kriegsende geheiratet. Rudi, der Berufsoffizier war, stand nun auf der Straße. Das störte mich nicht. Ein so starker, so mutiger, so prachtvoller Mann!«

Ihr lebhaftes Gesicht nahm einen bekümmerten Ausdruck an.

»War das 'ne Enttäuschung! Kaum hatte ich Rudis schöne Fliegeroffiziersuniform eingemottet, da wurde er ein kleiner, spießiger Rentner mit Hängebauch. Kein Ehrgeiz, kein Stolz mehr, überhaupt nichts mehr! Alles, was er noch im Kopf hatte, waren Vorwürfe und Anklagen wegen der miserablen Pension, die ihm die Weimarer Republik zahlte. Was doch der Frieden aus einem Mann macht!«

Fasziniert und belustigt betrachtete Paul diese charmante, gute Streuselkuchen-Oma mit dem Himmelfahrtsnäschen, mit den lachenden Augen und dem kindlichen Profil, die offenbar nur von Kampf und Streit träumte.

»Und Berlin war doch solch eine hinreißende Stadt! Das Theater mit Max Reinhardt, die Dreigroschenoper, der Expressionismus. Und das war noch gar nichts: da war die Politik, die Arbeitslosigkeit, die Inflation, alles, was auf uns zukam, nachdem der Krieg verloren und der Kaiser fort war. Ich verbrachte meine Zeit damit, Rudi aufzurütteln, ihn aus seinem Lehnstuhl zu zerren. Ich sagte zu ihm, sein Platz sei auf der Straße, dicht an dicht mit seinen einstigen Frontkameraden. Schließlich hab' ich ihn selber beim Stahlhelm eingeschrieben, bei dem auch ein Bruder von mir war.«

Sie seufzte schwer auf und stieß ihre kleine Faust tief in den goldgelben Teigklumpen.

»Er ist gleich darauf gestorben. Ist bei einem Krawall mit Karl Liebknechts Leuten von einem Lastauto überfahren worden.«

Drei Tage später, um vier Uhr früh, klopften bei Frau Kraus die Zumauerkommandos an die Tür. Auf solche Art aufgeschreckt zu werden, war inzwischen schon so alltäglich, daß man sich zum Schlafen gar nicht mehr auszog, und so war die alte Dame feldmarschmäßig ausgerüstet, mit Trainingsanzug, Turnschuhen und Kopftuch, als sie die Männer aus dem Ostsektor einließ.

»Wir kommen und wollen Sie vor Unwetter und Sonnenbrand von Westen her schützen«, witzelte der Unteroffizier, der die Truppe befehligte.

»Ohne Fenster ist das Haus unbewohnbar!« empörte sich Frau Kraus.

»Ich bezweifle, daß Sie es noch lang bewohnen müssen«, meinte der Unteroffizier ironisch.* »Aber bis zur Räumung der Grenzhäuser werden Ihnen Petroleumlampen samt dem nötigen Brennstoff zugewiesen.«

»Und der elektrische Strom?«

»Sehen Sie nur mal nach: er ist seit 'ner Stunde abgeschaltet.«

---

* Die Gebäude auf der Südseite der Bernauer Straße wurden zwischen 24. und 27. September 1961 geräumt und im Oktober 1962 dem Erdboden gleichgemacht.

Und Paul sah angstvoll, wie das viereckige Stück Himmel in den Fenstern kleiner, immer kleiner wurde, wie es ein quadratisches Stück Himmel wurde, dann wieder ein Rechteck, aber ein liegendes, und schließlich ganz und gar verschwand wie der Lichtschein im Kopf eines Menschen, der die Augen schließt, kleiner wird und verschwindet.

Da begann ein seltsames Leben für sie, ein Leben gleichsam außerhalb der Zeit, beim zitternden, meergrünen Licht zweier Petroleumlampen – pro Person eine –, die sie von einem Zimmer ins andere mitnahmen. Die spärlichen Geräusche der toten Straße drangen durch die dicken Backsteine und den Mörtel, mit denen die Fenster zugemauert waren, nur noch gedämpft an ihr Ohr.

Paul sprach wenig. Er ließ sich oft in Urs' Zimmer, das er bewohnte, in der Dunkelheit einschließen, oder er folgte, eine Lampe in der Hand, Frau Kraus bei ihrem Hin und Her und hörte ihrem unermüdlichen Schwatzen zu. So vergrub er sich also nach Venedigs Spiegelglanz, nach Djerbas Gluten und nach Islands stetigem Sonnenschein mitten im Sommer in einer Finsternis, die ihn um so mehr bedrückte, als sie wie ein Kerker durch Menschenwillen geschaffen war. Der darauffolgende Freitag sollte ihm Gelegenheit geben, um einige Stufen tiefer in die Finsternis hinabzusteigen.

»Liebe Gemeinde. Man muß schon eine ganz schöne Portion Überheblichkeit besitzen, wenn man unser jetziges Schicksal für einmalig, für außergewöhnlich, für beispiellos hält. Einmalig, außergewöhnlich, beispiellos? Wer sind wir denn eigentlich? Was unterscheidet uns so sehr von unseren Artgenossen von einst und von jetzt, daß wir so außerordentlicher Prüfungen wert wären? Nein, meine lieben Zuhörer, hüten wir uns vor der dünkelhaft-grämlichen Befriedigung, in der wir murrend sagen: Ja, so viel Unglück konnte niemand anderem als mir zustoßen! Laßt uns vielmehr mit Jesus Sirach uns immer wieder sagen: Es gibt nichts Neues unter der Sonne, und wenn man von etwas sagt: ›Schau, so etwas ist noch nie dagewesen‹, dann liegt der Grund nur darin, daß man sich an etwas, das schon sehr lange her ist, nicht mehr erinnert.

Wenn wir uns jedoch überzeugen lassen, daß die Schicksalsschläge, die uns treffen, schon zwanzig, hundert, tausend Generationen getroffen haben, so werden wir erkennen, daß das

Leid von jeher unvorstellbar groß ist, dann dämpft das unsern Hochmut, doch es erhebt unser Herz im Gefühl einer ungeheuren, tiefen, herzlichen Verbundenheit mit unseren Brüdern im Dunkel der Zeiten.

So sind wir denn am heutigen Freitagabend in der Krypta unserer altvertrauten Erlöserkirche versammelt. Weshalb am Freitag? Gewiß deshalb, weil die Kräfte des Bösen am Sonntag wachsamer sind und weil wir uns ihrer Rachsucht aussetzten, sofern wir uns am Tag des Herrn hier versammelten. Doch sehet ihr nicht, daß die kleine Schar, die wir sind, daß diese freitägliche Zusammenkunft die Erinnerung an einen anderen Freitag weckt, einen Freitag voll Blut und Trauer – der jedoch insgeheim schon den Weg bereitete zum großen, österlichen Fest? In der Krypta, sagte ich. Weshalb in der Krypta? Krypta kommt von einem griechischen Wort, das *verborgen* bedeutet. In zweiter Linie bedeutet Krypta dann Keller, unterirdisches Gelaß, Katakomben. Und so ersteht vor uns die Zeit der ersten Christen, die heimlich im verborgenen beten mußten, weil die weltliche Gewalt sie mit Feuer und Schwert verfolgte.

Das Geschehen aber, an das wir alle denken, der Schwertstreich, der so viele Bande zerschnitten, der den Sohn von der Mutter, den Ehemann von seiner Frau, den Bruder vom Bruder getrennt hat – glaubt ihr, das sei etwas Neues unter der Sonne, um wieder die Worte aus Jesus Sirach zu gebrauchen? Wir haben es erlebt und werden es leider noch öfters erleben, daß ein Deutscher auf einen Deutschen anlegt und schießt. Doch Brudermord gab es in allen Generationen, zu allen Zeiten. Kain sprach zu Abel: ›Laß uns aufs Feld gehen.‹ Und da sie auf dem Feld waren, erhob sich Kain gegen Abel, seinen Bruder, und erschlug ihn. Und Jahwe sprach zu Kain: ›Wo ist dein Bruder Abel?‹ Er antwortete: ›Ich weiß es nicht. Bin ich denn meines Bruders Hüter?‹ Jahwe sprach: ›Was hast du getan? Das Blut deines Bruders schreit von der Erde bis zu mir!‹

Und es ist, als habe dieser erste Brudermord in Sage und Geschichte der Menschheit als Muster gedient. Die Zwillingsbrüder Jakob und Esau schlugen sich, wie uns die Heilige Schrift sagt, ehe sie geboren wurden, schon im Schoß ihrer Mutter Rebekka. Und da sind Romulus und Remus, Amphion und Zethos, Eteokles und Polyneikes, alles feindliche Brüder, alles Brudermörder ...«

Pfarrer Seelos sammelte sich einen Augenblick, und man sah im zitternden Dämmerschein der Lichtstümpfe nur noch das Weiß seines Haars und der gefalteten Hände, über die es sich neigte.

»Ich denke an unsere liebe, gemarterte Stadt«, begann er wieder, »und ich merke, daß diese alten Geschichten, diese Legenden mich zu ihr führen, denn seht, sie haben in geheimnisvoller Weise alle etwas gemeinsam. Dieses Gemeinsame ist die Stadt. Eine Stadt, die ein Symbol ist, die jedesmal einen Brudermord zu fordern scheint. Kain, nachdem er Abel erschlagen, flieht weit fort vom Angesicht Gottes, und er gründet eine Stadt, die erste Stadt der Menschheitsgeschichte, die er nach dem Namen seines Sohnes Henoch nennt. Romulus tötet Remus, dann zieht er Mauern um das künftige Rom. Amphion begräbt seinen Zwillingsbruder Zethos unter Steinquadern, als er Thebens Mauern baut, und eben unter diesen Mauern von Theben bringen die Zwillinge Eteokles und Polyneikes einander um. Es gilt in die Ferne zu schauen und sich nicht vom Alltäglich-Banalen benebeln zu lassen.

Ich spreche in Ost-Berlin zu euch. Aber vor wenigen Tagen hat Otto Dibelius, der aus seiner Diözese Berlin-Brandenburg vertrieben wurde, nicht weit von hier in der Gedächtniskirche in West-Berlin gepredigt. Dibelius ist Protestant, ich bin Katholik, aber ich bezweifle, daß die Worte, die wir sprachen, sehr verschieden waren. Und die Grenzposten gehen immer zu zweit, sie sind Deutsche und tragen dieselbe Uniform, aber wenn der eine über die Mauer klettert, hat der andere die Pflicht, ihn in den Rücken zu schießen.

Diese ganze Geschichte ist dunkel und voller Echos, die tief aus einem unvordenklich Vergangenen heraufhallen. Deshalb, geliebte Brüder, gilt es, zu beten, demütig und ohne sich das Recht anzumaßen, zu deuten, zu richten oder zu verurteilen. Amen.«

Paul traute seinen Augen nicht. Die Überraschung, die ihm Sabine Kraus versprochen hatte – sie hatte ihn für die Zeit, in der sie alles vorbereitete, in sein Zimmer eingeschlossen –, war ein Weihnachtsbaum. Er glänzte in seinem ganzen, reifglitzernden Weiß, mit seinen kleinen Kerzen, seinen goldenen Girlanden, seinen mundgeblasenen, opalgrauen, azurblauen, karminroten Glaskugeln.

Sie klatschte in die Hände, als sie ihn hereinbat.

»Ja, Paul, ein Weihnachtsbaum! Ich hab' ihn zuhinterst in einem Schrank gefunden, und dazu eine Schachtel voll Christbaumschmuck. Man muß eben aus allem das beste machen, wissen Sie! Unser Petroleumvorrat geht zur Neige. Also nehmen wir den Weihnachtsbaum als Beleuchtung! Das letztemal, als wir ihn aufgestellt hatten, schrieb man ... 1955, glaube ich. Echte Christbäume waren rar, teuer und recht häßlich. Da hab' ich den hier, aus Plastik, gekauft im Gedanken, der tät's noch öfters. Sie sehen, ich habe recht gehabt.«

Sie lief um den Tisch herum und legte goldene Zweige auf ein weißes Tischtuch.

»Ich hab' mir gesagt: feiern wir Weihnachten, solange wir da sind! Und ich hab' eine Dose Gänseleberpastete und ein Glas englischen Pudding aufgemacht. In was für 'ner ungewöhnlichen Zeit leben wir! Die Messe in der Krypta am Freitagabend ... Wir waren nur eine Handvoll Leute. Während des ganzen Gottesdienstes hab' ich mir überlegt, wer wohl der Judas sei, wer über diese Messe unter der Erde am gleichen Abend noch einen Bericht für die Polizei schreibe. Aber jetzt feiern wir Weihnachten. Wissen Sie, ich glaube wirklich daran! Ich bin überzeugt, gleich klopft jemand an die Tür. Dann gehen Sie hin, Paul, und machen auf. Dann steht der Weihnachtsmann draußen und hat die Hutze voller Geschenke.«

Paul schenkte dem Schwatzen der alten Dame nur eine beiläufige Aufmerksamkeit. Schon in Island – und auch während des ganzen Fluges Rom–Tokio – hatte er die seltsame Beeinflussung der Zeit durch den Raum erlebt, jene Art Vertauschung, die aus einer größeren Ortsveränderung einen umstürzenden Wandel von Tages- und Jahreszeit werden läßt. Und jetzt trieb gar in Berlin die Mauer dieses raum-zeitliche Durcheinander auf die Spitze und zeitigte im Schutz anhaltender Dunkelheit einen trügerischen Karfreitag und danach ein trügerisches Weihnachtsfest. Er sah wohl, daß diese Verrenkung im Jahreslauf sich nur an abgeschlossenen, mineralischen Orten, in hermetisch verschlossenen Steinen – einem feuerfesten Schmelztiegel ähnlich – abspielen konnte; er ahnte, daß er noch weiter gehen müsse, daß die *Tiefe* – vorgezeichnet durch die Krypta der Erlöserkirche – eine Dimension war, die ihm zur Vollendung seiner Reise in das Neue nicht fehlen durfte.

»Mir ist, als hätte jemand an die Tür geklopft«, sagte er halb-
laut.
Frau Kraus hielt in ihrer Bewegung inne und horchte. Wieder
war ganz leises Klopfen zu hören.
»Was habe ich Ihnen gesagt? Der Weihnachtsmann! Na, Paul,
machen Sie schon auf!«
Es war ein kleines Mädchen, die Kapuze und die Gummistiefel
triefnaß vom Regen.
»Das ist Anna, das Töchterlein unserer Nachbarn«, erklärte
Frau Kraus. »Na, Anna! Es sieht aus, als regnete es in Berlin?
Hier merken wir nichts davon, das weißt du ja.«
»Es hört schon seit drei Tagen nicht mehr auf!« antwortete das
Mädelchen. »Das da bring' ich Ihnen!«
Sie zog einen Brief aus ihrem Mantel. Dann, vor dem Weih-
nachtsbaum und dem geschmückten Tisch, riß sie die Augen
weit auf.
»Ist hier Weihnachten? Bei uns drüben feiern wir Mamis Ge-
burtstag drei Monate im voraus. Wir haben alle Vorräte raus-
geholt.«
Dann, als niemand mehr auf ihre Worte achtzugeben schien,
setzte sie halblaut, wie für sich selber, hinzu:
»Wir hauen auch ab. Bloß Mami bleibt da.«
Der Brief, an Paul adressiert, war der Handschrift nach von
Urs.
Mein lieber Paul,
Ich bin hier bei Jean. Zu Ihnen zu kommen ist unmöglich. Vie-
len Dank, daß Sie sich um Mama kümmern. Ich vertraue sie
Ihnen an. All meinen Dank dafür – ich werde Ihnen das nicht
so bald vergessen. Halten Sie sich mit ihr Tag und Nacht bereit.
Wir holen Sie beide heraus. Folgen Sie blind dem Mann, der
sich durch eine nur Ihnen verständliche Anspielung aus-
weist.

»Ich komme im Auftrag des Seehunds von Vancouver.«
Der Mann lächelt nicht einmal über die Absonderlichkeit dieser
Einleitung. Gekleidet ist er wie ein Skiläufer oder ein Bergstei-
ger.
»Sind Sie bereit?«
»Was können wir mitnehmen?« fragt Frau Kraus, die seit drei
Tagen Päckchen in allen Größen und Formen richtet.

Die Antwort ist eindeutig:
»Nichts.«
Und nach einer Pause:
»Bei all dem Regen haben Sie genug zu tun, um sich selber mitnehmen zu können.«
Paul wundert sich nicht, als der Unbekannte sie ins Erdgeschoß, dann in den Keller des Gebäudes führt. Diese lange, kerkerhafte Nacht, in der er seit einer unmöglich zu messenden Zeit – einer recht eigentlich *unvordenklichen* Zeit – eingeschlossen ist – es war logisch, daß sie das Vorspiel war zu einer Expedition unter die Erde, daß sie sich in einem Hinabsteigen zur Hölle vollendete.
Verschiedene Keller in der Bernauer Straße stehen miteinander in Verbindung. In modriger Luft und im Schein plötzlich aufflammender Taschenlampen geht es vom einen Haus hinüber ins nächste. Nässe glänzt an allen Wänden, und der Boden ist völlig aufgeweicht. Wie viele mögen hier beisammen sein, in diesem letzten, hintersten Gefängniswinkel? Vielleicht zehn, vielleicht zwanzig? Sie lassen sich nur schwer zählen, die Schatten, die da im Dunkeln um ein gähnendes, in Bodenhöhe frisch ausgeschaufeltes Loch herumstapfen. Das Gemurmel verstummt, als einer der Männer auf einen Stuhl steigt, um letzte Anweisungen zu geben. Eine Taschenlampe, die auf ihn gerichtet ist, verzerrt ihn ins Groteske.
»Der Schlauch, in den wir jetzt gleich hineinkriechen, endet in der französischen Zone, in einem Keller in der Ruppiner Straße. Es sind etwa fünfzig Meter.«
Er hält inne, weil er in der kleinen Schar der Fluchtwilligen so etwas wie einen Seufzer der Erleichterung bemerkt hat.
»Freut euch nicht zu früh. Jeder von diesen fünfzig Metern ist sehr, sehr lang. Der andauernde Regen in den letzten Tagen hat fünfzehn Meter vor dem Ziel einen Erdrutsch verursacht. Wir haben es abgestützt, so gut wir konnten, aber die Erde hält nicht. Na ja . . . Sie hält zur Not noch. Wir hätten Schraubstützen haben sollen. Wir mußten uns mit Auto- und LKW-Wagenhebern begnügen. Dieses Stück müßt ihr durch den Dreck robben. Das ist kein Vergnügen, aber es geht, und es ist ja die letzte Etappe. Wir haben zehn Minuten gerechnet bis zur Ruppiner Straße. Lacht lieber nicht. Sie sind sehr lang, die zehn Minuten. Wir gehen jetzt los, jede Viertelstunde einer.«

Es sind ebensoviel Schutzhelme wie Flüchtlinge da, und auf jedem Helm ist eine kleine Stirnlampe befestigt. Außerdem verteilen die Fluchthelfer noch Nottaschenlampen an die, die keine mitgebracht haben. »Deutsche Organisation«, denkt Paul. Hat Frau Kraus seinen Gedanken erraten? Sie betrachtet ihn mit strahlender Miene. Sie ist jung, sie bebt vor Spannung, ist kaum zu erkennen, wie sie so im Trainingsdreß einer Sportlerin dasteht. Arme Sabine! Wenn alles gutgeht, so läuft sie große Gefahr, ehe drei Tage um sind, in Sicherheit und in der bedrückend ruhigen Wohnung ihres Sohnes in München zu sein. Dieser schlammige Tunnel ist das letzte Geschenk Berlins, der geliebten, tragischen Stadt, an ihre schwerblütige, nach planetaren Erschütterungen dürstende Seele. Sie lehnt es ab, als eine von den ersten loszugehen, wie es ihrem Alter zukäme ...

Zehn Minuten. Eine Ewigkeit. Fünfzig Meter. Eine Wüstendurchquerung. Der Schlauch ist ein Trichter. Die ersten zwanzig Meter kann man noch aufrecht gehen, wenn man nicht zu groß ist. Dann senkt sich unerbittlich die Decke, während der Boden immer glitschiger wird.

Paul geht entschlossen vorwärts. Er ist einer von den letzten. Frau Kraus ist vor ihm gegangen. So hätte er ihr notfalls zu Hilfe kommen können ... Gleich, in wenigen Augenblicken, kommt die Ruppiner Straße, der französische Sektor, und sicher Urs Kraus mit seiner Mutter. Jean freilich ... Meint Paul denn noch immer, am Ende seiner großen Reise findet er ihn wieder? Vielleicht, aber er sieht ihn nicht mehr in Gestalt eines Bruders aus Fleisch und Bein vor sich, den man laut lachend mit einem Rippenstoß begrüßt. Ihn wiederzufinden ist möglich, aber nicht in dieser allzu simplen Form. In welcher Form denn? Er wüßte es nicht zu sagen, doch zweifelt er nicht daran, daß jede Etappe seiner Reise – von den venezianischen Spiegeln bis zu den Landmessern in der Prärie – etwas zur Gestaltung der nun wieder heilen Zwillingszelle beitragen werde. Unmerklich, er kann es sich nicht verhehlen, hat sich der Sinn seines Laufes um die Welt verändert. Zuerst war es schlicht eine Verfolgungsjagd, wie zwei Einlinge sie auch hätten beginnen können, freilich mit Ausnahme einiger zwillingstypischer Züge, wie etwa des Entfremdungsleuchtens. Aber nach und nach ist es deutlich geworden, daß das äußerlich so triviale Ziel seines

Beginnens – den durchgegangenen Bruder zu fassen und ihn nach Hause zurückzubringen –, daß das nur eine immer mehr schwindende, immer durchsichtigere, immer mehr abbröckelnde Maske war. Anfangs mochte die von Paul empfundene Verpflichtung, Jeans Weg – unter Verzicht auf den Vorteil, den einige Abkürzungen für ihn bedeutet hätten – ganz genau folgen zu müssen, nur als eine Betonung der ganz normalen Tatsache gelten, daß sich der Verfolger dem Verfolgten unterordnen muß. In Wahrheit aber war sie der Auftakt zu Pauls Selbständigkeit, denn sie zeigte ihm, es sei für ihn wichtiger, aus jeder Etappe Gewinn zu schöpfen, als auf schnellstem Wege zu Jean zu kommen. Die Überquerung des amerikanischen Kontinents war der erste Anlaß gewesen, bei dem die beiden Zielrichtungen auseinanderliefen, und in dem roten Zug war schließlich paradoxerweise Jean hinter Paul her gewesen. Und das maulwurfhafte Vorwärtskriechen hier im Boden Berlins, das bedeutete seine ureigene, ihm allein zugedachte Prüfung, an der Jean ganz und gar nicht beteiligt war. Sicher hat Paul damit eine entscheidende Schwelle überschritten und geht nun tiefgreifenden Wandlungen entgegen: einem neuen, anderen Leben – oder vielleicht ganz einfach dem Tod?

Er sinkt jetzt bis zum Knöchel im Dreck ein; schon zwingt ihn der Stollen, vornübergebeugt zu gehen. Und die Engstelle kommt schon so bald, daß man fürchten muß, der Verfall des Tunnels sei unter dem Einfluß des Regens viel rascher vor sich gegangen, als man erwartet hatte.

Er stolpert über Balken und Wagenheber, die halb im Boden versunken sind. Das Absacken des Stollens war also doch stärker als die von den Fluchthelfern eingebaute behelfsmäßige Abstützung, und man muß mit dem Schlimmsten rechnen. Umkehren? Das wäre vielleicht das Gescheiteste, denn wo Paul jetzt ist, kann alles hinter ihm zusammenstürzen und ihm den Rückweg abschneiden. Er geht dennoch, nun auf allen vieren kriechend, weiter und hat alle Mühe, die Hindernisse aus Holz und aus Stahl zu überwinden, in die sich die umgefallenen Sprieße verwandelt haben. Jetzt kann er nicht mehr zurück, denn er robbt nur noch vorwärts und ist nicht mehr imstande, sich umzudrehen. Fünfzig Meter, zehn Minuten ... Der Fluchthelfer hat nicht gelogen, das ist sehr, sehr lang. Sein Helm stößt gegen einen Balken. Der Stoß war nicht allzu hef-

tig, aber die Stirnlampe ist kaputt. Paul holt die Notlampe aus
der Tasche. Nach einigem Hin und Her klemmt er sie kurzent-
schlossen zwischen die Zähne.

Sicher ist das der Tod. Denn da endet der Schlauch in einer
roten Lehmmasse, die sich langsam auf ihn zuschiebt. Mit
der Kraft der Verzweiflung reißt er einen Wagenheber, eine
Schwelle, ein Balkenstück aus dem Boden. Schnell abstützen,
daß der rote Brei ihn nicht unter sich begräbt. Er krümmt und
bäumt sich, häuft allerlei lächerlich-bizarres Zeug um sich, und
als das weiche, triefnasse Maul sich über seinem gepeinigten
Körper langsam schließt, spürt er, daß diese harten Trümmer
ihn wie stählerne Zähne zermalmen.

22
Die entfaltete Seele

Paul

Zuerst nur schwarze Nacht. Dann Blitze von Schmerz, Strahlen, Rispen, Büschel, Garben, Sonnen von Schmerz durch die
schwarze Nacht. Dann wurde eine Hexe und ein Kessel aus
mir.

Der Kessel war mein Leib, die Hexe meine Seele. Der Leib brodelt, und die Seele beugt sich über die fiebrigen Strudel des
schwarzen Gebräus und beobachtet hingerissen, was da geschieht. Es kommt der Augenblick, da Musik, Besuche, Lektüre
möglich wären. Die Seele weist sie als unerwünschte Ablen-
kungen von sich. Sie will sich nicht einen Augenblick in der
Betrachtung des Krankheitsdramas stören lassen. Das körperliche Fieber läßt die Seele nicht los, hindert sie, sich zu langweilen, zu träumen, davonzufliegen. Das alles sind Phantasien
eines Genesenden. Es ist, als käme der Körper, vom Fieber
überreizt, vom Fieber wie von einer Art Geist durchdrungen,
der Seele näher, die sozusagen vom Schmerz schwer geworden
und quasi materialisiert ist. Und sie bleiben Aug in Auge vor-
einander stehen, beide fasziniert von der seltsamen Verwandtschaft, die sie zwischen sich entdecken.

(Vielleicht ist das ein Sich-Annähern an das Leben des Tieres.
Das Tier zeigt nie Langeweile, nie das Bedürfnis, leere Stunden

durch irgendein ausgedachtes Tun auszufüllen, das Bedürfnis, sich zu zerstreuen, denn Sich-Zerstreuen heißt Seele und Leib vorsätzlich voneinander scheiden. Das eigentlich Menschliche ist die Trennung von Seele und Leib – die durch die Krankheit verringert wird.)

...

Jetzt habe ich einmal Abstand gewonnen. Die Hexe hat sich von ihrem Kessel losgerissen und blickt auf. Aber bloß für einen Augenblick, nur weil sie jetzt in dem heißen Gebräu zu versinken droht. Es schlägt ins Rote um, reckt sich empor. Es ist der gähnende, zähnestarrende Rachen eines Haifischs. Nein, jetzt erkenne ich es, es ist die lebendig gewordene Wandung des Schlauchs aus dem Boden von Berlin, und sie kommt auf mich zu. Panische Angst. Ich krümme mich, bäume mich auf gegen den Schmerz, gegen diesen triefnassen roten Brei, der sich heranschiebt. Solange ich noch genug Reserven habe, lebe ich noch, aber ich fühle, wie mir die Kräfte ausgehen. Panische Angst. Ich bin nur noch ein Schrei, nur ein Schmerz ...

»Spritzen Sie ihm intravenös 10 Kubik einprozentiges Novocain. Aber nicht mehr als viermal in 24 Stunden.«

Wer bin ich? Wo bin ich? Die kleine Fee Novocain hat mich dem Schmerz entrissen, mich aber zugleich meiner ganzen Persönlichkeit entkleidet, mir Raum und Zeit, in die ich eingebettet war, geraubt. Ich bin ein absolutes Ich, zeitlos und ohne Ort. Ich *bin*, sonst nichts. Bin ich tot? Falls die Seele den Leib überlebt – muß es dann nicht in dieser aufs äußerste vereinfachten Form sein? Ich denke, ich sehe, ich höre. Man müßte eigentlich sagen: es denkt, es sieht, es hört. Ebenso wie man sagt: es regnet oder es ist sonnig.

»Wären nicht diese Schwellen, diese Balken, diese Wagenheber dagewesen, so wäre er mit leichten Erstickungserscheinungen davongekommen. Aber diese Gußeisen- und Stahlteile, dieses ganze Metallzeug, das mit dem einrutschenden Erdreich über ihn kam ... Wie Messer, Scheren, Sägen! Und nachher der zerquetschte Arm, das zerquetschte Bein, schon dicht am Wundbrand. Die Amputation war nicht zu vermeiden.«

Von wem reden sie? Meine rechte Seite liegt zwar schwer und träge auf diesen reizlosen, klammen Laken. Aber mit meinem linken Bein, meinem linken Arm lebe ich, fühle ich, kann ich mich strecken.

Ich strecke mich. Mein Bett ist nichts als ein Brennpunkt, das rein geometrische Zentrum einer Sensibilitätssphäre von wechselnder Größe. Ich bin in einem Ballon, der stärker oder weniger stark gefüllt ist. Ich selbst bin dieser Ballon. Manchmal liegt seine Haut schlaff und leer an meinem Körper an und deckt sich mit dessen Haut, ein andermal greift sie weit darüber hinaus, umschließt das Bett, reicht ins Zimmer hinein. Dann ist es quälend, wenn jemand hereinkommt. Gestern, als Méline das Krankentischchen ins Zimmer schob, erfüllte dieser Ballon den ganzen Raum. Méline mit ihrem rollenden Ding ist brutal hineingestoßen, und ich, ich habe aufgeschrien, lautlos, sofern nicht sie taub geworden ist, sie und der Arzt und alle anderen, denn schon eine ganze Weile dringen meine Worte und mein Schreien nicht mehr zu meiner Umgebung.

. . .

Der Schmerz ist nicht mehr die rote Wand aus dem Berliner Stollen, gegen die ich mich mit all meinen Kräften aufgebäumt habe. Er gleicht jetzt einem unsichtbaren Raubtier, das mich zerreißt und dessen ich Herr zu werden suche, das ich zu zähmen suche, um es mir dienstbar zu machen. Aber immerfort schlägt es aus und beißt mich.

. . .

Gerade habe ich gesehen, wie die Sonne in einem Gewühl von purpurnen Wolken zum Horizont hinabsank. War das Licht für meine überempfindlich gewordenen Augen zu stark? Oder zeugten diese weißglühenden Kavernen nur allzu beredt vom zwiefachen Brennen meiner Gliedstümpfe? Aus dem glühenden Himmel wurde meine Wunde. Fasziniert blickte ich auf diese übereinanderstürzenden Flammengebilde, deren qualvolles Bewußtsein ich war. Mein schmerzender Körper versperrte den Himmel, verlegte den Horizont.
Dieses Empfinden war gar nicht so trügerisch: kaum daß der letzte Strahl der untergehenden Sonne erloschen war, schlief ich friedlich ein.

. . .

Ich muß der Alternative Schmerz oder Anästhesie entrinnen. Ich muß der kleinen Fee Novocain den Laufpaß geben. Muß meine Finger mit Gewalt losmachen von dieser Rettungsboje, die mich davor bewahrt, wie ein Stein in den Schmerz hinabzusinken bis auf den Grund. Muß ohne den Anästhesieschild,

464

nackt und allein, dem Schmerz die Stirn bieten. Muß es lernen, im Schmerz zu schwimmen.

Ich weiß das erst seit kurzem. Seitdem der Schmerz, der massiv und gleichförmig war wie die schwarze Nacht, verschiedene Schattierungen annimmt. Er ist nicht mehr das dumpfe, betäubende Dröhnen, das alles erschlägt. Er ist noch keine Sprache. Er ist eine Skala: Schreie, gellende Pfiffe, tönendes Pochen, dumpfes Surren, helles Geklirr. Diese tausend und abertausend Stimmen des Schmerzes dürfen nicht mehr mit Anästhesie geknebelt und erstickt werden. Sie müssen sprechen lernen.

»Er will kein Novocain mehr? Wenn er zu starke Schmerzen hat, kann man einen chirurgischen Eingriff ins Auge fassen, eine periarterielle Sympathektomie oder eine Arteriektomie, eine kommissurale Myelotomie, eine präfrontale Leukotomie...«

Der Schmerz ist ein Kapital, das nicht vergeudet werden darf. Er ist ein Rohstoff, den man bearbeiten, gestalten, entwickeln muß. Soll sich keiner unterstehen, mir den Schmerz nehmen zu wollen, denn sonst habe ich nichts mehr. Der Schmerz raubt mir alles, aber ich weiß, in ihm soll ich alles wiederfinden: Länder, die ich nicht mehr durchstreifen, Menschen, denen ich nicht mehr begegnen werde, Liebe, die mir versagt bleibt – alles muß neu geschaffen werden aus diesem Stechen, Wringen, Zerren, Krampfen, Pieken, Brennen und Hämmern heraus, das wie eine toll gewordene Menagerie meinen armen Leib bewohnt. Einen anderen Weg gibt es nicht. Meine Wunden sind der enge Schauplatz, in dessen Schranken es mir obliegt, die Welt wieder aufzubauen. Meine Wunden sind zwei japanische Gärten, und es steht bei mir, in dieser roten, verschwollenen Erde mit ihren aufgeworfenen schwarzen Krusten, mit den Eiterpfützen dazwischen, aus denen wie ein Felsblock der Knochenstumpf ragt, es steht bei mir, auf diesem leprösen, zerfurchten, geschundenen Gelände ein winziges Gegenstück zu gestalten, das mir dann den Schlüssel liefert zu Himmel und Erde.

...

Heute nacht um drei Uhr hatte ich einen einzigartigen, begnadeten, übermenschlichen Augenblick! In kristallklarem Schweigen, in göttlicher Heiterkeit hörte ich, wie es auf der Kirche von Le Guildo drei Uhr schlug. Aber ebenso auch in

Sainte-Brigitte, in Trégon, in Saint-Jacut, in Créhen und sogar in Matignon und in Saint-Cast. Auf zehn Kilometer in der Runde erklangen diese drei Schläge in hundert verschiedenen Rhythmen, in hundert verschiedenen Klangfarben, und ich hörte sie und wußte, ohne daß ein Irrtum möglich war, woher sie kamen. Für einen Zeitraum von ein paar Sekunden habe ich ahnungsweise den Zustand *höherer Erkenntnis* erlebt, zu dem die schreckliche, schmerzhafte Wandlung, in der ich begriffen bin, letzten Endes führen könnte.

Ich habe nachher teuer für ihn bezahlt, für diesen herrlichen Augenblick. Bis Sonnenaufgang ächzte ich wie am Kreuz, die Brust mit einem Seil geknebelt, Hände und Füße in hölzerne Schraubzwingen gequetscht, das Herz blutend von Lanzenstichen.

Um nichts in der Welt aber werde ich die hundert Glockenschläge vergessen, die um drei Uhr früh durch die lichte Nacht tönten.

»Beim Zustand seiner Stümpfe kommen Prothesen heute oder morgen nicht in Frage. Trotzdem muß man vermeiden, daß seine Muskeln völlig versteifen. Er muß sich bewegen, sich aufsetzen, seinen Korpus ein bißchen zwingen, Arbeit zu leisten.«

Arbeit, *travail*. Ja, ich kann mich erinnern: vom spätlateinischen *tripalium*, einem Gestell aus drei Pfählen zum Bändigen störrischer Pferde und bei Frauen zur Entbindung. Ich bin ein störrisches Pferd, das schäumt und stampft, weil Arbeit *weh* tut. Ich bin eine Frau in *Wehen*, die sich schreiend aufbäumt. Ich bin das Kind, das eben zur Welt gekommen ist: die Welt lastet auf ihm mit dem Gewicht eines großen Schmerzes, doch es muß ihn sich zu eigen machen, diesen Schmerz, muß sein Architekt, sein Demiurg werden. Aus dieser lichtlos-bedrückenden Masse gilt es, die Welt werden zu lassen, so wie einst der große Jacquard von Pierres Sonnantes aus einem harten, kompakten Garnwickel einen schimmernden, feingewobenen Stoff werden ließ.

Ein Organismus, der sich durch äußere Gewalteinwirkung, ohne Gegenwehr, in völliger Passivität vernichten ließe, hätte keine Schmerzen. Schmerz ist Ausdruck der Augenblicksreaktion des verletzten Körpers, der sogleich anfängt, den Hieb zu parieren, den Schaden zu reparieren, das Zerstörte wiederherzustellen – auch wenn diese Reaktion oft sinnlos und lächerlich ist.

In meinem Fall ist sie weder sinnlos noch lächerlich, das weiß ich.

...

Ich suche ein Wort für den Zustand, dem meine jetzige Entwicklung zustrebt, und das Wort *porös* bietet sich mir dafür an. »Das ist ja die reinste Suppe«, hat Méline heute früh gesagt, als sie in mein Zimmer trat. Sie spielte damit auf einen kräftigen, lauen Regen an, der die ganze Nacht auf das fahle Laub und das herbstlich-weiche Obst prasselte.

Ich wußte es. Oder zumindest hätte ich es wissen können, hätte nur meinen Körper zu befragen, nur das warme, schweißtriefende Laken anzuschauen brauchen, in das er eingehüllt war. Immer noch spüre ich Unbehagen, ja, und auch Schmerzen. Doch das Herz schwillt mir vor Hoffnung, als ich feststelle: ich bin in unmittelbarer Verbindung, in direktem Kontakt mit Himmel und Wetter. Ich ahne das Entstehen eines Leibes, der barometrisch, pluviometrisch, anemometrisch, hygrometrisch ist. Ein poröser Leib, in dem der ganze Atem der Windrose ist. Nicht mehr dieses Stück organischer Abfall, das auf einer Pritsche dahinfault, sondern der lebendig-feinnervige Zeuge der Meteore.

Noch ist es nicht mehr als eine Hoffnung, doch in dem Berliner Tunnel tut sich ein Riß auf, und Sonne und Regen dringen herein.

...

Es ist etwas, über das ich mich nicht mit jemandem zu sprechen getraue, aus Furcht – nicht so sehr der Furcht, für verrückt zu gelten; was kümmert mich das nach alledem? – sondern aus Furcht, hören zu müssen, wie es verunglimpft, verspottet, als Wahnsinn abgetan wird, während es doch ein begeisterndes Wunder ist.

Vorgestern beim Erwachen habe ich ganz deutlich gespürt, wie sich in meinen beiden Verbänden etwas regte. Ein dickes Insekt in dem Verband an meinem Arm, ein Mäuslein in dem Verband an meinem Bein. Dann kam Méline herein, der Tag ging darüber hin, und ich habe Insekt und Mäuschen vergessen.

Allabendlich, wenn mit dem Pflegeritual des zu Ende gehenden Tages die Segel gesetzt sind für die große Fahrt durch die

Nacht, fühle ich mich plötzlich in die Umgebung und in den Seelenzustand vom frühesten Morgen zurückversetzt, und ich finde da Gedanken, Träume, Empfindungen wieder, die aus der vorangegangenen Nacht stammen, die der Tag aber überdeckt hatte. So haben sich auch das Insekt und das Mäuschen wieder meiner erinnert. Übrigens erwies sich der Vergleich mit Tierchen rasch als unzureichend, denn es wurde mir bald deutlich, daß das, was sich da in der Tiefe unter meinen Verbänden bewegte, *dem Befehl meines Willens gehorchte.* Es ist, wie wenn aus meinen zwei Wunden hier eine winzige Hand, dort ein kleiner Fuß hervorkäme, die beide imstande sind, zu fühlen und sich zu bewegen. Was da hervorkommt, ist nur zeitweilig da; es zieht sich dazwischen immer wieder für kürzere oder längere Zeit zurück. Ich muß an die Einsiedlerkrebse denken, die wir in den Felsen von Sainte-Brigitte fingen. Aus der Molluskenschale auf dem Sand sah man nach einigen Minuten ein Bündel von Füßchen, Scheren und Fühlern zum Vorschein kommen; es breitete sich auseinander, tastete die Umgebung ab und bemächtigte sich ihrer, um sich beim geringsten Alarmzeichen im Nu wieder zusammenzufalten und zu verschwinden. So treten aus der roten, verschwollenen Höhlung meiner Wundstümpfe zart und schüchtern Gliedmaßen hervor und gehen mit kleinen Streifzügen auf Entdeckungen aus, wobei sie freilich noch nicht über den Bereich der angelegten Verbände hinausgreifen.

...

Méline hat mir heute früh eine recht seltsame Überraschung bereitet. Aus welchem Schrankwinkel hat sie wohl diesen Feldstecher geholt, den Zwillon-Feldstecher, das Geschenk jener Werbeagentur, für die mit Jean und mit mir kleine Werbefilme gedreht wurden. Diese Episode aus unserer Kindheit war mir gut in Erinnerung geblieben, als hätte ich von Anfang an gemerkt, sie sei bedeutungsschwer und noch zu Geheimnisvoll-Künftigem ausersehen.

Als ich gelernt hatte, das Fernglas mit der einen, der rechten Hand zu halten und einzustellen, schaute ich forschend in die Ferne, zum Strand der Hébihens-Insel, zu den Muschelgärten von Saint-Jacut, zu den Felsen der Pointe du Chevet, wo ich winzige, kapuzenverhüllte Gestalten sah, die mit Harpunen hantierten. Doch begriff ich bald, daß ich damit das Glas auf eine banale Art benutzte und daß von ihm mehr zu erwarten war als nur die Möglichkeit, auf zwei Kilometer Entfernung alles wie auf zweihundert Meter zu sehen.

Als ich den Horizont genügend abgegrast hatte, schaute ich hinunter auf meinen eigenen Garten, wo Méline gerade welkes Laub zusammenkarrte. Sie mochte dreißig Meter entfernt sein; ich sah sie wie aus zwei Meter Abstand. Die Veränderung, das Heranholen der Dinge, war dabei ganz anderer Natur als im Falle der Harpunenfischer bei Chevet: denn die befanden sich, einerlei, ob sie nun zwei Kilometer oder zweihundert Meter entfernt waren, immer in einem unerreichbaren Bereich, drüben, außerhalb meiner Sphäre, wenn nicht sogar außerhalb meiner Sicht. Méline hingegen, die sich zunächst außerhalb meiner physischen Nähe befunden hatte, wurde durch das Fernglas, das sie mir näher brachte, *in* meine Sphäre hereingeholt. Und das Paradoxe der Situation war: obwohl sie nun bloß zwei Meter von mir entfernt war – in Reichweite der Stimme, fast in Reichweite der Hand –, blieb ich doch für sie dreißig Meter entfernt. Diese mangelnde Gegenseitigkeit ließ sich gut an ihrem Gesicht ablesen; es war auf Tätigkeiten und Dinge ohne Beziehung zu mir eingestellt, war in einem Kreis drinnen, von dem ich ausgeschlossen war. Durch das Fernglas geschah es, daß auf Méline ein inquisitorisches, ein durchdringendes, unnahbares Auge ruhte, geradezu das Auge Gottes, und so erlebte ich zum erstenmal ein *Entfremdungsleuchten,* das überwunden, in die Gegenrichtung gewendet, das Rache für das frühere war.

Aber ich sollte sie gleich hinter mir lassen, diese kleinliche Alternativbetrachtung, dieses eben ganz menschliche, subjektive, sentiment- und ressentimentgeladene Revanchedenken. Wie das Auge Gottes, ja – doch kam es mir immer so vor, als sei Gottes Erhabenheit nur dort wahrhaft unangetastet, wo sie vor der Unschuld der Natur und der Urkraft der Elemente stehe; bei der Berührung mit Menschen verliere sie an Reinheit. Aus diesem Grunde letzten Endes habe ich das Instrument meiner höheren Erkenntnis am Garten selbst, und in erster Linie am Gras auf der Wiese angesetzt. Wie groß war nicht mein Erstaunen, als ich mein göttliches Auge ins dichte Gewirr der Pflanzen senkte und feststellte, daß jenes umgekehrte Entfremdungsleuchten, dessen Wirkung ich auf Mélines Gesicht wahrnahm, mir von Kräutern und Blumen eine Anschauung von unvergleichlicher Klarheit und Leuchtkraft schenkte! Ich brauchte nicht lange, um zu merken, daß die Zusammensetzung der Wiese von einer Stelle zur anderen wechselte, namentlich von einer etwas feuchten Senke hinüber zum sandigen Rand der Steilküste oder von einem Kalkbuckel, von dem wir immer mit den Fahrrädern heruntersausten, bis hinüber zum Rand der bestellten Felder an der Ostgrenze unseres Besitzes. Ich habe mir von Méline das große Pflanzenbuch mit den bunten Stichen bringen lassen, das Maria-Barbaras Vater – meinem Großvater mütterlicherseits – gehört hatte, und ich habe mit tiefer Freude unter der verworrenen Masse des frischen Grummets allerlei in dem Buch verzeichnete Arten herausgefunden: weißen und violetten Klee, Hornklee, wohlriechendes Ruchgras, Kammgras und Rispengras, grünlichen Hafer und blutroten Wiesenknopf, an anderer Stelle Wollgras, Schwingel, Trespe, Wildweizen, Lieschgras, Raygras, Knäuelgras und Fuchsschwanzgras, dann weiter drüben, in der sumpfigen Ecke, Ranunkeln, Binsen und Seggen. Und ein jedes dieser Pflanzenwesen hob sich vom grasigen Grund wundersam ab, zeichnete seine Stengel, Dolden, Trugdolden, Rispen, Staubfäden und Kelchblätter davor mit überwirklicher Feinheit und Genauigkeit. Nie, gar nie kann selbst der aufmerksamste Botaniker, der Arme und Beine besitzt und durch seine Gärten gehen und seine Pflanzen in die Hand nehmen kann, mit bloßem Auge eine Anschauung von solcher Art und Fülle haben.

Das Schöpfungswerk, das sich in meinen beiden Wunden vollzieht, findet sein Vorbild in den japanischen Miniaturgärten. Zwillon hat die Wiesen von La Cassine von der Würde eines Teegartens – in dem man in vertrautem Geplauder umherspaziert – zur Würde eines Zen-Gartens erhoben, in dem nur die Augen sich ergehen können. Aber in den Zen-Gärten von Nara sah ich mit den Augen des Uneingeweihten nichts als ein unbeschriebenes Blatt – die rechengekämmte Sandfläche, zwei Felsen, der skelettdürre Baum –, das alles war offenbar nichts als eine reine Lineatur, die auf die Noten der Melodie wartete. Nach den rituellen Verstümmelungen, die mir in Berlin widerfuhren, bin ich kein Uneingeweihter mehr, und die Leere hat einer wunderbaren, überschwenglichen Fülle Platz gemacht.

Ich habe mein Fernglas wieder weggelegt mit einer beglückenden Gewißheit: zwar werde ich mich nie mehr in ihm ergehen, in diesem Garten meiner Kindheit, diesem liebsten Schauplatz unserer Spiele, aber ich werde fortan von ihm eine Erkenntnis haben, die ihn vertrauter und tiefer zu meinem Besitz werden läßt, durch nichts als meinen vom Leiden verwandelten Blick, und ich weiß, diese Erkenntnis wird nicht stehenbleiben, sondern fortschreitend an Raum gewinnen.

Und da kam meine linke Hand zum erstenmal aus meinem Verband hervor.

. . .

Krankheit, Leiden, Gebrechlichkeit – indem sie unserem Sein engere Grenzen der Selbstbestimmung setzen, geben sie ihm vielleicht einen unmittelbareren Zugang zu seiner Umwelt. Der Kranke auf seiner Pritsche ist an den Boden gefesselt – aber hat er nicht zugleich tausend und abertausend Wurzeln und Nervenenden, von denen der gesunde Mensch, dieser Leichtfuß, nichts ahnt? Der Versehrte erlebt das seßhafte Leben mit unvergleichlich größerer Intensität. Ich denke an Urs Kraus und an seinen »reichen Raum«. Der so reich war, daß der Mensch sich dort in eine Unzahl verwickelter Beziehungen eingesponnen sah und nicht mehr imstande war, für sich den nötigen Raum zu schaffen, um sich noch regen zu können. Meine körperliche Verstümmelung verwandelt mich in einen Baum. Fortan besitze ich Zweige im Himmel und Wurzeln in der Erde.

. . .

Heute morgen krachen meine Gelenke schmerzhaft, meine Wunden ziehen sich zusammen, meine Muskeln stehen dicht vor einem Krampf.

Denn heute ist, erstmals in diesem Jahr, das Land rauhreifgeschmückt erwacht, indes eine Nordostbrise ganze Arme voll Blätter von den Bäumen riß. Der Herbst scheint in den Winter übergehen zu wollen, doch aus Erfahrung weiß ich – und mein ganzer, von dieser plötzlichen, trockenen Kälte elektrisierter Körper bestätigt es mir: es ist nur ein falscher Alarm, nur ein scheinbarer Auszug des Herbstes; er kommt bald wieder und richtet sich noch einmal für eine Weile bei uns ein.

. . .

Als Méline vorhin, das Serviertischchen vor sich herschiebend, hereintrat, fuhr ich vor Schreck zusammen und schnellte zu-

rück, so daß ich noch immer vom Aufprall ganz erschüttert bin.
Seit zwei Stunden hatte sich nämlich mein linkes Bein – das
amputierte, unsichtbare – über den Verband, das Bettzeug, das
Bett hinaus vorgeschoben und hing auf den Zimmerboden. Ich
hatte mein Vergnügen an diesem schlaff-vorwitzigen Körper-
teil, der nackt war, in dem ich aber Gefühl hatte, und ich
streckte ihn immer weiter hinaus, zur Wand, zur Tür, und
überlegte mir gerade, ob ich wohl mit den Zehen die Klinke
niederdrücken könnte.
Da platzte Méline mit ihrem Wagen und ihren dicken Pantinen
herein; es hätte nicht viel gefehlt und sie hätte mein Bein überfahren. Ich muß sie daran gewöhnen, anzuklopfen und nicht
hereinzukommen, bevor ich wieder ganz beisammen bin.
Bemerkenswert ist, daß während mein Bein ins Zimmer vor-
drang, mein linker Arm fast völlig in seinem Verband aufging,
und daß meine Hand, wenn sie sich nicht überhaupt verzogen
hatte, unter ihrer Gaze nicht einmal größer war als eine
Schneeglöckchenknospe. Heißt das, daß zwischen meinem
Bein und meinem Arm ein Gleichgewicht besteht, so daß das
eine nicht wachsen kann, ohne daß das andere abnimmt, oder
ist das nur etwas Vorübergehendes, das meiner »Unreife« zuzuschreiben ist?
. . .
Noch eine neue Errungenschaft: soeben habe ich zwei Quellen
höherer Erkenntnis miteinander verbunden. Ich hatte mit dem
Fernglas unter einer alten Eiche eine Kolonie von Pilzen ausgemacht. Es waren Boviste, jene Bubenfürze, die wir zum Spaß
wie Birnen zerdrückten, weil dadurch ein Wölkchen braunen
Staubs herausquoll. Lange beobachtete ich im unwirklichen
ZWILLON-Licht den dicken, behaarten Fuß und den runden,
milchigen, mit feinen Warzen bedeckten Hut des größten Pil-
zes der Kolonie.
Da war ich mir auf einmal völlig sicher, daß ich den Pilz auch
berührte. Es war unbestreitbar: diese gewölbte, zart-körnige
Oberfläche, die sah ich nicht nur, ich fuhr mit den Fingerkup-
pen darüber, und ebenso auch über den kühlen Humus und die
tauschweren Gräser, über die mein Bovist aufragte. Auch sie
war also dort, meine linke Hand; sie hatte sich an einem zehn
bis elf Meter langen Arm so weit ausgestreckt, um sich mit
meinem Auge bei dem kleinen weißlichen Pilz zu treffen.

Aber mein linkes Bein war wie weggezaubert, entschwunden, von seinem Stumpf verschluckt! Es ist, als hätte meine rechte Körperseite noch nicht die Kraft, meine linke Körperhälfte insgesamt loszuschicken, um die Welt zu erobern, als probiere sie es erst und strecke, solange es nicht besser geht, einmal einen Arm, ein andermal ein Bein aus.

...

Dieser Arm und dieses Bein, die mir fehlen – ich werde gewahr, daß ich sie in der schwarzen Nacht meiner Schmerzen auf verworrene Weise mit meinem verschollenen Zwillingsbruder gleichgesetzt habe. Und es ist wirklich so: jeder geliebte Mensch, der uns verläßt, amputiert uns um ein Stück von uns selbst. Ein Stück von uns, das fort ist, das wir beerdigen. Mag das Leben auch fortdauern, wir sind von nun an Invaliden, nie mehr kann etwas so sein wie zuvor.

Aber bei Zwillingen wirkt ein Geheimnis und ein Wunder, und der verschollene Zwillingsbruder lebt stets in irgendeiner Weise wieder auf in dem partnerlos gewordenen Zwilling, der ihn überlebt.

Diese linke Körperhälfte, die sich bewegt, die zappelt, die wundersame Ausläufer in mein Zimmer, in den Garten, bald vielleicht bis aufs Meer und zum Himmel schickt – ich erkenne sie: *es ist Jean*, fortan in seinem Zwillingsbruder verkörpert, es ist Jean der Ausreißer, Jean der Nomade, Jean der unverbesserlich Reisesüchtige.

Tatsächlich haben wir bei unserer großen Reise wie in einem Schauspiel, freilich auf unvollkommene, linkische, fast lächerliche Weise – und im Grunde auf Einlingsart – eine tiefe Wahrheit, ja den Urgrund des Zwillingstums dargestellt. Wir haben einander verfolgt wie Räuber und Gendarm, wie Komiker in einem Film, ohne zu begreifen, daß wir damit auf karikaturhaft verzerrte Weise der höchsten Bep-Formel gehorchten: partnerlos gewordenes Zwillingstum = Allgegenwart.

Nach dem Verlust meines Zwillingsbruders mußte ich von Venedig nach Djerba, von Djerba nach Reykjavik, von dort nach Nara, nach Vancouver, nach Montreal eilen. Ich hätte noch lange so weiterrennen können, denn mein partnerlos gewordenes Zwillingstum befahl mir, überall zu sein. Doch dieses Reisen war die reine Parodie einer heimlichen Berufung, und es mußte mich bis unter die Berliner Mauer in die Erde führen, einzig zu dem Zweck, daß ich die nötigen rituellen Verstümmelungen erlitt, um Zugang zu gewinnen zu einer anderen Allgegenwart. Jeans unerklärliches Verschwinden war nur die andere Seite dieses Opfers.

. . .

Ein kleines Kind fügt seine Seh-, Hör- und Tasteindrücke usw. zusammen und baut so die Welt auf. Ein Gegenstand ist zu Ende gebaut und wird fortgeworfen in die Umwelt, wenn er zum ständigen Treffpunkt einer Form, einer Farbe, eines Geräuschs, eines Geschmacksreizes geworden ist . . .

Ich stehe mittendrin in einem ähnlichen Prozeß. Die immer größer werdende Seifenblase, die mich prall umhüllt, die immer weiter in die Ferne reichenden Streifzüge meiner linken Körperhälfte, die überwirklichen Bilder, die mir Zwillon bietet, verschmelzen miteinander und machen mein Bett zum Mittelpunkt einer Empfindungssphäre, deren Durchmesser Tag um Tag wächst.

. . .

Die graue, einförmige Wolkendecke, die von einem Horizont zum anderen reichte, wird dünner, als wäre sie durch eine kleine Brise vom Lande her abgenützt, sie wird zu durchscheinendem Marmor, durch den das Blau des Himmels dringt. Dann bekommt der Marmor Risse, aber in regelmäßiger Form, mit viereckigen Konturen, und an seine Stelle tritt eine Fläche aus einzelnen Platten mit immer breiter, immer lichter werdenden Fugen dazwischen.

Eine entfaltete Seele. Gerade sie war das Privileg der echten Zwillinge; sie hielten zwischen sich ausgespannt ein Rankenwerk von Ideen, von Gefühlen, von Sinneseindrücken – reich wie ein orientalischer Teppich. Statt dessen kauert die Seele des Einlings verkümmert, voll schändlicher Geheimnisse in einem finsteren Winkel wie ein zusammengeknäueltes Taschentuch zuunterst in einer Tasche.

Wir haben es in unserer Kindheit als Spiel getrieben, dieses Entfalten. Im Verlauf unserer Reise haben wir es dann – freilich auf eine linkische, törichte Art und Weise – ausgedehnt zu weltweiten Maßen und es mit exotischen, kosmopolitischen Motiven bestickt. Diese weltweite Dimension gilt es zu bewahren, ihr aber zugleich das Regelmäßige und Heimliche der Himmel-und-Hölle-Spiele unserer Kindheit wiederzugeben.

Die kosmopolitische Dimension muß zur kosmischen werden.

...

Heute morgen war der Himmel licht und klar wie ein Diamant. Dennoch ließ ein Ziehen wie mit einem Rasiermesser, ein feines, tiefgehendes Schneiden, das schmerzhafte Zittern einer Degenklinge tief in meinem Oberschenkel bald anderes Wetter erwarten. Wirklich überzog sich der Himmel mit feinen, faserigen Streifen, mit seidig schimmernden Krallenspuren, mit Eiskristallen, die wie Lüster in ungeheuren Höhen hingen. Dann wurde die kristallene Seide dicker, sie wurde zu Hermelin, zu Angora-, zu Merinowolle, und mein Leib wühlte sich hinein in dieses sanfte, anschmiegsame Vlies. Endlich erschien die Masse der Wolken, ein feierlicher, fester, geschlossener Zug, großartig und hochzeitlich – ja, hochzeitlich, denn ich erkannte zwei vereinte Gestalten, strahlend von Glück und Güte. Edouard und Maria-Barbara gingen Hand in Hand der Sonne entgegen, und die wohltuende Kraft dieser beiden Gottheiten war so stark, daß die ganze Erde lächelte, als sie darüber hinzogen. Und indes meine linke Körperhälfte sich jubelnd unter den festlichen Zug mischte und sich im schneeweiß leuchtenden Gewirr dieser großen Wesen verlor, lag meine rechte Körperseite zusammengekrümmt auf ihrem Lager und weinte vor Heimweh und Zärtlichkeit.

Der festliche Zug versank im Glorienschein der aufgehenden Sonne, und den ganzen Tag noch zogen im Schlepptau die verschiedensten Wolken vorüber, ein ganzes wunderliches, herdenhaftes Völkchen, ein Nacheinander von Gestalten und Ahnungen, von Mutmaßungen und verwehenden Träumen.

...

Den ganzen Tag über ließ die Milde des Nachsommers die Bäume ihr fahles Rot hoch in den grünen Himmel hinauf singen, und nur selten wehte ein leichter Wind und nahm ein oder zwei rötliche Blätter mit. Dann erstarb alles, und die Wärme strahlte plötzlich nicht mehr von der Sonne aus, sondern rann in elektrischen Wellen aus den Wolken. Schon wälzt sich, überragt von glänzenden Gipfeln, von schwellenden, schäfchenbedeckten Hügeln, aus der Tiefe des Horizonts bleigraues Geröll meinem Fuß, meinem Knöchel, meinem

Schenkel entlang auf mich zu. Aus einer letzten Bresche in der Wolkenburg fiel eine Lanze von Licht und zerschellte auf dem grauen Meer zu einer phosphoreszierenden, heißen, fast brennenden Lache, doch war ich nicht darauf bedacht, diesem glühenden Fleck zu entgehen, denn ich wußte ja, er werde nicht von Dauer sein, und das Dunkel werde sich gleich über ihm schließen. Die leuchtende Bresche ist wirklich schon erloschen, das anbrandende Geröll ist verebbt und hat mich mit seinen elektrischen Wellen eingehüllt. Der Garten war in Dunkel getaucht, außer einem Busch von goldenen Garben, deren Schäfte unerklärlich hell schimmerten. Mein ZWILLON belehrte mich, es sei ein Schwarm Nachtschmetterlinge, die bei den gelben Blütchen auf Honigbeute ausgingen. Also gehen auch Nachtschmetterlinge auf Honig aus, und zwar natürlich im Dunkeln? Weshalb nicht? Als ich dieses kleine Geheimnis der Natur gelüftet hatte, spürte ich an meinem linken Arm zahllose samtene, silberne Flügelchen streifen.

Dann grollte die große Wut des Gewitters in meiner Brust, und schon rollten auch meine Tränen an den Scheiben der Veranda herab. Mein Kummer, der mit einem Murren weit hinten am Horizont begonnen hatte, brach in donnerndes Heulen aus, das über die ganze Arguenon-Bucht hallte. Das war nicht mehr eine heimliche Wunde, die unter ihrem Verband unablässig schwärte. Mein Wüten setzte den Himmel in Brand und ließ für eines Blitzes Dauer bedrückende Bilder darauf erscheinen: Maria-Barbara auf dem grünen Lastwagen der Deutschen, Alexandre, erstochen in den Docks von Casablanca, Edouard, wie er, Bilder von unserer vermißten Mutter um den Hals, durch Lager und Krankenhäuser irrt, Jean, wie er vor mir über die Prärie flieht, das triefnasse rote Maul des Berliner Tunnels, das sich langsam schließt: alles eine geharnischte Anklage gegen das Schicksal, gegen das Leben, gegen die Welt. Während meine rechte Körperhälfte sich, tief ins Bett gekauert, stumm vor Schrecken kaum rührte, erschütterte die linke Himmel und Erde, so wie Samson in seiner Wut die Säulen des Tempels von Dagon. Dann, vom Zorn fortgerissen, zog sie sich gen Süden und nahm die Heide von Corseul und die großen Weiher von Jugon und Beaulieu zu Zeugen ihres Unglücks. Schließlich fiel dichter Regen, Frieden schenkend, lindernd, ausgesandt, die Not zu lösen, meine Traurigkeit einzuwiegen, mit feuchtem

Murmeln und flüchtigen Küssen meine öde, einsame Nacht zu
bevölkern.

. . .

War das immer so oder ist es die Auswirkung meines neuen
Lebens? Zwischen meinem *Tempo* als Mensch und dem Rhythmus des meteorologischen Geschehens besteht eine bemer-
kenswerte Übereinstimmung. Während Physik, Geologie,
Astronomie uns Geschichten erzählen, die uns stets alle fremd
bleiben, sei es durch die unglaubliche Langsamkeit der Entwicklung, sei es durch die schwindelnde Schnelligkeit ihrer Erscheinungen, leben die Meteore im selben Tempo wie wir. Sie
werden – wie das menschliche Leben – vom Nacheinander von
Tag und Nacht und vom Reigen der Jahreszeiten bestimmt.
Eine Wolke bildet sich am Himmel wie ein Bild in meinem
Hirn, der Wind weht wie ich atme, ein Regenbogen spannt sich
von Horizont zu Horizont, so lange wie mein Herz braucht, um
sich mit dem Leben wieder zu versöhnen, der Sommer geht zu
Ende wie die großen Ferien vorbeigehen.
Und das ist ein Glück, denn wäre es anders, dann weiß ich
kaum, wie meine rechte Körperhälfte, die von Méline gewa-
schen und gefüttert wird, die – versteckte und besudelte, aber
unentbehrliche – Basis für meine linke Seite sein könnte, die
sich über das Meer breitet wie ein großer, fühlsamer Fittich.

. . .

Der Mond stößt einen Eulenschrei aus und enthüllt sein rundes
Gesicht. Die Brise vom Lande her überfällt die Zweige der Birken, schlingt sie ineinander und läßt eine Handvoll dicker
Tropfen auf den Sand prasseln. Die phosphoreszierende Lefze
des Meeres zerstiebt, weicht zurück, formt sich von neuem
zum Saum. Ein roter Planet blinkt der – gleichfalls rotblitzen-
den – Boje zu, die die Einfahrt zum Hafen von Le Guildo bezeichnet. Ich höre, wie das Gras sich gütlich tut am verrotten-
den Humus der Niederungen, ich höre den Trippelschritt der
Sterne, wenn sie von Ost nach West des Himmels Wölbung
durcheilen.
Alles ist Zeichen, Dialog, Gewisper. Himmel, Erde, Meer, sie
reden miteinander und führen ihren Monolog fort. Hier finde
ich die Antwort auf die Frage, die ich mir am Tag vor den isländischen Pfingsten gestellt hatte. Und diese Antwort ist von
großartiger Einfachheit: so wie das Zwillingstum seine Sprache

hat – die Kryptophasie –, so hat auch das partnerlos gewordene Zwillingstum die seine. Mit Allgegenwart begabt, hört der seines Bruders beraubte kryptophone Mensch die Stimme der Dinge wie die Stimme der Säfte in seinem eigenen Leib. Was für den Einling nichts ist als Rauschen des Bluts, Pochen des Herzens, Röcheln, Blähen und Magenknurren, wird für den partnerlos gewordenen Kryptophonen zum Lied der Welt. Denn die Zwillingssprache, für einen einzigen bestimmt, wendet sich kraft des Verlustes dieses einzigen an Sand, Wind und Stern. Das, was zuinnerst war, wird groß wie die Welt. Ein Flüstern steigert sich zu göttlicher Gewalt.

...

Elende Meteorologie: sie kennt das Leben am Himmel bloß von außen her und tut so, als könne sie es auf mechanische Modelle zurückführen. Daß das Wetter ihre Vorhersagen ständig Lügen straft, erschüttert ihre engstirnige Sturheit nicht. Seitdem der Himmelsraum mein Gehirn geworden ist, weiß ich: es ist mehr darin, als der Schädel eines Physikers zu fassen vermag.

Der Himmelsraum ist ein organisches Ganzes, das, in nächster Beziehung zu der Erde und zu den Wassern, sein Eigenleben besitzt. Dieser große Leib entfaltet frei nach einer inneren Logik Nebel, Schnee, Schönwetter, Rauhreif, Hundstagshitze und Nordlicht. Um es zu verstehen, fehlt dem Physiker eine Dimension, eben die, welche tief in mich hineinreicht, die meine linke, ins Weite entfaltete Körperhälfte mit der rechten, verkrüppelten zusammenfügt.

Denn fortan bin ich eine im Winde knatternde Fahne, und wenn auch ihr rechter Rand vom Holz des Schafts festgehalten wird – ihr linker Rand ist frei, er bebt, fliegt und rauscht mit all seinem Tuch in der Sturmgewalt der Meteore.

...

Seit drei Tagen zwingt der Winter, rein und steril, alle Dinge zu seiner Klarheit. Etwas Gläsernes, Metallenes ist in meiner linken Körperhälfte, die sich weit in der Ferne auf zwei Antizyklomassen stützt, die eine im Nordosten Frankreichs, die andere im Südwesten der Britischen Inseln. Diese beiden arktischen Sockel – ein festes Kaltluftfeld – hielten bis heute früh standhaft den Ansturm atlantischer Strömungen aus, die ein starkes Tief, über zweitausend Kilometer westlich von Irland, auszufüllen streben.

Aber ich spüre gut, daß die eine von ihnen – die exponiertere, die bei Cornwall – sich von der Warmluft überwältigen läßt, abbröckelt, am Abgrund des Tiefs ins Wanken gerät. Ich sehe es kommen, daß sie zusammenbricht, daß sie von feuchten, salzigen Winden zerfleddert wird. Sei's drum! Es wird keinen Wärmeeinbruch geben, die Luft wird ihre unveränderlich-kristallene Transparenz behalten, denn der andere Sockel, der über Flamland, steht kraft seines Hochdrucks von 1021 Millibar unerschütterlich. Er schickt von Ost-Nord-Ost einen ruhigen, klaren Strom trockenen, eiskalten Windes zu mir her, der Meer und Wald freifegt, so daß sie hell erglänzen. Trotzdem wird die Schneeschicht auf den Feldern dünner, und schwarzgepflügte Erdschollen schauen heraus. Denn die Sonne scheint kräftig und läßt den Schnee verdampfen, *ohne daß er im geringsten taut.* Über harten, unversehrten Schneemassen zittert ein durchsichtig irisierender Nebel. Ohne zu schmelzen, ohne zu zerrinnen, ohne weich zu werden, wird der Schnee zu Dampf.

Das nennt man Sublimation.

Michel Tournier

Der Erlkönig
Roman
416 Seiten, gebunden.

Zwillingssterne
Roman
470 Seiten, gebunden.

Der Wind Paraklet
282 Seiten, gebunden.

Die Familie Adam
Erzählungen
328 Seiten, gebunden.

Kaspar, Melchior & Balthasar
Roman
304 Seiten, gebunden.

Hoffmann und Campe